Emily Dickinson

Wilde Nächte

Ein Leben in Briefen

Ausgewählt und übersetzt von
Uda Strätling

S. Fischer

Die Arbeit der Übersetzerin
wurde durch den Deutschen Literaturfonds e. V. gefördert.

Satz: Pinkuin Satz und Datentechnik, Berlin
Druck und Bindung: Clausen & Bosse, Leck
Printed in Germany
ISBN-13: 978-3-10-013907-8
ISBN-10: 3-10-013907-0

Inhalt

Vorwort

Der Dichter schafft bloß Licht –
Er selbst – vergeht –
Wohnt dem entfachten Docht –
Kraft inne

Wie unseren Sonnen –
Zeugt jede Zeit
Als Linse ihren
Umfang neu –

1

»Heute ein Brief von Emily Dickinson!!!!« notiert eine entfernte Verwandte 1862 in ihr Tagebuch, und wenn man den Brief – das Briefgedicht – kennt, erklären sich ein oder zwei Ausrufezeichen von selbst. Die anderen gelten dem Ereignis, welches der Erhalt eines Briefs der amerikanischen Dichterin so oft darstellte. Singularität und Eigensinn Emily Dickinsons, ihre unerhörte Sprache, ihr intim unpersönlicher Ton, der unerschrockene Geist, der zu Ende denkt und über das Ende hinaus, beeindrucken noch 120 Jahre nach ihrem Tod; ihre Erkundungen der inneren und äußersten Grenzen des Erfahrbaren, des Sagbaren sind an Zeit, Ort und Umstände nicht gebunden. Das Werk dieser Dichterin, deren sprachliche und schöpferische Originalität nach Harold Bloom »skandalöse Ausmaße« erreicht[1], hat zahlreiche Künstler nachfolgender Generationen beschäftigt und bewegt, nicht nur in ihrer Heimat. Es fanden und finden sich immer neue Adressaten.

[1] Harold Bloom: *Emily Dickinson: Blanks, Transports, the Dark*, in: *The Western Canon*. New York – San Diego – London: Harcourt Brace, 1994, S. 295

Zu Lebzeiten aber ließ Emily Dickinson nur einen kleinen, auserwählten Kreis ihrer einzigartigen, ganz ursprünglichen lyrischen Stimme lauschen. Bis zuletzt verweigerte sie den Schritt in die Öffentlichkeit: von knapp 1800 Gedichten erschienen vor ihrem Tod im Jahr 1886 zehn – ohne ihr Zutun. »Wäre der Ruhm mein«, schreibt Emily Dickinson 1862, »ich könnt ihm nicht entkommen – wenn aber nicht, der längste Tag hetzt mir voraus beim Jagen.« Die Jagd war nicht Emily Dickinsons Sache, statt dessen schuf sich die Dichterin eine private Öffentlichkeit – durch Briefe. Etwas über tausend Briefe sind erhalten, ein Bruchteil wohl nur der gesamten Korrespondenz; rund 600 Gedichte erreichen zunächst durch Briefe ihr Publikum. Da es weitere Selbstzeugnisse – Tagebücher, Arbeits- oder Notizhefte – nicht gibt, kommt den Briefen eine überragende Bedeutung zu. Marietta Messmer nennt sie die einzig »autorisierten«, nämlich von Emily Dickinson selbst zur Lektüre bestimmten Texte[2]. Da kein Gedicht und nur ein geringer Teil der Briefe datiert ist, sind Hinweise in den Briefen neben Eigenheiten der Handschrift der einzige Anhalt für die zeitliche Einordnung. Vor allem aber bieten sie eindrückliche Belege für die »Korrespondenzen« zwischen Brief und Gedicht und zeichnen in dem Maß, wie sie Kunst werden, den Weg Emily Dickinsons zur Dichterin nach.

Emily Dickinson korrespondierte mit Verwandten, Freunden und Bekannten, aber auch mit wichtigen Kulturvermittlern der Zeit, etwa den Herausgebern des einflußreichen *Springfield Daily Republican* Samuel Bowles und Josiah Gilbert Holland, mit dem Bostoner Literaten Thomas Wentworth Higginson und mit der Erfolgsautorin Helen Hunt Jackson, eine der wenigen, die Dickinsons Rang erkannten und sie vergeblich beschworen, ihre Gedichte in Druck zu geben. Lieber setzte Emily Dickinson offenbar auf den Nachruhm, von dem sie angenommen zu haben scheint, sie werde ihm keinesfalls entkommen.

Er holte sie erst nach und nach ein: die Editions- und Rezeptionsgeschichte ist verzwickt. 1890, wenige Jahre nach Dickinsons Tod, erschien

[2] Marietta Messmer: *A Vice for Voices. Reading Emily Dickinson's Correspondence.* Amherst: University of Massachusetts Press, 2001, S. 2

die erste, stark geglättete Gedichtauswahl, herausgegeben von Thomas W. Higginson und Mabel Loomis Todd[3]. Es folgten in Abständen von zunächst wenigen Jahren zwei weitere Gedichtbände und ein Briefband, dann, fünfzig erratische Jahre lang, rivalisierende Ausgaben von Todd- beziehungsweise Dickinson-Nachfahren, bis 1945 schließlich das gesamte Œuvre vorlag – als Stückwerk. Erst mit dem Erscheinen der von Thomas H. Johnson herausgegebenen Variorumsedition im Jahr 1954[4] wurde Emily Dickinsons Werk als Ganzes sichtbar. »Habe ich wirklich über Emily Dickinson gelästert?« schreibt Elizabeth Bishop Ende 1956 an Robert Lowell[5]. »Ich schätze oder vielmehr bewundere sie jetzt weit mehr – wahrscheinlich wegen der hervorragenden neuen Edition. Mit der habe ich mich nun länger befaßt und glaube inzwischen (wie Randall), daß Dickinson zu unseren Besten gehört.«

2

»Genies«, schreibt Ralph Waldo Emerson in *Repräsentanten der Menschheit*, »besitzen die kürzesten Biographien. Ihre Vettern wissen von ihnen nichts zu berichten, sie haben in ihren Werken gelebt, ihr tägliches Dasein bleibt prosaisch.«[6] Im Falle Emily Dickinsons ist vieles von Kusinen und Vettern überliefert, und doch sind die äußeren Lebensdaten schnell skizziert. 1830 in Amherst, Massachusetts, geboren, entstammte die Dichterin einer der einflußreichsten und angesehensten Familien in der kleinen Collegestadt. Die amerikanischen Vorfahren väterlicherseits, die puritanischen Nonkonformisten Nathaniel und Ann Gull Dickinson aus Billingsborough im englischen Lincolnshire, waren im

[3] Mabel Loomis Todd and Thomas Wentworth Higginson (Hg.): *Poems by Emily Dickinson.* Boston: Roberts Bros., 1890

[4] Thomas H. Johnson (Hg.): *The Poems of Emily Dickinson.* 3 Bde., Cambridge: The Belknap Press of Harvard University Press, 1955

[5] Elizabeth Bishop: *One Art.* Letters, Selected and Edited by Robert Giroux. New York: Farrar, Straus, Giroux, 1994, S. 333

[6] Ralph Waldo Emerson: *Repräsentanten der Menschheit.* Darin: Plato oder der Philosoph. Zürich: Diogenes, 1989, S. 36

Zuge der »Great Migration« ins Land gekommen und hatten 1659 mit anderen Familien im fruchtbaren Connecticut-Tal, wenige Kilometer von Amherst, die Siedlung Hadley gegründet. Zweifellos waren Züge, die auch Emily Dickinson auszeichnen – streitbare Standfestigkeit und störrische Unabhängigkeit, Glaubens- wie Geltungsdrang – Teil des familiären Vermächtnisses. 1814 gehörte Emily Dickinsons Großvater Samuel Fowler Dickinson zu den visionären Gründern des Amherst College, ihr Vater Edward Dickinson (und in seiner Nachfolge Emilys Bruder Austin) nahmen als Anwälte und Geldverwalter des Colleges Einfluß auf das politische und gesellschaftliche Leben in Amherst. Doch interessanterweise verlegt sich die Tochter, der sich die öffentliche Arena kaum mit der gleichen Selbstverständlichkeit zur persönlichen Entfaltung anbietet, auf das heroische Ringen, das sich im Kern, auch seiner Poetik, aus eben jenem puritanischen Gebot der Selbsterforschung speist, das es zu überwinden sucht.

Vom rasanten Wandel, der in den Vorbürgerkriegsjahren das ganze Land erfaßte, blieb Amherst, eine der letzten Bastionen orthodoxen puritanischen Glaubens, lange weitgehend unberührt. Zwar hatten Geschäftsleute und Politiker des 3000-Seelen-Orts wie Edward Dickinson regelmäßig in den Metropolen New York, Boston, Philadelphia zu tun oder stiegen namhafte Vortragsreisende auch in Amherst ab und vollzog sich am Amherst College unter der Leitung des renommierten Geologen und Moraltheologen Edward Hitchcock der Übergang von der konfessionellen zur wissenschaftlichen Ausrichtung, doch die Mehrheit der Bürger dachte noch wie die frommen Vorväter. In einer Welt, die gegen Typhus, Scharlach, Cholera, Malaria kein zuverlässigeres Mittel kannte als das Gebet, blieb der Tod allgegenwärtig, die Frage nach dem ewigen Leben dringlich und die Bibel – für die spätere Dichterin Emily Dickinson eine wichtige Inspirations- und Irritationsquelle – maßgeblich. Sehr früh drängten sich ihr die »Flutthemen« Verlust, Verlassenheit, Vergänglichkeit und die brennende Frage nach dem Jenseits auf.

Als junges Mädchen zeigt sich Emily Dickinson noch durchaus weltzugewandt, unternehmungslustig und kontaktfreudig, sie ist bekannt für Originalität und Sprachwitz. Sie lernt begierig, geht gern zur Schule – zunächst in Amherst, in ihrem letzten Schuljahr dann im nahe gelegenen South Hadley aufs Mount Holyoke Female Seminary –, schwärmt für ihre Lehrer, schließt Freundschaften und nimmt auch nach dem letzten Schuljahr regen Anteil am gesellschaftlichen und literarischen Leben im Umkreis des Amherster Colleges. Sie gehört einem Shakespeare-Kreis an, tauscht sich mit jungen Studenten wie Benjamin Franklin Newton, Joseph Lyman, John Long Graves und Henry Emmons aus, vertieft sich zunehmend in Lektüre und Literatur, verfaßt erste Gedichte, schreibt phantastische Briefe, unternimmt Reisen zu Freunden in der Umgebung – etwa 1853 zu Josiah Gilbert Holland und seiner Frau Mary Luna Chapin in Springfield und 1855 nach Washington und Philadelphia.

Doch bereits Mitte der fünfziger Jahre, als Freundinnen heiraten, Bekannte und Verwandte sich im Griff restaurativer Erweckungsbewegungen dem Glauben zuwenden, der Mentor Ben Newton Amherst verläßt und wenige Jahre später stirbt, die Collegefreunde nach beendetem Studium Amherst den Rücken kehren, beginnt Emily Dickinson sich zurückzuziehen; sie scheint sich ihrer Sonderstellung immer stärker bewußt zu werden – auch ihrer Berufung. Ungewöhnlich enge Familienbande begünstigen die Eingezogenheit: der Dickinson-Clan insgesamt fällt durch eine Ortsgebundenheit auf, die um so mehr verwundert, als ganz Amerika sich Mitte des 19. Jahrhunderts im Aufbruch nach Westen und Süden befand, seiner Bestimmung folgend, der »Manifest Destiny«, dem Auftrag, den Kontinent zu unterwerfen. (1848 war das Jahr des »Gold Rush« nach Kalifornien; 1869 wurde die Verbindung der Eisenbahnstrecken der Union Pacific und Central Pacific gefeiert). Während zahlreiche Bekannte der Dickinson-Geschwister wie Samuel Bowles, Joseph Lyman, Kate Scott Anthon und Thomas Wentworth Higginson immer wieder auf Reisen sind, verläßt Emily Dickinson nach ihrem dreißigsten Jahr ihren Geburtsort Amherst – und schließlich Haus und Garten der »Homestead« – nicht mehr, es sei denn, wie sie bereits mit vierundzwanzig einer Freundin schreibt, »der Notfall nimmt mich an die Hand«.

Um so wichtiger werden die Briefe. Sie werden jetzt knapper, konziser, kryptischer – »Mir ist mehr Schleier not«, findet Emily Dickinson 1853; sie schreibt nun nicht mehr von sich, oder wenn sie es tut, entschuldigt sie sich: »Verzeiht mir das Persönliche.« Briefe werden aufgesetzt, sorgfältig überarbeitet und noch einmal ins Reine geschrieben: für einen Brief, der an Higginson gerichtet ist, kommt als Adressat niemand anderer in Betracht.

1855 bezieht die Familie erneut das einst stolz vom Großvater errichtete und seinen Ambitionen geopferte Haus an der Main Street, das Haus, in dem Emily Dickinson ihre ersten Jahre verbracht hat und in dem sie ihr Leben beenden wird; für Edward Dickinson bedeutet die »Rückeroberung« des väterlichen Anwesens und der gleichzeitige Erwerb des Nachbargrundstücks, auf dem er für Sohn und Schwiegertochter die Villa »Evergreens« errichten läßt, die endgültige Rehabilitierung nach dem finanziellen Debakel des eigenen Vaters Samuel F. Dickinson wie auch eine Konsolidierung der patriarchalen Machtsphäre und somit einen der größten Triumphe dieser erfolgreichsten Jahre seines Lebens.

Als die seit dem Umzug leidende Mutter sich 1858 langsam erholt und die Töchter von zusätzlichen Pflichten entbunden sind, werden die »Evergreens« eine Zeitlang zum gesellschaftlichen und literarischen Lebensmittelpunkt. Dort lernt Emily Dickinson den Zeitungsmacher Samuel Bowles und auch andere kennen, die wie die attraktive Catherine Scott Turner als »Kandidaten« der Aufnahme in ihre »select society« würdig erscheinen.

1858 ist außerdem das Jahr, in welchem Emily Dickinson das erste ihrer mit Faden zu kleinen Alben gehefteten Konvolute von jeweils rund zwanzig Gedichten anlegt, von deren Existenz sie keiner Menschenseele erzählt, nicht der Schwester Vinnie und wohl auch nicht der Schwägerin Susan. Welchem Zweck diese Zusammenstellungen dienten, ob sie ihr als zyklisch verknüpft galten, als Werkstatt, Archiv und Ideenmagazin dienten, eigenständige Kunstwerke darstellen oder eine – spätere – Publikation vorbereiten sollten, sollte ihr Geheimnis bleiben.

Über siebenhundert Gedichte verfaßte Emily Dickinson zwischen 1858 und 1864, nahezu die Hälfte ihrer gesamten Produktion. Allein im Jahr 1863 entstanden nach neuesten Schätzungen 293 Gedichte. Emily Dickinsons produktivste Jahre fielen mit dem nationalen Aufruhr des Bürgerkriegs zusammen – ihr eigener, innerer führte zu tieferer Einsicht und größerer Distanz. Es ist immer wieder bemerkt worden, Emily Dickinson habe sich mit den Schrecken der nationalen Katastrophe nicht befaßt; dem hat Hans Galinsky 1968 einen hübschen Fund aus J. D. Salingers *Fänger im Roggen* entgegengehalten: »Er [der Bruder D. B.] sagte zu Allie, er soll seinen Baseballhandschuh holen, und dann fragte er ihn, wer der beste Kriegsdichter ist, Rupert Brooke oder Emily Dickinson. Allie sagte, Emily Dickinson. Ich weiß darüber nicht besonders viel, weil ich nicht viel Lyrik lese, aber eins weiß ich, ich würde wahnsinnig, wenn ich in der Armee wäre ...«[7]

Hier bewähre sich, meint Galinsky, das Absurde als Enthüllung des Eigentlichen, denn der Kriegsschauplatz des menschlichen Herzens habe in ihr eine sachlichere Berichterstatterin gefunden als der Erste Weltkrieg der Großmächte im gefühligen Rupert Brooke. Und Ted Hughes[8] betrachtete die Kräfte, die in der Gestalt Emily Dickinsons um Einigung rangen, als nichts Geringeres denn die der Auflösung und Neuerschaffung Amerikas: neben dem Bruderkrieg auch der Kampf des alten kalvinistischen Glaubens der Neuenglandstaaten mit dem Geist der neuen Zeit – der Entmystifizierung der Bibel, der Liberalisierung durch Transzendentalismus und wissenschaftlichen Skeptizismus –, der im Zuge des rücksichtlosen, selektiven Pragmatismus der Frontier in Amerika rabiate Formen annahm.

Während noch die letzten epidemischen Ausläufer puritanischer Erweckungen Freunde und Angehörige Emily Dickinsons zum christli-

[7] Hans Galinsky: *Wegbereiter moderner amerikanischer Lyrik: Interpretations- und Rezeptionsstudien zu Emily Dickinson und William Carlos Williams.* Heidelberg: Winter, 1968, S. 34. Zitat nach der Neuübersetzung von Eike Schönfeld.

[8] Ted Hughes: Introduction to A Choice of Emily Dickinson's Verse, in: *Winter Pollen. Occasional Prose*, New York: Picador, 1995, S. 157

chen Glaubensleben bewegten, ließ sie sich den Mut zum eigenen Weg nicht nehmen (»ich allein bleibe Rebell«, schreibt sie der Freundin Jane Humphrey). Bedrängnis führte bei ihr zu einer Eruption von Einbildungskraft und Kunst.

Der April 1862, der Emily Dickinson zwei wichtige Menschen nahm – Reverend Charles Wadsworth übersiedelte mit seiner Familie nach Kalifornien, und der Zeitungsverleger Samuel Bowles trat seine Europareise an –, bescherte ihr zugleich die neue Ausgabe des *Atlantic Monthly* und Thomas Wentworth Higginsons »Letter to a Young Contributor«. Dieser Aufruf – ein Brief – wurde ihr zum Anlaß, dem Bostoner Literaten zu schreiben. Da sie sich in ihren ersten fünf Briefen an Higginson einem Fremden vorstellt und gleich auch in die Brief-Personae der »kindlichen Unschuld«, der naiven »Barfußdichterin«, des »Schülers« schlüpft, sind diese Briefe trotz und *wegen* der Verstellung besonders aufschlußreich. Wir erfahren von der sonst in eigener Sache so verschlossenen Verfasserin doch einiges über Antrieb, Anliegen, Sprache, Strategien, Poetik. Und in Higginson findet die Dichterin einen geneigten, wenn auch ratlosen ersten Leser. Ihm schickt Emily Dickinson in den Bürgerkriegsjahren 23 Gedichte.

1864/65 macht Emily Dickinson ein chronisches Augenleiden zu schaffen, das sie zwingt, sich zweimal jeweils mehrere Monate lang zur Behandlung nach Boston zu begeben. Angst um ihr Augenlicht beraubt die Dichterin ihrer vertrauten Umgebung und der so lebenswichtigen Lektüre, und so schreibt sie dem Freund Joseph Lyman (Sewall 1965, S. 76) viel später: »Vor Jahren litt ich großen Kummer, den einzigen, der mich zittern ließ. Er verwehrte mir die Liebsten von allen, die starken Gefährten der Seele – *Bücher.*« Ansonsten verläuft das Leben Emily Dickinsons nun in ruhigeren Bahnen: Sie hat sich in der äußerlich überschaubaren und kontrollierten Welt des Elternhauses eingerichtet, sie geht ihren Haushaltspflichten nach, versorgt ihre Blumen, liest, schreibt Briefe und Gedichte und empfängt einige wenige besondere Besucher – so im Jahr 1870 auch Higginson, der wiederum den Kontakt zur Erfolgsautorin H. H. (Helen Hunt Jackson) stiftet, die die Dichterin einige Jahre darauf ebenfalls in Amherst aufsucht.

Eine bittere Zäsur bringt 1874 der plötzliche Tod des Vaters nach einer Sitzung des Landesparlaments in Boston – »Stillstand der Welt, den ich ›Vater‹ heiße.« Mit diesem Tod beginnt die Zeit vor allem der Not, der Abschiede und Verluste: »Nun wird es Nacht – nur träumen wir nicht.« 1875 erleidet die Mutter einen Schlaganfall und wird endgültig invalide; 1878 stirbt Samuel Bowles; 1881 verliert Emily Dikkinson gleich im selben Jahr Dr. Holland, Charles Wadsworth und die Mutter; 1883 rafft der Typhus den strahlenden, über alles geliebten achtjährigen Neffen Gib hin, Susan und Austin Dickinsons Nesthäkchen (und in einer Zeit der Entfremdung nicht nur zwischen den Eheleuten, sondern auch zwischen den Häusern Mittler und versöhnendes Band); 1884 sterben Otis Phillips Lord, mit dem Emily Dickinson eine späte Liebe erlebte, und auch H. H.

Am 15. Mai 1886 erliegt Emily Dickinson selbst ihrem als »Brightsche Krankheit« diagnostizierten Leiden, einer Niereninsuffizienz, wie man heute annimmt, Folgeerkrankung einer arteriellen Hypertonie.

3

»Mein Leben ist zu schlicht und streng gewesen für das geringste Aufheben«, schrieb Emily Dickinson. Gelegentlich aber berühren essentielle, zutiefst empfundene Anliegen eines einzelnen das, was eine ganze Epoche oder gar Nation bewegt, überschneiden sich Öffentliches und Privates in einer Weise, die diese einzelnen zu Ikonen, zu Helden, zu Sängern (und zur gewaltigen und für jede Verzerrung offenen Projektionsfläche) werden läßt. »Andere«, heißt es in Ralph Waldo Emersons *Repräsentanten der Menschheit*, »sind die Linsen, durch welche wir in unserem eigenen Geiste lesen.«[9]

Als Emily Dickinson sich anschickt, das Dichten zu ihrer Sache zu machen, steht Ralph Waldo Emerson auf dem Höhepunkt seines Ruhms; sie ist siebzehn, als seine Gedichte kaum sechzig Kilometer

[9] Ralph Waldo Emerson: a. a. O., S. 9

von Amherst entfernt im Druck erscheinen. In ihrem zwanzigsten Jahr legen Nathaniel Hawthorne und Herman Melville ihre Hauptwerke vor: *Der scharlachrote Buchstabe* und *Moby-Dick*. 1849 stirbt Edgar Allan Poe, 1850 erscheint der erste umfassende Band seiner Gedichte. Emily Dickinson ist vierundzwanzig, als Henry David Thoreau *Walden* veröffentlicht, fünfundzwanzig zum Zeitpunkt des Erscheinens von Walt Whitmans *Grashalmen*. Die Dichterin findet ihre Stimme keineswegs zufällig gerade in dem Moment, als Amerika unüberhörbar seine literarische Unabhängigkeit erklärt.

Ausgerechnet in Emily Dickinsons »Puritanischem Garten« vollzog sich eine Revolution. In der geistigen Enge des ländlichen Neuengland schuf sich die Dichterin eine Enklave der Entgrenzung und damit den nötigen Freiraum zum inneren Aufbruch an die äußersten Grenzen des Denkbaren und Darstellbaren. Daß die Selbsterforschung dieser zurückgezogen lebenden Frau eine kleine Welt, eine Welt im kleinen, zur Universalität weiten konnte, daß die private Dichtung Emily Dickinsons, des »einzigen Känguruh im Schönen«[10], Teil des Kanons wurde, macht nicht zuletzt die Faszination ihres Werks aus. Emily Dickinson sprengt Grenzen, auch die Grenzen des eigenen Ich. Sie bricht poetisch-proteushaft aus ihrem eigenen Zentrum, ihrem Lebensumfang aus.

4

Medium dieses Ausbruchs, die »bessere Form des Schweigens«, sind die Briefe. Briefe bieten Emily Dickinson in ihrer selbstgewählten Isolation einen entscheidenden Zugang zur Welt. Sie gestatten es ihr, über Raum und Zeit, Art und Intensität ihrer Begegnungen zu bestimmen. Geistige Nähe wird nicht durch die unmittelbare körperliche Gegenwart des anderen gestört, Ich- und Du-Bezug lassen sich freier gestalten. Emily Dickinsons ungestüme Erwartung, die vom

[10] Siehe Brief Nr. 87 vom Juli 1862, S. 191

Gegenüber höchste Hingabe, Aufmerksamkeit und Ausschließlichkeit verlangt, mündet in ein gestalterisches Prinzip: Im Wissen um die Sprengkraft ihrer Gefühle bannt die Dichterin die ihr eigene Intensität, sie macht aus Not Virtuosität, denn »es ist Gefahr, Sir«, wie sie Higginson schreibt, oder wie es in einem der berühmten »Master«-Briefe heißt: »ein Vesuv spricht nicht – oder Ätna – einem entschlüpfte – vor tausend Jahren – eine einzige Silbe, und Pompeji hörte und verbarg sich für immer.«

Zugleich verlangen Briefe die empathische Einnahme auch der fremden Perspektive, und so wird dem Briefpartner schließlich die Doppelrolle des Katalysators für die eigene Imagination und Emotion wie auch des Adressaten für die Kunst zugeschrieben. Dies und die Illusion der Ausschließlichkeit einer besonders privilegierten Verbindung, die Emily Dickinson bei jedem ihrer Korrespondenten nährt, bereiten den dialogischen Ton vor, der in seiner Unmittelbarkeit und Dringlichkeit auch Emily Dickinsons Gedichte auszeichnet.

Nirgends ist Verstellung so leicht wie im Brief. Briefe begünstigen Rollenwechsel, Masken, Personae, die für die Gedichte so wesentlich werden, und ein Brief – der nämlich, mit dem Emily Dickinson den Kontakt zu Thomas Wentworth Higginson sucht – markiert den entscheidenden Moment, da die Dichterin erstmals künstlerische Anliegen von emotionalen Belangen trennt und die Reaktion eines ihr persönlich Unbekannten, aber in der literarischen Welt Arrivierten prüft. Sie tritt als Dichterin an. »Wenn ich mich, als Repräsentantin der Verse, erkläre«, schreibt Emily Dickinson 1862 an Thomas Wentworth Higginson, »bin nicht ich gemeint, sondern eine angenommene Person.«

Emily Dickinson findet nicht nur eine Form für das ideale Verhältnis zu ihren »Lesern«, nutzt nicht nur eine Kulturkonvention immer radikaler und experimentierfreudiger für ihre ureigensten Zwecke, sie vergewissert sich durch eine ausgedehnte Korrespondenz und durch zunehmend bewußt komponierte, ja inszenierte Briefe, ihrer Kunst. Es kommen dieselben Strategien zum Tragen wie in den Gedichten auch, vor allem Auslassungen spielen eine wichtige Rolle, das, was Jay Leyda das Prinzip der Verschwiegenheit, des »omitted center«[11], nennt: das Rätsel, das (dem Eingeweihten) Selbstverständliche, das keiner Erwähnung bedarf, das Umspielen des Offensichtlichen; die schnellen paradoxen Umschläge, die Parallelen, Spiegelungen, Rätselfiguren und verborgenen Referenzwelten. Andeutungen und Zitate setzen das Spiel mit den Ellipsen fort. Immer seltener enthalten Emily Dickinsons Briefe »Berichte« wie die Schilderung der Amherster Feuersbrunst 1879; längst werden sie zu Glossen und Gnomen.

»In der Tat weisen die Briefe«, schreibt der Herausgeber der dreibändigen Gesamtausgabe der Briefe, Thomas H. Johnson, bereits 1958, »als Emily Dickinson sich ihrer Berufung zur Dichterin sicher zu werden scheint, stilistisch und rhythmisch Merkmale auf, die denen der Gedichte so nahe kommen, daß man als Leser seine liebe Not hat zu entscheiden, wo der Brief aufhört und das Gedicht beginnt.«[12] Robert Graham Lambert[13] und Marietta Messmer[14] haben diesen Zusammenhängen in ihren Einzelstudien nachgespürt. Und William Shurr ging 1993 in seiner umstrittenen Untersuchung *New Poems of Emily Dickinson*[15] so weit zu behaupten, in den poetisch »gesättigten« Briefen der Dichterin schlummerten weitere 498 Texte, die als eigenständige Gedichte behandelt werden müßten. Was seine – letztlich unhaltbare – These immerhin deutlich macht, ist, daß Text, Rezeption und Intention kaum zu trennen sind und die Unterscheidung zwischen Prosa und Poesie nicht absolut sein kann.

[11] Jay Leyda: *The Years and Hours of Emily Dickinson.* Yale: University Press, 1960, 2 Bde., xxi

[12] A. a. O., xv

[13] Robert Graham Lambert: *A Critical Study of Emily Dickinson's Letters. The Prose of a Poet.* Lampeter/Wales: The Edwin Mellen Press, 1996

[14] A. a. O.

[15] William H. Shurr: *New Poems of Emily Dickinson.* Chapel Hill – London: The University of North Carolina Press, 1993

5

Emily Dickinsons Weg zu sich selbst und zu ihrer Kunst läßt sich an den Briefen ablesen. Ihre Kenntnis fördert das Verständnis der Gedichte, erschließt Lektüren und literarische Affinitäten und gelegentlich poetische Keimzellen. Es wundert daher nicht, daß der Reiz der Briefe schon früh erkannt wurde. Kaum ein Jahr nach Erscheinen und dem überraschenden Erfolg der ersten posthum veröffentlichten Gedichte Emily Dickinsons 1890 publizierte der Freund und »Präzeptor« Thomas Wentworth Higginson einige der an ihn gesandten Briefe im Oktoberheft des *Atlantic Monthly*, 1894 legte Mabel Loomis Todd, Mitherausgeberin der ersten Gedichtsammlung, den Auswahlband *Letters of Emily Dickinson* vor. In einer Rezension aus dem Jahr 1895 heißt es: »Ihre Briefe sind häufig in jeder außer in typographischer Hinsicht Gedichte, und es treten in ihnen alle Charakteristika der Dichtung deutlich zutage.«[16] Es folgten mehrere Jahrzehnte lang einzelne – ähnlich wie schon bei den Gedichtbänden konkurrierende – Auswahlen der Herausgeberin Mabel Loomis Todd, der Nichte Martha Dickinson Bianchi und diverser Verwandten und Bekannten, bis schließlich, 1958 erst, die im Auftrag der Harvard University von Thomas H. Johnson und Theodora Ward edierte kritische Ausgabe in drei Bänden mit allen erhaltenen und zu diesem Zeitpunkt erreichbaren Briefen der Dichterin erschien: *The Letters of Emily Dickinson.*

Die 1049 darin versammelten Briefe an 99 Empfänger stellen nur einen Bruchteil der Gesamtkorrespondenz dar; das Gros der Korrespondenzen wurde, wie es das Diskretionsgebot der Zeit forderte, vernichtet. Das gilt für fast alle Gegenbriefe; ganze Briefwechsel mit entscheidend wichtigen Gesprächspartnern wie Benjamin Franklin Newton und Charles Wadsworth fehlen vollständig, und andere weisen Lücken von mehreren Jahren auf. Es gibt Jahre, wie 1857, für die kein einziger Brief erhalten ist, andere wie 1855/56, 1863, 1866–1869

[16] *The Critic* 23, 16. Feb. 1895, S. 119; in: Paul J. Ferlazzo (Hg.): Critical Essays on Emily Dickinson. Boston: G.K. Hall, 1984, S. 40

mit jeweils weniger als zehn Briefen, während die Zahl der Briefe für die letzten Lebensjahre Dickinsons enorm ansteigt. Bei diesen handelt es sich allerdings meist nur noch um wenige Zeilen. Die Datierung der Briefe bleibt in der Regel ungewiß, und ihre Abfolge suggeriert dementsprechend oft Sinnzusammenhänge, die keineswegs zwingend sind. Und schließlich haben wir es bei den Briefen Emily Dickinsons – wie dies bei den Gedichten noch gravierender ins Gewicht fällt – häufig *nicht* mit gesicherten Vorlagen zu tun, mit Originalen ohnehin nicht. Viele Briefe, etwa die an die Kusinen Frances und Louise Norcross, liegen nur als Abschriften und vor allem *zensiert* vor, zahllose andere wurden von interessierter Seite zum Schutz der eigenen oder der Privatsphäre anderer bearbeitet und manipuliert. Grundsätzlich fehlen natürlich sämtliche Sinneseindrücke, die mit Materialität, Schriftbild, Raum und Rändern einhergehen. Auch verändert sich Emily Dickinsons Handschrift in erstaunlichem Maße, besonders in den frühen Jahren. Dies zeigt sich vor allem an bestimmten Buchstaben und Buchstabenkombinationen und an den Fragezeichen. Tendenziell wird die Schrift immer größer und die Bindung zwischen den Buchstaben immer loser. (Einen Eindruck von Emily Dickinsons »Handschrift« sollen die in die bebilderte Zeittafel eingefügten Faksimiles vermitteln.)

Stimme und Ton der Dichterin in ihrer Einzigartigkeit aber kann die äußere Gestalt der Briefe nicht aufheben. Hören wir zunächst noch (in Abschnitt I und – eingeschränkt – II) die authentische Stimme des Kindes, das der Welt unmittelbar und unmaskiert begegnet, so erwachsen aus schierer Mitteilungsfreude und Überschwang, aus der Selbst- und Wortverliebtheit des jungen Mädchens schon bald ein stärkerer Formwille, eine Tendenz zur Stilisierung, zur Hyperbolik und (besonders in den Abschnitten III und IV) zu Auftritten wechselnder Personae: »Judas«, »Fuchs«, Verrückte, »Kavalier«, »Märtyrin«, »Jane Eyre«, Spötterin, Hörige, »Chronist«, »kindliche Unschuld«, »Barfußdichterin«, »Schüler«, »Marquise«, »Gnome«, »Strolch«, »Königin«.

Besonders die frühen Briefe dienen der Findung und Erkundung der poetischen Mittel, die Emily Dickinson dann in ihren Gedichten verfeinert. Sind die »Master«-Briefe in dieser Hinsicht noch qualvolle Studien, zeigen die an Thomas Wentworth Higginson gerichteten Briefe Emily Dickinson bereits als Meisterin ihrer besonderen Kunst. Hier übt sich die Dichterin in genau austarierter Distanz: durch Reduktion und Rollenspiel, durch metaphorische Chiffrierung persönlicher Erfahrungen, durch den »Rückzug des Ich in die Besonderheiten der Schreibweise«[17].

Auch die Interpunktion wird nun zum Stilmittel, besonders die in den Jahren 1860–1870 gehäuft auftretenden Gedankenstriche geraten zum bedeutungsstiftenden Notationssystem, ganze Briefpassagen, ganze Briefe sind metrisiert und klanglich durchkomponiert, viele Briefe, vor allem die der Jahre zwischen 1860 und 1870 (und vor allem die an Susan Gilbert Dickinson, Samuel Bowles und Thomas Wentworth Higginson), folgen dem Muster des geliebten und mit Lust gesprengten jambischen, abwechselnd vier- und dreihebigen »Common Meter« gängiger Kirchenlieder.

Ab 1866 zeugen »hoheitsvolle«, aber auch mütterliche Briefpersonae von wachsender Souveränität. Die Reifung des »unbewanderten« jungen Dings zur bewußten Künstlerin ist meßbar nicht zuletzt am Wissen um die Macht der Worte. Während die Werbung des langjährigen Freunds der Familie Otis Phillips Lord noch einmal zu unerwarteter Verspieltheit anstiftet (Abschnitt VI), werden die Mittel der Verfremdung nun sparsamer eingesetzt, verfeinert zum Zwiegespräch von Prosa und Poesie (Abschnitt IV und V) und schließlich (Abschnitte V bis VIII) zur überzeitlichen, überindividuellen Stimme einer »Repräsentantin«, die einen Brief auch einmal schlicht mit »Amerika« unterzeichnet. So verschieden die Stimmen – »du weißt ja, Stimmen sind mir Laster« –, so unverkennbar spricht immer Dickinson: »Erschrick nicht, liebe Susie«, schreibt sie der Freundin schon früh, »wenn ich plötzlich aus Hindostan aufspringe, von einem Appenin purzele oder Dir unverhofft aus einem hohlen Baumstamm entgegenluge und mich King Charles rufe, Sancho Pansa oder Herodes, König der Juden nen-

[17] Markus May: *Ein Klaffen, das mich sichtbar macht. Untersuchungen zu Paul Celans Übersetzungen amerikanischer Lyrik.* Heidelberg: Winter, 2004, S. 212

nen – es ist alles eins.« Und sie besitzt die geheimnisvolle Gabe, mit jedem Satz unmittelbar ihr Gegenüber zu meinen und zu ergreifen. Das Geschlossene und scheinbar Hermetische erweist sich als erstaunlich offen, Emily Dickinsons »Wagnis der Selbstbegegnung«[18] wird zu dem des Lesers, zu unserem, die Korrespondenzen reißen nicht ab.

Liebe Mrs Flint

Sie und ich haben nicht ausgeredet. Paßt der Nachtrag in Ihre Vase?

Soviel ich schriebe, längst
Kein Brief wär schön wie dies –
Die Silben samment –
Die Sätze tief –
Grund, rubinrot, ungelotet –
Hort, Mund, nur Dir,
Flink umwirb wie Kolibri
Und trink von mir – [19]

[18] Roland Hagenbüchle: *Emily Dickinson. Wagnis der Selbstbegegnung.* Tübingen: Stauffenberg, 1988

[19] Brief Nr. 89 an Eudocia C. Flynt, um den 20. Juli 1862, S. 194

I

1842–1848

Danach streben heutzutage die jungen Damen …

Im Frühjahr 1842 schreibt die elfjährige Emily Dickinson dem vorübergehend »verbannten« älteren Bruder Austin Briefe: es sind die ersten erhaltenen aus ihrer Feder. Noch ganz einem kindlichen Blick hingegeben, erzählen sie freimütig von allem, was täglich um Emily Dickinson herum geschieht und was ihre kleine Welt berührt – von der Schule, den Freunden, den Hühnern auf dem Hof. Das freudige Staunen der Briefschreiberin über die neu sich eröffnende Form der Selbstäußerung, der Stolz auf das Geschriebene und die eigene Wortmächtigkeit sind so ansteckend, wie die ab 1845 zunehmende Fabulier- und Spottlust beeindruckend sind und der Humor und die bei aller Altklugheit deutlich spürbare Anhänglichkeit anrührend.

Bald schon wird auch das Schreiben selbst thematisiert; es geht um die Beherrschung der Briefkonventionen und -kunst – »wie sollte ich vorgezeichnete Wege um selbst erdachter willen verlassen« –, aber auch das Besondere: »Da die anderen Mädchen Dir alle geschrieben haben, wäre ein Brief von mir kaum gescheiter als ihre, und Du weißt, ich bin ungern gewöhnlich«, schreibt Emily Dickinson 1845 der Freundin Abiah Root. Sie will mehr, sie »strebt« nach Poesie (siehe Brief Nr. 2).

Von 26 Briefen in diesen Jahren (1842 sind es drei, 1844 einer, 1845 vier, 1846 sechs, 1847 fünf und 1848 sieben) gehen zehn an den Bruder Austin, die übrigen an die Freundinnen: 15 an Abiah Root und einer an Jane Humphrey.

Seit 1840 wohnt Emily Dickinson mit ihrer Familie in einem geräumigen Haus in der North Pleasant Street – am Friedhof. Sie besucht von 1840 bis 1847 die zum College gehörende und für die damalige Zeit recht anspruchsvolle Amherst Academy und schließt dort Freundschaften, an denen sie über die Schulzeit hinaus festhält.

Neben der ersten bewußt erlebten Trennung innerhalb der Familie machen der jungen Emily Dickinson Anfang dieses Jahrzehnts die Todesfälle unter Verwandten und Bekannten zu schaffen. Verlust, Verlassenheit, Vergänglichkeit und die Frage nach dem Jenseits werden schon früh zu zentralen Themen; inmitten des sie umgebenden Bekehrungseifers der Erweckungswellen dieser Jahre ringt Emily Dickinson um die eigene Position – besonders 1847/48 während ihres letzten Schuljahrs als Pensionatsschülerin an Mary Lyons Mount Holyoke Female Seminary in South Hadley, wo sie besonderen Bemühungen um ihr Seelenheil ausgesetzt ist.

Nr. 1

An Austin Dickinson *Amherst, am 18. April 1842*

Mein lieber Bruder

da Vater nach Northampton wollte und auch zu Dir dachte ich, ich sollte die Gelegenheit zu meinem Vorteil anwenden und Dir einige Zeilen schreiben – Du fehlst uns wirklich sehr Du kannst Dir nicht denken wie wunderlich es hier ist ohne Dich es war immer so ein Hurra wo immer Du warst mir fehlt Mein Bettgenosse sehr denn ich finde nur noch selten einen weil Tante Elisabeth nicht allein schlafen mag und Vinnie bei ihr liegen muß während ich das Vergnügen habe jeden Abend unter dem Bett nachzusehen was ich zu meinem Vorteil anwende wie Du Dir denken kannst die Hühner machen sich vortrefflich und die Küken wachsen sehr schnell ich fürchte bis Du kommst wirst Du sie mit bloßem Auge nicht mehr sehen können die gelbe Henne brütet wir haben ein Nest mit vier Eiern gefunden drei habe ich weggeholt und am nächsten Tag habe ich nachgesehen ob neue da sind aber es waren keine da und das eine das noch da war war weg und daher denke ich daß ein Stinktier gekommen ist oder eine Henne als Stinktier verkleidet eins von beidem – die Hennen legen bestens William hat daheim am Tage zwei wir hier 5 oder 6 Eines der Zwerghühner legt auf die blanke Erde die Nester sind so hoch daß sie von unten nicht heranreichen Ich fürchte wir werden Leitern hinstellen müssen damit sie hinaufkönnen William hat hinterher die Henne und den Hahn gefunden die Du nicht hattest finden können wir haben Deinen Brief Freitag morgen erhalten und waren sehr froh ihn zu haben Du mußt öfter schreiben der Temperenzlerabend jüngst war ein schöner Erfolg es waren Alle da Außer Lavinia und mir es waren über Hundert da die Studenten fanden das Essen zu preiswert bei einem halben Dollar pro Kopf und so wollen sie morgen abend ein Essen geben das sehr vornehm werden wird Mr Jones hat bei näherer Betrachtung festgestellt daß seine Police 8 tausend wert ist statt nur 6 und so ist ihm jetzt viel wohler Mr Wilson und seine Frau waren neulich zum Tee bei uns sie ziehen Mittwoch um – sie wollen eines der Mt Pleasant Häuser zu neuem Glanz verhelfen was allenthalben sehr begrüßt wird denn es war in der Tat ein Schandfleck und ich will nichts mehr davon hören oder sehen – es wird viel zu reparieren geben in den Häusern denke ich Uns geht es allen gut und das hoffen wir auch von Dir – wir haben derzeit wunderbar mildes Wetter Mr Whipple war da und morgen erwarten wir Miss Humphrey – Tante Montague sagt Du wirst noch bitter weinen ehe die Woche um ist der Vetter Zebina erlitt jüngst einen Krampfanfall und hat sich die Zunge durchgebissen – wie gesagt ist heute Regen und mir fällt – Nichts mehr ein – ich erwarte baldigst eine Antwort auf mein Schreiben Charles Richardson ist zurück und ist bei Mr Pitkins im Geschäft Sabra läuft ihm überhaupt nicht hinterher sie hatte ihn noch kein einziges Mal gesehen als ich sie zuletzt sah und das war Samstag ich denke sie würde *Dir* Grüße schicken wenn sie *wüßte* daß ich *Dir schreiben wollte* – ich muß jetzt schließen – alle tragen mir alles Schöne für Dich auf und hoffen daß es Dir gut geht und Du – Dich erfreust –

Mit aller Liebe Deine
Schwester Emily –

Emily Dickinsons Bruder Austin war wenige Tage vor seinem dreizehnten Geburtstag »zur Besserung« nach Easthampton, Massachusetts, auf die Schule geschickt worden. Edward Dickinson besuchte seinen Sohn bald darauf und nahm Emily Dickinsons Brief mit. Dem nur ein Jahr älteren Bruder Austin fühlte sich Emily Dickinson besonders nah, das belegen die vielen Briefe, die sie ihm schrieb, sobald er von daheim fort war. 83 der insgesamt 86 Briefe an Austin stammen aus den Jahren 1842 bis 1854, und auch wenn er Amherst danach nie mehr für längere Zeit verließ, muß man vermuten, daß spätere Briefe verlorengingen oder vernichtet wurden. (Näheres zu den Briefempfängern steht im Verzeichnis im Anhang S. 391 f.) — Die elfjährige Emily Dickinson schreibt ohne Punkt und Komma, mal kindlich selbstvergessen, mal auf Wirkung bedacht, etwa wenn sie die Allgemeinplätze der Erwachsenen parodiert. Die sehr förmliche Wendung »die Gelegenheit zu meinem Vorteil anwenden« ist interessanterweise eine, die bereits ihre Mutter in ihren bemühten Briefen an den Verlobten Edward Dickinson häufig verwendet. — Der »Bettgenosse« mag Austin oder aber die Schulkameradin Jane Humphrey gewesen sein, die 1841/42 ebenfalls bei den Dickinsons lebte. — Vinnie (Lavinia) ist die jüngere Schwester Emily Dickinsons, William

Washburn ein Schulkamerad Austins, Thomas Jones (1787–1853) Tuchfabrikant in Amherst, Mr. Wilson unidentifiziert. Der junge William W. Whipple war 1841/42 Leiter der Amherst Academy, Helen Humphrey (Janes ältere Schwester) im selben Schuljahr eine der Lehrerinnen Emily Dickinsons, die Kusine Harriet und der Vetter Zebina Montague waren Tochter und Sohn von Luke Montague und Irene Dickinson, einer Schwester des Großvaters Samuel Fowler Dickinson. Charles Richardson, ein Schulkamerad Austins, scheint eine Rivale um die Gunst Sabra Howes gewesen zu sein, Tochter des Wirts vom »Amherst House«.

Nr. 2

An Abiah Root *am 25. September 1845*

Liebste Abiah,

indem ich gerade einen Blick auf die Uhr warf und sah, wie eilfertig die kleinen Zeiger um das Blatt huschen, konnte ich mich kaum fassen, daß eben diese kleinen Zeiger mit so vielen kostbaren Momenten entschwunden sind, seit ich Deinen lieben Brief erhielt, und noch weniger glaublich war mir, daß ich, die ich mich stets brüstete, eine getreue Briefschreiberin zu sein, mich der Säumigkeit schuldig gemacht habe, indem ich die Antwort so lange aufschob [...] ich höre mit Freuden, daß es Dir besser geht als zuvor, und ich hoffe, daß die Übel mit uns beiden in Zukunft weniger trauten Umgang pflegen. Ich sehne mich so sehr danach, Dich zu sehen, liebe Abiah, und von Angesicht zu Angesicht mit Dir sprechen zu können, aber solange uns eine leibhaftige Unterredung verwehrt ist, müssen wir mit Briefen vorliebnehmen, wie schwer die Trennung Freunden auch fällt. Ich glaube fast, Du wärst erschrocken, hättest Du mich zetern hören, als mir Sabra sagte, daß Du beschlossen habest, in diesem Herbst nicht nach Amherst zu kommen. Weil ich aber niemanden fand, an dem ich mein Mütchen über Deine Entscheidung kühlen konnte, beschloß ich, mich in mein grausames Schicksal zu fügen, wenn auch keinesfalls mit Anstand. Du tust gut daran zu fragen, ob man von H. irgend gehört hat. Ich weiß wirklich nicht, was aus ihr geworden sein mag, es sei denn, die ewige Zauderei hat sie hingerafft. Das wird es sein. Ich finde, Du hast mir eine Hochzeit aus ganz neuer Warte geschildert. Hat der Pastor Mr. F. sie wirklich gebeten, sich zu erheben, damit er zwischen ihnen ein Band knüpfe? Nein, verzeih, wenn ich so leichthin von einer feierlichen Zeremonie spreche. Du hast mich in Deinem Brief gefragt, ob ich Dich nicht für parteilich hielte in Deiner Bewunderung für Miss Helen H[umphrey], sprich Mrs. P[almer]. Ich versichere Dir, nicht im mindesten. Sie war in Amherst allgemein sehr beliebt. Im Juni stattete sie uns einen schönen Besuch ab, und um so mehr bedauerten wir, daß sie hinzieht, wo wir sie weniger häufig werden sehen können als bisher. Sie geht jedoch schönen Aussichten entgehen und hält die Entfernung für unbedeutend im Vergleich zu einem gemeinsamen Hausstand mit ihrem Auserwählten. Mag sie denn glücklich werden, und das wird sie bestimmt. Ich hätte sie so gern noch einmal gesehen, hatte aber nicht das Vergnügen. Abby Wood, unserer besonderen Freundin und Einzigen Besonderen unter den Mädchen, geht es gut, sie läßt Dich sehr herzlich grüßen [...] Du fragtest, ob ich derzeit zur Schule gehe. Tue ich nicht. Mutter findet, ich dürfe in diesem Quartal nicht nur in Schulzimmern brüten. Sie sieht es lieber, daß ich mir Bewegung verschaffe, und ich versichere Dir, ihr Wunsch geht daheim überreich in Erfüllung. Morgen lerne ich Brot backen. Stelle Dir also vor, wie ich mit aufgekrempelten Ärmeln überaus anmutig Mehl, Milch, Natron usf. mische. Sofern Du von der Herstellung des täglichen Manna nichts verstehst, kann ich Dir nur raten, dies schleunigst nachzuholen. Ich denke, ich könnte recht bequem einen Haushalt führen, wenn ich nur zu kochen verstände. Solange das aber nicht der Fall ist, sind meine haushälterischen Kenntnisse von ähnlichem Nutzen wie der Glaube, wenn er nicht Werke hat und, wie Du weißt, tot ist an ihm selber. Verzeih, wenn ich aus der Heiligen Schrift zitiere, liebe Abiah, nur bot es sich in diesem Falle so sehr an, daß ich mich nicht enthalten konnte. Seit ich Dir zuletzt schrieb, ist der Sommer aus und vorbei und der Herbst gerät ins Dürre, ins verwelkte Laub. Noch nie ist die Zeit für mein Empfinden so schnell vorbeigesprengt wie in diesem Sommer. Ich argwöhnte, es möchte ihr jemand die Achsen geölt haben, denn ich habe sie nicht vorüberfahren hören, und das hätte ich gewiß, hätte nicht einer das Knarren der Räder zu unterdrücken gewußt. Aber ich will mich über sie nicht mehr verbreitern, denn ich weiß, wie ungehörig es ist, mit einer so hochgestellten Persönlichkeit sein Spiel zu treiben, und es steht zu befürchten, daß die Dame persönlich vorspricht, um gewissen Bemerkungen über sie nachzuspüren. Ich lasse sie daher vorerst in Frieden. [...] Was macht die Musik für Fortschritte? Nun, ich hoffe das Beste. Ich nehme Unterricht und komme gut voran, und inzwischen habe ich selbst ein Klavier, was mich sehr freut. Die ich mich schon geehrt fühle, wenn nur eine Puppe nach mir benannt wird. Ich werde ihm wohl einen Silberbecher schenken müssen, wie es sich für Mumen gebührt, wenn ein Kind auf ihren Namen getauft wird. [...] Hast Du noch Blumen? Ich hatte diesen Sommer einen herrlichen Blumengarten, unterdessen aber sind sie fast alle dahin. Heute abend ist es empfindlich frisch, und ich werde die schönsten vorm Zubettgehen pflücken und Jack Frost um möglichst viele der *Schätze* bringen, auf deren Raub er heute nacht hofft. Ist das nicht eine blendende Idee, ihm wenigstens einmal einen Strich durch die Rechnung zu machen, wenn es auch bei dem einen Male bleibt? Ich würde Dir zu gern ein Bukett schicken, wenn sich nur eine Gelegenheit zum Vorteil anwenden ließe, und Du könntest die Blumen pressen und darunterschreiben: die letzten Blüten des Sommers. Wäre das nicht poetisch; Du weißt, danach streben heutzutage die jungen Damen. [...] Ich bin ein gutes Stück in die Höhe geschossen, und ich trage die güldenen Locken im Haarnetz. Wohlerzogenheit, weißt Du, verbietet mir jede Bemerkung darüber, ob sich meine Erscheinung geändert hat. Dieses Urteil überlasse ich anderen. Aber mein [fehlendes Wort] hat sich nicht geändert noch wird es das fürderhin. Ich werde immer die alte bleiben. [...] Ich darf nichts mehr hinzufügen, denn es ist schon nach zehn, und alle sind im Bett außer mir. Vergiß nicht Deine Dir zugetane Freundin

Emily E. D.

Ich war sehr unwohl, als ich Deinen Brief bekam & außerstande, irgend etwas zu besorgen. Darüber wurde ich noch niedergeschlagener, und Dir halte ich meine Genesung zugute. Jedenfalls gebührt Dir ein gerechter Anteil. Es hat mich regelrecht belebt, Deinen Brief zu erhalten, denn wenn ich niedergedrückt bin, heitert mich nichts so auf wie der Brief einer Freundin. Jedes Wort, das ich lese, verleiht mir neue Kraft & inzwischen bin ich an Leib und Seele wiederhergestellt.

Abby Wood und ich erhielten nach ihrer Abreise je einen Bogen & ein Brieflein von ihr [Harriet Merrill]. Mrs. Merrill bekam von ihr 1 Bogen und mehr nicht. Ich habe ihr zwei Briefe geschrieben, zwei Aufsätze & ein Päckchen mit einem sehr schönen Lesezeichen geschickt; seither von ihr nichts. [...] mir wirklich, daß sie die vielen schönen gemeinsamen Stunden vergessen hat, und wiewohl ich mich gegen den Gedanken wehre, fürchte ich, sie hat uns vergessen, aber ich hoffe nicht.

Ich denke, sie [Helen Humphrey] wird allen in Southwick sehr fehlen & ihre Mutter und Schwestern müssen sich ohne sie recht einsam fühlen. Hast Du die Freundin, von der Du in Deinem Brief sprachst, in der Woche drauf besucht & wie geht es ihr? Hoffentlich besser. Ich habe mir Dich die ganze Woche sehr glücklich vorgestellt. Du weißt, daß Du mir in dem Brief die Erlaubnis gabst, mir Dich in glücklicher Verfassung vorzustellen.

Abby Wood, unserer besonderen Freundin und Einzigen Besonderen unter den Mädchen, geht es gut, und sie läßt Dich herzlich grüßen. Sie leistet mir in diesem Quartal daheim Gesellschaft, da ihre Tante der Meinung ist, sie solle die Schule nicht so andauernd besuchen als bisher, und so sind wir beide auf eine Zeit stille gestellt. Abby hat vor zwei, drei Wochen einen Brief von Sarah [Tracy?] bekommen. Es geht ihr gut, und sie trägt Grüße an alle Freundinnen auf. Ich finde, wenn es in der Welt eine gibt, die es verdient, glücklich zu sein, dann Sarah. Sie ist ein feines Mädchen, und ich liebe sie sehr. Ich werde ihr bald schreiben und ihr berichten, was sich hier seit ihrem Fortgang zugetragen hat. Ich bekam vor einigen Tagen einen Brief von S Norton, die jetzt in Worcester lebt und zuvor in Amherst gelebt hat. Sie hat im vergangenen Frühjahr ihre Mutter verloren und mir seither zweimal geschrieben. Sie scheint sehr einsam, jetzt, da ihre Mutter tot ist, und meint, wenn nur die Mutter lebte, mehr verlange sie nicht. Sie tut mir sehr leid, denn sie hat ihre Mutter sehr geliebt und empfindet den Verlust schmerzlich. [...] Fast habe ich vergessen zu erwähnen, daß Sabra Howe im letzten Jahr meist in Baltimore bei Onkel und Tante war. Vor 3 oder 4 Wochen war sie zu Besuch da, & will übernächste Woche auf ein Jahr wiederkehren, wenn nichts dazwischen tritt. Man sollte meinen, daß ihre Mutter sie wenigstens zeitweilig gern bei sich zu Hause hätte, aber offenbar hält sie es für besser, daß Sarah ihre Ausbildung auswärts erhält.

[...] trägt mir herzliche Grüße auf und würde sehr gern von Dir hören.

Bitte schreib mir bald, denn da ich Dich nicht sehen kann, muß ich recht oft von Dir hören. Wahrscheinlich wirst Du bald wieder nach Springfield zur Schule gehen. Aber wie unsere liebe Lehrerin Miss Adams gern sagte, wenn man in die eine Hand wünscht und in die andere pfeift, so hat man in beiden gleich viel. Also werde ich nicht mehr wünschen, sondern mich mit meinem Los bescheiden. Sabra, Viny, Abby und die Mädchen lassen alle herzlich grüßen.

Zwischen diesem und dem allerersten Brief Emily Dickinsons klafft zeitlich eine große Lücke: Aus dem Jahr 1842 sind lediglich drei Briefe erhalten, 1843 kein einziger, 1844 nur einer, und aus dem Jahr 1845 ist der hier abgedruckte Brief erst der vierte, dabei aber recht charakteristisch für die fast geschwätzige Mitteilungsfreude dieser Jahre, und es ist zudem der erste, in dem Emily Dickinson aus der Bibel und aus einem Shakespeare-Werk zitiert, den beiden zeitlebens von ihr am häufigsten bemühten Quellen. — Hier wird das eine Zitat (Jak. 2,17) noch angekündigt; das andere stammt aus *Macbeth*, V/3: »Ich lebte lang' genug: mein Lebensweg / Geriet ins Dürre, ins verwelkte Laub« (dt. Fassung für alle Shakespeare-Zitate nach Schlegel/Tieck). Aus *Macbeth*

(1606/1623) zitiert Emily Dickinson in ihren Briefen insgesamt dreizehnmal. — Zu ihrer »Erscheinung« hatte Emily Dickinson ihrer Freundin Abiah in einem früheren Brief versichert: »Ich werde immer hübscher! Ich rechne damit, spätestens mit 17 die Schönste im Amherster Lande zu sein. Ohne Frage werden mir die jungen Männer in Scharen zu Füßen liegen.« — Abiah Root besuchte nur ein Jahr lang (1843/44) gemeinsam mit Emily Dickinson in Amherst die Schule und wechselte dann auf Miss Campbells Lyzeum in Springfield, so daß sich die Freundinnen fortan nur dann sahen, wenn Abiah Root in Amherst Verwandte besuchte (und zwar ihre Kusine Sabra Palmer, von der hier die Rede ist). Die Verbindung riß endgültig 1854 ab, als Abiah Root nach Westfield heiratete. — »Viny« (später meist »Vinnie«) ist Emily Dickinsons jüngere Schwester Lavinia. Neben den im Brief erwähnten Mädchen – Sabra Howe, Abby Wood und Sarah Tracy aus dem inneren Zirkel »der Fünf« – gehören die Mitschülerinnen Jane Gridley, Emeline Kellogg, Martha Gilbert (Schwester der späteren Schwägerin Susan Gilbert), Nancy Cutler und Hatty Merrill zu ihren Freundinnen. Die meisten verließen Amherst schon bald, um andere (bessere) Schulen zu besuchen, während Emily Dickinson von 1840 bis 1847 an der Amherst Academy blieb. — Daniel Taggert Fiske, 1842 mit 23 Jahren Leiter der Schule, schickte der ersten Herausgeberin der Gedichte und Briefe, Mabel Loomis Todd, am 6. Februar 1894 folgende Skizze Emily Dickinsons: »Ich habe sie als sehr intelligentes, aber eher zartes und zerbrechliches Mädchen in Erinnerung, als herausragende Schülerin von vorbildlichem Betragen, in allen schulischen Pflichten sehr gewissenhaft, dabei jedoch ein wenig scheu und überspannt. Emily verfaßte auffällig originelle Aufsätze, die sprachlich und gedanklich weit über ihre Jahre hinauszugehen schienen und, das muß ich leider sagen, in der Schule nicht wenig Neid erregten.« (Nach Jay Leyda, *The Years and Hours of Emily Dickinson*, Yale University Press, 1970 [1960], I 81)

Nr. 3

An Abiah Root *Boston, am 8. September 1846*

Meine liebe Freundin Abiah.

Es ist lange, lange her, daß ich Deinen willkommenen Brief erhielt & es steht mir an, Vergebung zu heischen, die Dein anhängliches Herz mir gewiß nicht verweigern wird. Viele & unvorhergesehene Umstände sind an der Säumigkeit schuld. Ich war die ganze letzte Hälfte des Frühjahrs bei schlechter Gesundheit & weiter so im Sommer. Vielleicht ist Dir zu Ohren gekommen, daß die Liebe Miss Adams in Amherst unterrichtet & mir lag deshalb sehr daran, gerade in diesem Quartal die Academy besuchen zu können & das tat ich denn auch 11 Wochen lang, doch am Ende war ich so unwohl, daß ich die Schule lassen mußte. Es hat mich große Überwindung gekostet, auf den Unterricht zu verzichten & für eine Invalidin zu gelten, aber mein Befinden erzwang die Schonung von allen Pflichten & so brachte ich das Opfer. Mehrere Wochen litt ich an einem heftigen Husten, am Katarrh & war allgemein elend. Ich ging von der Schule ab & tat einige Zeit gar nichts als durch Wald & Wiesen zu streifen. Indes bin ich den Husten ganz los & alle anderen Widrigkeiten & bin gesund & kräftig. Das schlechte Befinden trübte meine Stimmung & ich war einige Zeit ganz herunter, nun aber kommt mit dem Befinden auch die Stimmung wieder auf. Vater & Mutter hielten eine Reise für zuträglich & so bin ich vorletzte Woche nach Boston gefahren. Ich bin ganz herrlich mit der Eisenbahn gereist & unterdessen hier zur Ruhe gekommen, insoweit man das vom Leben in der Stadt sagen kann. Ich besuche die Familie meiner Tante & bin glücklich. Glücklich! Habe ich das gesagt? Nein, glücklich nicht, aber zufrieden. Ich bin jetzt zwei Wochen hier & während dieser Zeit habe ich viel Staunenswertes gesehen & gehört. Vielleicht interessiert es Dich, wie ich hier die Zeit verbringe. Ich war auf Mount Auburn, im Chinesischen Museum, auf Bunker Hill. Ich habe 2 Konzerte & 1 Gartenschau besucht. Ich war ganz oben im State House & auch sonst an allen erdenklichen Orten. Warst Du jemals auf Mount Auburn? Wenn nicht, wirst Du kaum eine Vorstellung haben – von dieser »Totenstadt«. Es ist, als hätte eine vorausschauende Natur die Stätte eigens als Rastplatz für ihre Kinder eingerichtet, damit die Müden & Enttäuschten sich dort unter den breiten Zypressen ausstrecken & die Augen schließen möchten »friedlich wie bei Nacht zur Ruhe, bei Dämmerung die Blume«.

Das Chinesische Museum ist eine große Sehenswürdigkeit. Es gibt die vielfältigsten Wachsfiguren, den Chinesen nachgebildet & ebenso kostümiert. Auch chinesische Artefakte aller Art schmücken die Säle. Zwei leibhaftige Chinesen gehören zur Ausstellung. Einer ist Musiklehrmeister in China & der andere führte dort eine Schönschreibschule. Beide sind wohlhabend & nicht auf einen Erwerb angewiesen, aber es waren Opiumesser & da sie fürchteten, der »Geißel des Lasters« im eigenen Lande nicht zu entrinnen, der Angewohnheit weiterhin anzuhängen und ihr Leben zu zerstören, verließen sie ihre Familien & kamen her zu uns. Inzwischen haben sie die Neigung gänzlich überwunden. Mir ist besonders diese *Selbstüberwindung* ungemein interessant. Der Musiker spielte auf zwei Instrumenten & sang dazu. Ich mußte sehr an mich halten, nicht zu lachen, als dieser Dilettant vortrug, doch war er so zuvorkommend, indem er uns die Musik seiner Heimat nahezubringen versuchte, daß wir nicht anders konnten, als uns über seine Darbietung höchst erfreut zu zeigen. Der Schriftenmeister hat alle Hände voll zu tun, Besuchern, die dies wünschen, ihre Namen in chinesischer Schrift auf Visitenkarten zu malen – für die er 12 ½ Cents das Stück verlangt. Er versäumt auch nie, die eigene Karte beizulegen. Ich habe je eine Karte für Viny & für mich erstanden & mir sind sie sehr kostbar. Bist Du noch in Norwich & pflegst Du noch die Musik? Ich nehme augenblicklich keine Stunden, will es aber wieder tun, wenn ich zu Hause bin.

Scheint es nicht, als sei schon September? Wie rasch sich der Sommer verflüchtigt hat & welche Kunde von vergeudeter Zeit & verschwendeten Stunden wird er dem Himmel zugetragen haben? Die Antwort kennt nur die Ewigkeit. Das stete Schwinden der Jahreszeiten macht mich nachdenklich & dennoch: Wie kommt es, daß wir die Zeit nicht besser nutzen?

Wie eindrücklich sagt der Dichter doch: »Wir achten nicht der Zeit bis sie entflogen – weise darum zu geben ihr die Zunge; kaufe dir keinen Augenblick, der ohne Wert – & was wert sei, das frage Sterbebetten. Sie wissen es. Wie vom Leben, scheide widerstrebend von ihr.« Schwerer noch als der Menschen Meinung zur besseren Nutzung der Zeit wiegt eine andere. Denn Jesus sagt: »Ich muß wirken die Werke des, der mich gesandt hat, solange es Tag ist; es kommt die Nacht, da niemand wirken kann.« Wir wollen uns bemühen, ungerner von der Zeit zu lassen, den Schwingen des entschwindenden Augenblicks nachzusehen, bis sie sich in der Ferne verlieren & der neue Augenblick unsere Aufmerksamkeit fordert. Ich bin nicht unempfindlich, Liebe A., gegen das allbewegende Thema, das Du mir in Deinen Briefen so häufig & so zärtlich in Erinnerung rufst. Nur fühle ich, daß ich meinen Frieden mit Gott noch nicht schließen kann. Die verzückte Regung Deines Herzens bleibt mir noch fremd. Ich vertraue fest auf Gott & auf Sein Versprechen & doch, warum, weiß ich nicht, will mir scheinen, als gehörte der Welt der erste Platz in meinem Herzen. Ich glaube kaum, daß ich, müßte ich sterben, mich freudig in alles ergäbe. Bete für mich, Liebe A., damit ich dennoch ins Reich gelange, damit auch für mich Platz ist im Licht der Herrlichkeit. Warum kommst Du nicht nach Amherst? Ich sehne mich so sehr danach, Dich wiederzusehen, Dich einmal wieder in die Arme zu schließen & Dir von den vielen Dingen zu erzählen, die sich seit unserer Trennung zugetragen haben. Komm doch & statte mir in diesem Herbst einen langen – langen Besuch ab. Willst Du es nicht tun? Es hat sich hier in Amherst soviel verändert, seit Du hier warst. Viele, die damals in ihrer Blüte standen, sind zum letzten Gericht gerufen worden & »Klageleut gehen umher auf der Gasse«. Abby war, als ich aufbrach, zu Besuch daheim bei Mutter & Brüdern. Es geht ihr gut & sie ist schön wie eh und je. Sie will Dir bald einmal schreiben. Abby & ich sprechen viel über die schönen Stunden, die wir einst mit Dir, Sarah & Hatty Merrill verbrachten. Ach! was gäbe ich darum, wenn wir alle wieder vereint wären. Bitte schreibe bald, Liebe A., & zwar einen langen – langen Brief. Vergiß nicht – !!!!!

Deine treuergebene Freundin
Emily E. D.

Sabra Palmer war gesund und munter, als ich sie zuletzt traf & sie sprach davon, daß sie nach Feeding Hills fahren wolle. Wer weiß, vielleicht ist sie jetzt dort. Findest Du nicht, daß es im vergangenen Sommer ungewöhnlich heiß war? Ich finde solches Wetter im September unerhört. In Boston gab es letzte Woche über 100 Tote, etliche gingen vor Hitze ein. Mr Taylor, Unser einstiger Lehrer, war um die Zeit der Collegefeier in Amherst. Ach! ich habe Mr. Taylor schrecklich gern. Es war ganz wie in den alten Zeiten, Miss Adams & Mr Taylor wiederzusehen. Ich konnte mich nur schwer enthalten, »Auld Lang Syne« anzustimmen. Es schien mir überaus passend. Hast Du etwa die unvergleichliche Kutschfahrt vergessen, die wir alle mit Mr Taylor unternahmen, lang, lang ist's her.

Von Sarah Tracy höre ich recht oft, Hattys wegen hingegen will ich Dich gar nicht mehr fragen, ob Du von ihr noch hörst, denn das nötigte Dich, in Deinem nächsten Brief Raum zu opfern für ein Nein. Kein Wort mehr. Sarah schreibt sehr vergnügt & ich glaube, sie ist sehr glücklich. Ich bin so froh zu wissen, daß Sarah ein schönes Zuhause & gute Freunde hat, denn die hat sie unbedingt verdient. Wie froh wäre ich, wenn ich Dich bei meiner Heimkehr in A. vorfände. Weißt Du nicht mehr, daß ich Dich einst ebenso an einem Tag kennenlernte, da ich aus Boston wiederkehrte & mich Dir kurzerhand vorstellte?

Habt ihr in Norwich Blumen? Mein Garten war prachtvoll, als ich fuhr. Viny besorgt ihn in meiner Abwesenheit. Austin ist mit der diesjährigen Collegefeier selbst Student geworden. Denke nur!!!!!! Ich habe nun ein ehrwürdiges Erstsemster zum Bruder – Willst Du mir nicht immerhin versprechen, zu seinem Abschluß zur Collegefeier zu kommen? Tu's! Bitte! Viny sagte mir, wenn ich während meines Besuchs an Dich schriebe, solle ich herzlich von ihr grüßen. Ich habe mich, seit wir uns zuletzt sahen, sehr verändert. Ich bin sehr gewachsen & trage fast ganz lange Kleider. Glaubst Du, wir würden uns noch erkennen? Vergiß nicht, bald zu schreiben.

E.

Die erste Begegnung mit Abiah Root schildert Emily Dickinson ausführlicher im Brief Nr. 17. — Die Bibelzitate sind Joh. 9,4 und Pred. 12,5. — Im vierten Absatz zitiert Emily Dickinson aus *Klagen oder Nachtgedanken über Leben, Tod und Unsterblichkeit* (dt. Elise von Hohenhausen) des Engländers Edward Young (1683–1765), die in ganz Europa als Aufbruch in eine neue dichterische Ära gefeiert wurden. Die rund 10000 1742–1745 entstandenen Blankverse sind der Diktion und Rhetorik nach noch der Klassik verpflichtet;

Gestus, düster-meditative Grundstimmung und vor allem Gefühlsbetonung waren neu, sie machten Young in Deutschland zu einem Wegbereiter des Sturm und Drang. Emily Dickinson zitiert offenbar aus dem Gedächtnis; sie verbindet hier verschiedene Passagen aus »Erster« und »Zweiter Nacht«. — Das »allbewegende« Thema: In Amherst herrschte noch nahezu ungemildert die »theologische Eiszeit« eines rigorosen Puritanismus; Amherst Academy respektive Amherst College waren als trinitarische Trutzburgen gegen das liberalere Denken an der Universität Yale gegründet worden – entsprechendes Gewicht kam der Glaubensfrage zu, zumal in den Jahren des immer neu aufflackernden Erweckungseifers 1846, 1849, 1850 (»Great Revival«) und 1853, der gegen den anthropologischen Optimismus der Aufklärung die Sündhaftigkeit des Menschen und die Notwendigkeit göttlicher Rettung betonte. Wer nicht durch die Gnade Gottes »erlöst« wurde, für den gab es kein ewiges Leben, kein Wiedersehen mit Freunden und Familie im Jenseits. Emily Dickinson stürzten diese Phasen in schwere innere Konflikte, an deren Ende sie, nachdem 1850 auch der Vater und die jüngere Schwester, 1856 schließlich auch der Bruder Austin Glaubensbekenntnisse ablegten, die einzig »Unbekehrte« in der Familie sein sollte. — Miss Adams ist die besonders geschätzte Lehrerin Elizabeth C. Adams (1818–1873), die Anfang der 40er und 1846 nochmals Lehrerin an der Amherst Academy war; Jeremiah Taylor war 1843 Leiter der Academy. — »Viele, die damals in ihrer Blüte standen«: An Tuberkulose starben in Amherst 1844 die noch jungen Mütter zweier Altersgenossinnen Emily Dickinsons, vor allem aber am 29. April mit 14 Jahren die enge Freundin Sophia Holland, 1847 mit 19 Olivia Coleman, 1848 der 26jährige Jacob Holt, 1851 ebenfalls mit 19 Abby Haksell. — Am Amherst College wurde, wie anderswo auch, das Studienjahr mit der Verleihung der akademischen Grade im Rahmen einer Collegefeier beschlossen bzw. begonnen, mit Andachten, Ansprachen und Festivitäten aller Art (einschließlich des Straßenverkaufs von gebackenen Austern und Eiskrem). In seiner Eigenschaft als Finanzverwalter des College lud Edward Dickinson stets in großem Stil zu sich in die »Homestead« ein.

Nr. 4

An Austin Dickinson *South Hadley, am 21. Oktober 1847*

Lieber Bruder. Austin.

In Wahrheit habe ich nicht den kleinsten Augenblick Zeit, Dir zu schreiben & stückele sie vom »Silencium« ab, doch bin ich wild entschlossen, nicht wieder Wort zu brechen, & im allgemeinen erreiche ich meine Absichten. Am Samstagabend habe ich Euch nachgesehen, bis Ihr außer Sicht wart & bin auf mein Zimmer zurückgekehrt & habe meine Schätze betrachtet, & gewiß hat kein Geizkragen sein Gold je mit größerer Genugtuung gezählt, als ich auf die Geschenke von daheim blickte.

Kuchen, Lebkuchen, Torte & Pfirsiche sind längst verschlungen, doch Äpfel, Kastanien & Trauben bleiben mir & das hoffentlich noch eine Weile. Lach Du nur über die kurze Frist, während derer so viele Leckereien verschwanden, aber vergiß nicht, daß es *zwei* Mäuler zu stopfen gibt, nicht bloß *eines* & wir haben hier einen gesegneten Appetit. Ich kann Dir gar nicht sagen, wie gut mir Euer Besuch getan hat. Der Husten ist fast weg & aller Trübsinn verflogen seither. Als Ihr ginget, war ich sehr versucht, Heimweh zu kriegen, aber ich entschied mich dagegen & habe überhaupt allem Heimweh entsagt. War das nicht eine weise Entscheidung? Wie geht es Euch allen seit letzter Woche? Ich nehme doch an, daß sich nichts von ernster Bedeutung ereignet hat, sonst hätte ich Nachricht erhalten. Gestern abend bekam ich einen langen Brief von Mary Warner & wenn Du sie siehst, grüße sie herzlich von mir & sage ihr, daß ich ihr antworten werde, sobald mir der Unterricht nur Zeit dazu läßt. Übrigens hatten wir diese Woche eine Menagerie hier. Miss Lyon. diente allen Mädchen, welche die *Bären* & Affen sehen wollten, »Daddy Hawks« als Kavalier an, & so mußte Deine Schwester, der nicht der Sinn danach stand, die Galanterie des besagten Herrn ausschlagen, von der ich, wie ich fürchte, nie wieder Gebrauch zu machen Gelegenheit haben werde. Die Schausteller sind sämtlich vor der Schule aufgezogen & gaben uns eine viertelstündige Vorstellung, wenn Du mich fragst, um für den Nachmittag

Kundschaft zu werben. Fast alle Mädchen gingen hin & ich habe die Ruhe sehr genossen.

Ich möchte wissen, wann Du mich wieder besuchen kommst, denn ich bin so begierig, Dich zu sehen, als zuvor. Gestern habe ich Miss Fiske. auf ihrem Zimmer besucht & sie hat mir einen Brief von Sam vorgelesen, war das ein lustiger Brief! Es klang ganz nach ihm. Ich liebe Miss Fiske. sehr & ich glaube, ich werde alle meine Lehrerinnen lieben, wenn ich sie erst besser kenne & ihre Eigenarten weiß, die nahezu »unerforschlich« sind, das kannst Du mir glauben. Fast hätte ich vergessen, Dir von einem Traum zu erzählen, den ich gestern nacht hatte & möchte Dich bitten, den Daniel zu geben & ihn mir zu deuten, wenn es Dir aber widerstrebt, die Gefahren auf Dich zu nehmen, die jener zu bestehen hatte, darfst Du ihn auch ohne deuten, vorausgesetzt, Du flunkerst dabei nicht. Nun, mir träumte also, & siehe!! Vater war bankerott & Mutter sagte, der Roggen, den sie & ich angebaut hatten, sei an Seth Nims verpfändet. Ich hoffe, es stimmt nicht, aber schreibe doch bitte geschwind & sag es mir, denn Du weißt, ich würde »im Erdboden versinken«, wenn unser Roggen verpfändet wäre, ganz zu schweigen davon, daß er einem Radikalen in die ruchlosen Hände fiele!!! Und würdest Du mich bitte in Deinem nächsten Brief darüber aufklären, wer für das Amt des Präsidenten kandidiert? Seit meinem Eintreffen mühe ich mich, dahinterzukommen, allein ohne Erfolg. Vom Lauf der Welt weiß ich kaum mehr, als wenn ich traumwandelte, & Dir mit Deinem »studierten Scharfsinn« wird das dürftig & sehr nebelig erscheinen. Ist der Krieg gegen Mexiko vorüber & mit welchem Ausgang? Sind wir geschlagen? Weißt Du von fremden Nationen, die gegen South Hadley marschieren? Wenn ja, sag mir bitte Bescheid, denn ich hätte vor einem Sturmangriff gern noch Gelegenheit zur Flucht. Vermutlich würde Miss Lyon. uns im Ernstfall alle mit Dolchen ausstaffieren & Order erteilen, unsere Haut teuer zu verkaufen.

Sag Mutter, daß es sehr aufmerksam war, sich nach dem Befinden meiner Schuhe zu erkundigen. Emily hat eine Bürste & Schuhwichse die Hülle & Fülle, & ich bürste meine Schuhe nach Herzenslust. Danke Viny 10000mal für das wunderschöne Band & sag ihr, sie soll mir bald schreiben. Sag Vater vielen Dank für seinen Brief & ich werde mir Mühe geben, seine Anweisungen zu befolgen. Entschuldige bitte die Schrift, aber ich bin in furchtbarer Eile & darf kein einziges Wort mehr hinzufügen.

Ewig Deine Emily

Grüße an Vater, Mutter, Viny, Abby, Mary, Diakon Haskells Familie & alle braven Leute daheim, für die ich warme Gefühle hege. Ich werde Abby & Mary bald schreiben. Und Du schreibe mir bitte bald einen langen Brief & beantworte mir alle Fragen, das heißt, wenn Du sie lesen kannst. Komme mich so oft als möglich besuchen & bringe jedesmal reiche Beute.

Miss Fiske. sagt, wenn ich nach Amherst schriebe, solle ich herzlich grüßen. Wen, sagt sie nicht, verteile also Du, wie es Dir Menschenverstand & Anstand nahelegen.

Sei brav & höre auf mich.

Emily Dickinson war seit drei Wochen in South Hadley, kaum 15 km von Amherst entfernt. 1836 erst hatte Mary Lyon (1797–1849), eine Schülerin des international anerkannten Geologen Edward Hitchcock, Präsident von Amherst College, mit viel Idealismus und missionarischem Eifer das Mount Holyoke Female Seminary gegründet. Auf ihrem Lyzeum wurde im Geiste Edward Hitchcocks unterrichtet, dessen geologische, chemische und botanische Erkenntnisse später in Gedichte Emily Dickinsons einflossen. — So gern die Fünfzehnjährige die Amherst Academy besucht hatte, so viel versprach sie sich von dem Wechsel auf Mary Lyons Lyzeum. Abiah Root jedenfalls hatte sie kurz zuvor geschrieben: »Du machst Dir gar keine Vorstellung, wie sehr begierig ich darauf bin. Es geht mir, seit ich von der Schule in South Hadley sprechen hörte, bei Tage und nachts noch im Traum durch die Sinne.« (Helen Fiske [Hunt Jackson] hingegen, die spätere Erfolgsautorin »H. H.« und Bewunderin der Kunst Emily Dickinsons, schrieb 1846 jugendlich respektlos: »Mit meinem Vater habe ich recht ernstlich über den möglichen Besuch des Pensionats Mount Holyoke gesprochen – ich soll hin, um zu lernen, wie man Pudding kocht und Bratroste scheuert«, Leyda I 108). — »Daddy« Rosnell Hawkes war der Geistliche, der die Schule betreute. Rebecca W. Fiske, die im Jahr zuvor selbst an Miss Lyons Lyzeum ihren

Abschluß gemacht hatte, unterrichtete nun dort, ihr Bruder Sam besuchte im ersten Jahr Amherst College. Mary Warner war eine gute, aber weniger enge Freundin Emily Dickinsons als die aus dem »Kreise der Fünf«. — Der Traum ist insofern interessant, als hier die tief verwurzelte Angst des Vaters vor Scheitern und Schande offenbar noch die Tochter umtreibt. — »Radikal« war der als Loco-Froco Party bezeichnete Flügel, der sich über Finanzfragen 1835 in New York von den Democrats abspaltete; zur Zeit von Emily Dickinsons Brief jedoch zählten die einst revolutionären, inzwischen jedoch konservativen und zentralistisch gesinnten Whigs alle Democrats zu den »Loco Frocos«, und Democrats waren aus Dickinsonscher Warte ohnehin verdächtige Zeitgenossen. Seth Nims, lange Jahre Postmeister in Amherst, war Democrat. — Emily Dickinsons Bemerkung zur Weltlage unterscheidet sich im Ton wenig von einem ähnlichen Ausspruch gegen Ende ihres Lebens (Brief Nr. 246). — Die Emily, von der es heißt, sie besitze eine Schuhbürste, war eine Norcross-Kusine aus Monson; mit ihr teilte Emily Dickinson ein Zimmer.

Nr. 5

An Abiah Root *South Hadley, am 16. Mai 1848*

Meine liebe Abiah,

Du mußt mir, bitte, verzeihen, daß meine Antwort so lange auf sich warten ließ, und ich bin mir sicher, das wirst Du, wenn ich Dir die Gründe aufzähle. Denn Du weißt doch, der erste Bogen eines Briefs ist alter Sitte gemäß den Entschuldigungen vorbehalten, und wie sollte ich vorgezeichnete Wege um selbst erdachter willen verlassen. [...] Ich war den ganzen Winter über nicht sehr wohl, hatte jedoch davon nichts nach Hause gemeldet, damit mich die Familie nicht heimhole. In der Woche nach den Examina war eine Freundin aus Amherst zu Besuch hier und blieb eine Woche, und prompt unterrichtete diese Freundin bei ihrer Rückkehr Vater und Mutter von meinem Befinden. Hat man je eine solch falsche Freundin gesehen?

Da ich nicht ahnte, daß ich daheim verklatscht würde, kannst Du Dir mein Erstaunen und meinen Verdruß lebhaft vorstellen, als auf Befehl von höchster Stelle Austin noch am Samstag herbeigeeilt kam, um mich partout nach Hause zu bringen. Anfänglich bot ich noch Widerworte, ich führte sie in einem kurzen erbitterten Kampf mit meinem Bruder *Studiosus* ins Gefecht. Als Worte nichts fruchteten, verlegte ich mich auf Tränen. Doch der Frauen Tränen richten wenig aus, meine jedenfalls flossen ganz vergeblich. Du wirst Dir vorstellen können, daß Austin den Sieg davontrug und ich schmählich von hinnen ziehen mußte. Nun darfst Du aus dem, was ich sage, nicht schließen, daß mir nichts an meinem Elternhaus läge – weit gefehlt. Aber ich ertrug es kaum, vor Quartalsende von Lehrerinnen und Freundinnen scheiden zu müssen, um daheim Tag für Tag bittere Arznei und heiße Mixturen verabreicht zu bekommen, Arztbesuche erdulden zu müssen und das Kopfschütteln aller betagten Jungfern des Orts zum Niedergang der Gesundheit im allgemeinen.

Gebe ich die Komödie einer Strafverbannung aus einem Pensionat nicht vortrefflich? Vater ist ein Meister im Verabreichen von Medizin, besonders unliebsamer, und so wurde ich noch rund einen Monat nach meiner Heimkehr ohne alle Rücksicht behandelt, bis sich mein Husten schließlich erbarmte und verschwand und mir endlich Ruhe gönnte. Ich blieb bis zum Ende des Quartals daheim, wo ich meinen Eltern ein Trost war und dem keimenden Intellekt meiner einzigen Schwester nicht wenig Weisheitsnahrung zuführte. Fast hätte ich vergessen, Dir zu sagen, daß ich meine Lektionen daheim fortsetzen und mit meiner Klasse gleichauf bleiben konnte. Vergangenen Donnerstag waren die Ferien zu Ende, und am Freitagmorgen nahm ich unter dem Wehklagen der Freundinnen, dem Krähen der Hähne und Gezwitscher der Vögel wiederum Abschied von meinem Elternhaus. Fünf Tage sind seit meiner Rückkehr nach Holyoke vergangen, und sie vergingen sehr langsam. Gedanken an daheim und an die Freunde »prasseln grad so als Blitze vom Gewitterberg«, bis mir ganz melancholisch wird.

Vater hat beschlossen, mich nicht noch ein weiteres Jahr nach Holyoke zu geben, daher wird dieses mein *letztes* Quartal sein. Ist es denn möglich, daß ich schon fast ein Jahr hier bin? Stutzig werde ich, wenn ich der Gelegenheiten gedenke, die sich mir boten und die ich, wie ich fürchte, nicht so zu meinem Vorteil habe angewandt, wie ich es hätte tun müssen. Manche Stunde hat dem Himmel wohl Rapport gemacht, und was wird über mich wohl zu sagen gewesen sein? […] Wie froh bin ich, daß Frühling ist, und wie wohl tut es den Sinnen, nach eifrigem Studium durch die grünen Wiesen zu gehen und längs der lieblichen Bäche, mit denen South Hadley so reich gesegnet ist! Wildblumen gibt es nahebei leider wenige, indem die Mädchen sie sehr gemindert haben, so daß wir ein gutes Stück gehen müssen, um sie zu finden, doch dann entschädigen sie uns mit holdem Lächeln und mit ihrem Duft.

Je älter ich werde, desto mehr liebe ich das Frühjahr und die Frühlingsblumen. Geht es Dir auch so? Zu Hause fanden sich mehrmals Ausflugspartien zusammen, zu denen ich gehörte, und auf unseren Streifzügen fanden wir viele hübsche Abkömmlinge des Frühlings, deren Namen ich Dir nennen will, um zu sehen, ob Du sie kennst – Maiblume, Natternzunge, viola pubescens, rundblättriges Leberblümchen, Blutkraut und viele kleinere Blumen.

Was liest Du augenblicklich? Ich habe zur Lektüre wenig Zeit, wenn ich hier bin, aber daheim habe ich geschwelgt, glaub mir. Zwei oder drei will ich hier erwähnen: *Evangeline*, *Die Prinzessin*, *The Maiden Aunt*, *Der Epikuräer*, und zuletzt *The Twins* und *Heart* von Tupper. Bin ich nicht penibel, Dir meine Lektüre so vorzubuchstabieren? Hast Du Deinen Besuch in Amherst vom letzten Sommer schon vergessen, und wieviel Vergnügen wir hatten? Ich nicht, und ich hoffe, Du kommst noch mal länger, wenn ich aus Holyoke wieder daheim bin. Vater möchte mich im nächsten Jahr dabehalten, und dann wird er mich wohl wieder fortschicken, wohin, weiß ich nicht. […]

Ewig Deine
Emilie E. Dickinson

P.S. An Fächern habe ich derzeit Astronomie und Rhetorik für die fortgeschrittene Stufe. Was lernst Du jetzt, sofern Du die Schule besuchst, und machst Du noch Musik? Ich übe in diesem Quartal nur eine Stunde am Tag.

Am 30. September 1847 war Emily Dickinson an der Schule in South Hadley eingetroffen, im November fuhr sie zum Erntedankfest nach Hause, dann erneut Ende Januar bis Anfang Februar 1848 in die Winterferien; die Krankheit, von der im obigen Brief die Rede ist, hielt sie Ende März bis Anfang Mai daheim, und im August endete bereits das Schuljahr in Mount Holyoke. Anfang November 1847 hatte Emily Dickinson der Freundin geschrieben, es gefalle ihr an der Schule – nach anfänglich schlimmem Heimweh – gut, und minutiös ihren Lehrplan und Tagesablauf geschildert. Ihre Mitschülerinnen fand sie nett, aber nicht mit den »Fünf« zu vergleichen – so wie auch nichts über ein Leben daheim gehe. Andererseits heißt es 1847 in einem Brief des damaligen Leiters der Amherst Academy Leonard Humphrey an einen Freund: »Es ist verblüffend zu sehen, wie die Mädchen hier sich unter dem Deckmantel der Freundschaft gegenseitig mit Lust beißen & zerfleischen.« (Leyda I 119). — Das Zitat am Ende des dritten Absatzes stammt aus dem Gedicht »Marco Bozzaris« des amerikanischen Dichters und Bewunderers von Lord Byron Fitz-Greene Halleck (1790–1867). — Vermutlich ab 1843 führte Emily Dickinson ein Herbarium. — Die erwähnten Werke sind Henry Wadsworth Longfellows *Evangeline* (1847), das Langgedicht *Die Prinzessin* von Alfred Lord Tennyson (1847) – das eine feministische Utopie verhandelt (und verwirft) –, Marcella Bute Smedleys Roman *The Maiden Aunt*, *Der Epikuräer* (1827) von Thomas Moore sowie die beiden Novellen *The Twins* (1851) und *The Heart* (1853) von Martin Tupper. — Diesen Brief unterzeichnet Emily Dickinson erstmals als »Emilie«, eine Manier, die sie ihrer Kusine in South Hadley abgeguckt zu haben scheint und die sie bis 1860 beibehalten sollte. — Der folgende Absatz, seinerzeit separat in der erweiterten Ausgabe der von Mabel L. Todd herausgegebenen *Letters of Emily Dickinson* (1931) abgedruckt, gehörte ursprünglich wahrscheinlich zu dem obigen Brief, und zwar an die Stelle, die im vierten Absatz mit Auslassungspunkten markiert ist.

Mich schaudert, wenn ich daran denke, wie bald die Wochen und Tage dieses Quartals verstrichen sein werden und mein Schicksal, möglicherweise, besiegelt. Ich habe das eine, *das not ist*, vernachlässigt, das alle sonst erwählt haben, und vielleicht werde ich niemals wieder eine Epoche erleben, wie sie uns im letzten Winter vergönnt war. Abiah, Du wirst Dich verwundern, mich so reden zu hören, wohl wissend, daß ich an dem allbewegenden Thema kein Interesse zeige, aber ich bin betrübt, und ich bereue, daß ich mich im letzten Quartal, als sich mir die einmalige Gelegenheit bot, nicht in Gottes Hand gab und Christin wurde. Es ist nicht zu spät, sagen mir die Freunde, wispert mein gekränktes Gewissen, doch es fällt mir schwer, der Welt zu entsagen. Ich habe mich daheim in Amherst lange mit Abby unterhalten, und ich würde mich wundern, wenn sie sich nicht bald zum Glauben bekennte. Sie spricht mit großem Ernst und tiefer Empfindung von diesen Dingen und meint, sie sei ganz darauf bedacht, Gott in allem zu gefallen. Ach, wenn ich das von mir nur aufrichtig sagen könnte, doch ich fürchte, das werde ich niemals. Selbst eine Freundin will ich nun nicht länger mit meinen Gefühlen behelligen. Halte sie heilig, denn ich habe niemandem als Dir und Abby je davon ein Wort gehaucht.

Während Jane Humphrey und Susan Gilbert geheime Ambitionen anvertraut werden (siehe die Briefe Nrn. 8, 14, 18), ist Abiah Root die »Beichtschwester« unter den Freundinnen.

Nr. 6

An Abiah Root *am 29. Oktober 1848*

Meine liebe Abiah,

denn so will ich Dich immer noch nennen, obschon mich, indem ich es tue, meine wunderliche Kühnheit frösteln macht und ich beinahe wünschte, ich wäre demütiger und meiner Sache weniger gewiß gewesen.

Sechs lange Monate haben ihr Möglichstes getan, uns zu Fremden werden zu lassen, und doch liebe ich Dich um so besser, und mag auch das goldene Glied der Kette unseres Bundes betrüblich matt geworden sein, so sehe ich Dich nur ungern aus dem hellen Kreise entschwinden, den ich den meiner Freunde nannte; ich habe Dir am 1sten März einen langen Brief geschickt & voller Geduld wartete ich auf Antwort, doch bis heute hat mich keine getröstet.

Langsam, nur langsam kam ich zu dem Schluß, daß Du mich vergessen hast & ich gab mir redlich Mühe, Dich auch zu vergessen, doch Dein Bild geht mir nach und quält mich mit zärtlichen Erinnerungen. Bei unserer Jahresfeier erhaschte ich nur einen flüchtigen Blick in Dein Gesicht & froh sah ich einer Unterredung entgegen & der Erklärung für Dein Schweigen, doch als ich Dich suchte, tat ich es vergeblich, denn der »Vogel war ausgeflogen«. Manches Mal halte ich alles für Einbildung, dann glaube ich, ich hätte meine alte Freundin nicht *wahrhaftig* gesehen, sondern ihren Geist, doch prompt verrät mir Deine wohlbekannte Stimme, daß es kein Geist war, sondern Du selbst, die in dem überfüllten Saal stand & mich ansprach – Warum bist Du an jenem Tag nicht wiedergekehrt und hast mir gestanden, was Deine Lippen mir gegenüber versiegelte? Hat mein Brief Dich nie erreicht, oder hast Du kaltblütig beschlossen, mich nicht mehr zu lieben & mir nicht mehr zu schreiben? Wenn Du mich liebst & meinen Brief nie erhalten hast – dann darfst Du Dich ungerecht behandelt fühlen, und zu Recht, doch wenn Du mir keine Freundin mehr sein willst, dann sage es & ich will *ein letztes Mal* versuchen, Dich aus meinem Gedächtnis zu tilgen. Sage es mir bald, denn das Warten ist unerträglich. Ich brauche Dir nicht zu sagen, wer hier spricht, es ist

Emilie.

Die »Jahresfeier«, bei der Emily Dickinson die Freundin Abiah Root nur flüchtig zu Gesicht bekam, war der am 3. August am Mount Holyoke Female Seminary feierlich begangenen Schulschluß. — In diesem kurzen Brief schwingt Verlustangst mit und zeigen sich die hohen Erwartungen, die Emily Dickinson an Freunde und Vertraute stellte und die ihr zeitlebens im Kontakt mit anderen Schwierigkeiten bereiten sollten; ein ähnliches Ultimatum stellt Emily Dickinson später Susan Gilbert (Nr. 37: »bleib oder geh«). Die Briefschreiberin scheint zu ahnen, daß sich ihr Weg von dem der bisherigen Gefährtinnen – Abiah, Abby, Jane, Sarah und Harriet – bald trennen wird, die nun an der Schwelle zum Erwachsenenleben bereitwillig die ihnen gesellschaftlich zugedachten bzw. zugestandenen Rollen einnehmen.

II

1849–1852

Ich habe seltsame Dinge gewagt …

Mit dem Besuch des Lyzeums in South Hadley endet für Emily Dickinson die Schulzeit. Daheim findet sie im ereignisreichen Winter 1849/50 – »in Amherst geht es hoch her« – neue »Präzeptoren« aus dem Umfeld des College. Es herrscht spürbar Aufbruchsstimmung, eine Ungeduld mit »Nähzirkeln«, ein Hang zu Höherem: »die wir uns gern einbilden, wir allein seien Poeten, und alle anderen Prosa«.

Mit Lust verläßt Emily Dickinson nun die »vorgezeichneten Wege«. Es wird eine Zeit gewagter Schreibexperimente – satirischer Vignetten, extravaganter Phantastereien – und Rollenspiele. Die Maskerade des Valentinsfests bietet hierfür die ideale Bühne (und führt im Februar 1850 zu einer ersten »Veröffentlichung«, als in der Literaturzeitschrift des College anonym ein parodistischer Valentinsbrief Emily Dickinsons abgedruckt wird). Wie sehr all dies in Atem hält, zeigt sich auch in der äußeren Gestalt der Briefe; es mehren sich die Gedankenstriche, die die Dichterin zu einem so mächtigen Stilmittel ausformen sollte.

Die Masken erlauben Emily Dickinson ungewöhnliche Auftritte – als Rächerin (Nr. 7), geistreiche Spötterin (Nr. 10), als schwärmerisch anschmiegsame Seelenfreundin (Nr. 11) oder gar Hörige (Nr. 16). Während sie jedem Korrespondenten gegenüber einen anderen Ton anschlägt, ist die Stimme doch immer ihre: an Jane Humphrey schreibt sie aufrichtiger, weniger verstiegen und sentimentalisch als etwa der neuen Freundin und späteren Schwägerin Susan Gilbert, an die sie ab 1850, als die früheren Freundinnen aus ihrem Gesichtskreis verschwinden, ihr Herz hängt und der sie ängstlich werbend, ja devot begegnet, während sie wiederum dem Bruder ihre Gefühle »doch besser nicht offenbaren« will und folglich die Rolle der distanziert-ironischen Chronistin (Nr. 12) einnimmt. Briefe an ihn (insgesamt 38) und an Susan (13) ergeben ein Konvolut so umfangreich wie alle Briefe der ersten neun Jahre zusammen.

Der Übermut und die expansive Bewegung erfahren durch die neuerliche und besonders intensive Erweckung des Jahres 1850 einen empfindlichen Dämpfer: An einem einzigen Sonntag kommt es in Amherst zu 32 Bekehrungen, und zu den Erweckten gehören nicht nur Emily Dickinsons Schwester Lavinia (Vinnie) und der Vater, sondern auch die Freundinnen Abby Wood, Jane Hitchcock, Mary Warner und Susan Gilbert. Im April schreibt eine zunehmend isolierte Emily Dickinson an Jane Humphrey: »Der Herr ruft hier alle, und alle meine Gefährten folgen; ich allein bleibe Rebell und werde ganz achtlos«. Ende des Jahres entscheidet sich Emily Dickinson dann gegen die (christliche) Ergebung und für das Wagnis der Dichtung. An die Freundin Abiah Root schreibt sie: »Das Ufer ist sicher, Abiah, nur trotze ich so gern der See – traurige Wracks kann ich in diesen angenehmen Gewässern zählen, ich höre den Wind murmeln, aber ach!, wie liebe ich die Gefahr!«

Nr. 7

An Joel Warren Norcross *am 11. Januar 1850*

Dem liebsten aller lieben Onkel.

Der Schlaf überkam mich, und ein Traum stieg auf, ein Traum gar wunderlich und kurios – er war ein warnendes Zeichen – das ich dem, welchem es gilt, nicht verhehlen darf – Gott bewahre, daß Du ein so sonderbares Gesicht leicht nähmest – es sei der Geist der Liebe davor – es leite Dich der Geist der Menetekel – mögen hilfreiche Hände – Dich vor dem Fall bewahren! Mir träumte – und siehe: es war eine Heerschar, deren Zahl kein Mensch zu nennen vermöchte – Männer sämtlich in der Blüte ihrer Jahre – alle stark und beherzt – von keiner Last noch gedrückt – nicht entkräftet – noch müde. Manch einer hütete Schafe – manch einer fuhr zur See – und wieder andere boten bunte Ware feil und betrogen die Einfältigen, die kamen zu kaufen. Sie machten das Leben zu einem langen Sommertag – sie tanzten zum Klang der Laute – sie sangen alte Weisen – sie taten sich am jungen Wein gütlich – manch einer schwor dem Freunde ewige Treue – manch einer entsagte allem Betruge an armen Schluckern – und *einer* erzählte seiner Nichte eine Unwahrheit – sie alle versündigten sich auf ihre Weise – und waren ihre Leben noch nicht eingefordert. Dann aber kam die Stunde – es waren die Jungen mit einemmal alt – die Herden ohne Hirte – das Schiff ohne Steuermann – die Tänze geendet – die Kelche geleert – und der Sommertag frostig – Wehe, welch furchtsame Mienen! Der Händler raufte sich die Haare – der Hirte klapperte mit den Zähnen – der Seemann verbarg sich – und betete um den Tod. Manch einer fachte das brüllende Feuer – manch einer öffnete des Bebens Schlund – Winde bestiegen die Meere – Schlangen fauchten erbärmlich. O, ich fürchtete mich, und laut rief ich, welches die Schrekken seien – die da kommen sollten – ich horchte – und aus der Tiefe sprachst *Du*! Du könnest Dich nicht befreien, klagtest Du – keine Hilfe reiche bis zu Dir herab – Du habest es heraufbeschworen – ich aber überließ Dich einem einsamen Tod – doch nannte man mir das ganze Vergehen – Du warst auf Erden wortbrüchig geworden – und nun war es zur Sühne zu spät. Wie sollte Dich wundern, daß ich erschrak – wie solltest Du mir verdenken, daß ich gleich mit der Geschichte zu Dir eile? Nicht *alles* war Traum – und doch weiß ich, er wird in Erfüllung gehen, wenn Du Dich nicht von der Sünde abwendest – noch ist Zeit, das Rechte zu tun. Ahnst Du es, frage ich mich – errätst Du die Bedeutung – ehe sie sich zur Wahrheit ausbildet? Du Bösewicht ohne Beispiel – unerhörter Übeltäter – Schurke unbeschreiblich – »Schandfleck der Schöpfung« – Kandidat für den Karzer – magnum bonum Vielversprecher – lirum larum Treuebrecher – Ha, was soll ich Dich noch schimpfen? Ein »feiner Herr« würde Mrs Caudle sagen, das wäre viel zu gut für Dich. »Prachtkerl« wohl Mrs Partington – was auch nicht paßt – alle Gewalt der Natur hetze ich auf Dich – mögen Feuer lodern – Wasser fluten – Lichter erlöschen – und Stürme wüten – Freunde sich abwenden – Feinde aufziehen und Galgen das Haus rütteln, in dem Du umhergehst, aber nie henken! Mein Wohlwollen Dich nicht erreichen – mein Übelwollen die leibliche Hülle verfolgen, welche die Seele beherbergt! Weitere Plagen, die mir entfallen, sollen nachgeschlagen werden und Dir umgehend zugehen. Wie willst Du sie alle nur ertragen – werden sie drücken – und das Leben schwer machen? Möchte es so sein – einen durchschlagenden Erfolg errechne ich mir nicht – Du wirst sie leiden wie ein Salamander. Der alte Daniel war kaum gelassener. Berühren Dich Sarkasmus – der Hohn der Welt? »Feuer sprühe – Kessel glühe – brat und koch im Zaubertopf – Verflucht seist Du – Du bist verflucht«.

Entsinne mich nicht an den Brief, der mir zugesagt war bei Deiner Rückkehr nach Boston – wie lang und wie breit – wie hoch – oder tief – wie viele Waggons er stranden – wie viele Kutschen er kentern ließ – das Beben der Erde, wenn er darauf fiel – Habe nicht die leiseste Erinnerung an Herzen, die leicht wurden – Augen heller und das Leben durch die Freude verlängert – beklagenswert schlechtes Gedächtnis – deren Besitzerin unser Mitleid verdient! Wäre Deine Hand bleich – das Auge blind – ließe sich über ein Einlenken reden – aber Du hast Vater einen Brief geschickt – daher bleibt nur der Kampf. Krieg, Sir – »auch ich wär für Krieg!« Würdest Du ein Duell erwägen – oder wäre Dir das zu stille – auf jeden Fall werde ich Dich töten – Deine Angelegenheiten magst Du im Lichte dieser Aussicht ordnen. Wenn Du Chloroform zu Hilfe nehmen willst, bitte sehr – rasch werde ich Dich von allem Leid erlösen. Mein letztes Duell währte kaum fünf Minuten – einschließlich »sich hüllen in des Diwans Decken – und betten hin zu sanften Träumen«. Die Lynchjustiz sorgt heutzutage in bewundernswerter Weise für Witwen – und Waisen – so daß mich Duelle anders dünken als zuvor. Onkel Loring – und Tante Lavinia wirst Du *fehlen*, gewiß – aber Prüfungen müssen die besten Familien bestehen – und ich denke, es hat schon seine Richtigkeit – so kommt man auf neue Gedanken – und *das* ist nicht zu verachten. Wie geht es Dir körperlich und seelisch seit Deinem letzten Besuch bei uns? Wie steht es um Deine Nachtruhe – und schwindet Dein Appetit? Denn das sind untrügerische Zeichen, ich frage ja nur – nichts für ungut. Leid gehört zu den Dingen, die ich gern vermeide – doch sind meine guten Absichten und ich nicht immer einig – und es trifft schon mal einen ein Stein, den ich nach Nachbars Hund warf – *trifft* nicht nur – *das* wäre das Geringste – nein, *mich* will man partout beschuldigen anstelle des Steins – und klagt über Kopfschmerz – wenn das nicht der Gipfel des Unfugs ist. Er paßt wunderbar zu einer Geschichte, die ich las – ein Mann richtete ein geladenes Gewehr auf einen Mitmenschen – und schoß ihn tot – prompt warf man den Besitzer des Gewehrs ins Gefängnis – und henkte ihn als *Mörder*. Ein weiteres Opfer des Unverstands der Gesellschaft – es sollte wahrhaftig verboten werden – denn in einer solch dummen Welt zu weilen, kostet einen wirklich Kopf und Kragen – und ermüdet. Das Leben wird seinem Ruf nicht gerecht. Wenn ich also Dein Zimmer betrete und Dir das Herz herausreiße, auf daß Du stirbst – Dich töte – dann henkt mich meinethalben – wenn ich Dich hingegen im Schlaf ersteche, ist doch der Dolch schuld – was kann ich dazu – und ihr könnt mir ebenso wenig anlasten, Dir geschadet zu haben, als irgendeinem anderen Instrumente. Wir verstehen uns und die Todesstrafe auch, will ich meinen – und sehr hoffen – denn lästig ist es, lesen sie einem die falschen Leviten, weil die rechten gerade nicht zur Hand sind.

Deine Freunde hier in Amherst sind wohlauf – oder *waren* es dem Vernehmen nach – ich selbst bin mehrere Tage nicht mehr bei Kelloggs gewesen. Da ich jedoch weder Arzt noch Küster sah, lade ich mir die schwere Verantwortung auf, Dir zu versichern, daß sie leben und guter Dinge sind. Du erkennst, daß bei uns das Ganze für das Teil steht – indem es sich um eine dieser *heiklen* Angelegenheiten handelt und nichts für Pfuscher. Hast du *Susannah* unterdessen gefunden? »Rosen verblühen – die Zeiten entfliehen« – eine Weise Dir so wohlbekannt, daß ich sie nicht zu wiederholen brauche. In Amherst geht es hoch her in diesem Winter – wenn Du sehen könntest! Schlittenpartien mehr fast als Passanten – was mir das Bild eines Mehr als mehr eingibt. Wie es Dich anmutet, vermag ich nicht zu sagen – nehme jedoch an, daß Dir der Vergleich bei näherer Betrachtung einleuchten mag. Den Gesellschaften gehen die Unterhalter aus – weil die besten eine Woche im voraus für sämtliche Bälle gebucht sind – Kavaliere sind wohlfeil – Jungfern lächeln wie Junimorgen – O! eine prachtvolle Stadt haben wir! Refrain – »viel prachtvoller noch ist es hier«. »Die Becher erhebet« usf. Du singst doch gerne – meine ich – und wirst Dir diese beiden bei eifrigem Bemühen gewiß einprägen können, ehe wir uns wiedersehen. Fleiß hat noch nie geschadet – er wird es kaum auf einmal tun.

Geht es Euch allen gut – auch den Kindern – grüß bitte alle Mitglieder Deines Hausstands von allen aus dem unsrigen. Vergiß Vetter Albert in meinem Anteil nicht! Vinnie war bei Euch – sie schrieb Uns von vielen schönen Stunden. Wir grämen Uns ohne sie – hoffen jedoch, Uns noch halten zu können, bis sie wiederkehrt. Schreibst Du mir vorher? Jede Mitteilung wird dankbar angenommen.

Emilie – glaub ich.

Meine Empfehlungen an die Herren – White – und Leavitt. Ihnen des Himmels ausgesuchtesten Segen – und daß das Übel vorübergehe, ohne sich nach rechts – oder links zu wenden. Insonderheit nicht links – da sie eher wahrscheinlich sich dort befinden. Einen Gruß an Wm Haskell – und artige Botschaften an alle anderen Freunde.

Austin ist doch nicht nach Boston gekommen. Er hat seine Ferien bis auf den letzten Rest auf Humes Geschichte Englands verwandt – was ihn fast ganz verzehrt hat.

Bekam vor einigen Tagen einen langen und sehr interessanten Brief von Emily [Norcross]. Sie scheint zufrieden – fast glücklich – meint aber, sie freue sich auf uns.

Aus dem Jahr 1849 sind lediglich zwei Briefe erhalten, einer vom Februar, einer (zwei Zeilen nur) vom Dezember. Dieser Brief ist die bisher gewagteste Stilübung Emily Dickinsons. Hier tauchen auch erstmals gehäuft die strukturierend eingesetzten Gedankenstriche auf, die Emily Dickinson zu einem so ausdrucksstarken wie idiosynkratischen semantischen Notationssystem verfeinern wird. Und das »Wir« verwendet sie nun auch immer häufiger doppelt pluralisch – im Sinne des Pluralis majestatis wie des Pluralis modestiae; das wird im weiteren durch die Großschreibung angezeigt. — Joel Warren Norcross, der jüngste Bruder der Mutter, war gerade neun Jahre älter als Emily Dickinson und damit ein Altersgenosse Benjamin Franklin Newtons und des jungen Kanzleipartners des Vaters Elbridge Gridley Bowdoin. Der Onkel betätigte sich als Importeur von Luxusgütern und reiste deshalb häufig in Europa. — White und Leavitt waren Joel Norcross' Geschäftspartner, »Mrs Caudle« eine von Douglas William Jerrold für das Satiremagazin *Punch* kreierte Xanthippe, »Mrs Partington« eine von Benjamin P. Shillaber 1847 für eine Bostoner Zeitung erfundene ländliche Klatschbase. — Das erste Zitat im zweiten Absatz läßt John Miltons Blankversepos *Verlorenes Paradies* (Zweites Buch, 48–121, dt. Bernhard Schuhmann) von 1667/1674 anklingen: »Auch ich, ihr Fürsten, wär für offnen Krieg«; dieses Gedicht wird insgesamt viermal zitiert. — Bei dem zweiten Zitat handelt es sich um eine Paraphrasierung der Schlußverse des Gedichts »Thanatopsis« von William Cullen Bryant (1794–1878). Der Anwalt, Journalist und Übersetzer der Epen Homers hatte 1817 mit seiner Todesmeditation großes Aufsehen erregt. Sein Gedicht, in dem auch die Rede ist von »chambers in the silent halls of death«, könnte eine der Keimzellen für Emily Dickinsons späteres Gedicht »Safe in their Alabaster Chambers« (nach Franklin Nr. 124, siehe Brief Nr. 72) gewesen sein.

Nr. 8

An Jane Humphrey *am 23. Januar 1850*

Liebe Jane.

Ich habe Dir recht viele Briefe geschrieben, seit Du mich verlassen hast – nicht von der Art, wie sie auf die Post wandern – und die Reise in Postsäcken antreten – sondern komische – kleine wortlose – randvoll mit Zuneigung – mit Vertraulichkeiten – doch für Dich ohne Nachweis – und daher ungültig – und irgendwie antwortest Du nicht – wie Du es auf Papier- und Tintenbriefe *tätest* – daher ich es mit einem solchen probiere – wenngleich er nicht halb so kostbar ist als die andere Sorte. *Die* habe ich nachts geschrieben – wenn der Rest der Welt schläft – wenn nur Gott zwischen uns trat – und sonst keiner hörte. Unnötig, die Tür zu verschließen – scheu zu flüstern – lauschende Ohren zu fürchten – denn die Nacht hielt alle Welt so fest umschlungen, daß sie nicht stören konnte – und die Arme waren sehnig und stark. Manchmal war ich mir nicht sicher, ob Du wach bist – ich hoffte, Du führtest die geistige Feder – und das auf Bogen aus Luft. *Hast* Du es getan – und waren wir in manchen jener Nächte tatsächlich vereint? Wie *liebe* und denke ich an Dich, Jane – und ich wollte es Dir vor Augen führen – doch es ist nicht leicht getan, da wir *daheim* sind – Vinnie ist fort – und meine zwei Hände nur *zwei* – nicht vier oder fünf, wie es sein müsste – und so *viele* Notwendigkeiten – und ich wie gerufen – und meine Zeit von so wenig Belang – und mein Schreiben so unnötig – daß ich zu dem Schluß gelange, ich wäre wahrlich beispiellos böse, wollte ich nur Haaresbreite Zeit einem so unseligen Zwecke abzweigen wie der Abfassung eines freundlichen Briefs – denn wozu brauchte *ich* Teilnahme – oder gar Zuneigung – oder gar erst Freunde – Haus hüten – Essen besorgen – *fegen*, wenn die Seele betrübt ist – es geht nichts über Bewegung zur Ertüchtigung – und Belebung – und als Heilmittel gegen solcherart Unsinn – Arbeit macht uns stark und fröhlich – und was Gesellschaft betrifft, welche Nachbarschaft wäre so emsig wie die meiner selbst? Die Krüppel – die Lahmen – die Blinden – die Alten – die Gebrechlichen – die Bettlägerigen – und Überbejahrten – die Häßlichen und Unausstehlichen – die mir ganz und gar Verhaßten – sie *alle* zu sehen – und von ihnen gesehen zu werden – eine seltene Gelegenheit, Sanftmut zu lernen – und Geduld – und Unterwerfung – und der sündigen und verderbten Welt den Rücken zu kehren. Auf diese oder jene Weise neige ich anderen Dingen zu – die Satan mit Blumen bedeckt, daß ich die Hand ausstrecke, sie zu pflücken. Der Pfad der Pflicht wirkt sehr wenig einladend – der Ort, dem meine Sehnsucht gilt, viel freundlicher – sehr viel – es ist soviel leichter, Böses als Gutes zu tun – soviel angenehmer, böse zu sein als gut, daß mich nicht wunder nimmt, wenn die guten Engel weinen – und die bösen Lieder singen. Wir haben uns sehr lange nicht gesehen, Jane – und Du fehlst mir wirklich ungemein – die Tage vergingen schneller, wartetest Du an ihrem Ende – und der Anblick Deiner Kapuze wäre gewiß erhebend – wie *sehr* wünschte ich, Du könntest hier sein. Das Jahr ist so rasch vergangen, daß wir nicht zum Nachdenken kamen – hätte ich geahnt, daß es Dich entführt, hätte ich nachgedacht. Allein, ein weiteres *zu spät* kommt zu den übrigen – ein weiterer Vorwurf – der mir traurig aus großen – dunklen Augen – entgegenblickt – und es werden ihrer mehr werden – und noch mehr, wenn wir leben, sie hervorzubringen. Es war so angenehm, Dich hier zu haben – zu wissen, daß ich Dich sähe – daß ich in einen Dämmerzustand gesunken war – und nicht wußte – oder nichts darauf gab – oder nicht dachte, daß ich Dich nicht immer sähe – und während ich schlummerte, schwandest Du ganz – und warst fort, als ich erwachte. »Aber wo bin ich – wie bin ich hergelangt – wer hat mich hierher gesetzt – wer holt mich heraus – wo ist mein Faktotum – wo sind meine Freunde – Es gibt keine.« Der unsterbliche Pickwick selbst war wohl kaum verblüffter, als er sich – Leib, Seele und Geist – im Gefängnis festgesetzt fand, denn ich, da man mir sagte, sie ist fort – fort! *Wie* fort – *wohin – wieso* – wer sah sie gehen – Hilfe – Haltet sie – Faßt sie – steckt sie ins staatliche Gefängnis – in die Besserungsanstalt – nehmt die lange Peitsche – schraubt ihre Füße in den Stock – versetzt ihr einige Hiebe, auf daß sie ihren Fortgang bereue! Man sagt, Du unterrichtest in Warren – bist froh – gut so – denn nur die Guten sind froh – Du hast die Bahn der Versuchung verlassen – und bist dem Versucher ausgewichen – ich wollte Dich nicht zum Bösen verleiten – aber ich war böse – und bin es – und werde es bleiben – und wir waren so viel beisammen, daß ich Dich anstecken mußte. Fühlst Du Dich in Warren je einsam – einsam ohne mich – kaum wahrscheinlich sehr einsam – aber ich will es wissen.

Vinnie ist, wie Du weißt, fort – und daß ich sehr einsam bin, versteht sich von selbst und bedarf keiner Worte – ich bin *allein* – *ganz* allein. Sie schrieb, sie habe von Dir gehört – und habe Dir auch geschrieben – hat sie gesagt, ob sie Heimweh habe? Sie wußte, daß ihre Briefe an mich *Familien*angelegenheiten wären – und sie mir rein gar nichts sagen kann – sie wagt es nicht – und mir ist es lieber so. Als ich erfuhr, daß Vinnie gehen müsse, klammerte ich mich an Dich als die über alles teure Freundin – doch als das Grab sich öffnete – und euch beide verschlang – begehrte ich auf – und fand, ich hätte ein Recht dazu – und so betrachte ich die Sache immer noch. Ich bin gerne mißgelaunt – und verstockt – und verstimmt – bis ich an Dich denke – und finde, ich lasse Dir – und mir selbst – Recht widerfahren – was mein Gewissen wunderbar erleichtert. Ach, häßlich sind Zeit – und Raum – und Pensionate, die uns voneinander fernhalten wollen – lach nur – Du wirst noch heulen und zähneklappern! Acht Wochen schieben mich mit ihren knochigen Fingern noch immer weg – wie ich sie *hasse* – und wie gern ich ihnen ein Leid täte! Es ist böse, so zu reden, Jane – was soll ich sagen, was *nicht* böse wäre? Aus einem bösen Herzen kommen böse Worte – laß sie uns ausfegen – und die Spinnweben fortwischen – und es schmücken – und für den Herrn bereiten! Es ist im Augenblick viel los – die letzten beiden Wochen waren randvoll mit Vergnügen. Zuvor war Austin in Humes Geschichte Englands vertieft – das Ende der Lektüre war der Anfang freudigen Aufruhrs. Kampagne eröffnet mit einer Schlittenpartie im großen Stile, der meine liebe Jane mit Freuden einverleibt worden wäre – wäre sie in der Stadt gewesen – eine zehnköpfige Gesellschaft diesseits traf eine ebensolche aus Greenfield – am Abend nach Neujahr in South-Deerfield – und erging sich in Verlustierungen – mit Scharaden – endlosen Wanderungen – Musik – Unterhaltung – und Essen – alles in höchst modernem Stil; gegen zwei Uhr zu Hause – und am Morgen danach ganz frisch – was wir alle sehr bemerkenswert fanden. Das nächste denkwürdige Ereignis waren Tableaux im President – dicht gefolgt von einer Rodelpartie – und gekrönt von einigen geselligen Runden. Ganz zu schweigen von der Zusammenkunft der *tout monde* bei Sydney Adams – und eines *Tête-à-tête* bei Tempe Linnell. Wie sehr fehlt uns die *liebe Freundin* bei allen Anlässen! Mit Freuden gäbe ich das alles her für ein abendliches Gespräch mit den Freunden, die mir am nächsten sind – aber es soll nicht sein. Fände jedes Gebet Gehör, bliebe nichts, um das wir beten könnten – wir *müssen* »leiden und stark sein«. Doch *werden* wir stark sein – wird nicht das Leiden den armen Menschen schwächen – stärker macht es nicht *uns* – sondern was Gott gab, und was er nehmen wird – klagen unüberhörbar unsere sterbliche Hüllen. Wir wissen nicht, ob es Gott ist – und werden uns *bemühen*, stillzuhalten – wiewohl wir lieber klagen wollten. Der Nähzirkel tritt indes wieder zusammen – die erste Zusammenkunft war letzte Woche – nun eilen die jungen Damen allen Armen zu Hilfe – wärmen die Frierenden – kühlen die Schwitzenden – speisen die Hungernden – erquicken die Dürstenden – kleiden die Zerlumpten – der ganzen notleidenden – gestrauchelten Welt wird man wieder aufhelfen – zur Genugtuung aller. Ich nehme nicht Teil – trotzdem ich das alles im Höchsten begrüße – was die Welt wohl sehr verwundern muß. Ich bin indes schon als unverbesserlicher Fall verschrieen – und meine Hartherzigkeit Ziel vieler Gebete. Spencer geht es langsam besser – meinte, er habe jüngst von Dir gehört – ich glaube fast, sie werden leben trotz des »Engels des Todes«. Tolman sehe ich nicht – vermutlich darbt er – ich kann es ihm in Anbetracht der Lage nicht verdenken. Ich werde Dir nicht verraten, was ihm fehlt – es ist eine *private* Angelegenheit – und Du sollst nichts davon wissen! Wie konntest du so grausam sein, Jane – es wird noch sein Tod sein – und *Dir* zur Last gelegt werden. Schreibe mir bald, Liebes!

Ewig Deine –
Emily E. Dickinson.

Bist Du in Warren je Carpenter begegnet? Hat er sich erholt – ich sah ihn auf der Gesellschaft – und erinnerte mich – und würde gern mehr von ihm wissen. Abby Wood ist in Athol. Ihr einziger Bruder ist elend und wird wahrscheinlich nicht mehr aufkommen. Mit tut die Kleine so leid – sie ist zu jung, um so leiden zu müssen. Ich bekam von Newton jüngst einen Brief – und Ralph Emersons *Poems* – eine wunderschöne Ausgabe. Ich würde Dir so gern aus beiden vorlesen – sie freuen mich so. In drei Wochen etwa kann ich ihm schreiben – und das *werde* ich. Wußtest Du, daß Payson nach Ohio übersiedelt ist? Ich sah ihn ungern ziehen – aber alle ziehen – wir werden alle ziehen – und bald nicht mehr wiederkehren. Kavanagh sagt: »Trauern – Trauern – Trauern wird es geben vor Christi Richterstuhl!« – ich frage mich, ob das stimmt? Ich erhielt neulich einen Brief von Lyman – Du darfst ihn bei Gelegenheit lesen.

Zwei Kusinen aus South Hadley verbringen ihre Ferien bei uns. Ich weiß nicht recht, ob ich den Besuch eigentlich genieße oder nicht – aber ich denke schon, wenn ich es nicht recht weiß – und wenn Du hiervon auch nur ein Wort verrätst – dann werde ich Dich ganz sicher in einen Schlaf befördern, aus dem Du nie mehr erwachst! Abiah Root war in Amherst – blieb nur eine Woche – aber lange genug, daß ich sie erneut als prachtvolles Mädchen erlebte. Wirklich ein Schatz. Sie hat mir seit ihrer Rückkehr geschrieben – und wir wollen wieder korrespondieren. Ich habe *Belvidere* geschrieben, und der junge »D.D.« wird das eine oder andere bemerken, denke ich – jedenfalls lag das in meiner Absicht – und entsprechenden Worten. Es hätte Dein Herz erfreut. Alle lassen sehr herzlich grüßen.

Die Freundin Jane Humphrey hatte zusammen mit Emily Dickinson die Amherst Academy besucht, vorübergehend bei den Dickinsons in der North Pleasant Street gelebt, war wie Emily am Mount Holyoke Seminary gewesen, dann als Lehrerin an die Academy in Amherst zurückgekehrt und unterrichtete nun im etwa 30 km entfernten Warren. — Lavinia besuchte zu dieser Zeit eine Schule in Ipswich, Mass. — Tempe Linnell (1831–1881) war eine Schulfreundin Emily Dickinsons; sie blieb unverheiratet, versorgte ihre alte Mutter und führte in Amherst eine Studentenpension. — Die Kusinen, die zu Besuch kamen, waren Mary Ann und Sarah J. Dickinson aus Romeo, Michigan, die ein Jahr am Mount Holyoke Female Seminary verbrachten. Abby Wood, eigentlich in Athol zu Hause, lebte vorübergehend bei ihrem Onkel Luke Sweetser in Amherst. John Laurens Spencer war Leiter der Amherst Academy. — Kavanagh ist eine der Hauptfiguren in Henry Wadsworth Longfellows gleichnamiger Novelle von 1849 (dt. *Ein Kirchspiel wie Fairmeadow*, Ü: Jörg Hildebrandt), aus der auch das Zitat stammt. Emily Dickinson bezieht sich in ihren Briefen insgesamt sechsmal auf das Werk. — Harvey Sessions Carpenter war ein junger Student aus Warren, Albert Tolman Tutor am College. Joseph Lyman, ein Schulfreund Austin Dickinsons, hatte 1846 einige Zeit bei der Familie gewohnt und hielt auch während seiner Studienjahre in Yale Verbindung. »Belvidere« (James Parker Kimball) hatte Emily Dickinson einen Band der Gedichte Oliver Wendell Holmes' (1809–1894) verehrt. — Benjamin Franklin Newton, den Edward Dickinson 1847–1849 in seiner Kanzlei anlernte, schenkte Emily Dickinson Gedichte des Transzendentalisten Ralph Waldo Emerson (1803–1882; seine *Poems* erschienen 1847) sehr wahrscheinlich, bevor er aus Amherst in seinen Heimatort Worcester, Mass., zurückkehrte, um seine Ausbildung zum Anwalt beenden. Newton war einer der wenigen, die Emily Dickinsons besondere Begabung erkannten – und das sehr früh. 1862 wird die Dichterin Thomas Wentworth Higginson schreiben: »Todkrank meinte mein Tutor, er möchte wohl noch leben, bis ich Dichter sei« (Nr. 85). — »Aus einem bösen Herzen kommen böse Worte« ist eine Paraphrasierung von Luk. 6, 45. — Rund zwei Monate später schreibt Emily Dickinson an die Freundin: »Gern wollte ich Dir abends von vielen wunderlichen Dingen flüstern – im ewigen Licht Deine Gedanken lesen und die Antwort in Deinem Gesicht, dort nach dem suchen, was Du von mir denkst, was ich tat und tue; ich weiß, Du wärest erstaunt, ob freudig oder nicht, steht mir nicht an zu sagen – ich habe seltsame Dinge gewagt – kühne, ohne jemandes Rat zu erbitten – ich bin kostbaren Versuchern erlegen, halte es aber nicht für falsch. [...] Ich kann nur hoffen, daß Glaube nichts Böses sei noch Gewißheit und ganzes Vertrauen – und eine Vorahnung von Licht vor Mondaufgang – ich hoffe, die Menschennatur enthält Wahrheit – O, ich bete, daß sie nicht täuschen möge – vertraue vielmehr – schätze, glaube an – erträumst Du hieraus, was ich meine? Niemand denkt an die Freude, niemand ahnt sie, dem Anschein nach reizt das Alte und ist das Neue nicht enthüllt, doch es gibt nichts Altes mehr, alles sprießt und grünt und singt, bis man glauben möchte, man stehe mitten in einem lichten Hain mit Ästen, die gehen und kommen.«

Nr. 9

An George H. Gould? *im Februar 1850*

Magnum bonum, »lirum larum«, Potz und Blitz, und bellum warum, Mensch reformam, fatum bessrum, mundum ändrum, all flagrantum?

Sir, ich wünsche eine Unterredung; kommen Sie im Morgen- oder Abendrot, meinetwegen auch zu Neumond, der Ort ist einerlei. Mit Gold-, Purpur- oder Sackgewändern – auf *Kleidung* geb ich nichts. Mit Schwert, mit Stift, mit Pflugschar – es gilt die Waffe weniger, als der sie *führt*. In Kutsche, Karre oder auch zu Fuß, die *Equipage* ist der *Person* nicht gleichzusetzen. Die Seel, der Geist, der Leib, gleichviel. Ob Heer, ob ohne, ob Sonne oder Sturm, ob Himmel oder Erde, *irgend*wie, *nirgend*wie – werde ich Sie sehen, Sir.

Nicht *sehen* allein, nein, Sir, plaudern, ein Tête-à-tête, Stelldichein, Schwatz, Austausch von Meinungen schwebt mir vor. Ich ahne, Sir, wir werden uns schon einig. Wir werden sein als wie David und Jonathan, Damon und Phintias oder besser noch denn beides, Vereinigte Staaten von Amerika. Wir werden erörtern, was wir aus unseren Erdkundefolianten gelernt, was wir Kanzel, Kolumnen und Sonntagsschule abgelauscht.

Starke Worte, Sir, und dennoch wahr. Ein Hoch daher auf North Carolina, wenn wir schon dabei sind.

Unsere Freundschaft, Sir, wird fortbestehen, bis Sonne und Mond nicht mehr vergehen, bis Sterne sinken und Opfer um den Preis ihrer selbst aufstehen. Wir werden unverzüglich sein, zur Zeit und außer ihr, werden angedeihen lassen, hegen, hochhalten, hätscheln, wachen, warten, zweifeln, einbehalten, bessern, erhöhen, erhellen. Alle erhabenen Seelen, wie fern auch immer, sind unser und die unseren ihre; es werden Saiten angeschlagen werden – es schließen sich Kreise der Gegenseitigkeit – cognationem inter nos! Ich sei Judith, Heldin der Apokryphen, Sie der Redner von Ephesus.

Metaphern heißt man das bei uns. Keine Sorge, Sir, sie beißen nicht. Ganz anders *Carlo*! Der Hund ist die erhabenste Kunst, Sir. Ich darf es wohl sagen, die erhabenste – der Herrin Recht verteidigt er – und gäbe er sein Leben her – wie bitter ihm der Tod auch wär!

Nur schläft die Welt den Schlaf von Ignoranz und Irrsal, Sir, und sie zu wecken müssen wir krähen wie Hähne, singen wie Lerchen, aufgehen wie Sonnen; oder lassen Sie uns die Gesellschaft mit der Wurzel ausreißen und neu pflanzen. Wir wollen Armenhäuser erbauen, transzendentale Gefängnisse und Galgen – wir wollen Sonne und Mond ausblasen und Erfindungen fördern. Alpha wird Omega küssen – wir werden den Berg der Ehre im Sturm nehmen – Halleluja!

Ihre
C.

George Henry Gould (1827–1899) war ein Kommilitone und enger Freund Austin Dickinsons und einer der Herausgeber des College-Blatts *The Indicator*, in dem dieser übermütige Valentinsscherzbrief erschien, der in seiner Extravaganz tpyisch ist für die Stilübungen Emily Dickinsons in diesem Jahr. (Der aus England übernommene und auf die Frühjahrsbalz zurückgehende Brauch, zu St. Valentine's Day romantische, sentimentale oder scherzhafte Gunstbezeigungen zu verschicken, hatte bereits Mitte des 19. Jahrhunderts ähnliche – auch kommerzielle – Dimensionen angenommen wie heute.) Gould galt Jay Leyda zufolge (I 176) als einer der Verehrer Emily Dickinsons; das Konvolut »kostbarer« Briefe, die er von der Dichterin erhalten haben will, ist nie aufgetaucht. — Carlo war der Neufundländer (oder Bernhardiner), den Edward Dickinson seiner Tochter Ende 1849 schenkte, der von ihr nach dem Hund St. Hohn Rivers' in Charlotte Brontës *Jane Eyre* (1847) benannt wurde und sie sechzehn Jahre lang auf ihren Streifzügen durch die Landschaft um Amherst begleitete. Auch in Ik Marvels *Träumereien eines Junggesellen* (vgl. die Anmerkungen zu Brief Nr. 14) hieß ein Hund Carlo, und 1858 gab es in Amherst fünf Hunde, die auf diesen Namen hörten. — Im letzten Absatz des Valentinsbriefs spielt Emily Dickinson auf soziale Reformbestrebungen der 1840er an. Der Dickinson-Biograph Alfred Habegger weist darauf hin, daß Bekannte aus Amherst in Northampton mit anderen – darunter Soujourner Truth und Frederick Douglass – in einer utopischen Landkommune ähnlich Brooks Farm lebten (*My Wars Are Laid Away in Books*, 2002, S. 235).

Nr. 10

An Austin Dickinson *27. Oktober 1850*

Wie wäre es, stiege »Topknot« herunter und spräche zu seinen Brüdern und Schwestern, verbände die gebrochenen Herzen diverser Freunde, was wäre, wenn er die Krone lupfte und sein überlegenes Zepter beiseite legte und, ganz das geduldige Kind, den Tadel hinnähme, die Maßregelung, die verprellte Rute grüßte und unser aller Herrn die Ehre erwiese!

Die Anhänglichkeit meiner sämtlichen neunzehn Jahre zupft dann und wann an meinem Ellebogen und ruft nach Papier und Feder. Erlaube mir, Dir die Senkel zu binden, wie ein Hündchen hinter Dir herzulaufen. Ich kann bellen, sieh nur! Wuff wuff! Wenn das nicht artig ist! Erlaube mir, Dein Stock zu sein, damit ich Dir zeige, wie ich nicht schlage, ein Stein, wie ich nicht werfe, Mosquito, wie ich nicht steche. Erlaube mir, ein Geflügel zu sein, das Bettie zu Abend serviert, ein Gockel, eine herrlich fette Henne. Noch im Grab will ich krähen, wenn's beliebt und Chanticleer längst den letzten Schlaf schläft. Darin »gestatte ich mir, mich erbötigst zu erniedrigen«, wie hoch der Hügel zwischen mir und Dir sei, ach was *Hügel*, *Gebirge* ist's, das ich nicht zu erklimmen wage. Nennen wir es Alp oder besser *Ande* oder auch »Mount Ascension«. Ha, ich hab's! – Du kannst »Jupiter« auf seinem gewaltigen »Olymp« sein und Blitze schnitzen und sie auf Deine Verwandten schleudern. Bah, »Jupiter«, schäm Dich! Selbst *Könige* haben einmal Väter und Mütter. Vater und ich richten Mittwoch einen Viehmarkt aus. Schulmeister und Affen die Hälfte. Ich denke, Du steigst lieber »herunter«. Man hat *Dich* zum Preisrichter für das »Tier mit den sieben Hörnern« ernannt. Sollten Dir Zeit und Befähigung abgehen, will man das letzte Horn erlassen. Es gibt da einen alten Könner, »Offenbarung« genannt. Der hilft Dir gewiß auf die Sprünge! Bowdoin geht es leidlich, nur dann und wann elend, vielleicht kann er sich noch eine Weile halten, Du weißt, daß das Leben *launisch* ist!

Dem Burschen mit den Messingknöpfen, den gefalteten Händen und dem frommen Ausdruck beste Grüße.

Daß Miss Field sich der *Auen* enthalten möge und nie der *Haine* verdächtigt werde, darum betet inständig die besorgte Freundin.

»Diene er Gott und fürchte den König!« Abgang *Sue*!!

Seit September unterrichtete der Collegeabsolvent Austin Dickinson an einer Schule in Sunderland etwas nördlich von Amherst. — Hinter »Topknot« scheint sich eine nicht identifizierte literarische Gestalt zu verbergen, die für selbstgefällige Überheblichkeit steht; historisch war »topknot« in Amerika auch ein umgangssprachlicher Ausdruck für den Skalp. Habegger zufolge (S. 270 N. 10) bezieht sich Emily Dickinson hier auf einen unverschämten Brief, den Austin der Tante Elizabeth geschrieben hatte und in dem er, »transzendental benebelt«, angeblich versucht habe, sie bloßzustellen. — Chanticleer ist der Hahn in der Fabel *Reynard the Fox* (*Reineke Fuchs*) und auch in Geoffrey Chaucers *Nonne Prestes Tale* aus dem vierzehnten Jahrhundert.

Nr. 11

An Susan Gilbert *ca. Dezember 1850*

Wäre nicht das *Wetter*, Susie – mein kleines unwillkommenes Gesicht erschiene heute bei Dir – einen Kuß würde ich der Schwester stehlen – der lieben heimgekehrten Wanderin – Danke dem wintrigen Wind, meine Liebe, der Dir die dreiste Störung erspart! *Liebe* Susie – *glückliche* Susie – *Deine* Freuden freuen mich – gestützt auf die gute Schwester wirst Du nie mehr einsam sein. Vergiß die kleinen Freundinnen nicht, die sich so sehr Mühe gaben, Dir Schwestern zu sein, als Du *wahrlich* allein warst!

An diesem unwirtlichen Tag, da die *Welt* fröstelt, wirst Du den Wind nicht pfeifen hören; Dein kleines »Kolumbarium« ist ausgestattet mit »Wärme, Stille und Sanfheit«, dort gibt es kein »Schweigen« – das scheidet Dich von der guten »Alice«. *Eines* Engels Gesicht *vermisse* ich in der kleinen Welt der Schwestern – die liebe Mary – selige Mary – Vergiß nicht, Einsame – zwar kommt sie nicht zu *uns*, doch wir gehen einst zu *ihr*! Beste Grüße *beiden* Schwestern – ich sehne mich nach Matty.

Ewig Deine Emily

Dieses ist der erste Brief (von insgesamt 154) an die neue und bald wichtigste Freundin Susan Gilbert. Nur zehn Tage später geboren als Emily Dickinson, war die früh zur Vollwaise gewordene Susan Gilbert sehr ambitioniert, scharfsinnig und temperamentvoll, »eine Lawine Sonnenlicht« (Brief Nr. 210), »Atem aus Gibraltar« (Nr. 197). Ihre Meinung war Emily Dickinson sehr wichtig. Susan Gilbert selbst verglich ihrer beider Verhältnis gern mit dem zwischen Bettine von Arnim und der Günderode. Einer Anekdote zufolge hatte Susan Gilbert bei der ersten Begegnung mit Emily Dickinson ein Wort des Emerson-Schülers und Freunds Henry David Thoreau (1817–1862) zitiert; damit sei die Freundschaft besiegelt gewesen. — Susan Gilberts Schwester Mary, gerade ein Jahr verheiratet, war am 14. Juli 1850 an Kindbettfieber gestorben. Ihre ein Jahr ältere unverheiratete Schwester Martha (Matty) kehrte noch im Dezember nach Amherst zurück, wo sie fortan mit Susan im Hause einer weiteren Schwester, Harriet (Mrs. William Cutler), lebte. — Alice Archer ist die treue, aufopferungsvolle Freundin Cecilia Vaughans in Henry Wadsworth Longfellows Novelle *Kavanagh* (dt. *Ein Kirchspiel wie Fairmeadow*), deren Schlafzimmer als »mit Wärme, Stille und Sanfheit ausgestattetes Kolumbarium« beschrieben wird. Auf dieses Werk bezieht sich Emily Dickinson in ihren Briefen wiederholt. Interessanterweise endet *Kavanagh* mit ebenjenem Ringen Jakobs mit dem Engel, das Emily Dickinson zur wichtigen Chiffre wird und das sie in einer ihrer letzten Botschaften an Thomas Wentworth Higginson abermals – radikal – umdeutet (siehe Brief Nr. 268).

Nr. 12

An Austin Dickinson *am 8. Juni 1851*

Vielleicht, lieber Austin, bist Du ja der einen oder anderen Nachricht über unsere Lage und Stimmung nicht abgeneigt, jetzt, »in der weiten Welt«.

Unsere Lage ist leidlich, die Stimmung *etwas feierlich*, was uns hinreichend damit erklärt scheint, daß Sonntag ist. Ob ein gewisser Reisender in einem gewissen gestrigen Postwagen ernüchternd auf unseren sonst fröhlichen Hausstand wirkte oder umgekehrt, »will ich hier nicht verraten«, wie dem auch immer sei, geben wir *bestenfalls* eine recht geknickte Gesellschaft, und bedenkt man dazu noch das Seufzen des Windes, den schluchzenden Regen und den Jammer der Natur im *allgemeinen*, dann können wir kaum noch an uns halten, und mir bleibt nur zu hoffen, daß das Schicksal Dich an diesem Abend in Regionen verschlägt, die heiterer sind als die verlassenen.

Wir erfreuen uns heute abend sogenannten »Nordostwetters« – etwas nördlich von Ost, wenn Du es genau nimmst. Vater findet es »ungemein rauh«, und fast möchte ich ihm recht geben, halte mich jedoch bedeckt und sage nicht viel dazu! Vinnie sitzt am Instrument, sie summt ein wehmütiges Liedchen von einer jungen Dame, die sich fast am Ziele glaubte. Vinnie wirkt ergriffen, und wahrscheinlich sollten *mir* die Tranen kommen; das *werden* sie zweifelos, wenn sie nicht bald aufhört zu singen.

Vater ist soeben von der Andacht und von Mr Boltwood heimgekehrt und fand letzteren munter, erstere weniger.

Mutter wärmt sich die Füße, die, wie sie mir im Vertrauen verrät, »Eisbeulen« sind. Vor Vereisung muß ich warnen, oder meine ich Vergreisung – genau weiß ich's nicht! Vater liest in der Bibel – zum *Troste* würde ich denken, den äußeren Umständen nach. Er und Mutter verbreiten sich mit dem größten Genuß über Deinen Charakter, sie erörtern Deine mannigfachen Tugenden, und Vaters Fürbitten beim Morgengebet sind geradezu herzzerreißend – wirklich sehr anrührend; sicher »glänzt unser Segen« um so heller, je weiter er entfliegt! Mutter trocknet sich die Augen mit dem Schürzenzipfel und tröstet sich mit dem Gedanken an diverse künftige Orte, da »gelöscht der Durst der Seelen« und Austins niemals fehlen! Da diese Empfindung Dir selbst nicht fremd ist, möge sie in patriotischen Busen ihren Widerhall finden. Viel regt sich nicht seit Deiner Abfahrt – fast möchte ich bei aller *Vorsicht* sagen, daß die Dinge zum Stillstand gekommen sind – wenn sich nichts Neues »auftut«, sehe ich nicht, was *geruhsame* Zeiten verhindern soll. Vater besorgt die Türen, Mutter die Fenster, und so sind Vinnie und ich vor allen äußeren Feinden sicher. Wenn wir nur unsere *Herzen* »bezwingen« können, steht nichts mehr zu befürchten – ich habe es bis auf *drei* Gefühle geschafft, wenn es nur dabei bleibt!

Tutor Howland war wie stets nachmittags da – ich selbst nach dem

Abendmahl noch bei Sue – ein netter Besuch – dann bei Emily Fowler und um neun wieder daheim – wo ich einen über mein langes Ausbleiben höchlichst erregten Vater vorfand – und Mutter und Vinnie in Tränen aus Angst, er werde mich erschlagen.

Sue und Martha zeigten sich sehr betrübt über Deinen Fortgang, und sie wollen meinem nächsten Brief einige Zeilen anfügen.

Emily F[owler] war wie üblich voll des Lobes über Dich. Die Mädchen lassen alle grüßen. Mutter bittet mich zu sagen, daß, wenn Dir *Tante Ls Haube* gefällt und Du eine *ebensolche* für sie fändest, »Barkis Lust hat«. Vinnie trägt mir die innigsten Grüße auf und meint, sie sei »ganz guter« Dinge. Ich werde morgen an Dich und Deinen Reigen aus vierundzwanzig Irenknaben denken! Du fehlst mir sehr. Heute abend setzte ich mir selbst die Haube auf, riß voller Verzweiflung an der Gartenpforte, und einen Lidschlag lang war die Spannung unerträglich – ich glaube, es hielten mich unsichtbare Mächte zurück, denn ich kehrte um, ohne Schlimmes angerichtet zu haben!

Müßte ich nicht befürchten, daß Du Dich über mich lustig machst, hätte ich einen aufrichtigen Brief geschrieben, doch da die »Welt hohl ist und Püppi inwendig nur Sägemehl«, wollen wir uns unsere Gefühle doch besser nicht offenbaren. Schreibe *mir* bald, alle hier umarmen Dich und lassen alle dort grüßen – auch Lizzie, wenn sie da ist. Vinnie schnarcht schon.

Deine liebe Schwester
Emily.

Austin hatte Amherst Anfang Juni verlassen, um ein Jahr lang an einer Knabenschule in North End zu unterrichten, einem überwiegend von irischen Immigranten im Zuge der Hungersnot 1847 bevölkerten Stadtteil Bostons. Er wohnte zunächst bei der Familie des Onkels Loring Norcross, der dem Schulvorstand angehörte, bezog dann jedoch ein Pensionszimmer (siehe dazu Brief 13). Daß ihr Bruder Austin zu dieser Zeit schon der Freundin Susan Gilbert den Hof macht und somit zum »Rivalen« um ihre Gunst geworden ist, davon weiß Emily Dickinson offenbar nichts. — Lucius Boltwood (1792–1872) war Kanzleipartner Samuel F. Dickinsons und Mitglied des Kuratoriums von Amherst College. — Im fünften Absatz zitiert Emily Dickinson aus Edward Youngs *Nachtgedanken (Zweite Nacht)* – »Jeder Segen / Glänzt im Entfliegen« – und wandelt den Text eines Kirchenlieds ab. Der Droschkenkutscher Barkis hat in Charles Dickens' *David Copperfield* (1848/50) »Lust«, die gute Peggotty zu ehelichen. — Die im Stil der Schauerromantik gehaltene Episode im vorletzten Absatz läßt an *Jane Eyre* denken. Der junge Anwalt in der Kanzlei ihres Vaters, Elbridge Gridley Bowdoin, hatte Emily Dickinson Ende 1849 Charlotte Brontës Roman zu lesen gegeben, und auch die Verehrung für ihre »Meister« – erst den 1850 jung verstorbenen Leonard Humphrey, dann Benjamin Franklin Newton und später den Unbekannten, an den die »Master«-Briefe gerichtet waren (Nrn. 45, 65, 69) – haben hier ein Vorbild. — Im Juniheft des Satiremagazins *Punch* war eine Karikatur abgedruckt, in der ein kleines Mädchen auf die besorgte Frage der Großmutter, was es denn habe, antwortet: »Ach, Großmutter, nach reiflicher Überlegung gelange ich zu dem Schluß, daß die Welt hohl ist und mein Puppe voll Sägemehl, und da möchte ich – bitte – lieber Nonne werden.«

Nr. 13

An Austin Dickinson *am 15. Juni 1851*

Deinen Worten, Lieber Austin, muß ich entnehmen, daß Du *meinen* Brief von Montag nie erhalten hast, der Dir keine zwei Tage später nach Boston folgte – wohin, weiß ich nicht; Vater hatte ihn adressirt, zu Händen von Onkel Loring, und nachdem ich Tag um Tag gewartet hatte und die Antwort ausblieb, wurde ich natürlich etwas mürrisch und beschloß, meine Mss. für junge Herren aufzusparen, die sie verdienen; das ist die Erklärung dafür, daß Du nichts durch Bowdoin erhalten hast. In keinem Deiner beiden Briefe, für die ich herzlich danke, hast Du meinen entschwundenen Brief mit einem Wort erwähnt – Bowdoin *meint*, Du habest ihm gesagt, Du hörtest nichts von daheim, und weil mich überrascht und bekümmert, daß Du glauben könntest, Du wärest so schnell vergessen, versuche ich mein Glück mit der Post noch einmal, ob mir nicht mehr Erfolg beschert werde. Ich bin froh, daß Du mit Deinem Los zufrieden bist, ich bin froh, daß Du Dich nicht *begeistert*, denn ich wollte nicht, daß die *Ferne* ebenso lacht wie die Heimat. Wir fürchten etwas um Deine Knaben, hoffen aber, *morden* oder vom Erdboden *vertilgen* wirst Du keinen, wiewohl es nicht verwundern kann, wenn Du in unmittelbarer Nähe der Gebeine Dr. Websters in Versuchung gerietest! Du wirst es gewiß nicht mißverstehen, wenn ich Dir sage, daß wir über jeden Deiner Briefe nicht wenig *lachen* – Deine ehrwürdigen Eltern geraten *außer sich* vor Vergnügen, und was die *jungen Damen* betrifft, so verraten sie mit einem Schmunzeln ihre Anerkennung Deiner *deskriptiven Begabung*. Vater bemerkt bündig, in Dir hätten sie offenkundig »ihren Meister gefunden«, Mutter beißt sich auf die Lippen und fürchtet, Du könntest »Dich *vergessen*«, indes Vinnie und ich eine Seelenmesse für arme Iren lesen. Ich für meinen Teil sähe nicht ungern, wenn Du einige mordetest – es sind ihrer nun so viele, daß bald kein Raum für Amerikaner bleibt, und kaum ein Tod wäre mehr nach meinem Geschmack als *wissenschaftliche Zerlegung* und *scholastische Aufhebung*, das hat etwas Erhabenes, es riecht förmlich nach Aufstieg! Willst Du so gut sein, den *Namen* des Jungen zu nennen, der am stärksten erbleichte: ich halte in meinem Journal gern *Tatsachen* fest, auch alles sonst, was Dir an Staunenswertem begegnen mag – ich finde, an Toden und Morden darf es im Journal einer jungen Dame nicht fehlen – das Land *schlummert* gegenwärtig, und so dürften die erwähnten Härten angetan sein, die Leute aufzurütteln – apropos, wie *früh* müßt ihr *Metropolenbewohner* denn aufstehen, *insonderheit* junge Männer – expressis verbis *Lehrer*? Mir fehlt meine »Kompagnie« morgens, es schneidet mir ins Herz, daß ich niemanden zu wecken habe. Dein Zimmer wirkt ohnedies so einsam – ich gehe nicht gerne hin – und wenn ich an der Tür vorbei muß, pfeife ich unwillkürlich, wie wir es von den Knaben lesen, die selbiges auf dem Friedhof tun. Ich will, sobald ich die Zeit finde, *Heimchen* aussetzen, damit sie mit ihrem zirpenden Sang die Düsternis vertreiben – ob sie anwachsen, wenn ich sie *verpflanze*?

Du bestürmst mich um Neuigkeiten, ich bedaure, sagen zu müssen, »es ist alles ganz eitel«, denn dergleichen gibt es nicht – es wird Zeit für die Cholera, *dann* erleben wir einen Aufschwung!

Wir hatten einen Herrn zum Essen da, einen Mr Marsh mit Namen – er ist mit Vater zur Schule gegangen.

Ich betrachte ihn als »Sorgenmann«, obschon ich nichts von ihm weiß – und ferner und meines Wissens nicht unwesentlich – ist er für »Recht und Gesetz«. Susie und Martha kommen oft. Sue war Freitag hier, gestern den ganzen Nachmittag – ich gab zu Marthas restlosem Vergnügen den Totschlag-Passus zum Besten! Sie vermissen Dich sehr – sie lassen vereint grüßen. Vinnie ist gestern mit Howland ausgefahren, auch Emily Fowler und [William Cowper] Dickinson unternahmen einen schönen Ausflug. Der Lesezirkel wirkt verwaist – er weint wohl um Dich.

Dwight Cowan macht sich gut – das Pferd ist »famos«. Hunt schindelt die Scheune. Wir sollen neue Hühner kriegen – ein paar.

Die schlechten Nachrichten nun zuletzt – wir werden nicht kommen können, um Jennie zu hören – wir kommen, aber augenblicklich geht es nicht – Es gibt dafür verschiedene Gründe – der erste: Wir sind längst nicht soweit – auch erwarten wir diese Woche Miss Leonard – Großmutter kommt zu Besuch – wenn wir jetzt fahren, können wir kaum *bleiben* – und zweimal können wir hinwiederum nicht reisen – das gäbe eine einzige Hetze und Aufregung – wir müßten umgehend wieder aufbrechen, und das halten wir nicht für günstig. Wir wollen bald einmal kommen, wenn wir ganz darauf eingerichtet sind – »zwei historische Monumente« dürften in Boston für Furore sorgen! Du darfst nicht enttäuscht sein noch den Eltern die Schuld geben – sie wären durchaus geneigt, wenn wir selbst es für klug hielten. Grüße unsere Freunde, danke ihnen sehr für ihre Güte; wir werden kommen und sie und Dich besuchen, nur augenblicklich ist es ungelegen. Alle hier lassen herzlich grüßen.

Ewig Deine
Emily.

Mutter meint, wenn Du sonst irgend etwas benötigst, sollst Du nur schreiben, dann wird Mrs Kimberly es besorgen – und wenn Du umgekehrt etwas heimschicken willst, so ist Henry Kellogg in Boston, dem kannst Du alles mitgeben. Gebe Acht auf Dich –

Besonders herzliche Grüße an Emily und die kleinen Kusinen.

Die gegen die »katholischen Horden« gerichtete Passage dürfte eine Parodie auf die Haltung der nativistischen Know-Nothing Party (American Party) sein. — »Dr. Websters Gebeine« spielt auf den berühmten Mordfall in einem Laboratorium in Harvard an: Dort wurde Dr. George Parkman 1849 von seinem Kollegen Dr. John W. Webster ermordet. Webster wurde gehenkt und auf dem Mount Auburn Cemetery begraben, den Emily Dickinson 1846 besucht hatte. — George Howland war ein Verehrer Lavinia Dickinsons, Emily Fowler eine Schulfreundin Emily Dickinsons. William Cowper Dickinson, ein entfernter Verwandter, Absolvent von Amherst College, war Tutor an der Academy. — Austin hatte in der ersten Juniwoche zweimal geschrieben und seine Schwestern gedrängt, nach Boston zu einem Konzert der »schwedischen Nachtigall« Jenny Lind (1820–1887) zu kommen. Emily Dickinson gibt den Besuch der Schneiderin als einen Grund für ihre Absage an. Die Reise nach Boston unternahmen die Schwestern schließlich im September (6.–26.) und waren dort Gäste der Verwandten Norcross. Austin Dickinson schrieb am 25. September dazu an Susan Gilbert: »Die Mädchen waren bis Montag bei uns und erlebten schöne Zeiten – Vinnie hat es sehr genossen, wie immer, wenn sie unter Fremden ist – Emily insoweit, als sie sich in ihrer Überzeugung bestätigt sah, daß die Welt hohl und schrecklich sei.« (Leyda I 213)

Nr. 14

An Susan Gilbert *am 9. Oktober 1851*

Ich vergoß um Deinetwillen hier eine Träne, Susie – weil der »liebe Silbermond« mir und Vinnie lächelt und dann einen so weiten Weg hat, bis er zu Dir gelangt – und Du hast mir auch nie gesagt, ob es in Baltimore einen Mond *gibt* – und wie soll *ich* wissen, Susie – ob Du Lunas gutes Gesicht auch wirklich siehst? Sie gleicht einer Fee heute abend, sie gleitet in einer kleinen Silbergondel auf den Himmeln, mit Sternen als Gondolieri. Ich bat sie eben, mich zusteigen zu lassen – und versprach *von Bord zu gehen*, sobald sie Baltimore erreichte, doch sie schmunzelte nur und segelte fort.

Ich finde das wenig generös von ihr – aber ich habe meine Lektion gelernt und will sie niemals mehr fragen. Hier bei uns daheim hat es heute geregnet – mitunter so fest, daß ich dachte, Du müßtest es trommeln hören – ra-ta-tat auf den Blättern – und die Vorstellung gefiel mir so gut, daß ich stille saß und lauschte – und schaute. *Hast* Du es gehört, Susie – oder war es *nur* Einbildung? Schließlich kam die Sonne raus – gerade noch zur rechten Zeit, um uns Gutenacht zu wünschen, und wie ich Dir letzthin schon sagte, leuchtet jetzt der Mond.

Ein Abend, Susie, an dem Du und ich spazierengehen und wunderbar sinnieren könnten, wärest Du nur hier – vielleicht verfielen wir einer »Träumerei« nach der Art »Ik Marvels«, ich wüßte nicht, warum sie minder entzückend sein sollte wie die des Hagestolzes im blauen Zigarrendampf – und weit ergiebiger, denn der »Wunderling« verwunderte sich nur, indes Du und ich *versuchen* würden, uns ein eigenes kleines Glück zu machen. Hast Du gehört, daß der reizende Mensch schon *wieder* versunken ist und bald erwachen soll – mit einer *neuen* Träumerei – heißt es in der Zeitung – schöner noch als die erste?

Hoffst Du nicht auch, daß er ebenso lange leben mag wie Du und ich – und weitere Träume hat und sie uns schreibt; denn was gäbe er nicht für einen reizenden alten Herrn, und wie beneide ich seine kleinen Enkel »Bella« und »Paul«! Wir werden gern scheiden, Susie, wenn erst *seinesgleichen* gegangen sind, denn dann wird es niemanden geben, der uns unsere Leben deutet.

Longfellows »Goldene Legende« ist in Amherst eingezogen, höre ich – und auf Mr. Adams Borden in ihrem *ganzen Staate* zu bewundern. Wenn ich in diesem ehrwürdigen Geschäft einen edlen Verfasser traulich bei »Murray« und »Wells« und »Walker« sitzen sehe, muß ich stets an den »Pegasus im Pfandstall« denken – und fast rechne ich damit zu hören, daß er wie dieser des Morgens *entflohen* sei und sich fortan in heimischen Höhen tummelt; doch um Unseretwillen, Susie, die wir uns gern einbilden, wir allein seien Poeten, und alle anderen *Prosa*, wollen wir hoffen, daß sie sich bequemen, noch etwas unter uns zu weilen und mit den Speisen vorlieb zu nehmen, die uns genügen müssen!

Du dankst mir für den Reiskuchen – Du sagst, Susie, daß Du eben davon kostest – wie gern schicke ich Dir, was Du magst – wie muß Dich dort der Hunger plagen, ehe es Mittag wird – und dann schwindelt Dir bestimmt vor dem Ärger mit dummen Eleven. Ich sehe Dich sehr oft mit einem dicken zappelnden Binomialsatz in die Schulstube hinabsteigen, um ihn Deinen Unverständigen zu zerlegen und zu zeigen – hoffentlich züchtigst Du sie, Susie – *mir* zuliebe – züchtige sie *ordentlich*, wann immer sie Dir nicht aufs Wort folgen! Ich weiß von Matties Berichten, daß sie manches Mal sehr dumm sind – aber ich denke, Du hilfst ihnen auf und vergibst ihnen ihre Fehler. Es wird Dich *Langmut* lehren, Susie – ganz sicher. Von Mattie höre ich überdies von Deinen abendlichen Gelagen – und wie Du Schrecken verbreitest, wenn Du den Schuldirektor gibst – das sieht Dir ähnlich, Sue – Sue, wie sie leibt und lebt – wie müßte Mr Payson lachen, wenn ich es ihm erzählen könnte – die großen dunklen Augen – wie würden sie dreinblicken, wie leuchten! Susie – vergnüge Dich nur nach Kräften – und lache und singe ebenso, denn Tränen sind mehr denn Lächeln in unsrer kleinen Welt; nur werde nie so glücklich, daß Mattie und ich verblassen und schließlich ganz schwinden, weil munterere Mädchen an unserer Stelle lachen!

Susie, dachtest Du *wirklich*, ich würde Dir gar nicht schreiben, wenn Du fort seist – wie kam's? Du mußt doch mein Versprechen viel zu gut kennen – und selbst hätt ich's nicht versprochen – ich wäre *gezwungen*, Dir zu schreiben – denn von denen, die wir lieben, können uns halten – nicht »*Höhen* noch Tiefen« …

Um Unabhängigkeit zu demonstrieren, war Susan Gilbert gegen den Willen der Familie nach Baltimore gegangen, um dort an einer Privatschule zu unterrichten. — *Den Träumereien eines Junggesellen* von Donald Grant Mitchell (1850 unter dem Pseudonym Ik Marvel veröffentlicht) war sogleich enormer literarischer Erfolg beschieden. Emily Dickinsons Bemerkungen zu dem Werk sind insofern interessant, als hier die leidenschaftlichen Reminiszenzen und Wachträume eines Junggesellen präsentiert werden, dessen Leben zu einer Folge unerfüllter Wünsche und Sehnsüchte gerät. Der Erste Traum zum Thema Ehe – mit den Bildern »Rauch« (Zweifel), »Flamme« (Glück), »Asche« (Trostlosigkeit und Verödung) – beginnt mit der Abwägung aller Gründe, die wider die Ehe sprechen, dann jedoch berauscht sich der Träumer imaginär an den Freuden des Ehelebens, nur um sich schließlich, entsetzt angesichts des jederzeit möglichen Verlusts der gedachten Zukünftigen, erneut zum Junggesellendasein zu bekennen. Dem Gedankenspiel liegt die Überzeugung zugrunde, daß, da nichts so wahrhaftig sei wie Geist und Leidenschaft, unser wahres Wesen sich in der Imagination ausdrückt, nicht in Taten. Als »neue Träumerei« folgte das noch im selben Jahr veröffentlichte *Traumleben*. — Im fünften Absatz bezieht sich Emily Dickinson zwei Mal auf Henry Wadsworth Longfellow: Einmal auf sein Versdrama *Goldene Legende*, das soeben publiziert worden war, zum anderen auf das Gedicht »Pegasus im Pfandstall«. Darin wird das geflügelte Roß von den Bewohnern eines Dorfs eingefangen, soll als »gepfändet Vieh« versteigert werden, macht sich jedoch, da keiner bietet, unbemerkt davon. Der Harvard-Professor, Übersetzer und Mittler europäischer Literatur und Geistesgeschichte Henry Wadsworth Longfellow (1807–1882) trug entscheidend zur Emanzipation der amerikanischen Literatur bei; die sentimentalisch-moralischen Züge seines Werks machten ihn für ein breites, auch internationales, Publikum akzeptabel. Beliebter als die englischen Dichter Alfred Lord Tennyson (1809–1892) und Robert Browning (1812–1889), war er der erste amerikanische Dichter, dem ein Platz in der »Poets' Corner« von Westminster Abbey eingeräumt wurde. — Lindley Murray, William Harvey Wells und John Walker waren als Lexikographen und Grammatiker Verfasser von Standardwerken der Zeit.

Nr. 15

An Austin Dickinson *am 15. Dezember 1851*

Hieltst Du mich für *saumselig*, Austin? Zwei Sonntage gleich war es so kalt und grau, daß ich nicht in der allerbesten Stimmung war und vor Montag nicht zur Feder griff, da ich mir doch fest vorgenommen hatte, Dir nur frohen Mutes zu schreiben.

Selbst heute morgen, Austin, bin ich nicht ganz fröhlich; es schneit so still und streng, und draußen regt sich kaum ein lebendes Wesen – dann und wann geht ein dick in seinen Umhang gemummter und dennoch fröstelnder Herr vorüber, dann und wann streicht ein verirrtes Kätzchen in dringlichen Angelegenheiten durch die Flocken, huscht jedoch so behende, wie es halb erfroren eben huschen *kann*. Deiner leiblichen Hülle zuliebe bin ich froh, daß Du heute nicht hier bist, denn für Finger und Zehen sind es bittre Zeiten, doch um des Herzens willen wünschte ich Dich *herbei* – Du weißt, es gibt Wintermorgen, da mehrt die *äußere* Kälte nur die Wärme *innen*, und je dichter es schneit und je fester es weht, desto lustiger prasseln die Feuer und zirpen die Heimchen am Herde; heute ist's längst nicht heiter genug für solche Szenen, und doch will mir scheinen, das *wäre es* wohl, wärst Du nur hier. Hinge der Himmel voller Schlittenfahrten, würde es den Trübsinn aus unseren Köpfen vertreiben, der mit jeder Flocke tiefer und trostloser wird.

Black Fanny würde sich »ins Zeug werfen«, träfest Du morgen ein, doch allem Anschein nach sollen Black Fannys Hufe nicht fliegen. Habt ihr Schnee in Boston? Dann hoffentlich genug für eine Schlittenpartie, um »Auld Lang Syne« willen. Vielleicht steht der gelockten Lady ja der Sinn nach einer kleinen Ausfahrt. Du hast also Miss Mary in die Mercantile begleitet – Vinnie staunt, daß sie in Boston war, und sieht alles genauso kommen, »wie sie es erwartet«. Vater erklärte sich »hoch erfreut« – er fand, es müsse den *alten Herrschaften* gefallen, wenn der Schulmeister ihrer Tochter seine Aufwartung mache. Offenbar greift die »böse Erkältung« tüchtig um sich, da man von dieser anhänglichen Familie weder etwas gesehen noch, was *verdächtiger* ist, gehört hat.

Ich bin froh, daß Du Miss Nichols magst, es ist sicher schön für Dich, an einem freudlosen Ort jemanden zu haben, an dem Dir liegt – halte Dich nur nicht um der Zurückgelassenen willen von Menschen fern, die Dir gefallen! Solange *Du* nur zufrieden bist, sind es Deine Freunde hier zufriedener, als wolltest Du Dir aus Strenge der Gelübde alle Freundschaft versagen. Treue gegen die, die Du zurückläßt, verlangt von Dir nicht, die abzuweisen, die Du dort findest oder welche Deinem Exil in ihrer munteren Mitte den Stachel nehmen. Im Gegenteil, Austin, ich glaube fest, daß Dich gesellschaftliche Abstinenz dort zum Asketen machen müßte, statt Dich freudiger und treuer denen *hier* zurückzugeben. Du fehlst Uns immer mehr, wir gewöhnen Uns nicht an die Trennung von Dir. Fast wünschte ich manchmal, Du würdest Uns nicht so sehr fehlen, da doch die Pflicht Dich ein ganzes Jahr fort ruft, und dann wiederum denke ich, daß es schön ist, Dich zu vermissen, wenn Du schon fort mußt, ich wollte es wohl nicht anders haben, selbst, wenn es ginge. In jeder Freude und in jedem Schmerz wenden sich Unsere Gedanken Dir so sehr sehnsüchtig zu, denn wir wissen, Unsere Freude würde Dich freuen, und wärest Du hier bei uns, Austin, ertrügen wir Unsere kleinen Nöte leichten Herzens – und gibt es einmal Leckereien, so sagt unfehlbar jemand, »die mag *Austin* besonders«. Wenn ich etwas Komisches höre, könnte ich so gut *heulen* als lachen, oder weit *eher*, denn ich weiß doch, wer *so sehr fürs Komische* ist, aber nicht da, es zu genießen. Es gibt indes kaum noch Scherze, es herrscht nun weithin Ernst, und es gibt auch kaum noch *Poesie*, seit Vater beschlossen hat, daß weithin die *Wirklichkeit* regiere. Vaters Wirklichkeit und *meine* kollidieren gelegentlich, doch bisher ohne Kratzer! Ich habe Deine Grüße an Mat ausgerichtet – sie scheint sich mit jedem Mal mehr zu freuen – letzte Woche war sie an drei Nachmittagen hier, einmal kam sie abends mit Abby und Abiah Root zum Essen, und wir haben uns so trefflich amüsiert; was habe ich mir gewünscht, Du wärest dabei, und die Mädchen auch – jede sagte es mir. Wußtest Du, daß Jane Humphreys Schwester [Martha], die du einmal in S. Hadley gesehen hast, tot ist? Sie haben Jane geschrieben, sie müsse nach Hause kommen, ich weiß nicht, ob sie fährt, es ist so weit. Ich bin froh, daß Du wohlauf bist und so guter Stimmung – gesund und zufrieden ist uns ein großer Trost, wenn Du fort bist.

Emilie.

Danke für die Noten, Austin, und für die Bücher. Sie erfreuen mich sehr. Ich werde meinen Part des Duetts lernen und dann versuchen, Vinnie den ihren lernen zu lassen. Charity gefällt ihr besonders.

Sie würde Dir gern schreiben, muß aber lernen.

Mutter bäckt Krapfen – ich werde Dir einen kleinen Teller warm halten zum Tee! *Fiktive* – wie gern schickte ich *wirkliche*.

Austin war am 1. Dezember wieder nach Boston aufgebrochen. — Im zweiten Absatz wird auf Charles Dickens' Erzählung *Heimchen am Herde* angespielt. — Abiah Root hatte in Amherst ihre Kusinen besucht. Der Abend, den sie, Abby Wood und Martha Gilbert bei den Dickinsons verbrachten, war Emily Dickinsons 21. Geburtstag (an diesem 10. Dezember starb Martha Humphrey mit nur 20 Jahren); »Miss Mary« war Mary Warner. Austin begleitete sie offenbar zu einem Abend der »Mercantile Library Association«. — Miss Nichols ist eine unidentifizierte Bostoner Bekanntschaft.

Nr. 16

An Susan Gilbert *etwa Februar 1852*

Der Tag ist traurig, Susie – es weht und regnet; »etwas Regen muß fallen in jegliches Sein«, und ich weiß kaum, welcher steter fällt, der drinnen oder draußen – Ach, Susie, ich möchte mich enger an Dein warmes Herz schmiegen und niemals wieder einen Wind heulen und Sturm wüten hören. Gibt es dort noch Platz für mich, oder muß ich einsam und heimatlos von hinnen ziehen? Ich danke Dir, daß Du mich liebst, Liebe, und *willst* Du mich wirklich »noch besser lieben, wenn Du je nach Hause kommst«? – das genügt, Susie, ich weiß, daß ich es zufrieden sein werde. Nur, was kann ich für Dich tun? – *lieber* kann ich Dich nicht haben, denn ich liebe Dich schon so, daß es mir fast das Herz bricht – vielleicht könnte ich Dich *von neuem* lieben, jeden Tag meines Lebens, jeden Morgen und jeden Abend – Ach, wenn Du mich ließest, wie glücklich wäre ich!

Das kostbare Billett, Susie, ich vernutze das Papier, weil ich es wieder und wieder lese, aber die lieben *Gedanken* vernutzen sich nicht, so sehr sie es auch wollten, dank dem Vater, Susie! Vinnie und ich sprachen gestern den ganzen Abend von Dir, gingen voller Sehnsucht nach Dir zu Bett, und als ich kurz darauf mit den Worten erwachte: »Liebes Herz, Du bist mein«, warst Du abermals da, liebe Susie, und ich getraute mich kaum, wieder einzuschlafen, damit nicht jemand Dich fortstehle. Beachte meinen Brief nicht, Susie; Du hast so viel zu tun; schreib mir nur einmal in der Woche eine Zeile, und zwar »Emily, ich liebe Dich«, und ich bin es zufrieden!

Ganz Deine Emily

Liebe Grüße an Hattie von uns allen. Die liebe Mattie ist fast gesund.
Liebe Grüße von Vinnie – von Mutter –

Das Zitat im ersten Satz entstammt Henry Wadsworth Longfellows Gedicht »Der Regentag« (dt. Hermann Simon), aus dem Emily Dickinson bis 1853 insgesamt sechsmal zitiert. — Besonders in den Briefen an Susan Gilbert, und besonders in diesen Jahren vor Susans Heirat mit dem Bruder Austin, zeigt sich die schwärmerische Zuneigung Emily Dickinsons noch ganz ungezügelt. Einige feministische Dickinson-Forscherinnen faßten das Verhältnis zwischen den beiden Frauen als lesbisches Liebesverhältnis auf und Susan Gilbert Dickinson als »Master«. — Möglicherweise ahnt die Briefschreiberin bereits, daß sie eine weitere Illusion in ihre »Büchse der Phantome« (siehe auch Briefe Nr. 44) wird legen müssen. — Susan Gilberts Schwester Martha (Mattie) war Mitte Januar an Influenza erkrankt und lag viele Wochen im Bett.

Nr. 17

An Abiah Root *etwa Mai 1852*

Ich verschränke Euch so gern, A. und E., ich stelle Euch gern zusammen und betrachte euch dort Seite an Seite – ein hübscher Anblick, und liebend gern sähe ich noch zu, bis die Sonne sinkt, fiele mir nicht ein sehr kostbarer Brief ein, den ich bisher durch nichts vergolten habe, laß mich Dir daher danken, daß Du inmitten des Andrangs von Freunden und Sorgen und Influenza Zeit für mich fandest und mich liebtest. Du meintest, ich hätte Dir herzlicher geschrieben als für gewöhnlich – ich habe über Deine Worte wieder und wieder nachgegrübelt und rätsele noch, ob unsere letzten Jahre kühler waren als die ersten, ob ich, ohne es zu bemerken, gleichgültig schreibe, die Frage lastet. Ich glaube ganz aufrichtig, daß die zur Schulzeit gefaßte Freundschaft nicht inniger war als heute, daß vielmehr *jetzt* die innigste sei – nur unterscheiden sie sich für mich wie Morgen und Mittag – der eine mag frischer, fröhlicher sein, der andere hingegen fehlet nicht.

Wir sind seit den Schultagen älter geworden, Du und ich, und die Jahre haben uns ernster gemacht – oder sagen wir, *mich*, denn Du warst immer schon würdig, selbst als kleines Mädchen, während *ich*, hin und wieder, zaghafte Possen riß. Das erinnert mich an unsere allererste Begegnung, und ich muß auf Deine Kleinmädchenkosten schmunzeln, wenn nicht gar lauthals lachen. Ah, da habe ich Deine Neugierde erregt, also höre, wie es war an jenem Mittwochnachmittag, da ich die liebe gute alte Academy betrat, um mich an der Rhetorik der Herren und der milderen Art der Mädchen zu ergötzen – ich hatte mich kaum von der Bangnis erholt, die einen stets in solch ehrwürdige Hallen begleitet – da Du mit dem größten Gleichmut die Treppe heraufstiegst, mit Löwenzahn umkränzt wie mit Locken. Nie werde ich den Anblick vergessen, und wenn die Jahre mir graue Haare geben, noch die ganz erstaunlichen Ideen über Dich, die er bei mir weckte und welche mich jetzt mit einer kauzig vergangenen Komik anwehen und mich zum Lachen reizen. Ach, Abiah, Du und jene frühe Blume, ihr bleibt für mich allezeit verschränkt; kaum sprießt grün das erste Gras hervor, da lugt auch die kleine Blume schon aus einer Ritze zwischen Steinen, der kostbare »Leontodon«, und dann schwillt mein Herz Dir gegenüber vor warmer, kindlicher Fülle! Und nun lache ich auch nicht mehr, weit gefehlt, ich segne vielmehr die Blume, die mich Dir auf so süße, ja, listige Weise näher bringt.

Nur kann ich dem Löwenzahn, meine Liebe, nicht die Ehre antun, die Dir gebührt, daher: Lebewohl, Blümchen!

Ich würde Dich schrecklich gern sehen, Abiah, lieber als schreiben, ließe es sich ebenso leicht einrichten, denn es ist sehr warm und mein Kopf schmerzt ein wenig und mein Herz um so mehr, *zusammengenommen* also bin ich recht elend, aber ich will Dir die Sonnenwinkel lassen, und Du mußt über den Schatten hinwegsehen. Du warst glücklich, als Du schriebst; ich hoffe, so ist es noch, wenngleich ich wünschte, Du wärest auf dem Lande und hättest Hügel und Wiesen nahe zum Greifen. Ich kann sie berühren, sie nach Hause tragen, und tue es täglich mit vollen Armen, und wenn sie fahl werden und welken, brauche ich nur neue zu ernten. Dein Glück wäre wahrlich vollkommen, könntest Du hier sitzen wie ich, an meinem Fenster, die grenzlosen Vögel hören und alle Weile den Atem einer neuen Blume spüren! Ach, liebst Du nicht auch den Frühling, und ist er nicht Bruder und Schwester und gesegnet und guter Geist Dir und mir und uns allen?

Abby sehe ich häufig – häufiger als zu anderen Zeiten, da die Freundschaft ein wenig lahmte. Wußtest Du, daß eine Blume, die welkt und von neuem erquickt wird, zur unsterblichen Blume wird –, will heißen, wieder aufersteht? Ich denke, Auferstehungen hier sind vielleicht süßer als die längere und bleibende – denn die eine erwarten wir, die andere können wir nur erhoffen. [...] Säßest Du hier bei mir, wollte ich Dir einen *Sonnenuntergang* zeigen, aber ihn zu Dir hintragen, das vermag ich nicht, denn das viele Gold wiegt schwer. Siehst Du es auch in Philadelphia?

Abbys Gesundheit will nicht aufkommen – ich fürchte, die ganze weite Welt hält nur wenig Kräfte für sie bereit – wäre es doch anders. Abby ist lieb und langmütig, will einem da nicht manchmal scheinen, ihre schöne Geduld läutere sie für Gott? Wir wissen es nicht, aber ich hoffe, ihr liebes Gesicht werde noch nicht verhüllt werden. Liebe Abiah, schreibe doch bitte, sooft Dir der Sinn danach steht, wenngleich mir *öfter* noch der Glaube daran fehlt, daß ich von Dir überhaupt noch hörte, ließe ich mich auf den Handel ein.

Emilie.

Abiah Root, als Kind offenbar aufgeweckt und voller Pläne, hatte Emily Dikkinsons Interesse nicht zuletzt durch die »Romanze« geweckt, die sie verfassen wollte, ein recht ambitioniertes Vorhaben für eine 14jährige und für die Zeit. In einem Brief, den sie der Freundin unmittelbar nach deren Fortgang aus Amherst im Februar 1845 schrieb, heißt es: »Ich brenne, deinen Roman zu lesen. Vermutlich wird er mich, als Whig, empören.« Emily Dickinson selbst hatte während der Jahre an der Amherst Academy mit anderen Mädchen ein kleines Magazin mit dem Titel *Forest Leaves* produziert.

Nr. 18

An Susan Gilbert *Anfang Juni 1852*

Es ist Hausputz, Susie, und flugs trete ich den Rückzug in meine kleine Kammer an, wo ich mit Hingabe und Dir diese kostbare Stunde zubringen will, kostbarste von allen Stunden, die sich in meine flüchtigen Tage streuen, und diese eine so teuer, daß ich dafür alles hingäbe, und nach der ich mich, kaum ist sie verflogen, wieder mit Seufzen sehne.

Ich kann es kaum fassen, liebe Susie, daß ich nun fast schon ein ganzes Jahr ohne Dich bin; manchmal erscheint die Zeit kurz und der Gedanke an Dich warm, als wärest Du erst gestern davongezogen, und doch schiene mir die Zeit weniger lang, wären Jahre und Jahre still ins Land gegangen. Und jetzt soll ich Dich bald wiederhaben, bald in die Arme schließen; verzeih meine Tränen, Susie, sie kommen so willig, daß ich es nicht übers Herz bringe, sie auszuschelten. Ich weiß nicht, wie es kommt – es liegt etwas in Deinem Namen, seit Du mir vorenthalten bist, das mir das Herz übergehen läßt, und die Augen. Nicht, weil der Klang mich *bekümmerte*, nein, Susie, vielmehr denke ich an jede »Sonnenseite«, auf der wir je beieinander saßen, und daß es vielleicht *keine* mehr geben wird, das, glaube ich, ruft die Tränen hervor. Mattie war gestern abend hier, wir saßen vorn auf der Verandastufe und unterhielten uns über das Leben und die Liebe und gestanden uns flüsternd unsere kindlichen Träume über diese beseligenden Dinge ein – viel zu bald war der Abend vorüber, und ich begleitete Mattie unter dem verschwiegenen Mond nach Haus und wünschte Dich herbei, und den Himmel. Du kamst nicht, Liebes, aber ein Stückchen Himmel, oder so *schien* es uns, da wir Seite an Seite wandelten und darüber sannen, ob der Segen, der einst vielleicht uns zuteil wird, heute schon anderen gehört. Verbindungen, liebe Susie, die zwei Leben eins werden lassen, diese eigentümlich süße Adoption, die wir nur bestaunen können, zu der wir jedoch keinen Zutritt haben, wie sehr sie doch das Herz erfüllt und pochen macht, wie wird es sein, wenn sie *uns* eines Tages einnimmt und uns ihr eigen macht, und wir nicht fliehen, sondern still und froh uns ergeben!

Über diese Frage, Susie, haben Du und ich eindringlich geschwiegen, oft haben wir sie gestreift und rasch fallenlassen, wie Kinder die Augen vor einer zu grellen Sonne schließen. Immer habe ich gehofft zu erfahren, ob Du nicht einen kostbaren Traum hegst, der Dein ganzes Leben erleuchtet, von dem Du ins treue Ohr der Nacht wisperst – und an dessen Seite Du Dich sähest ein Leben lang; wenn Du heimkehrst, Susie, müssen wir über diese Dinge sprechen. Wie trübe mag der Braut unser Leben erscheinen, der versprochenen Maid, deren Tage von Gold sich nähren, die des Abends Perlen aufliest; der *Ehefrau* aber, Susie, gar der *vergessenen*, mag unser Leben kostbarer erscheinen als alle andere auf der Welt; Du kennst Blumen am Morgen, denen der Tau *genügt*, und dann dieselben süßen Blumen zur Mittagsstunde, wenn sie die Köpfe voll Qual vor der mächtigen Sonne beugen; glaubst Du wirklich, diese durstigen Blüten brauchten künftig nichts weiter als – *Tau*? Nein, nach Sonnenglut wird sie verlangen, nach dem sengenden Zenith werden sie sich verzehren, ob er sie auch verbrennt, sie versehrt; für sie hat aller Friede ein Ende – sie wissen, der Mann Mittag ist mächtiger als der Morgen und ihr Leben fortan seins. Ach, Susie, es ist Gefahr; um welchen Preis diese schlichten, vertrauensseligen Geister und die mächtigeren, denen wir nicht widerstehen! Es quält mich so, Susie, der Gedanke, daß es einst kommen werde, ich erzittere, wenn ich denke, daß auch ich eines Tages mich beugen könnte. Susie, Du wirst mir die abschweifende Passion nachsehen – sie war recht lang, und wenn das freche Blatt mich nicht an dieser Stelle knebelte, nähme es mit ihr wohl gar kein Ende.

Ich habe den Brief bekommen, Susie, mitsamt der zarten Knospe – und wieder liefen die Tränen, daß ich, die ich allein bin in der weiten Welt, nicht *ganz* allein bin. Tränen von dieser Art sind Schauer – liebe Freundin, die Engel nennen sie, wenn das Lächeln wieder scheint, Regenbogen und stellen sie im Himmel nach.

Und in kaum vier Wochen – bist Du mein, *ganz* mein, außer, ich *liebe* Dich Hattie und Mattie gelegentlich, wenn sie mir versprechen, Dich nicht zu verlieren und bald wiederzubringen. Ich will die Tage nicht zählen. Ich werde meinen Becher nicht mit der Vorfreude füllen, denn täte ich es, könnten durstige Engel ihn leeren – ich werde daher nur *hoffen*, Susie, und das bange, denn sind nicht schon die bestbeladenen Nachen an Ufern zerschellt?

Gott ist gütig, Susie, ich denke, er wird Dich verschonen, ich bete, daß wir uns, zu seiner Zeit, wiedersehen werden, doch sollte dieses Leben keine Begegnung mehr vorsehen, bedenke, Susie, daß es auch keine *Trennung* mehr kennte, so daß wir, wo immer die Stunde uns ereilt, auf die wir so lange hoffen, nicht getrennt werden können, nicht der Tod, nicht das Grab kann uns scheiden, so wir nur *lieben*!

Deine Emilie –

Austin war hier und ist wieder fort; das Leben kehrt in die Stille zurück; warum muß der Sturm Windstillen kennen? Root habe ich in diesem Quartal gar nicht gesehen, Mattie und ich genügen ihm wohl nicht! Wann kommst Du wieder, in einer Woche? Mag sie *kurz* sein!

Vinnie läßt Dich herzlich grüßen, Mutter desgleichen, und darf ich es wagen, meine *Empfehlungen* beizufügen?

Susan Gilbert kehrte Anfang Juli 1852 nach Amherst zurück. Austin Dickinson blieb noch bis zum Ende des Schuljahrs in Boston und traf am 26. Juli ein. Da Emily Dickinsons wichtigste Korrespondenten nun beide wieder zu Hause waren, setzt der Briefwechsel mit dem Bruder Austin bis zum März 1853 aus, als er sein Studium an der Harvard Law School aufnimmt, und auch die Zahl der Briefe an die Freundin Susan Gilbert geht deutlich zurück; den letzten Brief nach Baltimore nahm Edward Dickinson mit, der am 16. Juni 1852 als Delegierter zum Parteikonvent der Whigs fuhr. Im Postskriptum schreibt Emily Dickinson an Susan: »Warum kann nicht ich Delegierte beim großen Parteikonvent der Whigs sein? – weiß nicht auch ich alles über Daniel Webster und Zölle und das Gesetz? Dann, Susie, könnte ich Dich sehen, wenn die Sitzungen unterbrochen würden – aber ich kann dieses ganze Land nicht leiden, und ich werde nicht länger bleiben! ›Delenda est‹ Amerika, Massachusetts und überhaupt! – Mit Vorsicht öffnen« — Die grundlegende Angst Emily Dickinsons, sich »beugen« zu müssen, dem Druck des sozialen Umfelds während der Erweckungswellen ebenso wie den Männern und Frauen gesellschaftlich zugedachten Rollen mit ihrem extremen Machtgefälle, zeigt sich hier als Kernthema. Zu ihrem Gleichnis wurde

Emily Dickinson durch die Lektüre des im selben Jahr erschienenen Romans der englischen Schriftstellerin Dinah Craik (1826–1887) – *The Head of the Family* – angeregt, die wiederum auf Ovids *Metamorphosen* zurückgreift, und zwar die Verwandlung der von ihrem Geliebten Helios verschmähten Klytie in eine Blume: »[...] ihr Fasten / Nährt sie mit lauterem Tau und den eigenen Tränen; vom Boden / Rührt sie sich nicht; nur schaut sie hinauf nach dem Antlitz des oben / Fahrenden Gottes: ihr Angesicht dreht sie und wendet sie ihm zu.« (Viertes Buch, 262–265, dt. Hermann Breitenbach).

III

Dezember 1852–1857

Wie fern nun jenes Frühjahr scheint …

Zum Jahreswechsel gibt es vereinzelt noch exaltierte Episoden, doch unüberhörbar grundiert nun eine Abschiedsstimmung, gelegentlich fast Verzweiflung die Briefe Emily Dickinsons. Ihr Weg scheidet sich immer deutlicher von denen ihrer bisherigen Gefährten. »Irgendwie bin ich neuestens einsam«, gesteht sie ausnahmsweise sogar dem Bruder Austin, und als er und seine Braut Susan Gilbert erwägen, ihr Glück anderswo zu suchen als in Amherst, erregt die Aussicht, daß Susan fortgehen und ihr überdies den Bruder Austin nehmen könnte, in einem nirgends sonst zu beobachtenden Maß Emily Dickinsons Zorn: »Sue – bleib oder geh«, beginnt ein bemerkenswerter Brief (Nr. 37), in dem sie ein Ultimatum stellt, aber selbst auch argwöhnt, die wichtigsten Menschen würden ihr immer wieder, der »Idolatrie« wegen, genommen werden.

Als Ausnahme wird sich die neu geknüpfte Beziehung zu Josiah Gilbert Holland und vor allem seiner Frau erweisen, mit der die Dichterin eine unverbrüchliche, lebenslange Freundschaft verbinden soll: »An Sie gedacht, bis die Welt runder wurde, und ich mehrere Teller zerschlug« (Nr. 27).

Im Februar 1855 begleiten Emily Dickinson und ihre Schwester Lavinia den Vater nach Washington. Die Heimreise wird bei Fremden in Philadelphia unterbrochen, wo die Schwestern Reverend Charles Wadsworth kennengelernt oder zumindest gehört haben könnten. Von der Korrespondenz zwischen Emily Dickinson und Charles Wadsworth ist bis auf eine kurze Notiz von ihm (Nr. 66) nichts mehr auffindbar.

88 Briefe sind aus dieser Zeit erhalten: 50 für das Jahr 1853, 18 für 1854, fünf für 1855, vier für 1856, 1857 kein einziger. Die spärlich erhaltenen Briefe aus den späteren Jahren verraten nichts von dem inneren Wandel, der sich vollzieht. Emily Dickinson erlebt ihre eigene »Bekehrung«. Ein Vorbild hierfür mag ihr der »literarische« Freund Henry Vaughan Emmons geliefert haben (an den immerhin 14 Briefe gehen, mehr als an Susan Gilbert), denn er bringt ihr Elizabeth Barrett Brownings poetisches Credo nahe.

Es entstehen die ersten Gedichte. Die Briefe werden zunehmend zur poetischen Werkstatt, sie werden für gewöhnlich erst aufgesetzt, überarbeitet und noch einmal ins Reine geschrieben, es finden sich gelungene Passagen mehrfach in Briefen an verschiedene Partner, es zeigen sich auffällige Parallelen zwischen Briefformulierungen und Gedichtmaterial. Emily Dickinson wuchert weniger mit Worten, sie wägt, sie gewichtet zugunsten einer poetischen Präzision, die den Biographen Alfred Habegger zu der Festellung bewegt, fortan klinge Emily Dickinson »nach Dickinson«.

Nr. 19

An Susan Gilbert *Anfang Dezember 1852*

Liebe Freundin.

Mit großem Bedauern teile ich Ihnen mit, daß mein Verstand gestern nachmittag um 3 Uhr zum Stillstand gekommen ist, ohne sich seither rühren zu wollen.

Wenn Sie diese Nachricht in Händen halten, werde ich vermutlich zur Schnecke geworden sein. Dieses unvorhergesehene Geschick entreißt ein geistiges und moralisches Wesen rücksichtslos seinem Wirkkreis. Doch wollen wir nicht verzweifeln – »Gott kommt zu uns auf dunkler Bahn und läßt uns viel geschehn, er braust im Sturmeswehn heran und schreitet durch die See«, und sollte ich, seinem Willen gemäß, zum Bären werden und meine Mitmenschen beißen, so wird es zum Besten dieser verderbten und verdammten Welt sein. Wollte der Herr der luftigen Sphäre aufhören, mit Schneebällen zu werfen, werden wir uns vielleicht wiedersehen, sonst nicht sehr wahrscheinlich. Meine Eltern sind wohl – Gen Wolf ist bei uns – Major Pitcairn erwarten wir mit der späten Fahrt.

Gestern traf uns empfindlich der vermeintliche Abgang *Unserer Katze* aus der Zeit ins Ewige Leben.

Sie kehrte jedoch wieder – gestern abend war's – der Sturm hatte sie über ihre Erwartung zurückgehalten.

Den Bostoner Blättern entnehme ich, daß Giddings wieder einzieht – hoffe, Sie setzen sich mit Corwin ins Benehmen und bringen den Norden wieder auf Linie.

Gutes Schlittenwetter – habe 52 Klafter Walnuß geordert. Wir benötigen hier bei uns Wege, wollen Sie nicht mit dem Gespann kommen?

Treu bis in den Tod –
Judas

Susan Gilbert lebte nun nach ihrem als Lehrerin in Baltimore verbrachten Jahr wieder in Amherst. — Im Herbst 1852 hatte sich Edward Dickinson als

Whig-Kandidat für den zehnten Wahlbezirk des Bundesstaats Massachusetts zur Wahl gestellt und errang im Dezember einen Sitz im Kongreß. Noch konservativer als die Whigs allgemein, die zur nationalen Einigung eine starke Zentralregierung befürworteten, war die elitistische, anitexpansionistische Partei in Massachusetts, die zwar gegen die Sklaverei war, aber noch entschiedener gegen alle Entschlüsse, die zur Sezession führen könnten. An dieser Frage zerbrach die Partei schließlich: aus ihr gingen die Free-Soil und die Republican Party hervor. — Hinter den historischen Figuren des »Helden von Quebec«, General James Wolfe (1727–1759), und Major Pitcairn, der 1775 in der Schlacht um Bunker Hill fiel, verbergen sich aller Wahrscheinlichkeit nach Parteifreunde Edward Dickinsons. — Das politische Klima war brisant, die Sezession kündigte sich an, die Kämpfe zwischen Parteien, Fraktionen und Flügeln nahmen an Schärfe zu. Im März war Harriet Beecher Stowes (1811–1896) gegen die Sklaverei gerichteter Roman *Onkel Toms Hütte* erschienen, dem sofort ein immenser Erfolg beschieden war. — Joshua Reed Giddings war erklärter Gegner der Sklaverei und Whig-Dissident. — Thomas Corwin, unter Millard Fillmore (1850–1852) Schatzminister, hatte sich dem vom Whig-Parteikonvent gebilligten Gesetz zur Auslieferung flüchtiger Sklaven (Fugitive Slave Law) entgegengestellt. Edward Dickinson (und folglich seine Tochter) war konservativer Whig, aber ein Gegner der Sklaverei. — Das Zitat des zweiten Absatzes entstammt William Cowpers (1736–1800) Gedicht »Das Licht scheint in der Finsternis« (dt. Georg von der Vring). — Das Holz, das sie bestellt, gilt laut Habegger einem Freudenfeuer für den Vater. — Weshalb Emily Dickinson mit »Judas« unterzeichnete, ist nicht bekannt.

Nr. 20

An Susan Gilbert *etwa März 1853*

Schreib! Schwester, schreib!

Wundersame See
Stille Odyssee,
Steuermann – sag! –
Weißt Du Gestade

Wo des Sturms Schade
Und Gischt kennt Gnade?

Wo der milde West
So manchen Mast wiegt –
Der Anker Last trägt –
Dorthin sei *Dir* Geleit -
Land in Sicht! Ewigkeit!
Endlich fest!

Emilie

Ralph W. Franklin führt die Verse als drittes Gedicht Emily Dickinsons (von insgesamt 1789). — Die Botschaft war einem der Briefe beigelegt, die Emily Dickinson in dieser Zeit schrieb. Am 18. März beteuerte sie Austin: »Von Sue habe ich nichts mehr gehört, obwohl ich ihr drei Mal geschrieben.« Das Billett fordert nicht nur einen Brief ein, sondern belegt, daß Emily Dickinson bereits erste Gedichte verfaßte und Susan Gilbert (»die wir uns gern einbilden, wir allein seien Poeten, und alle anderen Prosa«) ebenfalls dazu ermuntern wollte.

Nr. 21

An Austin Dickinson *am 27. März 1853*

Mein lieber »Oliver«, wie aufgekratzt mußt Du sein, seit wir Dich zuletzt sahen! Wie dankbar müssen wir sein, daß Du zu Greenville gefunden hast, und zur rechten Seelenstimmung! Ich hegte ernste Zweifel, ob Du Kanaan noch erreichen würdest, so ist mir eine große Bürde genommen, und ich bin nun ganz ruhig. Wie lange schon bestimmt Dich das Behagen an Deinen Mitmenschen? Mir scheint, es kam recht plötzlich, hoffe, Du täuschst Dich nicht, empfehle »Eines Christen Reise nach der Seeligen Ewigkeit« und »zur Willensfrage« Baxter. Hoffe, Du hast den Sonntag genossen und heilige Vorzüge – nicht allen jungen Männer stehen frohe Botschaften zu Gebote.

Dein stiller Winkel wird Dir wohl behagen und Meditationen über das Tägliche Brot! Ich lasse Dir bei nächster Gelegenheit Nettletons Lieder zukommen.

Ich dachte just an eine Deiner Lieblingsstrophen – »O lösch den Durst der Seelen, so wird uns nichts mehr fehlen«.

Was für eine erbauliche Situation, fürwahr, und ein Ort des Ansturms durchaus würdig!

Vermutlich hast Du *Eintrittskarten* für besondere Freunde – ich hoffe, ich gehöre dazu, eingedenk der abzulegenden »alten Menschen« –

Ach, und Austin ist Dichter, Austin verfaßt einen Psalm. Platz da, Pegasus, Ihm sei genug Olymp, und richte den »neun Musen« aus, was wir von ihnen halten!

Haben selbst eine leibhaftige Muse herangezogen, die alle neune aufwiegt. Schluß, fort, Strolch!

Ich will es Dir gern auseinanderlegen, Bruder Pegasus – ich *selbst* gefalle mir darin, das eine oder andere zu schreiben, und mir scheint, Du willst mir das Patent abringen, sieh Dich ja vor, ich ruf die Polizei! Nun, Austin, wenn Du Dich durchs Dickicht zweier Seiten Narretei gekämpft hast, ohne Den Hut verloren zu haben oder im Morast steckengeblieben zu sein, dann will ich mich bemühen, so schnell Vernunft anzunehmen als möglich, ehe Du Dich angewidert abwendest. *Mademoiselle* ist da, zu unser aller Überraschung. Ich folgerte daraus, Du habest beschlossen, Dich nach Australien einzuschiffen. Sue ist noch immer ernst, sie findet es ohne den guten alten Mr Brown ziemlich trübselig.

Sie wirkt mitunter abwesend, des »alten Haus« wegen wohl, und laß Dir von mir sagen, was für ein elender Schurke Du bist, die »Pfindungen« einer jungen Dame auf so grausame Weise zu garnen.

Du verdienst, laß mich überlegen: Du verdienst glühende Eisen und chinesische Tartaren, und wäre ich Mary Jane, ich gäbe Ihnen einen »Korb«, Sir, wie Sie noch nie einen hatten! Nein, wirklich, ich könnte einen *Stein werfen* und fünf Zuchthähne töten, aber das werde ich nicht tun, ich werde Rücksicht üben! Miss Susie war am Freitag bei uns, war Samstag hier und Miss Emilie Donnerstag drüben. Vermutlich wirst Du heute abend wie stets ins *Hygeum* gehen. Mich empört die Vorstellung, daß ein junger Mann dem Laster verfällt, abends ein Hotel zu frequentieren! Nur gut, daß die Pilgerväter rechtzeitig von hinnen sind, vor diesen liederlichen Zeiten! Kommst Du mit »der Arbeit« gut voran, und hast Du Dir die Harpers verpflichten können? Werde bei Drucklegung Bleistifte in Rechnung stellen, 17 an der Zahl, verschiedentlich an Dich ausgegeben. Dazu täglich, während der *Versendung der Korrekturfahnen*, zwei Kuverts, nebst Johnnie Beston, David Smith und Dienste derselben!

Lieber Austin, ich bin gewitzigt, aber Du bist ein gutes Stück gewiefter, ich bin *nicht wenig* Fuchs, Du aber ganz durchtriebener Hund! Dennoch sind wir alle Freunde, und ich denke, beide lieben wir Sue so gut wir eben können.

Du brauchst über meinen Brief gar nicht zu lachen – es sind *Variationen über Greenville*, die ich meinte, Dir schicken zu sollen.

Mit herzl. Liebe
Emilie.

Die herzlichsten Grüße von uns allen. Montag Mittag. Ach, Austin, Newton ist tot. Der erste meiner eigenen Freunde. Pace.

Die Anrede »Oliver« gilt als verdeckter Glückwunsch zu Austin und Sues eben beschlossener und noch geheimer Verlobung, als Anspielung auf Olivers Umschreibung seiner Liebe zu Celia in Shakespeares *Wie es Euch gefällt* (1599/1623; V/2 Z. 1–25): »Macht Euch weder an der Übereilung davon ein Bedenken [...] meinem schnellen Werben, noch aus ihrer raschen Einwilligung«; Emily Dickinson verwendet die Anrede kurz darauf nochmals in einem anderen Brief. — Der Brief Austins, auf den die Dichterin hier antwortet, enthielt eine eigene Komposition nach dem Vorbild des auf Jean-Jacques Rousseaus Singspiel *Der Dorfwahrsager* (1752) zurückgehenden Lieds »Greenville«, auf das sich Emily Dickinsons »Variationen« beziehen. — Mit »Nettletons Lieder« ist das Standardwerk *Village Hmyns* des Geistlichen Asahel Nettleton (1783–1844) gemeint. »Eines Christen Reise nach der Seeligen Ewigkeit« stammt von dem englischen Laienprediger und Schriftsteller John Bunyan (1628–1688); Richard Baxter (1615–1691) war Prediger und

Verfasser erbaulicher Schriften, darunter *Die Ewige Ruhe der Heiligen*. — Das Kirchenlied, das Emily Dickinson hier anführt, wurde bereits im Brief Nr. 12 zitiert. – »Altes Haus« wurde Austin gelegentlich gerufen. – Das Bibelzitat ist Eph. 4, 22. — Im ganzen sind Emily Dickinsons Reaktionen auf Austins Verse eher verhalten als enthusiastisch. Hier aber pfeift sie den »Bruder Pegasus« nur halb im Scherz zurück. (Der Ausspruch über die Musen läßt an die Sammlung »The Tenth Muse Lately Sprung up in America« der Dichterin Anne Bradstreet (1612–1672) denken.) Die Rivalität mit dem zwar innig geliebten, aber um seine Vorrechte als einziger Dickinson-Erbe (von Belang) beneideten Bruder zeigt sich nicht nur hier. Schon im Juni 1851 hatte sie dem Bruder geschrieben: »Beinahe möchte ich angesichts solcher Größe abdanken und mein geringes Los unter kleinen Vögeln und Fischen suchen – Du sagst, Du verstündest nicht, Du wünschtest eine schlichtere Prosa. Das ist nun der Dank für meine Höhenflüge! Da glaubte ich, durch Herausragendes möchte ich an Dich heranreichen, allein, während ich noch keuche und kraxele und die nächste Wolke zu bewältigen suche, spazierst Du ganz gemächlich in Pantoffeln aus dem Empyreum und befiehlst ohne die geringste Rücksicht den Rückzug! Einfach, schlicht und ergreifend – so will ich denn ein Gänschen sein – ein Kätzchen, ein kleines Rotkäppchen, ich will Grillen im Kopf tragen, Rosenknospen im Haar, und was noch zu besorgen sei, sollst Du beizeiten erfahren.« — Mr. Brown: In Charles Dickens' *David Copperfield* (1849) ist »Brooks (nicht Brown) von Sheffield« der Jemand, der ungenannt bleiben soll. — Benjamin Franklin Newton starb am 24. März 1853 in Worcester, Mass., an Tuberkulose (vgl. Brief Nr. 31). — Johnnie Beston half bei den Dickinsons im und ums Haus, David Smith wahrscheinlich ebenfalls.

Nr. 22

An Henry V. Emmons *im Frühjahr 1853*

Mr Emmons –

Seit Erhalt Ihrer herrlichen Schrift wollte ich Ihnen immer schon mit einigen Blüten danken, und so suchte ich neustens die schönsten für Sie zusammen, hörte dann jedoch, Sie seien fort –

Heute bringe ich einige wenige, zwar nicht zu vergleichen mit den unsterblichen Blüten, die Sie freundlicherweise für mich banden, doch wollen Sie sie nicht, bitte, annehmen – die »Lilie auf dem Felde« für Ihre Paradiesblüten, und sollte es mir vergönnt sein, einst aus einem Garten, den wir nicht kennen, solche zu pflücken, die nicht welken, dann sollen Sie leuchtendere haben als heute.

Emilie E. Dickinson

Henry Vaughan Emmons (1832–1912) studierte am Amherst College und wurde durch seinen Freund John Long Graves, ein Vetter Emily Dickinsons, mit dieser bekannt. — Mit Sicherheit läßt sich Emmons »herrliche Schrift« nicht bestimmen, doch nicht ganz abwegig ist, daß er Emily Dickinson einen Abdruck seiner Arbeit »Sympathy in Action« gesandt hatte. — Die beiden folgenden Botschaften an Emmons scheinen zusammenzugehören, und da sie sich nicht exakt datieren lassen, folgen sie hier aufeinander. Sie zeigen bereits den knappen, dichten Stil der späteren Briefe und Botschaften Emily Dickinsons. — 1854 schickte Emmons der Freundin zum Abschied einen Band mit Gedichten Edgar Allan Poes.

Nr. 23

An Henry V. Emmons *im Frühjahr 1853*

Ungnädige »Atropos«! Und doch wage ich keinen Tadel, aus Furcht, die kecken Finger möchten erneut zur Schere greifen.

Vielleicht beargwöhnt sie den Wein! Bitte versichern Sie ihr, es sei nur Johannisbeerwein, und ob sie mir nicht gütigst ihre Schere borgen will, damit ich einen Faden kürze?

Vinnie und ich wollen geduldig auf die Freunde warten und hoffen, daß ein hellerer Abend uns die Langmut lohnt.

Ihre Freundinnen,
Emilie & Vinnie Dickinson

»Die Freunde«: Neben Henry Emmons wird der Vetter John Long Graves gemeint gewesen sein, der Emmons mit Emily Dickinson bekannt gemacht hatte.

Nr. 24

An Henry V. Emmons — *im Frühjahr 1853*

Haben Sie recht herzlichen Dank, Mr Emmons, für Ihre schöne Anerkennung, die meine Blumen überstrahlt; und während ich Ihnen das kleine Manuskript mit Freuden *leihe*, erlaube ich mir, es zurückzufordern, sobald Sie wieder da sind. Ich hoffe, die Unterredung mit der Freundin möchte Sie beglücken, und werde mich freuen, Sie bei Ihrer Rückkehr zu sehen.

Emilie E. Dickinson

Zur Natur des »kleinen Manuskripts«, das Emily Dickinson Henry Emmons lieh, ist nichts Näheres bekannt. Da die Freundschaft der beiden in großem Maße von dem gemeinsamen Interesse an der Literatur lebte, könnte man annehmen, sie habe ihm eine Sammlung eigener Gedichte überlassen, die sie oft als »Blumen« oder »Blüten« umschrieb. — Die Freundin, die Emmons aufsuchte, war sehr wahrscheinlich Eliza Maria Judkins, die 1841–1842 an der Amherst Academy Zeichnen, Malen und Schönschreiben unterrichtet hatte und eine von Emily Dickinsons ersten Lehrerinnen gewesen war.

Nr. 25

An Austin Dickinson — *am 9. Juni 1853*

Lieber Austin.

Ich habe Deinen Brief an mich erhalten – und den an Sue besorgt. Jerry stand das Gewehr beim Fuß, und alles lief nach Wunsch, doch Sue hielt es nicht für ratsam, und so wirst Du wohl telegraphisch Nachricht erhalten und Susie und ich Dich heute abend nicht mehr sehen.

Im ersten Augenblick hat Dein Brief mich fast bestürzt, ich dachte, es habe sich Schlimmes ereignet: daß Dir der sichere Tod drohe und Du uns Lebewohl sagen wolltest oder anderes in dieser Art, doch nun weiß ich ja, worum es ging.

Wann immer Du Hilfe brauchst, Austin, wende Dich getrost an

Jerry und an mich, wir kümmern uns und können vielleicht *ein wenig* helfen. Ich hoffe, Du nimmst Dir nicht eine der Bemerkungen zu Herzen, die es geben mag – sie lohnen nicht den Gedanken – und sicher nicht die Mühe. Beachte sie nicht. Niemand wird es wagen, Susie zu schaden, niemand Dir. Du stehst zu weit über ihnen, fürchte sie nicht. Ich hoffe, das Haar ist ab – Du mußt es mir sagen, wenn Du nächstens schreibst, und schreibe bald. Uns geht es unterdessen recht gut. Gestern abend bin ich mit Emmons ausgefahren, es war herrlich. Heute kommt New London, aber das ist mir einerlei, ich gebe nichts auf Leute. Ich wünschte wirklich, Du wärest hier. Lieber Austin, denk daran, an diese dummen Dinge keinen Gedanken zu verschwenden, sie können Sue nichts anhaben.

Liebe Grüße von uns allen.
Emilie

Die enge Verbindung zwischen Emily Dickinson und ihrem Bruder Austin schlägt sich deutlich sowohl in der großen Zahl der Briefe nieder, die sie schreibt, wann immer er sich nicht in Amherst aufhält, als auch in der Tatsache, daß er so viele davon aufbewahrte. Sie liefern uns seltene, oft höchst amüsante Einblicke in das häusliche Leben der Dickinsons. In diesen Monaten schreibt Emily Dickinson ihrem Bruder auffällig oft: Von insgesamt 86 Briefen an Austin Dickinson stammen allein 28 aus dem Jahr 1853; an den Bruder gehen mehr Briefe als an alle anderen Briefpartner dieses Jahres zusammen (23). Der zunehmend ängstliche Ton verrät die Sorge, die Emily Dickinson die bevorstehenden Veränderungen bereiten. Schon im April hatte sie Austin beschworen: »Ich finde, wir fehlen einander mit jedem Tag, um den wir älter werden, mehr, denn wir sind ganz anders als die meisten anderen und daher für die Freude am Leben stärker aufeinander angewiesen.«. — Jeremiah Holden (»Jerry«) kümmerte sich während Austins Abwesenheit um das Pferd der Dickinsons und übernahm Botengänge aller Art. — Zur Feier der Inbetriebnahme der Amherst & Belchertown Railroad luden das neue Eisenbahnunternehmen und die Streckengesellschaft New London, Willimantic & Palmer zu einer Sonderfahrt von New London nach Amherst ein. — Austins Sorge galt dem Gerede im Ort über ihn und Sue, nachdem ihr heimliches Stelldichein in einem Hotel in Boston bekannt geworden war.

Nr. 26

An Austin Dickinson *am 19. Juni 1853*

Willst Du auch von mir hören, Austin? Gut, ich werde schreiben, obwohl mir scheint, daß Dir an mir nicht liegt. Ich weiß nicht, wie es kommt, aber die Welt sieht heute düster aus, und ich weiß kaum, was ich tue, alles wirkt so sonderlich, doch wenn Du hören willst, dann schreibe ich sehr gern – Prof Tyler hielt heute die Predigt, und ich war den ganzen Tag unterwegs – Susie hat uns von der Andacht heimbegleitet und war arg enttäuscht, keinen Brief von Dir zu haben – Es hat wohl keinen Zweck, sich auf Judge Conkey zu verlassen, und Mr Eaton ist ebenfalls ein unsicherer Kandidat – Warte das nächste Mal nicht auf sie. Wir haben Deine Notizen und die Gedichte vergangene Woche erhalten und danken Dir – Vater war über seinen Brief hoch erfreut, und wir alle haben nicht wenig gelacht – Die Bemerkung über Mr Ford gefiel Vater ausnehmend gut – nicht [nicht] etwa, was *ich* meinte, sondern Deine Gegenmeinung – Er sagte, Du habest mich tüchtig »konterkariert«. Ich muß an Dickens denken, wenn Du solche Briefe schreibst – ich will ihn Sue vorlesen – längst hätte ich's getan, aber am Nachmittag seines Eintreffens ging ein schlimmes Unwetter nieder und es regnete den ganzen Abend, und gestern bestand Vater darauf, daß wir am Nachmittag alle gemeinsam ausführen, und so fand ich keine Gelegenheit – gestern abend war ich mit ihr spazieren – Heute trug sie ihre neuen Sachen, bezaubernd sah sie aus – weißer Florentiner mit Zierrand – lichtbraune Seidenmantille, sehr gut gearbeitet, und ein weißes Kleid. Sie will morgen früh um 5 zu Miss Bartlett – und dann beginnt die Schneiderei –

Sie sagt, sie wird so gerade eben fertig sein, wenn Du wiederkommst –

Vinnie und ich desgleichen – es darf dann nichts mehr genäht werden – Wir sind alle wohl, das Wetter ist wunderbar – Wärst Du hier, ich glaube, Du wärest sehr glücklich, und ich glaube, das wären wir auch, doch die Zeit fliegt, und bald haben wir Dich wieder. Gäste der »Amherst & Belchertown Railroad« sind uns seit Joels Abreise erspart geblieben, obschon wir in der ständigen Furcht vor neuen Heimsuchungen leben –

»Ach schenkten Mächte Menschen eben jenen Blick« auf sich, wie andere ihn zurückgeben. Burns. Ich habe die Gedichte gelesen, Austin, und will es abermals, dann reiche ich sie an Susie weiter – Sie gefallen mir, aber ich muß sie ein zweites Mal lesen, ehe ich entscheiden kann, was ich von »Alexander Smith« halten soll – sonderlich schlüssig erscheinen sie mir nicht, dafür von recht gesuchter Raserei mit viel wunderbaren Gestalten, wie sie mir im Leben noch nicht begegnet sind – Wir sprechen noch darüber – Das Wäldchen sieht prächtig aus, Austin, wir glauben, es wird sicher gedeihen – Wir gehen sehr gerne hin – ein reizender Ort. Im Augenblick singt alles, ist alles schön, was dazu nur Anlage hat.

So so, Joel erlebte also keine bemerkenswerte Reise hierher – wer mag es mehr genossen haben – Plagegeist oder Geplagte – Sag es ihm nicht weiter – Tante Lavinia scheint außerdem sehr beschäftigt – Da wird »Vater wohl müde« sein, wenn sie wiederkommen.

Jerry macht sich trefflich, kümmert sich erstklassig um das Pferd und schwadroniert förmlich, wenn er von Dir einen Gruß bekommt. Die Wirkung ist mit der eines großen Krugs Most zu vergleichen, nur als Anblick *erfreulicher*. Ich bin froh, daß Dein Auge sich gebessert hat. Beanspruche es nächstens mit Maßen – ich hoffe, Du hast Deinen Hut bekommen – Ich hatte keine Zeit, einen Brief mitzuschicken, denn ich habe bis spät nachts daran gesessen, nachdem den ganzen Abend Besuch da war, ich hoffe, es war Dir nicht befremdlich –

Der Zeitpunkt für die Reise nach New London ist noch nicht festgelegt –

Ich hoffe wirklich, es kann warten, bis Du von Cambridge heimkommst, falls Du gerne mitfahren wolltest –

Die Eisenbahn rentiert sich – eine stattliche Anzahl Reisender scheint ständig von irgendwoher einzutreffen, woher, weiß niemand – Vater wartet auf seinen Buggy, der jeden Tag mit den Waggons kommen muß – Ich gehe davon aus, daß alle unsere Großväter mit ihren provinziellen Vettern zur Collegefeier anreisen werden, das dürfte den Kurs in dieser Woche um einige Prozentpunkte hinauftreiben. Könnten wir Kinder mit Sue für die Woche Unterkunft in einer »großen Wüstenei« finden, ich denke, wir erlebten schöne Zeiten. Hier im Hause drängen sich jeden Tag Exemplare der Menschheit, Hohe und Niedere, Geknechtete und Freie, »an weltlich Gütern Arme« und der »mächtige Dollar«, und was um alles in der Welt sie suchen, bleibt ein Geheimnis – Doch ich hoffe, sie werden vergehen wie in der Vegetation Insekten, laßt uns daher zur goldenen Reifezeit ernten – will sagen, Du und Susie und ich und unsere liebe Schwester Vinnie brauchen eine schöne Zeit ungestörten Beisammenseins, wenn Deine Studientage sich neigen. Du darfst nicht noch bei Howland verweilen, wenn die Kurse enden – Wir werden alles für Dich bereit haben, und Du mußt von der Universität sogleich nach Hause kommen, ohne noch am Wegesrand zu spielen! Mutter hat sich über die schwache Ausprägung Deiner Hoffnungen, von ihr zu hören, sehr amüsiert – letzte Woche war sie immerhin so weit fortgeschritten, daß sie Feder und Papier in die Küche trug, wo ihre Meditation jedoch durch das unerwartete Eintreffen Col Smiths und Gemahlin rüde unterbrochen wurde, daher sie es ein andermal wieder versuchen will – ich bin sicher, Du wirst bald von ihr hören. Wir grüßen Dich alle sehr herzlich, Du fehlst Uns sehr, wir freuen Uns viel an dem Gedanken, Dich bald wiederzusehen, und wir lieben die liebe Sue beständig. Schreibe bald wieder. Ich habe heute recht viel erzählt.

Emilie.

Ithemar F. Conkey, wie schon sein Vater Anwalt in Amherst und »republikanischer« Whig, war ein Rivale Edward Dickinsons. — Lester G. Ford heiratete Emily Dickinsons Schulfreundin Emily Fowler; die Dichterin hielt nicht viel von dem »Laffen«. — Das Zitat aus dem Werk des schottischen »Liederdichters« Robert Burns (1759–1796) entstammt dem Gedicht »To A Louse«, in dem eine Laus keck auf der Haube einer Kirchgängerin herumspaziert und zu der hier zitierten Beobachtung Anlaß gibt. — In seinem letzten Brief hatte Austin gefragt, ob Emily Interesse an den Gedichten des jungen Schotten Alexander Smith (1830–1867) habe. Sie bejahte, und er schickte daraufhin den Band *A Life Drama and Other Poems*. Daß Emily Dikkinson Lektüreeindrücke wie hier begründet, kommt selten vor.

Nr. 27

An Dr. und Mrs. J. G. Holland *im Herbst 1853*

Lieber Doktor und Mrs Holland – liebe Minnie – es ist kalt, heut abend, der Gedanke an Sie alle dafür jedoch so warm, daß ich davor sitze wie vorm Kamin und mich nie wieder frieren kann. Es macht mir solche Freude, Ihnen zu schreiben – es ist ein Feiertag für das Herz und läutet alle Glocken. Gäbe es auf Gebete Antwort, wären Sie heut abend alle hier, doch ich suche und finde nicht, ich klopfe an, und es wird nicht aufgetan. Ob Gott gerecht ist? – das muß er doch wohl sein, meine ich, und der Fehler lag bei Matthäus.

Ich fürchte, ich selbst stelle den seltenen Fall vor, da, wer um ein Ei bittet, einen Skorpion erhält, denn ich wünsche Sie in einem fort herbei, schließe die Augen, hebe sie gen Himmel, bitte inbrünstig um Sie, und doch kommen Sie nicht. Ich habe Ihnen letzte Woche geschrieben, fürchtete jedoch, Sie würden mich auslachen und rührselig schimpfen, ich hob daher meinen erlesenen Brief für »Adolphus Hawkins Esq.« auf.

Gäbe es nicht Tageslicht, Herdstellen und Hähne, ich fürchtete, meine Briefe müßten Sie häufig schmunzeln machen, doch so sicher auch »dies Sterbliche« nach Unsterblichkeit strebt, zerstreut ein Krähen aus Nachbars Hühnerhof die Einbildung, und da sitze ich wieder.

Was ich meine, ist folgendes – daß ich die ganze vergangene Woche an Sie gedacht, bis die Welt runder wurde, als sie es gelegentlich ist, und ich mehrere Teller zerschlug.

Am Montag gelobte ich feierlich, vernünftig zu sein, und trug daher feste Schuhe und dachte an Dr. Humphrey und die Morallehre. Doch ein flüchtiger Blick auf den *Republican*, und ich mache erneut Scherben – ich lese jeden Abend darin.

Wer schreibt nur die drolligen Schickungen, indem sich Eisenbahnen unerwartet begegnen und Burschen in Fabriken ganz beiläufig geköpft werden? Der Verfasser berichtet zudem auf so treffliche Weise, daß Widerfahrnisse geradezu gefällig sind. Vinnie war heute abend enttäuscht, als es keine weiteren Unfälle gab – ich las die Nachrichten laut, während Vinnie nähte. Der *Republican* mutet uns an wie ein Brief von Ihnen, so daß wir rasch das Siegel erbrechen und begierig lesen [...]

Vinnie und ich sprachen schon heute nachmittag beim Nähen von Ihnen. Ich sagte: »Wie fern sie von uns scheinen«, doch Vinnie bemerkte: »So weit nicht« [...] ich wäre gern Vogel oder Biene ohne Sang und Gesumm und Ihnen doch nah.

Der Himmel ist groß – oder nicht? Und das Leben kurz? Wenn daher das eine endigt, wird es dann nicht ein anderes geben, und – und – dann, so Gott will, werden wir Nachbarn sein. Vinnie und Mutter lassen herzlich grüßen. Mein Brief eilt beladen wie die Biene. Bitte lieben Sie Uns und vergessen Uns nicht. Bitte schreiben Sie Uns recht bald, und erzählen Sie, wie es geht. [...]

Herzlich,
Emilie.

Dieses ist Emily Dickinsons erster Brief an die Hollands (von insgesamt 95). Der unerwartete Besuch des vielgelesenen Autors Dr. Holland, den seine Verpflichtungen als Mitherausgeber und Feuilletonchef des *Springfield Daily Republican* oftmals nach Amherst führten, und seiner Frau Elizabeth Luna Chapin am 7. Juli bildete den Auftakt zu einer lebenslangen Freundschaft zwischen Emily Dickinson und Mrs. Holland. Anziehend und anregend waren offenbar neben dem literarischen Engagement Hollands die weniger rigiden Glaubensvorstellungen des weltoffenen Paars, das Emily Dickinson mit dem Werk liberaler Trinitarier wie Horace Bushnell und Edward A. Park bekannt machte, deren Vorstellungen ihr Ringen um eine eigene, nicht konfessionell gebundene Form von »Heiligung« – ihrer sublimierten Jenseits-Frage – entgegenkommen. Mrs. Holland gilt der Dichterin zeitlebens als »Schwester«, ihr vertraut sie ihre Sorgen, Zweifel, Freuden und Ambitionen offener an als vielen anderen. — Mit ihrer Schwester Lavinia besuchte Emily Dickinson die Hollands im September 1853. Bei ihnen lebte bis zu ihrer Heirat 1856 auch Mrs. Hollands Schwester Amelia (Minnie) Chapin. — Das Bibelzitat des ersten Absatzes ist Matt. 7,7–8, das des zweiten Luk. 11,12 und das des dritten 1. Kor. 15, 53. — In Henry Wadsworth Longfellows Novelle *Kavanagh*, in dem gleich mehrere Figuren literarische Ambitionen hegen, ist Hiram Adolphus Hawkins der selbstgefällige und verblendete Dorfpoet.

— Dr. Heman Humphrey, 1823–1845 Präsident von Amherst College, lehrte Moralphilosophie.

Nr. 28

An Henry V. Emmons *im Herbst 1853*

Ich schicke Ihnen mit Freuden das kleine Buch, denn mir hat es Glück geschenkt, und ich sehe es gern emsig wirken und andere entzücken.

Vielen Dank für die schöne Nachricht – zu viel Poesie steckt in ihr für ein samstägliches Antwortbrieflein, doch ich werde sie nicht vergessen, noch wird sie verblassen wie das Laub, wiewohl so gold und rot wie dieses –

Ich schließe eine Zeile für Ihre Freundin ein – richten Sie ihr meine besten Empfehlungen aus und versichern Sie sie meiner Zuneigung –

Ich freue mich, daß sie bei Ihnen ist – das Buch von dem Sie sprechen, kenne ich nicht – lese es aber gern, wann immer es Ihnen genehm sei – und bitte geben Sie mir Gelegenheit, »mein Herr«, Sie bald zu sehen –

Ihre Freundin
Emily E. Dickinson

Auch hier handelt es sich bei der erwähnten Freundin wohl um Eliza Judkins.

Nr. 29

An Austin Dickinson *am 13. Dezember 1853*

Es ist nicht wenig tröstlich, Austin, zu hören, daß Du noch unter den *Lebenden* weilst, nachdem wir mehrere Tage ohne diese Gewißheit waren – und wenn ich Dir versichere, daß Vinnie und George Howland gestern nach Northampton gefahren wären, um zu *telegraphieren*, falls wir bis Mittag keine Nachrichten hätten, wirst Du daraus ersehen, daß wir doch in einige Unruhe gerieten.

Wir nahmen an, Du seist entweder auf dem Weg von Cambridge nach Boston um Deiner Uhr willen *ermordet* worden oder sehr krank und, da *fiebernd*, außerstande zu schreiben. Gegen Abend hätten Mutter und Vinnie, Sue und ich kaum untröstlicher sein können. Sue war zu Besuch, und als ich sie anschließend nach Hause begleitete, waren wir beide sicher, daß die jetzige Welt Dich nicht mehr beherberge noch die kommende, und so fragten wir bange, wo Du nur sein könntest und weshalb Du nicht einem von uns Nachricht gabst. Ha! Du hättest Deine helle Freude gehabt, uns hierhin und dahin hetzen zu sehen – die Post stürmen und darauf bestehen, daß wir einen Brief haben müßten, trotzdem der arme Mr Nims beteuerte, es gebe keinen – in die Kanzlei zu Bowdoin ausschwärmen, um ihn zur Rede zu stellen – er habe den Brief und halte ihn zurück, dann, kaum daß er den gegenteiligen Eid geschworen, wieder in die Straße stürzen und schnell heim, dortselbst Meldung machen über unsere vergeblichen Nachforschungen – und Mutter – ach, sie zweifelte nicht, die Bären im Wald hätten Dich aufgefressen, andernfalls seist Du schlicht ein Ungeheuer an Rücksichtslosigkeit und Untreue! Doch nun ist alles gut, und gottlob fehlt Dir nichts! Wir sind alle noch hier, lieber Austin – machen munter weiter – sehnen uns immer noch nach Dir, wünschen Dich herbei und wissen doch, daß Du Dich nicht freimachen kannst – Ach, was gäbe ich für die herrlichen Jahre, da wir zusammen jung waren und das hier uns Heim – Heim!

Die arme Susie hört nichts von Dir – Sie weiß aber, daß Du geschrieben hast. Sue und ich sind Sonntagabend nach Plainville und zurück spaziert – wo Mr Dwight war – Du wirst lachen. Mutter konnte das Muster für den Kragen nicht finden, aber Du hast einen auf dem Bord in der Küche gelassen, von dem Du meintest, er sei genau das Rechte, und den habe ich aufgetrennt und als Muster verwendet, und wenn Du wieder schreibst, kannst Du mir sagen, ob er paßt, dann trägt Vinnie ihn zu Miss Baker. Von Vater hören wir regelmäßig – besserer Stimmung indessen – Wann kommst Du heim. Wir möchten Dich so gern wiedersehen – Herzliche Grüße. Schreibe bald –

Deiner ergebenen Schwester
Emily.

Die Siedlung Plainville lag etwas westlich von Amherst. — Edward Strong Dwight wurde noch 1853 Pastor der First Church in Amherst. — Der 33ste Kongreß war am 5. Dezember zusammengetreten, und Edward Dickinson hielt sich seit Monatsanfang in Washington auf. Für ihn waren dies die Jahre seiner größten Triumphe: der Einzug in den amerikanischen Kongreß, 1855 der Rückkauf des 1813 vom eigenen Vater errichteten und 1833 aus Not verkauften Hauses an der Main Street und der Erwerb obendrein des Nachbargrundstücks, auf dem er für den Sohn Austin und die Schwiegertochter die Villa »Evergreens« bauen ließ. — Für diesen Brief verwendete Emily Dickinson Papier, das mit dem blindgeprägten Motiv des Kapitols geschmückt war; dieses verwandelte sie mit wenigen Bleistiftstrichen in einen Wigwam, aus dem Rauch steigt und auf dessen Eingang der Vertreter »des 10ten« [Wahlbezirks] als Indianer mit Federschmuck zueilt.

Nr. 30

An Henry V. Emmons — *Anfang Januar 1854*

Gern komme ich Ihrer freundlichen Aufforderung nach, morgen mit Ihnen auszufahren, obwohl mich dauert, daß wir uns heute abend nicht sehen werden –

Danke, daß Sie an Vater dachten. Er macht heute morgen einen sehr viel besseren Eindruck und wird, hoffe ich, bald ganz wohl sein. Ich werde mit dem größten Vergnügen morgen nachmittag mit Ihnen fahren, wann immer es Ihnen recht ist – Denken Sie bitte an die zwei kleinen Bände aus meinem Besitz, die Emily, wie ich meine, Ihnen lieh –

Ihre Freundin
E. E. D –

Auf der Rückreise von Boston hatte Edward Dickinson am 29. Dezember 1853 in der Nähe von Framhingham 20 Stunden in einem Zug festgesessen, der im Schnee steckenblieb.

Nr. 31

An Edward Everett Hale *am 13. Januar 1854*

Rev Mr Hale –

Verzeihen Sie die Freiheit, die sich eine Fremde mit ihrer Anfrage gegen Sie herausnimmt, doch ich vermute, Sie kennen die letzten Stunden eines Freundes, und verstoße daher gegen das Gebot der Höflichkeit, das ich unter anderen Umständen einzuhalten bestrebt wäre. Ich glaube, Sir, Sie waren der Pastor Mr B. F. Newtons, der vor einiger Zeit in Worcester verstarb, und oft habe ich mich mit der Hoffnung getröstet, seine letzten Stunden möchten froh gewesen sein und er in den Willen des Herrn ergeben. Kennte ich seine Frau, hätte ich Sie nicht behelligt, Sir, doch ich bin ihr niemals begegnet und weiß nicht, wo sie wohnt, noch habe ich in Worcester Freunde, die Erkundigungen für mich einholen könnten. Sie werden mein Begehren möglicherweise wunderlich finden, Sir, doch der Tote war mir sehr teuer, und ich wüßte so gern, daß er in Frieden ruht.

Mr Newton lernte zwei Jahre bei meinem Vater, ehe er – um seine Ausbildung fortzusetzen – nach Worcester zog, und war damals viel unter unserem Dach.

Ich war noch beinahe Kind und doch alt genug, die Kraft und den Feinsinn eines Verstandes zu bewundern, der den meinen weit überflügelte und der mich vieles lehrte, für das ich in aller Demut dankbar bin, nun, da er verloren ist. Mr Newton wurde mir ein gütiger und doch gestrenger Präzeptor, er lehrte mich, was lesenswert sei, welche Autoren bewunderungswürdig, was erhaben, was schön ist in der Natur wie auch die sublimere Lektion: den Glauben an unsichtbare Dinge und an ein neues, edles und viel gesegnetes Leben –

Von alledem sprach er – von alledem unterrichtete er mich ernsthaft und voller Sanftmut, und er verließ uns als ein vielgeliebter und entbehrter älterer Bruder. Aus seinem Leben in Worcester schrieb er mir oft und ich ihm – immer fragte ich nach seinem Befinden, und er antwortete stets so heiter, daß sein Tod mich überraschte, wiewohl ich von der Krankheit wußte. Er sprach oft von Gott, doch weiß ich nicht mit Gewißheit, ob er ihm ein himmlischer Vater war – Bitte, Sir, wollen Sie mir sagen, ob er ruhig starb und ob Sie meinen, er habe sich ergeben gefügt, ich wüßte es so sehr gerne mit Gewißheit, daß er heute im Himmel ist. Abermals bitte ich auch, Sir, die Zudringlichkeit einer Fremden zu verzeihen; wenige Zeilen aus Ihrer Hand, Sir, wann immer es Ihnen beliebt, würden umgehend mit großer Dankbarkeit vergolten.

Mit Hochachtung, Ihre
Emily E. Dickinson

P.S. Richten Sie Ihre Worte bitte an Emily E. Dickinson – Amherst – Mass. –

Tatsächlich hatte nicht der unitarische Geistliche Edward Everett Hale den Sterbenden betreut, sondern sein Konfessionskollege Alonzo Hill. Eine Antwort Hales ist nicht erhalten. — Emily Dickinson erwähnt den Freund und Tutor Benjamin Franklin Newton bei mindestens vier anderen Gelegenheiten: zum erstenmal in einem Brief an Austin am 27. März 1853 drei Tage nach Newtons Tod (Nr. 21); später dann in drei Briefen an Thomas Wentworth Higginson (Nrn. 84, 85, 150). — Von der Korrespondenz zwischen Emily Dickinson und Benjamin Franklin Newton hat sich bis heute nichts aufspüren lassen; man muß davon ausgehen, daß aufschlußreiche Briefe über Emily Dickinsons hoffnungsvolle Anfänge als Dichterin verloren sind.

Nr. 32

An Susan Gilbert *am 15. Januar 1854*

Ich komme eben aus der Andacht, Susie, und gerade wie ich es bang befürchtete, wurde mein Leben »Beute«. Ich eilte – ich rannte – umrundete heikle Ecken – war den einen Augenblick nicht mehr – um im nächsten mich wie Phönix zu erheben, wenn nämlich der Feind vorüber war – dann, abermals bedroht, sah man mein verschmutztes und schlappes Gefieder hinter einem Zaun hervorblitzen, indem ich vergeblich versuchte zu fliehen. Ich erreichte die Stufen, liebe Susie – ich mußte über mich selbst lachen, und meine Geometrie bis dorthin – sie würde selbst Euklid verwirrt haben, und ihr zweifelhafter Ausgang verlieh dem Tag einen feierlichen Ernst. Wie groß und breit schien mir nun der Mittelgang, von jeher reich bemessen, als ich langsam voranzagte – zu meiner üblichen Bank!

Vergeblich suchte ich Schutz hinter Deinen Federn – Susie – Federn *und Vogel* waren ausgeflogen, und da saß ich also, seufzte und wunderte mich ob meiner Furcht, gab es doch in der ganzen weiten Welt nichts zu fürchten – Und doch ging ein Gespenst um, und wenn ich mich auch tapfer wie Türken zu erweisen schwor, kühn wie Eisbären, es half nichts. Nach dem einleitenden Gebet wagte ich einen Blick in die Runde. Sogleich musterte mich Mr Carter – Mr Sweetser machte Anstalten, es zu tun, da entdeckte ich irgendwo oben in der Luft *nichts* und behielt es eine gute halbe Stunde beharrlich im Auge. Durch diese Übungen errang ich mehr Ruhe, so daß ich ohne weiteres aus der Kirche ins Freie gelangte. Dort brüllte es mich rings herum an und versuchten mich etliche Individuen zu verschlingen, leichte Beute wurde ich schließlich Miss Lovina Dickinson, da ich zu erschöpft war, noch Widerstand zu leisten.

Sie unterhielt mich mit manch munterer Bemerkung, bis wir an unsere Gartenpforte gelangten, und ich brauche Dir wohl nicht zu sagen, Susie, wie ich den Riegel umklammerte, wie ich den lustigen Schlüssel wirbeln ließ, wie ich vor Freude tanzte, als ich mich *daheim* wiederfand! Wie wünschte ich Dich herbei – wie sehr meine eigene gute Vinnie –

wie sehr Goliath oder Samson – um die Kirche gänzlich niederzureißen und Mr Dwight unterdessen zu Miss Kingsbury zu bitten, bis sich der Staub lege!

Prof. Aaron Warner, ehedem der Jugend von Amherst College rhetorischer Vorträger, hielt die morgendliche Predigt. Du und ich, Susie, bewundern Mr Warner nun einmal, Dir brauche ich daher nicht erklären, wie beglückt ich war, als er sich erhob. Ich will nur anmerken, daß ich schwer enttäuscht sein werde, sollte heute abend nicht Rev. Horace Walpole sprechen.

Da siehst Du, wie es geht, Susie, wenn Du nicht daheim bist. Verginge noch ein Sonntag ohne Dich, sollte mich – ohne daß ich Dich in Unruhe versetzen wollte, Susie! – gar nicht wundern, wenn der Kriegsminister die Sonntagsschule übernähme.

Bei der Musik mußte ich an das Liedchen von »Jack und Gill« denken, indem ich der Gambe den Part *Gills* einräume, die buchstäblich hinterdrein kullerte, während Jack – will sagen: der Chor – wild weiterstürmte, ohne ihrer zu achten.

Liebe Schwester, es ist vergangen, und nun können wir, Du und ich, von lieben, teuren und kleinen Dingen sprechen – unserem *Tand*, Susie – Wie Austin – *der* ist eine Tändelei – und so tändelhaft es scheinen mag, daß er Montag kommt, so [klopft] mein Herz doch schneller – Vinnie ist auch eine Tändelei – Ach, wie sehr ich diese Tändeleien doch liebe. Susie, unter der schwarzen Stelle, die man technisch als Klecks bezeichnet, verbirgt sich das Wort *klopft* – Meine Feder rutschte aus dem Halter – und hat ihn gemacht, doch das Leben ist zu kurz für Reinschriften und Entschuldigungen – Ich wette, auch Daniel Webster hat gekleckst, und wenn ich mich recht entsinne, sagtest Du, selbst *Dir* sei dergleichen bei Ärger schon passiert! Aber zu Austin und Vinnie – Einer wird morgen Mittag bei mir sein, und ich freue mich unbändig.

Der wiederkehrt, Susie, ist teurer als die »neunundneunzig«, die nicht streunten. Euch alle wieder zu gewinnen, erscheint mir so zweifelhaft und vage, wie es kostbar ist. Hast Du denn geglaubt, Susie, daß hier kein Grab sei? Für mich sind es derer drei. Das längste ist Austins – dort muß ich tapfere Bäume pflanzen, denn Austin war so tapfer – und Susie, für Dich und Vinnie pflanze ich je eine Rose, das wird die Vögel locken.

Schwester, ich habe nicht gefragt, ob Du heil nach Manchester gelangtest, ob alles gut ist, und doch bin ich dessen sicher – wäre dem nicht so, hättest Du es mir gesagt. Susie, die Tage und die Stunden werden mir sehr lang, doch mußt Du nicht wiederkehren, ehe es gut ist und gewollt.

Bitte richte Deinen Freunden meine herzlichen Empfehlungen aus und lasse Zuneigung nur genug für Dich – von Deiner eignen

Emily –

Denk an den Wink, Susie!

Mutter fragt, ob ich von ihr gegrüßt habe.

Susan Gilbert hielt sich im Januar 14 Tage bei Mrs. Samuel C. Bartlett in Manchester, New Hampshire, auf. Da auch Edward Dickinson und die Schwester fort waren, fühlte sich Emily Dickinson schutzlos. Am 12. März 1853 hatte sie der Freundin ohnehin anvertraut: »Mir ist mehr Schleier not.« — Daniel Webster (1782–1852), Verfassungsrechtler, Politiker und gerühmter Redner, war unter Präsident Fillmore Außenminister gewesen und, wie Edward Dickinson, Whig. — Der Collegeprofessor Aaron Warner war am 21. November 1853 zurückgetreten, als das Kuratorium einen kritischen Tätigkeitsbericht billigte, ohne Warner dazu zu hören. — Der englische Schriftsteller Horace Walpole (1717–1797) gilt als Verfasser des ersten Schauerromans (*Die Burg von Otranto*, 1764). — Austin traf kurz nach der Niederschrift dieses Briefs in Amherst ein und blieb bis zum 1. März.

Nr. 33

An Henry V. Emmons *etwa 1854*

Freund.

Ich schaue in mein Kästchen und vermisse eine Perle – ich argwöhne, Sie wollten mich betrügen.

Bitte Ihr Versprechen nicht zu vergessen, daß ich das Meine würde zu mir nehmen »mit Zinsen«.

Ich danke für die *Hypatia* und frage, was es bedeutet?

Haben Sie letztens von Ihrer Freundin Miss Judkins gehört? Ich wollte ihr schreiben, habe aber keine Anschrift, wollen Sie daher Johnny bitte wissen lassen, ob eine kleine Botschaft an sie Ihre nächste zu schwer machen müßte.

Ihre Freundin
Emilie –

Der erste Satz dürfte als Erinnerung daran gedacht gewesen sein, daß Emmons die »kleinen Bände« immer noch nicht zurückgegeben hatte, die Emily Dickinson ihm geliehen hatte (siehe Brief Nr. 30). — Johnny Beston war ein junger Laufbursche. — Der Roman *Hypatia oder neue Feinde mit altem Gesicht* (dt. Sophie von Gilsa) des englischen Schriftstellers Charles Kingsley (1819–1875) war im Jahr zuvor erschienen.

Nr. 34

An Henry V. Emmons *etwa 1854*

Freund –

ich sagte, ich wollte diese Woche Blumen schicken. Die nächste Woche wäre mir lieber – Meine Feldlilie bat, auf sie zu warten. Ich versprach es zu tun, sofern Sie einverstanden seien – Bitte sagen Sie durch den kleinen Johnnie, ob nächste Woche annehmbar sei –

Ihre Freundin,
Emilie

Nr. 35

An Henry V. Emmons *am 18. August 1854*

Ich sehe, Freund – ich lese – ich halte inne, um Ihnen zu danken, kaum daß die Welt still wird – ich danke Ihnen für sie alle – die Perle, den Onyx und schließlich den Smaragd.

Die Krone, wahrlich! Ich fürchte keinen König, so hoheitsvoll geputzt.

Bitte um weitere Gemmen – ich habe eine Blume. Die ihnen gleicht; nehmen Sie sie daher um ihrer hellen Ähnlichkeit willen.

Eine gute Reise wünsche ich Ihnen, auf Ihrem Heimweg wie auch auf dem längeren – da »Gold verströmt des Morgens Licht / Welches sich um der Bäume Wipfel flicht / als seelig singendes Gedicht« –

Sind Sie überredet, Freund?

Artig,
Emily.

Ehe er aus Amherst aufbrach, schickte Emmons Emily Dickinson ein Abschiedsgeschenk, wahrscheinlich einen Gedichtband. (Aurelia G. Scott wies in NEQ XVI vom Dezember 1943 darauf hin, daß die Anfangsbuchstaben von *pearl*, *onyx*, *emerald* den Namen Poe ergeben: ein Beispiel für die exegetischen Auswüchse, zu denen die Korrespondenz Emily Dickinsons so oft verleitet hat.) — Die Zeilen am Briefende geben den Schluß eines Aufsatzes mit dem Titel »The Words of Rock Rimmon« von Emmons wieder, der im Juli 1854 im *Amherst Collegiate Magazine* erschien: »Und ich erhob mich und blickte mit einem wunderlich ernsten Anschwellen des Herzens über die weite Ebene hinaus. *Und golden strömt des Morgens Licht / Welches sich um der Bäume Wipfel flicht / Als seelig singendes Gedicht.*« Die zitierten Verse stammen aus Elizabeth Barrett Brownings »A Vision of Poets«, die der dichterischen Berufung und ihrem Preis gewidmet ist. Emily Dickinson schätzte die englische Dichterin (1806–1861) außerordentlich (siehe Brief 71).

Nr. 36

An Susan Gilbert *Ende August 1854*

Susie –

ich war seit Deiner Abreise sehr beschäftigt, doch daran liegt es nicht, daß ich nicht schrieb, und wir haben viel Besuch gehabt, aber *daran* liegt es nicht – ich war so töricht, mich über eine Kleinigkeit zu verdrießen, und ich hoffe, daß Gott mir verzeihen mag, wie er es noch oft wird tun müssen, wenn er lange genug lebt.

Durch Austin habe ich Nachricht von Dir, und keine Menschenseele außer Vinnie und Austin ahnt, daß ich in dieser ganzen Zeit von Dir selbst nichts höre. Viele haben mich nach Dir gefragt, und ich erwiderte prompt, Du seist wohl angekommen und es gehe Dir mit jedem Tag besser, und stell Dir vor, Susie, H. Hinsdale kam vor wenigen Tagen zu uns ins Haus, um nach Dir zu fragen, und ging fort in der Annahme, ich hätte regelmäßig Post von Dir. Nicht, daß ich das behauptet hätte, allein ich sprach so selbstverständlich von Dir, auf so alltägliche Weise, daß sie nicht ahnen konnte, daß ich nicht Dir noch Du mir geschrieben hattest.

Mach Dir nichts daraus, Susie – keine Rede wert – ich vertraue auf Deine Treue, doch wenn Du mir und wenn ich Dir begegne – wollen wir einander zu vergeben suchen. Es verging kein Tag, Kind, an dem ich nicht an Dich gedacht, noch schloß ich je am Sommerabend die Augen ohne lieben Gedanken an Dich, und trotzdem sich viel Kummer um Deinen Namen gesammelt hat, daß nichts als Friede zwischen uns sei, dahin dachte ich weiter, und schließlich war der Tag gekommen. Du fehlst mir nicht, Susie – wirklich nicht – ich sitze lediglich und blicke aus dem Fenster hinaus ins Nichts und weiß, alles ist verloren – Empfinde *nichts* – nein – sowenig als der Stein empfindet, daß es friert, der Klotz, daß es still ist, wo es einst warm und grün war und Vögel im zwitschernden Gezweig.

Ich erhebe mich, weil die Sonne scheint und der Schlaf mich verstößt, ich bürste mein Haar und kleide mich an und frage mich, was ich bin und wer mich so erschaffen hat, dann spüle ich Geschirr, und späterhin spüle ich es wieder, und dann ist Nachmittag, und Damen kommen zu Besuch, dann Abend, und der eine oder andere Genosse des anderen Geschlechts schaut auf eine Stunde vorbei, und dann ist dieser Tag herum. Und, bitte, was ist das Leben? Es gab einiges Schöne in der Woche der Collegefeier – einiges Staubige auch, und doch sammelt meine Biene viele Tropfen köstlichst reinen Honigs –

Es gab viele Unterhaltungen mit Emmons, die ich nicht vergessen werde, und eine bezaubernde letzte Ausfahrt, ehe er reiste – er war noch eine volle Woche über die Feierlichkeiten hinaus geblieben und hat mich oft besucht – Er hat seine Freundin aus Hadley auf einen Tag zu mir geführt, und wir verbrachten ihn sehr angenehm – Ihr Name ist auch Susie, um so leichter schloß ich sie ins Herz.

Emmons werde ich sehr entbehren. Vater und Mutter haben letzte Woche eine kleine Reise unternommen – und wir faulenzten wie ungezogene Kinder – John war zweimal aus Sunderland auf einen Tag bei uns. Susie, ich wünschte Dich herbei – Sag Deiner kleinen Schwester, sie wäre mir sehr willkommen gewesen – Sie versteht etwas von Orgien! Wenn Mr Pan Prankin sich verabschiedet, hoffe ich, von ihr zu hören – Bis dann, »versteht Mr Bugby vollkommen«. Es hat keinen Zweck, Dir zu schreiben – Ebensogut könnte ich im Fingerhut Tau schleppen, um endlose Feuer zu löschen – Meine Liebe denen, die ich liebe – nicht viele, nicht sehr viele, aber wie liebe ich sie! – und von Vinnie und Mutter für Martha und für Dich. Schreib, wenn Du sie liebst, an

Emilie

Pat bleibt »wacker«. Ich gehe jetzt zur Andacht – Warte an der Academy auf mich und dann setzen wir uns zueinander – Mrs Timothy Smith und Mrs Noble Goodale wechseln sich unterdessen neben mir ab – das letzte Mal kriegte mich Mrs Goodale.

Susan Gilbert hatte einige Wochen bei Verwandten in Geneva und Aurora, New York, verbracht und reiste von dort zu ihren Brüdern nach Grand Haven, Michigan, weiter, wo sie mehrere Monate blieb. — Pan Prankin und

Mr. Bugby bleiben unidentifiziert. Pat: wahrscheinlich Pat Ward, der lange Jahre im und ums Haus half und einer der Sargträger bei Emily Dickinsons Beerdigung war.

Nr. 37

An Susan Gilbert *etwa 1854*

Sue – bleib oder geh – Es gibt nur eine Wahl – Wir sind letzthin oft uneins, und dieses muß das letzte Mal sein.

Du brauchst den Schritt nicht scheuen, weil ich allein sei, denn ich trenne mich oft von Dingen, die ich einst zu lieben glaubte – mal bis ans Grab, mal bis in ein Vergessen, das bitterer als der Tod ist – darum blutet mein Herz so oft, daß ein Blutsturz mich nicht kümmert und ich lediglich die Agonie den früheren zufüge, und am Abend sage – ach, dahin die Seifenblase!

Dergleichen schmerzte mich als Kind, und wohl hätte ich weinen mögen, wenn kleine Füße dicht vor meinen im Sarg stillestanden, doch Augen werden schließlich trocken und Herzen als wie Zunder und ebensogut verbrannt.

Sue – gelebt habe ich danach. Es ist das nachglühende Emblem des einst erträumten Himmels, und selbst würde er mir genommen, daß ich allein zurückbliebe, und selbst wenn an jenem letzten Tag der Christus, den Du liebst, bemerkte, mich kennte er nicht – dann gibt es eine dunklere Macht, die ihr Kind nicht wird verleugnen.

Mir sind wenige gegeben, und wenn ich sie so liebe, daß sie der *Idolatrie* wegen mir entzogen werden – murmele ich schlicht *fort*, und die Woge verendet im endlosen Blau und niemand als ich weiß, daß wieder eines unterging. Wir sind angenehm gewandelt – Mag sein, hier trennen sich unsere Wege – dann ziehe singend weiter, Sue, während ich hingegen meine Schritte zum fernen Hügel lenke.

Im Frühjahr ist er mein
Singt ganz für mich allein –

Lockruft den Lenz.
Und wenn der Sommer folgt –
Und wenn die Rose schwelgt,
Verläßt er uns.

Doch mich ficht das nicht an
Ich weiß, mein Vögelchen
Entflohn –
Lernt jenseits eines Meers
Für mich neue Refrains
Und kehret heim

Viel sichrer hält die Hand
Fest in dem bessren Land
Die Meinen –
Werden sie auch geraubt
Sei Du, Herz, unverzagt
Sind Dein.

In jenem milden Licht
In jener goldnen Sicht
Gilt mir –
Die Zagheit und die Furcht
Die hiesige Mißgunst
Nichts mehr.

Dann ficht mich nichts mehr an
Ich weiß, mein Vögelchen
Entflohn
Bringt noch im fernen Baum
Nur freudigen Refrain
Mir heim.

E –

Das Gedicht führt R.W. Franklin als Nr. 4. — Schon der unmittelbar vorausgehende Brief Nr. 36 deutet auf ein Zerwürfnis zwischen den Freundinnen hin. Über die näheren Umstände ist jedoch nichts bekannt. Vielleicht erweist sich, wie sie selbst es mit der »Idolatrie« andeutet, Emily Dickinsons Intensität als Gefahr für ihre Beziehungen: An die Freundin Jane Humphrey schreibt sie über den Kummer, den der Verlust der Freunde ihr bereite, ihr scheine, »daß sie, hätte ich nur mehr mich noch bemüht, bei mir geblieben wären«. Und Eliza Coleman schreibt am 4. Oktober 1854 an John Graves: »Auch Emilie schreibt mir wunderschöne Briefe & jeder macht sie mir noch liebenswerter. Ich weiß, daß Du sie sehr schätzt & ich fürchte, das tun nur wenige unter ihren Amherster Freunden. Sie mißverstehen sie gründlich, meine ich« (Jay Leyda I 319). — Der ferne Hügel könnte der Parnaß sein: Entschädigung bieten die »Schellen«, die den »Marsch« kühlen, wie Emily Dickinson später Thomas Wentworth Higginson über ihre Gedichte schreibt (Brief Nr. 85).

Nr. 38

An Susan Gilbert *Washington, 28. Februar 1855*

Sanft und süß wie Sommer, Ihr Lieben, Ahornbäume knospen und Gras grünt in geschützten Ecken – kaum glaublich, daß noch Winter ist; auch in meinem Herzen grünt es und singen alle Finken beim Gedanken, daß ihr da seid.

Liebe Kinder – Mattie – Sue – könnte ich Euch sehen, Eure süßen Stimmen hören, ich gäb es alles her. Den Pomp – den Staat – die Etikette – sie sind von der Erde – sie werden nie den Himmel sehen.

Wollt Ihr mir nicht schreiben – warum habt Ihr es noch nicht getan? Es ermüdet so, Ausschau nach Euch zu halten, und noch immer kommt Ihr nicht. So Ihr mich lieb habt, kommt bald – das hier und jetzt ist *nicht* für immer, wißt Ihr, unser endliches Leben. Was wollt Ihr lieber hören – was ich da treibe oder was ich *dort* liebe?

Vielleicht verrate ich Euch beides, aber »das Letzte wird das Erste sein, das Erste letzt«. Euch daheim liebe ich – stündlich steh ich an der Tür. Im Erwachen denke ich, wie schön es wäre, wärt Ihr bei mir, und schöner noch, vorm Schlafengehen mit Euch zu sprechen.

Ich kann es kaum erwarten, wenn ich an Euch denke, und das tu ich *immerzu*, Kinder. Um dieses Opfers willen werdet Ihr mir um so teurer.

Gestern hatte ich von Austin Nachricht – er glaubt, wir verlören das Leben daheim aus den Augen – sagt ihm »niemals«, Kinder – Austin irrt. Er meint, wir vergäßen »das Roß, die Katzen und Geranien« – hätten nicht an Pat gedacht – und erwägt, die Farm schlicht zu verkaufen und mit Mutter nach Westen aufzubrechen – meine Blumen zu Buketts zu machen und an seine Freunde zu verteilen – im Morgenrock nach Washington zu kommen und mich und Vinne zu blamieren. Werde sehr erfreut sein, ihn zu sehen, und sei's im »Deshabillé«, und verspreche, ihn auch zu *bemerken*, wann immer er nun käme. Die *Katzen*, geb ich zu, nehmen weniger Raum ein als daheim oft, und doch gedenke ich ihrer voller Rührung; und meine teuren Blumen: Ich weiß um jedes Blatt und jede Blüte, die ohne mich aufbrechen. Sagt Austin, keine Sorge! Die Gedanken rasten nicht, nicht mal bei *Nichtigkeiten* von daheim, nur ist hier alles so getriebig – ein Rennen, eine Unruh, daß ich mich nun im Schreiben nicht mit allen Einzelheiten aufhalten kann, so gern ich's wollte. Vinnie hat neulich abends im Salon die Bekanntschaft eines gewissen Mr Saxon gemacht, der sich umgehend nach seinen Amherster Kusinen erkundigte. Vinnie berichtete ihm hocherfreut alles über Euch und bat mich am Abend drauf zu ihm hinunter. Lange sind wir in der Halle auf und ab gewandelt, Kinder, und haben von Euch gesprochen, haben uns im Lob derer gegenseitig überboten, die wir so lieben. Ich erzählte von Euch beiden, er schien froh, so viel zu hören. Gestern morgen nun hat er Washington verlassen. Mir ist nicht wohl, seit unserer Ankunft, und damit habe ich mich von manchen Vergnügungen entschuldigt, obwohl ich, so gesehen, vergnügter bin als vorher. Vinnie schläft noch heute morgen – sie war mit einigen Damen promenieren und ist sehr müde. Sie spricht sehr viel von Euch – so gern möchte sie Euch sehen. Grüßt mir Eure Schwester – und küßt Dwightie – Abbie und Eme alles Schöne, wenn Ihr sie seht, und auch Mr & Mrs Dwight – Sagt Mutter und Austin, sie brauchten sich nicht einzubilden, wir hätten sie vergessen – wir werden sie bald eines Besseren belehren. Wahrscheinlich reisen wir nächste Woche nach Philadelphia weiter, endgültig hat sich Vater nicht entschieden. Eliza schreibt, voll Ungeduld, fast jeden Tag. Ich weiß nicht, wie lang wir dort sein werden, und in New York. Vater hat noch nichts entschieden. Wollt Ihr nicht schreiben, sobald Ihr dies erhaltet?

Herzl – E –

Ende 1853 war Edward Dickinson als Whig-Abgeordneter ins Repräsentantenhaus eingezogen; gegen Ende der Legislaturperiode stieg er am 10. Februar 1855 in Begleitung seiner Töchter Emily und Lavinia im Willard's Hotel ab, am selben Tag, an dem Susan und Martha Gilbert in Amherst im Hause der Schwester Mrs. William Cutler zurückerwartet wurden. — »Sanft und süß« muß das südliche Klima Washingtons der Amhersterin Emily Dikkinson tatsächlich erschienen sein. — Unüberhörbar, daß Emily Dickinson das »dort« wichtiger ist, als was sie »da« erlebt; im selben Jahr schreibt sie der Freundin Abiah Root, sie verlasse Amherst nicht mehr, es sei denn, »der Notfall nimmt mich an die Hand«. — Dwightie war das jüngste Kind der Cutlers; Abbie und Eme die Freundinnen Abby Wood und Emeline Kellogg. Edward Strong Dwight war von 1854 bis 1860, als die Krankheit seiner Frau Lucy Waterman Dwight ihn zum Rücktritt zwang, Pastor der First Church in Amherst. — Auf der Rückreise nach Amherst sollten die Dickinsons noch in Philadelphia bei der Familie einer Schulfreundin Emilys, Eliza Coleman, Station machen.

Nr. 39

An Mrs. J. G. Holland *Philadelphia, 18. März 1855*

Liebe Mrs. Holland und Minnie und Dr. Holland auch – ich habe mich davongestohlen, um Ihnen kurz zu schreiben, um Ihnen zu beteuern, daß ich Sie noch liebe.

Ich bin nicht daheim – ich bin heute auf den Tag genau fünf Wochen fort, und ich werde auch nicht gleich schon nach Massachusetts zurückkehren. Vinnie ist bei mir, und zusammen sind wir viele neue Wege hinabgewandelt.

Drei Wochen haben wir in Washington verbracht, solange Vater dort war, seit zweien sind wir nun in Philadelphia. Wir haben schöne Zeiten erlebt, viel Schönes gesehen und Wundersames gehört – reizende Damen und höfliche Herren haben uns bei der Hand gefaßt und gütig aufgenommen – und die Sonne scheint bisher auf allen unseren Wegen.

Ich werde Ihnen nicht sagen, was ich sah – die Eleganz, den Glanz; der Wert der Diamanten, die My Lord und Lady tragen, wird Sie nicht interessieren, aber wenn Sie noch nie auf dem herrlichen Mount Vernon waren, dann will ich Ihnen *doch* verraten, wie wir eines milden Frühlingstages in einem bunten Boot den Potomac hinabglitten und dort an Land sprangen – wie wir Hand in Hand einen wilden Pfad hinaufstiegen, bis wir ans Grab des Generals George Washington gelangten, wie wir andächtig davorstanden und keiner ein Wort sagte, dann, Hand in Hand, unseren Weg fortsetzten, gewiß nicht weniger weise und bewegt ob der Lektion in Marmor; wie wir zur Tür eintraten – den Riegel hoben wie er selbst bei seinem letzten Heimgang – Denen im Licht sei Dank, daß er seither den Zutritt durch ein helleres Tor gefunden hat! Ach, einen lieben langen Tag könnte ich von Mount Vernon erzählen, wenn es Sie nicht langweilte – und werde es, sofern wir leben und uns wiedersehen, es gebe Gott!

Ob Sie Uns wohl vergessen haben; wir sind so lange fort? Ich hoffe nicht – ich habe es so sehr versucht, noch vor der Abreise zu schreiben, nur waren die Minuten emsig, und dann *flogen* sie dahin. Ich vertraute fest darauf, *wenn* wieder Tage kämen, an denen ich weniger beschäftigt wäre, würde ich Sie um Vergebung bitten, und es kam mir gar nicht in den Sinn, daß Sie es vielleicht nicht täten. Komme ich zu spät? Selbst wenn Sie böse sind, werde ich beständig bitten, bis Sie mich vor Zermürbung wieder einlassen. Mir erscheint es ewig her, daß wir in Springfield waren, und Minnie und die *Hanteln* weit entrückt; und manchmal frage ich mich auch, ob ich wohl je geträumt habe – dann, ob ich jetzt träume, dann, ob ich *immer* träume und es die Welt wohl gar nicht gibt und keine lieben Freunde, für die mir selbst mein Leben kein übertriebenes Opfer schiene. Gott sei Dank gibt's eine Welt, und alle unsere geliebten Freunde haben dort für immer und immer eine

Wohnung. Ich fürchte, ich werde widersinnig, aber es macht mir solche Freude, Freunden zu begegnen, daß ich Zeit und Sinn und so fort und fort fast vergesse.

Und nun, teure Freunde, wenn Sie mich nicht vergessen, bis ich heimkehre und vernünftiger werde, will ich wieder schreiben, und dann auch artiger. Warum habe ich nicht längst gefragt, ob Sie wohlauf und glücklich sind?

Achtlose
Emilie.

Die Familie Coleman, bei der die Dickinson-Schwestern in Philadelphia zu Gast waren, gehörten der Arch Street Presbytarian Church an, deren Pastor zu dieser Zeit Reverend Charles Wadsworth (1814–1882) war. Wadsworth folgte dann einem Ruf nach San Francisco und diente schließlich abermals in Philadelphia. Seine Predigten fanden landesweit große Beachtung, selbst der Feinspitzer Mark Twain rühmte seinen Stil (»Von Dr. Wadsworth darf man stets eine tüchtige Predigt erwarten, doch gelegentlich gelingt ihm eine wahrhaft erstklassige, mit bewundernswert unschuldigem Kalkül abgelieferte Pointe, für die er prompt jeden mit grimmigem Blick straft, den er beim Schmunzeln ertappt.« Leyda II 112). Der *Springfield Republican* übernahm im Oktober 1850 eine Skizze aus der *New York Evening Post*: »Die Argumentation Mr. Wadsworths ist wendig, originell und wirkungsvoll, oft überrascht er mit scheinbaren Paradoxa. Wie seine Einbildungskraft solch gewagten Höhenflügen und wie lange seine schwache Konstitution solchem Druck werden standhalten können, bleibt abzuwarten.« Emily Dickinson könnte während ihres Besuchs in Philadelphia durchaus Wadsworths Bekanntschaft gemacht haben. Er bedeutete ihr jedenfalls offenbar sehr viel, dieser »liebste irdische Freund«, wie sie ihn nach seinem Tod in einem Brief nannte. — Bis auf die beiden aus gesundheitlichen Gründen erzwungenen Aufenthalte in Boston 1864 und 1865 war dies die letzte Reise, die Emily Dickinson aus Amherst fortführte.

Nr. 40

An Jane Humphrey *17. Oktober 1855*

Ich komme direkt aus dem Frost, Jennie, und meine eisigen Backen glühen – ich habe manchen Sproß, der selbst nicht für sich sorgen kann, also muß ich für ihn sorgen, an einem solchen Abend, und so habe ich kleine Gestalten und Gesichter eingemummt, bis ich mich nahezu mütterlich fühle und eine besorgte Miene mache, wie es gute Eltern tun – aber Dir zuliebe laß ich sie, Schatz, die Du teurer bist als Blatt und Blüte, als alle sprachlosen Gefährten, die doch welken müssen –

Jennie – meine Jennie Humphrey – ich hab Dich schrecklich lieb heut abend, und eine Perle gäbe ich für ein Blitzen Deiner braunen Augen.

Wie viele wollt ich kaufen, wären sie zu haben, aber Jennie, ich bin *arm*. Mir bleibt nur der Verlust der Freunde und das Verlangen heute abend – mehr nicht, Jennie, und so denke und wünsche ich, denke und wünsche, bis um Euretwillen, die Ihr Euch von mir entfernt, *Tränen* träufeln wie Regen.

Wärst Du nur mein, wie Du es warst, als ich Dich morgens hatte und desgleichen wenn die Sonne versank, und ich mir sicher sein durfte, nie ohne einen Augenblick mit Dir zu Bett gehen zu müssen. Ich mühe mich, sie zu würdigen, solange meine Liebsten da sind, Jennie, mühe mich, noch *mehr*, noch *fester*, noch *inniger* zu lieben, doch sind sie fort, will mir scheinen, daß sie, hätte ich nur *mehr* mich noch bemüht, bei mir geblieben wären. Laß uns mit aller Macht lieben, Jennie, denn wohin unsre Herzen gehen, wenn diese Welt endet, wer weiß es?

Bist Du recht gern in Groton, bist Du zufrieden und gesund, und ist Mr Hammond gut zu Dir? Das ist er sicher, denn ich mag Mr Hammond.

Willst Du immer unterrichten, Jennie, oder eines Tages an einem *kleineren* Institut selbst die Herrschaft übernehmen?

Du hast gar nicht von *Dir* erzählt, als Du in Amherst warst, und so bleibt mir noch verborgen, wie viele Ritter gefallen und verwundet sind und wie viele bleiben. Führe Buch über die Eroberungen, Jennie, denn wir befinden uns in *Feindesland*!

Morgen findet Mr Bliss' *Krönung* in der College-Kapelle statt. Sturm auf die Heiden geführt vom Pastor! Die ersten Bänke dem Fremdland vorbehalten! Jennie, laß bloß die Pflicht Dich nicht zu sehr »von hinnen« führen. Schon *hier* sind die Entfernungen mächtig weit, wenn es aber dazu kommt, das Mittelmeer zu überqueren, ist es, muß ich gestehen, noch *weiter*, und kein Zug, kein Wagen trägt mich hin. Vinnie schickt liebe Grüße und meint: »Sag Jenny Humphrey, ich *muß* sie sehen.«

Es vergeht kein einziger Tag, meine Kleine, der nicht seinen Gedanken an Dich hätte, seinen Wunsch, Dich zu sehen. Wann kommst Du wieder? Wir werden bald im neuen Haus sein; es wird schon tapeziert, und – Jennie, es gibt das andere Haus – »ein Haus nicht mit Händen gemacht«. Welches werden wir zuerst beziehen? Jennie – schenk Mr Hammond ein sonniges Lächeln von mir und sage ihm, es ist Herbst, und sage ihm, daß ich Nüsse und Eichhörnchen habe und goldene und rote Baumkronen – und sage ihm, hier ist der König! Dir alles Liebe, Kind, und schreibst Du mir bitte umgehend?

Deine Emilie Dickinson –

Das Datum dieses Briefes ist nach Alfred Habegger korrigiert (vom 16. auf den 17. Oktober 1855). Er ist der letzte erhaltene an Jane Humphrey, die eine Zeitlang in Warren, Mass., dann in Willoughby, Ohio, unterrichtet hatte und zu dieser Zeit – und letztlich bis zu ihrer Heirat 1858 – Lehrerin in Groton, Mass., war. — Reverend Charles Hammond, Leiter der Groton Academy, genoß als Erzieher in ganz Massachusetts einen hohen Ruf. Daniel Bliss, als Missionar zum Einsatz in Syrien vorgesehen, wurde am 17. Oktober ordiniert. Er heiratete Emily Dickinsons Freundin Abiah Wood und ging mit ihr nach Beirut. — Die Dickinsonsche »Homestead«, 1813 von Samuel Fowler Dickinson erbaut, hatte 1833 an den Diakon David Mack verkauft werden müssen. Bis zum Frühjahr 1840 hatte Edward Dickinson mit seiner Familie noch einen Teil des Hauses bewohnt und dann ein eigenes Haus in der North Pleasant Street erstanden. Nach Macks Tod im Jahr 1854 wurde die »Homestead« veräußert, und Edward Dickinson konnte im April 1855 das Haus seines Vaters zurückerwerben. — Das Bibelzitat im letzten Absatz ist 2. Kor. 5,1.

Nr. 41

An Mrs. J. G. Holland *um den 20. Januar 1856*

Ihre Stimme ist süß, liebe Mrs. Holland – ich wünschte, ich hörte sie öfter.

Eine der irdischen Musiken, die Jupiter nicht bietet, und trifft ihre zarte Melodie einmal mein Ohr, halte ich die Vögel an, um zu lauschen. Vielleicht meinen Sie, ich *hätte* keinen Vogel und alles sei Rhetorik – aber ich bitte Sie, Mr. Whately!, und was ist *das* dort in dem Kirschbaum? Die Kirche ist aus, die Winde wehen, und Vinnie weilt im fahlen Land, das die Einfältigen »Schlaf« nennen. Sie werden dereinst klüger sein, wir alle werden klüger sein! Während ich hier im Schnee sitze, wird der Sommertag, an dem Sie kamen, mit seinen Bienen und dem Südwind mir phantastisch, wie es der *Himmel* einer sündigen Welt ist – und ich denke daran zurück, bis er ganz *gespenstisch* wird und mir zunickt und zwinkert, und dann werden Sie alle zu Phantomen und verblassen langsam. In dem Salon, in dem wir uns einst trafen, werden wir nicht mehr sprechen und lachen, da wir aber dort für immer lieben lernten, ist es gut.

Wir werden im Salon sitzen »nicht mit Händen gemacht«, wenn wir uns nicht in acht nehmen!

Wie wir umgezogen sind, kann ich nicht sagen. Ich möchte gar nicht mehr dran denken. Ich glaube, meine »Effekten« kamen in einer Hutschachtel, und »ich Unverwesliches« zu Fuß nur wenig später. Ich machte einen Vermerk von meinen sieben Sinnen, auch Mantel, Hut und besten Schuhen – aber ging im Gewühl einiges verloren, und nun suche ich draußen mit der Laterne nach mir selbst.

Der Rest Verstand, der mir geblieben, ist irreparabel zerrüttet – und doch muß ich über meine Katastrophe lachen. Mir hatte ein »Transit« vorgeschwebt wie der der Himmelskörper – doch ging es Stück für Stück mit uns wie mit allen Menschen, bis wir die Posse vollbracht hatten, die in dem Wörtchen »Umzug« steckt. Es ist ein Gefühl wie »nach Kansas verzogen«, und säße ich in einem Planwagen mit angebundener Familie hinten dran, hielte ich mich zweifelsfrei für einen Troß Emigranten!

Es heißt, das Heim sei dort, wo das Herz hängt. Ich glaube, es ist dort, wo das *Haus* steht, mitsamt Wirtschaftsgebäuden.

Aber, liebe Mrs. Holland, ich habe andre Nachrichten und lege nun das Lachen weg, um einmal tief zu seufzen. Mutter ist seit unsrer Heimkehr invalide, so daß Vinnie und ich »dirigierten«, und Vinnie und ich uns »einrichteten«, und noch immer führen wir unserem Vater das Haus, während Mutter auf dem Sofa liegt oder in ihrem Sessel ruht. Ich weiß nicht, was ihr fehlt, ich bin doch nur ein dummes Kind und fürchte mich. Oft wünschte ich, ich wär ein Gras oder eine grüne Margerite, sie schrecken keine der Sorgen des Staubs – und sollte bei mir selbst ein Rädchen sich mal lockern, bitte, gnädige Herrschaften, halte einer die Maschine an, – denn ich weiß, mit Riemen und Gurten von Gold werde ich glorreich dank neuer Dampfkraft sausen! Ihnen alle Liebe – und Dr. Holland – Dank für seine erlesene Hymne – eine Träne für Ihre Schwester in Schwarz und Küßchen für Minnie und die Kleinen.

Von Ihrer verrückten
Emilie.

Die Worte »hätte keinen Vogel« lassen an das Gedicht des Briefs Nr. 37 denken. — Richard Whateley (1787–1863), anglikanischer Erzbischof von Dublin, war in Oxford wegen seines Ornats und seiner rüden Rhetorik unter dem Spitznamen »weißer Bär« bekannt. — Die Formulierung »das die Einfältigen ›Schlaf‹ nennen« weist auf das Gedicht des Briefs Nr. 49 voraus. — Im November 1855 hatten die Dickinsons erneut die »Homestead« an der Main Street bezogen, das Haus in dem die Dichterin dann bis zu ihrem Tod lebte. Mrs. Dickinsons Zustand blieb mehrere Jahre lang unverändert und bereitete der Familie große Sorgen. Ende 1855 schickte man sie zur Bäderkur nach Northampton. — Das Bibelzitat im dritten Absatz ist 2. Kor. 5,1 (vgl. Brief Nr. 40). — Die Bemerkung: »Oft wünschte ich, ich wär ein Gras oder eine grüne Margerite, sie schrecken keine der Sorgen des Staubs« verweist auf das Gedicht Nr. 379 »The Grass so little has to do«, das auf das Jahr

1862 datiert wird. Solch auffälliger Parallelen zwischen Briefformulierungen und Gedichtmaterial wegen geht die Dickinson-Biographin Cynthia Griffin Wolff (*Emily Dickinson*, Cambridge 1988, S. 128 und S. 575 f.) davon aus, daß schon ab 1850 in irgendeiner Form über das Geschriebene, auch Briefe, Buch geführt wurde. — Dr. Hollands »erlesene Hymne« mag das Gedicht »Things New and Old« gewesen sein, das am 1. Januar 1856 im *Springfield Republican* abgedruckt war.

Nr. 42

An John L. Graves *Ende April 1856*

Wir haben gerade Sonntag – John – und alle sind zur Kirche – die letzten Wagen sind vorbei, und ich bin ins neue Gras gekommen, um Chorhymnen zu lauschen.

Drei, vier Hennen sind mir gefolgt, wir sitzen hier wie auf der Stange – und während sie glucken und tuscheln, will ich Dir sagen, was ich heut seh und Du auch sehen müßtest –

Weißt Du noch die bröcklige Mauer, die uns von Mr Sweetser trennt? – und die bröckligen Ulmen und Hemlocktannen – und anderes, was *bröckelt* – aufschießt und vergeht und seine Blüte binnen Jahresfrist abstreift – nun – *all* dies ist *da*, und Äther klarer als Italien blickt mit blauem Auge herab – sieh! – dort oben – meilenhoch – auf halbem Weg zum Himmel! Und dann Rotkehlchen – eben heimgekehrt – taumelnde Raben – und Häher – und: ist es die Möglichkeit!, doch ja, so wahr ich lebe, da ist eine *Hummel* – nicht wie sie der *Sommer* bringt – John – ernste, mannhafte Hummeln, sondern ein Cockney im kecken Gewand. Viel Munteres könnt ich Dir zeigen, wärst Du nur hier, John, im Aprilgras – und doch gibt es auch *traurige* Ansichten – Flügel, da und dort, halb Staub, die im letzten Jahr noch flirrten – eine modernde Feder, ein leeres Haus, einst Wohnung eines Vogels. Wo Fliegen nach vollbrachter Tat und Vorjahrsgrillen *fielen!* Auch wir fliehen, John – vergehen – und das Lied »hier liegt« wird allzu bald auf Lippen, die uns jetzt lieben, gesummt und schon verklungen sein.

Zu leben und sterben und als selige Gemeinschaft aufzufahren und das *nächste* Mal obere Regionen zu erproben – ist nun mal keine Schulaufgabe!

Ein hübscher Gedanke zu denken, wir könnten Ewig sein – wo Luft und Erde *voll* sind mit Leben, die vergangen sind – vorbei – und was für eine Einbildung, wahrhaftig, die versprochene Auferstehung! *Gratuliere* mir – John – mein Freund – »wohlauf« denn! –, daß wir jeder ein *Paar* Leben haben und nicht zu knausern brauchen mit diesem »das *jetzt* ist« –

Ha! – wer hat – dem ist das *Wir* Refrain!

Ich danke Dir für Deinen Brief, John – Froh war ich, ihn zu kriegen – froher noch, hätte ich *beide* erhalten, und erst recht froh – läge in Deinem Herzen ein *weiterer*, der eines Tages mir gälte – Trotz Deiner vielen Pflichten tut es gut zu wissen, daß »Lang Syne« seinen festen Platz hat – daß ein Winkel den gewohnten Gast immer noch beherbergt. Und wenn strengere Pflichten und staubige Tage und Spinnweben nicht selten verbauen, was mal *war*; dennoch der Ballade einst gesummt und verloren gedenke, früher Freund, und vergieße eine Träne, wenn ein *Troubadour* von ungefähr die alte Melodie anstimmt.

Ich freue mich, daß Du eine Schule zu unterrichten hast – freue mich, daß es Freude macht – schmunzele über die *klerikale Artigkeit* – Deiner neuen Freunde – und werde – soviel weiß ich – Jubel und Stolz empfinden, immer, über Deine Erfolge. Ich spiele die seltsamen Melodien noch immer, die Dir einst zu unchristlicher Stunde um die Ohren schwirrten und die liebe Sue weckten und mich wild machten vor Leid und Heiterkeit – Wie fern nun jenes Frühjahr scheint – die triumphalen Tage – Unser April ist nun *zuerst* im Himmel – Hoffen wir, daß wir ihn dort – »zur Rechten des Vaters« – wiedersehen. Vergiß nicht, trotz der Wanderschaft – John –, und die, die *nicht* umherschweifen, werden sich an Dich erinnern. Grüße von Susie und Mattie, und da kommt Vinnie, und schreib doch bitte wieder –

John Long Graves (1831–1915) war ein Vetter Emily Dickinsons. Graves ging 1855 vom Amherst College ab, wurde Geistlicher und später Geschäftsmann.

Er war ein gern gesehener Gast im Haus der Dickinsons; 1853 hatte die Dichterin dem Vetter die folgende Botschaft geschickt, einen ihrer ersten Reime: »Wir schicken diesen kleinen Vers an unsren Vetter John / Der wissen soll, wenn er nicht bald mal zu uns kommt / Vergessen wir den Träger dieses Namens prompt / Und wenn er schließlich kommt, dann hört er nur, wir seien ›fort‹ – Emily – Vinnie«. — Wenn von »Rotkehlchen« die Rede ist, ist immer das Amerikanische Rotkehlchen (Turdus migratorius) gemeint. – »Wohlauf!« steht hier für das »Here's to thy health« des Originals, Anspielung auf ein Gedicht von Robert Burns, das so beginnt. — Mit dem »April« sind wohl die Wochen gemeint, die Graves 1854 während des ersten Washington-Besuchs der Eltern Dickinson (und Vinnies) als Hausgast und Beschützer bei Emily Dickinson und Susan Gilbert in der North Pleasant Street verlebte. — Die Dickinson-Biographin Cynthia Griffin Wolff betrachtet einen Brief an die Vertraute des Zeitungsverlegers Samuel Bowles Maria Whitney aus Emily Dickinsons letztem Lebensjahr als Gegenentwurf zu diesem elegischen Brief an John Graves: »Sie sprechen von Desillusion. Sie gehört zu den wenigen Fragen, in denen ich Ketzerin bin. Leben ist eine so mächtige Vision: nicht eines fehlet.«

Nr. 43

An Mrs. J. G. Holland — *Anfang August 1856 (?)*

Nicht weitersagen, liebe Mrs. Holland, aber verderbt wie ich bin, lese ich manchmal in der Bibel, und darin fand ich heut den Vers, der von den Freunden spricht, die »nicht mehr hinausgehen«, und es waren »abgewischt alle Tränen von ihren Augen«, und da wünschte ich, als ich mich heute abend hinsetzte, daß wir *dort* wären – nicht *hier* –, daß die wunderbare Welt begonnen hätte, die uns so viel verspricht, und ich, statt Ihnen zu schreiben, bei Ihnen säße, während die »hundertvierundvierzigtausend« schwatzten, ohne uns zu stören. Fast bin ich nun versucht, meinen Platz im Paradies gleich einzunehmen, von dem der gute Mann berichtet, und das Fürimmer *jetzt* zu beginnen, so wunderbar erscheint es mir. Mein einziges Bild vom Himmel, Profil, ist endlose blaue Weite, blauer und weiter als der *größte*, den ich je im Juni sah, und darin meine Freunde – sie alle – jeder einzelne – die, die heute bei mir sind, und die, die unterwegs von uns »geschieden« wurden und »auffuhren gen Himmel«.

Wären Rosen nie verblüht und der Frost niemals gekommen und wäre da und dort nicht einer gefallen, den ich nicht mehr wecken konnte, brauchten wir keinen Himmel als den hienieden – und wäre Gott in diesem Sommer hier gewesen und hätte gesehen, was *ich* sah – ich glaube, Er müßte Sein Paradies für überflüssig halten. Aber sagen Sie es Ihm um alles auf der Welt nicht weiter, denn nach dem vielen, was Er dazu gesagt hat, würde ich doch gerne sehen, was Er für uns da zimmern *wollte* ohne Hammer, ohne Steine, ohne Gesellen gar. Liebe Mrs. Holland, heute abend liebe ich – liebe Sie und Dr. Holland und »Zeit und Sinn« – und alles Vergängliche und das, was *nicht* vergeht.

Nun sind Sie zum Glück keine Blüte, denn die in meinem Garten welken, und »'S giebt einen Schnitter, Tod genannt«, der kam, um sich einen Strauß zu binden, da bin ich froh, daß Sie keine Rose sind – froh, daß Sie keine Biene sind, denn wohin die gehen, wenn der Sommer schwindet, das weiß der Thymian allein, und selbst als Rotkehlchen würden Sie mir, kaum daß der Westwind kommt, ungerührt zuzwinkern, und weg wären Sie eines Morgens!

Und daher liebe ich Sie am meisten als »kleine Mrs. Holland« und hoffe, die winzige Dame möge auf Erden weilen, solange wir weilen, und *ihr* wehmütiges Gesicht einst, wenn wir voll Staunen das Neue Land aufsuchen, mit Unserem einen letzten Blick auf Hügel tun und den ersten – nun, *heimwärts*!

Verzeihen Sie meinen Vollsinn, Mrs. Holland, in dieser tollen Welt, und lieben Sie mich, wenn's beliebt, denn lieber werde ich geliebt als König auf Erden oder Herr im Himmel heißen.

Vielen Dank für Ihre lieben Zeilen – dem Klerus geht es gut. Werde Ihnen von ihm bringen, was mir gut erscheint. Ich küsse das Papier für Sie und Dr. Holland – wären es doch Wangen.

Von Herzen,
Emilie.

P.S. Die Bobolinks sind fort.

Johnson datiert den Brief auf Anfang August 1856, Habegger meint, er sei im August 1858 geschrieben (*My Wars Are Laid Away in Books*, S. 644). — Einige Wendungen im ersten Absatz stammen aus der Offenbarung (3,12; 21,4 und 14,3). Im letzten Satz des ersten Absatzes klingt Luk. 24,51 an. — Das Zitat im dritten Absatz ist die erste Zeile von Henry Wadsworth Longfellows Gedicht »Der Schnitter und die Blumen« (dt. Hermann Simon). — Der Bobolink (Dolichoryx oryzivorus) gehört zur Familie der Stärlinge.

Nr. 44

An John L. Graves *ca. 1856*

Ach, John – schon fort?

Dann hebe ich den Deckel zu meiner Büchse der Phantome und lege bis zur Auferstehung ein weiteres hinein – Dereinst im Paradies werde ich sie ernten, die Blüten, die hier fielen, und dort am Lichtermeer nach meinen verlorenen Sanden suchen.

Deine Kusine –
Emilie.

Die Botschaft wurde persönlich abgegeben, möglicherweise in den Sommerferien, als Graves zur jährlichen Collegefeier im August nach Amherst kam – ohne Emily Dickinson einen Besuch abzustatten. — Der erste Satz ist fast wörtlich der eines Briefs an Susan Gilbert von Ende Januar 1855: »Wenn es vorbei ist, sag es mir, und dann hebe ich den Deckel zu meiner Büchse der Phantome und lege eine weitere Liebe fort.« — Vom »Lichtermeer« (sea of light) spricht Ralph Waldo Emerson in verschiedenen Essays, so etwa in »Die Über-Seele« und »Natur«.

IV

1858–1865

Meine Sache ist Umfassenheit …

Für Emily Dickinson brechen nun Jahre intensiven Ringens an und ihre bedeutendste Schaffensperiode; 937 der 1685 datierbaren Gedichte entstehen zwischen 1861 und Ende 1865 – während des amerikanischen Bürgerkriegs. Ihren Kusinen Louise und Frances Norcross schreibt die Dichterin in diesen Jahren: »Leid scheint landläufiger seit Beginn des Krieges«, und staunt, wie man Gedichte schreiben könne, bis ihr einfällt, »daß ich selbst, auf mindere Weise, von des Karners Stufen singe« (Brief Nr. 105).

Welcher Art die Krise war, die Emily Dickinson in diesen Jahren durchlebt, läßt sich nicht sagen: die leidenschaftlich »geharnischten« Briefe an einen bis heute unidentifizierten »Master« zeugen von großer Not (wie auch von großer Kunst). Doch es gibt andere Prüfungen, etwa die Angst zu erblinden, die die Dichterin packt, als ein chronisches Augenleiden sie 1864 und 1865 zu jeweils mehrmonatigen Aufenthalten in Boston zwingt und der so lebenswichtigen Lektüre beraubt.

Mit dem Ende des Bürgerkriegs aber ist die Konversion vollzogen, sind die »Kleinmädchenjahre« endgültig vorüber. Nach 1860 unterzeichnet die Dichterin, wie die Biographin Cynthia Griffin Wolff bemerkt, nur ein einziges Mal noch mit »Emilie«. Die Briefe aus den Bürgerkriegsjahren gehören zu den eindrucksvollsten aus Emily Dickinsons Feder. Sie nähern sich in ihrer elektrisierenden semantischen Dichte, der blitzschnellen gedanklichen, durch den Morsecode ihrer Zeichensetzung beschleunigten Bewegung so sehr den nun auch immer häufiger im Brief oder als Brief auftauchenden Gedichten an, daß die Grenzen in Fluß geraten.

Emily Dickinson zieht sich zunehmend aus der Außenwelt auf die Enklave von »Homestead« und »Evergreens« zurück, sie empfängt nur noch ausgewählte Besucher. Sie korrespondiert mit den Norcross-Kusinen (20 Briefe), den Hollands (10 Briefe), vereinzelt mit Freunden wie Mrs. Joseph Haven, Reverend Edward Dwight oder Kate Scott Anthon, und sie bedenkt zahllose Bekannte und Nachbarn mit ihren »Zetteln und Zeichen«.

Die weitaus wichtigsten Briefe dieser Jahre gelten allerdings Samuel Bowles, dem Herausgeber des überregional einflußreichen Springfield Daily Republican *(26 Briefe) und dem Bostoner Autor und Kritiker Thomas Wentworth Higginson (9 Briefe). Bowles vertraut sich Emily Dickinson in leidenschaftlich chiffrierter Form an, während ihr Spiel mit Stimmen und Masken in den Briefen an Higginson seinen Höhepunkt erreicht. Dem ratlosen Higginson schreibt sie auch dann weiter, als er Mitte 1862 signalisiert, sie solle von Veröffentlichungen lieber noch absehen; sein Interesse an Gedanken und Gedichten Emily Dickinsons ist aufrichtig und seine Gesprächsbereitschaft für die Dichterin in dieser kritischen Zeit entscheidend wichtig. Nach Dickinsons Tod tat Higginson viel für die Veröffentlichung und Verbreitung ihres Werks.*

Nr. 45

Adressat unbekannt *Frühjahr 1858*

Guter Meister,

ich bin krank, doch mehr bedrängt mich, daß Sie krank sind, und so rühr ich meine stärkere Hand gerade lang genug, es Ihnen zu sagen. Fast glaubte ich Sie schon im Himmel, und als Sie wieder sprachen, war das so unverhofft, süß und wundersam – ach, wären Sie gesund.

Ich wollte, alles, was ich liebe, wäre immer stark, nie schwach. Das Veilchen steht an meiner Seite, Rotkehlchen naht und »Frühling« – wer? fragen die, die vor der Tür vorüberziehen.

Denn hier steht Gottes Haus – alles ist Tor zum Himmel, und flink verkehren hin und her die Engel mit ihren Postillionen – ich wünschte, ich wäre groß, wie Mr. Michael Angelo, dann könnt ich für Sie malen. Was meine Blüten sagen, fragen Sie – dann waren sie wohl ungehorsam – die Botschaft gab ich ihnen mit. Sie sagen das, was im Westen Lippen sagen, wenn die Sonne sinkt; nichts anderes sagt der Morgen.

Hören Sie doch, Meister. Ich habe nie gesagt, daß heute Sonntag sei.

Jeder Sonntag auf See läßt mich die Sonntage zählen, bis wir uns an Land sehen – und werden (ob) die Hügel so blau aussehen, wie's die Seeleute sagen? Ich kann heut abend (jetzt) nicht länger sprechen (bleiben), der Schmerz verwehrt es.

Wie stark vor Schwäche die Erinnerung, und wie leicht, ganz ungemein, zu lieben. Geben Sie mir, sagen Sie mir Bescheid, sobald es Ihnen besser geht.

Dieser Briefentwurf ist einer von dreien aus dem Nachlaß Emily Dickinsons, die an einen als »Master« titulierten Unbekannten gerichtet wurden. Die Handschrift der »Master«-Briefe ist die der späten 50er und frühen 60er Jahre. Streichungen und Alternativen (in runden Klammern) sind angezeigt. Bis heute ist nicht geklärt, wem die Briefe zugedacht waren. Als mögliche Adressaten galten oder gelten der Zeitungsverleger Samuel Bowles, der Richter Otis P. Lord und Reverend Charles Wadsworth; denkbar ist jedoch ebenso, daß es einen bisher nicht identifizierten »Korrespondenten« gab. Allerdings weiß man nicht, ob Reinschriften jemals abgeschickt wurden oder ob die

Schreiben nicht sogar poetische Auslotungen darstellen; interessant bleibt an diesen Briefentwürfen vor allem, daß sie den elliptischen, metaphorisch komprimierten Stil der Dichterin in statu nascendi zeigen. (Ein »Master« wird auch in sieben Gedichten Emily Dickinsons direkt oder indirekt angesprochen: Nr. 75, 133, 185, 315, 427, 697, 764.) — Die Bedeutungsfelder des englischen Begriffs »Master« und des deutschen Worts »Meister« decken sich nicht: »Master« hat sich andere Konnotationen bewahrt und verweist auf andere literarische Vorbilder. So sieht Judith Farr (1992) beispielsweise sprachliche und bildliche Parallelen nicht nur zwischen den »Master«-Briefen und entsprechenden Passagen in Charlotte Brontës *Jane Eyre*, sondern auch Ähnlichkeiten mit Briefen Brontës an den ebenfalls als »Master« angesprochenen Brüsseler Pensionatsleiter Constantin Heger. — Der Sonntag, dies primae, der erste Schöpfungstag, der Tag des Herrn und der erste Tag der Woche, ist bei Emily Dickinson der »Sabbath« (ihrem geliebten »Lexicon« zufolge, *Noah Webster's American Dictionary of the English Language* von 1841 [1844]: »first day of the week, in commemoration of the Resurrection of Christ, the day, by which the work of Redemption was completed«). — Dickinson ruft dem »Meister« hier ins Gedächtnis, daß nicht nur sie mit ihren Gedichten, sondern die Blumen ebenso wie Sonnenaufgang und -untergang, ja alle Tage, die Auferstehung bezeugen. Ruth Miller (1968) weist darauf hin, daß dieser Brief Anstoß zu dem Gedicht »If recollecting were forgetting« (Nr. 9) gegeben haben könnte, das Emily Dickinson 1859 an Samuel Bowles sandte.

Nr. 46

An Joseph A. Sweetser *Frühsommer 1858*

Viel ist geschehen, lieber Onkel, seit ich zuletzt schrieb – so viel – daß mich noch im Schreiben schwindelt vor grellem Gedenken. Sommer der Blüten – Epochen von Frost, und klingende Tage voll Schellen – nur lastet ein Schatten nach wie vor auf dem Haus. Der heutige Tag war draußen so froh und doch so gram drinnen – wie lustig schien die Sonne – und nun stiehlt sich der Mond herbei und freut doch keinen. Ich seh das Licht nicht immer – bitte sagen Sie, ob's leuchtet.

Sie sind hoffentlich wohlauf, unterdessen, und haben viel Freude.

Hier herrscht ein heiterer Sommer, der die Vögel singen macht und Bienen in Bewegung setzt.

Seltsame Blüten erstehen vielerorts an den Stengeln, manch Baum nimmt neue Mieter auf.

Ich wollte, Sie sähen, was ich seh, und tränken die Musik. Der Tag ist lange schon dahin, und doch besteht ein schlichter Chor weiter auf seinem Canto.

Ich weiß nicht, wer da singt, noch würde ich's, *wüßt* ich's, sagen!

Gott gibt uns viele Kelche. Vielleicht kommen Sie nach Amherst, ehe das Gelage endet. Unser Mann hat heut gemäht, und während seine Sense ging, dacht ich an *andre* Ernten und Tennen, weit von hier.

Ich frage mich, wie lang wir fragen werden, wie bald wohl *wissen*.

Ihr Bruder brachte mir, sehr freundlich, heute einen Tulpenbaum. Blüte von dem seinen.

Es sind aufmerksame Freunde, und lieb und teuer. Freude macht die Aussicht, daß andere bald hinzukommen.

Tante Katie lernten wir erst näher kennen – im letzten Frühjahr, und verbrachten schöne Stunden – ganz wie junge *Mädchen*.

Vereinzelt seh ich Wohlbetagte – Frau'n und Männer seltener und in größeren Abständen – »Kindlein, solcher ist das Reich Gottes«. Wie sehr müssen manche ins Kleine wachsen, um da hineinzukommen!

Ich weiß kaum, was ich sage – die Worte legen all ihre Federn an – und flattern da und dorthin. Tausend Grüße an die Tanten, Vettern und Kusinen – und schreiben Sie doch, bitte, mal eines Sommerabends.

Mit aller Liebe,
Emilie

1858 setzt nach langen Monaten spärlicher Korrespondenz – für das Jahr 1857 läßt sich kein einziger Brief der Dichterin nachweisen – ein enormer Mitteilungs- und Schaffensdrang ein. Der atemlos grüblerische Ton des Briefs an Joseph Sweetser in New York, Mann der Lieblingstante väterlicherseits, dessen Bruder Luke Sweetser Emily Dickinson den Tulpenbaum überbringt, ist charakteristisch für Stimmung und Stil dieser Jahre. — Auf die Krankheit der Mutter, deren Schwermut belastet, mag sich die Bemerkung über den

»Schatten« beziehen. — »Frau'n und Männer«, von Dickinson häufiger angeführt, verweist auf Robert Brownings Gedichtband *Men and Women* von 1856. Seiner Frau Elizabeth Barrett schrieb Browning: »Ich bringe lediglich Frau'n und Männer zum Sprechen, gebe die Wahrheit aufgefächert in prismatischen Farben und hüte mich vorm rein weißen Licht.«

Nr. 47

An Dr. und Mrs. J. G. Holland *um den 6. November 1858*

Liebe Hollands,

gute Nacht! Ich kann nicht länger bleiben in einer Welt des Todes. Austin liegt im Fieber. Meinen Garten habe ich vergangene Woche begraben – unser Mann Dick hat ein Kind an den Scharlach verloren. Ich argwöhnte schon, *Sie* seien tot, und nicht wissend, wo der Küster wohnt, frage ich den Rasen. Ah! elitärer Tod! Ah! egalitärer Tod! Der nach der stolzen Zinnie greift aus meinem Purpurgarten – dann in die dunklen Arme ruft des Knechts Kind!

Sagt, ist er überall? Wohin rette ich das Meine? Wer lebt noch? Der Wald ist tot. Lebt Mrs. H? Annie und Katie – weilen sie noch, oder sind sie ins Nirgendwo gerufen?

Wie kurz die Zeit, verrat ich nicht, weil es mir Lippen sagten, die sich schlossen, kaum daß es heraußen war, und was offen bleibt, ehrt das Geschlossene. Sie waren nicht hier im Sommer. *Sommer?* Die Erinnerung flattert – hatt ich – gab's einen Sommer? Hätten Sie die Wiesen ziehen sehen – lustige kleine Entomologie! Hastige kleine Ornithologie! Tänzer, Kapelle und Parkett auf einen Schlag entrissen, und ich, ein Phantom, geb's wieder vor Phantomen! Redner der Feder vor Hörern von Flaum – zu pantomimischem Applaus. Ha! »Wirklich ein Trauerspiel«!

Mrs. Holland muß wissen, daß ich die ihre bin. Ich frage sie, ob *umgekehrt*? Des Diebes Bitte ist es nur – »Gedenke an mich«. So leuchtet die Schreibkunst noch aus dem »Lebensbuch des Lammes«. Gute Nacht! Meine Schiffe laufen ein! – Vom Fenster blick ich auf den Quai.

Eine Yacht, eine Portugiesische Galeere, zwei Briggen und ein Schoner! »Herunter mit der Bramstange! Frisch! Tiefer! Tiefer!«

Emilie.

Emily Dickinsons Bruder Austin war an Typhus erkrankt, zugleich wurde Amherst von einer Scharlachepidemie heimgesucht. — Das Zitat am Ende des vorletzten Absatzes stammt aus Charles Dickens' *Oliver Twist* (1838); wann Emily Dickinson welche Werke von Charles Dickens heranzieht, läßt sich nach Jay Leyda (1970) als Code lesen: *Der Raritätenladen* (1841) ist Samuel Bowles vorbehalten, *David Copperfield* (1850) dem Bruder und der »Schwester« Mrs. Holland. — Im letzten Absatz wird auf Kreuzigung, Offenbarung und Shakespeares *Sturm* (1611/1623 I/1 Z. 24–52) angespielt. Die Wendung »des Diebes Bitte ist es nur« (nach den Worten des reugien Diebes der Kreuzigung: »Herr, gedenke an mich, wenn du in dein Reich kommst«: Luk. 23,42) benutzt die Dichterin in einem Brief an Thomas Wentworth Higginson 1863 noch einmal (Nr. 100). Dieser Brief gilt dem Dickinson-Biographen Richard B. Sewall als Paradebeispiel für Dickinsonschen Humor, den »Harnisch der Qual«.

Nr. 48

An Susan Dickinson *um den 19. Dezember 1858*

Hab eine Schwester hier im Haus,
Eine trennt Zaunesbreite.
Nur eine ist verbrieft,
Zu mir gehören beide.

Die eine kam, wie ich kam –
Und trug mein Vormalskleid –
Die andre nistet, vogelgleich,
In unser Herzen Zweige.

Sie sang nicht so, wie wir's tun –
Es war ein andres Lied –

Musik für sich nicht minder,
Als Junihummel spielt.

Heute ist fern von Kindheit –
Doch über Feld und Flur
Hielt ich an ihr nur fester
Wegstunden wurden kurz.

Ihr Summgesang
Die Jahre lang
Den Schmetterling stets täuscht;
Doch ruht im Aug
Der Veilchen Blau,
Moder schon manchen Mai.

Ich goß den Tau –
Ergriff den Tag;
Wählte aus weiter Schar
Der schwarzen Nächte hellsten Stern –
Sue mir – immerdar!

Emilie –

1858 begann Emily Dickinson mit der Ordnung ihrer Gedichte zu »Faszikeln«, kleinen mit Faden gehefteten Alben von jeweils mehreren Bögen. Dieses Gedicht (Nr. 5A), möglicherweise ein Geburtstagsgruß, ist eines der frühesten und eines von vielen, die die Dichterin der bewunderten Freundin Susan Gilbert Dickinson widmet. Sue hatte 1856 Emily Dickinsons Bruder Austin geheiratet und die von ihrem Schwiegervater gleich neben der Dikkinson-»Homestead« erbaute Villa »Evergreens« bezogen. Der Schwester, die »Zaunesbreite« trennt, schickt Emily Dickinson in den folgenden Jahren mehr Gedichte als allen anderen Korrespondenten zusammen – über 100 zwischen 1858 und 1862. — »Doch ruht im Aug …«: zur Zeit der Werbung Austins hatte ihm Susan Gilbert ihre Ausgabe der *Sonette aus dem Portugiesischen* (1847) von Elizabeth Barrett Browning überlassen, in der die folgenden Verse des Sonetts V deutlich markiert sind: »Ich heb mein schweres Herz so feierlich, / wie einst Elektra ihre Urne trug, / und, dir ins Auge schauend, hin vor dich / stürz ich die Asche aus dem Aschekrug. / Das da war Schmerz in mir: der Haufen: schau« (dt. 1908 Rainer Maria Rilke).

Nr. 49

An Susan Gilbert Dickinson *etwa 1858*

Meinem Vater –

dessen steter Wachsamkeit ich kostbare *Morgenstunden* verdanke – nämlich drei Uhr früh bis zwölf Uhr Mittag –, seien diese Zeilen dankbar zugeeignet von seiner ergebenen

Tochter

Schlaf sei, versichern sich
Die kalten Sinns sachlich,
Das geschlossene Aug.

Schlaf ist das Geleise,
Da sich schart vor der Reise
Der Zeugen Geleit!
Morgen, versichern sich,
Die der Gradsinn besticht,
Sei Tags erstes Grau.

Morgen gab es noch nie!

Erst wenn Aurora sich –
Ostwärts von ewiglich –
Prunkrot mit Paukenschlag –
Samt bunter Entourage – zeigt –
Dann ist der neue Tag!

Eine Abschrift dieses Gelegenheitsgedichts (Nr. 35B) schickte Emily Dickinson ihrer Schwägerin Susan Gilbert Dickinson zusammen mit der Widmung nach nebenan, eine weitere Kopie wurde in eines ihrer Faszikel aufgenommen. Edward Dickinson, dessen strenges Regiment Anlaß zu diesem Kommentar gab – in einem Brief an die Hollands bemerkt Emily Dickinson, er lasse es sich nicht nehmen, allmorgendlich an ihre Tür zu klopfen, um sie zu wecken –, bekam die Verse offenbar nie zu Gesicht.

Nr. 50

An Samuel und Mary Bowles *etwa Juli 1859*

Liebe Freunde.

Ich beklage Ihr Kommen, da Sie gingen.

Fortan will ich keine Rose pflücken, sonst welkt sie oder sticht.

Ich sähe gern, daß Sie hier wohnten. Obwohl es gleich neun Uhr wird, ist der Himmel gelb und heiter, da und dort sind violette Schiffchen, in denen Freunde segeln könnten. Der Abend gleicht »Jerusalem«. Mir scheint, Jerusalem muß sein wie Sues Salon, wo wir lachen und uns unterhalten, und Sie und Mrs Bowles dabei. Mögen wir uns alle so betragen, daß wir Jerusalem erlangen. Wie steht es heute um Ihre Herzen? Unsere sind wohlauf. Ich hoffe, Ihre Reise war günstig und hat Mrs Bowles erfreut. Vielleicht zieht Sie der Rückblick eines schönen Tages wieder her.

Sie würden uns allesamt am Tor finden, und sollten Sie in hundert Jahren kommen, genauso noch, wie wir an jenem Tag gestanden.

Und würde es zu Jaspis, ehedem, wird es Ihnen auch recht sein, und so lehnen wir da noch und sehen Ihnen nach.

Ich bin heute morgen mit Austin ausgefahren. Er zeigte mir Hügel, die an Himmel reichten, und Bäche, die sangen wie Bobolinks. War das nicht gut von ihm? Ich gebe sie Ihnen, denn sie sind mein, »es ist alles mein«, außer »Kephas und Apollos«, die nicht nach meinem Geschmack sind.

Vinnies Liebe macht meine voll.

Die Ihrige wie immer, Emilie.

Das Briefdatum wurde nach R. W. Franklin von Juni 1858 auf Juli 1859 korrigiert. — Samuel Bowles hatte 1851 die Nachfolge seines Vaters als Herausgeber des *Springfield Daily Republican* angetreten und machte das Blatt zu einer der wichtigsten liberalen Stimmen im Land. Die Zeitung stand zunächst der Democratic Republican Party nahe, nach 1835 waren Whig-Positionen vertreten worden, und unter Samuel Bowles verstand sich das Blatt als »unabhängig«. Seit 1858 eng mit Austin und Susan Dickinson befreundet, war Bowles häufig in den »Evergreens« zu Gast. Emily Dickinson schätzte den streitbaren und geistig beweglichen Mann außerordentlich und sorgte sich daher zunehmend um die Gesundheit des rastlosen Verlegers. An die 50 Briefe an Samuel Bowles und seine Frau Mary sind erhalten, zwischen 1858 und 1862 schickte Emily Dickinson ihnen 34 Gedichte. Wie auch Thomas Wentworth Higginson förderte Bowles Frauen gezielt: er veröffentlichte regelmäßig literarische Beiträge von Frauen und übertrug 1860, als sich Dr. Holland aus der Redaktion des *Republican* zurückzog, der Autorin Fidelia Hayward Cooke die Verantwortung für die Literaturseiten. Allerdings besaß Bowles einen recht konventionellen literarischen Geschmack (siehe auch Brief Nr. 62), und obwohl sich Emily Dickinson hier durchaus eine Publikationsmöglichkeit geboten hätte, kam es nie zu einer festen verlegerischen Verbindung. (Siehe »Zwei Herausgeber von Journalen«, Brief Nr. 84.) Zwar druckte der *Springfield Daily Republican* am 2. August 1858 das erste von mehreren Dickinson-Gedichten ab, aber es geschah ohne Zutun der Dichterin; meist wurde die Schwägerin Susan »aus Liebe zur Diebin« (siehe auch die Erläuterung zu Brief 111) und schickte Gedichte ein, die dann stark überarbeitet und geglättet in Druck gingen. Bis zum Antritt seiner Europareise 1862 war Bowles fraglos einer der wichtigsten »Adressaten« Emily Dickinsons, sein Fortgang war ein weiterer schmerzlicher Verlust. Dieses ist der erste Brief an das befreundete Paar und der einzig erhaltene, der an beide Bowles gemeinsam gerichtet ist. — Die Jahreszeit wurde indirekt nach dem Zeitpunkt des Sonnenuntergangs bestimmt. — Das Zitat am Ende spielt auf 1. Kor. 3,21 an: »Darum rühme sich niemand eines Menschen. Es ist alles euer.«

Nr. 51

An Samuel Bowles *Ende August 1859*

Lieber Mr Bowles.

Die kleine Schrift ist angekommen. Ich meine, Sie hätten sie mir gesandt, aber weil Ihr Schriftzug mir kaum vertraut ist – könnte ich auch irren.

Ich danke Ihnen, wenn es stimmt. Und danke auch, wenn nicht, denn so erhalte ich einen hübschen Vorwand zu fragen, wie es Ihnen geht, heut abend, und nach dem Befinden der anderen vier, älter und jung, »Mary«, Sallie und Sam. Mögen Ihre Becher gut gefüllt sein. Möge stets die Zeit der Reife sein. Das Leben ist so porzellan, da *vergewissert* man sich gern, ob alles gut ist, daß man nicht in einem Scherbenhaufen über die eigenen Hoffnungen stolpert.

Freunde sind mein »Besitzstand«. Die Raffgier, sie zu horten, müssen Sie darum verzeihen! Es heißt, wer früh schon arm war, betrachtet Gold doch anders. Ich weiß nicht, wie es kommt. Gott wägt nicht so wie wir, sonst gäb Er uns nicht Freunde; falls wir Ihn noch vergäßen! Der Reiz des Himmels auf dem Dach reicht, fürchte ich, nicht immer ganz an den des Himmels in der Hand. Der Sommer ist hingegangen, seit Sie da waren. Niemand bemerkte es – das heißt, Männer nicht noch Frau'n. Gewiß, die Wiesen beugt bescheidener Gram, und im Wald »gehen Klageleut umher«. Doch Unsere Sache ist das nicht. Zu tun haben wir genug, nicht wahr, an Unsrer stolzen Auferstehung! Besondere Gefälligkeit, höre ich von unseren Geistlichen! Der »natürliche Mensch« hingegen mag Hummeln für Verfeinerung halten und eine Prise Vögel, nicht an mir ist's, majestätische Geschmäcker anzuzweifeln. Der Reverend sagt, wir sind ein »Wurm«. Und wie verträgt sich das? »Sündig, verderbter Wurm« muß einer fremden Spezies angehören.

Meinen Sie, wir werden »Gott schauen«? Man denke nur – »Abraham« einmütig mit ihm promenierend! Die Männer mähen das zweite Heu. Die Hähne sind nun kleiner und schmackhafter als die ersten.

Keltern wollt ich einen Kelch und allen Freunden reichen, trinken auf sie, die sich entzieht nun Bach wie Bruch wie Ried!

Gute Nacht, Mr Bowles! So lautet, was jene sagen, die wiederkehren am Morgen – wie auch das Schlußkapitel auf abberufenen Lippen. Vertrauen auf den neuen Tag mäßigt den Abend.

Gute Nacht,
Emily

Dieser Brief wurde nach R. W. Franklin von 1858 auf 1859 umdatiert. Um was für eine »kleine Schrift« es sich handelte, ist nicht bekannt. — Zu dieser Zeit hatten die Bowles drei Kinder: Sallie (Sarah Augusta), Sam (Samuel) und Mary (Mamie). — Die Zeilen des vorletzten Absatzes behandelt R. W. Franklin in Appendix 13 seiner Variorumsedition als Gedicht A13–8: »I would distill a cup – / and bear to all my friends, / drinking to her no more astir, / by beck, or burn, or moor!«

Nr. 52

An Susan Gilbert Dickinson *um 1859*

Liebe Sue –

sehr gern würde ich den Abend mit den Freundinnen verbringen, nur habe ich am Nachmittag Besuche gemacht und versehentlich allen Verstand bei Prof. Warner gelassen.

Halt meinem Geist eine Ottomane frei; er folgt dicht hinter Vinnies.

Alles Liebe den Germaniern –
Emily

Martha Dickinson Bianchi berichtet in *Emily Dickinson Face to Face* (1932) von einer Einladung zum Hausmusikabend. Die Freundinnen werden hier in Anlehnung an den Spitznamen der Germania Musical Society aus Boston (deren Mitglieder überwiegend 1848 Berlin verlassen hatten) als »Germanier« bezeichnet. Das Orchester hatte 1853 unter der Leitung von

Carl Bergmann in Amherst gespielt, und Emily Dickinson dazu geschrieben: »Vinnie und ich waren mit John da. Ich habe in meinem Leben nicht solche Töne gehört. Wie *vorlaute* Vögel wirkten sie in ihren Schwalbenschwänzen, und wahrhaftig, unmittelbar nach der Vorstellung stoben sie auf.«

Nr. 53

An Mrs. Holland *um den 20. Februar 1859*

Nicht allein, um für Ihren herzensguten Brief zu danken, komme ich, liebe Mrs. Holland, das will ich tausendfach, vielmehr mit einer Bitte: Wollen Sie mir helfen?

Ich habe mich wohl schlecht betragen – sicher weiß ich's nicht, Austin aber sagt es, und er ist älter und beschlagener in der Ordnung.

Wenn Vinnie da ist, frage ich sie; findet sie mich einer Übertretung schuldig, sag ich: »Vater, ich habe gesündigt« – spricht sie mich frei, fürchte ich mich nicht, doch Vinnie ist ja fort, und zur lieben älteren Schwester lenkt in der jüngeren Abwesenheit etwas meinen Schritt.

Der Tatbestand war dieser: Ihr Freund und Nachbar Mr. Chapman war letzte Woche hier, mit Mr. Hyde aus Ware als Geschäftsadlatus.

Sie sprachen Mittwoch abend vor und waren am nächsten bei uns zu Gast. Nach angenehmen Stunden sagten wir Gutnacht – die Herren wollten tags darauf noch einmal kommen. Die Geschäftsverhandlungen zogen sich hin, und als ich am Abend, wie so oft, bei S[ue] saß, schellte es an der Tür, und ich türmte, wie es meine Art ist.

Wie groß waren mein Erstaunen und meine Scham, als ich Mr. Chapman nach »Mrs. D« verlangen hörte!

K[ate] S[cott], Hausgast bei S[ue], war mir Komplizin, und wie gestellte Mäuse hielten wir verstohlen Rat. Weil uns selbst die Toten hatten huschen hören müssen, konnten wir schlecht behaupten, wir seien nicht geflohen, zudem war es ja *unwahr*, was zwar verschreckten Seelen wie Uns unwesentlich erscheinen mochte, die älteren Herrschaften aber sehr wohl beachtsam finden würden. Ich plädierte für Abbitte.

K war reulos und dagegen. Während wir uns noch berieten, riß S[ue] die Tür auf, erklärte uns für überführt, und bat uns, einzutreten.

Außer mir vor Schande, stammelte ich meine Entschuldigung, aber die Herren musterten uns befremdet.

Als sie sich zurückgezogen hatten, nannte Austin uns sehr ungezogen, und ich schlich zerknirscht und elend auf mein kleines Zimmer. Was meinen Sie, wird Mr. Chapman mir verzeihen? Um Mr. Hyde ist's mir nicht schade, weil er mir nicht gefällt, doch Mr. Chapman ist mein Freund, er spricht mit mir von Büchern, und ihn wollte ich nicht kränken.

Ich schreib ihm daher eine kleine Note, sage, wie leid's mir ist, und kann er mir vergeben und das Ganze dann vergessen? Und Sie bitte ich nun um dieses: daß Sie die Zeilen lesen, befinden, ob gesagt ist, was Sie an meiner Stelle sagen würden, wären *Sie* statt meiner ungezogen – und daß Sie, wenn Sie einverstanden sind und wieder aus dem Haus gehen, das Brieflein für mich bei Mr. Chapman in der Kanzlei abgeben – erklären Sie ihm alles für mich, vermitteln Sie wie eine Schwester. Und wenn er mir verzeiht, hören Sie umgehend von mir, wenn aber nicht und wir uns erst in Newgate sehen, dann seien Sie versichert, ich war ein treuer Schurke, eine Schelle mein Verderben.

Emilie

Hier spricht Emily Dickinson die Freundin erstmals als »Schwester« an. — Die Herren berieten über die strittige Frage des rechtmäßigen Besitzes an einem Versammlungshaus in South Amherst. — Catherine Scott Turner (Anthon) war eine Schulfreundin Susan Gilbert Dickinsons. Sie besuchte Sue erstmals Anfang 1859 in den »Evergreens«, dann noch einmal 1861 und 1863 jeweils mehrere Wochen lang. Der Freundin schrieb sie viel später (1906) rückblickend: »Die goldenen Tage, die wir beide gemeinsam erlebt haben – Ach! liebe Sue, wie lebhaft stehen sie mir vor Augen! Die herrlichen Besuche bei Dir! Die himmlischen Abende in der Bibliothek – das prasselnde Feuer – Emily – Austin, – Die Musik – Die wilden Späße – Die unbändige Heiterkeit, die Hochstimmung unseres auserwählten, unseres so wohlkomponierten Kreises …« (Leyda I 367). — In Newgate, Standort des Hauptgefängnisses Londons, kamen die zum Tode durch den Strang Verurteilten an den Galgen.

Nr. 54

An Catherine Scott Turner (Anthon) *etwa März 1859*

Eine Katie hat mir nie gefehlt, – zwei Sues – Eliza, eine Martha sind meine Besten und komplett.

Bezaubernd, an der Tür in diesem März nun abends neue Kandidatin – Hinweg! Wir nehmen keine Katies! – Bleib! Mein Herz stimmt für Dich, weit bin ich entfernt, ein Veto einzulegen – Und Deine Referenzen? Wagst Du ein Leben im *Osten*, wo wir leben? Schreckt Dich das Licht? – Wenn Du das neue Veilchen durch Soden schmatzen hörst, willst Du dann *tapfer* bleiben? Alle *wir* sind *Fremde* – Liebes – Die Welt kennt uns nicht, weil wir sie nicht kennen. Und Pilger! – Zögerst Du nun? und *Soldaten* oft – manch eine siegreich, doch die seh ich heut abend nicht im Pulverdampf. – Wir haben Hunger und Durst, bisweilen – Sind barfuß – und kalt –

Willst dennoch kommen? *Dann* nenn ich Dich leuchtend! Eine *Kate* im März erbeutet!

Das Bukett ist klein, Liebes, doch was ihm an Fülle fehlt, macht es durch Unverwelklichkeit wett, – der Stockrose dürfen sich viele brüsten, wenige der *Rose* rühmen! Und belächelte die neue Blume die bescheidene Anzahl ihresgleichen, mag sie bedenken, daß sie, wären es viele, kaum am Busen getragen würden – vielmehr auf Feldern bestellt! Ich erhebe mich daher mit ihr – ich lege mich mit ihr schlafen – halte im Schlaf noch fest sie in der Hand und erwache im Besitz meiner Blume. –

Emilie

Emily Dickinson profitierte in den Jahren 1858 bis 1861 sehr von dem »Salon«, den die Schwägerin Sue nebenan in den »Evergreens« zu führen bestrebt war. Dort lernte sie nicht nur Samuel Bowles, sondern auch Catherine

Scott Turner kennen, die sie schon nach der ersten Begegnung in ihre *select society* aufzunehmen geneigt schien. Mit den Freundinnen, den »Besten«, sind wahrscheinlich Susan Gilbert Dickinson, Susan Phelps, Eliza Coleman und Martha Gilbert (Smith) gemeint. — Der »Osten« steht bei Emily Dikkinson für Eden, Glück, Aufbruch, Verheißung.

Nr. 55

An Mrs. Holland *2. März 1859*

»Schwester«

Mein Wille ist getan. Ich danke Ihnen. Lassen Sie mich für Sie wirken! Gibt es denn schönere Unterhandlungen als die von Freund für Freund? Gleichmut hätte ich nicht erwartet bei »Mr Brown von Sheffield«! Vinnies Fehlen zeigt sich schmerzlich – prüft sie doch sonst für mich.

Gleichmut! Vater! In einer Welt wie dieser, da wir alle barfuß vor die Jaspistore treten müssen!

Vielen Dank, daß Sie mich auf die richtige Spur brachten. Mit der Zeit wird aus mir noch ein rechter Fuchs werden, es sei denn, ich sterbe jung.

Dem *Republican* entnehme ich, daß Sie numehr statt »Trauer« Brautgewänder tragen. Es lebe der heimische Herd! Man sagt, Fasten verleiht den Speisen wunders viel Aroma; als Junggeselle von Geburt an widersage ich der feinen Küche.

Wiedersehen lohnt das Abschiednehmen. Wie gut meinen es doch manche mit dem Sterben, sie würzen das Entzücken beim Gedanken an den Himmel mit Ungeduld!

So ungern wir die Toten lassen –
Die plötzlich teuer sind –
So gierig wir Verluste raffen –
Für die, die bleiben, blind – so

Gebrochen mathematisch
Schätzen wir den Preis
maßlose Proportionale
zu unsrer Augen Geiz

Lieber wäre mir, Sie wohnten näher. – Ich würde Sie gern berühren. Übertriebene Artigkeit der Engel zwei, drei geliebten Menschen gegenüber lassen mich betrüblich eifern.

Die, denen Flügel zu Gebote stehen, sehen auf Hände und Füße herab, das reizt zur Wachsamkeit! Wie froh es stimmt, Freunde zu lieben! Wie *überaus* froh, sich einzubilden, man erwidere solche Launen – und trennten einen Ozeane, oder eine einzige ungesehene Daisy! Für alle Pfunde des Vaters gäb ich's nicht her. Vinnie ist noch in Boston. Danke, daß Sie daran dachten. Nachts graut es mir gelegentlich, doch geben sich Spukgespenster die Ehre, ich habe keinen Grund zur Klage. Man wird auch kaum erwarten, daß Möbel die ganze Nacht hindurch stillstehen mögen, wenn also Stühle tanzen – wenn dem Salon nach Polka ist und die Schaufel die Zange zum Tanze bittet, ist wenig einzuwenden! Aus anfänglicher Furcht erwächst nun fast Bewunderung, und seit wir einander verstehen, ist es sehr erfrischend! Wie nah und doch wie fern wir sind! Die jungen Märzwinde könnten mich bringen, und doch liegen zwischen unsern Lippen, wer weiß, »Legionen Engel«!

Emilie

Das Gedicht führt R. W. Franklin als Nr. 78B. — Dr. Holland war am 28. Februar von einer Vortragsreise zurückgekehrt. — Emily Dickinson hatte die »Schwester« wegen eines vermeintlichen Fauxpas gebeten, sich bei »Brown« für sie zu verwenden. Auf Charles Dickens' *David Copperfield* wurde bereits im Brief Nr. 21 angespielt. — »Daisy«, das Gänseblümchen, ist im Englischen außerdem ein Name, und Emily Dickinson verwendet ihn für ihre kindlich-unschuldige Persona. Siehe auch Brief Nr. 65.

Nr. 56

An Samuel Bowles *Anfang April 1859*

Freund, Sir,

ich habe Sie verpaßt. Das finde ich sehr schade. Soll ich den Wein nun aufbewahren, bis Sie wieder kommen, oder schicke ich ihn durch »Dick«? Der Wein steht hinter der Tür zur Bibliothek, eine weitere ungelesene Blume. Ich wußte nicht, daß Sie so bald fort wollten – ach, diese späten Füße!

Wollen Sie nicht wiederkommen? Freunde sind Pretiosen – ihr Vorkommen sehr vereinzelt. Potosi bereitet Sorge, Sir. So horte ich mit Hingabe; ich kann es mir nicht leisten, arm zu sein nach solchem Reichtum. Ich hoffe, die Herzen in Springfield sind weniger schwer als vorher – Gott segne die Herzen in Springfield!

Ich freue mich, daß Sie »Freigang« haben. Mögen Sie wacker werden und uns viele Jahre aufsuchen.

Ich habe zwei Bekannte nur, »die Lebenden und die Toten« – hätte aber gerne mehr.

Ich schreibe Ihnen oft, und das beschämt mich.

Meine Stimme ist nicht ganz laut genug, um viele Felder weit zu tragen, was meinen Bleistift, bitte, entschuldigen mag. Versichern Sie Mrs Bowles, an die ich täglich denke, meiner Liebe

Emilie

Aus dem Reich der Nachtmützen tönt Vinnie: »und ihre!«

Richard Matthews – »Dick« – arbeitete im Stall der Dickinsons und lebte mit seiner vielköpfigen Familie (von 16 Kindern überlebten 9) hinter der »Homestead« an der North Pleasant Street. — Potosi: gemeint sind die Silbervorkommen des Cerro Rico de Potosi in Bolivien.

Nr. 57

An Dr. und Mrs. J. G. Holland *September 1859*

Liebe Hollands,

Seid mein! Wir haben noch keine Feuer, und die Abende werden kalt. Morgen werden die Öfen gerichtet. Wie viele barfuß zittern, weiß am besten wohl der Vater, der es nicht für nötig hielt, sie mit Schuhwerk zu versehen.

Vinnie ist heute abend krank, das trübt die Welt, sonst doch so rot, ins Stumpfe. Es ist nur Kopfweh, doch wenn der Kopf neben einem weh ist, wiegt das schwerer. Wenn sie gesund ist, springt die Zeit. Wenn nicht, schleppt sie sich oder bleibt ganz stehen.

Schwestern sind zerbrechliches Gut. Gott war knauserig gegen mich, das macht mich mit ihm zänkisch.

Ein Stück ist eine heikle Summe. Ein Vögelchen, ein Vogelbauer, ein Flattern, ein Sang in fernen Wäldern, die wir auf Treu und Glauben nehmen!

Wir haben September, und im September wollten Sie kommen. Kommen Sie! Die Trennung geht zu lang. Es hat genügend Frost gegeben. Wir brauchen jetzt den Sommer und »Legionen« Margeriten.

Der Enzian ist hastig und überholt uns alle. Wahrhaftig, die Welt ist kurz, und ich wünsche, bis mich schwindelt, daß ich meine Lieben noch berühren darf, ehe die Hügel rot sind – grau sind – weiß sind – »wiedergeboren«! Wüßten wir, wie tief der Krokus liegt, wir ließen ihn nie gehen. Und doch krönt Krokus viele Hügel, deren Gärtner untröstlich einen verlorenen Sproß besorgen.

Wir sahen Sie an jenem Samstagnachmittag, versäumten aber, Sie zu fragen, wohin Sie führen, wußten es also nicht und konnten daher nicht schreiben. Vinnie sah Minnie eines Nachmittags in Palmer vorbeifliegen. Sie nahm an, Sie alle seien auf dem Rückweg von der See dort eingetroffen, und ließ der Phantasie die Zügel! Überflüssig zu sagen, daß die Phantasie dran zerrte.

Wir beide sprechen von Ihnen, holen aus zum Leben im allgemeinen, um uns bald wieder in Ihnen zu bergen, der sicheren Hürde. Laßt

Uns nicht zu lang zurück, liebe Freunde! Sie wissen, wir sind Kinder, und Kinder fürchten sich vorm Dunkel.

Geht es Ihnen gut daheim? Ist viel zu tun? Hat sich viel verändert, seit ich bei Ihnen war? Sind die Mädchen Frauen, und meinen die Frauen, es werde bald Abend? Wir wollen uns gegenseitig unsere besonderen Bürden tragen helfen.

Ist Minnie jetzt bei Ihnen? Wenn ja, dann bringen Sie ihr meine Liebe. Machen ihr die Augen immer noch Kummer? Sagen Sie ihr, sie kann Unsere haben.

Mutters Lieblingsschwester ist krank, und Mutter wird ihr Gutenacht sagen müssen. Es nebelt alle Augen – die Tante, bei der Vinnie ist, verbringt, wie ich fürchte, ihr letztes Festlandsweihnachten. Nimmt sich Gott derer an, die auf hoher See treiben? Meine Tante ist so furchtsam!

Wollen Sie uns schreiben? Ich schicke Ihnen all ihre Lieben – *viele*!

Sie ermüden mich.

Emilie.

Die zwei Jahre jüngere Schwester Lavinia war die engste Vertraute Emily Dickinsons und inzwischen unverzichtbare Mittlerin zwischen ihr und der Welt. Intelligent, praktisch, zupackend und mit viel Humor gesegnet, umsorgte Lavinia die bewunderte begabte Schwester und sicherte ihr die Zeit für die Kunst. Nach Emily Dickinsons Tod verfolgte Vinnie hartnäckig das Ziel der Veröffentlichung des dichterischen Werks. — In Neuengland blüht der wilde Enzian im August; er steht hier für das Ende des Sommers. — Am Samstag, dem 6. August 1859, hatten die Hollands an einer von der American Association for the Advancement of Science organisierten Ausfahrt nach Amherst teilgenommen. — Mrs. Dickinsons Schwester Lavinia Norcross, Mutter der Kusinen Fanny und Loo, starb wenig später, im April 1860.

Nr. 58

An Catherine Scott Turner *Ende 1859 (?)*

Katie –

letztes Jahr um diese Zeit hast Du mir nicht gefehlt, doch hat sich die Welt indes gedreht, und nun halte ich Dein Schwarz hoch als geheiligte Erinnerung und hoffe, meine Farben sind auch Dir als Töne lieb. Du sprichst nicht mehr, wie es zwar zwischen Getrennten und Geschiedenen häufig Brauch ist, nur: Darf ich das, meine Liebe, in Deinem Fall zu den berühmten Ausnahmen zählen und Dich wie gewohnt dulden bis zum Herrn, dem König? – Wir machen unserem Glauben Ehre, wenn er uns Ozeane überwindet läßt, obwohl gemeinhin Schiffe vorgezogen werden.

Wie geht es Dir in diesem Jahr? Ich denke an Dich, jetzt zu Beginn der Zeit der Kaminfeuer und der Abende bei Austin – ohne die Maid in Schwarz, Katie, ohne die Maid in Schwarz. Es waren unnatürliche Abende. – Glückseligkeit ist unnatürlich – Wie viele Jahre, frag ich mich, müssen sie vermoosen, ehe wir erneut zusammenkommen, ein wenig anders wohl, älter wohl gewiß, und doch gleich, wie Sonnen, die auch scheinen zwischen Leben und Verlust, und Veilchen, nicht die des letzten Jahres, aber mit ihrer Mutter Augen. –

Findest Du dort genügend Nahrung? Darben ist bedauerlich.

Für »Frösche« ist's zu spät oder, was mir mehr zusagt, Liebe – noch nicht ganz früh genug! Die Tümpel waren eine kurze Zeit erfüllt mit Dir, doch diese Zeit verflog und ließ mir viele Stengel, und wenig Grün! Die Herren der Schöpfung haben eine Art, Baumkronen zu pflücken und Jahr für Jahr ihre Keller mit den Wiesen zu füllen, die von schlechtem Geschmack zeugt, und würden sie's nur bitte lassen, dann hätte ich das ganze Jahr hindurch das schönste Grün und nicht einen Wintermonat. Den Gradsinnigen scheint Irrsinn überflüssig – doch eine bin ich nur, und sie die »vierundvierzig«, kleine Frage der Arithmetik, die mich machtlos macht. Abgesehen hiervon, Katie, sind Anreize zum Besuch in Amherst wie gehabt – Ich lebe hier sehr angenehm auf hoher See, doch wird Dich Liebe zu mir rudern, sind ihre

Hände stark, und auf meine Ankunft warte nicht, denn ich geh auf der andren Seite erst an Land –

Emilie

Der Text beruht auf einer Abschrift, die Catherine Scott Anthon für Mabel Loomis Todd anfertigte. — Bemerkungen wie »Ich lebe hier sehr angenehm auf hoher See« häufen sich in Briefen aus den Jahren 1864 und 1865, als eine Augenentzündung Emily Dickinson sehr zu schaffen machte (vgl. Brief Nr. 107).

Nr. 59

An Susan Dickinson *ca. 1859*

Meine »Lage«!
Cole.

P.S. Um Mißverständnissen vorzubeugen: Die beklagenswerte Kreatur links bin ich, das Reptil *rechts* sind meine Nächsten und Liebsten.

Stets der Ihrige, Cole

Emily Dickinson versah ihre Botschaften gern mit visuellen Kommentaren, fügte Radierungen oder Textauschnitte aus Büchern hinzu, nutzte Blüten und Beigaben als humoristische Ergänzung zu Gedichten und Briefen. — Thomas Cole (1801–1848) war als Landschaftsmaler hochgeschätzt, er begründete die Hudson River School; der Journalist und Lyriker William Cullen Bryant (1794–1878) widmete ihm 1829 ein Sonett (»To Thomas Cole, the Painter, Departing for Europe«). — Über der Botschaft klebt ein Holzschnitt, herausgetrennt aus der Lesefibel »New England Primer«. Zu sehen ist ein von einem wolfähnlichen Ungeheuer mit gegabeltem Schweif verfolgter Jüngling, Versinnbildlichung des Buchstaben T: »Young Timothy / Learnt sin to fly« (der junge Timothy lernt, die Sünde zu fliehen). Hierzu schreibt Martha Dickinson Bianchi (1924, S. 156): »Am Morgen nach einem ausgelassenen Abend geschickt, an dem mein Großvater kurz vor der unerhörten Mitternachtsstunde plötzlich mit der Sturmlaterne erschien, um Emily von den Evergreens heimzuholen.«

Nr. 60

An Louise Norcross *Ende 1859*

Weil es heute schneit, liebe Loo, zu dicht für Unterbrechungen, pack Deine braunen Locken in den Korb und setz Dich her zu mir.

Ich nähe für Vinnie, und Vinnie fliegt durch die Flocken, um ein Käppchen zu kaufen. Ein wahrhaft märchenhafter Morgen also, und ich lege oft die Nadel weg und »baue mir ein Luftschloß«, was die Handarbeit behindert. Und wenn ich etwas länger träume und Dir rasch eine Zeile schreibe!, wer sollte es erfahren? Ich weiß von Dir nur wenig seit dem Oktobertag, als unsere Familien ausfuhren und Du und ich im Eßsalon beschlossen, wir sollten mal bedeutend sein. Es ist großartig, »groß« zu sein, Loo, und wir beide werden womöglich um ein Leben ringen und es doch nie erreichen, aber hindern kann uns niemand an der Aussicht, und Du weißt, es kann nicht jeder singen, doch der Garten ist voller Vögel, und lauschen können alle. Was, wenn *wir* es lernten, eines schönen Tages! Wer weiß?

Geht Ihr noch zu Fanny Kemble? »Aaron Burr« und Vater bezeichnen sie als »Tier«, während ich selbst vermute, solche Erscheinungen kenne keine Zoologie. Ich habe viele bemerkenswert *schlechte* Leser gehört, da wäre eine gute Leserin wie Feenzauber. Wann kommst Du wieder her, Loo? Du weißt doch, meine Liebe, daß Du eine der einzigen bist, vor denen ich nicht weglaufe! Eine Ottomane in meinem Herzen gehört Dir ganz allein. Alles Liebe Deinem Vater und Fanny.

Emily.

Louise (anderswo Louisa) Norcross und ihre Schwester Frances, Töchter der Lieblingstante mütterlicherseits, waren fast eine Generation jünger als Emily Dickinson und ihr dennoch sehr nah. Den Worten der Nichte

Martha Dickinson Bianchi zufolge war Louise Norcross »Tante Emily ähnlicher als irgend jemand sonst«. Dies ist der erste Brief der Dichterin an sie; Louise war 17, Frances 12 Jahre alt. Mit den Kusinen teilt Emily Dickinson das Interesse an der Literatur und die skeptische Haltung in Glaubensfragen, und auch die Norcross-Schwestern blieben zeitlebens zusammen und unverheiratet. Ihnen galt Emily Dickinsons letzte (erhaltene) Mitteilung vor ihrem Tod. — Die gefeierte Schauspielerin Fanny Kemble (1809–1893) trat nach ihrem Abschied von der Bühne 1849 als Shakespeare-Rezitatorin auf. (Henry Wadsworth Longfellow verfaßte ein Sonett »Auf Mrs. Kembles Vorlesungen aus Shakespeare«.) — Der Dickinson-Biograph Alfred Habegger (2002) datiert den Brief, anders als Thomas H. Johnson nach dem Auftrittsterminen Fanny Kembles im Bostoner Tremont Temple vom 9. Dezember 1859 bis zum 7. Januar 1860 auf den Jahreswechsel 1859/60. — Mit »Aaron Burr« (1756–1836), Vizepräsident unter Thomas Jefferson, ist vermutlich Aaron Warner, einstiger Rhetorikprofessor am Amherst College gemeint. — Die Norcross-Schwestern gewährten Mabel Loomis Todd, Herausgeberin der allerersten Gedicht- und Briefbände, keine Einsicht in Emily Dickinsons Briefe, sondern überließen ihr Abschriften nur von Briefen oder Briefpassagen ihrer Wahl.

Nr. 61

An Lavinia N. Dickinson *Ende April 1860*

Vinnie –

ich kann kaum glauben, was Deine Briefe von Tante Lavinia berichten und dem, was sie gesagt hat »kurz vor dem Ende«. Selige Tante Lavinia, nun; die Welt erlischt, und ich sehe nur ihr Zimmer und Engel, die sie in den weiten Landstrich im blauen Himmel tragen, von dem wir gar nichts wissen.

Dann schluchze ich und weine, bis ich mich kaum noch im Haus zurechtfinde, dann wieder sitze ich ganz still und frage mich, ob sie uns sieht, ob sie *mich* sieht, die gesagt hat, sie »liebe Emily«. Ach! Vinnie, es ist dunkel und wunderlich, da noch an Sommer zu denken! Wie liebte sie den Sommer!

Die Vögel singen wie zuvor. Ach! Gedankenlose Vögel!

Arme kleine Loo! Arme Fanny! Du mußt sie trösten.

Wärst Du bei mir, Vinnie, könnten wir zusammen von ihr sprechen.

Und ich glaubte, sie werde leben, ich wollte es so sehr, ich dachte, sie könnte nicht sterben! Wenn ich bedenke, wie still sie lag, als ich das kleine Brot buk und ihre Blumen band! Hast Du meinen Brief noch rechtzeitig erhalten, um ihr sagen zu können, wie gern ich tun will, worum sie bat? Mr. Brady kommt morgen und bringt für sie die Sandbeerzweige. Liebe kleine Tante! Wird sie herabsehen? Du mußt mir alles von ihr erzählen, was Du weißt. Hat sie meinen kleinen Strauß gehalten? So viele gebrochene Herzen müssen die Vögel singen hören, und viele kleine Blumen sprießen gerade so, als hätte die Sonne nicht für immer aufgehört zu scheinen! [...] Könnte ich Dich nur trösten! Könntest Du mich trösten, die weint über das, was sie nicht sah und niemals glauben wird. Ich will mir Mühe geben, Dich noch ein Weilchen zu entbehren, aber es ist so lang, Vinnie.

Nie hätten wir gedacht an jenem Morgen, als ich weinte, weil Du gingst, und Du aus anderen Gründen, daß wir noch bitterlicher weinen müßten, ehe wir uns wiedersähen.

Nun, jetzt ist sie in größerer Sicherheit als »wir wissen oder denken«. Müde kleine Tante, so friedvoll schlief sie nie! Klangvolle kleine Tante, jetzt singt sie, wollen wir hoffen, Lieder, wie kein Rotkehlchen süßre kennt.

Gutenacht, gebrochene Herzen, Loo, und Fanny und Onkel Loring. Vinnie, denk an

Schwester

Lavinia Dickinson blieb nach dem Tod der Tante am 17. April noch eine Zeitlang bei ihrem Onkel Loring Norcross und seinen Töchtern Louise und Frances. — Sandbeere ist einer der Namen der Epigaea regens, einer rosa blühenden Arbutusart (seit 1918 Staatsblume von Massachusetts).

Nr. 62

An Samuel Bowles *Anfang August 1860*

Lieber Mr Bowles.

Ich schäme mich. Ich habe mich schlecht benommen heute abend. Ich möchte im Staub sitzen. Ich fürchte, nun bin ich nicht mehr Ihre kleine Freundin, sondern Mrs Jim Crow.

Es tut mir leid, daß ich Frauen belächelt habe.

Wo ich die heiligen doch verehre, Mrs Fry etwa, Miss Nightingale. Ich will nie wieder närrisch sein. Vergeben Sie: achten Sie den kleinen Bob'o'Lincoln wieder!

Meine Freunde sind wenige. An den Fingern kann ich sie abzählen – und habe Finger übrig.

Es ist der Überschwang, Sie zu sehen – weil Sie so selten kommen, sonst wäre ich ernsthafter gewesen.

Gute Nacht, Gott wird mir verzeihen – wollen Sie es nicht *versuchen*?

Emily.

Bowles war in der ersten Augustwoche in Amherst gewesen, um über die Collegefeier zu berichten. — Welche Frauen Emily Dickinson »belächelt« haben mag – die Dichterinnen, deren Werk Bowles im *Springfield Republican* veröffentlichte, oder wie bei anderer Gelegenheit die jungen Damen des Amherster Nähzirkels – ist nicht bekannt. — Der Ausdruck »Jim Crow« geht auf einen frühen Minstrelsong von Thomas Dartmouth »Daddy« Rice aus dem Jahr 1832 zurück und wurde vor dem Bürgerkrieg (und vor den diskriminierenden Jim-Crow-Gesetzen) allgemein pejorativ für »Neger« gebraucht. — Mrs. Fry: Elizabeth Gurney Fry (1780–1845) Quäkerin und Vorkämpferin für Reformen im Strafvollzug; Miss Nightingale: Florence Nightingale (1820–1910) Pionierin der modernen Krankenpflege. — Bob'o'Lincoln ist eine andere Bezeichnung für den Bobolink.

Nr. 63

An Louise und Frances Norcross *Mitte September 1860*

Bravo, Loo, das Cape ist prachtvoll, und was kann ich Fanny Gutes tun für Ihre viele Mühe? Ich werde meine Bücher nehmen, in die Ecke gehen und Dank sagen! Glaubt Ihr denn, ich wollte »auf die Bretter«, daß ich eine solch elegante Toilette brauchte? Nun, es ist so. Bitte nicht weitersagen! Ob ich wohl Loo fürs dramatische Fach verpflichten kann, Fanny für Komödie? Ihr seid ein Paar Herzchen, und eine Freude wäre es, Euch zu sehen, in welcher Rolle auch immer. [...] Hüte alles wie einen Schatz, bis ich Euch sehe. Nie könnte ich vergessen, keine Bange! Sollte mich der Tod ereilen, würde ich zuletzt noch rufen: »Dr. Thompson!« und er: »Miss Montague!« Meine kleine Loo sehnte sich nach Heu in ihrem letzten Schreiben. Ich will ja nicht vorlaut sein, Liebes, aber vor dem ersten März wird's keines mehr geben, denn Dick hat alles auf niederträchtigste Weise in der Scheune versteckt, nur den Sonnenuntergang hat er nicht eingefahren, also bleibt Anreiz für meine kleinen Mädchen. Wir haben den einen oder anderen Himmel, der durchaus lohnte, und Bäume derart à la mode, daß Unsereins *passé* ist.

Ich denke viel an Euch vergangene Woche. Ich wußte, es konnte die selige Mama ja nicht wie sonst vor Andrang schützen und vor Fremden, und war daher sehr froh, daß Eliza bei uns war. Sie, wußte ich, würde meine Kinder wie schon so oft mich selbst vor Publikum bewahren und helfen, den tiefen Riß zu schmälern, der nie geschlossen wird. Liebe Kusinen, ich kenne Euch nun besser als bisher und habe Euch um so lieber, und es wird für Euch stets ein Stuhl im kleinsten Salon der ganzen Welt bereitstehen, sprich meinem Herzen.

Die Welt ist nur ein kleiner Ort, ein bißchen Rot am Himmel, bevor die Sonne steigt, drum laßt uns fest an Händen halten, damit uns, wenn die Vögel anheben, keine fehlt.

»Burnham« muß Fanny für einen Blaustrumpf halten. Tauschen möchte ich nicht mit ihr! Wenn es ihr unbehaglich wird, soll sie doch sagen, die Bücher seien für eine Freundin in Ostindien.

Ob Fanny so gut sein will, »Bell und Everett« meine Empfehlung auszurichten, wenn sie auf dem Weg zur Schule an dem Verein vorbeikommt? Es heißt, dort will man mich zur Vizegouverneurstochter machen. Wären es Katzen, würde ich sie an den Schwänzen ziehen, aber es sind nur Patrioten, also verzichte ich auf den Spaß. [...]

Alles Liebe dem Papa.
Emily.

»Vergangene Woche« ist nicht wörtlich zu verstehen; die Collegefeier lag über einen Monat zurück. — Dr. Joseph P. Thompson war einer der Festredner, und wie Emily Dickinson hier andeutet, mag er sie für eine ihrer Montague-Kusinen gehalten haben. — Zur Collegefeier waren die Freundin Eliza Coleman und ihr Verlobter John Dudley gekommen, den Emily Dickinson bei dieser Gelegenheit wohl kennenlernte; Eliza nahm sich der Norcross-Mädchen an. — In dem Bostoner Antiquariat »Burnham Antique Book Shop« besorgten die Norcross-Kusinen Bücher für Emily Dickinson. — Mit »Bell und Everett« ist die kurzlebige, am 12. Septemer gegründete (und am 18. wieder aufgelöste) Constitutional Union Party gemeint, für die John Bell und Edward Everett als Präsidentschafts- bzw. Vizepräsidentschaftskandidat zur Wahl antreten sollten. Edward Dickinson hatte ihr Angebot ausgeschlagen, im Falle eines Wahlsiegs den Posten des Vizegouverneurs von Massachusetts zu übernehmen.

Nr. 64

An Mrs. Samuel Bowles *um den 7. November 1860*

Nicht weinen, liebe Mary. Lassen Sie uns das für Sie tun; Sie sind zu müde. Wir können nicht wissen, wie dunkel es ist, aber wenn Sie hilflos auf hoher See treiben, werden Sie vielleicht weniger Angst haben, wenn wir sagen, daß wir da sind.

Die Wellen sind hoch, doch jede, die Sie bedeckt, bedeckt auch uns.

Liebe Mary, Sie sehen uns nicht, aber wir sind ganz nah bei Ihnen. Dürfen wir Sie trösten?

In Liebe,
Emily.

Die Bowles hatten drei totgeborene Kinder zu beklagen. Diese Zeilen wurden möglicherweise nach dem dritten Verlust geschrieben.

Nr. 65

Adressat unbekannt *Frühjahr 1861 (?)*

Ach, habe ich befremdet – ~~Wollte Es nicht, daß ich die Wahrheit sage~~ – kann Daisy – Daisy – befremdet haben – die jeden Tag ihr kleineres Leben demütiger (niederer) Seinem zubiegt – die nichts erbittet als – einen Dienst – etwas zu tun aus Liebe zu Ihm – irgendeine kleine Sache, die sie nicht kennt, zur Freude des Meisters –

Eine Liebe so groß, daß sie ihr angst macht, fährt in ihr kleines Herz – drängt alles Blut beiseite, bis sie (ganz) matt und weiß dem Ansturm im Arm liegt –

Daisy – die nicht mit der Wimper gezuckt hat während des schlimmen Abschieds, bloß ihr Leben ganz fest zusammengenommen, daß Er die Wunde nicht sähe – die Ihn in ihrem kindlichen Busen (Herz) geborgen hätte – nur war nicht genug Platz für einen so mächtigen Gast – diese Daisy soll – ihren Herrn bekümmert haben – und doch eckte es (sie) oft an – Vielleicht betrübte (genierte) sie Seinen Geschmack – vielleicht behelligte (inkommodierte) ihr kauzig rückständiges Leben (Benehmen) Seine feinere Natur (Sinne). All das weiß Daisy – aber muß sie ohne Gnade bleiben – lehre Er sie, Präzeptor, Huld – lehre Er sie Hoheit – Schwerfällig (dumm) in patrizischen Dingen – selbst der Zaunkönig im Nest lernt (weiß) mehr, als Daisy wagt –

Tief vor dem Knie, auf dem sie einst ~~königliche~~ wortlose Ruhe fand ~~kauert~~ kniet Daisy als Schuldige – nenn Er ihr ~~Vergehen~~ Fehler – Meister – so er ~~nicht so~~ klein genug ist, daß ihr Leben ihn aufwiegen kann, ist Daisy ~~sie~~ zufrieden – aber strafe Er sie und verbanne sie nicht – sperre Er sie ins Verlies, Sir – nur schwöre Er ~~Vergebung~~ – irgendwann – vor dem Grab – und Daisy will es zufrieden sein – Sie wird satt werden, wenn sie erwacht, an Seinem Bilde.

Staunen sticht mich mehr als die Biene – die mich nie stach – sondern munter mit Macht musizierte, wohin ich auch ging ~~ginge~~ – Staunen zehrt, und Er sagte doch, Daisy hätte nichts zuzusetzen –

Er läßt das Wasser in meinen braunen Augen Dämme brechen –

Ich habe einen Husten groß wie ein Fingerhut – aber das kümmert mich nicht – ein Tomahawk sitzt in meiner Seite, aber das schmerzt mich wenig ~~Wenn Er~~ Des Meisters Dolch ist schlimmer –

Will Er nicht zu ihr kommen – oder will Er ihr nicht erlauben, Ihn zu suchen, unbeirrt von ~~allem~~ weiten Wegen ~~in die Ferne~~, solange sie nur zu Ihm führen.

Wie plagt sich der Seemann, wenn sein Schiff sinkt – Wie ringen die Sterbenden, bis der Engel kommt. Meister – öffne Er Sein Leben weit und nehme mich für immer auf, nie will ich müde sein – nie will ich lärmen, wenn Er Ruhe wünscht. Ich will ~~froh wie~~ Sein braves Mädchen sein – niemand sonst soll mich sehen als Er – das genügt – mehr will ich nicht verlangen – und der Himmel wird mich nur enttäuschen – weil er nicht so teuer ist

Dies ist der zweite der Entwürfe zu Briefen an den »Master« in der Handschrift der Jahre zwischen 1858 und 1861. R.W. Franklin nimmt als Zeitpunkt der Niederschrift das Frühjahr 1861 an. Während die meisten Biographen, Richard Sewall etwa und Alfred Habegger, davon ausgehen, daß diese »Briefe« einen realen Adressaten hatten – ob Charles Wadsworth oder Samuel Bowles oder einen bisher Unbekannten –, gibt es auch die, die wie Judith Farr der Ansicht zuneigen, es handele sich um »Fingerübungen«. In jedem Fall sind es bewußt komponierte Texte, motivisch und stilistisch in gewisser Weise Vorstudien und Matrizen Dutzender Gedichte. Hier z.B. werden Rollen scharf gegeneinander abgesetzt, das Machtgefälle wird zum Mittel der Distanzierung, die Gefühlsintensität wird durch Stilisierung gebannt. So verwendet Emily Dickinson hier für sich selbst in ihrer Unschulds- oder Kleinmädchengestalt den Namen »Daisy«: im Englischen zugleich Bezeichnung für das Gänseblümchen und Kosename. Es fallen die kontrollierte Handhabung auf, das metaphorisch Paradigmatische, die metonymische Ökonomie, die Entpersönlichung durch den Gebrauch des sächlichen Pronomens »es«.

Nr. 66

Charles Wadsworth an Emily Dickinson *ohne Datum*

Meine Liebe Miss Dickenson

Über die Maßen bekümmert mich Ihre Nachricht, die mich soeben erreicht – ich kann nur vermuten, was Sie durchlitten haben oder leiden.

Glauben Sie mir, was es auch sei, Sie haben mein ganzes Mitgefühl und meine inständigen Gebete.

Die große Besorgnis veranlaßt mich, nach der genauen Art Ihrer Prüfung zu fragen – und obgleich ich kein Recht habe, mich Ihnen in Ihrem Kummer aufzudrängen, bitte ich Sie doch zu schreiben, und sei es nur ein Wort.

Eiligst
Sehr herzlich und
ergebenst der Ihre –

Thomas H. Johnson druckt diese Zeilen in seiner dreibändigen Briefausgabe wie hier unmittelbar nach dem (zweiten) »Master«-Brief ab und suggeriert somit einen Zusammenhang, den es vermutlich nicht gibt. Jay Leyda zufolge wurde die Botschaft viel später geschickt, nämlich vor dem Tod Samuel Bowles' Ende 1877 (Leyda I lxxvii).

Nr. 67

An Samuel Bowles *Frühjahr 1861*

Höchster Rang – zuerkannt!
Kein Ring – als Unterpfand!
Schmerzlich Grad – mir Prädikat – ja –
Gloria Golgatha!
Hoheit – ohne den Thron!
Hochzeit – bis auf die Ohn-
Macht als Gottes Lohn –

Wo sich – gesellt – Granat zu Granat –
Gold – zu Gold –
Traum – Haube – Totenkleid –
Auf ein Mal –
Dreifacher Sieg –
Da *Sie* sagt – Mein Gemahl!
Streichelt die Melodie –
Ist *das* die Wahl –

Dies war – was ich zu »sagen« hatte – Sie sagen es nicht weiter? Ehre ist ihr eigenes Pfand –

R. W. Franklin führt das Gedicht als Nr. 194A. — Was Emily Dickinson dem Freund Samuel Bowles hier anvertraut, das Geheimnis einer Liebe oder das Bekenntnis zu sich selbst als Dichterin, bleibt offen. 1861/62 entsteht ein ganzer Zyklus solcher Passionsgedichte. Später, als der aus Europa zurückgekehrte Bowles Anfang Januar 1863 folgendermaßen an Austin schreibt: »Den Mädchen & allen herzliche Grüße – Vinnie – dito. – & Ihrer Eremitischen Hoheit meine Teilname – daß sie die ›Welt überwunden‹ hat. – Ob es wirklich wahr ist, daß sie im Himmel dieselben Hymnen singen, frage sie; und ob Löwenzahn, Narzissen oder ›Jungferntrost‹ die vorzüglichen Blumen des Ätherischen seien?«, empfindet Emily Dickinson den indiskreten Hinweis, die mögliche Bloßstellung vor dem ihr nicht mehr so nahestehenden Bruder, als Verrat.

Nr. 68

An Samuel Bowles *Juni 1861*

Lieber Freund

Hätten Sie – und sei's nur einen Augenblick – an meinem Schnee gezweifelt – Sie werden es nicht mehr – das weiß ich –

Weil ich es nicht sagen konnte – hab ich's in Versen festgehalten – die Sie lesen können – wenn Ihr Geist Füße wie der meinen bedarf –

Die Engstelle des Leids passiert –
Gefaßt – der Märtyr Tritt.
Die Fersen – auf Versuchung –
Die Augen – fest auf Gott –

Geläutert – stolz – die Reihen –
Die Zweifels Schatten – streift –
Harmlos – wie an Planeten Rand –
weit – ein Kometenschweif –

Ihr Glaube – Treugelöbnis –
Die Aussicht – wie erhofft –
Die Nadel – quert zum Norden hin –
Grad – so – polare Luft!

Das Gedicht führt R.W. Franklin als Nr. 187B. — Die erste Zeile erinnert an Matth. 7,14: »Und die Pforte ist eng, und der Weg ist schmal.« — Am 1. Juni war im *Springfield Daily Republican* ein Essay der für die Literaturseiten verantwortlichen Fidelia H. Cooke mit dem Titel »Over the Border« erschienen, Betrachtungen zum schmalen Grat zwischen Tugend und Laster. »Manch brave Frau«, hieß es dort, »erkundet mit ›neugierigen Füßen‹ jeden Zoll des zweifelhaften Terrains, das ihre klügeren Schwestern wohlweislich meiden.«

Nr. 69

Adressat unbekannt *Sommer (?) 1861*

Meister.

Träfe eine Kugel einen Vogel direkt vor Ihren Augen – und er versicherte, er sei unverletzt – würde der Kavalier Sie wohl zu Tränen rühren, aber sein Wort müßten Sie doch anzweifeln.

Ein Tropfen von dem Einschuß noch, der den Busen Ihrer Daisy färbt – würden Sie dann *glauben*? Thomas' Glaube an die Anatomie war größer als sein Gottvertrauen. Gott hat mich gemacht – ~~Sir~~

Meister – mein Sein ist nicht – mein Werk. Ich weiß nicht, wie's geschah. Er hat das Herz in mir gebaut – das mir nach und nach entwuchs – und wie die kleine Mutter – mit dem großen Kind – wurde ich das Tragen müde. Ich hörte von einer Sache, die sich »Erlösung« nennt – und Frau'n und Männern Frieden schenkt. Sie erinnern sich doch, daß ich Sie darum bat – Sie gaben mir etwas anderes. Ich vergaß die »Erlösung« ~~der Erlösten – ich habe es Ihnen lange nicht gesagt, aber ich wußte, Sie hatten mich verändert~~ – und war nimmer – müde – ~~so teuer wurde der Fremde mir, daß ich, stünde ich vor der Wahl – er oder mein Atem – ihn unbekümmert lassen würde~~ Ich bin älter – an diesem Abend, Meister – doch die Liebe ist gleich – wie Mond und Sichel auch. Wenn Gott gewollt hätte, daß ich atmete, wo Sie atmen – und den Ort – selbst – fände – bei Nacht – wenn ich nie vergessen (kann), daß ich nicht bei Ihnen bin – und Kummer und Frost näher sind als ich – wenn ich mit einer Macht, die ich nicht bezwingen kann, wünschte, mein wäre der Platz der Königin – dann ist die Liebe zum Plantagenet meine einzige Entschuldigung – Näher zu kommen als Presbyterien – näher als der neue Rock – aus der Hand des Schneiders – der Streich des Herzens im Spiel mit dem Herzen – so heilig feierlich – ist mir versagt – Sie zwingen mich zur Wiederholung – ich fürchte, Sie lachen, wenn ich es nicht sehe – ~~doch~~ »Chillon« ist kein Spaß. Haben Sie ein Herz in der Brust – Sir – sitzt es wie meines – etwas links von der Mitte – ahnt es Schlimmes – wenn es nachts erwacht – vielleicht – sich selbst – ein Tamburin – sich selbst ein Tönen?

All dies ist ~~ehrfurchtgebietend~~ heilig, Sir, ich rühre ~~ehrfürchtig~~ geheiligt daran, doch Menschen, die beten – dürfen es wagen zu sagen: »Vater Unser!« Sie finden, ich offenbarte nicht alles – Daisy hat gebeichtet – und leugnet nicht.

Ein Vesuv spricht nicht – oder Ätna – einem entschlüpfte – vor tausend Jahren – eine einzige Silbe, und Pompeji hörte und verbarg sich für immer – Es konnte der Welt nicht mehr vor Augen treten – scheint mir – Scheues Pompeji! »Sprechen Sie mir von dem Verlangen« – Sie wissen doch, was ein Blutegel ist? – und ~~bedenken Sie~~ Daisys Arm ist zart – und Sie haben doch schon den Horizont empfunden – und ist nie das Meer – Ihnen so nah gekommen, daß Sie tanzten?

Ich weiß nicht, was Sie für es tun können – danke – Meister – doch bedeckte ein Bart meine Wangen – wie Ihre – und Sie hätten Daisys Blütenblätter – und empfänden so für mich – was würde aus Ihnen? Könnten Sie mich vergessen im Gefecht, auf der Flucht – in fremden Landen? Könnten nicht Carlo, Sie und ich eine Stunde über die Wiesen gehen – und niemand sich kümmern als der Bobolink – und seine doch silberne Skrupel? Einst glaubte ich, wenn ich stürbe – könnte ich Sie sehen – also starb ich, so schnell ich nur konnte – doch die »Gemeinschaft« kommt auch in den Himmel und ~~die Ewigkeit~~ wird keine Abgeschiedenheit bieten – Sagen Sie, daß ich auf Sie warten darf – sagen Sie, daß ich nicht mit Fremden in die für mich unerprobte ~~Lande~~ Herde gehen muß – ich habe lange gewartet – Meister – aber ich kann weiter warten – warten, bis mein Kastanienhaar gescheckt ist – und Sie am Stock gehen – dann sähe ich auf die Uhr – und wenn der Tag zu fortgeschritten wäre – könnten wir es mit dem Himmel wagen – Was würden Sie mit mir anfangen, käme ich »in Weiß«? Haben Sie eine kleine Truhe, um die Lebenden abzulegen?

Ich möchte Sie mehr sehen – Sir – als alles auf der Welt – und der Wunsch – leicht gewandelt – bleibt mein einziger – für den Himmel.

Könnten Sie nach Neuengland kommen – ~~diesen Sommer könnten~~ würden Sie nach Amherst kommen – Wollen Sie kommen – Meister?

~~Würde es schaden – doch beide fürchten wir Gott~~ Würde Daisy Sie enttäuschen – nein – würde sie nicht – Sir – es wäre Trost für immer – nur in Ihr Gesicht blicken zu dürfen, und Sie in meines – dann könnte ich im Wald spielen, bis es dunkelt – bis Sie mich hinführten, wo uns der Sonnenuntergang nie fände – und die Aufrechten eintreffen – bis die Stadt voll ist. ~~Wollen Sie mir nicht sagen, ob Sie willens sind?~~

Ich versäumte, es Ihnen zu sagen, Sie sind nie »in Weiß« zu mir gekommen, noch haben Sie mir je gesagt, warum

Rose nicht, doch fühlt ich mich blühen,
Vogel nicht – doch schwebe in Äther –

Dieser Text, ein Entwurf in Bleistift, fand sich in Emily Dickinsons Nachlaß. Ursprünglich von Johnson nur ungefähr auf »ca. 1861« datiert, verlegt R.W. Franklin ihn in den »Sommer 1861«. Es ist nicht bekannt, ob eine Reinschrift jemals angefertigt oder abgeschickt wurde. Weitere »Master«-Briefe: Nrn. 45 und 65. — Robert Graham Lambert Jr. (1996) sieht eine Verbindung zwischen der verleugneten »Verletzung« eingangs und dem Gedicht »A Wounded Deer – Leaps Highest«, (Nr. 181B), in dessen dritter Strophe es heißt: »Mirth is the Mail of Anguish – / In which it cautious Arm, / Lest Anybody spy the blood / And »you're hurt« exclaim!« — Den Beinamen »Plantagenet«, hier metonymisch verwendet für König/Gebieter, entlehnt die Shakespeare-Verehrerin Emily Dickinson vermutlich der Lancaster- bzw. York-Tetralogie. (Heinrich, Sohn des Grafen Geoffroi V. von Anjou, bestieg 1154 den englischen Thron und begründete damit das Königshaus Plantagenet, das bis 1485 regierte.) Am Ende des Absatzes spielt Emily Dickinson an auf das Gedicht »Der Gefangene von Chillon« des englischen Romantikers Lord Byron (1788–1824), das so beginnt: »Der fessellosen Seele ew'ger Geist, / Freiheit! wie leuchtend du in Kerkern bist, / Weil dort das Herz deine Heimath ist, / Das nur in deinem Band sich glücklich preißt!« (dt. Alexander Neidhardt). Sie bezieht sich in ihren Briefen insgesamt fünfmal auf dieses Gedicht. — Alfred Habegger sieht Parallelen zwischen dem Brief und dem Gedicht Nr. 309, dessen zweite Strophe lautet: »Stab the Bird – that built in your bosom – / Oh, could you catch her last Refrain – / Bubble! ›forgive‹ – ›Some better‹ – Bubble! / ›Carol for Him – when I am gone‹!« — Die Vesuv-Passage wiederum scheint auf das Gedicht »I have never seen ›Volcanoes‹« (Nr. 165) zu verweisen. — Dem Dickinson-Biographen Richard B. Sewall zufolge ist im Original der Vers am Ende (Nr. 190) so markiert, als hätte er weiter oben hinter »nimmer müde« eingefügt werden sollen. Ruth Miller dagegen beläßt ihn am Ende als dramatischen Schluß, der noch einmal die Vogel-Metapher aufgreift. Miller hält diesen dritten »Master«-Brief für eine erste Reaktion Dickinsons auf einen Artikel im *Springfield Republican* (»What Should We Write«), in dem vor zuviel »Gefühligkeit« gewarnt wird und den die Dichterin als vernichtende Kritik an ihrer Kunst aufgefaßt haben soll. — Mit Carlo meint Emily Dickinson ihren Hund.

Nr. 70

An Samuel Bowles *um Weihnachten 1861*

Lieber Mr Bowles.

Ich kann Ihnen nicht mehr danken – Sie sind so vielmals aufmerksam, daß ich mich Ihretwegen *nur noch* gräme. *Taub* sind die alten Worte – und *neue gibt* es nicht – die Tränke – wird unnütz – bei *Flut* –

Wenn Sie nach Amherst kommen, wollte Gott, es wäre *heute* – will ich Ihnen von dem Bild sprechen – wenn ich *kann*, tu ich's –

»*Sprechen*« ist Posse im *Parlament* –
»*Tränen*« – ein *Nerven*trick –
Doch das Herz, das die ärgste Fracht trägt –
Bewegt – manchmal – nichts –

Emily.

Das Briefdatum wurde nach R. W. Franklin von 1862 auf 1861 korrigiert; die Verse führt R. W. Franklin als Gedicht Nr. 193. — Seit Februar litt Samuel Bowles an Ischias. Zu Weihnachten erhielt Emily Dickinson von ihm eine Photographie, auf der er offenbar sehr verhärmt wirkte.

Nr. 71

An Louise und Francis Norcross *vermutlich 1861*

[…] Schicke einen Sonnenuntergang für Loo, bitte sehr, und einen Krokus für Fanny. Der Schatten hat keinen Stengel, ihn konnten sie daher nicht pflücken.

[…] D hat voller Gier von *Harper's Magazine* gezehrt, als er hier war. Vielleicht bleiben ihm daheim nur Martin Luthers Werke. Es ist eine Strafe, Junge in einem frommen Ort zu sein, möge ihm vergeben werden.

[…] Sehendes Leid, das wir nicht lindern können, macht uns zu Teufeln. Trügen Engel unter ihren Silberjäckchen Herzen, müßte derglechen sie weinen machen, doch der Himmel ist so kalt! Gütig wird mich nie anmuten, daß Gott, der alles bedingt, solch kleine Bitten abschlägt. Sie können seiner Herrlichkeit nicht schaden, es sei denn, sie wären von der einsamen Sorte. Fast muß ich es befürchten.

[...] Ich danke Euch die Margerite. Mit der Natur am Ausschnitt wird mir das Frühjahr gar nicht fehlen. Was müßte aus uns werden, Liebes, machte nicht Liebe unsere Patzer wett?

[...] Ich fürchte, mit dem Heim ist es bald aus, sage jedoch nichts von der bösen Ahnung. Sie sind so glücklich, wißt Ihr. Gerade das macht zweifeln. Der Himmel spürt gern jene auf, die ihn hienieden finden, dann schnappt er zu.

Scheint, als hätt sich Emilys Geist verwirrt – oder weht nur, wo er will. An geistreichen Gesichtern jedenfalls fehlt es nie lang in unserer Gegend.

[...] Eure Briefe sind sehr wahr, genau der gewundene Weg, den andre Kinder vor Euch gingen, manche bis zum Ende, einige nur ein kleines Stück, gerade bis zur Gabelung. Von Mrs. Brownings Ohnmacht wissen wir nicht erst seit *Aurora Leigh* und der englischen Tante, und George Sand ermahnte man, »im Schlafgemach der Großmutter keinen Mucks zu tun«. Arme Kinder! Frauen nun, Königinnen! Und eine im Eden Gottes. Das mögen sie vergessen haben, wer weiß daher, ob nicht auch wir, kleine Sterne aus derselben Nacht, schließlich aufhören zu funkeln? Nur Mut, kleine Schwester, Zwielicht ist lediglich der kurze Steg, und am Ende steht der Mond [Morgen]. Wenn wir ihn nur erreichen! Und doch, sähe er uns der Ohnmacht nah, er hielte uns die gelben Hände hin.

Die einzelnen Passagen der Abschrift, die die Norcross-Kusinen der Herausgeberin Mabel Loomis Todd überließen, können nicht aus ein und demselben Brief stammen, denn es wird immer wieder nur eine Person angesprochen. Der letzte Absatz muß nach dem Tod Elizabeth Barrett Brownings Ende Juni 1861 geschrieben worden sein. — Mond [Morgen]: Hier ließ EDs Handschrift keine eindeutige Entscheidung zwischen *moon* und *morn* zu. — Barrett Brownings Blankversroman *Aurora Leigh* (1857) über eine englisch-italienische Dichterin, die für Frauenrechte und soziale Gerechtigkeit kämpft, besaß für Emily Dickinson große Bedeutung: sie identifizierte sich bis zu einem gewissen Grad mit Barrett Brownings Figur, die sich gegen viktorianische Vorurteile wendet und um ihre künstlerische Identität ringt; in ihren Briefen spielte Emily Dickinson mehrfach auf das Werk an, eines ihrer eigenen Gedichte »I'm wife – I've finished that –« (Nr. 225) macht Anleihen bei den Sonetten XIII und XXVII aus Barrett Browning *Sonette aus dem Portugiesischen.* Zwei weitere Gedichte Dickinsons, »Her – ›last Poems‹ –« (Nr. 206) und »I think I was enchanted« (Nr. 696), sind – auch – Hommagen an Barrett Browning.

Nr. 72

An Susan Gilbert Dickinson *Sommer 1861*

Fest baut auf Alabaster Stellung –
Da kein Tag bricht
Und Licht nicht ein –
Der Schlaf der Gerechten auf Auferstehung –
Pfeiler aus Seide – First von Stein.

Hell lacht ein Hauch
In den Himmelshallen
Murmelt die Hummel ins sture Ohr –
Flötet der Vogel unschuldig klangvoll –
Ach, was die Welt hier an Witz verlor!

Das Gedicht führt R.W. Franklin als Nr. 124B (Fassung von 1858). — Da sich Susan Dickinson von der zweiten Strophe wenig angetan zeigte, schickte Emily Dickinson eine weitere Fassung Nr. 124C (von 1861):

Fest hält die Alabaster Stellung –
Da kein Tag bricht
Und Licht nicht ein –
Die getreue Gefolgschaft der Auferstehung –
Pfeiler aus Seide – First von Stein!

Groß gehen die Jahre – der Sphären – darüber –
Welten umsegeln
Der Sternhimmel See
Diademe – dunkeln – Dogen – verdämmern –
Stumm rieselnd – Punkte im Rund von Schnee.

Vielleicht gefallen Dir diese Zeilen besser – Sue –

Emily

Susan Gilbert Dickinson daraufhin an Emily Dickinson:

Mir sagt die zweite Strophe nicht recht zu, liebe Emily – Sie ist staunenswert, wie es die grellen Blitzstaffeln am Südhimmel sind, die uns in heißen Nächten blenden, aber sie paßt weniger gut zum gespenstischen Schimmer der ersten Strophe als die vorige – Und da will mir plötzlich scheinen, die erste Strophe genüge sich selbst und brauche, ja vertrage keine zweite – Fremdes steht immer für sich – wie es nur einen Gabriel gibt und eine Sonne – Diese Strophe sucht ihresgleichen, und ich *vermute*, in Deinem Reich möglicherweise vergeblich – Sobald ich nur daran denke, eile ich gleich an den Kamin, um mich zu wärmen, aber warm wird mir *nie mehr* – Die Blumen leuchten und duften und machen Anstalten, einen zu küssen – ah, sie erwarten einen Kolibri – Für sie Dank – und Dank nicht nur aus Höflichkeit – Denkst du nicht auch manchmal, daß es mehr letztlich nicht gibt? – »Herr, daß ich sehen kann.«

Susan ermüden die *Lätzchen* für ihren Spatz – ihre Wonne – mag er meine Wangen im Alter rosig machen –

[…]

Sue –

Pony Express

Emily Dickinsons Antwort (mit Nr. 124D):

Ist es so frostiger?

März – zerrt – an Simsen –
Der – Hall aber – starrt –
Harsch – ist das Fenster –
Taub – ist die Tür –
Stammväter Staub – in marmornen Lagern –
Zeitalters Säulen – Trümmer nur mehr –

Liebe Sue –

Dein Lob gilt – für mich – weil ich *weiß*, daß es *weiß* – und *annehme* – daß es *meint* –

Könnt ich Dir und Austin – eines Tages – Ehre machen – in weiter Ferne – mir wüchsen stolzere Füße –

Hier ein Krumen – für den »Spatz« – und ein Zweiglein für sein Nest – gerade *eben* – *»Sue«*.

[...]

Emily.

Dieser kurze Austausch zwischen Emily Dickinson und ihrer Schwägerin Susan Gilbert Dickinson gehört zu den seltenen Fällen, in denen tatsächlich ein Brief*wechsel* erhalten ist, und er bleibt das einzige Beispiel für die Erörterung eines entstehenden Gedichts. Weil das so ist, sollen an dieser Stelle die Originalstrophen angeführt werden: »Safe in their Alabaster Chambers / Untouched by morning [Morning –] / And untouched by noon, [Noon –] / Sleep [lie] the meek members of the Resurrection, / Rafter of satin / And Roof of stone. [Rafter of Satin – and Roof of Stone –] // Light laughs the breeze / In her Castle above them, / Babbles the Bee in a stolid Ear, / Pipe the Sweet Birds in ignorant cadence, – / Ah, what sagacity perished here! // Grand go the Years – in the Crescent – above them – / Worlds scoop their Arcs – / And Firmaments – row – / Diadems – drop – and Doges – surrender – / Soundless as dots – on a Disc of Snow – // Springs – shake the sills – / But – the Echoes – stiffen – / Hoar – is the Window – / And numb – the Door – / Tribes of

Eclipse – in Tents of Marble – / Staples of Ages – have buckled – there« — Neue Pflichten ließen Susan Dickinson nun weniger Zeit für die Belange der Schwägerin, und so verlor die Ratgeberin, die in den vorausgehenden drei Jahren gut 60 Gedichte von Emily Dickinson erhalten hatte, an Bedeutung, als die Dichterin sich wenig später an Thomas Wentworth Higginson wandte. — Das Zitat am Ende der Botschaft Susan Dickinsons ist Luk. 18, 41 — Als Sue ohne Rücksprache für die Veröffentlichung des Gedichts im *Springfield Daily Republican* sorgte, schickte sie die »Hummel«-Strophe ein, Emily Dickinson hingegen ließ Higginson mit ihrem ersten Brief Anfang 1862 die »Schnee«-Version zukommen. Die neue Strophe weist nach Ruth Miller interessante Verbindungen zu Beiträgen im Februar-Heft des *Atlantic Monthly* auf: einem Essay Higginsons mit dem Titel »Schnee« (»[...] glitzerndes Geschmeide, Kränze und Tiaren funkelnden Eises säumen es, kein königlicher Palast blitzt so vor Kolliers wie dieser winterliche Ballsaal«) wie auch seinem Gedicht »Midwinter«, in dem der Schnee mit Alabaster verglichen wird. Der *Atlantic Monthly*, den auch Emily Dickinson von der ersten Nummer im Jahr 1857 bis zu ihrem Tod 1886 regelmäßig las, war eine intellektuell und sozial fortschrittliche Monatszeitschrift, die wichtige Essays zu längst kanonisierten, aber auch zeitgenössischen amerikanischen, englischen und europäischen Künstlern und Denkern druckte. Zu ihren Gründern gehörten Ralph Waldo Emerson, Henry Wadsworth Longfellow, Oliver Wendell Holmes und James Russell Lowell. — In der letzten Nachricht an Susan Gilbert Dickinson zeigt sich sehr deutlich der Hintersinn der Dickinson-Vokabel »Fuß [Füße]«, die neunmal in den Briefen vorkommt.

Nr. 73

An Susan Gilbert Dickinson *etwa 1861*

Schlag denn – *ich* – zu die Tür –
Weil *mein* beschwörend Blick – sonst noch –
Verhungern – könnt – an *ihr*?

Die Verse führt R.W. Franklin als Gedicht Nr. 188. — Veränderte Umstände, die eigenen familiären Belange und Sorgen lassen Emily Dickinsons Schwägerin Susan Gilbert Dickinson weder die Zeit noch die Geduld, den –

übersteigerten – Erwartungen der Dichterin zu genügen. Die beiden Frauen gehen zunehmend auf Distanz.

Nr. 74

An Samuel Bowles *Oktober 1861*

Sollten Sie gemeint haben, daß mir nicht daran lag – weil ich mich fernhielt gestern, mir *lag* dran, Mr Bowles. Um Ihre Genesung bete ich – jeden Morgen – zu »Alla« – doch mich bedrückte etwas – und ich wußte, Sie brauchen Licht – und Luft – also kam ich nicht. Noch bilde ich mir ein, daß Sie mich *bemerkten* – nur wär mir unerträglich, wenn Sie, wenn Mary, mir so gut – mich für nachlässig hielten – Wenig ist allemal – was wir den Unseren tun können, und das müssen wir – flugs – auf daß uns nichts *entfleucht*! Lieber Freund, ginge es Ihnen doch gut –

Es grämt mich, bis mir Worte fehlen, daß Sie so leiden. Kommen Sie wieder? Was darf ich Ihnen bringen? Meinen kleinen Balsam übersehen selbst weise Augen leicht, wissen Sie – Vielleicht hilft, wie der Wind ein Schild wiegt, wie die Kavallerie Löwenzahn fliegt – Ich *hab* sie – wenn's beliebt!

Mehr wollte ich nicht sagen – Verwandte brauchen keine Worte – aber verlassen kann sich »Swiveller« stets auf die

»Marquise«

Liebe Grüße an Mary.

Samuel Bowles unterzog sich zu dieser Zeit seiner Ischiasbeschwerden wegen bei Dr. Denniston in Northampton einer Bäderkur. — Emily Dickinson, die allmählich erkennt, daß auch Bowles ihr nicht die Aufmerksamkeit widmen kann, die sie sich so sehnlich wünscht, schützt ihn und sich durch Rückzug vor Enttäuschungen. — Swiveller und die Marquise sind Figuren aus Dickens' *Raritätenladen*.

Nr. 75

An Samuel Bowles *Anfang Dezember 1861*

Lieber Mr Bowles.

Es dauert Uns – daß Wir nun im benachbarten Northampton – keinen Freund mehr haben – und die fremde Miene wie ehedem die Hügel trübt – *dort* – Es wird uns wackre Nachricht sein – wenn Unser Freund gesund ist – wenngleich »Geschäfte« wenig Raum lassen werden für die angenehmere Sorte.

Die Weihe – von Schmerz – läßt einen zögern zu genesen – ist doch der Unterschied – weit – wie zwischen *Maschinen* und *Madonnen*. Hoffen wir, daß keine Stadt unserem Freund – das »Helena«-Gefühl verleiht.

Käfige – eignen sich für *Schweizer* – nicht so gut wie steile Luft.

Wenn des Vaters Vögel nicht allesamt auf einmal singen, dann deshalb, meine ich, weil sie den *Preis* der *Musik* bezeugen – doch zweifellos erringt auch der Zaunkönig am Ende seine »Palme« –

Die Perle gewinnt man – um den Preis des Atems – doch bleibt sie unbestreitbar – mag sie den Osten streifen!

Lieber Mr Bowles – Wir sagten schon, daß Wir nie *beten* lernten – doch Unser sommersprossiger Busen trägt seine Freunde – auf eigene Weise – in einen schlichteren Himmel – und oftmals vertrauen Wir ihren Schmerz der »Jungfrau Maria« an.

Jesus! Dein Kruzifix
Verrät Dir sicherlich
Geringeres –

Jesus! Dein *zweites* Gesicht
Erinnere Dich – im Paradies –
An Unseres.

Emily.

Die Verse führt R.W. Franklin als Gedicht Nr. 197A. — Bowles brach (noch nicht ganz von seiner Ischias kuriert) von Northampton auf, um seine schwangere Frau vor der Niederkunft Mitte Dezember in die Obhut eines

New Yorker Arzts zu übergeben. — »Schweizerisch« ist für Emily Dickinson, was erhaben oder auch entrückt erscheint; schon 1859 war das Gedicht »Our lives are Swiss – » entstanden (bei Franklin Nr. 129). — Emily Dickinson spricht in ihren Briefen häufig davon, daß sie nicht zu beten gelernt habe (so z. B. Nrn. 86, 96, 97).

Nr. 76

An Edward S. Dwight *Dezember 1861*

Lieber Freund.

Wir dachten, in Ihrem Kummer – sei Ihnen vielleicht lieber, es spreche niemand – doch lieber wollen wir gehen, wenn unser Freund *fröhlich* ist – Ungern wenden wir Uns ab vom Auge voller Tränen – noch dazu – wenn es stets so freundlich auf Uns ruhte – das fällt schwerer – Vermutlich kann Ihr Freund – *der Fremde* – besser trösten als wir alle – doch das liegt in der Dämmerung – für mich – und so klopfe ich heute abend – an die ferne Tür der Bibliothek – die mir früher offenstand – wenn Sie aber lieber niemand sehen – brauchen Sie nicht »Herein!« zu sagen.

Dieser Winterabende – entsinne ich mich gut der Abende bei Ihnen – und bei ihr – in der »Pfarrei« – und das Feuer prasselt – noch – und rötet ihre Wangen sanft – während wir reden und lachen – und dann senkt mein Blick sich hin zum tiefen Schlaf – den sie schläft – und es versperrt sich mir die Kehle. Vermutlich ist es besser – wo sie ist – und heiliger – und fester – doch ist die kleine Freundin mir lieber dort, wo ich ihr Antlitz sehe, und *das* ist weit –

Heute nahm ich ihre Briefe – ein schmales Bündel hatte ich – entsprungen feiner Dankbarkeit für unerhebliche Dienste – ich hob sie an die Lippen – ich barg sie in meinem Herzen – um sie neu zu beleben – und dann liefen die Tränen so – daß ich fürchtete, sie zu verwischen – denn sie waren bloß in Bleistift – also legt ich sie zurück. Die Zeilen – und der kleine Tennyson – in den sie meinen Namen schrieb – sind alles, was mir von ihr bleibt – doch an so einem teuren Leben ist alles – Gedenken – und an die Erinnerung – wende ich mich – nun – jeden Tag – wie an ein scheues Bildnis – Ich finde Freunde traurig – sie brechen einem stets das Herz – und doch – gäbe es keine – wäre das Herz aus dem Geschäft.

Ich hoffe, Annie und Ned – sind wohlauf – Richten Sie ihnen aus – die Dame, die Mama liebhatte – vergißt *sie* nicht –

Vater und Mutter sprechen – mit steter Zuneigung – von Ihnen – und würden sich – wann immer Sie mögen – freuen, Sie zu sehen.

Mr und Mrs Sweetser und gewiß noch viele andere, die ich nicht kenne, denken – ebenfalls – an Sie – Ich hoffe, Mrs Waterman befindet sich wohl – grüßen Sie sie von mir und sagen Sie ihr, ich werde stets an ihre Tochter denken.

Herzl.
Emily

Der von allen Mitgliedern der Dickinson-Familie hochgeschätzte Reverend Edward Strong Dwight war bis zum Sommer 1860 Pastor der First Church in Amherst gewesen: Emily Dickinson hielt auch nach seinem durch den Gesundheitszustand seiner Frau Lucy erzwungenen Rücktritt Kontakt mit dem Paar. Lucy Dwight war am 11. September 1861 in Maine gestorben. — Obwohl von Winternächten die Rede ist, ging der Brief wahrscheinlich dem vom 2. Januar 1862 (Nr. 78) voraus. — Mrs. Waterman war die Mutter der verstorbenen Mrs. Dwight.

Nr. 77

An Louise Norcross *31. Dezember 1861*

[…] Dein Brief kam nicht mehr überraschend, Loo; ich wischte Graupel von Augen, die mit ihm vertraut sind – sah noch einmal hin, um mich zu vergewissern – und nahm die Nadel für den Putz an Mutters Kleid wieder auf. Ich glaube, ich nähte schneller im Wissen, daß Du nicht kommen wirst, meine Finger hatten sonst ja nichts zu tun […] Komisch, daß ich, die so oft »nein« sagt, das Wort von anderen nicht ertrage. Komisch, daß ich, die vor so vielen wegläuft, nicht dulde, daß sich jemand von mir abwendet. Komm, wann Du magst, Loo, die Herzen sind hier nie verschlossen. Ich weiß nicht mehr, wer »Mai« ist. Ist das der neben dem April? Der Monat für die Azaleen?

Mrs. Adams erhielt heute die Nachricht vom Tod ihres Jungen, verwundet in Annapolis. Das Telegramm kam von Frazer Stearns. Du erinnerst Dich doch an ihn? Ein weiterer starb im Oktober – am Fieber, das er sich im Feldlager geholt hatte. Mrs. Adams hat seither das Bett nicht mehr verlassen. »Frohes neues Jahr« muß sachte über solche Schwellen treten! »Tot! Beide Söhne! Einer im Osten am Meer erschossen, einer im Westen vom Meer.« [...] Der Herr sei gnädig! Frazer Stearns bricht eben aus Annapolis auf. Sein Vater ist ihm heute entgegengefahren. Ich hoffe nur, daß sein frisches Gesicht nicht gefroren heimgebracht werde. Armer kleiner Witwensohn, der heute nacht im wilden Wind heimkehrt auf den Friedhof, wo er zu ruhen sich niemals träumte! Ach! Traumloser Schlaf!

Hast Du den Brief erhalten, den ich Montag vergangener Woche schickte? Du hast ihn nicht erwähnt, und das macht mir Sorgen, ein paar Zeilen habe ich letzten Sonntag losgeschickt; und die? Loo, ich hatte mich so sehr auf Dich gefreut, nun lege ich Dich mit heißeren Tränen weg, als ich für viele andere habe. Willst Du mir nicht vom Schüttelfrost erzählen – was sagt der Arzt? Dich darf ich nicht verlieren, Schatz. Sag, soll ich einen Flaum schicken, der die Kusine warm hält, eine Pusteblumendecke, was immer!

Viel Liebe und Weihnachten und gutes Jahr Dir und Fanny und Papa.

Emilie

Der Angriff der Konföderierten auf Fort Sumter am 12. April 1861 (etwa der Zeit, als Emily Dickinson ihren zweiten »Master«-Brief entwarf) hatte zum Ausbruch des Bürgerkriegs geführt. — Frazar Augustus Stearns war der Sohn des Collegepräsidenten William A. Stearns. Er war ein guter Freund Austin Dickinsons und im Gegensatz zu diesem, der sich bei seiner Einberufung mit $ 500 freikaufte, willig in den Krieg gezogen. Er fiel tatsächlich schon im März des folgenden Jahres in der Schlacht von Newburn in North Carolina (siehe Brief Nr. 81).

Nr. 78

An Edward S. Dwight *am 2. Januar 1862*

Lieber Freund,

mir ist ein Irrtum unterlaufen – Ich wollte just das Brieflein widerrufen – das sich *verirrt* in Ihren Umschlag – wie *Ihrs* in den des andren – eben bemerkt – als das Gesicht der »Schwester« – mich diese Welt vergessen ließ – noch würde ich's erwähnen – möchte nicht der traute Ton – Ihren Takt verwundert haben – ich habe einen Freund, der mir sehr zugetan ist – der macht mich größer, als ich bin – Und um den Glanz zu mindern, der unschuldig gestiftet war – schickte ich *Ihm* den kleinen Vers. Ihre feine Antwort – unverdient, danke ich Ihnen um so mehr.

Das Gesicht der kleinen Schwester – teuer – und so unerwartet – brachte meinen Augen das alte Naß – ich schlug die Schürze vors Gesicht – einzige Zuflucht jetzt – da sie schläft – und fragte mich, wieso man eine Liebe schenkt – um sie dann doch zu entreißen – ich hing – so lang – an ihr – sie hat mich für gröbere Liebe ganz verdorben – nun muten andre Frauen – mich aufgebracht an – und sehr laut.

Ob Sie sich wohl erinnern, mir gesagt zu haben, ich würde Sie »schon bald vergessen«? Es war nicht Arglist – doch befinden Sie sich im *Irrtum*! Mit Verlaub – ich habe *mehr* Erinnerungen – und nicht »weniger« – wie Sie meinen. Sie schreiben, das Gleichnis möge Andenken »an die einstige Freundin sein«.

Ich hoffe – heute – ist sie Freundin um so mehr – da ich sie nicht sehe – und es nicht aus ihrem guten Mund erfahre.

Die Welt hat nicht mehr dieselbe *Gestalt* – wie damals, als ich zu Ihnen in Ihr Haus kam – ein wenig trunken – vielleicht – daß ich – so nah – eine Freundin haben sollte – die Freunde nur in weitem Abstand fand – wie *Stollen* – und *Pretiosen* – doch will ich nicht die Zeit beschwören – die schmerzt – mit jedem Schritt. Es war sehr aufmerksam von Ihnen – mir ihr Bildnis zuzuschicken – Wie herzlich ich Ihnen danke – mag seine Kostbarkeit für Sie – Ihnen sagen. Es gleicht ihr wunderbar – finden wir alle – auch alle nebenan bei Austin – wohin ich's – gestern abend – durch den Sturm in einem Körbchen trug.

Ich frag Sie nicht, ob es »besser« geht – denn gespaltene Leben – werden nicht »heil« – doch die Liebe der Freunde – hilft manches Mal dem Wankenden – wenn schwere Fracht das Herz belastet.

Lieber Freund – ich habe Ihren Vers gelesen – Sie dürfen sich der kleinen Kirche nicht entziehen – die – noch – keinen Pastor hat – Abermals danke ich für das Gleichnis – dessen ihr Andenken kaum bedurfte –

Genug der Schwur der Auferstehung
Umsturz – zuletzt – des Grabs –
Recht auf ein *neues* zartes Band –
Kalvarienliebe gab's.

Emily.

Wer der »Freund« war, dem Brief und Gedicht galten, die Reverend Dwight versehentlich erhielt, ist nicht bekannt. — Das Motiv des Herzens mit schwerer Fracht findet sich bereits in dem im Brief an Bowles (Nr. 70) enthaltenem Gedicht (Nr. 193). — Dieser Brief an Dwight endet mit der leicht abgewandelten letzten Strophe des Gedichts »There came a Day at Summer's full« (Nr. 325), das Dickinson ihrem zweiten Brief an Thomas Wentworth Higginson beilegte (Nr. 84) und dessen zweite Strophe nach Ruth Miller Anleihen bei einem der von Richard Massie in seiner Sammlung *Lyra Domestica* nach »Psalter und Harfe« übertragenen Kirchenlieder des Hannoveraner Komponisten Carl Johann Philipp Spitta (1801–1859) macht.

Nr. 79

An Samuel Bowles *um den 11. Januar 1862*

Lieber Freund.

Sind Sie willens? Ich bin so weit von Land – *Ihnen* den Kelch zu reichen, mag eines fernen Festtags an *mir* sein – Des Weins andächtig – voll!

Haben Sie die Dublonen erhalten – Haben Sie für »Robert« gestimmt? Sie sagten, Sie kämen im »Februar«. Nur drei Wochen noch am Tor zu warten!

Während Sie viel Weh haben – haben wir Heimweh – Schauen Sie heut nacht hinaus? Der Mond kutschiert wie ein Mädchen – durch eine Stadt aus Topas – Ich glaube kaum, daß wir uns jemals wieder freuen können – Sie sind so lange krank –

Wie kam es nur zum Dunkel?

Heute abend überspringe ich eine Seite – weil ich – unterdessen – so oft komme – daß ich Sie wohl ermüdet hätte.

Doch *die* Seite ist am vollsten. Vinnie schickt liebe Grüße. Ich glaube, Vater und Mutter liegt viel an Ihnen – und sie hoffen, daß Sie gesund werden. Wenn der Schmerz Sie müde macht – könnte es – ein *wenig* trösten – zu wissen, daß Augen in Amherst feucht würden?

Emily.

Wir denken immer auch an Mary -

Möglicherweise hatte Emily Dickinson Bowles gebeten, Briefe an Reverend Charles Wadsworth für sie zu adressieren und aufzugeben (siehe Brief Nr. 82). Ob jedoch Wadsworth deshalb der reale oder fiktive Adressat der leidenschaftlichen »Master«-Briefe Dickinsons war und ob seine Übersiedlung nach San Francisco im Frühjahr 1862 den inneren Aufruhr auslöste oder verschlimmerte, in dem sie sich um diese Zeit fraglos befand, bleibt ungeklärt. — Der erste Absatz läßt vermuten, daß Emily Dickinson dem Brief ein Gedicht beigelegt hatte. — Robert sollte der jüngst geborene Sohn der Bowles, nach Robert Browning, heißen. — Das Warten am Tor erinnert an einen früheren Brief (Nr. 50) an Bowles.

Nr. 80

An Samuel Bowles *Anfang 1862*

Lieber Freund.

Befremdete ich Ihre Freundlichkeit – so wäre meine Liebe die einzige Entschuldigung. Den Bewohnern von »Chillon« genügt – dies. Andre kenne ich nicht. Würden Sie – für Ihre *Königin* weniger verlangen – Mr Bowles?

Dann – täuscht mich [meine] Größe – [...] ist es *täglich* – zu gewähren und nicht nur [Sonntags Teil] Beiliegend – meine Verteidigung –

Vergeben Sie Kiemen, die Luft erflehen – wenn es unrecht ist – zu atmen!

Zu *danken* – beschämt!

Versänkst im Meer Du – nur –
Längen von mir –
Lägst Du verbrannt –
Tot und verdammt –
Klopftest – ans Paradies – umsonst
Ich *triezte* Gott -
Bis er [Dich] einließe!

Emily.

Das Gedicht führt R.W. Franklin als Nr. 275A. — Die eckigen Klammern und Auslassungen deuten unleserliche oder beschädigte Stellen des Originalmanuskripts an. — Auf Lord Byrons »Gefangenen von Chillon« hatte Emily Dickinson bereits im »Master«-Brief Nr. 69 Bezug genommen.

Nr. 81

An Louise und Frances Norcross *Ende März 1862*

Liebe Kinder,

ihr habt für mich mehr getan – da ist es das Mindeste, daß ich euch von unserem tapferen Frazer berichte – »gefallen bei Newbern«, meine Lieben. Das große Herz weggerissen von einem »Miniégeschoß«.

Gelesen hatte ich von ihnen – nur dachte ich nicht, daß Frazer eines nach Eden tragen wollte. Gerade so, wie er gefallen war, in Uniform mit Degen, zog Frazer durch Amherst. Schulfreunde zur Rechten und Schulfreunde zur Linken schützten das schmale Gesicht! Er fiel an der Seite Professor Clarks, der sein Kommandant war – lebte noch zehn Minuten in Soldatenarmen, bat zweimal um Wasser – murmelte: »Mein Gott!« und verschied! Ein Klassenkamerad, Sanderson, zimmerte noch in der Nacht eine Bretterkiste, legte den tapferen Jungen hinein, eine Decke darüber und ruderte sechs Meilen zum Schiff – so kam Frazer heim. Es heißt, Colonel Clark habe geweint wie ein Kind, als sein bester Junge nicht antrat, und habe kaum seinen Posten einnehmen können. Sie hingen sehr aneinander. Niemand hier durfte einen letzten Blick auf Frazer werfen – nicht mal sein Vater. Die Ärzte ließen es nicht zu.

Das Bett, auf dem er kam, war fest in einem großen Sarg verschlossen und der von Kopf bis Fuß mit den schönsten Blumen bedeckt. Aus der Dorfkirche trat er die letzte Ruhe an. In Scharen kamen die Leute, um Lebwohl zu sagen, Chöre sangen für ihn, Pastoren lobten, wie tapfer er war – beherzter Jungsoldat. Und die Familie beugte die Nacken wie Riedgras im Wind.

So endet unser Anteil an Frazer, aber wenn ihr im Sommer kommt, wollen wir an den jungen Streiter denken – zu tapfer, um den Tod für wahr zu halten. Dann spielen wir seine Lieder – vielleicht hört er sie; wir werden versuchen, seine gebrochene Ella zu trösten, die ihm, wie der Geistliche meinte, »besondere Zuversicht« gab. [...] Austin ist wie erstarrt. Laßt uns besser lieben, Kinder, mehr können wir nicht tun.

Mit aller Liebe
Emily.

Lieutenant Frazar Augustus Stearns fiel am 14. März in der Schlacht von Newbern in North Carolina. Am 22. März wurde er in Amherst beigesetzt. Sein Tod traf alle, die ihn kannten, tief. So schrieb Samuel Bowles an Austin und Susan Dickinson: »... und die Nachricht aus Newbern nahm alle noch bleibende Lebenskraft. Der Sieg hatte keine Bedeutung, nichts hatte Bedeutung.« In Newbern siegten die Unionstruppen. — Die in ihrer Wirkung verheerenden Minié-Bleigeschosse, 1848 von Claude-Etienne Minié, Ausbilder an der französischen Militärschule Vincennes, entwickelt, wurden von beiden Bürgerkriegsparteien eingesetzt.

Nr. 82

An Samuel Bowles *Ende März 1862*

Lieber Freund.

Wollen Sie *Austin* noch einmal den Gefallen tun? Und wollen Sie noch gefälliger sein als sonst – und auch den Namen darauf setzen – Er trägt mir auf, Ihnen zu sagen: Er konnte Ihnen nicht danken – was Austin enttäuscht – Er hatte gehofft, Sie – heute – zu sehen –

Er versichert, Sie würden nicht in See stechen – ohne zuvor noch mit ihm zu sprechen. Ich denke, wenn Emily und Vinnie wüßten, daß er Ihnen schreibt – würden sie ihn bedrängen, Sie zu bitten – daß nicht

Austin erschüttert – Frazers Ermordung – Er sagt – in seinem Kopf töne es wieder und wieder: »Frazer ist tot« – »Frazer ist tot«, ebenso, wie Vater es ihm sagte. Zwei, drei Worte aus Blei, die so tief sanken, daß sie noch immer beschweren –

Raten Sie Austin – wie er sie verwinden soll!

Es ist ihm so leid, daß es Ihnen nicht besser geht – Er sorgt sich – im Bureau – und danach – auch – daheim – und manches Mal – wacht er nachts mit Sorgen um Sie auf – die er tags nicht – ganz zu Ende gebracht hat – Es würde ihm mißfallen – daß ich ihn verrate – deshalb dürfen Sie es niemals sagen. Und Sue muß ich – auch – hintergehen –

Halten Sie es bitte nicht für unehrenhaft –

Ich erfuhr – durch Zufall – daß *sie* zu erfahren sucht – ob Sie eine kleine *Reiseflasche* besitzen – für Ihre Tour – ich möchte Sue gerne helfen – wenn Sie *mir* also bis zur Post am Montag sagen können – ob Sie eine haben – und versprechen – falls nicht – um *ihretwillen* – keine zu erstehen – würde ich es übernehmen – *sie* einzuweihen –

Mary schickte herrliche Blumen. Hat sie Ihnen das gesagt?

Austin hofft, sein Auftrag werde Sie nicht belästigen.

In diesem Brief, dem ein zweiter beigelegt war, den Bowles an jemanden weiterleiten sollte, wird auch dort, wo Emily Dickinson von sich spricht, zur Tarnung Austins Name verwendet. — Bowles' Schiff nach Europa sollte Anfang April auslaufen. Offenbar ließ er wissen, daß er keine Reiseflasche besitze, und bekam sie am 5. April bei seinem letzten Besuch in Amherst vor seiner Abreise am 9.

Nr. 83

An Thomas Wentworth Higginson — *am 15. April 1862*

Mr Higginson,

sind Sie zu sehr beschäftigt zu sagen, ob meine Verse leben?

Der Geist ist sich selbst so nah – er sieht nicht über scharf – und ich bin ohne Rat –

Fänden Sie darin den Atem – und Muße, mir's zu sagen – fühlte ich lebhafte Dankbarkeit –

Wäre ich im Irrtum – daß Sie mir's treu zu sagen wagten – mehrte meine Ehrerbietung – gegen Sie –

Den Namen geb ich bei – wollen Sie mir bitte sagen, Sir, was wahr ist?

Daß Sie mich nicht verraten – versteht sich wohl von selbst – ist Ehre doch ihr eigen Pfand -

Thomas Wentworth Higginson (1823–1911) war Prediger, Publizist, Abolitionist, Frauenrechtler, fortschrittlicher Denker. In der Aprilausgabe des *Atlantic Monthly* erschien Higginsons »Letter to a Young Contributor«, ein gut zehnseitiger Katalog von Empfehlungen und Ermahnungen an den literarischen Nachwuchs. Higginsons Beiträge wurden häufig auch in der Rubrik »Literatur und Künste« des *Springfield Republican* angepriesen, den der Dickinson-Haushalt immer schon bezog. Emily Dickinson schätzte an Higginson, dessen Hauptinteresse letztlich sozialreformerischen Belangen galt, vor allem die einfühlsamen Naturbeschreibungen, die Ehrfurcht vor der Macht des *Wortes* und seine Überlegungen zur Unvergänglichkeit großer Kunst, die zuletzt über die Tagespolitik und über Unverständnis triumphieren müsse. So hieß es etwa im »Letter to a Young Contributor«: »Es mögen sich Jahre geballter Leidenschaft in einem Wort bergen, ein halbes Leben in einem einzigen Satz.« — Mit diesem ersten Brief an Higginson stiftete die Dichterin einen Kontakt, den sie bis zu ihrem Tode pflegte. Den nicht unterzeichneten Zeilen legte sie in einem separaten Umschlag ihre Karte bei – und vier Gedichte. Zum allerersten Mal trennt sie in einem Brief zwischen künstlerischen Anliegen und persönlichen, emotionalen Belangen. Emily Dickinson war zu diesem Zeitpunkt 31 Jahre alt. Sie hatte bereits mehrere hundert Gedichte verfaßt. In den sechs Sätzen dieses Schreibens fehlt jede Selbstauskunft, wie man sie in einem solchen Brief, in dem man sich einem vollkommen Unbekannten empfiehlt, erwarten würde. Jahrelang ließ Emily Dickinson ihre Briefe an Higginson außerhalb von Amherst aufgeben, und seine erreichten sie ebenfalls über Dritte. Higginson besuchte die Dichterin zweimal in Amherst: 1870 und 1873. — Die Wendung »Ehre ist ihr eigen Pfand« hatte Emily Dickinson bereits in einem Brief an Samuel Bowles verwandt (Nr. 67). — Am 17. April 1862 schrieb Higginson an James T. Fields (vom Verlag Ticknor & Fields): »Ich ahne, daß mir etliche ›Young Contributors‹ nun noch Schlimmeres zuschicken werden. Ähnlich wie die zwei dichterischen Kostproben von gestern & vorgestern – glücklicherweise nicht zur Veröffentlichung gedacht!« (Leyda II 55). — Im Oktober 1891 versuchte Higginson sich in einem Beitrag für den *Atlanctic Monthly* zu entsinnen, was er Emily Dickinson auf ihr erstes kurzes Schreiben geantwortet haben mochte: »Vermutlich suchte der Ratgeber ein wenig Zeit zu gewinnen und Genaueres über das seltsame Wesen zu erfahren, mit dem er es zu tun hatte. Ich weiß, daß ich behutsam Kritik wagte, welche sie sodann als ›Chirurgie‹ bezeichnete, und einige Fragen, denen sie, wie sich zeigen wird, mit einer arglosen Raffinesse auswich, um die sie die beschlagenste Kokette beneidet haben würde.«

Nr. 84

An T. W. Higginson *25. April, 1862*

Mr Higginson,

Ihre Güte verdiente früheren Tribut – nur war ich krank – und schreibe heut vom Kissen.

Ich danke Ihnen die Chirurgie – sie war weniger schmerzlich als erwartet. Ich bringe Ihnen andere – wie erbeten – allein, ob auch von andrer Art –

Ist der Gedanke ungeputzt – weiß ich zu unterscheiden, doch hab ich sie erst im Gewand – sind alle gleich, und starr.

Sie fragten, wie alt ich sei? Die ersten Verse – ein, zwei nur – schrieb ich in diesem Winter – Sir –

Einen Schrecken litt ich – seit September – von dem ich keinem sprechen konnte – und sing daher, wie der Knabe nachts am Totenacker – aus Angst – Sie wüßten gern von Büchern – an Poesie – hab ich Keats – und Mr und Mrs Browning. An Prosa – Mr Ruskin – Sir Thomas Browne – und die Offenbarung. Schulunterricht genoß ich, doch – in Ihrem Sinne – keine Bildung. Ich hatt als Mädchen einen Freund, der mich Unsterblichkeit gelehrt – nur wagt er sich zu nah heran – und kehrte nicht wieder – Er starb, der Tutor, kurz darauf – mir blieb auf Jahre hin mein Lexikon – alleiniger Gefährte – Dann fand ich einen noch – doch ihm genügte nicht, daß ich ihm Schüler sei – und er verließ das Land.

Da Sie mich nach Gesellschaft fragen: Hügel – Sir – und Sonnenuntergang – und ein Hund – groß wie ich selbst, den Vater mir besorgt hat – Sie sind besser als menschliche Wesen – sie wissen – aber sagen's nicht – und der Lärm in den Tümpeln, um Mittag – übertrifft mein Piano. Ich habe Bruder und Schwester – Der Mutter liegt am Denken nichts – und Vater, vor lauter Akten – nimmt kaum Notiz – Er kauft mir viele Bücher – und fleht, ich soll nicht lesen – weil er fürchtet, sie rütteln am Geist. Sie alle glauben – außer mir – und ehren eine Eklipse, am Morgen – die sie »Vater« rufen. Doch ich fürchte, meine Ausführungen ermüden – Ich würde gerne lernen – Könnten Sie mich wachsen lehren – oder ist es unvermittelt – wie Melodie – wie Hexerei?

Sie erwähnen Mr Whitman – Ich kenn es nicht, sein Buch – man sagt mir, daß er schändlich sei.

Ich kenne Miss Prescotts »Circumstance«, aber es folgte mir, im Dunkeln – daher mied ich sie –

Zwei Herausgeber von Journalen besuchten meines Vaters Haus, in diesem Winter – und erbaten meine Stimme – als ich sie fragt »Wozu«, da fanden sie mich knausrig – sie nämlich, setzten in die Welt –

Mich wiegen konnt – ich selbst – mich nicht –

Gering schien – mir – die Größe – im *Atlantic* las ich Kapitel und Vers – und fand Sie ehrbar – ich dachte, eine Frage im Vertrauen würden Sie nicht verwehren –

War dies – Sir – was Sie wissen wollten?

Ihre Freundin
E – Dickinson.

Um 1858 hatte Emily Dickinson begonnen, ihre Gedichte zu Zyklen oder Gruppen von 18 bis 20 Gedichten zusammenzustellen und mit Faden zu heften – je vier bis fünf Bogen pro Album. Sie war daher kaum so unerfahren, wie sie sich Higginson präsentierte. — Bezüge zur »Chirurgie« gibt es nach Ruth Miller in den Gedichten »There is a Langour of the Life« (Nr. 552) und »It knew no Medicine« (Nr. 567). Viele thematisch verwandte, durch Metaphern untereinander verknüpfte Gedichte der Faszikel ergeben aus ihrer Sicht verläßlichere Indikatoren für Gedanken und Gefühle Dickinsons als ihre Prosa und solche Verse, die in die Welt hinausgingen und die nach Miller eher die Verkleidungen darstellen. — Das Bild der Gedichte im »Gewand« verweist auf eine Formulierung in Higginsons Artikel »Letter to a Young Contributor«: »Wenn ich bedenke, wie langsam sich meine armseligen Gedanken einstellen, wie zögerlich sie Verbindung aufnehmen, welch ein köstlich langwieriges Rätsel es ist, ihnen eine passendes Worthülle zu entwerfen und schneidern …« — Hinter der Bemerkung über den im September erlittenen »Schrecken« verbirgt sich sehr wahrscheinlich nicht, wie lange angenommen, eine Liebesenttäuschung, sondern eher das Augenleiden, eine Entzündung der Aderhaut, die schließlich so schlimm wurde, daß die Dichterin fürchtete, sie könne erblinden. — Der Freund, der »Unsterblichkeit gelehrt«, ist Benjamin Franklin Newton. Dieser Unsterblichkeit, dem »Flutthema«, das in 55 Gedichten und 36 Briefen vorkommt, begegnet Emily Dickinson mit Glaube, Zweifel, Leugnung, Ironie und Neugier: »Mortality's Ground Floor / Is Immortality« (Nr. 1250). — Emily Dickinsons Auskunft: »Hügel, Sir« verweist auf die Gedichte »Of all the Sounds despatched abroad« (Nr. 334) und »There Came a Day at Summer's full« (Nr. 325), die sie dem Brief beigegelegt hatte: »Ich bringe Ihnen andere«. — Die Engländer John Ruskin (1819--1900) und Sir Thomas Browne (1605–1682) hatte Higginson in seinem Artikel als große Stilisten gepriesen. Wenn Emily Dickinson dagegen alle Kenntnis vom Werk Walt Whitmans (1819–1892) leugnet, dann ist das wohl nicht ganz richtig: 1860 hatte der *Springfield Republican* in einem Leitartikel den *Atlantic Monthly* für den Abdruck eines Whitman-Gedichts (»Bardic Symbols«) gerügt und, um die »Schändlichkeit« zu belegen, selbst Auszüge publiziert. Ruth Miller entdeckt zwischen Versen Whitmans und Dickinsons sogar Parallelen, die für Anleihen auch hier sprechen (1969, 65 f.). — Die Erzählung »Circumstance« der äußerst produktiven Autorin Harriet Prescott Spofford (1835–1921), in der es um eine Frontiersfrau geht, die eine ganze Nacht hindurch singt, um einen als Berglöwe erscheinenden Indianerdämon zu bannen, war im Mai 1860 im *Atlantic Monthly* erschienen. — Dr. Holland und Samuel Bowles sind die »zwei Herausgeber von Journalen«.

Nr. 85

An T. W. Higginson — *7. Juni, 1862*

Lieber Freund,

Ihr Brief gab keine Trunkenheit, indem ich Rum bereits gekostet – Domingo kommt einmal nur – doch hatte ich selten Freude wie jetzt an Ihrer Meinung, und wollt ich Ihnen danken, Tränen bedrängten jeden Ton –

Todkrank meinte mein Tutor, er möchte wohl noch leben, bis ich Dichter sei, doch Tod macht mir schon überviel Furore – damals. Und wenn viel späterhin – ein jäher Glanz auf Gärten, ein neuer Stil im Wind mir das Gemüt erregte – befiel mich Frösteln, nun – das Verse knapp nur lindern –

Ihr zweiter Brief hat überrascht, und sirrte einen Augenblick – er war mir unverhofft. Der erste – rührte an Ehre nicht – Wahrhaftigkeit kennt keine Scham – Gerecht fand ich Ihr Urteil – und muß doch Schellen rühren, sie kühlen meinen Marsch – fast besser schien der Balsam noch, nach Ihrem Aderlaß.

Lächelnd lese ich den Rat, nicht vorschnell zu »verlegen« – ist der Gedanke mir doch fern – wie's Firmament der Flosse –

Wäre der Ruhm mein, ich könnt ihm nicht entkommen – wenn aber nicht, der längste Tag hetzt mir voraus beim Jagen – und Gutheißung meines Hunds wär mir versagt – dann – besser dieser Barfußrang –

Mein Gang dünkt Sie »unrastig« – es ist Gefahr – Sir –

Ich dünk Sie »maßlos« – mir fehlen Tribunalien.

Hätten Sie nicht Zeit, der »Freund« zu sein, den Sie mir raten? Ich bin der Form nach klein – kaum Platz nähm sie vom Pult – noch macht sie Krach mehr als die Maus, die Ihre Galerien benagt –

Dürft ich Ihnen bringen, was ich tu – zu selten, um zu stören – und fragen, ob ich deutlich sprech – das gäbe mir ein Maß –

Der Seemann sieht den Norden nicht – doch weiß er um die Nadel –

Der »Hand, die Sie im Dunkel reichen« geb ich die meine, und wend mich ab – der Zunge fehlt der Dolmetsch, nun –

Als bät ich um Almosen nur,
Und in die staunend Hand
Ein Fremder drückt ein Königreich,
So stammelnd wär mein Stand –
Als bäte ich den Orient
Um Hauch von Morgenglut –
Und er die Purpurschleusen höb
Zu schmettern mich mit Rot!

Aber, wollen Sie mir Präzeptor sein, Mr Higginson?

Ihre Freundin
E. Dickinson

Das Gedicht führt R.W. Franklin als Nr. 14; Emily Dickinson fügt es 1885 nochmals in einen Brief an einen Unbekannten (nach Johnson Nr. 964) ein. — Mit »unrastig« wurde hier das »spasmodic« des Originals übersetzt, zu dem Ruth Miller anmerkt, Higginson könnte an die »Spasmodic School« gedacht haben, wie sie der Dichter und Literaturkritiker Edmund Clarence Stedman (1833–1908) etwas später in seinem Werk *Victorian Poets* (1875) charakterisierte: eine Strömung innerhalb der Dichtung, die durch Überspanntheit und eine »unnatürliche Betonung des Sentiments und der Expressivität« (unangenehm) auffalle. Schon Bowles hatte 1860 in einem Artikel im *Springfield Republican* – »What Shall We Write« – diese Art der »Leidenslyrik« beklagt. — Mit der »Maus« könnten ebenjene Dichterinnen gemeint gewesen sein, die Higginson und Bowles statt ihrer förderten. — Der Morgen und der Bettler tauchen auch in dem Gedicht »As Watchers hang upon the East« (Nr. 120) auf, das Dickinson Bowles schickte. — Die Naivität, die Emily Dickinson hier für sich reklamiert, ist Pose. Durch ihre »Gelehrigkeit« kann sie Higginson vereinnahmen, ohne sich je um seine Empfehlungen zu scheren. Und die Briefe selbst, durchweg metrisiert, teils gereimt, widerlegen in ihrer Kunstfertigkeit listig die Behauptung.

Nr. 86

An Samuel Bowles — *Frühsommer 1862*

Lieber Freund –

Nun sind Sie fort – und wo Sie sind – kommen wir nicht hin – aber Monate haben Namen – und jeder kommt im Jahr nur einmal – und scheint es auch kaum möglich, sie sind doch dereinst – um.

Wir hoffen, daß Sie bei besserer Gesundheit sind als damals in Amerika – und daß die Fremden Menschen Ihnen gut und treu sind. Wir hoffen, daß Sie sich jedes der Leben entsinnen, die Sie zurückgelassen haben, auch Unsrer geringsten –

Gerne wüßten wir, wie Amherst sich in Ihrer Erinnerung ausnimmt. Kleiner als zuvor, vielleicht – obwohl doch manches schwillt beim Fortgang – wenn es in sich groß ist – Mögen Sie der bleiben, dem wir nachweinten, als die »China« auslief. Sollte Ihnen an Neuigkeiten liegen; wir – hier – leben noch – Wir bleiben unverändert. Wir haben eben den Besuch, den wir stets hatten, bis auf Sie – und die Rosen sitzen an denselben Stielen – wie vor Ihrem Fortgang. Vinnie bezähmt das Geißblatt – während die Rotkehlchen für die Nester Schnur stibitzen – ganz, ganz wie gewohnt – Eines trug mein Herz mir auf, Ihnen zu sagen, eh ich's vergeß: Wollen Sie nicht bitte heimkehren? Knapp sind des langen Lebens Jahre, und sie fliegen dahin, sagt die Bibel, wie ein Geschwätz – da wird das Horten zur ernsten Angelegenheit – und so raffe ich mit flinken Fingern das Meinige von fern – näher heran –

Einen Brief hatte ich von Mary – sie scheint sich in Geduld zu üben – aber Sie werden doch nicht ernstlich wollen, Mr Bowles, daß sie sie meistert?

Wie süß ist Uns die Nachricht, daß sich andre sehnen, wenn wir aus ihren Augen sind. Die Collegefeier steht vor der Tür. Aus Boston kam die Kleine Kusine, nun schlagen die Herzen in Pelham höher. Sie, lieber Freund, werden Uns am meisten fehlen, der sonst sich mit Uns amüsierte beim Feierlichen Ernst. Ich fürchte, nicht mal Dr. Vaill wird den gewohnten Zuspruch finden.

Sollte irgend jemand, dem Sie begegnen, von Mrs. Browning sprechen, so hören Sie für Uns – und sollten Sie ihr Grab berühren, legen Sie ihr die Hand aufs Haupt, für mich – die ungenannte Trauernde -

Vater und Mutter und Vinnie und Carlo lassen herzlich grüßen und wünschen gute Genesung – und ich nehm Unterricht im Gebet, damit ich Gott bereden kann, gut auf Sie acht zu geben – Gute Nacht – lieber Freund. Sie schlafen so fern, wie soll ich wissen, ob Sie hören?

Emily.

Samuel Bowles war am 9. April an Bord der *China* nach Europa gefahren. Der Brief muß jemandem, vermutlich Bowles' Frau Mary, zur Weiterleitung an den Freund jenseits des Atlantiks zugesandt worden sein. Die Formulierung »so raffe ich mit flinken Fingern das Meinige von fern« erinnert an den

Brief Nr. 51, ebenfalls an Bowles, in dem Emily Dickinson Freunde als ihren »Besitzstand« bezeichnet. — Von ihrem Zimmer aus blickte die Dichterin auf die Pelham Hills.

Nr. 87

An T. W. Higginson *Juli 1862*

Glauben Sie mir wohl auch – so? Ein Bildnis, jetzt, besitz ich nicht, klein bin ich, wie's Zaunkönige sind, mein Haar keck wie in ihrem Igel die Kastanie – und mein Auge wie die Neige Sherry, die der Gast im Glas läßt – Genügt auch dies?

Es ängstigt meinen Vater oft – Er sagt, träte der Tod ein, es wären alle sonst verewigt – nur mein Andenken hat er nicht, doch sah ich daran schon nach Tagen alles Leben sich vernutzen, und verwehre die Schmach – Sagen Sie mir nicht Kaprice nach –

Sie schreiben »dunkel«. Ich kenn den Schmetterling – die Echse – und das Knabenkraut –

Sind es Landsleute nicht auch Ihnen?

Ihre Schülerin will ich gern sein und die Freundlichkeit verdienen, die ich nicht vergelten kann.

Wenn Sie erlauben, sag ich nun auf –

Weisen Sie mir die Fehler, frank wie vor sich selbst, denn Schmerz ist nicht so schlimm wie Sterben. Man ruft nicht den Chirurgen, Knochen zu – umschmeicheln, nein, richten, Sir, und Fraktur im Innern, ist gerade kritisch. Dafür, Präzeptor, bring ich Ihnen – Treugelobung – Blüte aus meinem Garten, auch jeden mir bekannten Dank. Und wenn Sie mich belächeln. Das hielte mich nicht auf – meine Sache ist Umfassenheit – Unkenntnis nicht der Konvention, doch ertappt man mich bei Morgengraun – säh mich der Sonnenuntergang – Mich, einziges Känguruh im Schönen, Sir, ich bitte Sie, ich krank daran, und meint, Belehrung möcht mir's nehmen.

Weil Sie noch viel Geschäfte haben, nebst Wachstum meiner selbst – bestimmen bitte Sie, wie oft ich kommen darf – und doch nicht ungelegen. Und sollten Sie jemals – bereuen, mich empfangen zu haben, oder ich von andrem Stoff mich erweisen, als Sie erhofft – dann schicken Sie mich fort –

Wenn ich mich, als Repräsentantin der Verse, erkläre – bin nicht – ich – gemeint, sondern eine angenommene Person. Treu sind Ihre Worte zur »Vollkommenheit«.

Das Heute macht Gestern gering.

Sie erwähnten »Pippa geht vorüber« – nie hörte ich jemanden »Pippa geht vorüber« erwähnen – nur Sie.

Sie sehen, meine Stellung ist umnachtet.

Zu danken bringt mich in Bedrängnis. Ist Ihre Macht vollkommen? Wüßt ich von Freuden, die Ihnen neu sind, ich bring Sie Ihnen gerne.

Ihr Schüler

Es gibt von Emily Dickinson lediglich die eine frühe Daguerreotypie (die des Buchumschlags nämlich) und nicht die Photographien, die Higginson hier meint, die als *cartes de visite* in dieser Epoche kursierten, in Alben eingeklebt wurden und bei Besuchen Gegenstand höflicher Konversation waren. — »Und wenn Sie mich belächeln«: ähnlich äußert sich Emily Dickinson im nachfolgenden Brief (Nr. 88) an die Hollands. — »Umfassenheit« wurde an dieser Stelle – anderswo ist die Rede von »Umfang« – als Entsprechung zu einem Schlüsselbegriff Emily Dickinsons gewählt: »Circumference« – möglicherweise bei Sir Thomas Browne entlehnt, der in *Religio Medici* (1642) schreibt: »Jene bildhafte Umschreibung des Hermes (*sphera, cuius centrum ubique, circumferentia nullibi* = eine Sphäre, deren Mittelpunkt überall, deren Peripherie nirgends liegt) sagt mir mehr als alle metaphysischen Definitionen der Theologie: ›wo ich die Vernunft nicht zufriedenstellen kann, will ich um so lieber meiner Phantasie willfährig sein‹« (dt. Werner von Koppenfels). Während Brownes »Circumference« religiös grundiert ist, meint Emily Dickinson nicht zuletzt ein ästhetisches Programm als einzig noch denkbares Offenbarungsprojekt. In Ralph Waldo Emersons Essay »Kreise« (dt. Karl Federn) wiederum liest man: »Jede letzte Tatsache ist nur die erste einer neuen Serie. Jedes allgemeine Gesetz ist nur eine besondere Tatsache eines noch allgemeineren Gesetzes, das sich bald eröffnen wird. Es gibt kein Außen, keine einschließende Mauer keine Peripherie [*circumfernce*] für uns.« Und Ruth Millers Untersuchung solcher Gedichte Emily Dickinsons, in denen der Begriff »Circumference« vorkommt, ergibt, daß er mal unermeßliche Weite, Unsterblichkeit, mal eine enger abgezirkelte irdische Sphäre anzeigt und somit eine Beziehung aufspannt zwischen Leben und Nachleben. Ein zentrales Gedicht hierzu als Dreh- und Angelpunkt etwa wäre »The Poets light but Lamps« (Nr. 931), und auch im Brief Nr. 98 heißt es beispielsweise: »Leben ist des Todes langer Atem, Tod Scharnier zum Leben.« — Das »Känguruh« verweist auf den »unrastigen« Gang, das heißt die eigenwillige Prosodie Dickinsons. — »Wenn Sie erlauben, sag ich nun auf«: Emily Dickinson legte dem Brief wiederum vier Gedichte bei. — Robert Brownings Versdrama »Pippa Passes« (dt. »Pippa geht vorüber«) war 1841 in der Sammlung *Bells and Pomegranates* erschienen.

Nr. 88

An Dr. und Mrs. J. G. Holland *Sommer 1862*

Liebe Freunde,

Ich schreibe. Ich erhalte keine Antwort.

Ich sage mir: »Sie verdienen mein Vertrauen.« Ich bin nicht ungläubig. Ich kehre wieder. Kardinäle täten es nicht. Cockneys würden sich hüten, aber ich hab keine Zeit zu stolzieren in einer Welt der Totenglocken. Durch Besuch von außerhalb höre ich: »Mrs. Holland ist nicht bei Kräften.« Der Pfau in mir rät, gar nicht nachzufragen. Doch dann muß ich an die kleine Freundin denken – wie kurz sie ist – wie teuer – und der Pfau erstirbt sogleich. Nun, Sie brauchen nichts zu sagen, denn vielleicht sind Sie zu müde, und »Herodes« raubt alle Aufmerksamkeit, aber wenn Sie *gesund* sind – dann mag Annie mir ein Bildchen von einer stolzen Blume malen, wenn Sie *krank* sind, mag sie den Stengel etwas beugen!

Dann werde ich verstehen, und Sie brauchen sich nicht mit dem Bleistift aufzuhalten. Und wenn Sie mich verlachen! Und wenn die gesamten Vereinigten Staaten über mich lachen! *Mich* hielte das nicht auf! *Meine* Sache ist's zu lieben. Ich entdeckte einen Vogel, heute morgen, weit – weit – unten in einem kleinen Strauch am Fuß des Gartens; und wozu singen?, fragte ich, wenn niemand *hört*?

Einmal schluchzt die Kehle, einmal bebt die Brust – »*Meine* Sache ist's zu *singen*!« – schon flog sie auf! Weiß ich, ob nicht selbst Cherubim, einst, genauso stille lauschten und ihre ungehörte Hymne rühmten?

Emily.

Die »Kardinäle« führt Thomas H. Johnson auf die Winkelzüge der gleichnamigen Figur in dem Erfolgsstück *Richelieu* (1839) des bekannten englischen Romanciers Edward George Bulwer-Lytton (1803–1873) zurück, und den »Cockney« auf die Vorstellung des »cockney conceit« in Ralph Waldo Emersons *English Traits* (*2nd Voyage to England*) von 1856. »Herodes« steht hier vermutlich für die Verfolgung durch Krankheit. — Diese Zeilen an die Hollands sind – wenn die Datierung stimmt – für die Jahre zwischen 1860 und 1865 die einzig erhaltenen an das befreundete Paar.

Nr. 89

An Eudocia C. Flynt *um den 20. Juli 1862*

Liebe Mrs Flint

Sie und ich haben nicht ausgeredet. Paßt der Nachtrag in Ihre Vase?

Soviel ich schriebe, längst
Kein Brief wär schön wie dies –
Die Silben samment –
Die Sätze tief –
Grund, rubinrot, ungelotet –
Hort, Mund, nur Dir,
Flink umwirb wie Kolibri
Und trink von mir –

Emily.

Eudocia Flynt, eine Kusine zweiten Grades mütterlicherseits aus Monson, Massachusetts, war am 10. Juli zur Collegefeier nach Amherst gekommen und erhielt dieses Briefgedicht am 21. Juli. Es ist die Nachricht, die Anlaß zu den Ausrufezeichen im Tagebuch der Empfängerin bot.

Nr. 90

An T. W. Higginson *August 1862*

Lieber Freund –

Sind diese ordentlicher? Ich danke für die Wahrheit –

Monarchenlos hab ich gelebt und weiß mich selbst nicht lenken, und wenn ich dann anordnen will – zersprengt es mir die Kräfte – und alles brennt mir aus –

Von »Mutwillen« sprachen Sie. Wollen Sie mich Besserung lehren?

Mir will scheinen, stolze Pracht, daß Atem stockt, im Grund im Wald, rührt nicht von Uns.

Geständig sei ich im kleinen und läßlich im großen – Das Auge sieht Orthographie – doch die Ignoranz außer Sicht – auf sie muß der Präzeptor stoßen –

Zu »Männer wie Frauen meiden« – sie sprechen Heilige Dinge aus – und meinen Hund geniert es – Unsretwegen sollen sie – solang sie für sich bleiben. An Carl[o] hätten Sie Gefallen – Er ist stumm und tapfer – Gefallen möchte Ihnen überdies die Kastanie, die mir am Weg begegnet. Sie traf mich unverhofft – mir schien, die Himmel blühten –

Dann gibt's das lärmlose Lärmen in den Gärten – ihm laß ich Menschen lauschen – Dem einen Brief entnahm ich, Sie könnten, »jetzt«, nicht kommen, Antwort gab ich keine, nicht, weil ich keine hätte, nur weil ich fand, ich sei den Preis nicht wert solch weiter Reisen –

Ich bitte um soviel Freude nicht, desfalls Sie sich lossagten –

Ich las »entziehe sich Ihrer Kenntnis«. Sie würden schwerlich scherzen, weil ich Ihnen glaube – aber, Präzeptor – doch nicht im Ernst? »Wie«, sagt jedermann zu mir, doch hielt ich's für Manier –

Dieweil oft im Wald noch als kleines Kind, sagte man mir, eine Schlange könnte mich beißen, sagte, ich könnte Giftblumen pflücken oder Trolle mich entführen, und doch ging ich hin und traf niemanden, nur Engel, deren Scheu vor mir weit größer war als meine je vor ihnen, und so hab ich das Zutrauen nicht zum Trug, in dem sich andere üben.

Was Ihnen geboten scheint, tu ich – obwohl ich nicht, immer, versteh.

Ein Vers ist angemerkt – weil ich drauf stieß, nachdem ich's schuf – und wissentlich rühr ich niemals an Farben fremder Hände –

Ich laß ihn trotzdem nicht, weil es meiner ist.

Haben Sie Mrs Brownings Bild? Mir sandte man drei – Hätten Sie's nicht, nähmen Sie meins?

Ihr Schüler

Die Gedichte, die Emily Dickinson schickte und von denen sie fragt, ob sie »ordentlicher« seien, waren: »Before I got my Eye put out« (Nr. 336) und »I cannot dance upon on my Toes« (Nr. 381). — Auch hier führt die Dichterin in der Haiku-artigen Kompression, der Metrisierung des gesamten Textes und dem, was R. G. Lambert als Verdichtungen (»gatherings«) und als Quasi-Verse (»semi-stanzas«) bezeichnet, zugleich ihre Kunst und auch Higginson vor. Die naive Pose der »kindlichen Unschuld« sichert ihr jedoch die Sympathie des ritterlichen »Präzeptors«, und so braucht sie sich im Laufe der Korrespondenz immer weniger zu verstellen. — Gewiß hat Emily Dickinson nicht einfach »Farben fremder Hände« verwendet, doch hat sie sie häufig neu gemischt: Berühmte Beispiele für einen »Dialog« mit literarischen Vorbildern sind Gedichte Emily Dickinsons, die Anleihen bei John Keats (1795–1821) machen, so etwa die Parallelen zwischen Nr. 448 (»I died for Beauty -- but was scarce / Adjusted in the tomb / When One who died for Truth was lain / In an adjoining Room») und Keats' »Ode on a Grecian Urn« (»beauty is truth, truth beauty«), oder zwischen Nr. 1479 (»Go not too near a House of Rose«) und der »Ode on Melancholy« (»No, no, go not to Lethe …«).

Nr. 91

An Samuel Bowles *ca. August 1862*

Lieber Mr Bowles.

Vinnie feilscht mit einem Kesselflicker – um Wassertöpfe für meine Geranien – wenn Sie heimkehren, kommenden Winter, und Vinnie und Sue in den Krieg gezogen sind.

Der Sommer sieht weniger lang aus als damals, da wir ihm vor Ihrem Fortgang entgegenblickten, und wenn ich den August zurückgelegt habe, durchhüpfen wir schon bald den Herbst und haben Sie. Ich weiß nicht, wie viele sich freuen werden, Sie zu sehen, weil ich nie alle Ihre Freunde sah, aber man sagt mir, es hätten in den großen Städten – namhafte Menschen Sie erwählt. Wie froh diejenigen sein werden, die ich kenne – läßt sich besser sagen.

Glauben Sie mir, Mr Bowles, es ist eine Prüfung, ein Meer – egal wie blau – zwischen sich und seiner Seele zu wissen. Könnten die Hügel, die Sie liebten, als Sie noch in Northampton waren, sprechen, klagten sie um ihren alten Freund – und ein ratloser Blick gräbt sich mit jedem Tag, der ohne Sie vergeht, tiefer in Carlos Stirn.

Ich habe die Schiffsseiten – in Zeitungen – zu lesen gelernt. Das ist fast so, als gäbe ich Ihnen die Hand – oder eher noch, als schellten Sie – kurz nach Sues Ankündigung – an Unserer Tür.

Wir errechnen Ihre Rückkehr nach Früchten.

Wenn die Trauben vorbei sind – und die »Pippin« und die Kastanien – wenn die Tage nach der Uhr ein wenig zu kurz – und dem Wunsch nach zu lang sind – wenn der Himmel neue rote Roben hat – und eine Purpurhaube – dann, sagen wir Uns, werden Sie kommen – ich bin nur froh, daß solche Zeit vorbeigeht.

Es fällt leichter, dem Schmerz nachzublicken als ihn kommen zu sehen. Ein Soldat kam – neulich morgens – und bat um eine Knopflochblume für die Schlacht. Er muß gedacht haben, wir betrieben ein Aquarium.

Wie süß muß Heimkehr sein für den – der in so vielen Häusern zu Hause ist – und jedes Herz die »gute Stube«, von Ihnen sprech ich, Mr Bowles.

Sue gab mir dieses Papier zum Schreiben – wenn die Zeilen Sie ermüden – tun Sie so, als sei sie es, und »Jackey« – das wird Ihren Augen wohltun – denn haben nicht Bienen für Kleeblüten *Namen*?

Emily.

Bowles blieb noch bis zum November in Europa. — »Jackey« war der Kosename von Ned Dickinson, Austin und Susans Ältestem. — Der »Pippin« ist eine gängige Apfelsorte. — »Dieses Papier«: Emily Dickinson verwendete besonders leichtes Überseepapier.

Nr. 92

An T. W. Higginson *6. Oktober 1862*

Habe ich Sie verärgert, Mr Higginson?

Wollen Sie mir nicht sagen, wie?

Ihre Freundin,
E. Dickinson

In seinem Beitrag im *Atlantic Monthly* vom Oktober 1891 zitiert Higginson diesen Brief und schreibt dazu: »Ich ließ immer wieder einmal längere Zeit nicht von mir hören und erhielt dann unweigerlich einen anklagenden Brief – immer kurz – wie diesen.«

Nr. 93

An Samuel Bowles *Mitte November 1862*

Lieber Freund.

Beherrschten wir wie Sie die Kunst – allein durch die Genesung – so viele zu bereichern – erfüllte Uns wohl stiller Stolz – auch könnten wir die Nachricht kaum für Uns behalten – sondern trügen sie zu Ihnen hin – dem sie zuerst gehört.

So wenige, die leben – haben Leben – daß lebenswichtig scheint – nicht einen – entkommen zu lassen in den Tod. Und da Sie Uns die Angst eingaben – beglückwünschen wir – Uns selbst – zu Ihrem Geschenk gewißren – Friedens.

Erstaunlich, daß in des Lebens großer Zahl so wenige sich finden, die auf Uns Macht ausüben – und sie – prachtvolle Spezies – nie Stile prägen – so wenig wie tyrischer Purpur.

Eingedenk dieser Minderheiten – erlauben Sie Uns Dankbarkeit – Wir bitten Sie um Vorsicht – um vieler willen – würdiger als Wir. Die Sterne nachzuerzählen – wäre so zwecklos wie sublim. Sie selbst sind Euer – teurer Freund – doch abgetreten – oder nicht – einem minderen Leben hier und da? Bestehlen Sie sie nicht – denn Gold – kann man kaufen – und Purpur – kann man kaufen – doch den Erwerb von Seelen – den hat es nie gegeben.

Arbeiten Sie noch nicht. Keinem ist die Öffentlichkeit so maßlos – wie ihrem Freunde – und wir können auf Ihre Gesundheit warten.

Außerdem – gibt es Muße – die heilsamer ist als Arbeit.

Der Verlust durch Krankheit – war's Verlust –
Oder luftiger Gewinn –
Den Anprobe des Grabs Dir gab –
Und Sonnen – Maß mithin.

Seien Sie versichert, lieber Freund, Ihnen bleibt ganz nach Belieben – Besitz an vielen Leben.

Emily.

Diese Zeilen sandte Emily Dickinson Bowles zur Begrüßung nach seiner Rückkehr aus Europa am 17. November 1862. Die Verse am Ende des Briefs bilden die letzte Strophe des Gedichts Nr. 288.

Nr. 94

An Samuel Bowles *Ende November 1862*

Lieber Freund,

ich kann Sie nicht empfangen. Sie wollen mir anders nicht glauben. Daß Sie lebend zu uns wiederkehren, ist besser als ein Sommer. Und mehr, im Haus Ihre Stimme zu hören, als Kunde von den Vögeln.

Emily.

Bowles machte nach seiner Rückkehr einen Besuch, doch Emily Dickinson sah sich offenbar außerstande, ihn zu begrüßen, und ließ diese kleine Botschaft überreichen.

Nr. 95

An Samuel Bowles *Ende November 1862*

Lieber Freund.

Des kleinen Schlags bedurfte es nicht – um Ihr Andenken zu beleben – das von allein aufrecht steht wie Brokat – doch viel galt mir – daß Sie, so fern und krank, meiner gedachten – Verzeihen Sie, wenn ich daher die Gunst höher schätze als den Beweis. Weil ich Sie nicht begrüßte, schalten mich Vinnie und Austin – Sie wußten nicht, daß ich meinen Teil drangab, damit für sie mehr bliebe – aber der Prophet genoß in seiner eigenen Stadt geringen Ruhm – Mein Herz ging allen anderen voraus – Was wir wissen, finde ich – dürfen andere ruhig anzweifeln, bis ihr Glaube reifer ist. Und so, lieber Freund, der mich doch kennt – Ihnen – lege ich es nicht auseinander –

Wollte ich Sie gar nicht sehen? Wollen denn die Vögel im Frühjahr nicht kommen? O! die schwachen Glaubens! Ich sagte, daß ich froh sei, daß Sie leben – Darf ich es wiederholen? Manches Wort ist viel zu fein, um zu verblassen – und Licht ist nur Bekräftigung – selten schien ein Fehlen so tief, wie Ihres für Uns war – Ob das Antlitz zu groß – oder wir zu kleine Leinwand – braucht Uns nicht zu bekümmern – jetzt, da Sie hier sind –

Wir hoffen, Sie noch oft zu sehen – Unsere Armut – gibt Uns ein Anrecht – und Freunde sind souveräne Länder – sie treten an die Stelle der Welt.

Eine Freude wäre es, wenn Sie gesund blieben – und ließe sich Ihre Gesundheit durch unsere erkaufen – würden wir um das Vorrecht streiten – Oft haben wir uns versichert, als Sie Amerika fern waren – daß eine Niederlage in der Schlacht – leichter wäre – in Ihrem Beisein – mehr will ich nun nicht sagen –

Mag sein, Sie werden – langsam – müde – Geringste Last – ist lästig – für das müde Seil – doch träfe Sie der Bannstrahl – die Eklipse – oder eine Gefahr so groß, daß sie alle Freunde sonst zerstreute – würde ich gern bleiben –

Laßt andre – Surrys Glanz nachstreben –
Mich selbst – dem Kreuz beistehen.

Emily –

Der Brief folgte kurz auf das Billett zuvor. Das Bild vom steifen Brokat scheint dem Roman *Die Mühle am Floss* (Erstes Buch, Zwölftes Kapitel) von George Eliot (1819–1880) entlehnt, der 1860 erschienen war und den Dickinson möglicherweise zu dieser Zeit las: »Mrs. Glegg trug stets ... zusammen mit einem Brokatgewand, das allein aufrecht stand wie ein Panzer« (dt. Olga und Erich Felter). Das Bild taucht in Brief Nr. 125 nochmals auf. — Henry Howard, Earl of Surrey (1517–1547), der erste englische Blankversdichter, erregte das Mißfallen Heinrichs des VIII., wurde des Hochverrats angeklagt, verurteilt und enthauptet.

Nr. 96

An Louise und Frances Norcross *Ende Januar 1863*

Was kann ich meinen Lieben sagen; nur daß mein Vater und meine Mutter zur Hälfte ihr Vater und ihre Mutter sind und mein Heim halb ihres, wann immer und so lange, wie sie wollen. Und manchmal beschleicht mich ein schönerer Gedanke, doch der ist nicht für diesen Abend. War nicht der gute Papa stets sehr müde, seit die Mama heimging, und ist es nicht beinahe gut, sich die beiden vereint zu denken an diesen neuen Winterabenden? Die Trauer ist auf unserer Seite, meine Lieben, der Trost bei ihnen. Vinnie und ich sitzen heute abend hier, und Mutter berichtet, was uns weinen macht, obwohl wir wissen, daß für den Onkel, den Papa, alles gut und leicht ist nun, und nur unser Teil schmerzt. Mutter erzählte, wie milde er auf alle blickte, die auf ihn sahen – wie er den Strauß so höflich hielt, als wäre er zu Gast bei Freunden und müßte artig sein. Der sanftmütige, milde Gentleman, der niemandem Böses wollte, nur Gutes.

Vinnie wollte kommen, aber es war ein bitterer Tag, und sie zog es vor, Onkel Loring für immer so zu sehen, wie sie ihn von Gesprächen kannte, statt auf die neue Art. Sie glaubte auch, sie würde Euch vor lauter Volk nicht sehen, Kinder, und wäre bloß eine weitere Last. Mutter meinte, selbst Mr. V[aill], ja doch, ihr Lieben, selbst Mr. V[aill], über den wir häufig schmunzeln, habe den Gästen eures Vaters von »Lorin' und Laviny« und seiner Freundschaft zu den beiden vorgeschwärmt. Da wollen wir ihn fortan nicht mehr belächeln, oder? Vielleicht wird er auch von uns, die Spott mit ihm getrieben, einst Freundliches zu sagen haben.

Aber genug davon. Wenn Ihr die Kraft habt, sagt Uns, wie es geht und was wir für Euch tun können, zum Trost oder als Liebesdienst. Seht zu, daß Ihr die anderen alle abdrängt, liebe kleine Kusinen. Gute Nacht. Laßt Emily für euch singen, weil sie nicht beten kann:

Nicht etwa Sterben schmerzt uns so
Zu leben schmerzt uns mehr;

Denn Sterben ist von andrer Art,
Der Art jenseits der Tür –
Wie Vögeln Süden Sitte ist
Die flugs, kaum daß es friert
Sich bessre Breiten annektieren.
Nur unsereiner bleibt –
Erpicht auf Farmers Krumen
Frösteln wir vor der Tür
Bis sich der Schnee unsrer erbarmt
Und Federn heim beschwört.

Emily.

Der Tod des Onkels Loring Norcross am 17. Januar 1863 machte seine Töchter, die Kusinen Louise und Frances, zu Vollwaisen. Die Andacht hielt Reverend Joseph Vaill aus Palmer, Bruder der zweiten Frau von Joel Norcross, Emily Dickinsons (und Louises und Frances') Großvater mütterlicherseits.

Nr. 97

An T. W. Higginson *Februar 1863*

Lieber Freund

ich glaubte nicht, daß irdisch Kontingente aufgehoben – vielmehr an Treffen, Wechsel des Terrains, der Welt –

Ich hätt Sie gern gesehen, bevor Sie unwahrscheinlich wurden. Krieg scheint mir trügerisch Gelände – Sollt es andre Sommer geben, wollten Sie kommen?

Ich fand Sie fort, so willkürlich, wie's mit Systemen geht, und Jahreszeiten, und höre keinen Grund – kann's nur Verrat des Fortschritts wähnen – der sich im Gehen tilgt. Carlo – aber blieb – und ich sagte –

Gewinn – bedarf des Verlusts Probe
Das macht ihn erst – Gewinn –

Mein wollner Verbündeter pflichtete bei –

Mich hat der Tod – der früh und hart zuschlug – wohl – Freundesfurcht gelehrt, denn ich hegte seither – für sie heikle Liebe – der Aufruhr mehr als Friede eignet. Geb's, daß Sie den Kordon des Kriegs durchschleichen; ich, obgleich nie zum Gebet erzogen – schließ Sie mit ein, wo man in Tempeln Unsrer Truppen gedenkt – Auch ich habe eine »Insel« – mit »Rosen und Magnolien« ungeschlüpft und »dunklen Beeren« als saftige Zuversicht, doch wie Sie recht bemerkten, kennt »Staunen« keine Breiten. Erst heute dacht ich – als mir schien, das »Übernatürliche« sei nichts als das Natürliche, entdeckt –

Nicht »Offenbarung« – ist's – die wartet,
Sind unsere unbestückten Augen –

Aber ich halte Sie auf –

Sollten Sie, vor dieser Post, Unsterblichkeit erfahren, wer unterrichtet mich vom Treffen? Könnten Sie, in allen Ehren, den Tod meiden, ich fleh Sie an – Sir – machen Sie mich nicht zur Waise unter

Gnomen

Geb's, daß der »Blumenumzug« keine Vorahnung gewesen –

Higginson war im November 1862 nach South Carolina abkommandiert worden, wo er ein Regiment ausschließlich schwarzer Soldaten befehligte. Der *Springfield Republican* berichtete in den Ausgaben vom 1. Januar und 6. Februar 1863 ausführlich über Higginsons Truppe. Higginsons Essay »Procession of Flowers« (aus dem 1863 publizierten Band *Out-Door Papers*) war im Dezember 1862 im *Atlantic Monthly* erschienen. — Der Ton der Briefe Emily Dickinsons an Higginson ändert sich; nur sehr gelegentlich erbittet sie noch seinen Rat, sie verzichtet auf ihre kindliche Persona und läßt dem Freund statt dessen ihrerseits Fürsorge angedeihen. — Die beiden Gedichtfragmente führt R. W. Franklin als Nrn. 499 und 500. Emily Dickinson legte dem Brief außerdem das Gedicht »The Soul unto itself« (Nr. 683) bei. — Die Unterschrift konnte sich Higginson nie recht erklären. Man geht davon aus, daß er sich irgendwann zur gnomischen Qualität ihrer Verse geäußert haben mußte.

Nr. 98

An Louise und Frances Norcross *Ende Mai 1863*

Ich sagte, ich käme »jeden Tag«. Emily fehlt nicht ohne Grund, das weißt Du, liebe Loo.

Die Nächte waren heiß, als Vinnie fort war, und durfte ich doch kein Fenster öffnen, aus Angst vor bösen »Schleichern«, und mußte ich meine Türe zusperren, aus Angst, die Haustür täte sich in der schwarzen Nacht hinter meinem Rücken auf, und mußte ich das »Gas« brennen lassen, um die Gefahr zu erhellen, damit ich sie erkenne – all das verknäuelte mir das Gehirn, das sich noch nicht befreit hat, und der alte Nagel in der Brust stach mich; das, meine Liebe, war der Grund. Die Wahrheit ist so sehr das Beste, daß Ihr sie hören solltet. Vinnie wird von dem Besuch erzählen. […]

Was die Collegefeier angeht, Kinder, dürft Ihr mich nicht im Zweifel lassen; wenn Ihr meiner fehltet, fehlte auch mein kleines Leben. Könntet Ihr nur in Eurem kleinen Bett liegen und mir zulächeln, das wäre Hilfe. Sagt dem Doktor, ich sei unerbittlich, außerdem könne ich Euch schneller heilen als er. Ihr benötigt Balsamworte. Wer soll sonst den Kuchen schneiden, das frage Fanny, und den Kuratoren vorzirpen? Schwört mir mit der nächsten Post, Ihr Lieben, daß Ihr meiner nicht fehlen werdet. […]

Gestern wurde Jennie Hitchcocks Mutter hier begraben, jetzt gibt es eine weitere Waise, deren Vater überdies schwer krank ist. Mutter und Vater waren bei der Totenandacht, und Mutter sagte, es sei während des Gebets eine Glucke mit ihren Küken ans Fenster hochgeflogen. Vermutlich hat die tote Dame sie gefüttert, und nun wollten sie wohl Abschied nehmen.

Leben ist des Todes langer Atem, Tod Scharnier zum Leben.

Von allen liebe Grüße,
Emily.

Orra White Hitchcock, Frau des Chemikers, Moraltheologen und international anerkannten Geologen Edward Hitchcock, 1845–1854 Präsident von Amherst College, starb am 26. Mai 1863.

Nr. 99

An Louise und Frances Norcross *7. Oktober 1863*

Liebe Kinder,

wenig hat sich hier ereignet als die Einsamkeit, zu täglich, um davon zu reden. Carlo ist standhaft und verlangt seit Eurer Abreise weder zu essen noch zu trinken. Mutter findet ihn als Hund vorbildlich und fragt sich, was er alles hätte werden können, hätte Vinnie ihn nicht »untergraben«. Margaret verbittet sich Ofenhitze, weil sie die Knochen angreift, und so hause ich in meiner Haube und leide recht bequem. [...]

Miss Kingman kam gestern abend, um Euren Garten zu bewundern; ich gab ihr eine Laterne, sie trat hinaus und dankt Euch herzlich. Sonst hatten wir keinen Besuch, bis auf eine alte Dame, die ein Heim besichtigen wollte. Ihr wies ich den Weg zum Friedhof, um ihr die Kosten eines Umzugs zu ersparen.

Heute morgen war ich noch vor Vater unten und verbrachte eine kleine profitable Weile mit der Südseerose. Als Vater mich entdeckte, riet er zu klügerer Beschäftigung und las beim Morgengebet die Verse von dem Herrn mit dem einen Talent. Vermutlich dachte er, mein Gewissen werde das Genus schon richten.

Margaret hat heute gewaschen und bezichtigt Vinnie der Baumwolldrucke. Ich gab noch Schuhe und Haube hinzu, damit alles hübsch ist, wenn sie wiederkommt. In Miss N[orcross'] Truhe entdeckte ich Putzmacherzeug. Und bin jetzt im Geschäft. Aus Vinnies Vase im Salon habe ich ein Geranienblatt entfernt und eine Lilie beigesteuert. Die Wicken bleiben unverändert. Morgen ist Viehmarkt. Gerade ziehen die Pferche und Preisrichter ein. [...] Die Baldwin-Äpfel werden geerntet. Seid brav, Kinder, und hört auf den Vikar. Berichtet mir genau, wie es in Wakefield aussieht, denn ich selbst komme nicht hin.

Emily.

Mit der »Südseerose« mag Emily Dickinson gemeint haben, daß sie Herman Melvilles *Taipi. Ein Abenteuer in der Südsee* (1846) las. — Der jährliche Vieh- und Jahrmarkt (Cattle Show) fand 1862 am 8./9. Oktober statt. — Am Schluß spielt Emily Dickinson auf Oliver Goldsmiths Roman *Der Vikar von Wakefield* (1766) an.

Nr. 100

An T. W. Higginson *Ende 1863*

Lieber Freund –

Sie waren so gütig; wenn ich Sie gekränkt haben sollte, kann ich nicht inständig genug um Verzeihung bitten.

Zweifel an meinen Besten Absichten sind ungewohnter Schmerz – ich hätte keine Ehre mehr – fragte ich Sie nicht danach. Ich weiß nicht, was ich von mir halten soll – Gestern noch »Ihr Schüler« – doch dürfte ich heut abend eine sein, der Sie verzeihen, gäb's keine höhere Auszeichnung – Des Diebes Bitte ist es nur – Sir, erhören Sie

»Barabas« –

Es gleicht allein die Aussicht, daß
Wir ohne Stunde Schlag –
Vor Rätsels Antlitz träten –
Einem Gesicht aus Stahl
Das plötzlich vor dem unsren steht
Und kalt metallen feixt –
Wie liebenswürdig heißt der Tod
Willkommen – mit der Axt

Das Datum des Briefs wurde nach R. W. Franklin von »etwa 1863« auf »Ende 1863« korrigiert. Bei den Versen handelt es sich um die letzte Strophe des Gedichts Nr. 243 (»That after Horror – that 'twas us«). — »Des Diebes Bitte« wurde im Brief Nr. 47 schon an Mrs. Holland gerichtet. — Nach einer ersten Konsultation bei dem renommierten Augenarzt Henry W. Williams am 4. Februar 1864 in Boston reiste Emily Dickinson im April erneut hin und begab sich bis zum 21. November bei ihm in Behandlung. Während der knapp sieben Monate ihres Aufenthalts wohnte sie bei ihren Norcross-Kusinen in Mrs. Bangs' Pension in Cambridge (siehe auch Brief Nr. 104). — In den Briefen aus dieser Zeit tauchen Motive wie Gefängnis, Exil, Wüste wiederholt auf. Eine gewisse Entschädigung für die »Verbannung« mag die (Wieder-)Entdeckung der Werke Shakespeares gewesen sein, die Emily Dikkinson mit Louise und Frances »las«.

Nr. 101

An Susan Gilbert Dickinson *Cambridge, ca. 1864*

Meine süße Sue –

Es gibt nicht erst, nicht letzt im Ewig – das Zentrum ist und immer da –

Zu glauben – genügt – und das Recht, anzunehmen –

Nimm »Biene« und »Butterblume« zurück – ich habe für sie keine Wiese, doch für die Frau, die mir die liebste ist, herrscht hier ein Fest – In den Wunden meiner Hände wird man ihre Finger finden –

Unser schöner Nachbar ist im Mai »verzogen« – zurück bleibt Unbedeutendheit.

Nimm den Schlüssel zur Lilie; ich verschließe die Rose –

Alfred Habegger hält die Bemerkung über den »Nachbarn« für eine Anspielung auf den Tod Nathaniel Hawthornes am 18. oder 19. Mai 1864 in Plymouth, New Hampshire.

Nr. 102

An Lavinia N. Dickinson *Cambridge, im Mai 1864*

Liebe Vinnie,

Du fehlst mir am meisten, ich möchte gern nach Hause und gut für Dich sorgen und Dich jeden Tag froh machen.

Der Doktor will es noch nicht und will nicht, daß ich schreibe. An Vater hat er selbst geschrieben, denn für mich sei das nicht für ratsam.

Du wirst es nicht mehr seltsam finden, oder?

Loo und Fanny hegen mich und lassen es mir an nichts fehlen, aber ich bin nicht daheim, und die Besuche beim Arzt sind schmerzhaft, und, liebe Vinnie, ich habe den Frühling nicht einmal angesehen.

Willst Du mir helfen, Geduld zu haben?

Mehr als dies kann ich nicht schreiben, und diese kleine Blume schikken und hoffen, daß Du mich nicht vergißt, denn ich möchte so gerne kommen, daß ich es nicht zeigen kann.

Emily.

Auch der Schwägerin Susan Gilbert Dickinson beteuert Emily Dickinson, *sie* entbehre sie am meisten. — Von nur acht erhaltenen Briefen an die Schwester Lavinia stammen sieben aus der Zeit, die Emily Dickinson 1864 und 1865 in Boston verbrachte, der andere ist Brief Nr. 61.

Nr. 103

An T. W. Higginson *Cambridge, Anfang Juni 1864*

Lieber Freund,

Ist Gefahr –

Ich ahnte nicht, daß Sie verletzt sind. Schreiben Sie mir Näheres? Mr Hawthorne ist verstorben.

Ich bin herunter seit Semptember, und seit April in Boston, bei einem Arzt in Obhut – Er will mich nicht entlassen, doch bin ich im Gefängnis emsig und schaffe mir Gesellschaft –

Carlo ist nicht bei mir, er müßte sterben, eingesperrt, und die Berge könnte ich nicht halten, hier, da nahm ich nur die Götter –

Sie zu sehen, wünschte ich mehr, als ehe ich fehlte – Sagen Sie mir Ihr Befinden?

Ich wundere und sorge mich, seit Erhalt Ihrer Zeilen –

Nachricht hab ich einzig
Als stündlich Bulletin
von der Unsterblichkeit.

Können Sie den Bleistift lesen?

Die Feder konfiszierte mir der Arzt.

Die Anschrift schneid ich aus einem Brief, falls meine Zeichen fehlen – Kunde von Ihrer Genesung – überträfe die meine –

E – Dickinson

Die Verse bilden die erste Strophe des Gedichts Nr. 820 B. — Higginson war im Juli 1863 verletzt worden und im Mai 1864 ganz aus der Armee ausgeschieden. Vom 10. Juni bis zum 2. September wohnten die Higginsons in Pigeon Cove, auf Cape Ann, im November ließen sie sich in Newport, R. I., nieder. — Nathaniel Hawthorne starb am 18. oder 19. Mai 1864.

Nr. 104

An Lavinia N. Dickinson — *Cambridge, im Juli 1864*

Liebe Vinnie

Viele schreiben, daß sie nicht schreiben, weil sie zuviel zu sagen haben, ich – habe genug. Erinnerst Du Dich an die Nachtschwalbe, die eines Abends auf dem Zaun zum Obstgarten sang und dann in den Süden sprang, so daß wir nie mehr von ihr hörten?

Sie wird heimkehren, ich werde heimkehren, vielleicht im selben Zug.

Es ist gravierend, keine Vinnie zu haben und meine Sommer in fremden Städten zu verbringen, davon habe ich geschwiegen – doch fand ich in der Wüste Freunde.

Du weißt, daß es »Elia« nicht anders ging, und die »Raben« meine Strümpfe stopfen zu sehen, erweichte ein lang erhärtetes Herz – Fanny und Loo sind Gold wert, Mrs Bangs und ihre Tochter sehr freundlich und der Doktor erfüllt von meiner Genesung – ich selbst fühle mich noch nicht heiterer. Wahrscheinlich bin ich allzu lang entmutigt.

Du weißt doch, daß der Gefangene in Chillon die Freiheit, als sie kam, nicht erkannte und bat, in den Kerker zurückkehren zu dürfen.

Clara und Anna machten mir einen Besuch und brachten wunderschöne Blumen. Weißt Du, wie es kam, daß sie an mich dachten? Ich war sehr überrascht. Richte ihnen Grüße aus und Dank. Sie erzählten von dem Tag in Pelham: Du – behängt mit Margeriten, und Mr McDonald. Ich sah Dich nicht, Vinnie. Ich freue mich über die vielen Rosen, die Du findest, während Deine Mimose fort ist. Wie gut Mr Copeland geworden ist.

War Mr Dudley nett –

Emily möchte gesund und bei Vinnie sein – Gäbe es unter den Lebenden jemanden, der dringender gesunden wollte, ich ließe ihm den Vortritt.

Ich bin nur froh, daß ich's bin und nicht Vinnie. Langwierig möchte für sie länger sein. Alles Liebe an Vater und Mutter und Austin. Freue mich, daß sein Tabak gedeiht – ich hatte Vater danach gefragt.

Versichere Margaret, daß ich an sie denke und hoffe, Richard ist wohlauf.

Liebe Vinnie, dies ist der längste Brief, den ich seit dem Leiden geschrieben habe, aber wer hätte ihn denn mehr gebraucht als meine Kleine Schwester? Hoffentlich ist sie heute abend nicht so müde. Wie sehr ich wünschte, daß ich all denen die Last nehmen könnte, die meinetwegen müde sind – einen dicken Kuß für Fanny.

Emily.

Fanny Norcross war zur Collegefeier am 15. Juli nach Amherst gereist. — Emily Dickinson erhielt Besuch von ihren Kusinen Clara und Anna Newman, die zu dieser Zeit noch bei Austin und Susan Dickinson lebten. — Vinnie war häufig bei Eliza und John Dudley in Middletown, Connecticut zu Besuch. Melvin B. Copeland, ein Geschäftmann dort, war ein Bekannter Vinnies. — Von dem Propheten Elia und den Raben ist in einem Brief an eine Nachbarin 1868 nochmals die Rede: »Mein Frühstück übertraf Elias, wiewohl von Rotkehlchen serviert, nicht Raben.« — Im November schrieb Emily Dickinson: »In zwei Wochen kehre ich heim. Du selbst wirst mich in Palmer erwarten. Laß niemanden sonst kommen.«

Nr. 105

An Louise und Frances Norcross *1864 (?)*

[...] Leid scheint landläufiger seit Beginn des Krieges und kaum der Besitzstand einiger weniger; hülfe einem der Schmerz der anderen mit dem eigenen, gäb's heute reiche Medizin.

Zu schätzen ist gefährlich, denn nur, was teuer ist, macht angst. Ich sah, daß Robert Browning ein neues Gedicht verfaßt hat, und staunte – bis mir einfiel, daß ich selbst, auf mindere Weise, von des Karners Stufen singe. Täglich erscheint das Leben mächtiger und was wir sein können, staunenswerter.

Dieses Brieffragment (ein Ausschnitt) läßt sich nicht genau datieren, doch der erste Satz weist auf die späten Bürgerkriegsjahre hin, und 1864 erschien Robert Brownings *Dramatis Personae*.

Nr. 106

An Louise Norcross *Anfang 1865 (?)*

Liebe Loo,

hier mein Brief – ein armes, mürrisches Ding, aber wenn meine Augen erst wieder gut sind, schicke ich Dir Gedanken, die wie Blumen sind, und Sätze stark genug für Bienen [...]

Emily Dickinsons Augenleiden plagte sie weiterhin; Anfang 1865 beschloß sie, sich erneut bei Dr. Williams in Boston einer Behandlung zu unterziehen, und schrieb den Kusinen: »Mit den Augen geht es wie bei Euch, mal gut, mal jämmerlich. Eine Verschlimmerung kann ich nicht behaupten, seit meiner Rückkehr, noch geht es wirklich besser. Das Schneelicht behagt ihnen nicht, das Haus ist grell; abgesehen davon habe ich Hoffnung ... Dann wieder finde ich, ich sei zu lange krank, und prompt schmerzen die Augen. Ich will versuchen, noch ein paar Wochen hier bei ihnen auszuharren, bevor ich wieder nach Boston komme, doch was es hieße, Euch zu haben und des Doktors Fürsorge – läßt sich gar nicht sagen.«

Nr. 107

An Susan Gilbert Dickinson *etwa März 1865*

Laß mich vorausgehen, Sue, denn ich lebe schon immer auf hoher See und kenne den Weg.

Zweimal wäre ich ertrunken, daß Du nicht hättest sinken müssen, Liebes; hätte ich Dir nur die Augen zuhalten können, damit Du nicht das Wasser siehst.

Susans Schwester Harriet Gilbert Cutler starb am 18. März 1865 mit 44 Jahren, Todesursache »unbekannt«. Es war die zweite Schweser (von dreien), die Susan Gilbert Dickinson verlor, und sie erlitt einen Zusammenbruch. — Wasser-Metaphern finden sich in der Zeit von Dickinsons Augenleiden auffällig oft.

Nr. 108

An Susan Gilbert Dickinson *Anfang Dezember 1865*

Schwester,

beide sind wir Frauen, und es gibt Gottes Wille – Könnten die Sterbenden uns in den Tod einweihen, gäbe es keine Toten – heikler als der Tod ist Ehestand. Ich danke für die Zärtlichkeit –

Sie ist, weiß ich, die einzige Speise, die der Wille nimmt, und nicht aus allen Fingern – Es ist gut, daß Du dort bist – Es entfernt Dich nicht – Ich suche Dich erst in Amherst und wende meine Gedanken dann mühelos ohne Peitsche – so treu folgen sie Dir –

Jede Stunde ein Meer
Zwischen denen, und mir –
Die mir Hafen wärn –

Susan Dickinson war noch bei ihrer Schwester Martha Smith in Geneva, New York. — Emily Dickinsons Bekannte Susan Phelps, zeitweilig Verlobte von Henry Vaughan Emmons, starb am 2. Dezember 1865 mit 38 Jahren. — Die Verse führt R. W. Franklin als Gedicht Nr. 898.

V

1866–1874

Ein Brief ist ein Gefühl fast
wie Unsterblichkeit …

Nach der enormen Produktivität der vorangegangenen Jahre tritt nun eine Beruhigung, fast eine Stasis ein: Die Zahl der erhaltenen Briefe ist gegen Ende der sechsten Dekade des Jahrhunderts die geringste überhaupt. Es ist, als hätte Emily Dickinson erst einmal wieder Kräfte sammeln müssen.

Über das Jahr 1867 ist wenig bekannt. Ein einziger Brief läßt sich zweifelsfrei auf dieses Jahr datieren, eine Handvoll Gedichte nur annähernd. Zu den wichtigen Korrespondenten zählen nach wie vor die Norcross-Kusinen und, nach einer längeren Pause, Samuel Bowles. Die meist kurzen Botschaften an die Schwägerin Susan Gilbert Dickinson nehmen hingegen langsam die Form kryptischer Kassiber an, die an der Realität vorbei einer durch Idealisierung auf einen sicheren Abstand entrückten »unermeßlichen, köstlichen Schwester« zugeschmuggelt werden.

Nach wie vor nimmt die Dichterin – von ferne – Anteil am Geschehen in ihrem unmittelbaren Umfeld und in der Welt. Selten übergeht sie wichtige Anlässe im Leben von Freunden und Bekannten; wir finden in dieser Periode unzählige kleine poetische bis pointierte Glückwünsche, Trost- und Grußbotschaften, und äußere Umstände fördern nun auch die Korrespondenz mit den zwei Freunden, denen Emily Dickinson ihre interessantesten Briefe schreibt: Im Mai 1870 kehrt Mrs. Holland mit ihrem Mann von einem zweijährigen Europaaufenthalt zurück, und im August desselben Jahres stattet Thomas Wentworth Higginson der Dichterin den ersten langersehnten Besuch ab. Nach acht Jahren wunderlicher Korrespondenz findet Higginson die Begegnung so anregend, daß er sie in seinem Tagebuch und in Briefen an seine Frau und an seine Schwestern ausführlich schildert.

In Emily Dickinsons 40. Jahr nimmt die Zahl der vorhandenen Briefe dann wieder merklich zu, und 1871 befaßt sich die Dichterin erneut mit der fünf Jahre lang vernachlässigten Ordnung ihrer Gedichte; erstmals seit 1865 entstehen Ich-Gedichte.

Das Augenleiden wird nicht wieder erwähnt; die Dichterin scheint weder am Lesen noch am Schreiben gehindert zu sein.

Der unerwartete Tod Edward Dickinsons 1874 in Boston bedeutet für seine Tochter den »Stillstand der Welt, den ich ›Vater‹ heiße« (Brief Nr. 141). Der Verlust, so zentral im Denken Emily Dickinsons, wird nun zunehmend als Sehnsucht in die Zukunft projiziert: »Im Wagnis der Unsterblichkeit liegt vielleicht ihr Reiz – Gesichertes Entzücken büßt an Zauber ein –«.

Nr. 109

An T. W. Higginson *Ende Januar 1866*

Carlo ist tot –

E. Dickinson

Wollen Sie mich fortan lehren?

Mit dieser kurzen Nachricht, der das Gedicht »Further in Summer than the Birds« (Nr. 895) beigelegt war, versucht die Dichterin nach anderthalb Jahren den Kontakt zu Higginson wiederzubeleben. Der Neufundländer Carlo war Emily Dickinson 16 Jahre lang ein treuer Gefährte gewesen (siehe Brief Nr. 9); einen neuen Hund schaffte sie sich nie an.

Nr. 110

An Mrs. J. G. Holland *Anfang März 1866*

[…] ins Dürre

Der Februar flog vorbei wie auf Kufen, und März ist in Sicht. Das ist das »Licht«, von dem der Fremde sagte, es liege nie »auf Land auf Meer«. Ich selbst könnte es wohl treffen, doch wollen wir Ihn nicht beschämen. Ned ist seit einer Woche krank, er altert unsere Gesichter. Heute bestieg er sein Schaukelpferd – fahl wie ein Gespenst.

Gerade war seine Mama da und brachte Kaschmirdruck.

Unser Vetter Peter sagte mir, der Doktor werde bei der Collegefeier sprechen. Im Vertrauen darauf, daß mir diese Nachricht Sie beide für Papas Fest sichert, segne ich Peter.

Nicht immer kennen wir die Quelle – des Lächelns, das Uns zufließt. Ned sagt, die Uhr schnurrt und das Kätzchen tickt. Er hat die Leidenschaft seines Onkels Emily für die Lüge geerbt.

Meine Blumen sind nah und fern; durchschreite ich den Raum, stehe ich auf den Gewürzinseln.

Der Wind weht heut sehr munter, die Häher bellen wie blaue Terrier. Ich sage nur, was ich seh. Die Landschaft der Seele verlangt eine Lunge, aber keine Zunge. Ich bewahre meine wenigen Lieben, bis mein Herz rot ist wie Februar und purpurn wie März.

Meine Hand dem Doktor
Emily.

»Das Licht, das niemals lag auf Meer, auf Land« ist eine Zeile aus einem Gedicht des romantischen Dichters William Wordsworth (1770–1850): »Elegiac Stanzas Suggested by a Picture of Peele Castle in a Storm, Painted by Sir George Beaumont.« Die Dichterin versah das Wort »Meer« in ihrem Brief mit einer 1, »Land« mit einer 2. Dasselbe Wordsworth-Zitat wird sechs Jahre später in einem Brief an die Norcross-Kusinen noch einmal angebracht. — Emily Dickinsons Vetter »Peter« (Perez Dickinson Cowan) gehörte in diesem Jahr zu den Absolventen des Amherst College.

Nr. 111

An T. W. Higginson *Anfang 1866*

Lieber Freund.

Die mein Hund verstand, kann anderen keine Rätsel aufgeben.

Ich würde mich freuen, Sie zu sehen, halte die Freude jedoch für eine Erscheinung, die nicht sein soll. Boston bleibt fraglich.

Ich hatte meinem Arzt versprochen, im Mai einige Tage zu kommen, doch Vater widersetzt sich, weil ich ihm Gewohnheit bin.

Ist es nach Amherst weiter?

Sie fänden eine kleine Gastgeberin, aber ein weites Willkommen –

Desfalls Sie meiner Schlange begegnen und mich für falsch halten: sie wurde mir entwendet – und überdies durch das gesetzte Zeichen der dritten Zeile beraubt. Dritte und vierte waren eins – ich sagte Ihnen doch, daß ich nicht publiziere – nun fürchte ich, Sie könnten mich scheinheilig finden. Wenn ich Sie dennoch bitte, mich anzuleiten, sind Sie dann sehr verärgert?

Ich will geduldig sein – beständig, niemals Ihr Messer abwehren, und wenn meine Schwerfälligkeit Sie reizt, dann wußten Sie aber doch vor mir

Bis auf die kleine Form
Ist kein Sein rund –
Was so zur Fülle – drängt,
Geht auf, geht – um
Große wachsen – graduell
Sind später dran –
Die Sommer der Hesperiden
Sind lang.

Dickinson

Das Gedicht führt R.W. Franklin als Nr. 606C. — Mit dem »Die« zu Beginn des Briefs meint Emily Dickinson sich selbst. Sie antwortet offenbar auf Higginsons Bemerkung, sie erscheine ihm »rätselhaft«, und auf seinen Wunsch, sie persönlich kennenzulernen. — Zum ersten Mal, wie Alfred Habegger feststellt, unterzeichnet die Dichterin hier schlicht »Dickinson«. — Ihrem Brief legte sie das Gedicht »A Death blow is a Life blow to Some« bei (Nr. 966) und den aus dem *Springfield Republican* vom 17. Februar ausgeschnittenen Abdruck von »The Snake« (Nr. 1096); das Gedicht war sowohl im *Daily* als auch im *Weekly Springfield Republican* erschienen. Habegger zufolge hatte wohl Susan G. Dickinson, die in ihrem Nachruf auf Emily Dikkinson deren gelegentliche Veröffentlichungen der Initiative von Freunden zuschrieb, die aus »Liebe zu Dieben« wurden, das Gedicht am Valentinstag 1866 »entwendet«. Eine weitere Abschrift ging 1872 nochmals an Sue (siehe Brief Nr. 127).

Nr. 112

An Mrs. J. G. Holland *Anfang Mai 1866*

Liebe Schwester,

als Sie gegangen waren, tremolierte leise ein Wind durchs Haus wie ein weiter Vogel und machte es so luftig wie einsam. Als Sie fort waren, kam die Liebe. Ich dachte es mir schon. Das Herz speist erst, wenn der Gast gegangen ist.

Zu starker Zuneigung gehört so untrennbar Scham, daß wir alle Adams Zögern kennen. Der Weg des Liebhabers ist göttlich und nichts für den Bettelsack.

Daß Sie bei mir sein werden, tilgt die Angst, und so sehe ich der Collegefeier mit heiterer Ergebenheit entgegen. Kleiner als David, kleiden Sie mich mit äußerstem Goliath.

Am Freitag habe ich Leben gekostet. Einen Riesenbissen. Ein Zirkus zog am Haus vorbei – noch immer habe ich den Kopf voll Rot, obwohl die Trommeln längst schon schweigen.

Das Buch, das Sie erwähnten, ist mir nie begegnet. Dank für die Fürsorge.

Der Rasen ist voll Süden, und die Düfte verstricken sich, und ich höre heut zum ersten Mal den Fluß in den Bäumen strömen.

Vinnie macht der Tod ihrer gescheckten Katze tief betroffen, wiewohl ich ihr versichere, sie sei unsterblich, was etwas hilft. Mutter nimmt ihren Salat wieder auf, was mir eine Übertretung abverlangt – die aber an Sie denken macht und die Schande dadurch versöhnlicher.

Es ist »Hausputz«. Pestilenz ist mir lieber. Weit klassischer und weniger virulent.

Ihr Sandbeerzweig war mein erster. Rosige Großtuerei.

Ich schicke Ihnen dafür die erste Zaubernuß.

Letzte Woche ist – am Fuß des Gartens – eine junge Frau gestorben, hoffnungsvoll nur kurze Zeit. Seither beschäftigt mich die Macht des Todes – nicht über die Zuneigung, aber über ihre sterbliche Hülle. Sie ist für Uns der Nil.

Sie sprechen von dem unerlaubten Glück, bei den Liebsten sein zu dürfen. Das scheint mir eine Freiheit, die uns herauszunehmen Gott nicht zuläßt.

Zähl nicht, was fern zu haben ist,
Sei auch die Nacht davor –
Noch das Benachbarte, das noch
Als Sonnen ferner wär.

In Dankbarkeit für Ihre Verkörperung desselben.

Emily.

Das Gedicht ist nach R. W. Franklin Nr. 1124A. — Am 3. Mai war ein Zirkus in Amherst. — Laura Dickey, Tochter von Henry Hills, starb am 1. Mai im Haus ihrer Eltern, das im Osten an das Dickinson-Grundstück grenzte.

Nr. 113

An T. W. Higginson *9. Juni 1866*

Lieber Freund,
bitte danken Sie der Dame. Sie ist sehr gütig, sich zu bekümmern.

Boston muß ich lassen. Vater will es so. Er schätzt gemeinsame Reisen, nicht aber, daß ich Besuche mache.

Darf ich Sie, als mein Gast, dem Amherst Inn anempfehlen? Wenn ich Sie erst gesehen habe, wird Besserung eine größere Freude sein, weil ich dann wissen werde, wo die Fehler liegen.

Ihre Meinung verleiht mir Ernst. Gern wäre ich, was ich Sie dünke.

Danke, ich wünschte Carlo wäre da.

Zeit ist der Wunde Prüfung
Doch keine Medizin –
Wäre sie das – bewiese sie
Kein Leid war, was Leid schien.

Doch bleibt mir ja der Hügel, mein übriges Gibraltar.

Die Natur, so scheint es mir, spielt ohne Kameraden.

Sie erwähnten die Unsterblichkeit.

Sie ist das Flutthema. Man sagt mir, flossenlose Geister seien am Ufer besser aufgehoben. Ich gehe weniger auf Erkundung seit meinem stummen Verbündeten, doch die »grenzenlose Schönheit«, von der Sie sprechen, kommt zu nah zum Suchen.

Um dem Zauber zu entkommen, müßte man immerzu fliehen.

Paradies bleibt disponibel.

Ein jedweder wird Eden erben, ohngeachtet, was Adam verwirkt.

Dickinson.

Die Verse sind die zweite Strophe des Gedichts Nr. 861B, die letzten beiden Sätze des Briefs der Vierzeiler Nr. 1125: »Paradies bleibt disponibel / Ein jedweder wird / Eden erben, ohngeachtet/ was Adam verwirkt.« — Higginson hatte die Dichterin erneut gedrängt, nach Boston zu kommen; sie lehnte den Vorschlag zum zweiten Mal ab und lud Higginson statt dessen zum ersten Mal ein, sie in Amherst zu besuchen. — Diesem Brief legte Emily Dikkinson vier Gedichte bei: »Blazing in Gold and quenching in Purple« (Nr. 321), »Ample make this Bed« (Nr. 804), »To undertake is to achieve« (Nr. 991) und »As imperceptibly as Grief« (Nr. 935).

Nr. 114

An Susan Gilbert Dickinson *etwa August 1866*

Schwester

Ned ist gut versorgt – hat Hannah eben noch ein »Ständchen« gebracht und trabt nun mit einem »Schweif« aus Maisgrün und Zuspruch heischenden rückwärtigen Blicken davon, nachdem die Großmama wie üblich »hoffte«, er werde »ein braver Junge« sein.

»Nich so braf«, meinte das gute trotzige Kind! Dümmliche Ambitionen von Großmamas! Ich blies der ersten Eisenbahn einen Kuß, vergaß jedoch, den Rolladen zu öffnen, was Deine Nachlässigkeit mit erklären mag.

Aus Worcester keine Nachricht, wiewohl Vater ein Telegramm verlangte, und die Dudleys werden vom Wetter aufgehalten, so daß Susan Hugh noch sehen wird –

Es regnet in der Küche, und Vinnie kauft einer Indianerin Brombeeren ab – werde wohl nicht mehr vor die Tür gehen. Mein Dschungel grenzt an Wall Street – War das Meer freundlich? Küß Ihn für Thoreau –

Sorg Dich nicht um das Daheim –

Sei eine kühne Susan –

Clara hat den Tabak verkauft und ist sehr gut zu Ned –

Träumte, Du seist bei Ticknor & Fields Tennyson begegnet –

Wo der Schatz, da auch der Geist –

Alles Liebe dem Jungen –

Emily.

Susan und Austin waren in die Sommerfrische gefahren, vermutlich – wie häufig – nach Swampscott bei Salem. — In Worcester, Mass., lebte Edward Dickinsons Bruder William. — John und Eliza Dudley wurden in Amherst erwartet, »Hugh« bleibt unidentifiziert. — Auf den fünfjährigen Ned paßte Clara Newman auf, die zu dieser Zeit noch in den »Evergreens« lebte. Der verkaufte Tabak war selbstangebaut. — Die Anspielung auf Thoreau dürfte Sue verstanden haben: Sein *Cape Cod* war 1865 erschienen, möglicherweise hatten Susan und Emily Dickinson darüber gesprochen. — Ticknor & Fields war ein bekannter Verlag in Boston.

Nr. 115

An T. W. Higginson *Mitte Juli 1867*

Darf ich unverändert meinen »Aufruf zur Kultur« vorbringen, und
Will sie mich nicht lehren?

Diese Zeilen sind der einzig bekannte Brief aus dem Jahr 1867. Im Januar war im *Atlantic Monthly* Higginsons Essay »A Plea for Culture« erschienen, in dem er einer originär amerikanischen Literatur und Kultur das Wort redete. Emily Dickinson nutzte die Gelegenheit, um die Korrespondenz, die seit ihrer zweiten Weigerung, nach Boston zu kommen, eingeschlafen war, wieder anzustoßen. — Ihrer Frage legte Emily Dickinson ein Gedicht bei: »The Luxury to apprehend« (Nr. 819E).

Nr. 116

T. W. Higginson an Emily Dickinson — *11. Mai 1869*

Gelegentlich nehme ich Ihre Briefe & Verse zur Hand, liebe Freundin, und verspüre ich erst ihre eigentümliche Macht, ist es nicht [verwunderlich], daß es mir schwerfällt zu schreiben & lange Wochen vergehen. Ich würde Sie sehr gerne sehen, weil ich meine, daß ich Ihnen, könnte ich Ihnen einmal nur die Hand reichen, etwas sein möchte, doch bisher hüllen Sie sich in Ihren feurigen Nebel & erreiche ich Sie nicht, sondern kann mich nur an funkelnden Lichtern erfreuen. Jedes Jahr hoffe ich erneut, daß ich es irgendwie zuwege bringe, nach Amherst zu fahren und Sie aufzusuchen: aber es ist nicht leicht, denn ich muß häufig auf Vortragsreisen fort etc. & fahre selten zum Vergnügen. Nach Boston zu gelangen, um Sie jederzeit zu treffen, wäre ein Leichtes. Ich bleibe Ihnen unverändert verbunden & mein Interesse an allem, was Sie mir schicken, lebhaft. Gern würde ich sehr oft von Ihnen hören, fürchte aber stets, das, was ich *schreibe*, möchte schlecht gezielt sein & den feinen Zuschnitt Ihres Geists verfehlen. Doch wie Sie sehen, gebe ich mir Mühe. Ich glaube, wenn ich Sie einmal sehen dürfte & erfahren, daß es Sie wirklich gibt, sähe ich klarer. Selbst zu hören, daß Sie tatsächlich einen Onkel haben, hat Sie mir näher gebracht, obschon ich mir kaum zwei unterschiedlichere Wesen vorstellen kann als Sie [&?] ihn. Allerdings bin ich ihm [seit] einigen Jahren nicht mehr begegnet, dafür kenne ich [eine Dame], die Sie einst gekannt hat, mir aber [nicht] viel sagen konnte.

Es fällt [mir] schwer zu verstehen, wie Sie s[o all]ein leben können, indem in Ihnen Gedanken von solchem Feinsinn aufsteigen & Ihnen selbst die Gesellschaft Ihres Hunds genommen ist. Allerdings macht es, gleich, wo man ist, einsam, denkt man über einen bestimmten Punkt hinaus und wird erleuchtet wie Sie – insofern mag der Ort wohl unerheblich sein.

Gewiß reisen Sie gelegentlich nach Boston? Das tun doch alle Damen. Ich frage mich, ob es nicht gelingen möchte, Sie zu einem der Zirkel zu locken, die sich um 10 Uhr vormittags an jedem dritten Montag des Monats bei Mrs. [Sar]gent in der Chestnut Street Nr. 13 einfinden und bei denen stets jemand vorträgt & andere zuhören und sich unterhalten. Am kommenden Montag liest Mr. Emerson & nachmittags um ½ vier Uhr trifft sich in der Nr. 3 Tremont Place der Woman's Club, dem ich einen Vortrag über die griechischen Göttinnen halten werde. Das wäre ein guter Zeitpunkt für einen Besuch, [ob]wohl es mir natürlich lieber wäre, Sie kämen an einem [Ta]g, an dem ich weniger beansprucht wäre – denn ich will Sie ja sprechen und weniger zerstreuen. Ich werde auch zur »Anniversary Week« in Boston sein, am 25.* & 28. Juni – oder könnte nicht das Musikfest im Juni Sie vielleicht reizen. Sie sehen, es ist mir ernst. Oder brauchen Sie im Sommer keine Seeluft. Schreiben Sie & erzählen Sie in Versen oder Prosa & ich will versprechen, in Zukunft weniger penibel zu sein & bereit, lieber ungeschickt zu schreiben als gar nicht.

Stets der Ihre
[Unterschrift entfernt]

* An diesem Tag gibt es außer der Reihe eine Zusammenkunft bei Mrs. Sargent & Mr. Weiss wird einen Essay lesen. Es steht mir frei, Sie einzuladen & Sie können einfach läuten & hereinspazieren.

Die »Dame«, von der Higginson am Ende des ersten Absatzes seines Briefs spricht, ist Helen Hunt Jackson. Im selben Jahr geboren wie Emily Dikkinson, Tochter von Prof. Nathan Welby Fiske und seiner früh (1844) verstorbenen Frau Deborah Vinal, war »H. H.« in Amherst aufgewachsen. Sie besuchte jedoch, anders als die Dickinson-Kinder, auswärtige Schulen in

Hadley, Charlestown, Pittsfield, Falmouth, Ipswich und das Abbott Institute in New York, und so hatten die beiden Mädchen wenig Berührung. Nach dem Tod ihres Vaters 1847 verließ Helen Fiske Amherst endgültig und heiratete 1852 einen Ingenieur der Armee – denselben Major Hunt, der Emily Dickinson anläßlich eines Besuchs als Begleiter seiner Frau 1860 mit der Bemerkung beeindruckte, ihr Hund erfasse »die Anziehungskraft« (siehe Brief Nr. 121). Edward Bissell Hunt kam 1863 bei einem Berufsunfall ums Leben, und als der Sohn der Hunts 1865 ebenfalls starb, zog Helen Hunt nach Newport, Rhode Island, wo sie ab 1866 in Mrs. Hannah Dames »Literatenpension« lebte – wie T. W. Higginson, der ihre ersten Schreibversuche begleitete. Am 20. 2. 1866 ließ Higginson seine Schwester wissen: »Sie wirkt sehr klug & gesellig & könnte eine Neuerwerbung werden.« Helen Hunt machte sich bald mit Gedichten und vor allem, ab 1871, mit ihren Erzählungen einen Namen. Samuel Bowles und Ralph Waldo Emerson priesen Hunts Werk. Sie veröffentlichte unter dem Kürzel H. H. sowie unter den Künstlernamen Marah, Saxe Holm und Rip Van Winkle. — Im Hause des unitarischen Reformers John Turner Sargent traf sich ab 1867 der Radical Club, zu dessen regelmäßigen Teilnehmern der Utopist Bronson Alcott (Vater Louisa May Alcotts), der fortschrittliche Unitarier John Weiss, die Sozialaktivistin und Dichterin Julia Ward Howe sowie Thomas W. Higginson, Ralph Waldo Emerson und Harriet Prescott Spofford gehörten. — Der Woman's Club, in Neuengland 1868 von Kreisen aus dem Umfeld der Suffragetten gegründet, war neben dem Radical Club die einzige bedeutende Vereinigung, die Frauen offenstand. 1875 hielt Higginson vor dem Woman's Club einen Vortrag über »Two Unknown Poetesses« – eine davon Emily Dickinson. — »Anniversary Week« war die Woche, in der in Boston wie in New York die Jahresversammlungen konfessionsgebundener und wohltätiger Vereine stattfanden.

Nr. 117

An T. W. Higginson — *Juni 1869*

Lieber Freund,

ein Brief ist ein Gefühl fast wie Unsterblichkeit, ist er doch reiner Geist ohne leiblichen Begleiter. Gespräche binden uns an Temperament und Ton, während die geisterhafte Kraft der Gedanken sie zu Einzelgängern macht – ich würde Ihnen gern für Ihre große Güte danken, doch hebe ich nie Worte, die ich nicht halten kann.

Sollten Sie nach Amherst kommen, mag es besser gehen, wenngleich die Dankbarkeit der scheue Wohlstand derer ist, die nichts besitzen. Ich bin sicher, daß Sie die Wahrheit sprechen, weil es die Edlen tun, doch Ihre Briefe überraschen stets von neuem. Mein Leben ist zu schlicht und streng gewesen für das geringste Aufheben.

»Erschienen den Engeln« liegt außerhalb meiner Verantwortung.

Schwer ist es, in einer so vortrefflichen Welt nicht fabelhaft zu sein, doch stehen uns allen die rigorosen Korrekturen der Probe aufs Exempel offen.

Ich weiß, wie ich als kleines Mädchen die erstaunliche Stelle vernahm und mir die »Kraft« erkor, nicht ahnend, damals, daß das »Reich« und die »Herrlichkeit« dazugehörten.

Sie bemerken, wie allein ich lebe – für den Emigranten ist alles Land müßig, es sei denn, es ist seins. Sie sprechen so freundlich davon, mich sehen zu wollen. Sollten Sie es sich einrichten können, ganz bis nach Amherst zu kommen, würde mich das freuen; ich selbst jedoch tausche väterlichen Grund mit keiner Tür und keiner Stadt.

Unsere größten Taten sind uns nicht bekannt –

Sie wußten nicht, daß Sie mir das Leben retteten. Ihnen persönlich danken zu dürfen, gehört seither zu meinen wenigen Wünschen. Das Kind, das meine Blume fragt: »Willst du?«, sagt – »Willst du?« – und so kenn ich keine anderen Worte für eine Bitte.

Sie entschuldigen doch das je Gesagte, weil mich nichts anderes gelehrt?

Dickinson

Der Eingangssatz des Briefs findet sich ähnlich noch einmal in einem Ende 1882 an James Clark gesandten. — »Erschienen den Engeln« stammt aus der Bibel (1. Tim. 3,16). — Zum dritten Mal verwirft Emily Dickinson eine Reise nach Boston, zum zweiten Mal fordert sie Higginson auf, nach Amherst zu kommen. — Dickinsons Überzeugung, in Higginson einen Freund

und Retter zu haben, scheint unerschütterlich gewesen zu sein, denn daß er ihr das Leben gerettet habe, beteuert sie ihm zehn Jahre später (Brief Nr. 180) noch einmal.

Nr. 118

An Perez Cowan *im Oktober 1869*

Diese Nachsommertage, so seltsam friedvoll, erinnern mich an die stillsten Dinge, die niemand stören kann, und da ich weiß, daß Du nicht daheim bist und eine Schwester weniger hast, wollte ich Dir helfen. Vielleicht brauchst Du aber keine Hilfe?

Du sprichst mit solcher Zuversicht von dem, was nur die Zuversicht beweisen kann, daß ich mir abhanden komme, als sprächen meine englischen Gefährten plötzlich Italienisch.

Es bekümmert mich, daß Du vom Tode mit solch freudiger Erwartung sprichst. Ich weiß, es gibt kaum Pein wie die um unsere Liebsten noch Muße wie die, welche sie so schwer zurücklassen, doch Sterben ist Sturmnacht und unbefahrene Straße.

Vermutlich denken wir alle an die Ewigkeit, manches Mal so angeregt, daß wir kaum schlafen können. Geheimnisse sind reizvoll, und doch auch feierlich – und mögen wir auch nach Kräften rätseln, Gewißheit gibt es nicht.

Ich hoffe, daß die Schwester mit der Zeit mehr Frieden bringt als Pein – selbst wenn Verzicht nur hart errungen wird. Das Thema schmerzt mich so, daß ich es nun beiseite tue, da es Dich schmerzen muß.

Wir verletzen einander im Reden weniger als im Schreiben – da hilft ein leiser Ton den Worten ab, die bitter sind.

Erinnerst Du Dich, Peter, was der Arzt zu Macbeth sagte? »Hier muß der Kranke selbst das Mittel finden.«

Ich bin froh, daß Du tätig bist. Andere sind heilsam. Du hast an Clara gedacht.

Die Hochzeit war klein, aber schön, und nun sind die Schwestern fort. Sieh hier die Blumen, wie Sue und Austin sie arrangierten.

Berichte Uns mehr von Dir, wenn Du Zeit hast und

Emily zuliebe.

Der Vetter Perez Dickinson Cowan hatte eine Schwester verloren. — Das *Macbeth*-Zitat (V/3 Z. 55) wird von Emily Dickinson noch zweimal verwendet, 1880 in einem Brief an Louise und Frances Norcross und 1885 in einem Kondolenzbrief an einen Bruder Susan Gilbert Dickinsons. Es soll weitaus mehr Briefe an den Vetter gegeben haben als die fünf, die erhaltenen sind. — Clara Newman heiratete am 14. Oktober 1869 Sidney Turner und zog mit ihm und ihrer Schwester Anna nach Norwich, Conn.

Nr. 119

An T. W. Higginson — *16. August 1870*

Lieber Freund

ich werde da sein und froh.

Ich meinte, Sie hätten den 15ten genannt? Das Unfaßbare überrascht nicht, da unfaßbar.

E. Dickinson

Dieses Billett wurde offenbar von Hand im Amherst House abgegeben und beantwortete eines, das Higginson der Dichterin bei seiner Ankunft hatte überbringen lassen und in dem er fragen ließ, ob er ihr seine Aufwartung machen dürfe. Dickinson scheint ihn am Vortag, den 15. August, erwartet zu haben. — Den nachfolgenden Brief (datiert: Amherst, Dienstag) schrieb Higginson noch am Abend seiner Frau:

Ich kann Dir so spät nicht mehr in aller Ausführlichkeit von E. D. berichten; kenntest Du Mrs. Stoddards Romane, erschiene Dir ein Haushalt wohl vertraut, in welchem die Bewohner sich alle um sich selbst bekümmern. Ich sah jedoch nur sie.

Das stattliche Haus eines Provinzanwalts, Backstein, mit großen Bäumen & einem Garten – ich gab meine Karte ab. Ein düsterer Salon, kühl & steif, ein paar Bücher & Stiche & ein Klavier mit aufgeklapptem Deckel – Malbone & O D [Out-Door] Papers unter den Titeln.

Schritte wie die eines trippelnden Kindes & schon glitt eine kleine, unscheinbare Frau herein mit gescheiteltem rötlichen Haar & einem Gesicht ein klein wenig wie das von Belle Dove: schlichter kaum – ohne jeden Vorzug – in einem sehr schlichten & blütenreinen weißen Piquékleid & gehäkeltem Schal aus blauer Kammwolle. Sie trat mir mit zwei Taglilien entgegen, die gab sie mir geradezu kindlich in die Hand und sagte: »Sie sind meine Einführung«, hauchte es in atemlos ängstlichem kindlichem Ton – & fügte halblaut hinzu: »Verzeihen Sie, wenn ich schreckhaft bin; Fremde empfange ich sonst nicht & ich weiß kaum, was ich sage –«; doch bald redete sie sehr munter drein & dann unaufhörlich – & zuvorkommend –, hielt manches Mal inne und forderte mich auf, an ihrer Statt zu sprechen –, um gleich darauf jedoch gerne fortzufahren. Die Art etwa zwischen Angie Tilton & Mr. Alcott – nur vollkommen unverstellt & naiv, was die beiden nicht sind & tat viele Äußerungen, die Du töricht gefunden hättest & ich weise fand – & einiges, was Dir gefallen hätte. Ein paar davon habe ich hier notiert.

Der Ort ist bezaubernd, die Aussicht jedenfalls Überall Hügel, kaum Berge. Ich lernte Dr. Stearns kennen, Präsident des College – leider war der Hauswart nicht aufzutreiben, der mir die Gebäude hätte aufschließen sollen. Vielleicht versuche ich's morgen noch einmal. Ich machte Mrs. Banfield einen Besuch & ihren fünf Kindern – Sie ähnelt H. H., wenn sie unwohl ist, war sehr herzlich & freundlich. Gute Nacht, Liebes, ich bin sehr müde & muß froh sein, überhaupt soviel für Dich festgehalten zu haben. Immer Dein

Ich bin um 2 angekommen & fahre um 9. E. D. hatte die ganze Nacht von *Dir* (nicht mir) geträumt & erhielt tags darauf meinen Brief mit dem Vorschlag, sie aufzusuchen! Von Dir wußte sie lediglich durch eine Bemerkung in meinen Zeilen zu Charlotte Hawes.

»Frauen reden: Männer schweigen: daher mir Frauen ein Greuel sind.«

»Mein Vater liest nur sonntags – er liest *einsame & unerbittliche* Bücher.«

»Wenn ich ein Buch lese [und] mir wird davon am ganzen Körper so kalt, daß kein Feuer mich mehr wärmen kann, weiß ich: Das ist Poesie. Wenn mir buchstäblich ist, als würde mir die Schädeldecke entfernt, weiß ich: Das ist Poesie. Nur so erkenne ich sie. Gibt es andere Möglichkeiten?«

»Wie kann die Mehrzahl der Menschen ohne Gedanken leben. Es gibt viele Menschen auf der Welt (Sie werden es auf der Straße bemerkt haben). Wie leben sie? Wie bringen sie die Kraft auf, sich morgens anzukleiden?«

»Als ich mein Augenlicht einbüßte, tröstete mich der Gedanke, daß es so wenige wahre *Bücher* gibt, daß ich leichterdings jemanden fände, der sie mir vorlesen könnte.«

»Die Wahrheit ist so *rar*, daß es herrlich ist, sie zu sagen.«

»Ich finde im Leben Glückseligkeit – allein das Gefühl zu leben ist Glück genug.«

Ich fragte, ob ihr denn nie eine Beschäftigung fehle, ihr, die das Haus nie verlasse & keine Besucher empfange. »Zu keiner Zeit ist mir jemals der Gedanke gekommen, ich könnte überhaupt irgendwann, und sei es noch in der denkbar fernsten Zukunft, auch nur den leisesten Anflug eines solches Verlangens empfinden« (& fügte hinzu): »Ich glaube, ich habe mich vielleicht nicht entschieden genug ausgedrückt.«

Sie bäckt sämtliches Brot, denn ihrem Vater schmeckt nur ihres & sie sagt dann sehr verträumt, als handelte es sich um Kometen: »& Süßspeisen muß der Mensch doch haben« – also bereitet sie auch diese zu.

Am Abend hielt Higginson das folgende in seinem Tagebuch fest:

Nach Amherst, Ankunft 2 Begegnung Präs. Stearns, Mrs. Banfield & Miss Dickinson (2mal) eine erstaunliche Erfahrung, ganz wie erwartet. Ein hübscher ländlicher Ort, unsagbar still zur sommerlichen Nachmittagsstunde.

Am nächsten Tag schrieb er abermals an seine Frau und teilte weitere Beobachtungen zu Emily Dickinson mit (Datum des Briefs Mittwoch mittag):

Nr. 121

Ich unterbreche meine Reise mittags in White River Junction, Liebes, & werde in wenigen Stunden in Littleton sein, von dort geht es weiter nach Bethlehem. Ich bin heute morgen um 9 in Amherst aufgebrochen & hatte gestern abend einen Brief an Dich aufgegeben. Diesen expediere ich in L., einen weiteren Bogen zu E. D., den ich in der Reisetasche habe, lege ich bei.

Beim Abschied sagte sie zu mir: »Dankbarkeit ist das einzige Geheimnis, das sich nicht selbst zu lüften vermag.«

Ich habe mich mit Präs. Stearns vom Amherster College über sie unterhalten – & hatte an ihm im Coupé einen angenehmen Reisegefährten. Vor meiner Abreise konnte ich noch in die Ausstellungen gelangen & habe es sehr genossen; einen Meteorgesteinsbrocken fast so lang wie mein Arm gesehen & 436 Pfund schwer! Eine dicke Scheibe von einem anderen Planeten. Er ist in Colorado niedergegangen. Die Sammlung der versteinerten Tritte ausgestorbener Vögel ist staunenswert & einzigartig & andere schöne Dinge. Am Morgen machte ich noch kurz die Bekanntschaft Mr. Dickinsons – schmal, trocken & sprachlos – ich sah, was für ein Leben sie gehabt hat.

Ich hätte ja einen klitzekleinen Meteoriten stibitzt, Liebes, aber sie waren hinter Glas.

Hier im Zug stieß ich eben auf Mrs. Bullard mit Gatten & Sohn – wir werden zusammen reisen.

Hier und da ein Blick auf hübsche Gipfel, doch alles trocken und verbrannt, nie habe ich den Fluß bei Brattleboro so wenig Wasser führen sehen.

Sagte ich schon, daß ich in Boston bei den Sargents gewohnt habe & sie immer noch am Newport-Plan festhält?

Die Photographie des Grabs Mrs. Brownings ist von E. D. »Timothy Titcomb« [Dr. Holland] hat sie ihr verehrt.

Ich werde den Brief wohl hier absenden, da ich indes Zeit fand, soviel zu schreiben. Du fehlst mir, mein Herz & ich wünschte, Du wärest hier, aber das Reisen wäre Dir beschwerlich.

Auf immer Dein

Noch einmal ED:

»Können Sie mir sagen, was Heimat ist.«

»Eine Mutter hatte ich nie. Eine Mutter, nehme ich an, ist eine, zu der man läuft, wenn man Kummer hat.«

»Ich konnte erst mit 15 die Uhr lesen. Mein Vater meinte, es mir beigebracht zu haben, aber ich hatte es nicht begriffen & getraute mich nicht, es zu sagen oder jemanden zu fragen, weil er es sonst hätte erfahren können.«

Ihr Vater war vermutlich weniger harsch als reserviert. Er sah sie nicht gern anderes lesen als die Bibel. Eines Tages brachte ihr Bruder den Kavanagh mit heim, versteckte ihn unter der Klavierdecke & gab ihr einen Wink & da lasen sie: schließlich fand der Vater den Band & war ärgerlich. Zuvor wohl hatte bereits ein Schüler des Vaters gestaunt, daß sie noch nie von Mrs. [Lydia Maria] Child gehört hatten & brachte ihnen Bücher & versteckte sie in den Sträuchern an der Haustür. Da waren sie noch Kinder in Kitteln, die die Füße auf die Stuhlsprossen stellen mußten. Nach dem ersten Buch dachte sie verzückt: »Das also ist ein Buch! Und es gibt mehr davon!«

»Ist es Vergessenheit oder Versenkung, wenn uns Dinge entfallen?«

Major Hunt fand sie interessanter als alle sonstigen Herren ihrer Bekanntschaft. Sie entsann sich zweier Bemerkungen – daß ihr gewaltiger Hund »die Anziehungskraft erfaßt habe« & als er versprach, »in einem Jahr« wiederzukommen, denn »wenn ich eine kürzere Zeit nenne, wird es länger«.

Als ich sagte, ich käme bald wieder, erwiderte sie daher: »Sagen Sie *nicht so bald*, das wird bälder sein. Bald hat keine Bedeutung.«

Nachdem sie ihre Augen lange hatte schonen müssen, las sie Shakespeare & fragte sich, ob überhaupt andere Bücher vonnöten seien.

Nie habe ich mit einem Menschen Zeit verbracht, der mich derart viel Kraft kostete. Ohne jede Berührung entkräftete sie mich. Ich bin froh, daß ich nicht in ihrer Nähe lebe. Sie fand mich oft *müde* & schien überhaupt sehr um fremdes Wohl besorgt.

Als Nachtrag setzte Higginson unter einen Brief an seine Schwestern vom Sonntag, den 21. August:

Ich habe meine Reise natürlich sehr genossen. In Amherst verbrachte ich einen angenehmen Nachmittag & Abend mit meiner einzigartigen Dichterkorrespondentin & den erstaunlichen Kabinetten des College.

Rückblickend schrieb Higginson 1891 in der Oktober-Ausgabe des *Atlantic Monthly* über seine Begegnung mit Emily Dickinson:

Zweifellos erhielt ich vor allem den Eindruck einer übermäßigen Gespanntheit und einer unnatürlichen Lebensweise. Mag sein, daß ich mit Zeit den etwas angestrengten Umgang hätte überwinden können, der nicht meinem Wunsche entsprach, sondern zu dem vielmehr ihre Bedürfnisse uns nötigten. Gewiß hätte ich einen aufrichtigen Verkehr vorgezogen, doch war dies kein Leichtes. Ihr Wesen war viel zu rätselhaft, als daß ich es in einer Unterhaltung von nur einer Stunde Dauer hätte ergründen können, und ich ahnte wohl, daß sie sich beim leisesten Versuch, in sie zu dringen, in ihr Schneckenhaus zurückziehen müßte; ich konnte daher nur stille halten und beobachten, wie man es im Walde tut: ich mußte den Vogel ohne Flinte bestimmen, wie es Emerson uns anriet.

Der Roman *Malbone* (1869) und die Aufsatzsammlung *Out-Door Papers* (1863) waren Werke Higginsons. — Elizabeth Stoddard (1823–1902) schrieb neben Essays, Erzählungen, Kindergeschichten und Gedichten einige der gewagtesten Romane der Zeit, in denen Familien häufiger als lose Konstellationen eigensinniger Individualisten erscheinen und Frauen gegen konventionelle Rollen aufbegehren. — Bronson Alcott war ein notorischer Vielredner. — Mrs. Everett Colby Banfield (1834–1895) war eine Schwester von H. H., Charlotte Hawes ein weiterer Protegé Higginsons. Lydia Maria Child (1802–1880), Erzieherin, Frauenrechtlerin und 1832 eine der Gründerinnen der New England Anti-Slavery Society, verfaßte überwiegend aufklärerische Texte. — Der Emerson zugeschriebene Ausspruch am Ende des letzten Absatzes stammt in Wirklichkeit von Henry David Thoreau: »A gun gives you the body not the bird.«

Nr. 122

An T. W. Higginson *26. September 1870*

Genug ist so unendlich süß, daß es wohl niemals vorkommt – höchstens als armselige Nachahmung – und für mich so fabelhaft wie die Herren der Offenbarung, die es »nicht mehr hungern« wird. Noch das Mögliche hat seinen unlöslichen Teil.

Nachdem Sie fort waren, nahm ich Macbeth und suchte Birnhams Wald auf – kam zweimal hin zum Dunsinan – fand ich und ging wieder an die Arbeit.

Ihr Kommen bewahre ich als ernste Süße, die nun zum Unwirklichen gehört –

Ihr »wer weiß!« richtet die Zuversicht –
Trug war's, denn Er war's nicht.

Die Ader kann schlecht der Arterie danken – doch daß sie in feierlicher Schuld steht, muß selbst der Schwerfälligste gestehen, und also auch ich selbst, deren Mühe lautlos bleibt.

Sie stellen große Fragen nebenbei. Antwort zu wissen wär Ereignis. Ich hoffe, Sie sind wohlbehalten.

Ich bitte Sie um Nachsicht mit viel Unwissenheit, die ich bewies.

Keine Nominierung gilt mir so viel als ihre geringe Meinung.

Sprechen Sie, und sei's, um Ihr folgsames Kind zu schelten. Sie erzählten mir von Mrs Lowells Gedichten.

Können Sie mir sagen, wo ich sie finde, oder sind sie nicht für andere Augen?

Auch einen Aufsatz von Ihnen selbst, den einzigen aus Ihrer Feder, den ich nicht kannte. Es ging um einen »Riegel«.

Wollen Sie es mir verraten? Erbitte ich zuviel, dann schlagen Sie es einfach aus – Kürze des Lebens macht mich kühn.

Ferne scheint heut abend nah, ich muß lediglich die Hände heben, um »Abrahams Höhen« zu berühren.

Dickinson

Den Zweizeiler »Ihr ›wer weiß!‹ ...« führt R.W. Franklin als Nr. 1177. — Die Worte »Sie wird nicht mehr hungern noch dürsten« stammen aus der Bibel (Off. 7,16). — Zum zweiten Absatz: Higginson kam in der Tat wie »einst hinan / Der große Birnams Wald zum Dunsinan« in Shakespeares *Macbeth* (1606/1623 IV/1 Z. 88–115) ein zweites Mal zu Emily Dickinson, und zwar im Dezember 1873. — Die Gedichte der Abolitionistin Maria White Lowell waren 1855 posthum veröffentlicht worden. — Higginsons Artikel zu einem »Riegel« muß einer von zweien zu Frauenrechtsfragen gewesen sein, entweder »The Door Unlatched«, der am 15. Januar 1870 im Sprachrohr der Suffragettenbewegung *The Woman's Journal*, erschien, oder »The Gate Unlatched«, ebenfalls im *Woman's Journal* abgedruckt, und zwar am 9. Juli 1870. — »Abrahams Höhen« dürften sich auf den biblischen Berg »Morija« beziehen.

Nr. 123

An T. W. Higginson *etwa Oktober 1870*

Das Rätsel, das man löst
Schätzt man sogleich gering –
Kaum etwas wird so schnell so schal als
Gesterns Verwunderung

Im Wagnis der Unsterblichkeit liegt vielleicht ihr Reiz – Gesichertes Entzücken büßt an Zauber ein –

Das größere Spukhaus der späteren Kindheit – fern, eine Furcht – wird zuletzt so traulich betreten wie Nachbars Kate –

Die Seele sagte zu dem Staub
Du kennst mich, Freund, bereits
Da lief die Zeit, es kund zu tun
In alle Ewigkeit –

Die so Berufenen, persönlich kostbar, setzen Uns zu wie der Sonnenuntergang, erwiesen und doch unerreicht –

Tennyson wußte es, »Christus – ist's möglich«, und selbst des Herrn Jesu »daß sie sind, wo ich bin« schmeckt nach Frage.

Experiment folgt uns zuletzt –
Sein bitteres Geleit
Läßt nicht einem Glaubenssatz
Kleinste Gelegenheit –

Sie sprechen von »unzähmbaren Vorlieben« – Vorige Woche kam ein Bettler – ich gab ihm Krumen und Kamin, und als er ging, »Wohin des Weges«,

»In alle Richtungen« –
Das war es, was Sie meinten
Zu schöne Zeit, sie löst sich auf
Läßt keinen Rest zurück –
Nicht eine Feder hat der Schmerz
Zuviel Gewicht zum Flug –

Ihr starker Brief hat mich erfrischt –

Vielen Dank für die Größe – ich werde sie weit späterhin verdienen!

Ich glaube, ich sprach Ihnen von dem Schatten –

Er bewegt mich –

Es gab noch einen anderen –

Ich sah die Ankündigung kurz vor Ihrem Besuch in der Zeitung – Gibt es eine Monatsschrift, die sich »Woman's Journal« nennt? Ich meine, dort sollte es erscheinen – ein Tor, eine Tür, ein Riegel –

Dann rief jemand nach mir, und ich fand sie nicht wieder –

Sie sagten mir, Mrs Lowell sei Mr Lowells »Inspiration« gewesen. Was ist das, Inspiration?

Sie stellen die Wahrheit um – denn die Angst ist meine, lieber Freund, die Kraft die Ihre –

Erst Glanzes ferne Sättigung [Uneinholbarkeit]
Macht unsre Mühe arm [unser Rennen lahm]

Mit dem Himmelreich auf dem Knie, wie sollte Mr Emerson zögern?

»Lasset die Kindlein zu mir kommen« –

Könnten Sie nicht ohne Vortrag kommen, sollte dieser nicht zustande kommen?

Emily Dickinson kleidet hier einige der Gedanken, die sie nach dem Gespräch mit Higginson im August beschäftigten, in eine Reihe von Vierzeilern (die Nrn. 1180, 996B, 1181A, 1182A und die letzten beiden Zeilen der Nr. 1183A); ihr Brief antwortet auf einen, den sie seit ihrer letzten Nachricht von ihm erhalten hatte und in dem er offenbar die Vermutung äußerte, bei dem Aufsatz, an den sie dächte, könne es sich um »A Shadow« handeln (*Atlantic Monthly* vom Juli 1870). Sie stellt hier in ihrem Brief klar, daß sie diesen »Schatten« kennt.

Nr. 124

An Susan Gilbert Dickinson *im September 1871*

Dich zu entbehren, Sue, ist Kraft.

Belebender Verlust macht Haben meist gemein.

Leben hält ewig, zu lieben aber ist fester als zu leben. Nie brach ein Herz, das nicht weiter gegangen wäre als die Ewigkeit.

Die Bäume hüten Dir den ganzen Tag das Haus, und das Gras sieht kleinlaut aus.

Eine Glucke mit abergläubischem Gefolge sucht das Grundstück auf – und immer noch klopft vormittags ein Hahn an Deine Tür.

Die Ansicht ist Romanze. Ist der Roman »aus«, wird uns das Bord kläglich bedeutend.

Nichts ist vergangen als der Sommer, jedenfalls niemand, den Du kennst.

Die Wälder sind daheim – die Berge abends traulich und mittags arrogant, und einsame Beredsamkeit geht um wie die Musik, die eben erst verstummt.

An kostbarem Verlust
Verbuchen wir Gewinn,
Entschädigung für Einsamkeit
Daß sie als Glück begann.

Sag Neddie, daß er uns fehlt und wir »Captain Jinks« in Ehren halten. Sag Mattie, daß »Tims[«] Hund Vinnies Miezekatzen schlimm beschimpft und ich ihn nicht dran hindere. Sie muß nach Hause kommen und beide jagen, dann gleicht sich alles aus.

Der Großen Mattie und ihrem John natürlich herzliche Grüße.

Ich hoffe, Dir ist wohl. Ich halte Deinen Platz frei. Wie immer auch der Ansturm, das Schloß zu Deiner diamantnen Tür hält stand.

Emily.

Susan Dickinson war bei ihrer Schwester Martha (Mattie) Smith in Geneva, New York, zu Besuch. Dickinsons Spitzname für Ned, »Captain Jinks«, geht auf einen beliebten Gassenhauer über die Horse Marines zurück, eine 1836 im Vorfeld des mexikanischen Kriegs aufgestellte Freiwilligentruppe berittener Rangers (»I'm Captain Jinks of the Horse Marines, I feed my horse on corn and beans, and sport young ladies in their teens ...«). Das Gedicht führt Franklin als Nr. 1202.

Nr. 125

An T. W. Higginson *im November 1871*

Mr Miller habe ich nie gelesen, weil ich mich nicht erwärmen konnte –

Verzückung läßt sich nicht anraten –

Mrs Hunts Gedichte sind stärker als alles aus der Feder von Frauen seit Mrs Browning, mit Ausnahme von Mrs Lewes [George Eliot] – doch Wahrheit steht allein aufrecht wie's Brokatgewand der Ahnen – Sie sprechen von »Men and Women«. Das ist ein weites Buch – »Bells and Pomegranates« habe ich nie in der Hand gehabt, doch habe ich Mrs Brownings Fürwort. Solange uns Shakespeare bleibt, hat Literatur Bestand –

Ein Insekt kann sich nicht mit Archilles' Haupt davonmachen. Danke, daß Sie die »Atlantic Essays« verfaßt haben. Sie sind eine feine Freude – wenngleich die Zutat zum Glückwunsch zu besitzen diesen überflüssig macht.

Lieber Freund, Sie haben, wie gewünscht, ganz mein Vertrauen – überschreite ich das Statthafte, verzeihen Sie die karge Schlichtheit, die keinen Lehrer kannte als den Norden. Wenn Sie nur leiten wollten

Dickinson

Emily Dickinson sandte Higginson mit diesem Brief vier Gedichte: »When I hoped I feared« (Nr. 594), »The Days that we can spare« (Nr. 1229), »Step lightly on this narrow spot« (Nr. 1227) und »Rememberance has a Rear and Front« (Nr. 1234). — Joaquin Millers *Songs of the Sierras* erschienen 1871, Helen Hunts *Verses* 1870. — Das Eliot-Zitat hatte die Dichterin bereits im

Brief Nr. 95 verwandt. — *Men and Women* (1855) und *Bells and Pomegranates* (1846) sind Gedichtbände von Robert Browning. — Higginsons »Atlantic Essays« waren im September 1871 erschienen.

Nr. 126

An Louise Norcross *1872 (?)*

Vielen Dank Liebe für die Zeilen. Wie lang lebendig doch die Wahrheit ist.

Ein Wort ist tot, ist es gesagt,
Sagt man.
Ich sag, dann fängt es erst zu leben
an.

Franklin führt die Zeilen als Gedicht Nr. 278.

Nr. 127

An Susan Gilbert Dickinson *Herbst 1872*

Meine Sue,

heute abend treffen Loo und Fanny ein, macht das einen Unterschied?

Platz paßt sich den Personen an –

Eng, der Geselle, der im Gras
Gelegentlich nur reist –
Ihr kennt ihn sicher? Oder nicht
Blitzschnell ist die Notiz –

Es teilt sich Gras, als käm ein Kamm –
Aus Schildpatt scheint sein Stiel,
Dann schließt das Grün sich vor dem Fuß
So schnell der Scheitel zieht –

Er liebt den Lehm und Kuhlen –
Liebt Grund zu klamm für Korn –
Als kleiner Bub und barfuß
Ging ich um Mittag gern

Hinaus und glaubt an Peitschen
Wie sonnig dort entrollt
Wenn ich mich aber bückte
Schnellte ein Zucken fort –

Viel von der Natur Völker
Kenn ich, mich kennen sie
Für sie empfind ich Überschwang
An reiner Sympathie

Doch treff ich den Gesellen
Ob nicht allein – allein
Beklemmt es mir den Atem
Brennt Minus Mark und Bein

Das Gedicht führt R.W. Franklin als Nr. 1096C. — Die Norcross-Schwestern kehrten im Herbst des Jahres 1872 aus Milwaukee zurück. — Sue scheint um eine Abschrift der »Schlange« gebeten zu haben (siehe hierzu die Anmerkungen zum Brief Nr. 111).

Nr. 128

An Louise Norcross *Ende 1872*

[…] wie schnell sind wir gegangen, mein Schatz, wiedergekommen hingegen oft nur nach langen Jahren – und doch geschieht es achselzuckend wie eine Kleinigkeit. Zuneigung ist wie Brot, unbemerkt, bis wir verhungern, und dann träumen wir davon, besingen es, malen es, wo doch jeder Bengel auf der Straße mehr hat, als er essen kann. Wir werden mit den Jahren nicht älter, nein, täglich neuer.

Von alledem versuchten wir zu sprechen, doch verwehrte es die Zeit. Sehnsucht könnte das Geschenk sein, das niemand schenken kann. Weißt Du noch, was Du mir sagtest, als Du damals abends zu mir kamst? Den Satz bewahre ich. Sollte ich Dein Antlitz nie mehr sehen, wird es Dein Gleichnis bleiben, wenn doch, lebendiger als Dein sterbliches Gesicht. Wir müssen acht geben, was wir sagen. Kein Vogel kehrt ins Ei zurück.

Ein Wort, aufs Blatt geworfen
Mag segnen den, der's liest,
Wenn längst in ewiglicher Falz
Verstaubt der Autor liegt.

Emily.

Der Vierzeiler hat bei R.W. Franklin die Nr. 1268B. — Das Datum des Briefs wird von einem Entwurf des Gedichts vorgegeben, der ziemlich sicher diesem Jahr zuzuordnen ist.

Nr. 129

An Louise Norcross *Ende 1872*

Ein wehes Herz kennt, wie der Körper, gute Tage und die des Leidens, die der Rückfälle, da es mehr kostet, sich aufzurichten als das Leben aufzulösen, da der Tod das einzig Wahre scheint.

Von Miss P_ weiß ich nur soviel, meine Liebe: Sie schrieb mir im Oktober und bat, ich möge durch mein Tschilpen mehr für die Welt tun. Vielleicht nannte sie es meine Pflicht, ich entsinne mich nicht recht, und da ich solche Briefe stets verbrenne, kann ich es nicht mehr sagen. Ich schrieb und lehnte ab. Ich hörte nichts mehr von ihr – ob sie gekränkt war oder ob sie die Menschheit gerade aus einer hoffnungslosen Patsche zerrt. […]

Das »wehe Herz« muß Loos eigenes gewesen sein; die Vermählung John Dudleys mit Marion V. Churchill am 23. Oktober, wenig mehr als ein Jahr nach dem Tod seiner ersten Frau Eliza Coleman, einer engen Freundin auch der Norcross-Schwestern, hatte sie tief getroffen. — Miss P. könnte Elizabeth Stuart Phelps gewesen sein. Schon mit 28 Jahren hatte Phelps mit ihrem Werk *Gates Ajar* (1868) einige Berühmtheit erlangt; sie engagierte sich leidenschaftlich für die Sache der Frauen, war eine der Herausgeberinnen des *Woman's Journal* und mit Higginson bekannt. In Frage kommt nach Habegger aber ebenso die Verlegerin Elizabeth Peabody (1804–1894), deren Foreign Library in Boston jahrelang eine zentrale Begegnungstätte der Transzendentalisten war.

Nr. 130

An T. W. Higginson — *Ende 1872*

Zu leben ist so verblüffend, daß wenig Raum für andre Beschäftigung bleibt, nur Freunde sind womöglich ein noch besseres Ereignis.

Ich bin sehr froh, daß Sie die Reise hatten, die Sie so lang sich wünschten, und geläutert – daß dem Meister nicht Unglück noch der Tod ereilte

Was uns zufällt, ist unser zwar
Doch stets neu festzuhalten.
Schon eingedenk der Dimension
Von Zufalls Allgewalt.

Oft las ich Ihren Namen an illustrer Stelle und neidete Gelegenheiten, deren ich mich enthalte. Danke, daß Sie in Amherst waren. Wollten

Sie wieder kommen, das wäre noch weit besser – wiewohl der schönste Wunsch vergeblich ist.

Als ich Sie letzthin sah, herrschte Mächtiger Sommer – Nun ist das Gras Glas, sind die Wiesen Gips und in den Tümpeln »Stille Wasser«, wo sonst die Frösche trinken.

Solches Benehmen des Jahrs schmerzt beinahe wie Musik – es wechselt gerade dann, wenn es am wohlsten tut. Ich danke für die »Lehre«.

Ich werde sie studieren, obwohl bisher
Menagerie mit mir
Wohnt Tür an Tür.

Ihr Schüler

R.W. Franklin führt das Gedicht als Nr. 1267B, den Zweizeiler am Schluß als Nr. 1270C. — Higginson war Ende April 1872 nach Europa gereist und Anfang Juli zurückgekehrt. Sein Name erschien in dieser Zeit häufig im *Springfield Republican*. Dickinson legte ihrem Brief drei Gedichte bei: »To disappear enhances« (Nr. 1239), »He preached upon Breadth« (Nr. 1266) und »The Sea said ›Come‹ to the Brook« (Nr. 1275).

Nr. 131

An Louise und Frances Norcross — *Ende April 1873*

[...] Die Gemeinde erlebt eine sogenannte Erweckung, und ich kenne kein größeres Entzücken, als Mrs. [Sweetser] allmorgendlich in schwarzem Wollkrepp ausziehen zu sehen, wahrscheinlich, um den Antichrist das Fürchten zu lehren, bei mir jedenfalls wär der Erfolg ihr sicher. Sie erinnert mich an Don Quijotes Fehde mit der Mühle, an Sir Stephan Toplift, an Sir Alexander Cockburn.

Frühling ist eine so herrliche, so einzige, so unerwartete Freude, daß ich nicht weiß, wohin mit meinem Herzen. Ich mag es nicht nehmen, ich mag es nicht lassen – was ratet ihr?

Das Leben ist ein so ausgesuchter Zauber, daß alles sich verschwört, den Bann zu brechen.

»Was sage ich zu *Middlemarch*?« Was sage ich zu Glorie – nur, daß in Ausnahmefällen »dies Sterbliche längst angezogen hat die Unsterblichkeit«.

George Eliot ist ein solcher. Das Rätsel menschlicher Natur übersteigt das »Geheimnis der Erlösung«, denn das Unendliche behaupten wir, das Endliche aber sehen wir. [...] Vinnie setze ich Mittwoch in Marsch; es wird der vereinten Anstrengungen meiner selbst, Maggies und der Vorsehung bedürfen, denn so sehr Vinnie in Natur und Kunst auch fortschreitet, die Kunst des Aufbruchs ist noch nicht gemeistert. [...]

In Liebe
Emily.

In der dritten Aprilwoche 1873 fand in Amherst eine Reihe evangelikalischer Erweckungsversammlungen statt; ein Kärtchen, von Edward Dickinson mit Datum vom 1. Mai unterzeichnet, hält sein Bekenntnis fest: »Hiermit gebe ich meine Seele in Gottes Hände.« — Vinnie stattete den Hollands, die mittlerweile in New York lebten, wahrscheinlich im Mai den hier erwähnten Besuch ab. — Sir Alexander Cockburn (1802–1880) war von 1859 bis zu seinem Tod Englands Lord Chief Justice und Inbegriff unanfechtbarer Solidität. — Um wen es sich bei Sir Stephan Toplift handelt, ist nicht bekannt: möglicherweise eine forsche literarische Gestalt, die Emily Dickinson und den Norcross-Schwestern geläufig war. — Das Zitat, mit dem George Eliots Roman *Middlemarch* (1872) bedacht wird, ist der leicht abgewandelte Vers 15,53 von 1. Kor.; bei dem zweiten Zitat dürfte die Dichterin an Matth. 13,11 gedacht haben: »Euch ist's gegeben, daß ihr das Geheimnis des Himmelreichs versteht; diesen aber ist's nicht gegeben.« — Die Irin Margaret Maher (Maggie) blieb 30 Jahre lang im Dickinson-Haushalt; in ihrer Truhe wurden Emily Dickinsons Gedichte und auch die Daguerreotypie der Dichterin gefunden, die der Familie nicht gefiel und die deshalb weggeworfen werden sollte.

Nr. 132

An Mrs. J. G. Holland *Frühsommer 1873*

Ich wollte Ihnen für Ihre Güte gegen Vinnie danken.

Sie hat keinen Vater und keine Mutter als mich, wie ich keine anderen Eltern habe als sie.

Sie war sehr glücklich und kehrt ruhiger Sinne zurück.

Anbei meine Dankbarkeit.

Sie erinnern sich: Das Unsichtbare hat kein äußeres Gesicht.

Vinnie findet Sie sehr illuster, und Ihr Heim sei Paradies. Letzeres hielt ich nie für eine übermenschliche Stätte.

Eden, stets zu haben, ist es heut mittag ganz besonders. Es würde Sie erfreuen zu sehen, wie traulich die Wiesen mit der Sonne sind. Und –

So glorreich sah ich einen Vogel noch niemals
Wie heut im Vormarsch auf den Zweig
Und bis Sein Zepter fällt
Bleibt mir der Anblick Inbild von Erhabenheit
Er sang um nicht Ersichtliches
Als Inbrunsts Seligkeit.
Verschwand, um flüchtig zu behaupten seinen Rang –
Perfekt paßt sich dem Zufall
Die Prachtentfaltung an!

Mag der Geistliche auch Vater und Vinnie erzählen, daß »dies Verwesliche muß anziehen die Unverweslichkeit« – es hat es längst getan, sie haben das Nachsehen.

Das Gedicht führt R.W. Franklin als Nr. 1285C. Dasselbe Gedicht hatte sie bereits den Norcross-Kusinen gesandt. — Emily Dickinson verfaßte den Brief nach Vinnies Rückkehr. — Das Bibelzitat ist 1. Kor. 15,53.

Nr. 133

An Louise und Frances Norcross *1873 (?)*

[...] an Euren kleinen Salon denke ich wie Dichter einst an Windermere – Frieden, Sonnenschein und Bücher.

Fregatten überflügelt's Buch
Es trägt uns länderfern,
Und alle Boten – noch das Blatt
So herrlich voller Verse –
Der Grenzverkehr steht Ärmsten frei
Ohne der Zölle Last,
So wohlfeil das Vehikel
In dem die Seele reist.

Das Gedicht ist Franklins Nr. 1286C. — Windermere, der größte der Seen des englischen Lake District, weckt seit Wordsworth literarische Assoziationen.

Nr. 134

An Louise und Frances Norcross *November 1873*

Liebe Berkeleys,

pflichtschuldigst ließe ich meine Haare der Nation, wenn es die Finanzwelt befriedete, da Jay Cooke sie jedoch nicht fressen kann, sehe ich davon ab. Er, meine ich, hat mit der Panik angefangen. M[attie] sagt, D[id] hätte sie am Haar gezogen, und D[id], daß es M[attie] war, vor Gericht jedoch wird die streitige Frage sein, wer das erste Haar gezogen. Ich selbst bin bislang nicht »ohne Arbeit«, noch, da ich keinen »Lohn« erhalte, erscheint mir dieser merklich »gemindert«, doch wann Brot zur »Institution« wird, weiß Mr. C allein. Ich bin Fanny zutiefst verpflichtet, ebenso der lieben Schwester, *Mrs. Ladislaw*; schlagt die Summe der Summe zu, bitte. Behaltet die Haube, bis ich danach schicke – ich mag mein Land in diesen Zeiten nicht durch Frachtgebühren beleidigen [...] Buff singt wie eine Nanking-Hummel, und ein Vogelnest im Flieder liegt just auf der Höhe des Zauns zum Wintergarten, also habe ich eine Geranie hingestellt, und die Wirkung ist listig.

Der Zeitung entnehme ich, daß Vater bei Euch überwintern wird. Wird Euch das freuen? [...] Sag Loo, daß Vater mich als Kind zur Stärkung mit zur Mühle nahm. Ich war damals schwindsüchtig! Während er »Schrot« erstand, wandte das Pferd nach mir den Kopf, als wollte es sagen: »Hat kein Auge gesehen und kein Ohr gehört, was ich dir antun würde, wäre ich nicht angebunden!« So geht es mir mit ihr. [...]

Maggie will bald schreiben, sagt, Mount Holyoke habe sie Euch mitgegeben, und nicht Weinrose! Danke für das bißchen »Neuigkeit«. Habe Fannys Zeilen erhalten und sage Dank. Hätte tausenderlei zu sagen, wie auch zehntausenderlei, muß aber nun ausklingen.

In Liebe
Emily.

Von Februar 1873 bis April 1874 wohnten die Norcross-Schwestern im Hotel Berkeley in Boston. — Jay Cooke (1821–1905), Bankier in Philadelphia und Hauptfinanzier der Zentralregierung während des Bürgerkriegs, hatte sich beim Bau der Northern Pacific Railroad übernommen, mußte seine Bank am 18. September 1873 schließen und löste damit eine der schlimmsten Finanzkrisen in der Geschichte der Vereinigten Staaten aus. — »Did« war der Kosename von Martha Dickinsons Freundin Sally Jenkins. — Horace Church, Küster und Gärtner sowohl am College als auch bei den Dickinsons, galt in Amherst als »Institution«. — George Eliots Sittenroman *Middlemarch* war 1872 erschienen und offenbar von allen gelesen worden; Loo wird hier mit der unglücklichen Heldin Dorothea Casaubon identifiziert, die schließlich den Künstler Will Ladislaw heiratet. — Edward Dickinson war am 5. November ins Landesparlament von Massachusetts gewählt worden. — Das Bibelzitat ist 1. Kor. 2,9. — Margaret Maher hatte den Norcross-Kusinen offenbar einen Ableger oder Zweig mitgegeben, und zwar nicht der Zaun- oder Weinrose (Rosa eglonteria), sondern einer nicht mehr exakt benennbaren einheimischen Rankrose, die hier als »Mount Holyoke« bezeichnet wird.

Nr. 135

An F. B. Sanborn *etwa 1873*

Vielen Dank, Mr Sanborn. Welch ein Glück, daß es Bücher gibt.

Sie sind besser als der Himmel, denn der ist unvermeidlich, sie aber könnten einem entgehen.

Besäße ich einen Vorzug, der Ihre Zustimmung fände, wäre ich sehr stolz, obwohl der seine Zukunft bereits gehabt hat, der Shakespeare fand –

E – Dickinson

Der Journalist und Sozialreformer Franklin Benjamin Sanborn (1831–1917) war Verfasser zweier Kolumnen für den *Springfield Republican* – eine literarische und eine politische. Dies mag die Verbindung erklären. Möglicherweise schrieb Dickinson ihm, um sich nach einer Neuveröffentlichung zu erkundigen, die ihr Interesse geweckt hatte. Es ist der einzige existierende Brief an den Redakteur, der auch mehrere Biographien u.a. über Hawthorne, Thoreau und Emerson veröffentlichte. — Der letzte Satz wird als Anspielung auf ihr eigenes Werk verstanden.

Nr. 136

T. W. Higginson an Emily Dickinson *31. Dezember 1873*

Liebe Freundin

Diese Zeilen gehen als Neujahrsgruß an Sie & versichern, daß Sie nicht vergessen sind. Ich denke gern an meinen Besuch in Amherst & besonders die Stunden bei Ihnen. Sie schienen Freude daran zu haben, ich hoffe es wenigstens – ich jedenfalls habe den Besuch sehr genossen. Stets treffen wir wie alte & erprobte Freunde aufeinander; jedenfalls habe ich durch die wunderbaren Gedanken und Worte, die Sie mir senden, das Gefühl, Sie lange & gut zu kennen. Ich hoffe, Sie wollen mir weiterhin vertrauen und sich an mich wenden, und ich will versuchen, aufrichtig zu Ihnen zu sprechen, und von Herzen.

Heute ist ein vollkommener Tag, ganz Schnee & Azur – bei uns ist der Schnee sehr häufig grau, doch heute sind gewiß nicht einmal die Hügel um Amherst weißer. Tage wie dieser müßten uns die Kraft geben, alle Stürme & Finsternisse unerschüttert zu bestehen. Ihr Gedicht über den Sturm ist prachtvoll – es zeigt die plötzlichen Wendungen. Solange es etwas so Unvermitteltes in der Welt gibt wie Blitze, muß jedes Ereignis unter Menschen wohl zahm wirken.

Sie müßten einmal die Anemonen sehen in Gelb & Scharlachrot, Aquarelle, die wir eben zu Weihnachten erhalten haben. Es sind nicht Ihre Lieblingsfarben & vielleicht zöge auch ich Azur & Gold vor – aber vielleicht sollten wir diese warmen Lebenstöne lieben & kultivieren lernen. Erinnern Sie sich an Mrs. Julia Howes Gedicht »I stake my life upon the red«?

Lesen Sie doch unbedingt die erweiterte Ausgabe der Gedichte (Verses) von H. H. – die neuen sind ganz wunderbar. Sie verbringt in diesem Jahr den Winter in Colorado & genießt die viele gute Luft.

Ich freue mich immer, von Ihnen zu hören, und wünsche Ihnen ein sehr glückliches neues Jahr.

Ihr Freund
T. W. Higginson

Am 3. Dezember 1873 hatte Higginson in Amherst einen Vortrag gehalten. Bei dieser Gelegenheit suchte er Emily Dickinson das zweite (und letzte) Mal auf, offenbar ohne dazu etwas in seinem Tagebuch zu notieren. Erst nach seiner Rückkehr nach Newport schrieb er am 9. Dezember in einem Brief an seine Schwestern:

»[…] es sind viele Studenten, kräftige junge Burschen & körperlich tüchtiger als in Harvard – alle *müssen* sich gymnastischer Übungen unterziehen. Ich habe meine exzentrische Dichterin Miss Dickinson besucht, die das Grundstück ihres Vaters niemals verläßt & nur mich & einige andere empfängt. Sie findet: »Für eines muß man immerhin dankbar sein – daß man man selbst ist und nicht jemand anders«, doch [meine Frau] Mary hält das in E. D.s Fall für äußerst unangebracht. Sie

(E. D.) glitt ganz in Weiß herein, in der Hand Rosmarinseidelbast für mich & murmelte: »Wie lange werden Sie bleiben?« Ich fürchte, eine weitere Bemerkung von Mary, nämlich »Warum nur bedrängen Dich die Irren so?« – trifft nach wie vor zu. Ich werde Euch gelegentlich einige ihrer Gedichte vorlesen, wenn Ihr kommt.

Die Korrespondenz hatte jedoch Higginson selbst wiederbelebt, denn der nachfolgende Brief Emily Dickinsons ist die Antwort auf seinen.

Nr. 137

An T. W. Higginson *Januar 1874*

Ich danke Ihnen, lieber Freund, für mein »neues Jahr« – bescherten nicht Sie es mir? Wäre es Ihrem Schüler gestattet, Ihres zu formen, geriete es vielleicht zu gut. Ich selbst rannte als Kind stets heim zur Ehrfurcht, wann immer mir was zustieß.

Sie war eine schreckliche Mutter, doch besser als keine. Solcher Schutz blieb mir auch, als Sie unlängst abreisten.

An Ihr flüchtiges Kommen ist gut zu denken.

Wie der Biene Coupé – das als Musik davonzieht.

Wollten Sie mit der Biene wiederkehren, wie fest des Tages Mitte!

Der Tod erringt die Rose, doch Nachricht vom Verscheiden dringt über die Brise nicht hinaus. Das Ohr ist das letzte Gesicht.

Wir hören länger, als wir sehen.

Was zuerst Ihnen sagen, läßt mich noch immer verzweifeln.

Als ich am Morgen einen Vogel traf, wollte ich fliehen. Das sah er und sang.

Und maßt sich mit dem einen Schluß
Ewige Verachtung an
Bis ich ihn durch die Schmach bezwang –
Sieg über Sieg errang.

Ich werde das Buch lesen.

Ich danke Ihnen für den Hinweis.

»Lilien« sind das Motto der Kleopatra.
Ich lese wieder »Oldport«.
Das Größte zuletzt, wie die Natur.
Waren wirklich Sie bei mir?

Ein Wind, der einsam Lust geweckt
Nachdem er Abschied schwellt
Arktisch verschwiegen wieder
Ins Unsichtbare fällt

Ihr Schüler

Higginsons Impressionen *Oldport Days* waren 1873 erschienen. — Die ersten Gedichtzeilen gehören zum Gedicht Nr. 1242; die abschließenden Verse zu dem Gedicht »A Wind that rose« (Nr. 1216), das Emily Dickinson etwa zur gleichen Zeit an Susan Dickinson sandte.

Nr. 138

An T. W. Higginson *Ende Mai 1874*

Ich dachte, selbst Gedicht zu sein, schließe das Dichten aus, erkenne jedoch meinen Irrtum. Es war wie eine Heimkehr, Ihre schönen Gedanken, mir so lange verwehrt, noch einmal zu sehen – Meint der Patriot vielleicht Geist, wenn er von seiner »Heimat« spricht? Ich wagte nicht, Ihnen zu »zitieren«, was Sie über alles »schätzen«.

Sie haben die Weihe erfahren.
Mir gilt sie als unerprobt.

Leben haben –
Leben schöpfen –
Ohne die Quelle anzutasten –

Sie fragen mich nach meinen Blüten und meinen Büchern – Ich lese in der jüngsten Zeit nur wenig – das Dasein überwältigt das Gedruckte. Heute erschlug ich einen Champignon –

Mir war, als wär das Gras ganz froh
Ihn aussetzen zu sehn.
Den hinterrücksen Sproß
Von Sommers großem Plan.

Die weitesten Wörter sind so schmal, daß wir mühelos hinübergehen – doch gibt es Wasser tiefer als jene ohne Brücke. Bruder und Schwestern würden Sie gern sehen. Zweimal sind Sie gegangen – Meister –

Wollten sie nur einmal kommen –

Die drei Verse des vierten Absatzes führt R.W. Franklin als Nr. 1327, die anderen sind eine von fünf Strophen des Gedichts Nr. 1350 (Version E). — Higginsons Gedicht »Decoration« war im Juniheft von *Scribner's Monthly* zum Memorial Day (ursprünglich »Decoration Day«) erschienen. Das Journal *Sribner's Monthly* mit den Schwerpunkten Literatur, Kunst und Kultur hatte Josiah Gilbert Holland 1870 gegründet; der Dickinson-Haushalt bezog das Monatsheft gleich von der ersten Ausgabe an. In dem Gedicht heißt es: »Comrades! in what soldier-grave / Sleeps the bravest of the brave [...]«, und die Antwort lautet (nach sechs Strophen voller Pathos): die Frau. Eine Paraphrase legte Emily Dickinson drei Jahre später vor: »Lay this Laurel on the One / Too intrinsic for Reknown – / Laurel – vail your deathless tree – / Him you chasten, that is He!« (Nr. 1428) — Marietta Messmer (2001) zufolge bezweckt Emily Dickinson mit ihren Higginson-Zitaten zweierlei: Sie schmeichelt und sie übt auf subtile Weise Stilkritik.

Nr. 139

An Louise und Frances Norcross *Sommer 1874*

Vielleicht wißt Ihr kaum noch, wer ich bin, ihr Lieben. Ich kenne mich selbst nicht mehr. Ich hielt mich stets für stark gebaut, doch dies Stärkere hat mich untergraben.

Am fünfzehnten Juni saßen wir zu Abend, als Austin kam. Er hielt eine Depesche in der Hand, und ich sah an seiner Miene, daß wir allesamt verloren waren, ohne zu wissen, wie. Er sagte, Vater sei sehr krank, und er und Vinnie müßten fahren. Die Eisenbahn war bereits fort. Und während man die Pferde schirrte, kam die Todesnachricht.

Vater lebt nicht mehr bei uns – er wohnt in einem neuen Haus. In kaum einer Stunde errichtet, ist es diesem dennoch überlegen. Einen Garten hat er nicht, weil er nach der Entstehung von Gärten fortzog, also bringen wir ihm die besten Blumen, und wenn wir nur wüßten, ob er es weiß, könnten wir vielleicht aufhören zu weinen. [...] Das Gras beginnt, nachdem Pat es anhielt.

Mehr kann ich nicht schreiben, meine Lieben. Obgleich viele Nächte vergangen sind, finden meine Gedanken nicht heim. Ich danke Euch beiden für die Liebe, auch wenn ich sie nicht recht bemerke. Fast die letzte Melodie, die er noch hörte, war »Rest from thy loved employ«.

Emily.

Am 16. Juni (nicht, wie es Emily Dickinson zweimal meint, am 15., seinem letzten in der »Homestead« verbrachten Tag) starb Edward Dickinson unerwartet nach einer wegen eines Schwächeanfalls abgebrochenen Rede vor dem Landesparlament von Massachusetts in seinem Bostoner Hotel. — Das geistliche Lied von James Montgomery (1771–1854) das die Dichterin am Schluß erwähnt, hatte sie ihrem Vater noch am Abend zuvor auf dem Klavier vorgespielt: »Servant of God, well done! / Rest from thy loved employ. / The battle fought, the victory won, / Enter thy Master's joy!«

Nr. 140

An Samuel Bowles *Ende Juni 1874*

Ich vermute, daß Sie wenig Briefe erhalten, weil die Ihren so nobel sind, daß sie einschüchtern – und so kostbar Ihre Billigung sei – sie wird mit Bangen erwartet – falls Ihre Tiefe Uns überführt.

Sie drängen Uns, daran zu denken, daß Wasser, wenn es nicht mehr steigt – allmählich weicht. Das ist das Gesetz der Flut. Der Tag, an dem ich Sie letzt sah, war der neueste und der älteste meines Lebens.

Die Auferstehung sucht dasselbe Haus einmal nur – erstmals – auf. Danke, daß Sie uns geleiteten.

Kommen Sie immer, lieber Freund, und verzichten Sie darauf zu gehen. Sie sprachen davon, ungern vergessen zu werden. Wie sollten Sie, selbst wollte man? Dem Verrat sind Sie ein Fremder.

Emily.

Die Bowles standen der Familie bis zur Beerdigung Edward Dickinsons bei. Mitte Juli reiste Samuel Bowles nach Europa.

Nr. 141

An T. W. Higginson *im Juli 1874*

An seinem letzten Nachmittag drängte es mich – obwohl ohne Vorahnung – bei meinem Vater zu bleiben, so daß ich für meine Mutter einen Gang erfand, während Vinnie schlief. Es schien ihm besondere Freude zu machen, weil ich sonst meist für mich bleibe, und als der Nachmittag sich neigte, bemerkte er, er wollte, »er ginge nie zu Ende«.

Seine Freude genierte mich geradezu, und da mein Bruder kam – schlug ich vor, sie möchten ein Stück gehen. Am Morgen weckte ich ihn für den Zug – und sah ihn nicht wieder.

Sein Herz war rein und unerbittlich, ich denke ein zweites solches gibt es nicht.

Ich bin froh, daß es die Unsterblichkeit gibt – doch hätte ich lieber selbst die Probe gemacht – ehe ich ihn anvertraute.

Mr Bowles war bei uns – Sonst sah ich niemanden. Sie habe ich herbeigewünscht, seit Vaters Tod, und hätten Sie einmal eine müßige Stunde, wäre sie unschätzbar. Ich danke Ihnen für alle Freundlichkeit.

Mein Bruder und meine Schwester danken, daß Sie an sie gedacht.

Ihre schöne Hymne, war sie nicht prophetisch? Sie hilft bei dem Stillstand der Welt, den ich »Vater« heiße –

Mit der »Hymne« meint Emily Dickinson auch hier wieder Higginsons Gedicht »Decoration«.

VI

1875–1879

Sonderbar, daß das Unfaßliche
am haftendsten ist …

Von außen betrachtet, fehlen nun alle Anzeichen für das, was man gern ein aktives Leben nennt, doch »sind die Gärten weit – für mich beinahe wie Reisen«. Außerdem hatte Emily Dickinson Thomas W. Higginson bereits 1870 auf seine Frage, ob ihr denn nicht andere »Beschäftigung« fehle, geantwortet, der Gedanke, sie könne »... und sei es noch in der denkbar fernsten Zukunft, auch nur den leisesten Anflug eines solches Verlangens empfinden«, sei ihr nie gekommen, um dann anzufügen: »Ich glaube, ich habe mich vielleicht nicht entschieden genug ausgedrückt.« Emily Dickinson verkehrt nur mehr durch das Medium der Briefe: über die Hälfte aller erhaltenen Briefe stammt aus den verbleibenden Jahren.

Besonders interessant sind die Botschaften, die an Mrs. Holland, Thomas W. Higginson und Helen Hunt Jackson gehen. Die Erfolgsautorin »H. H.« war von Higginson auf die Gedichte Emily Dickinsons aufmerksam gemacht worden. Sie gehört zu den wenigen, die deren Rang erkennen, und sie bekundet dies auf herzerfrischend direkte, unverblümte Weise – wie sie sich insgesamt von Emily Dickinsons Posen kaum beirren läßt. H. H. korrespondiert von gleich zu gleich mit der Dichterin (»Ihren ›Blauvogel‹ kann ich auswendig – was ich von meinen eigenen Gedichten nicht sagen kann. ... Dafür könnte ich Sie fast beneiden, wenn nicht gar hassen.«, Brief Nr. 178) und rügt sie gelegentlich sogar für ihre Übertreibungen (»Ein Massaker war es nicht direkt, nur ein gebrochenes Bein.«, Brief Nr. 242).

Neue Gedichte entstehen nach 1874 seltener, darunter finden sich aber einige der eindrucksvollsten Studien natürlicher Phänomene, denn diesem »Spuk« (»In der Natur ist der Spuk zu Hause – die Kunst, sie will ein Spukhaus sein«) wendet sich nun Emily Dickinsons poetische Imagination zu. Das undurchdringliche Geheimnis, das Unauslotbare fordern immer wieder heraus.

Ein wichtiges Ereignis ist die Geburt des Neffen Gilbert im Jahr 1875, denn das Kind schließt die Gemeinschaft von »Homestead« und »Evergreens« wieder enger zusammmen. Und eine Überraschung ist auch die späte Liebe, die Emily Dickinson in diesen Jahren erlebt, als es zwischen ihr und einem langjährigen Freund des Vaters, dem Richter Otis Phillips Lord zur Annäherung kommt. Lord war mit seiner Familie häufig zu Gast bei den Dickinsons gewesen, Emily hatte ihn immer schon gekannt. Mrs. Lord starb 1877, und bald darauf wurde die Verbindung zwischen dem Richter und Emily Dickinson inniger. Die Liebesbriefe an ihn sind zärtlich verspielt und erstaunlich offenherzig.

Nr. 142

An Mrs. J. G. Holland *Ende Januar 1875*

Schwester.

Der gestrenge Nachmittag steht dem Patrioten eher an als einer, deren einziges Land Freunde sind.

Kein Ereignis von Wind oder Vogel bricht den eisernen Bann.

Die Natur praßt mit Starre – nun – statt Liebe.

Demütigt – scheint es – die Gute, welche den Geist der Welt empfanget.

Mein Haus ist ein Haus von Schnee – so wahr wie – leider – rar.

Mutter schläft in der Bibliothek – Vinnie – im Eßsalon – Vater – im Himmelbett – im Mergelhaus.

Wie zart sein Karzer ist –
Wie mild der Gitterstab –
Despot nicht – nein, ein Daunenfürst
Erfand die Ruhestatt!

Wenn ich an sein festes Licht denke – so beiläufig gelöscht, daß es den Wert vieler Dinge schmälert, die leuchten. »Staub zu Staub« fürwahr – doch wer setzt die letzte Klausel unter den wundersamen Satz?

»Wahrlich ich sage euch«, las Vater zur Andacht mit einer soldatischen Strenge, die erschreckte.

Verzeihen Sie, wenn ich bei dem Ersten Rätsel des Hauses verweile.

Sein eigenes Rätsel – hat jedes Herz schon erfahren – doch in der Welt. Vaters war die erste Begebenheit des Geists.

Austins Familie war nach Geneva gefahren, und Austin zog daher vier Wochen zu uns. Es war eigenartig – traurig – und vorzeitlich. Uns fehlte er, indem er da war, und fehlte, als er ging.

Es ist alles seltsam.

Vielen Dank für das »neue Jahr« – das erste mit Sprung. Möge es für Sie gesund und ganz sein.

»Kingsley« kehrt zu »Argemone« heim –

Vielen Dank für die Teilnahme. Sie hilft mir abends die Treppe hoch, wo ich einst, wenn ich an Vaters Tür kam – Geborgenheit wähnte. Die Hand, die den Klee pflückte – ergreife ich und bleibe

Emily.

Die Verse sind die erste Strophe des Gedichts Nr. 1352. — Die »letzte Klausel«: Emily Dickinson nutzt gern, besonders in ihren Gedichten, die juristischen Tropen um, die schon seit John Winthrop Teil puritanischer Rhetorik sind (siehe auch Brief Nr. 207). — Charles Kingsley starb am 23. Januar 1875; Argemone ist die weibliche Hauptfigur seines ersten sozialkritischen Romans *Yeast: A Problem* (1848/51). — Mrs. Holland hatte von dem Grab Edward Dickinsons für Emily Dickinson, die es nie besuchte, ein Kleeblatt mitgebracht.

Nr. 143

An Samuel Bowles *etwa 1875*

Lieber Freund.

Es war so köstlich, Sie zu sehen – ein Pfirsich vor der Zeit macht alle Jahreszeiten möglich und Breiten zu – Kaprice.

Wir, die *Tausendundeine Nacht* der Untertreibung zeihen, entgehen dem schalen Scharfsinn, faulen Zauber anzunehmen.

Uns fehlen Ihr lebhaftes Antlitz und die berückenden Akzente, die Sie von Ihren numidischen Streifzügen bringen.

Ihr Kommen schmiedet neu den einzigen Schmuck des Lebens, den jeder von uns trägt und niemand besitzt, und der Phosphor des Ihren verblüfft Uns mit Unvergänglichkeit. Schonen Sie bitte das Leben, das so viele teilen, denn Pretiosen stehlen sich gerne davon –

Mit Ihren eignen wunderbaren Worten, denn die Stimme ist unser aller Palast: »nah und doch fern«,

Emily.

Wenn Wir sterben, kommen Sie dann Unseretwegen, wie Sie es für Vater taten?

Selbst nicht »zum Tod geboren«, werden Sie uns alle einziehen müssen.

In der Regel reiste Bowles zu der jährlichen Collegefeier im August an. Erster Satz und Nachsatz lassen vermuten, daß er ausnahmsweise im Frühjahr kam: der erste Besuch seit der Beerdigung Edward Dickinsons im Juni 1874. — Auf *Tausendundeine Nacht* bezieht sich Emily Dickinson in ihren Briefen insgesamt viermal.

Nr. 144

An T. W. Higginson — *Mitte Juni 1875*

Lieber Freund –

am Dienstag traf Mutter der Schlag, genau ein Jahr nach jenem Abend, an dem Vater starb.

Ich nahm an, Sie würden mit uns fühlen –

Ihr Schüler

Nr. 145

An T. W. Higginson — *im Juli 1875*

Lieber Freund.

Mutter war sehr krank, befindet sich nun aber leidlich, und der Arzt sagt, mit der Zeit werde sie sich weiter bessern. Zuerst wußte sie nichts mehr und hatte Hand und Fuß verloren, und wenn sie mich heute nach dem Namen ihres Leidens fragt – lüge ich zum ersten Mal. Sie verlangt immerzu nach meinem Vater und findet es ungehörig, daß er nicht kommt – bittet mich am Abend, noch nicht zu Bett zu gehen, da ihn sonst niemand begrüße. Ich bin so froh, daß das, was uns bekümmert – ihn nicht mehr kümmern kann. Unsterblich geworden zu sein übertrifft das Werden. Dank für Ihre Anteilnahme.

Es war mir viel wert, Ihre Stimme zu hören, wenn auch so sehr von ferne – Heimat ist weit von daheim, seitdem mein Vater starb.

Die Empfehlungen an Bruder und Schwester gab ich weiter und ersetze sie und finde, es sind all die in Sicherheit, die Ihr Gesicht sehen dürfen.

Ihr Schüler.

In einem Brief an Higginsons Frau hieß es etwas später: »Ich habe keinen Vater mehr und kaum eine Mutter, denn ihr Wille ist mit meinem Vater gegangen, und es bleibt ein müßiges Herz, das ohne ihn lustlos ist.«

Nr. 146

An Susan Gilbert Dickinson *Anfang August 1875*

Emily und alles, was sie hat und dem Wohl des Kleinen dient, stehen Sue zu Gebot –

Schicke gerne Maggie, so Du sie nimmst.

Schwester –

Am 1. August 1875 brachte Susan Dickinson ihr drittes Kind, Thomas Gilbert, zur Welt.

Nr. 147

An Helen Hunt Jackson *Ende Oktober 1875*

Wüßt ich ein anderes Wort als Freude?

E. Dickinson

Die vor dem Frühling fliehen
Der Frühling läßt sie's fühlen –
Geißelt mit Glück –

Higginson hatte Helen Hunt Jackson Gedichte Emily Dickinsons gezeigt; 1869 erwähnte er in einem Brief (Nr. 116) an die Dichterin eine »Dame, die Sie einst gekannt hat, mir aber nicht viel sagen konnte.« Und 1890 schrieb Higginson an Mabel Loomis Todd: »H. H. wußte nichts von den Gedichten, bis ich sie ihr (etwa 1866) zeigte, und sie war danach nur selten in Amherst. Doch sie hatte [Miss Dickinson] noch von der Schulzeit her in Erinnerung.« Etwa 1868 nahmen die beiden Frauen Kontakt auf, im August 1873 besuchte H. H. Amherst, doch das Klima bekam ihr nicht und sie floh nach Colorado Springs, wo sie im Oktober 1875 den Bankier und Eisenbahnfinanzier William S. Jackson heiratete. — Die hier abgedruckten Zeilen schickte Emily Dickinson, als sie Nachricht von der Heirat Helen Hunts erhielt. Die Verse gehören zum Gedicht Nr. 1368. Der letzte unbeschriebene Briefbogen trägt handschriftlich eine Notiz Helen Hunt Jacksons mit dem Wortlaut: »Er gehört mir, vergessen Sie es nicht, Sie müssen ihn mir zurückgeben, sonst sind Sie eine Diebin.« H. H. hatte die Zeilen offenbar mit Fragen noch einmal an Emily Dickinson zurückgesandt. Kurz nach deren Erhalt schrieb Emily Dickinson anscheinend erneut – wie der folgende Brief H. H.s aus Colorado Springs vom 20. März 1876 belegt:

Nr. 148

Aber Sie haben ihn mir nicht geschickt, obwohl Sie es doch versprochen hatten.

War das ein Versehen oder nachträglicher Entzug Ihrer Einwilligung?

Denken Sie daran: Er gehört mir – nicht Ihnen – seien Sie ehrenhaft.

Ich danke Ihnen, daß Sie mir wegen meiner unverschämten Bitte um Deutung nicht böse sind.

Ich wüßte nur gern, wieso »geißelt«!

Ein sehr kluger Mann – einer der klügsten, die mir je begegnet sind – ein Mr. Dudley aus Milwaukee, war vergangene Woche eines Tages bei uns, und wir sprachen über Sie. So verknüpfen sich die Fäden noch am äußersten Rand des Netzes.

Ich hoffe, ich werde Sie irgendwann, irgendwo an einem Punkt antreffen, wo wir uns kennen (lernen) können. Ich würde mich sehr freuen, wenn Sie mir hin und wieder schreiben wollten, sofern es Sie nicht langweilt. Ich besitze ein kleines Konvolut mit einigen Ihrer Gedichte – und ich lese sie sehr oft – Sie sind eine große Dichterin – und Sie tun Ihrer Zeit damit ein großes Unrecht, daß sie nicht laut singen wollen. Wenn sie einst sind, was die Leute tot nennen, wird es Ihnen leid tun, daß Sie so geizig waren.

Mit herzlichen Grüßen
Helen Jackson

H. H. war zwar nicht die einzige, die Emily Dickinsons Größe erkannte – Benjamin Franklin Newton, die »zwei Herausgeber von Journalen«, die sie »knauserig« genannt hatten, und auch, auf seine Weise, Thomas Wentworth Higginson ahnten sie –, doch so energisch und bestimmt wie H. H., die auch bereit war zu handeln, verhielt sich niemand sonst. H. H. ließ nie nach in ihrem Bemühen, Emily Dickinson zur Veröffentlichung zu bewegen. 1878 erreichte sie schließlich, daß Emily Dickinsons »Success is counted sweetest« (Nr. 112) anonym in der von ihr selbst herausgegebenen Anthologie *A Masque of Poets* erschien; das Gedicht wurde prompt Ralph Waldo Emerson zugeschrieben. Als Susan Dickinson die Verse erkannte und ihre Schwägerin darauf ansprach, wurde die Dichterin dem Dickinson-Biographen Alfred Habegger zufolge so »kreidebleich«, daß Sue ihre Bemerkung bereute. Im *Springfield Union* wurde 1878 zudem spekuliert, ob sich nicht hinter dem Künstlername »Saxe Holm« (dem Pseudonym, unter dem H. H. Kurzgeschichten veröffentlichte) in Wahrheit Emily Dickinson verberge – man wußte demnach um ihre Begabung (Leyda II 297).

Nr. 149

An T. W. Higginson *Februar 1876*

Es gibt so viel empfindlich Profanes noch im geheiligsten Menschenleben – daß vielleicht eher Ahnung als Absicht uns abrät.

Verräterischer Tonfall
Kann Seligsprechung sein -
Zu sichtlos ihre Tiefe
Als daß wir uns befreien –

Es ist mir eine Freude, Ihnen das Buch zu schicken. Dank dafür, daß Sie es nehmen, und bitte, *Daniel Deronda* nicht zu besitzen, ehe ich ihn bringe, sobald er nämlich fertig ist. Sie fragen, ob ich Menschen sehe – Judge Lord war eine Woche bei mir, im Oktober, und mit Vaters Geistlichem habe ich mich einmal unterhalten, ein andermal mit Mr Bowles. Meine »Tage« bestehen aus – kleinen Exkursionen – und einigen Augenblicken nachts, für Bücher – wenn die anderen schlafen. Offenheit – lieber Präzeptor – ist die einzige List. Lehrten Sie mich das nicht selbst, im »Präludium« zu *Malbone*? Sie sprachen einst davon, daß Sie nur »wenige Gedichte in Druck gegeben« hätten. Ich hoffte, das bedeute, daß Sie noch andere haben –

Wollen Sie mir – eines – zeigen? Sie fragten, ob ich die Kälte schätze – jetzt aber ist es warm. Ein mildgesonnener Regen fällt.

Er wird vor dem April nicht reif sein – wie üppig Februars Traufen sind! Das Denken wird davon ganz Rosig –

Er geht dem Rotkehlchen voraus – beweint vorsorglich Februars Ende –

Dank für Ihre freundlichen Worte.

Im Gedanken an Sie finde ich oft heim.

Ihr Schüler –

Die Gedichtzeilen sind die erste Strophe (der ersten Variante) des Gedichts Nr. 1388. — In einem vorausgehenden Brief hatte die Dichterin Higginson zwei Bücher angeboten – die letzten, die ihr Vater ihr geschenkt hatte und die sie seit seinem Tod nicht hatte anrühren können, nämlich Octavius B. Frothinghams Biographie des Abolitionisten und Theologen Theodore Parker (1810–1860) und die Gedichte George Eliots. Eines der beiden Werke scheint Higginson schon besessen zu haben, bekam daher das andere. George Eliots *Daniel Deronda* sollte ab März als Vorabdruck in *Harpers Monthly* erscheinen. Higginson erklärte sich gern bereit, auf die Lektüre zu verzichten, bis die Dichterin ihm ein gebundenes Exemplar schicke. — »Vaters Geistlicher« war der Pastor der First Church, Reverend Jonathan L. Jenkins. — Die Wendung »Offenheit ist die einzige List« ist Dickinsons pointierte Wiedergabe der folgenden Beobachtung aus Higginsons *Malbone: An Oldport Romance* (1869): »Das Leben lehrt uns, daß keine Erfindung so seltsam noch so unwahrscheinlich ist wie die schlichte Wahrheit [...]«

Nr. 150

An T. W. Higginson *im Frühjahr 1876*

Zwei nur hatten mir vom »Frühling« gesprochen – Sie und die Offenbarung. »Ich – Jesus – habe gesandt meinen Engel.«

Ich vermute Ihre Hand in den Aufsätzen zu Lowell und Emerson – Es ist eine feine Sache, daß jeder Geist in seiner Art einzig ist, wie ein deutlicher Vogel –

Es stimmte mich einsam, von dem »Wenn« zu lesen in Ihrem schönen »Gern käme ich nach Amherst«, und zugleich traurig ob des Grundes. Besäße doch Ihre Freundin nur meine Kraft, denn mir liegt nichts am Streunen – Ihr aber womöglich, wenn es gleich Reise ist, bei Ihnen zu sein – *Daniel Deronda* widerstehen zu müssen ist eine arge Prüfung – es ist sehr gut von Ihnen, sie auf sich zu nehmen. Ich hätte wohl auch gewartet, doch »Sue« schmuggelte ihn mir unter das Kissen, und in Reichweite zu erwachen, hat mich überwältigt – wie schön, daß die »Unsterblichkeit« Ihnen gefallen hat. Ich dachte es mir wohl. Ich glaube, nicht einmal Gott könnte sie jetzt noch vorenthalten – Wenn ich an das Einsame Leben meines Vaters denke und seinen noch einsameren Tod, gibt es als Abhilfe dies –

Alles nehmt –
Das eine, das zu Diebstahl reizt
Bleibt doch – nämlich Unsterblichkeit –

Mein frühester Freund schrieb mir in der letzten Woche seines Lebens: »Wenn ich überlebe, komme ich nach Amherst – wenn ich sterbe ganz gewiß.«

Liegt Ihr Haus weiter ab?

Ihr Schüler

Die Verse führt R. W. Franklin als Gedicht Nr. 1390; Emily Dickinson fügt sie 1885 noch einmal in einen Brief ein. Das Bibelzitat stammt aus der Offenbarung (22,16). — Emily Dickinson ging recht in der Annahme, daß Higginson der Verfasser der nicht gezeichneten Rezension zu dem Essayband *Among My Books: Second Series* des einflußreichen Literaten und Autors der satirischen *Biglow Papers* (1846) James Russel Lowell in der Märzausgabe von *Scribner's Monthly* war, möglicherweise stammte auch die Besprechung von Emersons *Letters and Social Aims* im April von ihm. — Mit der »Freundin« ist Mrs. Higginson gemeint, deren Gesundheitszustand sich zunehmend verschlechterte. — Der »früheste Freund« dürfte Benjamin Franklin Newton sein.

Nr. 151

An T. W. Higginson *1876*

In der Natur ist der Spuk zu Hause – die Kunst, sie will ein Spukhaus sein.

Dieses Diktum könnte ebensogut separat geschickt worden sein wie auch zusammen mit dem unmittelbar vorausgegangenen Brief; die Briefbögen weisen identische Kniffe auf.

Nr. 152

An Mrs. J. G. Holland *im Herbst 1876*

Wieder komme ich mit meiner kleinen Last – Ist sie zu schwer, Schwester?

Sie erinnern sich, woraus ich zitierte, als Sie mir den Klee brachten?

»Ich empfinde Ihre Wohltat nicht als eine Bürde, Jane.«

Hätte ich nur Post mit Ihrem Lächeln, mein Schlaf wär gut bewacht.

Emily

Emily Dickinson hatte dem Brief einen weiteren beigelegt, ihre Bitte trägt sie vor, als wäre die »Last« nicht neu: In der Holland-Familie galt als sicher, daß die Dichterin Mrs. Holland regelmäßig bat, Briefe an Charles Wadsworth weiterzuleiten. — Das Zitat stammt aus dem 15. Kapitel von Charlotte Brontës *Jane Eyre*.

Nr. 153

H. H. an Emily Dickinson *am 20. August 1876*

Meine liebe Miss Dickinson,

wie sollten Sie mich gekränkt haben? Es tut mir sehr leid, daß Sie das angenommen haben können.

Wie oft hatte ich die Absicht, Ihnen zu schreiben!, aber die Stunde hat nur sechzig Minuten. Es ist bei weitem nicht genug.

Ich lege ein Zirkular bei, das Sie interessieren könnte. Zu dem Gedichtband, der in dieser Reihe erscheinen soll, werde ich selbst beitragen: und ich möchte Sie gern überreden, es ebenfalls zu tun. Im Schutze einer doppelten Anonymität, wie sie vorgesehen ist, brauchen Sie sich doch gewiß nicht scheuen? Ich möchte Verse von Ihnen im Druck sehen. Wenn Sie es nicht verbieten, würde ich einige von denen einsenden, die ich besitze. Darf ich? – Es wird noch einiges dauern, bis der Band erscheinen kann. Es muß wohl erst drei oder vier Bände mit Erzählungen geben. –

Mein Mann ist hier bei mir, und wir genießen das schöne Neuengland sehr, aber wir bleiben nur noch wenige Tage, da uns die »Mühen« der Ausstellung bevorstehen.

Post an

c/o Messrs Roberts Bros., Boston

errreicht mich unfehlbar, wo immer ich bin: – und ich freue mich stets, von Ihnen zu hören.

Danke, daß Sie so leserlich schreiben! Wollen Sie mir nicht neue Gedichte schicken?

In aufrichtiger Freundschaft
Helen Jackson

P.S. Sollten Sie gelegentlich Dr. Cate sehen, grüßen Sie herzlich von mir; – mir & auch Mr. Jackson.

Der Brief scheint die Antwort auf eine Anfrage Emily Dickinsons zu sein, warum sie von Mrs. Jackson nichts höre. — Das Zirkular betraf die im Bostoner Verlag Roberts Bros. geplante, von Verlagsleiter Thomas Niles betreute »No Name Series«, Sammelbände mit anonymen Beiträgen »literarischer Größen«. Der erste Band, *Mercy Philbrick's Choice*, von H. H. selbst zusammengestellt, erschien im September. — Emily Dickinson ging offenbar mit keinem Wort auf H. H.s Vorschlag ein; am 10. Oktober suchte die Autorin sie während eines Besuchs in Amherst persönlich auf. Kurz darauf schrieb Emily Dickinson an T. W. Higginson und bat um Rat. — Dr. Cate bleibt unidentifiziert.

Nr. 154

An T. W. Higginson *im Oktober 1876*

Lieber Freund –

wollen Sie mir sagen, was recht ist? Mrs. Jackson – aus Colorado – war diese Woche kurz bei mir und bat mich, hierfür zu schreiben – ich sagte, ich wolle nicht, sie fragte, warum? – Ich sagte, ich sei außerstande, was sie mir nicht glauben wollte, und so bat sie, ich möge mir mit der Entscheidung noch einige Tage Zeit lassen – sie werde mir schreiben – Sie war so rührend ritterlich, ich möchte sie nicht gern verprellen, wenn Sie mir also bitte schriftlich ihr Abraten gäben und sagten, Sie hielten mich nicht für geeignet; Ihnen wird sie glauben – es tut mir leid, daß ich so oft zu meinem standfestesten Freund fliehe, hoffe aber, er werde es dulden –

Nr. 155

T. W. Higginson an Emily Dickinson *am 22. Oktober 1876*

Werte Freundin

Meine Frau dankt sehr herzlich für Ihre Zeilen & die hübschen Rosenknospen. Wir sind sehr emsig, da wir soeben einen Hausstand gründen, was uns gut gefällt; wir haben eine nette amerikanische Dame gefunden, die uns den Haushalt führen wird & so behagt es uns viel besser. (Sechs Jahre lang haben wir zur Miete gewohnt.) Sollten Sie einmal nach Newport kommen, sagt meine Frau, müssen Sie uns besuchen.

Was Ihre Frage betrifft; es ist stets schwer, an anderer Statt ihre Neigungen und ihr Talent bewerten zu wollen, aber ich hätte Ihnen wohl nicht unbedingt zu Erzählungen geraten, da mir Ihnen das nicht recht zu liegen scheint. Vielleicht meinte Mrs. Jackson, die Veränderung & mehr Abwechslung täten Ihnen gut. Wenn Sie aber wirklich einen starken Widerwillen empfinden, wird sie Sie wohl kaum bedrängen. Die gerühmte Verfechterin von Reformen in unseren Gefängnissen, Mrs.

Fry, machte es sich zur Regel, der Vorsehung zu folgen, nicht aber, sie zu forcieren, & Zwang war noch nie förderlich.

Wenn Sie so gut sein wollen, dann richten Sie doch bitte Bruder & Schwester und der Schwägerin meine besten Empfehlungen aus.

Stets der Ihre
T. W. Higginson

P.S. Meine Frau dachte, Sie hätten vielleicht gern diese Photographie von mir, wenn Sie sie nicht schon haben; es ist in vieler Hinsicht das beste Bild bisher, wenn auch dem Ausdruck nach nicht ganz getroffen.

Higginson hatte mißverstanden: Er glaubte, das Zirkular fordere zur Einsendung ausschließlich von Erzählungen auf. Emily Dickinson klärt ihn auf: »Mrs. Jackson hat geschrieben. Es waren nicht Erzählungen, um die sie mich bat. Darf ich ihr trotzdem sagen, daß Sie nicht zuraten?«, und schreibt ihm in dieser Angelegenheit noch ein drittes Mal: »Ihre Zustimmung wär mir Ruhm – ihr Entzug Unrühmlichkeit. Ich hoffe, ich habe Mrs. Jacksons Wunsch nicht unrecht getan – wenn doch – wollen Sie bitte verzeihen.« — Am 27. Dezember schreibt Higginson an seine Schwester Anna (Leyda II 263): »Gestern abend feierten die Warings auf ungewöhnliche Weise Hochzeit mit zwölf Gästen [...] Die Woolseys sprühten wie stets vor Witz und schrieben geistreiche Impressionen zu den einzelnen Gästen – für mich einen erfundenen Brief von meiner überspannten Dichterin aus Amherst, die mir regelmäßig schreibt und stets ›Ihr Schüler‹ unterzeichnet. (N.B. Mittlerweile schreibt sie auch an Mary & hat ihr Emersons *Repräsentanten der Menschheit* geschickt, das ›kleines Buch aus Granit, das uns stützt!‹).«

Nr. 156

H. H. Jackson an Emily Dickinson *im Oktober 1876*

Liebe Freundin,

ich halte so umgehend Wort, daß ich noch vor dem Frühstück schreibe, aber eigentlich kaum mehr als einen Nachsatz zu meinem Besuch jüngstens, den ich, wie Sie vielleicht auch, als viel zu kurz empfand.

Ich bedauere sehr, nachlässig erschienen zu sein, und ich hoffe, weiter von Ihnen zu hören. Mir scheint, ich war sehr dreist, so zu Ihnen zu sprechen – Ihnen vorzuwerfen, Sie lebten zu lichtscheu – und Ihnen zu sagen, Sie sähen kränklich aus, da das just der Preis ist, den Sterbliche für die Krankheit zahlen, aber Sie wirkten wahrhaftig fahl und mottengleich! Ihre Hand in der meinen war so schmächtig, daß ich erschrak. Ich kam mir vor wie ein gewaltiger Ochse, der zu einem weißen Nachtfalter spricht und ihn drängt, mit hinauszugehen und Gras zu fressen, damit er etwas Fleisch ansetzt! Wie dumm. –

Heute morgen habe ich noch einmal die letzten Verse gelesen, die Sie mir sandten: sie erscheinen mir weit klarer, als ich zunächst dachte. Einiges von dem Nebel muß in mir gewesen sein. Doch ich habe andere, die mir mehr zusagen. Ich mag Ihre schlichtesten und direktesten Verse am liebsten. [Ausriß]

Sie sagen, es hätte Ihnen große Freude bereitet, meine Gedichte zu lesen. Dann gönnen Sie doch irgend jemandem irgendwo, den Sie nicht kennen, die gleiche Freude beim Lesen der Ihren: [Ausriß]

Adieu. Wann immer Sie mir eine Zeile schreiben wollen, werde ich mich freuen, und für sämtliche Verse, die Sie mir zukommen lassen, danke ich Ihnen immer. – [Roberts Bros. Boston] ist die Anschrift, unter der Sie mich unfehlbar erreichen können, wo ich auch sein mag.

Sehr herzlich
Helen Jackson

Nr. 157

An Samuel Bowles *etwa 1877*

Lieber Freund,

ein Gesicht triumphaler als das Ihre gibt es nirgends außerhalb vom Paradies – wohl, weil Sie dauerhaft dort sind, statt schließlich –

Uns selbst – bestatten wir – mit aller Spottlust
Durch Staubes Schleuse – wer einst kommt –
Macht nichtig, was an Glaube wohltat
Dem Skepsis ebenso wie Eifer frommt –

Emily.

Die Zeilen (bei Franklin das Gedicht Nr. 1449) könnten als Dank für eine Photographie Bowles' geschickt worden sein.

Nr. 158

An T. W. Higginson *im August 1877*

Lieber Freund –

Die Blüte war Jasmin. Wenn sie Ihrer Freundin Freude machte, freut mich das. Sie ist mir neben der des Seidelbast die nächstliebste – bis auf Wildblumen – die sind noch lieber – ich habe einen Freund in Dresden, der die Liebe zu den Fluren für eine Gefühlsverirrung hält – und er will mir eine Wiese schicken, die die des Sommers übertrifft. Sollte er es tun, sende ich sie Ihnen.

Von Turgenjew habe ich nie etwas gelesen, danke Ihnen aber für den Hinweis – und werde ihn sogleich aufsuchen. Ich hatte gehofft, Sie würden mir etwas aus Ihrer eigenen Feder zeigen – einen der »wenigen Verse« – den »so gut wie gar keinen«, wie Sie sagten. Wären Sie heute willens? Rügen Sie mich, wenn ich zu kühn ersehne – doch nichts wünschte ich mir mehr –

Sie fragen mich, ob ich noch schreibe?

Ich hab sonst keine Spielgefährten –

Ich schicke Ihnen einen Sturm und ein Epitaph – und ein Wort an einen Freund und für Mrs Higginson einen Blauvogel. Verzeihen Sie ihnen, wenn sie unwahr sind –

Da Sie mich nicht mehr unterweisen, wie sollte ich vorankommen?

Ihre Schülerin

In dem Brief, auf den Emily Dickinson hier antwortet, hatte Higginson offenbar einen Artikel über Turgenjew erwähnt, an dem er arbeitete. — Die Dichterin schickte Higginson »It sounded as if the Streets were running« (Nr. 1454), »She laid her docile Crescent down« (Nr. 1453), »I have no Life but this« (Nr. 1432) und »After all Birds have been investigated and laid aside« (Nr. 1383). — Lorenz Okens »Blauvogel« ist nach heutiger Nomenklatur der Rotkehlhüttensänger (salia sialis). — Die Identität des »Dresdener Freunds« bleibt ungeklärt; es gab auch in den Vereinigten Staaten mehrere Orte dieses Namens.

Nr. 159

An Samuel Bowles *etwa 1877*

Lieber Freund.

Vinnie erwähnte zufällig, daß Sie zwischen dem »Theophilus« und »Junius« schwankten.

Wollen Sie mir nicht den süßen Gefallen tun, auch den zu nehmen, wenn Sie wiederkommen?

Ich ging ins Zimmer, kaum daß Sie fort waren, um mich Ihrer Anwesenheit zu vergewissern – eingedenk des Psalmisten Sonett an Gott, das so beginnt

Dies Leben hab ich nur –
Zu leben hier –
Noch andren Tod – als den
Es zu verlieren –

Noch Treu der nächsten Welt,
Noch neue Tat –
Es sei denn insoweit –
Es Dein Maß hat –

Sonderbar, daß das Unfaßliche am haftendsten ist.

Ihr »Strolch«

Das Adjektiv hab ich gewaschen.

Das Gedicht führt R. W. Franklin als Nr. 1432B. — Es heißt, Samuel Bowles habe bei einem Besuch in Amherst auch Emily Dickinson seine Aufwartung machen wollen, die sich jedoch weigerte, ihn zu empfangen. Daraufhin habe er die Treppe hinaufgerufen: »Emily, verdammter Strolch! Schluß mit dem Unfug! Ich fahre ganz von Springfield her, um Sie zu sehen. Kommen Sie sofort herunter!« Die Dichterin gehorchte und soll bei der Begegnung vor Geist gesprüht haben.

Nr. 160

An Mrs. J. G. Holland *im Dezember 1877*

Mir erlegt die Kleinste Anstrengung der geliebten Augen eine besonders umgehende Antwort auf – und innerlich ergeht sie, doch die Zeit zu sagen, wie leid es Uns tut, bleibt manches Mal versagt –

Aus der gewohnten Bahn geworfen durch Vinnies seltene Krankheit – und Mutters gemehrte Not – kam ich mir vor wie ein Kummerkreisel, der sich ohne Pause dreht. Vinnie erholt sich langsam nur – Was sie litt, ging über ihre Kraft; Sie und ich wissen davon mehr als der gute Doktor –

Folter um Unwürdiger willen bleibt dennoch Folter –

Ich werde übermenschlich trachten, sie zu retten, und glaube, daß es mir gelingt, doch ist sie zu schwer getroffen, um gleich wieder zu genesen.

Mrs Lord – so oft bei uns zu Gast – ist ganz von uns gegangen – wie Sie wissen – Der liebe Mr Bowles zögert noch – Geb Gott, daß er sich für die Sterbliche Seite entscheidet!

Nun wird es Nacht – nur träumen wir nicht. Halten Sie Ihr Heim fest, denn die Fliehkraft der Geliebten macht alle Augenblicke – Angst –

Ich lege ein paar Zeilen bei; wenn Sie die bis nach Philadelphia heben könnten, sofern es Ihre Arme nicht ermüdet – würde ich mich außerordentlich freuen.

Ob der Doktor sie wohl adressieren mag? Bitten Sie ihn für mich, mit lieben Grüßen.

Maggie denkt an Sie – und Mutter läßt grüßen – Vinnie sehnt sich sehr nach Ihnen.

Ist nicht die Auszeichnung der Zuneigung beinahe Königreich genug?

Emily.

Mrs. Holland hatte nach einer Augenoperation im Jahr 1872 starke Beschwerden, und Emily Dickinson spielt in Briefen, wie hier, häufig darauf an. — Mrs. Otis P. Lord starb am 10. Dezember 1877. — Gesundheitlich war es Samuel Bowles seit dem schwierigen Jahr 1875 nach einem kräftezehrenden Gerichtsprozeß, Streit mit dem Bruder und Maria Whitneys Aufbruch nach Europa stetig schlechter gegangen. — Der Brief, den die Dichterin beilegte und den Dr. Holland nach Philadelphia weiterleiten sollte, ging vermutlich an Charles Wadsworth.

Nr. 161

An Mrs. Samuel Bowles — *um den 16. Januar 1878*

Wir können nichts tun als unseres einzigen Mr Bowles zu gedenken.

Es geschieht voll Trauer, so zärtlich und lang, es kann niemals neu sein.

Emily.

Diese wenigen »gebrochenen« Worte – wie Emily Dickinson später schrieb – wurden vermutlich am Todestag Samuel Bowles' gesandt, dem 16. Januar 1878.

Nr. 162

An Maria Whitney *Anfang 1878*

Liebe Freundin,

ich habe oft an Sie gedacht seit der Finsternis –, obwohl wir unserer jeweiligen Nacht nicht abhelfen können. Ich hatte gehofft, Sie würden verschont. Daß er Unsterblichkeit erlangt hat, der sie so oft verlieh, verleiht ihr einen frischen Reiz. […]

Ich hoffe, Sie haben die Kraft der Hoffnung, und möge jedes Glück, das wir kennen oder ahnen, Sie stündlich heimsuchen.

E. Dickinson

Emily Dickinson wußte, daß Samuel Bowles' Tod seine besondere Freundin und Vertraute Maria Whitney tief bekümmern mußte. Dieser Briefauszug wurde, wie auch der folgende, von Mabel Loomis Todd auf das Jahr 1878 datiert.

Nr. 163

An Maria Whitney *Anfang 1878 (?)*

[…] Linderung für das Irreparable mindert es.

Brabantios Ergebenheit ist die einzige – »Hier geb' ich dir von ganzem Herzen hin, was, hätt'st du's nicht, ich dir von ganzem Herzen verweigerte«.

Emily.

Bowles' Tod stiftete offenbar einen Austausch zwischen Emily Dickinson und Maria Whitney. — Das Zitat stammt aus *Othello* (I/3.Z. 199–201). Auf das Stück (1604/1622) bezieht Emily Dickinson sich in ihren Briefen insgesamt elfmal.

Nr. 164

An T. W. Higginson — *Anfang Juni 1878*

Lieber Freund.

Als Sie schrieben, Sie kämen im November, hätte es mir behagt, schon November zu haben – aber die Zeit ging weiter – Sie sind zur Wiederkehr der Vögel fortgezogen – zu Ihrer Wiederkehr werden die ziehen – aber Sie zu sehen, ist so viel süßer als Vögel, daß ich den Frühling entschuldige.

Da die Blume blühte, die Ihre Freundin liebte, vermißte ich sie, doch Gott kann sich selbst nicht unterbrechen.

Mr Bowles war keineswegs ergeben.

Wer einen Freund verliert, Meister, weiß wieder, daß er nicht neu beginnen kann, weil es keine Welt gäbe. Ich habe oft an Sie gedacht seit der Finsternis – obwohl wir unserer jeweiligen Nacht nicht abhelfen können –

Ich hoffte, Sie würden verschont –

Daß diejenigen Unsterblichkeit besitzen, mit denen wir darüber sprachen, macht letztere nicht mächtiger – aber unmittelbarer –

Wie schütter ist der Steg
Auf den der Glaube tritt –
Hier unten schwankt nicht einer so
Und reißt so viele mit.

Er ist so alt wie Gott –
Er Selbst – hat ihn gebaut –
Dem Sohn ließ er den ersten Schritt
Und der befand's für gut –

Ich hoffe, Sie waren bei guter Gesundheit. Ich hoffe, Ihre Streifzüge waren schön und Ihre Träume weit – Stratford on Avon zu sehen – und die Dresdner Madonna, das muß beinahe Friede sein –

Und vielleicht haben Sie mit George Eliot gesprochen. Wollen Sie mir »berichten«? Werden Sie im November kommen, wird der November kommen – oder ist das Hoffnung, die auf und zuklappt wie das Auge der Wachspuppe?

Ihr Schüler

Das Gedicht führt R. W. Franklin als Nr. 1459B. — Im September 1877 war Higginsons Frau gestorben. — Higginson war im Frühjahr nach Europa gereist; er hatte angekündigt, er werde voraussichtlich im November zurück sein. Er traf tatsächlich schon Ende Oktober ein. Dieser Brief jedoch wurde noch nach Übersee geschickt.

Nr. 165

An Otis P. Lord *etwa 1878*

Mein liebes Salem lächelt mir. Ich suche sein Gesicht so oft – und lege ab die Larve.

Ich gestehe, daß ich liebe – frohlocke, daß ich liebe – ich danke dem Schöpfer von Himmel und Erde, der ihn mir gab zu lieben – Jubel überflutet mich. Ich finde nirgend Ufer – Fluß wird zu Bucht – denk ich an Dich –

Bestrafst Du mich? Die ich in den Ruin getrieben – Nennt sich das Vergehen?

Dann sperr in Dir mich ein – rosige Vergeltung – mit Dir umgarnt im Irrgarten, der nicht Leben ist nicht Tod – wenn auch von der Unfaßbarkeit des einen, dem Rausch des anderen – Dir zuliebe aufgewacht am Tag, den Du verzaubert, ehe ich

Von der obigen Reinschrift ist mehr nicht erhalten; der Entwurf liest sich folgendermaßen: »Mein liebes Salem lächelt mir. Ich suche sein Gesicht so oft – und brauche keine Maske (laß fallen) (lege ab die Larve). / Ich gestehe, daß ich liebe – frohlocke, daß ich liebe – ich danke dem Schöpfer von Himmel und Erde, der ihn mir gab zu lieben – Jubel überflutet mich. Ich finde nirgend Ufer – Fluß wird zu Bucht – denk ich an Dich – wirst Du es strafen? [Werd ich] Die ich in den Ruin getrieben – wie Schuldiger gern sagen. Nennt sich das Vergehen? – Wie kann das ein Vergehen sein – Dann sperr in Dir mich ein – das wird mir Strafe sein – mit Dir umgarnt im Irrgarten, der nicht Leben ist nicht Tod – wenn auch von der Unfaßbarkeit des einen, dem Rausch des anderen – Dir zuliebe aufgewacht am Tag, den Du verzaubert, [ehe Du] ehe ich den Schlaf fand – Welch schöne Wendung – wir fanden in den Schlaf, als wäre es ein Land – laß uns eins machen draus – wir machen es eins, mein gelobtes Land – komm, Liebster, o! sei Patriot – Liebe ist nun Patriot Ließ ihr Leben nun für dies (dies) Land Hat Bedeutung nun – O! Nation der Seele, die Freiheit ist Dein.« Die runden Klammern enthalten alternative Formulierungen (einmal eine Dopplung), die eckigen Klammern durchgestrichene und/oder unleserliche Stellen. — Briefe, Briefentwürfe und -fragmente an Lord fanden sich nach Emily Dickinsons Tod im Nachlaß und wurden von Austin Dickinson Mabel Loomis Todd überlassen. Offenbar schrieben sich Emily Dickinson und Otis P. Lord nach Möglichkeit jede Woche. Die beiden verband bis zu Lords Tod im Jahr 1884 ein inniges Verhältnis. Dieser und die folgenden Briefe an Lord stammen alle aus derselben Zeit, vermutlich dem Jahr 1878. Sie sind deshalb hier versammelt. (Mrs. Lord war im Dezember 1877 gestorben.) — In diesem Brief wird die Prosa zwischendurch anapästisch, der zweite Absatz endet mit einem metrisch austarierten Couplet und birgt – im Original – eine raffinierte (für Emily Dickinson überaus typische) syntaktische Ambiguität, da *that gave him me to love* sowohl »der ihn mir gab zu lieben« heißt wie auch »der mich ihm gab zu lieben«. Die Bearbeitungsspuren an den verschiedenen Fassungen belegen, wie bewußt, wie kunstvoll Emily Dickinson bei der Komposition selbst ihrer Liebesbriefe vorging.

Nr. 166

An Otis P. Lord *etwa 1878*

Um den Brief zu betteln, der geschrieben ist, ist bankrott genug; zu betteln, wenn er's nicht ist und der liebe Spender müßiggeht, seines Wertes nicht gewahr, *das* ist bankrotter.

Mein Einziger – die strahlende Woche, erst so verheißungsvoll, abscheulich zu machen, steht Dir das wirklich zu? Außerdem, mein ungezogener Einziger, ungezogener Engel, wer sollte Dich richten? Wohl kaum mein verzücktes Herz. Also, holder Sophist, der aus »nicht« »doch« machen kann – aber vergiß, daß ich's Dir verriet [Ausriß]

Womöglich bist Du, bitte sehr, Sünder? Mit der Gabe, Verdammnis himmlisch zu machen, wer sollte Dich strafen?

Nr. 167

An Otis P. Lord *etwa 1878*

Weißt Du nicht, daß Du am glücklichsten bist, solange ich verwehre, nicht gewähre – weißt Du nicht, daß die Sprache kein Wort so wild kennt wie »nein«?

Du weißt es, denn Du weißt alles – [Ausriß] ...

Deinem Verlangen so nahe zu liegen – es im Vorbeigehen zu streifen, denn ich schlafe unruhig und müßte oft in der guten Nacht aus Deinen Armen fortziehen; doch Du würdest mich zurückgeleiten, nicht wahr, denn nur dort möchte ich sein – also, sage ich, wenn ich das Verlangen noch näher spürte – als in unserer teuren Zeit bisher, dann könnte ich vielleicht nicht widerstehen, ihm meinen Segen zu geben, was ich aber muß, weil es recht ist.

Die »Hürde« ist Gottes – mein Einziger – um Deiner Größe willen – nicht meinetwegen – lasse ich Dich sie nicht überschreiten – doch es gehört alles Dir, und wenn es einst recht ist, werde ich den Weg freigeben und Dich ins Moos betten – Du hast mich das Wort gelehrt.

Ich hoffe, es nimmt sich nicht anders aus in meiner Feder. Es ist eine Qual, die ich Dir lange verschwieg, Dich gehen und mich hungrig zurücklassen zu sehen, aber Du erbittest die himmliche Kruste auf Kosten des Brots.

Unbesuchte Blume

Dir eine Zierde – (verdiene) [Ausriß]

Ich lese ein kleines Buch – und weil es mir das Herz bricht, soll es auch Deines brechen – Hieltest Du das für gerecht? Ich habe es oft schon gelesen, aber nicht vordem ich Dich liebte – und finde, das macht einen Unterschied – es macht einen Unterschied in allem. Selbst das Pfeifen eines Jungen spät nachts auf der Straße oder das Leise [?] eines Vogels – [fehlende Seite] Satan« – nur was ich nie gehört habe, ist die süße Mehrheit – die Bibel sagt sehr verschmitzt, es werde ein Weg sein, »daß auch die Toren nicht irren mögen«; auch die »Torinnen« nicht? Frage Deine pochende Schrift.

Vielleicht überrascht es Dich, daß ich von Gott spreche – ich kenne ihn wenig, doch hat Amor schon manchen ungeschulten Geist Jehova gelehrt –

Zauber ist klüger, als wir es sind –

»Kein Wort so wild wie ›nein‹«: Es gehört zu den eigentümlichsten Strategien Emily Dickinsons, durch eine »Dialektik der Negativität« (Hagenbüchle 1988) Verlust in Gewinn, Mangel in Reichtum zu verwandeln. — Emily Dickinson zitiert im vorletzten Absatz Jes. 35,8: »Und es wird daselbst eine Bahn sein und ein Weg, welcher der heilige Weg heißen wird, daß kein Unreiner darauf gehen darf; und derselbe wird für sie sein, daß man darauf gehe, daß auch die Toren nicht irren mögen.«

Nr. 168

An Maria Whitney *Herbst (?) 1878*

Liebe Freundin,

vor wenigen Tagen verbrachte ich schöne Stunden mit Mr und Mrs Jackson aus Colorado, die mir erzählten, ihre Verehrung für Mr Bowles und der Wunsch, ihn in Erinnerung zu bewahren, habe sie bewogen, sein Heim aufzusuchen und nach Mrs Bowles zu fragen. Diese, sagten sie, hätten sie als gebrochene Frau erlebt, wenn auch nicht so restlos wie befürchtet. Und unter noch bestehenden Verbindungen habe sie mit besonderer Wärme von einer Miss Whitney aus Northampton gesprochen, die sie bald besuchen wolle, ja, sie erwog, ihre Gäste bis zu Ihnen zu begleiten.

Zu wissen, daß lange Treue in lieblosem Boden nicht ganz vergebens war, mag Sie trösten.

Ich hoffe, Sie sind wohlauf und des Großen Geistes teilhaftig, der mit dem Leben auch Sie verließ.

Immer die Ihre

Das Ehepaar Jackson war nach einem mehrtägigen Besuch in Amherst am 24. Oktober 1878 abgereist. Es ist ungewöhnlich, daß Emily Dickinson nicht nur Mrs. Jackson (H. H.), sondern auch ihren Mann, einen Fremden, empfing. Das gab es zu diesem späten Zeitpunkt im Leben der Dichterin sonst nicht mehr. Im zweiten Absatz wird deutlich, daß Emily Dickinson sehr wohl um den Argwohn wußte, den Maria Whitneys Gefühle für Samuel Bowles weckten. — Die Briefe Emily Dickinsons an Helen Hunt Jackson aus dem Jahr 1878 sind nicht erhalten, ihr Inhalt erschließt sich jedoch indirekt aus denen, die sie von ihr erhielt. Der erste, am 29. April 1787 in Colorado geschrieben, bat um ein Gedicht, das in dem Band der »No Name-Series« abgedruckt werden sollte, von dem H. H. schon 1876 gesprochen hatte (Brief Nr. 153).

Nr. 169

H. H. an Emily Dickinson *1878*

Liebe Freundin,

ich hatte keineswegs das Gesicht »abgewandt«. Ich hatte nur nicht mehr das Wort an Sie gerichtet. Ich müßte mich schämen, und das würde ich auch, hätte ich mir nicht längst abgewöhnt, mich meiner Unzulänglichkeiten als Korrespondentin zu schämen. Aber ich versichere Ihnen, daß ich Ihren freundlichen Brief und Ihre Frage damals, ob es mir gut gehe, nie vergessen habe: ich hatte durchaus immer schreiben wollen, wenigstens soviel: »ja«.

Ich war den ganzen letzten Sommer und Herbst damit beschäftigt, unser kleines Haus ausbessern und einrichten zu lassen. Ich glaube, ein Haus umzubauen, ist so, als baute man zehn! und das in Colorado zu tun, ist zehnmal schwerer als irgendwo sonst auf der Welt. Aber nun ist es vollbracht, und wir sind »eingerichtet« – und ich erinnere mich kaum noch an die Mühen und Widrigkeiten, die dem vorausgingen. Es ist ein sehr malerisches und gemütliches kleines Haus und macht mir unbeschreiblich viel Freude. Ich möchte alle meine Freunde aus dem Osten gern darin begrüßen.

Ob es wohl Zweck hätte, Sie abermals um ein, zwei Gedichte für den Band der »namenlosen« Dichtung zu bitten, der nächstens bei Roberts Bros. erscheinen soll? Wenn Sie es mir gestatten, würde ich sie abschreiben – und in meiner Hand einsenden – und versprechen, nie einer Menschenseele zu verraten, wessen Gedichte es sind, nicht einmal dem Verleger. Könnten Sie das bißchen Öffentlichkeit nicht ertragen? Es würden nur Sie und ich die Gedichte wiedererkennen. Ich wünsche sehr, daß Sie sich dazu verstehen möchten – und ich glaube, es würde Ihnen viel Vergnügen bereiten zu lesen, wem die Kritiker, diese schlauen Rätselrater, ihre Verse zuschrieben.

Ich hoffe, noch vor dem Winter mit Mr. Jackson an die Ostküste zu reisen. Genaue Reisepläne gibt es noch nicht – und möglicherweise werden wir es nicht schaffen. Es ist doch ein weiter Weg.

Wollen Sie so gut sein und Dr. Cate von mir grüßen – ich wollte schon sagen, »wenn Sie ihn sehen«, aber Sie sehen ja niemanden! Oder haben Sie sich vielleicht gebessert. Ich schicke Ihnen das Kindergesicht zurück, damit Sie sehen, daß ich meines nie »abgewandt« habe – lediglich vom Briefeschreiben. Es ist ein ernstes, ein gutes kleines Gesicht: das Kind Ihres Bruders vermutlich. – Würden Sie Mrs. Dickinson wohl bei Gelegenheit fragen, ob sie noch von Jane Goodenow hört? – ich wüßte sehr gerne, wo sie geblieben ist und wie es ihr geht.

Leben Sie wohl

Stets die Ihre –
Helen Jackson

Helen Hunt Jackson schickte eine Photographie von Austin und Susan Dikkinsons Jüngstem, Gilbert, zurück, die Emily Dickinson ihr gesandt hatte. — Bei ihrem Besuch im Oktober drängte H. H. die Dichterin erneut, ein Gedicht zur Veröffentlichung freizugeben. — Aus Hartford, Connecticut, wo sie mit ihrem Mann bei dem Schriftsteller und Herausgeber des *Courant* Charles Dudley Warner wohnte, schrieb sie am 25. Oktober, einen Tag nach ihrem Besuch in Amherst, die folgenden Zeilen:

Nr. 170

H. H. an Emily Dickinson *1878*

Liebe Freundin –

hier erhalten Sie also die Zeilen, die ich Ihnen versprach – gestern verbrachten wir eine herrliche Mittagsstunde auf Mount Holyoke – und nahmen den 5-Uhr-Zug nach Springfield –; dort aber wartete auf Mr. Jackson ein Telegramm aus New York, das ihn zwang, seine Reise fortzusetzen, ohne hier zu unterbrechen, und so mußte ich allein zu Mr. Warner fahren, was schade war.

Also – wollen Sie mir das Gedicht schicken? Oder nein – wollen Sie mir erlauben, »Success« – das ich auswendig kann – für »Masque of Poets« an Roberts Bros. zu senden? Es würde mich sehr freuen, wenn Sie es gestatten wollten. Ich bitte Sie, mir diesen Gefallen zu tun – wollen Sie mir das einzige ausschlagen, um das ich Sie vielleicht jemals bitten werde?

Immer die Ihre
Helen Jackson

Emily Dickinson gab wohl ihre Zustimmung, denn am 8. Dezember 1878 schrieb Helen Jackson aus Colorado:

Nr. 171

H. H. an Emily Dickinson *1878*

Liebe Freundin,

inzwischen werden Sie »Masque of Poets« sicher gesehen haben. Ich hoffe, Sie bereuen nicht, daß Sie mir Ihre erlesenen Verse überließen. Mit Freude sah ich, daß Ihr Gedicht in gewisser Weise einen bevorzugten Platz einnimmt, indem man es als Abschluß des ersten Teils wählte – im ganzen finde ich den Band eher enttäuschend. Und doch glaube ich, daß er allen Literaturfreunden einiges zu bieten hat. Ich muß gestehen, daß ich selbst ganz außerstande bin, die Urheber der meisten Gedichte zu erraten.

Colorado ist so schön wie eh und je: – unsere Berge sind jetzt schneeweiß, während im Ort selbst kein Schnee liegt: mittags kann man die Fenster öffnen, wenn die Feuer in den Kaminen ordentlich prasseln. Was Sie davon wohl in Neuengland hielten.

Ich bin sehr froh, daß ich Sie im Herbst sehen konnte: und daß Sie meinen Mann kennengelernt haben und leiden konnten, denn daß es so war, konnte ich sehen –

Haben Sie nochmals vielen Dank für die Verse.

Stets Ihre
Helen Jackson

Die Geschichte des Erscheinens von »Success« endet mit dem folgenden Brief an Emily Dickinson von Thomas Niles, Verlagsleiter bei Roberts Bros., vom 15. Januar 1879. Er antwortet damit auf ein Schreiben der Dichterin, die sich bei ihm für den Erhalt eines Belegexemplars von *A Masque of Poets* bedankt.

Nr. 172

Thomas Niles an Emily Dickinson *am 15. Januar 1879*

Sehr geehrte Miss Dickinson

Ein Exemplar von *A Masque of Poets* stand Ihnen für Ihren wertvollen Beitrag, für den, in Ermangelung eines Urhebers, meist Mr. Emerson Pate stehen muß, selbstverständlich zu, ohne daß es des Danks bedurfte.

Ich hatte Ihnen eine Korrekturfahne Ihres Gedichts schicken wollen, das leider, wie Sie sicherlich bemerkt haben, in der Wortwahl leicht abgewandelt wurde.

Ergebenst, Ihr
T. Niles

Stellvertretend für die Zuschreibungen vieler Rezensenten von *A Masque of Poets*, des letzten Bands der »No Name Series«, in welcher anonym veröffentlichte Werke u.a. von Louisa May Alcott, William Ellery Channing, Helen Hunt Jackson, James Russel Lowell, Christina Rossetti und Henry David Thoreau erschienen, sei eine kurze Passage aus der einflußreichen *Literary World* vom 10. Dezember 1878 zitiert (Leyda II 303): »Sollte [Ralph Waldo] Emerson zu dem Band tatsächlich beigetragen haben, dann stammen zweifelsohne die Verse über den Erfolg (Success) am ehesten aus seiner Feder.«

Nr. 173

An T. W. Higginson *Anfang November 1878*

Lieber Freund,

Ihr Kommen war eine Freude – ich hatte den Namen des Passagierdampfers gelesen – getrübt nur von Mutters Krankheit – die sich im Juni – kurz nach meinem letzten Brief – die Hüfte brach, und seither hilflos gewesen ist – Viele Wochen glaubte man, sie müsse sterben, doch nun kehrt der Lebensmut zurück, bloß nicht die Kraft, den Kopf zum Wasserglas zu heben. –

Sie und Mr Bowles haben mir gefehlt, und ohne Vater war mir uferloser noch als zuvor. Sie sehen zu dürfen, wäre beinahe Hoffnung – ich hatte neulich einen schönen Vormittag mit Mrs Jackson, die ihren Mann zum ersten Mal zu mir mitbrachte – ich hoffe, Sie sind gut bei Kräften und erfrischt durch Ihre Reisen und bitten nicht um Frieden, denn das wäre Verrat an denen, die schlafen, sondern vertrauensvolle Geduld – mit Einbildungskraft zu hoffen, ist unumgänglich, sich mit ihr zu erinnern hingegen – ist selige Weihe des Willens –

Ihr Schüler

Higginson war im Oktober aus Europa heimgekehrt.

Nr. 174

An Susan Gilbert Dickinson *etwa 1878*

Susan –

von wem auch immer Segen kommt, Deiner kommt – zuletzt – und macht oftmals den Himmel der Himmel – zum dürftigen Anreiz

Huldige der Kraft – meine Liebe –

Bedenke, daß sie in der Bibel zwischem dem Reich und der Herrlichkeit steht, denn sie ist zügelloser als beide.

Emily.

Nr. 175

An Susan Gilbert Dickinson *etwa 1878*

Susan –

die süßesten Taten fordern und verunmöglichen unsere Dankbarkeit, ehrenvoll ist einzig Schweigen – doch denen, die Schweigen zu schätzen wissen, genügt dieses –

In einem Leben, das nicht mehr rätselte, wären Du und ich nicht daheim –

Nr. 176

An Otis P. Lord *etwa 1879*

[…] Du sagtest, die »Hoffnung« übertreffe »Heimat« – Ich hatte geglaubt, Hoffnung sei Heimat – ein architektonisches Mißverständnis – andererseits, wenn ich es wüßte […]

Bei diesen Zeilen handelt es sich um ein Fragment, das anscheinend von einem Brief oder Briefentwurf abgetrennt wurde.

Nr. 177

An Helen Hunt Jackson *etwa Mitte April 1879*

Waghalsigkeit verschmäh –
Hast von Kalvariae –
Glücklich Gethsemane
Wenn es Euch säh –

R. W. Franklin führt die Zeilen als Gedicht Nr. 1485. Sie könnten als Ostergruß gedacht gewesen sein und Helen Jackson daran erinnern sollen, daß die Dichterin länger nichts mehr von der Freundin gehört hatte. Am unteren Rand des

Bogens notierte H. H.: »Unvergleichliche zwölf Wörter! – H.J.« und schickte die Zeilen offenbar an Higginson weiter, denn in seinem Nachlaß fand sich das Gedicht. (Es sind im Original 13 Wörter, in der Übersetzung 11.)

Nr. 178

H. H. an Emily Dickinson *am 12. Mai 1879*

Liebe Freundin,

Ihren »Blauvogel« kann ich auswendig – was ich von meinen eigenen Gedichten nicht sagen kann. –

Außerdem möchte ich Sie um die Erlaubnis bitten, es Col. Higginson zu lesen zu geben. Beides soll bezeugen, wie gut ich es finde.

Wir haben Ihre Blauvögel auch hier – Eigentlich hätte ich selbst darauf kommen können, über sie etwas zu schreiben, aber das bin ich nie: Und nun kann ich es nicht. Dafür könnte ich Sie fast beneiden, wenn nicht gar hassen.

»Der Mann, mit dem ich lebe« (Sie entsinnen sich wohl, daß Sie meinen Ehemann auf diese eigentümlich unumwundene Art beschrieben) ist in New York, – so daß ich allein lebe –, was ich unerträglich fände, wäre ich nicht vollauf damit beschäftigt, ein Badezimmer anbauen zu lassen & mein Haus herzurichten. Ich kenne kein besseres Mittel als Beschäftigung für Unbehagen aller Art. –

Was hielten Sie davon, sich am Pirol zu versuchen? Er ist bald fällig.

Stets die Ihre -
Helen Jackson

P.S. Schreiben Sie mir nur bald, ob ich den Blauvogel dem Col. weitergeben darf.

Ihren »Pirol« («One of the ones that Midas touched«, Nr. 1488) schickte Emily Dickinson H.H. prompt in ihrem nächsten Brief, und auch ihren »Kolibri« («A Route of Evanescence«, Nr. 1487).

Nr. 179

An Louise und Frances Norcross *Anfang Juli 1879*

Liebe Kusinen,

wißt Ihr schon, daß es hier gebrannt hat und nur eine Laune des Winds verhinderte, daß Austin und Vinnie und Emily ohne Obdach blieben? Aber vielleicht habt Ihr im *Republican* gelesen.

Das Klopfen der Glocken weckte uns, – in Amherst klopfen die Glocken bei Bränden, als Nachricht für die Feuerwehr.

Ich sprang aus dem Bett und sah zu beiden Seiten des Vorhangs die schreckliche Sonne. Der Mond schien hoch, und die Vögel sangen wie Trompetenschall.

Vinnie kam still wie ein Mokkasin. »Fürchte dich nicht, Emily, es ist bloß der vierte Julei.«

Ich verriet nichts von dem, was ich sah, denn ich sagte mir, wenn sie es für richtig hielt, mich zu täuschen, dann deshalb, weil es das war.

Sie nahm mich bei der Hand und führte mich auf Mutters Zimmer. Mutter war nicht erwacht, und bei ihr saß Maggie. Vinnie ließ uns einen Augenblick allein, und ich fragte Maggie flüsternd, was los sei.

»Bloß Stebbins Scheune, Emily«, aber ich wußte doch, daß unser ganzer Ort links und rechts der verlängerte Arm von Stebbins Scheune ist. Ich hörte Bauten stürzen und Öl explodieren und Menschen gehen und sich angeregt unterhalten und samtweiche Kanonenschläge aus Gemeinden, die nicht ahnten, daß wir verbrannten.

Und es war so viel heller als tags, daß ich weit unten im Garten eine Raupe ein Blatt überqueren sah, während Vinnie tapfer versicherte: »Es ist bloß der vierte Julei.«

Es kam mir vor wie Theater oder London bei Nacht oder vielleicht wie das Chaos. Unschuldig fiel der Tau, als »kennte er kein Arg« [...] und in den Tümpeln tratschten die lieben Frösche, als gäbe es keine Welt.

Um sieben kamen sie, um uns zu melden, daß das Feuer gelöscht sei, gelöscht, indem man den schlechten gute Häuser hinterherwarf, als schütte man einen Brunnen zu.

Mutter ist nicht einmal wach geworden, und dafür waren wir alle dankbar; wir wußten, sie würde nie mehr bei Mr. Cutler Nadel und Faden kaufen, und wären wir Pompeji geworden, hätte es ihr niemand sagen können.

Das Postamt ist nun im einstigen Betsaal, wo Loo und ich früh hingingen, um dem Andrang zuvorzukommen und – einschliefen, zu den Hummeln und dem Herrgott Elias.

Vinnies »bloß der vierte Julei« werde ich niemals vergessen. Ich nehme an, das wird sie Uns noch am Totenbett sagen, damit wir Uns nicht fürchten.

Flutlicht versüßt das Grab nicht, das kann nur die Ewigkeit.

Verzeiht mir das Persönliche, aber ich weiß, ich denke, Unsere Not war auch die Eure.

Alles Liebe Euch beiden.
Emily.

Das Feuer brach am frühen Morgen des 4. Juli 1879 aus und verwüstete die Hauptgeschäftsstraße von Amherst.

Nr. 180

An T. W. Higginson *etwa 1879*

Soll ich den Freund verlieren, der mir das Leben rettete, ohne nach dem Grund zu fragen?

Zuneigung stochert in Schneewehen der Ehrfurcht – nach der Tropischen Tür – Möge jedes nur erdenkliche Glück – ihm stündlich widerfahren – darum betet sein Schüler

Emily Dickinson mahnt mit diesen Zeilen offenbar eine längst überfällige Antwort auf einen Brief vom Februar an. — Hier erklärt sie zum zweiten Mal, Higginson habe ihr das Leben gerettet (vgl. Brief Nr. 117).

Nr. 181

An T. W. Higginson *Dezember 1879*

Lieber Freund,

Brabantios Geschenk war nicht großzügiger als das Ihre, selbst ohne, so hoffe ich, seine klägliche Zueignung – »Hier geb ich dir von ganzem Herzen hin, was, hätt'st du's nicht, ich dir von ganzem Herzen verweigerte« – Von Poe weiß ich zu wenig für eine Meinung – Hawthorne entsetzt und verlockt –

Mrs Jackson steilt Ihrem Urteil treu wie ein Vogel entgegen, bei Howells und James allerdings zögert man – Ihre unerbittliche Musik verdammt im gleichen Maß, wie sie rettet –

Bedauern ob der Kürze eines Buchs ist eine seltene Regung, doch fein wie Lowells »heißer Schmerz« in der »Pantoffel-Hymne« –

Von ihm geborgt war eines
Was wir zu bringen schworen –
Die Beute und das Leiden
Am Glück, das wir verloren –
Vom ihm begehrt war eines –
Die Macht der Amnesie –
Die Höllenpein der Habenssucht
Hauptlast an ihr hat sie –

Hätte ich versucht, Ihnen *vor* der Lektüre Ihrer Gabe zu danken, wäre es vielleicht gegangen, doch habe ich gewartet, und jetzt macht sie meine Lippen unbeholfen –

Magie elektrifiziert nicht minder, als sie schwächt – Danke, daß Sie an mich gedacht – Ihr Schüler

Das Gedicht führt R.W. Franklin als Nr. 1516B. — Higginson hatte der Dichterin seinen kurz vor Weihnachten publizierten Band *Short Studies of American Authors* mit Würdigungen der Schriftsteller Nathaniel Hawthorne, Edgar Allan Poe, Henry David Thoreau, William Dean Howells, Helen

Hunt Jackson und Henry James geschickt. — Das Shakespeare-Zitat (*Othello*, 1604/1622; I/3.Z. 199–201) hatte Emily Dickinson bereits im Brief Nr. 163 verwendet. — Die Anspielung auf James Russell Lowells »heißen Schmerz« in seiner »Pantoffel-Hymne« dürfte Higginson – vielleicht gezielt – verwirrt haben; gemeint sind die letzten beiden Strophen des Gedichts »After the Burial«: »Und dem Geiste die schönste Vermutung / Und dem Fleische der süße Schmerz / Die Träne benetzt die Locke / Unsterblich im silbernen Herz // Der kleine Schuh in der Ecke / So abgestoßen und braun / Macht Leere zur Widerlegung [...]«

VII

1880–1883

Reife mehrt nur das Rätsel …

An Briefen dieser Epoche fällt gelegentlich eine unterschwellige Spannung auf. Teils ist sie der Entfremdung zwischen den beiden Nachbarhäusern geschuldet und – als das Verhältnis Austin Dickinsons zu der jungen Professorengattin Mabel Loomis Todd zu Loyalitätskonflikten führt – der zwischen Schwestern, die »Zaunesbreite trennt«. Vor allem aber rührt sie von den Verlusten im Freundeskreis her: der Tod plündert nun schneller, als Emily Dickinson ihren »Besitzstand« zu »raffen« vermag.

Der Verlust Dr. Hollands im Jahr 1881 ist für sie zwar kein so vernichtender Schlag, wie es der Samuel Bowles' war, aber er bekümmert doch, schon um der »Schwester« Mary Chapin Holland willen. Der Tod Charles Wadsworths im April 1882 setzt einer der wichtigsten Verbindungen im Leben Emily Dickinsons ein Ende – und bildet zugleich den Auftakt zu einer neuen, wenngleich kurzlebigen Bekanntschaft, der nämlich zu James Clark, einem langjährigen Freund Wadsworths. Im November desselben Jahres stirbt die invalide Mrs. Dickinson, und Briefe an die Norcross-Kusinen und an Mrs. Holland bezeugen, wie nah Emily Dickinson der Mutter, die sie »nie hatte«, in den letzten Jahren doch noch kam.

Die größte Erschütterung jedoch bringt der tragische Tod des achtjährigen Neffen Gib im Herbst 1883. Der erste Brief, den Emily Dickison nach dem Verlust an seine Mutter Susan Dickinson schrieb, gehört zu ihren eindrucksvollsten. Daß zu ihren vornehmsten Aufgaben gehört, den Geheimnischarakter der Existenz stets von neuem in Sprache wiederherzustellen, spricht hier aus jeder Zeile.

Einen Kontrastpunkt zu dem Kummer bilden die wenigen erhaltenen Briefe aus der vermutlich umfangreichen Korrespondenz mit Otis Phillips Lord (»Gewaltiges reift heran«), die durch Leichtigkeit wie Leidenschaft überraschen.

Nr. 182

An Mrs. J. G. Holland *im Juli 1880*

Liebe Freundin,

während kleine Jungen die Geburt ihrer Heimat feiern, erhalte ich einen Brief von »Tante Clegg«, in dem ich ermahnt werde, der Sommer sei »fast vorüber«, also fand ich, ich sollte heute nachmittag ein paar Samen sammeln und Lebwohl sagen, da Sie für den Winter aufbrechen. Wahrscheinlich spricht um diese Zeit nur der vom »Ende des Sommers«, dem selbst wintrig ist.

Ich wünschte, Sie wollten mal ein ernstes Wort mit dem Thermometer reden – ich übernehme ungern die Verantwortung.

Meine Botschaft haben Sie vielleicht gar nicht erhalten; sonst hätten Sie doch die kleine Frage darin beantwortet?

Es ging nicht um den »versprochenen Messias« –

Das Wetter ist wie Afrika und die Blumen wie Asien und das numidische Herz Ihrer »kleinen Freundin« weder säumig noch kalt –

Der Weg ins Paradies ist klar –
Und liegt leer da –
Dabei ist er sehr gut
Vermutlich
Finden Schwellen
Mehr Gefallen.
Der Himmel hält nicht viel Bijoux –
Nicht ich – noch Du
Nein, unverhoffte Dinge –
Kein Stollen hat Schwingen –

15. Juli

Sie sehen, ich kam nicht weiter – aber wir wollen dort anknüpfen, wo wir stehenblieben –

Mit Austin sprach ich neulich abends von der Weitung des Bewußtseins nach dem Tod, und Mutter meinte hinterher zu Vinnie, sie finde es »sehr ungehörig«.

Sie vergißt, daß wir jenseits der »Besserung in der Gerechtigkeit« sind –

Was würde sie erst denken, wenn sie wüßte, was mir Austin neulich im Vertrauen sagte, nämlich daß es »nie einen Elia gab«.

Ich nehme an, der Doktor angelt Forellen und Genesung, und ich wollte, ich sähe beide zum Frühstück, und meiner sehr kleinen Schwester wünsche ich zärtlich Gutnacht –

R. W. Franklin führt das Gedicht als Nr. 1525C. — Emily Dickinson begann ihren Brief am 4. Juli, er blieb jedoch bis zum 15. liegen. »Tante Clegg« aus George Eliots Roman *Die Mühle am Floss* ist die Nörglerin der Familie; Dikkinson meinte vermutlich ihre Tante Elizabeth Currier, jüngste Schwester des Vaters Edward Dickinson. — Das Bibelzitat ist 2. Tim. 3,16: »Denn alle Schrift, von Gott eingegeben, ist nütze zur Lehre, zur Strafe, zur Besserung, zur Züchtigung in der Gerechtigkeit.«

Nr. 183

An T. W. Higginson *August 1880*

Lieber Freund,

auf anrührende Weise wurde ich Heute Morgen an Ihre kleine Louisa erinnert, und zwar dank einer Indianerfrau mit bunten Körben und strahlendem Kinde an unserer Küchentür – ihr kleiner Sohn war »mal gestorben«, sagte sie; der Tod hatte ihn ihr zerstreut – ich fragte, was die Kleine möge, worauf sie meinte: »Gehen«. Vor der Tür lag hell vor Heublumen die Prärie, ich führte sie hinein – sie debattierte mit den Vögeln – sie lehnte sich an Kleewälle, die stürzten und sie fallen ließen – Mit Jargon süßer denn Glocken raufte sie mit Blutterblumen – zusammen sanken sie hin, die Butterblumen schwerer – Welch himmlisches Tagwerk!

Eine ähnliche Szene muß Vaughn zu seinen demütigen Worten bewegt haben – »Mein Tag, der nur mehr trüb ist und erkaltet« –

Ich meine, es sei Vaughn –

Ich mußte außerdem an die kleine »Annie« denken, der Sie im »Negerregiment« mit Ihrem »Gewehr an Schulter!« Unrecht zu tun fürchteten – nur welches war das Kind der Dichtung, das fiktive oder faktische, und gilt »zu ihm kommet« Vater oder Kind, wenn das Kind vorausgeht?

T. W. Higginson hatte zwei Jahre nach dem Tod seiner ersten Frau Mary Elizabeth Channing 1877 noch einmal geheiratet. Louisa, das erste Kind seiner zweiten Frau, der Autorin Mary Potter Thacher, war kurz nach der Geburt im März gestorben. — Für den 18. August 1880 meldete der *Amherst Record* den Einzug von Indianern, die an der East Street ihr Lager aufschlugen. — »Annie« war das in Thomas W. Higginsons *Army Life in a Black Regiment* (1870) beschriebene Wickelkind, das mit seiner Mutter den im »Negerregiment« dienenden Vater besuchte und dessen Befehlshaber Higginson so becircte, daß er fürchtete, statt »Gewehr an Schulter!« den Befehl auszugeben, die Kinder zu schultern. — Das Zitat »Mein Tag, der nur mehr trüb ist und erkaltet« (dt. Thomas Eichhorn) stammt aus der dritten Strophe des Gedichts »Sie alle gingen in das Reich des Lichtes ein« von dem englischen »metaphysical poet« Henry Vaughan (1622–1695).

Nr. 184

An Louise Norcross *Anfang September 1880*

Was nur verleitet eine leichthin erschaffene Hand, fernen Augen Gestalten vorzustellen, welche für diese alle Tiefe des Lebens oder Todes besitzen? Kein Bleistift auf den Straßen, der solche Macht nicht hätte, obschon ihn niemand festnimmt. Ein ernster Brief ist – oder sollte sein – ein Lebens- oder Todessteckbrief, denn was wäre er, wenn nicht Waffe, harmlos, weil »ungeladen«, und doch geht er bei der leisesten Berührung »los«.

Die Männer lesen heute Äpfel auf, und hübsche Mieter verlassen die Bäume – Vögel, Bienen, Ameisen. Eine Schwirrammer hörte ich sechsmal mißbilligend »ts« sagen. Wie wir es wohl fänden, wollte man unsere Vorrechte in einem Faß fortkarren? […]

Der Besuch aus Essex war herrlich. Mr. L[ord] blieb eine Woche. Mrs._ entschied, doch noch mit ihrem Sohn Elizabeth zu kommen. Tante Lucretia [Bullard] präsentierte das Gewehr. Sie ruhen in meiner Erinnerung als Gans und Sprengsatz. Nun sind sie alle fort, und die Grillen freuen sich. Ihre seidenfeine Schelte schwingt noch in der Dämmerung und dämpft den sanften Aufruhr des sich neigenden Tages.

Aufrichtige Liebe an Fanny. Das hier ist nur Fragment, doch Ganzes gibt's hienieden nicht.

Emily.

Louise Norcross war Mitte August zu Besuch nach Amherst gekommen, zur selben Zeit wie Susan Dickinsons Schwester Martha Smith. Der erste Absatz läßt an das Gedicht »My Life had stood – a Loaded Gun« (Nr. 764) denken. — Der »Sohn Elizabeth« erinnert an eine andere Bemerkung Emily Dickinsons zur »einzig männlichen unter den weiblichen Verwandten« (ihrer Tante Elizabeth Dickinson Currier, der jüngsten Schwester des Vaters Edward Dickinson, deren Mutter jedoch zu diesem Zeitpunkt längst tot war). — Am 1. September meldete der *Amherst Record* das Eintreffen vieler Nachfahren von Samuel F. Dickinson, darunter Schwestern des verstorbenen Edward Dickinson: Familie, Verwandte und Freunde, die gut eine Woche im neu eröffneten »Amherst House« abstiegen. Judge Otis Phillips Lord aus Salem verbrachte dort mit einer eigenen Reisegesellschaft ebenfalls mehrere Tage. Der »Besuch aus Essex« meinte diese Reisegefährten; Salem ist die Hauptstadt der Essex County.

Nr. 185

An Susan Gilbert Dickinson *etwa 1880*

»Danke« ebbt zwischen uns, aber der Grund des Danks bleibt fest und treu –

Emily.

Diese Zeilen schrieb die Dichterin wahrscheinlich während ihrer langwierigen Krankheit im Herbst 1880. Die folgenden Botschaften an Sue stammen, der Handschrift nach, aus derselben Epoche.

Nr. 186

An Susan Gilbert Dickinson *etwa 1880*

Susan –

Eden hätte ich verlassen, um Dir zu öffnen, hätte ich nur gewußt, daß Du es bist – Du mußt mit der Trompete anklopfen wie Gabriel, dessen Hände klein sind wie Deine – ihn hörte ich klopfen und entfernte mich – ich ahnte nicht, daß Du's warst –

Emily

Nr. 187

An Susan Gilbert Dickinson *etwa 1880*

Ein Zauberbann bekommt nicht erst einen Riß und dann einen Flicken wie ein Hemd –

Emily.

Nr. 188

An Mrs. J. G. Holland *etwa September 1880*

Liebe Schwester –

Die Bürde des Pathos wiegt schwerer fast als die der Pflege. Mutter wird nie mehr gehen. Zwar unternimmt sie in starken Männerarmen noch ihre kleinen Reisen vom Bett in den Lehnstuhl – doch mehr wird niemals sein.

Ihre arme Geduld verirrt sich, und wir führen sie zurück; gestern erst schrieb ich ihren Nichten, die sich nach ihr erkundigten, daß ihr vorzulesen – ihr Luft zuzufächeln – ihr zu versichern, »morgen wirst du genesen« und der Tauschung den Anschein von Echtheit zu geben – zu erklären, *weshalb* die »Heuschrecke beladen« ist – weil sie keine so neue Heuschrecke mehr ist wie ehedem – daß dies alles so einnimmt, als ich kaum »Guten Morgen, Mutter« gesagt habe, da höre ich mich schon »Mutter, gute Nacht« wünschen.

Die Zeit ist kurz wie der Kittel, dem man entwachsen ist –

Es ist sehr gut von Ihnen, mir abermals die »Bitte« zu erlauben, aber nach neuerlicher Selbsterforschung stelle ich fest, daß mir der Mut fehlt –

Ich mußte in den tauben Nächten an Ihren Garten zwischen Felsen denken – vielleicht kannte er ebenso »Wachende« wie Vinnies –

Ich hoffe, der Doktor bessert sich – ich meine natürlich – seine Gesundheit – schließen doch seine sonstigen Vorzüge die Frage aus, und daß meine kleine Schwester sich bester Robustheit erfreut –

Vinnie ist gehetzter als Präsidentschaftskandidaten – und, wie ich hoffe, auf höhere Art, denn jene tragen Sorge nur für die Union, Vinnie jedoch fürs Universum –

Ihre Liebe und meine,
Emily

Der Brief antwortet auf einen von Mrs. Holland, in dem sie die Dichterin offenbar aufforderte, ihre (unbekannte) Bitte zu erneuern (vgl. Brief Nr. 182). Mrs. Holland hatte außerdem die Blumenbeete ihres Sommerhauses am Ontariosee nach dem ersten Frost geschildert. — Das Bibelzitat ist Pred. 12,5. — Der Präsidentschaftswahlkampf tritt, wie aus Emily Dickinsons Schlußbemerkung hervorgeht, in die entscheidende Phase.

Nr. 189

An Louise und Frances Norcross *im Herbst 1880*

[…] der Herr ist etwas streng mit seinen »Kindlein«. Ein »Becher kalten Wassers in meinem Namen« ist am Februarmorgen ein fröstelndes Vermächtnis.

[…] Maggies Bruder ist unter Tage zuschanden gekommen, und Maggie will sterben, aber der Tod sucht selten den kürzesten Weg zu denen, die auf ihn warten. Wenn die kleinen Kusinen mit einer Zeile an sie denken wollten – sie weiß nicht, daß ich darum bitte –, ich glaube, es würde ihr helfen, den Anfang zu machen, den waidwunden Anfang, den alle Trauernden kennen.

Margaret Mahers Bruder starb im September 1880. — Der »Becher« stammt aus Matth. 10,42: »Und wer dieser Geringsten einen nur mit einem Becher kalten Wassers tränkt in eines Jüngers Namen, wahrlich, ich sage euch, es wird ihm nicht unbelohnt bleiben.«

Nr. 190

An T. W. Higginson *im November 1880*

Lieber Freund,

Sie haben mir einst freundlicherweise Ihren Rat angeboten – Darf ich Sie jetzt darum bitten.

Ich habe für einen guten Zweck drei Lieder zugesagt, mag sie jedoch ohne Ihre Zustimmung nicht hergeben –

Sie sind kurz, und ich könnte sie sehr leserlich abschreiben, und wenn Sie die Zeit fänden, mir zu sagen, ob sie treu sind, wäre ich Ihnen sehr dankbar, doch wenn öffentliche Belange Sie zu sehr beanspruchen, dann sehen Sie bitte ab von

Ihrem Schüler

Am 30. November hielt die First Church einen Missionsbasar zugunsten notleidender Kinder in Indien und Fernost ab. Mit »öffentlichen Belangen« meint Emily Dickinson Verpflichtungen Higginsons als soeben gewählter Abgeordneter des Landesparlaments von Massachusetts. Nachdem Higginson sie ermunterte, schrieb die Dichterin ihm erneut: »Dankbar für die Güte, lege ich bei, was Sie gestatten, und ein viertes, desfalls Ihnen eines zu profan sei – Es sind Christi Geburtstag – Amors Andacht – ein Kolibri – und Heimatliche Garderobe.« Anscheinend sprach sich Higginson für die Überlassung eines oder mehrerer Gedichte aus. — Unter den Bürgern von Amherst, die Emily Dickinson zu einem Beitrag gedrängt haben könnten, kommt am ehesten Joseph Knowlton Chickering in Frage, Philologe am Amherst College, dem die Dichterin tatsächlich nie persönlich begegnete.

Nr. 191

An Sally Jenkins *Ende Dezember 1880*

Liebe »Did« –

atmosphärisch war Weihnachten das schönste seit Menschengedenken –

Die Hühner kamen mit Santa Claus an die Tür, und die Miezekatzen wuschen sich draußen im Freien, ohne sich die Zungen zu verkühlen – und Santa selbst – der liebe, gute Herr – war galanter noch als sonst – Besucher im Kamin verbreiteten einigen Schrecken, doch kamen alle mit so vollen Händen – nur ein Schuft hätte sie fortgeschickt – und in der Scheune waren alle überglücklich – Maggie stellte ihren Hühnern einen Wechsel auf Kartoffeln aus, und jede der Katzen bekam einen Knochen mit Goldrand – und die Pferde erhielten beide neue Decken aus Boston – Erinnerst Du Dich an den dunkeläugigen Mr – Dickinson, der Dir die Hand schüttelte, als sie so klein war, daß sie kaum einen Stengel besaß – auch er erhielt eine Gabe prachtvoller Rosen – von einem fernen Freund –

Es war ein schönes Weihnachten –

Liebe Grüße an Deinen Vater und Deine Mutter – und den »Laternen«-Bruder und den unbekannten Knaben – Nur, wie kommt es, daß Du an mich gedacht hast? Verrat's mir mit einem Kuß, oder ist es ein Geheimnis?

Emily

Sally (»Did«) Jenkins, Tochter des Geistlichen Jonathan Leavitt Jenkins, von 1866–1877 Pastor der First Church in Amherst und von den Dickinsons hochgeschätzt, war zu dieser Zeit etwa 14 Jahre alt, ihr Bruder Mac (MacGregor) 11, der »unbekannte Knabe«, Austin Dickinson Jenkins, war im Januar des Vorjahres zur Welt gekommen. Emily Dickinson schrieb häufiger solche »Kinderbriefe« – an ihre Nichte, die Neffen (siehe z. B. Brief Nr. 195 an Gib) und die Nachbarskinder.

Nr. 192

An Mrs. J. G. Holland *Anfang Januar 1881*

Gewiß erstrahlt Schwester Golconda so in ihrer Weihnachtspracht, daß das scheue Juwel, welches die Heilige Schrift verlangt, »sanftmütig und von Herzen demütig«, ganz in den Schatten gerät – man muß sich ja sehr gestrenge kleiden, um dem Geschmack der Heiligen Schrift genüge zu tun: dem eines schlichten Alten Herrn und nicht sehr für Spesen –

Ihre liebe leichtherzige Art verriet mir weit mehr als die Nachricht, daß es dem Doktor besser geht – ist doch indirekt erschlossenes Wissen das unverkennbarste, und ich gratuliere Ihnen – wie auch Uns –

Wie kostbar das »Leben, das jetzt ist«, und wie steinig, es zu verlassen – steiniger noch, zurückzubleiben, wenn unsere Lieben von uns gehen –

Vor wenigen Tagen ist aus Amherst ein kleiner Junge weggelaufen, und als er gefragt wurde, wohin er wolle, sagte er: »Vermont oder Asien.« Nicht wenige gehen weiter. Armer kleiner Crusoe –

Zu Weihnachten bekam Vinnie vier Kätzchen geschenkt – und zwei zuvor schon von ihrem Schöpfer, insgesamt also sechs, und Assasine für sie ausfindig zu machen, ist mein heimlicher Plan – Mutter finden wir unverändert – Vinnie hat beste »Eisen« in bestem »Feuer«, und ich munter dazwischen – ein gymnastisches Schicksal –

Kamtschatkas Schleier verhüllen die Rosen – in meinem Puritanischen Garten, und als weiteren Anreiz hatte ich neulich morgens eine Sonnenfinsternis, doch kein Flor ohne Zauber –

Ich kannte einen Vogel, der sang im Auge der Auflösung so unerschütterlich wie in des Vaters Nest –

Phönix oder Rotkehlchen?

Während ich Ihnen des Rätsels Lösung aufgebe, bringe ich Mutter den Tee –

Emily.

Dr. Holland hatte seiner Frau zu Weihnachten Brillantohrringe geschenkt; Golconda war die prachtvolle Hauptstadt des indischen Dekhan-Sultanats (1512–1687). — »Von Herzen demütig« verweist auf Matth. 11, 29. — Der *Amherst Record* berichtete am 29. Dezember vom Verschwinden des 14jährigen Jerry Scanlans (Scannells); er wurde wenige Tage später in Springfield aufgegriffen. — Das neue Jahr begann mit extrem kalten Tagen. Die ostsibirische Insel Kamtschatka bzw. »Kamtschatkas Schleier« wird hier metonymisch für den Frost verwendet. Am 31. Dezember gab es eine (partielle) Sonnenfinsternis.

Nr. 193

An Louise Norcross *1881 (?)*

Liebe Loo,

ich danke Dir mit Liebe für die Güte; tröstlich der Gedanke, wir könnten sie in Anspruch nehmen, sollten wir sie brauchen, aber wir sind recht gut bei Kräften, Mutter so wie stets, und Vinnie – Phänomen wie Disraeli und glühend wie Gladstone – seufzte nur im Spaß. Tut sie es einst im Ernst, wird Emilys Thron wanken, und dann wird sie Loo und Fanny beide brauchen, doch Vinnie »hält stand«. Wenn erst eine von uns oder alle beide auf *Marian Erles* Strohsack liegen, so kühl, daß ihr zu leben graute, wenn sie ihn lassen müßte, werden Loo und die Farne und Fanny und ihr Fächer die Engel unterstützen, falls sie nicht schon bei ihnen sind.

In Liebe,
Emily.

Mabel Loomis Todd schlug diesen Brief anderen aus dem Jahr 1881 zu. — Die Schwester Lavinia galt Emily Dickinson als »Maßstab für übermenschliche Anstrengungen«; der Vergleich mit dem politischen Schwergewicht Benjamin Disraeli (1804–1881), dem konservativen, expansionistischen Premier Königin Victorias, und seinem Gegenspieler William Ewart Gladstone (1809–1898) dient hier zur Verstärkung. — Marian Erle ist die »Gestrauchelte« in Elizabeth Barrett Brownings Versroman *Aurora Leigh*.

Nr. 194

An Louise und Frances Norcross *1881 (?)*

[…] Den Anblick der Wörter, wie sie dort im Druck lagen, werde ich niemals vergessen. Selbst in den Sarg gebettet hätten ihre Züge nicht mehr Unsterblichkeit gehabt. *Meine* George Eliot. Die Gabe des Glaubens verwehrte ihr die Größe, sie erfährt sie nun, hoffe ich, in der Kindheit des Himmelsreichs. Da die Kindheit die irdische Zeit des Vertrauens ist, fand sie, die keine Kindheit kannte, wohl den Weg nicht zu frühem Vertrauen, und später stellte sich keines mehr ein. Erstaunliches Menschenherz, das die Silbe läßt zittern wie Espenlaub, was ist dir ewiger Raum? […]

»Der Anblick der Wörter« ist die Nachricht vom Tode George Eliots am 26. Dezember 1880. Der Verlust der verehrten Autorin traf Emily Dickinson sehr. An Susan schrieb sie Anfang 1881: »Mag sie, die Unsterblichkeit zu Lebzeiten erfuhr, die zu Lebzeiten versagten Gaben als Ewigkeits Preis erringen.« — Da der letzte Satz wortgleich in einem im Januar 1881 an Dr. Holland gesandten Brief auftaucht, ist anzunehmen, daß die beiden Briefe zur selben Zeit verfaßt wurden.

Nr. 195

An Gilbert Dickinson *etwa 1881*

Gilbert bat seine Tante Emily damals um etwas aus ihrem Garten, für seine Lehrerin – Tante Emily aber schlief – da hat ihm Maggie etwas mitgegeben – jetzt ist Tante Emily wach und bringt Gilbert ganz aus dem Beet etwas, das er seiner Lehrerin hin tragen kann – Gute Nacht –

Nun schläft Tante Emily wieder –

Aus ihrem »Garten« sandte Emily Dickinson ein Gedicht (»His little Hearse like Figure«, Nr. 1547); angeblich legte sie eine tote Biene dazu.

Nr. 196

An Mrs. J. G. Holland *im August 1881*

Liebe Schwester.

Fast scheint mir, als wollte alles heute reifen, damit morgen Herbst sein kann, wenn er will, denn eine solche Hitze war noch nie da, und Ihre Wälder und Ihr Meer kommen mir vor wie fernes Sorbet.

Wir haben ein künstliches Meer, und zu sehen, wie die Vögel der Gartenspritze um einen Krumen Wasser nachlaufen, ist ein ergreifender Anblick. Wenn ich ihn reiche, nehmen sie ihn nicht – sie rennen und kreischen, als würden sie ermordet, aber es zu stehlen, das ist das Glück – es läßt sich nicht leugnen, daß ihre Haltung recht verbreitet ist.

Wenn ich am Morgen in der Zeitung nachsehe, wie es dem Präsidenten geht, weiß ich, das tun auch Sie, und so kann ich mir einmal am Tag sicher sein, wo Sie sind, was sehr wohltut.

Der Pilgerväter Land scheint gemindert – möge es nicht stürzen.

Wir haben einen neuen Negerburschen und suchen einen Philanthropen, der ihn anleitet, denn jedesmal, wenn er sich einstellt, ergreife ich die Flucht, und wo das Haupt scheut, zögert der Fuß –

Sollten Sie im »Massachusetts-Teil« lesen, daß er uns verspeist habe, wird erinnerte Belustigung dies Vorgeplänkel färben.

Wer hat Mr Howells' Geschichte verfaßt? Er selbst gewiß nicht. Shakespeare wurde niemals unterstellt, Bacons Werk verfaßt zu haben, doch der Verdacht, letzterer könnte der Autor des ersteren sein, war das schönste Stigma in Bacons Leben – das Höhere ist das Verhängnis der Hohen.

Des Doktors Lebensbund mit »Blanco« ertragen Sie vermutlich ohne Klage. Mutter und Vinnie mußten weinen – ich las es ihnen auf ihren Wunsch vor.

Schön, daß Sie die Hintergehung überleben. – Schön, daß Sie nicht aufhören, sich um Uns zu sorgen. Der Spannung nicht überdrüssig zu werden, ist wahrhaft liebenswert.

Emily.

James Abraham Garfield (1831–1881), 20. Präsident der Vereinigten Staaten, war am 2. Juli Opfer eines Attentats geworden, er erlag seiner Verletzung am 19. September. — Der Roman *A Fearful Responsibility* des amerikanischen Autors William Dean Howells (1837–1920), seit 1871 Herausgeber des *Atlantic Monthly*, erschien seit August als Vorabdruck in J. G. Hollands *Scribner's Monthly*. Auf Emily Dickinsons Frage: »Wie haben Sie Howells geködert?« hatte Holland zuvor mit dem Brieflein geantwortet, das »heiter war wie Honig«: »Klarer Fall von Bestechung – Das Geld war's!« In derselben Ausgabe von *Scribner's Monthly* stand Hollands Gedicht »To My Dog Blanco«.

Nr. 197

An Susan Gilbert Dickinson *Spätsommer 1881*

Wieder Deine Stimme zu hören, Sue, war wie Atem aus Gibraltar – Deine unverwüstlichen Silben stehen ohne Stütze –

[…]

Emily

Vermutlich erhielt Sue diese Zeilen nach ihrer Rückkehr aus der Sommerfrische.

Nr. 198

An Mrs. Samuel Bowles *am 6. September 1881*

Liebe Mary,

ein Wort nur an diesem rätselhaften Morgen, an dem wir Lampen entzünden müssen, um einander zu kennen, damit ich Ihnen für das Vertrauen zu traulich für Worte danke.

Sie wollten das Bildnis Ihrer Tochter schicken. Da es nicht kam, verzeihen Sie, daß ich's Ihnen sage, falls sich noch der Abglanz des Liebreizes davonstiehlt; darf ich andererseits hoffen, daß die Blume Sie erreicht hat, welche die Post Ihnen zu bringen versprach, da meine Füße außerstande sind?

Den ängstlichen Irrtum, »vergessen« zu werden, soll ich ihn schätzen oder tadeln? Mr. Samuels »Sperling« fiele niemals ohne innigste Notiz.

»Würden Sie uns empfangen, würde Vinnie?« – ah, zweifelnde Mary! Kämen Sie mit Ihrem tapferen Sohn in meines Vaters Haus, bedürfte es mehr Fertigkeit als mir gegeben ist, der Begegnung zu widerstehen.

Soll ich auf das Portrait noch hoffen? Und bitte mit vollem Namen adressieren, denn der kleine Brief wurde aufgehalten und geöffnet, weil es den Namen in dieser Stadt so häufig gibt, wiewohl keine Emily als mich.

Vinnie sagt: »Liebe Grüße, und sag, daß ich entzückt wäre, sie zu sehen«, und Mutter dazu.

Es wäre keine Träne auf Ihrer Wange, Liebe, hätte meine Hand den Zugang, sie fortzuwischen.

Emily.

Die Düsternis, von der Emily Dickinson berichtet, »yellow day« genannt, ereignete sich am Dienstag, den 6. September 1881, und gilt heute als Folge von massiven Waldbränden in Michigan and Ontario, die 20 Ortschaften verwüsteten und 500 Menschen das Leben kosteten. — Der »Sperling« geht zurück auf Matth. 10,29 und erinnert an die Worte Hamlets: »Ich trotze allen Vorbedeutungen: Es waltet eine besondere Vorsehung über den Fall eines Sperlings. Geschieht es jetzt, so geschieht es nicht in Zukunft; geschieht es nicht in Zukunft, so geschieht es jetzt; geschieht es jetzt nicht, so geschieht es doch einmal in Zukunft. In Bereitschaft sein ist alles.« (V/2 Z. 228–260). Aus Shakespeares *Hamlet* (1601/1603) zitiert Emily Dickinson in ihren Briefen insgesamt neunmal.

Nr. 199

An Mrs. J. G. Holland *im Oktober 1881*

Wir lesen die Worte, aber kennen sie nicht. Wir sind zu erschrocken vor Kummer. Wenn der liebe, gute Müde schlafen muß, hätten wir ihn nicht noch sehen können?

Der Himmel ist nicht weit für einen, der ihn hienieden gab. Wie sanft ihm sein »Sofern« erfüllt ward!

Unsere Herzen sind Ihnen längst zugeflogen – unsere brechenden Stimmen folgen. Wie können wir nur warten, bis wir Sie alle in die schützenden Arme schließen können?

Gäbe es neue Zärtlichkeit, gälte sie Ihnen, doch das Herz ist voll – noch ein Schlag müßte es spalten – noch wagen wir es, die anzusprechen, die solches Leid entrückt, doch haben wir einmal gehört, »ein kleines Kind werde sie führen«.

Emily.

Am 12. Oktober erlag Josiah Gilbert Holland einem Herzschlag. Diese Zeilen schrieb die Dichterin unmittelbar nach Erhalt des Telegramms, das die Familie von Dr. Hollands Tod unterrichtete.

Nr. 200

An Mrs. J. G. Holland *Ende 1881*

Liebe Schwester.

Zu dem, was nie mehr wiederkommt, gehören
Kindheit – viel Erhofftes – Tote –
Zwar geht – wie wir – das Glück manchmal auf Reisen –
Und weilt dennoch –
Wir trauern nicht um Wanderer, um Seeleut –
Ihr Weg ist hehr –
Wir malen groß, was sie berichten werden
Sind sie erst hier –
»Hier!« – Die »Hiers« sind Typen –
Weissagungsorte –
Die Seele hält nie an –
Sich selbst – egal, wie tief sie lotet
Ein Eignes Land –

Dieses Briefgedicht ohne Stropheneinteilung, bei Franklin Nr. 1564B, läßt sich nach der Handschrift auf Ende 1881 datieren, so daß man vermuten kann, es gehöre zur Briefserie, die die Dichterin im Todesmonat Dr. Hollands an seine Witwe schickte – »Ich weiß, Sie werden Uns zuliebe (weiter) leben, Liebe«.

Nr. 201

An T. W. Higginson *etwa 1881*

Lieber Freund,

ich danke Ihnen für die Zustimmung, die ich flugs bestätige –

Mich bekümmert, was Sie bedrängt – der nähere Kummer, von dem Sie sprachen, wie auch die weniger schöne Sorge – beide werden, hoffe ich, vergehen – Wir weilen, wie Sie uns sahen – der mächtige Tod des Vaters brachte äußerlich wenig Änderung – Mutter und Schwester sind bei mir, und mein Bruder und die Pseudo-Schwester im nächsten Haus – Als Vater lebte, blieb ich bei ihm, damit ich ihm nicht fehlte – Jetzt ist Mutter hilflos – ein heiligeres Gebot –

Ich gehe nicht mehr aus, doch sind die Gärten weit – für mich beinahe wie Reisen – und die Wenigen, die ich kannte – kamen – seit Vaters Tod –

Sie zu sehen, wäre eine Freude, und feierlich hätte ich Sie mit Ihrer guten Freundin zu uns ins Haus gebeten, wäre da nicht die Feigheit vor den Fremden, die ich nicht bemeistern kann, und Mutters Leiden. Möge dem erwähnten Leben keine Gefahr drohen und jedes ungewährte Glück für Sie bereitstehen – Es ist ehrfurchtgebietend zu bedenken, daß Weite nur der Schatten ist des Geists, dem sie entspringt –

Jedwedes weggefegt
Das – ist Immensität

Ihr Schüler

Franklin führt die zwei Zeilen als Gedicht Nr. 1548. — Der Brief läßt sich nur nach der Handschrift und der Tatsache datieren, daß Mrs. Dickinson noch lebte. In welcher Sache die Dichterin um Zustimmung bat, ist nicht bekannt. — Die Bezeichnung der Schwägerin Susan Dickinson als »Pseudo-Schwester« zeigt ähnlich wie Andeutungen in früheren Briefen die Spannungen im benachbarten Haus an. — Die Weite der Gärten, die wie »Reisen« sind, lassen an Henry David Thoreaus Feststellung denken, er sei viel herumgekommen – in Concord, dem kleinen Ort in Massachusetts, in dessen Nähe er zwei Jahre eine Blockhütte am Walden Pond bewohnte (*Walden*, I »Economy«).

Nr. 202

An Mabel Loomis Todd — *im Herbst 1881*

Die Trennung derer, die sich niemals begegnet, ist sie Täuschung oder vielmehr das Legen der Schlinge zum späteren Fang?

Der Astronom David Peck Todd und seine Frau (die spätere Mitherausgeberin der Gedichte Emily Dickinsons und Geliebte ihres Bruders Austin Mabel Loomis Todd) trafen Anfang September 1881 in Amherst ein, wo Todd eine Professur für Astronomie und Navigation am Amherst College übernahm. Im Spätherbst reiste Mabel Loomis Todd nach Washington, um ihre Eltern zu besuchen – darauf bezieht sich vermutlich hier die Bemerkung zur »Trennung«.

Nr. 203

An Susan Gilbert Dickinson (?) *etwa 1881*

Wie gut hat es der kleine Stein –
Er schlägt ganz eigne Wege ein –
Ihn kümmert Karriere nicht
Noch drückt der Zwang geringster Pflicht –
Sein Kleid, fundamentales Braun
Tat ihm ein fahrender Kosmos um
Autark wie nur die Sonne sonst
Umgänglich mal, mal einsam Glanz –
So absolut ihm sein Gebot
Erfüllt wird es ganz nonchalant

Himmel als Heilmittel nach leidiger Formsache!

Franklin führt das Gedicht als Nr. 1570B. Die hier abgedruckte Version, deren Empfänger unbekannt ist, die aber wahrscheinlich an Susan G. Dikkinson ging, war eine von fünf oder sechs Abschriften; eine erhielten die Norcross-Kusinen, eine möglicherweise Helen Hunt Jackson, eine Thomas Niles und eine T. W. Higginson. Der Handschrift nach gehören die Verse ins Jahr 1881 oder Anfang 1882.

Nr. 204

An Mabel Loomis Todd (?) *etwa 1882*

Die kleinen Sätze, die ich begann und nie zu Ende brachte – die kleinen Brunnen, die ich grub und niemals füllte –

Diese Zeilen, auf einem etwa 5 x 15 Zentimeter großen Schnipsel, fanden sich unter den Papieren in Mabel Loomis Todds Nachlaß. Da es sich aber nicht um eine Reinschrift handelt, ist unwahrscheinlich, daß die Dichterin sie aus der Hand gegeben hatte. Mrs. Todd zufolge hatte sie das Billett mit einer Blume oder einem Gedicht erhalten. In der Transkription lauteten die schwer lesbaren Zeilen zunächst: »Die kleinen Sätze, die ich begann und nie zu Ende brachte – die kleinen Brunnen, die ich grub und Verse füllte.«

Nr. 205

Thomas Niles an Emily Dickinson *24. April 1882*

Miss Dickinson

Ich habe Ihren Brief erhalten & wollte anfügen, daß man in der jüngsten Ausgabe des *London Athenaeum* den Mutmaßungen der letzten entschieden entgegentritt: [»] Mr. Cross hat keineswegs sein Vorhaben aufgegeben, eine Biographie George Eliots zu verfassen.«

»H. H.« sagte einst zu mir, sie wünschte, man könnte Sie dazu bewegen, einen Band mit Gedichten zu veröffentlichen. Ich kann Ihnen gar nicht sagen, wie sehr sie Sie pries, in einem Maße jedenfalls, daß ich selbst auch wünschte, Sie wollten es tun.

Hochachtungsvoll,
T. Niles

Im Originalbrief fehlt die Unterschrift. — Emily Dickinson hatte sich Anfang April an Roberts Bros. gewandt und nach dem voraussichtlichen Erscheinen der Eliot- und Hawthorne-Biographien erkundigt. Der Verlagsleiter Thomas Niles hatte mitgeteilt, John Walter Cross habe sein Biographieprojekt aufgegeben. Hier korrigiert er sich. — John Walter Cross (1840–1924), Bankier und Freund George Eliots bereits zu Lebzeiten ihres Gefährten, des Journalisten George Henry Lewes (1817–1878), wurde nach dessen Tod Eliots Vertrauter und, in ihrem Todesjahr, Ehemann. — Die vielgelesene Wochenschrift *The Athenaeum. The London Journal of Literature, Science, and Fine Arts* (1828–1923; dann *The New Statesman*) war eines der einflußreichsten Journale und somit Spiegel des viktorianischen Zeitalters.

Nr. 206

An Thomas Niles *Ende April 1882*

Vielen Dank, Mr. Niles,
ich bin sehr froh um meinen Irrtum.

Es schiene mir eine irreparable Entbehrung, bei solch unumstößlichen Aussichten hier nichts weiter von ihr zu wissen – »H. H.s« und Ihrer freundlichen und unglaublichen Meinung wäre ich gern würdig – Darf ich Ihnen ein Steinchen überreichen, das ich ihr einst, wie ich meine, überließ.

Mit Dank
E. Dickinson

Emily Dickinson legte, gewissermaßen als Antwort auf Niles' vorsichtige Anfrage, das Gedicht »How happy is the little Stone« bei (Nr. 1570, siehe Brief Nr. 203).

Nr. 207

An Otis P. Lord *am 30. April 1882*

Seine kleinen »Püppchen« waren die ganze letzte Woche krank, und hätten allen Glauben verloren, wäre da nicht der teure Papa – ein Gutes immerhin hatte es, daß die kümmerliche Mama nicht schlafen konnte, denn so träumte sie am Tage vom Papa – unschuldige Zuneigung.

Einen Brief an Dich zu richten, ohne zu wissen, wo Du bist, ist ein unfertiges Vergnügen – schöner, gewiß, als nicht zu schreiben, denn immerhin schweift eine Absicht, deren Ziel Du bist – nur längst nicht freudig wie Du selbst und gemeinsam Erlebtes – Ich argwöhne sehr, daß das gemeinsam *nicht* Erlebte Dir das höchste ist. Beurteilen kannst seine peinigende Süße nur Du allein, doch war auch das gemeinsam Erlebte gut – war es denn beglückend.

Herrlich ist es, Morgen für Morgen zu hören, was Du gedacht und gesagt hast – der *Republican* verrät es Uns – wiewohl wundersamer Betrug, daß Übeltäter Dich sehen durften und Wir nicht. Ich sorgte mich um Deine lieben Bronchien in der schlechten Luft; die Zeitung spricht von »Andrang« – Erheitert hat Uns das »Hüsteln« des Geschworenen, das Deiner Meinung nach nicht bronchial bedingt gewesen sei, und als Du im Hotel auf das Kidder-Urteil wartetest, während die Geschworenen sich schlafen legten, fand ich, feinere Geschworene gebe es kaum. Ich vertraute darauf, daß Du indes glücklich »daheim« bist, obwohl mein Herz die Vorstellung verwarf in der Hoffnung, alles sei – leer – ohne es selbst.

Man behauptet, erst zwei Sonntage sei es her, seit Du mich verließest. Für mich sind es Jahre. Heute neigt sich der April – der mir ein sehr bedeutsamer ist. Ich habe in Deinem Herzen gewohnt. Mein Philadelphia [Charles Wadsworth] hat die Welt verlassen, und Ralph Waldo Emerson, dessen Name ein Schüler meines Vaters mich lehrte, hat die Krone des ewigen Lebens aufgetan. In welcher Welt sind wir?

Im *Himmel*, vor ein, zwei Sonntagen noch – doch die ist zu Ende –

Gewaltiges reift heran. Ich hoffe auf Fülle. Wie sollten wir einer den anderen unumstößlichen Aussichten überlassen, ohne uns noch einmal gesehen zu haben?

Montag –

Ich habe unterdessen Deine Zeilen von gestern. Ich bin tief bekümmert über die »Verkühlung«. Ich hatte sie befürchtet und sogleich beschworen, sich andere Opfer zu suchen. Muß sie von allen Leben gerade das Deine erschweren? Sei sanft mit ihr – schmeichle ihr – scheuche sie nicht, sonst bleibt sie – Wie schön, daß Du »zu Hause« bist. Denke es Dir bitte mit Kodizill. Mein Heim wäre keines, wärest Du ohne. War mein guter »Phil« stolz? Zu welcher Stunde? Kannst Du es mir sagen? Ein flüchtiger Blick von ihm vor dem Morgen [...]

[...] noch Tür nach dem Eintritt noch Fenster, es sei denn als Kamin, und wenn die Leute ans Gras klopfen, ließe das Gras sie ein. Fast wünschte ich, es wäre soweit – manchmal – ich sage es voll Andacht. Das war eine große – betörende Geschichte – so oft der »Kleine Phil« seinen Brief las und so gelegentlich Papa ihn las, aber auf Falschheiten bin ich gefaßt.

Dinge, über die wir nichts wissen – oder besser gesagt »Wesen« – ist »Phil« »Wesen« oder »Ding«? –, glauben und bezweifeln wir hundertmal in der Stunde, das hält den Glauben gelenkig.

Nur, wie kann »Phil« einer Ansicht sein und Papa einer anderen – ich hielt die Strolche für unzertrennlich – »es möchte jedoch«, wie Mr Eliot, New Bedford, gern sagte, »auch anders sein«.

Papa hat noch viele geheime Fächer, die die Liebe bisher nicht durchforstet hat. Ich will – will Dich voll Zärtlichkeit. Die Luft ist lau wie Italien, doch wenn sie mich streichelt, verschmähe ich sie seufzend, weil sie nicht Du ist. Gestern abend kehrten die Wanderer zurück – braun wie die Beeren, sagt Austin, und lärmend wie Backenhörnchen, er sieht seine Ruhe empfindlich überrannt, so mein Eindruck. Dergleichen Verrenkungen des Privatstands des *Privatmanns* belustigen mich sehr, aber »das Herz kenne seine eigenen« Launen – und im Himmel wirbt man weder, noch wird man umworben – was für ein unvollkommener Ort!

Mrs Dr. Stearns machte uns einen Besuch, um zu hören, ob nicht auch wir es schockierend fänden, daß [Benjamin F. Butler] sich »mit dem Erlöser verglich«, dabei dachten wir, Darwin habe »den Erlöser« längst ausgemustert. Bitte entschuldige das weitschweifige Schreiben. Schlaflosigkeit läßt den Bleistift stolpern. Auch verheddert ihn das Gefühl. Unser gemeinsames Leben war Deinerseits mir gegenüber lange Vergebung. Die Übertretung meiner plebejischen Liebe in Dein Hermelinreich konnte nur ein König verzeihen – vor einem anderen beugte ich das Knie nie – Die Seele ist sich keine zwei Mal gleich, sondern immer eine andere – und diese göttlicher. Ach, hätte ich sie eher gefunden! Doch Zärtlichkeit kennt keine Stunde – sie kommt – und überwältigt.

Die Zeit, ehe es war – war nichts, wozu sie also festhalten? Und alle kommende Zeit ist es, das verkürzt die Zeit.

Diesen Brief schrieb Emily Dickinson zwei Wochen nach einem mehrtägigen Besuch Otis P. Lords in Amherst Mitte April, vor Beginn des Mordprozesses, dem Lord ab 25. April in Springfield vorsaß und in dem der Angeklagte Dwight Kidder des Totschlags an seinem Halbbruder Charles für schuldig befunden und zu 20 Jahren Zuchthaus verurteilt wurde. Der *Springfield Republican* berichtete ausführlich über den Fall. — Lord selbst schrieb der Dichterin am 30. April aus Salem und sprach offenbar von beeinträchtigter Gesundheit. Am 1. Mai, dem Tag, an dem Emily Dickinson ihren Brief abschloß, erlitt Lord einen Anfall und verlor das Bewußtsein. Am 3. Mai berichtete der *Republican*, es bestehe kaum Hoffnung auf Besserung, am 8. Mai jedoch befand sich Lord außer Lebensgefahr. — Reverend Charles Wadsworth war am 1. April gestorben, am 27. Ralph Waldo Emerson. — Benjamin Franklin Butler (1818–1893) war Bürgerkriegsheld und ein sehr ehrgeiziger Politiker. — Emily Dickinson hatte den Kongreßabgeordneten und Mitbegründer der Republikanischen Partei Thomas Dawes Eliot (1808–1870) aus New Bedford 1855 während ihres Aufenthalts in Washington kennen- und schätzengelernt. — In der Briefmitte fehlt mindestens ein Bogen; ob am Anfang oder Ende auch Seiten fehlen, läßt sich nicht mit Gewißheit sagen. Es handelt sich nicht um einen Entwurf, sondern um die Reinschrift. — In der jüngst entfachten Diskussion um Darwin versus Intelligent Design wird Emily Dickinson plötzlich wieder suspekt: In einer Studie zu Unterrichtsmaterial an Highschools, die im Rahmen gerichtlicher Auseinandersetzungen um die Anerkennung christlich grundierter Literaturkurse zitiert wird (Ronald Horton, Donalynn Hess und Steven Skeggs: *Elements of Literatur for Christian Schools*, Greenville, South Carolina: Bob Jones University, 2001), wird sie neben Mark Twain der Unbotmäßigkeit in Glaubensfragen und gegenüber Autoritäten im allgemeinen geziehen (siehe »Here's the Problem With Emily Dickinson«, *New York Times* vom 27.11.2005).

Nr. 208

An Abbie C. Farley *am 8. Mai 1882*
Montag –

Liebe Abby –

Mehr Brief hatten wir heute morgen nicht – War es nicht genug? – Nein! – Alle Stunde Nachricht wäre nicht genug – gestern konnte ich auf keine Meldung hoffen, es sei denn durch Sie –

Der letzte Stand war Hoffnung, das mußte uns bis Montag reichen, am Morgen dann brachte Austin die Zeitung, sobald ich unten war – »Ich hoffe auf Neuigkeiten über Mr Lord«, sagte er, »ich will auf der Stelle nachsehen« – »Würde ich nicht vielleicht schneller fündig?« fragte ich vorsichtig – Nachdem er gesucht und nichts gefunden hatte, reichte er mir das Blatt – auch ich fand nichts – und war so erleichtert wie ängstlich – Ich hatte geglaubt, daß ich Montag mehr wüßte, doch Montagmorgen brachte nichts als diese kleine generelle Botschaft an die lauschende Welt – Wäre unser liebstes Salem nur in Sicherheit, dann wäre wahrlich »Mai« – nie würde ich diese Maifeier vergessen.

Unsere Blumen haben wir verhängt –

Kann er sprechen und Stimmen hören, »Herein« sagen, wenn sein Amherst klopft?

Geben Sie ihm Liebe zart wie Kirschblüten in die Hand, er möge sie mit Ihnen allen teilen – ich kenne seine grenzlose Art –

Was beinahe zuviel Schmerz war, ist beinahe zuviel Freude –

Mit Liebe,
Emily.

Oben auf den Bogen hatte die Dichterin einen Ausschnitt aus dem *Springfield Republican* von Montag, den 8. Mai, geklebt, der das folgende meldete: »In Salem hat Judge Lord die Krisis überwunden, und es besteht Hoffnung, daß er sich bald vom Krankenlager wird erheben können.« — Abbie C. Farley (1846–1932), eine Nichte Otis Phillips Lords, führte diesem gemeinsam mit ihrer Mutter bis zu seinem Tod 1884 den Haushalt. Sie war eng mit Susan Dickinson befreundet; sie war die Haupterbin Lords und mißbilligte das Verhältnis zwischen ihrem Onkel und Emily Dickinson.

Nr. 209

An Otis P. Lord *am 14. Mai 1882*

Zur Erinnerung an meine eigene Seligkeit über Deine Wiederkehr und die geliebten, aus dem »Unerforschten Land« gewendeten Schritte lege ich die Botschaft bei, die ich hastig schrieb, als mich die Angst befiel, Dein Leben könnte geendet sein, noch frisch und schemenhaft wie schreckliche Ungeheuer, die wir im Traume fliehen.

Glücklich mit meinen Zeilen, nicht im mindesten angewandelt von Angst, fand mich Vinnie, die nach wenigen kurzen Worten mit Austin auf dem Weg zur Eisenbahn ins Haus trat. »Emily, stand in der Zeitung irgend etwas, was uns angeht?« – »Nein, Vinnie, warum fragst du?« – »Mr Lord ist schwerkrank.« Ich griff nach einem vorüberwankenden Stuhl. Das Gesichtsfeld verrutschte, ich glaubte, zu erfrieren. Während noch der Rest des Lächelns starb, hörte ich es läuten und eine fremde Stimme sagen: »Ich dachte erst an Sie.« Tom [Kelley] war gekommen, ich lief an seine Blaue Jacke hin und ließ mein Herz dort brechen – es war der wärmste Ort. »Das wird wieder. Nicht weinen, Miss Emily. Ich kann Sie nicht weinen sehen.«

Da trat Vinnie hinzu und sagte: »Prof. Chickering fragt, ob wir telegrafieren wollen.« Er wolle es »für uns besorgen«.

»Wollte ich ein Telegramm aufgeben?« Ich fragte die Drähte, wie es um Dich stehe, und setzte meinen Namen dazu.

Der Professor nahm es mit, und Abbys tapfere – kräftigende Antwort werde ich niemals vergessen.

Der Brief scheint unvollständig zu sein. — Auf ihr Telegramm erhielt die Dichterin umgehend Antwort von Abbie Farley und schrieb am Sonntag drauf diese Zeilen.

Nr. 210

An Susan Gilbert Dickinson *etwa 1882*

Zwei Antworten soll Meine Einzige erhalten – keine so makellos noch stark wie ihre – Sehne und Schnee in einem –

Dank sei ihr für alles Versprechen – ich werde es vielleicht brauchen –

Dank sei ihrer geliebten Kraft, daß sie gekommen ist eine Lawine Sonnenlicht!

Emily

Nr. 211

An Susan Gilbert Dickinson *etwa 1882*

Liebe Sue –

Mit der Ausnahme von Shakespeare hast Du mir von mehr Wissen berichtet als jedes lebende Wesen – Dies aufrichtig zu sagen ist seltsames Lob.

Die Botschaft stammt aus derselben Zeit wie die des Briefs Nr. 210. Der distanzierte Ton mag die zunehmende Spannung zwischen den beiden Haushalten anzeigen. Susan Dickinson soll starken Anstoß an der Verbindung der Dichterin zu Judge Otis P. Lord genommen haben. Millicent Todd Bingham (1954) bezeugt die folgende Äußerung Susan Dickinsons ihrer Mutter Mabel Loomis Todd gegenüber: »Sie werden Ihren Mann hoffentlich nicht hinlassen! […] Neulich überraschte ich Emily dort in den Armen eines Herrn.«

Nr. 212

An James D. Clark *im August 1882*

Lieber Freund,

verzeihen Sie die Aufdringlichkeit der Dankbarkeit. Meine Schwester meinte, Sie würden einige Worte als Dank für Ihre große Freundlichkeit gestatten.

Dem geliebten Geistlichen lange Jahre eng verbunden, habe ich dennoch nie jemanden gesprochen [gekannt], der ihn kannte, und sein Leben war so scheu und seine Vorlieben so unbenannt, daß die Trauer um ihn beinahe ungeteilt scheint.

Mir war er seit der »Mädchenzeit« ein guter Hirte, und eine Welt ohne ihn ist mir undenkbar, so edelmütig war er – unergründlich – gütig.

Vor zwei Jahren sah ich ihn zum letzten Mal, und das ganz unerwartet!

Zu meinem freudigen Erstaunen schellte er eines Sommerabends – »Warum haben Sie von Ihrem Kommen nichts gesagt, ich hätte mich darauf freuen können«, meinte ich zu ihm – »Ich wußte selber nichts davon. Ich stieg von meiner Kanzel ins Coupé«, erwiderte er nur ruhig. Und im Gespräch bemerkte er: »Es kann in jedem Augenblick mit mir zu Ende gehen«, doch nahm ich's nicht als Zeichen. Bei einem früheren Besuch erwähnte er, er wolle Sie aufsuchen oder gar eine kurze Weile bei Ihnen in Northampton bleiben.

Ich wünschte, Sie wollten mir alles, was Ihnen erträglich ist, von Ihrer letzten Begegnung erzählen, denn er sprach so herzlich von Ihnen als Freund, und glauben Sie mir, Ihre Güte bedeutet viel.

Die Predigten werden ein betrüblicher Schatz sein. Ich hoffe, der Sommer ist Ihrer Gesundheit förderlich, und bitte Sie, mit vielen Dank, um Ihr Verständnis.

E. Dickinson

James D. Clark (1828–1883) war einer der ältesten Freunde Charles Wadsworths. Er und Emily Dickinson waren sich gut 20 Jahre zuvor einmal kurz begegnet, ohne miteinander gesprochen zu haben. Nach dem Tod des gemeinsamen Freundes initiierte Clark einen Briefwechsel, indem er Emily Dickinson Predigten von Charles Wadsworth schickte, für die sich die Dichterin hier bedankt. — Clark hatte sich 1875 nach Northampton an den Ort seiner Kindheit zurückgezogen. Er war zum Zeitpunkt seiner Korrespondenz mit Emily Dickinson bereits ernstlich krank und hielt sich längere Zeit bei seinem Bruder Charles in Brooklyn auf, um sich dort behandeln zu lassen. — Die Briefe an James und Charles Clark verraten ein wenig über das, was Emily Dickinson an Charles Wadsworth fesselte: Neben Stil, Hintersinn und Humor waren es seine Anfechtungen und eine ihrer eigenen nicht unähnliche Verschwiegenheit in allen persönlichen Belangen, die ihm etwas Geheimnisvolles verlieh.

Nr. 213

An Susan Gilbert Dickinson *Mitte September 1882*

Hätte »Arabi« nur Longfellow gelesen, er wäre nie ins Netz gegangen.

Khedive

»Ihr Zelt wie der Araber falten, fortstehlen sich leise wie er« –

Das zum zweiten Mal angebrachte Longfellow-Zitat (aus »Der Tag entschwand«, dt. Hermann Simon) dient Emily Dickinson hier als Kommentar zu aktuellen Ereignissen. Am 13. September 1882 wurde der Aufstand der »Jungägypter« unter Ahmed Arabi Pascha (1839–1911) bei Tel-el-Kebir von den Briten niedergeschlagen; die Zeilen folgten vermutlich bald auf die Nachricht der Gefangennahme Arabis. — Khedive (»Herr«) war der Titel der osmanischen Vizekönige von Ägypten.

Nr. 214

An Mabel Loomis Todd *Ende September 1882*

Liebe Freundin,

daß Sie mir, ohne es ahnen zu können, die liebste Blume von allen schickten, grenzt an das Übernatürliche, und mein Entzücken bei ihrem Anblick konnte ich niemandem anvertrauen. Mit Rührung denke ich heute noch an die Faust, in der ich sie als staunendes Kind vom Boden hob, diese überirdische Beute, und Reife mehrt nur das Rätsel und mindert es nicht. Die Vision verdoppeln zu können ist um so staunenswerter, als Gottes einzigartige Kunst zu erstaunlich ist für Erstaunen.

Ich weiß nicht, wie ich Ihnen danken soll. Wir danken nicht dem Regenbogen, obwohl sein Gold uns ködert.

Freude zu schenken ist heilig – vielleicht die Ablenkung der Engel, deren wahrer Ruf verborgen bleibt –

Ich hoffe, Sie sind wohlauf und das lustige kleine Mädchen mit den tiefen Augen täglich unergründlicher.

Ihre sehr erfreute
E. Dickinson

Mabel Loomis Todd hatte der Dichterin noch aus Washington eine bemalte Tafel gesandt, auf der das von Emily Dickinson besonders geschätzte Ohnblatt (*Monotropa uniflora*) abgebildet war. Die Darstellung zierte den allerersten, posthum von Mabel Loomis Todd und Thomas Wentworth Higginson herausgegebenen Band mit Gedichten Emily Dickinsons.

Nr. 215

An Mabel Loomis Todd *im Oktober 1882*

Liebe Freundin,

das Ohnblatt kann ich nicht erschaffen, nehmen Sie statt dessen doch bitte einen Kolibri.

Ein Schimmern nur als Route
Ein Rad wie Wirbelwind –
Ein Schwirren von Smaragden –
Ein Ansturm von Karmin –
Und jede Blüte dort am Busch
Faßt sich an die Frisur –
Die Post aus Tunis, vermutlich,
Nur kurze Morgentour –

Das Gedicht führt Franklin als Nr. 1489F. — Die erste Fassung ging 1879 an H. H., eine weitere Abschrift etwa zur selben Zeit an die Norcross-Kusinen, im Januar 1880 erhielt Sarah Tuckerman eine Kopie, im November desselben Jahres Thomas Wentworth Higginson. — Die Metaphysik mit Komik verschmelzenden Schlußverse verweisen auf Shakespeares *Sturm* (1611/1623): »Sie, Königin von Tunis? Die am Ende / Der Welt wohnt? Die von Napel keine Zeitung / Erhalten kann, wofern die Sonne nicht / Als Bote liefe [denn zu langsam ist / Der Mann im Mond]« (II/1 Z. 266–298).

Nr. 216

An Margaret Maher — *im Oktober 1882*

Maggies Fehlen ist vielbeklagt, und ich werde im nächstbesten Geschäft »Trauer« holen.

Alle sind sehr ungezogen, und ich die ungezogenste von allen.

Die Kätzchen kriegen Sherry und die Kolibris Koteletts.

Die kränkelnde Henne aß mit mir zu Abend, bis ein Huhn wie Dr. T[aylors] Pferd sie vertrieb. Ich habe alle Hände voll mit Stielen und Samenstempeln, weil die Malven allerorten ihre Kleider liegen lassen.

Was darf ich meiner müden Maggie schicken? Kissen oder kühle Bäche?

Ihre bekümmerte Miss

Margaret Maher erkrankte im Oktober 1822 an Typhus und wurde im Haus der Kelleys gepflegt. — Israel H. Tayler war ein Nachbar der Dikkinsons.

Nr. 217

An James D. Clark *Ende 1882*

Lieber Freund,

gern zögerte ich das scheue Vergnügen, Ihnen zu danken, hinaus, um länger davon noch zu haben, doch die Verbundenheit ließ es nicht zu.

Die Freude, ihn gepriesen zu hören, ist fast wie eine Erscheinung, weil ich zuvor nie jemand kannte, der ihn kannte.

Die Kümmernisse, von denen Sie sprachen, waren mir neu, auch wenn ich sah, daß er »Schmerzensmann« war, und einmal schien er so ganz einem Anflug von Düsternis verfallen, daß ich frug: »Sie haben Kummer?« Worauf er bebend zur Antwort gab: »In meinem Leben gibt es viele dunkle Geheimnisse.« Er sprach nie von sich, und in ihn zu dringen, hätte ihn umgebracht. Er sprach nie von seinem Elternhaus, aber von einem Kind – »Willie«, von dem er – verzeihen Sie meine Unwissenheit – meinte, es ähnele mir – aber ich, die ich »Willie« nicht kannte, tappte weiter im dunkeln. Es freut mich, daß Sie ihn so liebten, und bitte danken Sie auch Ihrem Bruder, der ihn so sehr schätzte. Er war ein Nachtjuwel, geformt von dunklen Wassern, fehl am Platz in jeder Erdenkrone. Der Himmel mag ihm Frieden bringen, Größe kann er nicht verleihen, denn die trug er bei sich, wohin er ging –

Das Eigne maß er aus
Im irdischen Bereich –
Die Christus eigne Größe war's
Die ihn vom Grab befreit –

Ich danke für das Bildnis – das zu finden, fürchte ich, Sie überviel Mühe gekostet hat – und für die Ermahnung; allein, ich bin weit entfernt, fremde Kümmernis zu verraten –

Ihre gütigen Versuche, das Nichtwiedergutzumachende gut zu machen, vergesse ich ebensowenig.

Noch bleibt mir unergründlich, daß er tot ist – und ich hoffe, das wird so sein, bis er mir damit in einer anderen Welt hilft – »geheiligt sei ihr Name«! Aber ich will Sie nicht ermüden. Ich würde mich sehr freuen, Sie kennenzulernen und grenzenloser mit Ihnen zu sprechen – ich hoffe, Sie kommen wieder zu Kräften. Ich habe Ihnen noch nicht danken können.

E. Dickinson

Franklin führt das Gedicht als Nr. 1573B. — James Clark hatte der Dichterin eine Photographie von Charles Wadsworth geschickt.

Nr. 218

An Mrs. J. G. Holland *im November 1882*

Die gute Mutter, die nicht gehen konnte, ist *entflohen*. Wir hatten nicht bedacht, daß sie, die keine Glieder hatte, *Flügel* besaß – und so enthob sie sich uns unerwartet wie ein befehligter Vogel – Vor einigen Wochen war sie sehr erkältet; wir alle waren es, bloß genasen wir übrigen bald, sie hingegen nur zögernd – der Arzt ihres Vertrauens, der sie uns oft schon, da sie gehen wollte, wiedergab, war bei ihr und sah keinen Grund zur Sorge – Nach ihrem Husten litt sie Nervenschmerzen, und diese, müssen wir annehmen, richteten den schließlichen Schaden an – Am letzten Tag ihres Lebens schien sie ganz wiederhergestellt und nahm Limonade – Brühe und Pudding mit einem Heißhunger zu sich, der uns entzückte. Nach einer unruhigen Nacht klagte sie über große Müdigkeit und ließ sich früher als sonst vom Bett in ihren Lehnstuhl heben, wo sie mit kurzem Atem und einem »Laß mich nicht allein«

ihr liebes Leben beendigte – Daß nun die, die wir so lange so sanft hegten, ohne Unseren schlichten Rat in der großen Ewigkeit sein soll, ist furchtsam und fremd, aber wir hoffen, daß unser Sperling nun nicht mehr fallen muß, auch wenn Wir zunächst an nichts glauben –

Danke für die Liebe – ich wußte, wenn ich einst die Meinen verlöre, fände ich Ihre Hand –

Den Klee, den Sie mir von Vaters Grab gebracht, wird der Frühling auf Mutters aussäen – und in den Händen hielt sie zur Ermutigung Veilchen.

Richten Sie Ihrer Annie und Kate herzliche Grüße aus. Sagen Sie ihnen, ich neide ihnen die Mutter. »Mutter«! Was für ein Name!

Emily.

Mrs. Dickinson starb am 14. November 1882. Offenbar hatte Mrs. Holland kondoliert.

Nr. 219

An Otis P. Lord *November 1882*

Die himmlische Erholung, Dir nach endlosen *vier* Tagen schreiben zu können, läßt sich kaum beschreiben. Mein Kopf war heute morgen beim Erwachen so weh, daß ich schon fürchten mußte, Tom nicht begegnen zu können, und wie sollte ich auch wissen, daß es dazu willkommene Notwendigkeit gab? Noch *mehr* fürchtete ich, daß, wenn ja, ich heute abend nicht würde antworten können, und ein Abend ist *so* lang, und noch dazu fällt Schnee, eine weitere Hürde für Herzen, die sich überstürzen. »Emily Jumbo«! Schöner Name, aber ich weiß einen schöneren – Emily Jumbo Lord. Habe ich Deine Billigung?

Tims Argwohn aber soll zerstreut werden, ich nehme dünneres Papier, das noch die wenigen täuschen kann, so es will.

Das genaue Datum läßt sich nicht bestimmen. Die Handschrift ist die dieser Zeit, und in der auf Mrs. Dickinsons Tod folgenden Woche schneite es. — Emily Dickinson ließ meist andere ihre Briefe an Otis Phillips Lord aufgeben. Zu dem scherzhaften Kosenamen »Jumbo« kam es Alfred Habegger zufolge, als Emily Dickinson einen dicken Brief unter ihrem Kleid verborgen hatte, der jedoch so auftrug, daß es bemerkt wurde. Deshalb auch ihr Versprechen, dünnere Briefbogen zu verwenden. — »Tim« war wahrscheinlich einer der jüngeren Scarnells, irische Farmer, die gelegentlich bei den Dikkinsons aushalfen.

Nr. 220

An Otis P. Lord *am 3. Dezember 1882*

Was, wenn Du gerade schreibst! Ach, stünde es in meiner Macht zu schauen, doch wäre ich dort, ich täte es nicht, oder nur auf Deine Einladung – da Achtung voreinander das schöne Ziel ist. Mein Lieber, ich habe Dir so viele Briefe geschrieben seit Erhalt des einen, daß mir ist, als schriebe ich dem Himmel – sehnsüchtig und unerwidert – doch das Gebet kennt keine Antwort, und wie viele beten trotzdem! Wenn andere zur Kirche gehen, gehe ich zu meiner, denn bist nicht Du meine Kirche, und haben wir nicht einen Choral, den niemand kennt als wir allein?

Ich hoffe, Dein Erntedank war nicht über einsam, wenn doch – *ein wenig* – kann es der Zuneigung nicht gänzlich unrecht sein.

Sue [? Name geändert] schickte mir ein herrliches Bankett von Früchten, die ich einem sterbenden irischen Mädchen in der Nachbarschaft bringen ließ – das war mein Erntedank. Die Sterbenden sind mir nah, weil ich die Meinen verliere.

Nicht *alle* die Meinen, gottlob, ein lieber »Meiner« bleibt – lieber, als ich's benenne.

Der Monat, in dem unsere Mutter starb, beendete sein Drama Donnerstag, und ich vermag mir keinen Raum ohne ihr furchtsames Gesicht auszumalen. Indem ich zu Dir spreche, wie mir zumute ist,

Liebster, ohne die Bemäntelung der Seele, die andere uns meist abverlangen, wird der Mut ein anderer.

Dein Kummer war im Winter – einer der Unseren im Juni, der andere im November, und dann verließ im Frühjahr mein Geistlicher die Welt, doch begleitet den Kummer ein eigenes Frösteln. Keine Jahreszeit kann da wärmen. Mit liebenswerter Scheu sagtest Du, als Du mich in Dein Heim batst, Du wolltest alles tun, es mir »nicht unbequem zu machen«. Welch zartfühlende Zuvorkommenheit, welch eine Freude! Kaum Mädchen kenne ich von so himmlischem Dekorum.

Selbst in Deine Arme rufst Du mich entschuldigend! Aus welchem Stoff muß denn mein armes Herz gemacht sein?

Daß der, dem das Dekorum gilt, es selbst am stärksten fühlt und das Seine mit so feinen Manieren erbittet, ist ein liebenswerter Vorwurf. Der zartfühlende Priester der Hoffnung braucht seine Opfergabe nicht zu gewinnen – sie liegt ungefragt auf dem Altar. Ich hoffe, Du trägst heute Deinen Pelz. Er und meine Liebe werden Dich wärmen, auch wenn der Tag bitter ist. Die Liebe, die ich für Dich empfinde, das heißt, Deine für mich, ist ein Schatz, den ich noch hüte […]

Wie alle Briefe und Fragmente an Otis P. Lord fand sich diese unvollständige Reinschrift in Emily Dickinsons Nachlaß. Ob sie so verschickt wurde oder eine Abschrift darstellt, ist bis heute ungeklärt. — Nach dem Tod ihrer Mutter hatte Otis Phillips Lord der Dichterin wohl einen Heiratsantrag gemacht.

Nr. 221

Thomas Niles an Emily Dickinson *am 13. März 1883*

Verehrte Miss Dickinson

Über Mr. Cross' Eliot-Biographie weiß ich nichts Neues zu vermelden – nur, daß es heißt, er schreibe.

Wir selbst bringen Samstag ein Lebensbild aus der Feder Mathilde Blinds heraus, das sehr lesenswert ist.

Gern beantworte ich jederzeit Ihre Fragen.

Hochachtungsvoll
T. Niles

Offenbar hatte sich Emily Dickinson nach etwa einem Jahr bei Roberts Bros. erneut nach John Walter Cross' geplanter Biographie George Eliots erkundigt. — Dem Brief ließ T. Niles am 17. März ein Exemplar der erwähnten Biographie Mathilde Blinds, *Life of George Eliot*, folgen.

Nr. 222

An Thomas Niles *Mitte März 1883*

Lieber Freund.

Ich bringe eine frostige Gabe – meine Grille und den Schnee. Kümmerliche Gegengabe nur für das wunderbare Buch, offenbar von Ihnen, aber aufrichtig gemeint.

Haben Sie vielen Dank.

E. Dickinson.

Die Dichterin schickte »Further in Summer than the Birds« (Nr. 895) und »It sifts from Leaden Sieves« (Nr. 291). Außerdem sandte Emily Dickinson T. Niles ihre eigene Ausgabe der Gedichte der Brontë-Schwestern, worauf Niles am 31. März das folgende schrieb:

Nr. 223

Meine liebe Miss Dickinson

Ich erhalte soeben Ihre Ausgabe der Gedichte von »Currer, Ellis & Acton Bells«. Ich besitze selbst eine spätere Ausgabe, welche diese und weitere Gedichte von Ellis & Acton enthält.

Sie können mir doch nicht im Ernst Ihren eigenen Band überlassen wollen – wenn doch, danke ich Ihnen sehr herzlich, muß aber sagen, daß ich Sie um keinen Preis dieser sehr seltenen Ausgabe, noch dazu in solch gutem Zustand, berauben möchte.

Wenn Sie mir die Unverfrorenheit gestatten, möchte ich sagen, daß ich statt dessen sehr gern eine Ms.-Auswahl Ihrer eigenen Gedichte nähme, das heißt natürlich nur, wenn Sie willens sind, sie der Welt durch Vermittlung eines Verlegers zu übergeben

Stets der Ihre
T. Niles

Emily Dickinson ging mit keinem Wort auf Niles' Ansinnen ein; statt dessen schickte sie ihm »No Brigadier throughout the Year« (Nr. 1596). — Er bedankte sich und bemerkte wohl, daß es ihm besser gefalle als die ersten beiden. Der nachfolgende Brief, dem sie interessanterweise abermals Gedichte beilegte, ist die Antwort der Dichterin.

Nr. 224

An Thomas Niles *im April 1883*

Lieber Freund –

Ich danke Ihnen für die Freundlichkeit.

Ich freue mich, daß Sie den Vogel wohlgetroffen finden.

Tilgen Sie bitte die anderen, und nehmen Sie diese drei, die ihm ähnlicher sind – ein Gewitter – ein Kolibri und eine ländliche Bestattung. Das Leben der Marian Evans enthält vieles, was ich nicht wußte – Fluch der Frucht ohne Blüte wie die Nigerfeige.

Ihr Mangel manches Mehr beschämt.
Des Lebens leere Last
Lud sie sich willig auf, als hätt
Sie's Paradies gefaßt –
Die leere ist die schwerste Last

Wie jeder Träger weiß –
Umsonst bestraft man Honig –
Erst recht nur wird er süß –

Franklin führt das Gedicht als Nr. 1602B. — Diesem Brief legte die Dichterin außerdem bei: »The Wind began to rock the Grass« (Nr. 796), »A Route of Evanescence« (Nr. 1489 – vgl. Brief 215) und »Ample make this Bed« (Nr. 804). Am 23. April antwortete Niles folgendermaßen:

Nr. 225

Meine sehr verehrte Miss Dickinson

ich muß mich dafür entschuldigen, daß ich nicht eher auf Ihren Brief mit einigen Proben Ihrer Kunst geantwortet habe. Sie werden es mir nachsehen, nicht wahr, wenn ich Ihnen sage, daß Krankheit & Tod mich zwangen, anderes fürs Erste beiseite zu tun.

Ich danke Ihnen sehr für die drei kleinen Gedichte, die ich mit großem Vergnügen gelesen & wieder gelesen, doch längst nicht erschöpft habe. Ich werde sie behalten, es sei denn, Sie ordnen anderes an – dann werde ich selbstverständlich das Gebotene tun

Stets der Ihre
T. Niles

Nr. 226

An Helen Hunt Jackson — *Anfang April 1883*

Meiner gedacht als was? Als des Vergessens wert – ist Lob und Preis –

Die Zeilen (Variante B) entstammen dem Gedicht, das R.W. Franklin als Nr. 1601 führt. — Dem Billett beigelegt waren gepreßte Blumen, angeblich Glockenblumen. Möglicherweise versuchte Emily Dickinson so – wie schon 1879 – die Korrespondenz mit Helen Hunt Jackson wiederzubeleben. Ihre

Worte stellen eine Abwandlung der letzten beiden Zeilen des Gedichts Nr. 1601 dar: »Von Dir vergessen sein / Ist größre Schmeichelei / Als Denkmal sonst / Das Herz vergißt nur schwer / Bedenkt es nicht zuvor / Was es abweist / Einst wurde ich gesehen / Vergessenheit entging / Ich seinerzeit / Mein Andenken bewahrt / Als des Vergessens wert / Ist Lob und Preis.«

Nr. 227

An Charles H. Clark *Anfang Juni 1883*

Ich hatte, lieber Freund, so sehr gehofft, Ihren Bruder noch sehen zu dürfen, bevor er aus dem Leben schied, jedenfalls dem Leben, das wir kennen, und vermag Ihnen kaum zu sagen, was für einen Stich mir des Lebens jüngste Weigerung versetzt.

Durch seine seltene und segensreiche Güte hatte ich ihn liebgewonnen, und ich bin untröstlich, daß ich ihm nicht danken durfte, ehe er sich so weit entfernte. Ich sah Ihren Bruder nur ein einziges Mal.

Ein unvergeßliches Mal. Ihn nur einmal noch sehen zu dürfen, wäre fast so gut gewesen wie eine Unterredung mit meinem »himmlischen Vater«, den er liebte und kannte. Ich hoffe, er hat in seinem letzten Augenblick mit Ihnen sprechen können. Ein Wort der Hoffnung bei seinem Aufbruch wäre Ihrem Herzen eine Hilfe. Ich wüßte gerne alles, was Sie mir von den letzten Tagen berichten mögen. Im Herzen fragten wir jeden Morgen nach ihm, wollten Sie aber nicht durch buchstäbliche Erkundigungen behelligen. Ich hoffe, Ihr »Liebesdienst« hat Sie nicht zu sehr erschöpft.

Von Ihnen zu hören, wenn es Ihnen recht ist, wäre uns ein großer Trost, wie auch jeder Umstand von dem, den wir zu sehen hofften. Meine Schwester gibt liebe Grüße zu meinen hinzu.

Obwohl wir uns nicht kennen, bitte ich Sie, Uns um der wichtigen beiden willen, zu dulden.

E. D.

James D. Clark starb am 2. Juni 1883. Den Brief der Dichterin datierte Charles Clark auf den 6. Juni.

Nr. 228

An Maria Whitney *Ende Juni 1883*

Liebe Freundin,

Sie sind wie Gott. Zu Ihm beten wir, und seine Antwort lautet: »Nein.« Wir bitten Ihn, sein Nein zurückzunehmen, worauf Er gar nicht antwortet, doch »suchet, so werdet ihr finden« ist die Gnade des Glaubens.

Sie haben versäumt, Ihre Verabredung mit der Apfelblüte einzuhalten, sogar die Japonica trug Früchte, um Sie zu verlocken, doch des Menschen Herz ruft wohl nur die Glocke aus reinstem Silber.

Ich hoffe dennoch, daß Sie leben, und zwar im Reich des Bewußtseins.

Die Collegefeier steht bevor. Das Pathos bekommt bald viel zu tun.

Die Vergangenheit ist kein Bündel, das man beiseite legen kann. Ich sehe die Augen meines Vaters und die von Mr. Bowles – Kometen je für sich. Sollte die Zukunft so mächtig sein wie das Vergangene, welche Aussicht wartet dann?

Mit einem nach einer bösen Verstauchung dick verbundenen Fuß und von der Woche und ihrem Zeugnis fast zu Tränen an Sie erinnert, schicke ich dieses ernste Wort.

Die Wetterfahne bestimmt den Wind.

Wo wir Sie vermuteten, sind Sie nach Austins Auskunft nicht. Wie seltsam, seinen Himmel einzuwechseln, wenn nicht der eigene Stern mitgeht, doch die Spur des Ihren ist kosmisch.

Vinnie reicht die Hand.

Stets Ihre liebende,
Emily.

Der Ton verrät noch einiges von der Zerknirschung über den »Korb«, den Emily Dickinson der Bekannten im Frühjahr gegeben hatte, als sie sich außerstande sah, Maria Whitney persönlich zu empfangen. Kurz darauf hatte sie um Verzeihung gebeten: »Liebe Freundin, die Schuld meines Billetts drückte mich so, daß ich mich kaum traute, die Antwort zu lesen, und lähmte mein Herz fast zum Ersticken, so sicher war ich, daß Sie Uns nie wieder vorlassen würden. Zu den Unseren zu kommen und nicht aufgenommen zu werden, ist ein bittres Wort. Ich hoffe, Sie können Uns verzeihen. In Liebe und Verwunderung, Emily.« — In diesem Jahr fand die Collegefeier am 27. Juni statt.

Nr. 229

An Susan Gilbert Dickinson *Anfang Oktober 1883*

Liebe Sue –

Die Vision Ewigen Lebens hat sich erfüllt –

Wie leicht zuletzt die Tiefe kommt! Nicht die See, der Reisende überrascht uns –

Gilbert liebte Geheimnisse –

Sein Leben war atemlos vor ihnen – Mit welch dräuender Helle konnte er rufen: »Nicht sagen, Tante Emily!« Jetzt muß mein aufgefahrener Spielkamerad *mich* belehren. Weise uns nur, lispender Lehrer, den Weg zu Dir!

Er kannte nicht einen knickrigen Augenblick – Sein Leben war Fülle – Das Spielzeug eines Derwisch war nicht so wild als seins –

Aufsteigend nie sein Stern – Er kannte nur Zenith –

Gestirn ohne ein Sinken –

Ich sehe ihn am Firmament und erkenne seine schöne Schnelle in allem, was zu fliegen weiß – Sein Leben war Fanfare, in ihr verebbt als Echo die Eloge – als Requiem Glückseligkeit –

Morgen und Meridian in einem.

Worauf sollte er warten, beraubt nur der Nacht, die er uns läßt –

Ohne lang zu fragen, spannt unser kleiner Ajax das Ganze –

Zieh Du zum Rendezvous von Licht,
Peinvoll doch bloß für uns –
Die zäh durchs Rätsel waten
Das Du übersprangst!

Emily.

In den ersten Tagen des Oktober 1883 erkrankte der achtjährige Gilbert Dickinson an Typhus; er starb am 5. Der Tod des aufgeweckten, vielgeliebten Jungen erschütterte Emily Dickinson wie kaum ein anderer Verlust. — Die Verse führt Franklin als Gedicht Nr. 1624A; sie wurden 1885 noch einmal in einem Brief verwendet. — Mit der Figur Ajax des Kleinen, Sohn Königs Oileus von Lokris, Held des Trojanischen Kriegs, dessen Schiff auf der Heimfahrt zerschellte und der sich zunächst auf einen Fels retten konnte, dann aber, weil er sich seines knappen Entrinnens brüstete, von Poseidon ins Meer geschleudert wurde und ertrank, schließt Emily Dickinson einerseits einen Motivkreis, andererseits wird ihr Ajax – Gilbert – zum Koloß, der die Welt überragt.

Nr. 230

An Susan Gilbert Dickinson *Anfang Oktober 1883*

Liebe Sue –

Ein Versprechen ist fester als eine Hoffnung, auch wenn sie weniger faßt –

Hoffnung kennt keinen Horizont –

Heilige Scheu ist die erste Hand, die man uns reicht –

Hoffnungslosigkeit verhüllt nicht auf Dauer – das wäre der Schluß der Seele, und kein Schnitt vermag soviel –

Vertrauter Umgang mit dem Rätsel stürzt es auf lange Sicht –

Wir ziehen nachts durchs Dunkel wie schwer beladene Schiffe, es mag keinen Kurs geben, aber Grenzenlosigkeit –

Weite verliert man nicht –
Nicht Glück, Dekret
Ist Gott –
Sein Ort, Unendlichkeit –
Und Famas Tor so fest verbaut
Ehe mein Licht gesät,
Daß selbst Vorzeichens Faust
Dort nicht den kleinsten Knick erzeugt –

Die Welt, die Du aufwarfst
Schließt sich Dir,
Doch nicht allein,
Wir folgen – ja – nur wir
Entkommen langsamer
In Deinen schieren Strich –
Die Zelte lauschen,
Kein Regiment mehr hier!

Das Gedicht führt Franklin als Nr. 1625A.

Nr. 231

An Mrs. J. G. Holland *Ende 1883*

Liebste Schwester.

Nannte ich Sie so?

Ich kann mich kaum erinnern, alles ist so anders –

Ich zögere bei der Wahl der Worte, weil ich nur wenige nehmen kann und Jedes meist sein muß, weiß nur, daß der Welt drastischsten Vorgänge in einer einzige Silbe ruhen, ach was, in einem Blick –

Der Arzt sagt, ich litte an »nervlicher Entkräftung«.

Vielleicht – ich kenne die Namen von Krankheiten nicht. Die Krisis der Trauer zu vieler Jahre, sie ist's, die mich müde macht – Wie Emily

Brontë ihrem Schöpfer schreibe ich meinen Verlorenen »Bliebe in Dir allein doch jedes Sein bestehn –«

Die zärtliche Ratlosigkeit, die ich für Sie empfand, wurde durch die kleine Karte sehr gelindert, die laut wie eine menschliche Stimme »besser« sprach –

Bitte, Schwester, warten Sie –

»Mach die Tür auf, mach die Tür auf, sie warten auf mich«, lautete Gilberts arme Anweisung im Fieber. *Wer* wartete auf ihn, alles gäben wir, um das zu wissen – Schließlich machte die Verzweiflung auf, und er lief ans kleine Grab zu seiner Großeltern Füße – Das alles und noch mehr, doch *ist* da mehr? Mehr als Liebe und Tod? Dann verraten Sie mir die Namen!

Alles Liebe den guten Catherines, Rose und Knospe in einem, und für den Herrn mit dem weiten Namen und Annie und Ted, und wenn die zärtlichste für Sie bleibt, würden sie je davon wissen oder wissend neiden?

Wie schön, daß Sie zur »Kirche« waren!

Darf ich Sie zur »Gemeinde der Erstgeborenen« begleiten?

Emily –

Die zitierte Gedichtzeile stammt aus Emily Brontës (1818–1848) »Kein Feiglings-Herz ist mein« (dt. Manfred Pfister). Dieses Gedicht verlas Higginson auf Emily Dickinsons Beerdigung. — Der »Herr mit dem weiten Namen« ist der Schwiegersohn Bleecker Van Wagenem. — Das Bibelzitat ist Hebr. 12,23.

VIII

1884–1886

Alles bleibt zu sagen …

»Die Tode waren für mich zu tief, und eh ich mein Herz von dem einen aufrichten konnte, kam der nächste«, schreibt Emily Dickinson im Herbst 1884 einer Bekannten. Der elegische Ton, der ihre Briefe seit dem tragischen Verlust des Neffen Gilbert durchzieht, wird nach dem Tod Otis Phillips Lords noch prononcierter. Alles wird ihr »seltsam emphatisch«. Das »Flutthema« nimmt jetzt fast allen Raum ein. »Das Bodenlose hat keine Biographen«, schreibt Emily Dickinson, hört jedoch nie auf, Gründe und Abgründe des ständigen Gegenwartsverlusts sprachlich auszuloten. 167 Briefe und 57 Gedichte sind aus den letzten zwei Jahren erhalten.

Im Juni erleidet die Dichterin einen Nervenzusammenbruch, und obwohl sie weiter schreibt und Kontakt hält, läßt ihre Kraft spürbar nach. Sie liest weiterhin viel, und besonders ihr Interesse an der Biographie der hochverehrten George Eliot erscheint im Lichte ihrer eigenen Verschwiegenheit und der Tatsache aufschlußreich, daß sie, obwohl von »H. H.« ausdrücklich danach gefragt, selbst keinerlei Vorkehrungen für einen literarischen Nachlaß trifft. Sie scheint sich auf den späten Nachhall zu verlassen, zu dem sie einst bemerkt hatte: »Wäre der Ruhm mein, ich könnt ihm nicht entkommen«. Einen Brief (Nr. 257) unterzeichnet sie in diesen Jahren schlicht mit »Amerika«.

Im August 1885 stirbt Helen Hunt Jackson plötzlich zur selben Zeit, da die Spätfolgen der Brightschen Krankheit, ein Nierenleiden, das Emily Dickinson seit mehreren Jahren zu schaffen macht, ihr Leben ernstlich bedrohen. Ab November ist die Dichterin immer wieder bettlägerig. Doch der Bleistift liegt stets in Reichweite, und letzte Botschaften gehen vor ihrem Tod am 15. Mai 1886 an Mrs. Holland, an Thomas Wentworth Higginson und an die Norcross-Kusinen. Bis zum Schluß bewahrt sich Emily Dickinson ihren widerspruchsfreudigen, sehr besonderen Humor. Das beweist noch einmal die allerletzte erhaltene Zeile aus ihrer Hand.

Nr. 232

An Charles H. Clark *Anfang Januar 1884*

Lieber Freund –

ich bin sehr krank gewesen schon seit Oktober und außerstande, Ihnen für die heilige Güte zu danken, die ich alle Tage hütete wie einen Schatz, und so gelten meine ersten Schritte und meine ganze Dankbarkeit nun Ihnen. Ihre Botschaft fand ich auf meinem Tisch, als ich vom Sterbebett des Kindes wiederkehrte und auf das Ende wartete, und sie schien so passend – ich kann Ihnen nicht so danken, wie ich es fühle –

Es wäre unmöglich.

Der Versuch endet in Tränen.

Ein tiefgründiger Zufall macht Sie zum letzten Band zwischen dem Himmel, der zerrann, und dem, der bleibt.

Mögen die geflügelten Tage, die Sie zu Ihrem Bruder tragen, nicht ohne Sang sein, und ich hoffe, daß wir von ihm und Ihnen noch sprechen können, wie auch vom Dritten im geschiedenen Trio. Vielleicht bringt sie ein anderer Frühling nach Northampton und lockt Sie die Erinnerung hierher.

Meine Schwester läßt recht herzlich grüßen und fragt nach Ihrem Wohlergehen.

Ein tiefes neues Jahr wünscht

Ihre Freundin
E. Dickinson

Der Dritte dürfte Charles Wadsworth gewesen sein.

Nr. 233

An Mrs. J. G. Holland *Anfang 1884*

Die Orgel stöhnt – die Glocken knien, ich frage Vinnie, wie spät es ist, und sie sagt, es sei Sonntag, also nehme ich meinen Stift, um keinen Lärm zu machen, und dann wollen wir uns zum Hause einer Freundin hinstehlen, »Wochen weit«, wie Dombey sagt.

Ihr Wiedersehen mit Vinnie war eine Lust und liebenswert, und dies alles stellt Vinnie noch immer einem bewundernden Publikum vor, dessen ganz gebannte Komponenten ich und Stephan bilden – ich finde, Vinnie ist seither gewachsen, geistig ganz gewiß, und gilt nicht just des Geistes Bein unsere ganze Wachstumshoffnung –

Ihre Flucht aus der »Abtrittgrube« hat mich an die *Mühle am Floss* erinnert, obwohl eine »Maggie Tulliver« fehlte, und wäre sie dabei gewesen, hätte ihr Schicksal kaum in einer Wanne Platz gehabt, ungeachtetdessen, daß des Säuglings ähnlich ungeahnt sein mag in der Zukunft, die ihm entgegeneilt –

Wie rasch ein Heim veröden kann, und Ihre unendliche Bemerkung über die »verwitterte Hütte der Seele«, die ebenso ihren Bewohner verlieren mag, war gewaltiger, als Sie wußten und übermannt mich noch –

Wie selten keimen Anregungen!

Heute abend will ich Weingelee kochen und Ihnen mit dem Brief ein Glas schicken, wenn es dem Brief recht ist, einem manchmal störrischen Stoff –

Es wärmt zu hören, daß es Ihnen besser geht, denn Ihr Kranksein ließ uns frösteln –

Des Kleinen Flucht wird mit jenen von Gilpin und Revere in die Geschichte eingehen –

In ungezählter Liebe,
Ihre Emily

Mrs. Holland hatte einen Besuch in Northampton gemacht, Vinnie besuchte sie dort. — *Dombey und Sohn* (1846) ist ein Roman von Charles Dickens. — Stephan Sullivan half im Stall der Dickinsons. — Die Van Wagenems, bei denen Mrs. Holland inzwischen lebte, hatten im Winter wegen einer verstopften Abwassergrube, die den Keller überschwemmte, fluchtartig ihr Haus verlassen müssen und die Kinderkleider in einer Zinkwanne ins nächste Hotel gebracht. Maggie Tulliver ist die Hauptfigur aus George Eliots *Mühle am Floss*, die vergeblich versuchte, ihren Bruder aus den Fluten des Floss zu retten. — Das Bild der »verwitterten Hütte der Seele« ist an den Vers »The soul's dark cottage, batter'd and decayed« des Gedichts »Old Age« des englischen Dichters Edmund Waller (1606–1687) angelehnt. — John Gilpin und Paul Revere sind von William Cowper (»Die lustige Geschichte von John Gilpin's Ritt«) respektive Henry Wadsworth Longfellow (»Der Ritt des Paul Revere«) verewigte Volkshelden.

Nr. 234

An Louise und Frances Norcross *Ende März 1884*

Ich danke Euch, ihr Lieben, für die Teilnahme. Ich will noch gar nicht wissen, daß ich wieder einen Freund verloren habe, doch der Schmerz verrät es.

Jedes Verlorene nimmt uns was;
Es bleibt die Neige bloß,
Sie, wie den Mond, wird nächtens einst
Gezeitenwechsel holen.

[...] ich schaffe, um den Schauder auszutreiben, der Schauder aber treibt das Schaffen an.

Fast hätte ich Eure Krokusse gepflückt, so wahr waren sie gesagt. Des Frühlings erste Überredung ist reicher, als wenn er voll entfaltet ist.

Die anrührendste Art, an Euch zu denken, ist wenn der Tag sich neigt und Loo für die kleinen Schwestern den »Abendbaum« entzündet. Die gute Fanny hat viele stürmische Morgen gesehen [...] sie werden ihr hoffentlich nicht kalte Zehen gemacht haben noch ihr Herz klamm. Ich freue mich, daß der kleine Besuch Euch erfrischt hat. Mehr als Frische und Wasser brauchen wir kaum.

Ich weiß, daß jeder Augenblick mit Miss W[hitney] ein Aufblühen von Grenzlosigkeit ist. »Meilen weit«, schrieb Browning, gebe es ein Mädchen, doch der »mildgefärbte« Abend weile bei wenigen solchen.

Ich danke Euch abermals, daß es Euch leid tat. Bis der erste Freund stirbt, halten wir das Glück für unpersönlich, stellen jedoch bald fest, daß es der Becher war, von dem wir tranken, ohne ihn noch zu kennen. Die innigste Liebe Euch beiden und einen Kuß für Miss W[hitneys] Wange, solltet ihr sie wiedersehen.

Emily.

Das Gedicht führt Franklin als Nr. 1634. — Am 13. März war Otis Phillips Lord gestorben; Emily Dickinson hatte es der Freundin Mrs. Holland bereits mitgeteilt: »Der liebe Mr. Lord ist von uns gegangen – Nach kurzer Bewußtlosigkeit, einem lächelnd beendeten Schlaf, so sagen uns die Nichten, ist er von hinnen geeilt, ›erschienen‹, hoffen wir, ›den Engeln‹« (1. Tim. 3,16). Mit dem obigen Brief antwortet Emily Dickinson auf ein Beileidsschreiben ihrer Kusinen nach Lords Tod. — Die Norcross-Schwestern schätzten Maria Whitney sehr. — Im vorletzten Absatz zitiert die Dichterin aus dem Gedächtnis Robert Brownings Gedicht »Love Among the Ruins« (1852).

Nr. 235

An Mrs. J. G. Holland *Anfang Juni 1884*

Teure Freundin.

Ich hoffe, Sie haben Ihr Herdfeuer bei sich, sonst düfte Ihre arglose Nase jetzt rotgefroren sein –

Drei funkelnde Winternächte haben den knospenden Garten verwüstet, und die Bobolinks stehen so still in den Wiesen, als hätten sie nie getanzt –

Ich hoffe, Ihr Herz hält Sie warm – oder vielmehr Ihre Herzen, denn Sie sind und bleiben Bankier –

Der Tod vermag nicht halb so schnell zu plündern, als Leidenschaft zurückverdient –

Wir haben nun einen weiteren »Memorial Day«, der Blumen braucht. Gilbert bekam Lilien, Vater und Mutter Pflaumen- und Weißdornzweige –

Wenn die Reihe einst an mir ist, wünsche ich mir Butterblumen – zweifellos wird mir das Gras eine gönnen, achtet sie denn nicht die Launen ihrer hastigen Kinder?

Ich war bei Ihnen in Ihrer Einsamkeit auf Ihrer kleinen Flucht, da jede Erregung der Seele dem Verlust ein neuer Stachel ist – selbst die Rückkehr der Sonne nach einer Stunde Regen verstärkt ihr Fehlen –

Bitten Sie gelegentlich einmal eine freundliche Stimme, Ihnen Antonius' Klage auf seinen toten Weggefährten Cäsar vorzulesen –

Ich kenne kaum ein gebrochenes Herz, das sich so ergreifend brach –

Wie schön, daß Theodore den Professoren entronnen ist – die Mehrzahl ist Männerchen, und das beherzte Kontern einer robusten Natur befördert sie allerwärts –

Wetteraufzeichnungen aus Amherst belegen für den 29.–31. Mai 1884 Nachtfrost. — Am 5. Mai 1868 eingeführt, galt der Memorial Day (zunächst Decoration Day) dem Gedenken der Toten des Bürgerkriegs. — Emily Dikkinson denkt wohl an Antonius' Worte in der ersten Szene des dritten Akts der Shakespeare-Tragödie *Julius Cäsar* (1599/1604): »Oh, großer Cäsar!« — Mrs. Holland war von New York in die Sommerfrische aufgebrochen. Ihr Sohn Theodore Holland schloß im Juni 1884 sein Studium an der Columbia Law School ab. Emily Dickinsons Bemerkung gilt vermutlich seinen mündlichen Prüfungen.

Nr. 236

An Mabel Loomis Todd *am 19. Juli 1884*

Wie martialisch die Abbitte der Natur! Wir sterben, sprachen die Unsterblichen an den Thermopylen, wie es das Gesetz befiehlt.

Nicht Krankheit fleckt den Mut,
Noch Bogens Pfeil,
Noch Furcht vor dem, was folgt;
Es ist das Herz, das weilt –

Franklin führt das Gedicht als Nr. 1661. — Die Dichterin bezieht sich im zweiten Satz auf das Simonides zugeschriebene Epigramm des »Grab des Leonides«: »Wanderer, kommst du nach Sparta, so verkündige dorten, du habest uns hier liegen gesehen, wie das Gesetz es befahl.«

Nr. 237

An Louise und Frances Norcross *Anfang August 1884*

Liebe Kusinen,

Ihr habt Mr. Sanborns Vortrag hoffentlich hören können.

Noch ehe ich erwachte, war mein *Republican* entliehen worden, den ich gern bis zu meinem eigenen Tagesanbruch studiere, der sich verzögert, denn ich war recht krank und könnte für mich den unsterblichen Tadel reklamieren: »Mr. Lamb, Sie erscheinen überaus spät heute morgen.« Acht Samstagnachmittage ist es her, da buk ich mit Maggie Kuchen, als ich eine große Finsternis nahen fühlte und bis zum späten Abend von nichts mehr wußte. Als ich erwachte, sah ich Austin und Vinnie und einen fremden Arzt über mir, und da nahm ich an, ich stürbe oder sei gestorben; alles war so gütig und gesegnet. Ich war in Ohnmacht gesunken und hatte zum ersten Mal in meinem Leben besinnungslos dagelegen. Darauf wurde ich sehr krank und bereitete den Meinen große Sorge, doch nun werde ich wohl bleiben. Der Doktor spricht von »Nervenübel«, doch wer außer dem Tod hätte ihnen Leids getan? Fannys liebe Zeilen blieben diese Weile unbeantwortet, obwohl ihr »Gute Nacht, Liebe« mein Herz bis auf den Grund wärmte. Alles bleibt zu sagen, aber wenig Kraft, es auch zu tun; wir müssen uns graduell unterhalten. Ich will so gern von Loo hören, was ihr die meiste Freude macht, Bücher oder Musik oder Freunde.

Wie gut, daß das Haushalten gnädiger ist; es ist eine sperrige Kunst. Maggie ist noch bei uns, warm und wild und mächtig, und im Stall haben wir einen sehr artigen jungen Burschen. Wir denken stets an Euch, die eine oder andere kommt morgens oft mit den Worten herunter: »Wir haben von Fanny und Loo geträumt«, dann glauben wir, daß wir noch am selben Tag von Euch hören werden, denn Träume sind Boten.

Der Junge, den wir gebettet haben, wankt nie, und seine schemenhafte Gesellschaft ist immer noch Begleitung. Doch es wird feucht, ich muß hinein. Der Nebel der Erinnerung steigt auf.

Der Wechsel von der trauten Welt
In die, die Rätsel bleibt
Ist wie des Kindes Zwiespalt
Wenn jeder Hügel reizt,
Hinter dem Kamm liegt Zauber
Ist alles unbekannt,
Nur lohnt auch das Geheimnis
Den einsamen Gipfelgang?

Alles Liebe von Vinnie und von Maggie, von mir selbstredend.

Emily.

Franklin führt das Gedicht als Nr. 1662. — Über Franklin Benjamin Sanborns Vortrag an der Concord School of Philosophy am Montag, dem 28. Juli, berichtete der *Springfield Republican* am Dienstag. — Von dem englischen Essayisten Charles Lamb (1775–1834) ist als Anekdote überliefert, er habe, als ein Vorgesetzter im East India House sein ständiges Zuspätkommen monierte, geantwortet: »Nun, aber wissen Sie, dafür gehe ich sehr pünktlich.« — Emily Dickinson erkrankte am Samstag, dem 14. Juni. In diesem Fall wurde sie nicht von ihrem regulären Arzt Dr. Orvis F. Bigelow betreut, sondern seinem Vertreter Dr. D. B. N. Fish.

Nr. 238

An Susan Gilbert Dickinson *etwa 1884*

Mir schien es nicht Betrug, Liebes – schürfe in meinem Revier wie im eigenen, eher rückhaltloser –

Es ist mir kaum glaublich, daß das Wundersame Buch endlich geschrieben werden soll, wie ein Memorial der Sonne, wenn der Zenith durchschritten ist –

Du erinnerst Dich an seine schnelle Art, ein Thema auszuwringen und wegzuwerfen, das andere dann aufhoben, um ihm verdattert nachzusehen, und wie unnachahmlich war dabei das Stolzieren seines Auges –

Wiewohl die Wasser schlafen,
Kommt daran, daß sie klaffen,
Niemand vorbei –
Kein flatterhafter Gott
Zündete diesen Ort
Zum Zeitvertreib –

Ich wünschte, ich könnte Warringtons Worte finden, doch wurden meine Schätze während meiner Krise verlegt, und ich finde sie nicht wieder – Ich glaube, Mr Robinson blieb als einziger zurück und empfand so, als die anderen fort waren –

Vergiß nicht, meine Liebe, ein unbeirrbares *Ja* ist meine einzige Antwort auf Deine äußerste Frage –

Beständig Dein –
Emily

Franklin führt das Gedicht als Nr. 1641D; es wurde 1886 noch einmal in eine der letzten Botschaften Emily Dickinsons eingefügt. — Das Werk, von dem die Rede ist, ist George S. Merriams zweibändiges Lebensbild *The Life and Times of Samuel Bowles* von 1885. Merriam hatte Susan Dickinson um die Erlaubnis gebeten, Briefe einzusehen. — William Stevens Robinson (»Warrington« 1818–1876) war der Bostoner Korrespondent des *Springfield Republican* gewesen und wenige Monate vor Bowles gestorben. Eine Auswahl seiner Beiträge, *Pen-Portraits*, wurde posthum von seiner Frau herausgegeben. Seine Erinnerungen zeugen von einer wachsenden Heilsgewißheit. — Die Dichterin reagiert offenbar auf eine Bitte; sei es, daß Susan Dickinson Robinsons Buch in Emily Dickinsons Besitz vermutete, sei es, daß die Dichterin im Laufe der Jahre Ausschnitte gesammelt hatte. Das folgende Zitat aus *Pen-Portraits* (Boston: Robinson, 1877, S. 162) mag Emily Dickinsons Bemerkung über Robinson erhellen: »Dieses Leben ist so vortrefflich, daß kaum möglich scheint, der Tod könne es gänzlich abschneiden.«

Nr. 239

An Susan Gilbert Dickinson *etwa 1884*

Sag jener Susan, die es an Finesse nie fehlen läßt, wir zählen jeden Funken –

Den fernsten Donner hörte ich
Näher als Himmel ist –
Er grollt noch jetzt –
Da grellster Blitz –
Vom Bombardement abläßt

Emily

Das Gedicht führt Franklin als Nr. 1665C.

Nr. 240

An Theodore Holland *im Sommer 1884*

Werter Herr.

Ihr Ansinnen, »stets der Meine« sein zu wollen, bedarf der näheren Prüfung, sollte jedoch nach eingehendem Studium Ihres Charakters alles seine Ordnung haben, so will ich vorbehaltlich auch die Ihre werden –

Die unverdiente Ehre will ich mit gehöriger Größe tragen –

Empfehlen Sie mich der Familie, der ich, wiewohl nicht näher mit ihr bekannt, Wertschätzung entgegenbringe –

Die Farbgebung findet meine Zustimmung – eine Studie des Sudan, wie es scheint, aber schließlich versichert uns die Heilige Schrift, daß unsere Herzen ausnahmslos Dongala sind.

E. Dickinson

Mrs. Hollands Sohn Theodore hatte offenbar eine eher karikaturenhafte Skizze von Emily Dickinson angefertigt; diese war der Dichterin als Scherz zugesandt worden und wird von ihr hier entsprechend behandelt. — Im Sommer des Jahres 1884 war das Schicksal General Charles George Gordons (1833–1885), der zur Sicherung des britisch-ägyptischen Rückzugs als Gouverneur nach Khartum geschickt worden war, ungewiß. Gordon war in Dongala stationiert gewesen.

Nr. 241

Helen Hunt Jackson an Emily Dickinson *am 5. September 1884*

Meine liebe Freundin,

vielen Dank für die mitfühlenden Worte.

Ein »Massaker« war es nicht direkt, nur ein gebrochenes Bein: aber ein schlimmer Bruch – zwei Zoll des großen Knochens zerschlagen & der kleine immerhin entzwei: ein Bruch, wie er komplizierter nicht sein könnte! –

Glücklicherweise aber kann man sagen, daß alles – gut – zusammengewachsen und geheilt ist. Inzwischen gehe ich an Krücken – & man stellt mir in wenigen Wochen einen Stock in Aussicht: Das ist für eine alte Frau wie mich mit über fünfzig und 150 Pfund ein ganz außerordentlicher Erfolg. –

Ich bin die gesamte Treppe hinuntergestürzt – & es ist geradezu ein Wunder, daß ich mir nicht das Genick brach. – In der ersten Woche wünschte ich, ich hätte es! Doch seither habe ich kein bißchen gelitten – sondern hatte es im Gegenteil sehr kommod – morgen werden es zehn Wochen sein – die letzten sechs habe ich in einem Krankenstuhl auf der Veranda verbracht: – eine erzwungene »Kur«, die mir vermutlich sehr gut getan hat.

Ich hoffe, Sie sind wohlauf – und daß das Leben es gut mit Ihnen meint. –

Sie müssen inzwischen ganze Konvolute an Gedichten haben. –

Sie tun Ihrer »Zeit« schlimmes Unrecht an, indem Sie sie nicht ans Licht lassen wollen. – Sollte es wider Erwarten so kommen, daß ich Sie überlebe, wünsche ich, Sie würden mich zur Verwalterin Ihres literarischen Nachlasses ernennen. Sie werden doch sicherlich, wenn Sie erst sind, was man gemeinhin »tot« nennt, bereit sein, die armen Gespenster, die Sie zurücklassen, aufzumuntern und zu erfreuen, meinen Sie nicht? – Das sollten Sie. – Ich bin der Ansicht, daß wir ebensowenig, wie wir mit Taten geizen dürfen, das Recht haben, der Welt ein einziges Wort, einen einzigen Gedanken vorzuenthalten, der auch nur einer einzigen Seele helfen könnte.

Erinnern Sie sich an Hannah Dorrance? Sie hat mich neulich besucht! Eine Mrs. Sowieso aus Chicago. Den Namen weiß ich nicht mehr. Sie hat Enkelkinder. Ich fühlte mich wie Methusalem, als mir bewußt wurde, daß ich sie zuletzt vor vierzig Jahren gesehen hatte. Aber ihre Augen sind schwarz wie eh und je. –

Ich freue mich immer, von Ihnen zu hören –

Ihre
Helen Jackson.

Emily Dickinson hatte von Helen Hunt Jacksons Unfall gelesen und ein Trostbrieflein geschickt, auf das H.H. hier antwortet. — Hannah Dorrance, eine ehemalige Schulfreundin aus Amherst, war nach der Hochzeit mit ihrem Mann nach Attic, New York, gezogen, später offenbar nach Chicago.

Nr. 242

An Helen Hunt Jackson *im September 1884*

Liebe Freundin –

Ihren Zeilen entnehme ich, daß Sie das »Gefängnis gefangen führen«, und freue mich, daß der kriegerische Vers verifiziert wird. »Zum Dolchstoß lächeln« heißt den »Dolch« bestehlen, Sie aber haben den Dolch selbst gestohlen, was weitaus besser ist – ich werde Ihren Fortgang von Krücke zu Stock mit eifersüchtiger Zuneigung verfolgen. Von dort bis zu Ihren Flügeln ist es nur ein kleiner Schritt – wie es von dem genesenden Vogel heißt

Und hielt er prompt die Kehle hoch
Und praßte solchen Ton,
Das Universum, das es hört
Hat sich noch nicht erholt –

Auch ich habe den Sommer im Stuhl eingenommen, allerdings der »Nerven« wegen, doch die Nerven nehme ich nun an die Kandarre und bin wieder auf den Beinen – Vielen Dank für den Wunsch –

Der Sommer war so weit und tief, und ein noch tieferer Herbst ist lediglich der begleitende Schimmer des wegelagernden Lichts –

Den Tanz durch alle Wandlungen
Durch viele Modeln
Vieler Mythen
Ihn setze Dir zum Ziel.

Das Prisma faßte nie die Farbe,
Es hörte nur ihr Spiel –

Ihre treu ergebene
E. Dickinson

Eingangs zitiert Emily Dickinson Eph. 4,8, dann adaptiert sie die Zeile »Zum Raube lächeln, heißt den Dieb bestehlen« aus *Othello* (I/3 Z.208), die sie 1876 schon einmal zitiert hatte. — Das erste Gedicht ist bei Franklin Nr. 1663 (Variante B); seiner Analyse zufolge wurde die erste Zeile irrtümlich als Teil des Gedichts gelesen; das zweite ist Nr. 1664. — Helen Hunt Jackson schickte den Brief an Higginson weiter, der ihn behielt. — Mit keinem Wort geht Emily Dickinson auf H. H.s Vorschlag ein, sie als Nachlaßverwalterin einzusetzen.

Nr. 243

An Susan Gilbert Dickinson *im Oktober 1884*

Zweimal, als ich draußen rote Blumen hatte, klopfte Gilbert, lupfte seinen lieben Hut und fragte, ob er sie berühren dürfe –

Auch nehmen, sagte ich, doch das verbot der Edelmut – Herzen pflückte er, nicht Blumen –

Meist streckt der Pfeil hin, wen er trifft,
Hier alle bis auf ihn,
Dem dies der Flucht die Deckung bot,
Zu spurlos für ein Grab –

Emily

Franklin führt das Gedicht als Nr. 1666C. — Die Zeilen, der Handschrift nach zur selben Zeit verfaßt wie andere aus diesem Jahr, könnten Sue am 5. Oktober, an Gilberts erstem Todestag, geschickt worden sein.

Nr. 244

An Mr und Mrs E. J. Loomis *im Herbst 1884*

Abschied von Dir nimmt zögerlich,
Daß wir uns nie begrüßt,
Das Herz manchmal ein Fremdling,
Erkennt, daß es vergißt –

In aller Umfassenheit des Ausdrucks bleiben die arglosen Worte von Adam und Eva unübertroffen, die lauten: »Ich fürchtete mich, denn ich bin nackt; darum versteckte ich mich.«

E. Dickinson –

Franklin führt den Vierzeiler als Gedicht Nr. 1667. — Die Botschaft wurde den Eltern Mabel Loomis Todds gesandt, kurz bevor sie von ihrem Besuch bei der Tochter in Amherst nach New York zurückkehrten. — Die »unübertroffenen« Worte stammen aus dem 1. Buch Mose (3, 10), wo Adam auf Gottes Frage »Wo bist du?« antwortet: »Ich hörte deine Stimme im Garten und fürchtete mich, denn ich bin nackt; darum versteckte ich mich.«

Nr. 245

An Maria Whitney *im Herbst 1884*

Liebe Freundin,

ist die Reise nun beendigt, oder geht sie noch vor, und hat die Natur Sie Uns entrungen, wie Wir es befürchtet haben?

Othello beunruhigt sich, aber das tun Othellos immer, es steht für sie viel auf dem Spiel.

Austin hat mir von seinem letzten Besuch in Boston das Bild Salvinis mitgebracht.

Die Stirn ist eine Götterstirn – die Augen die der Verlorenen, die wahre Macht jedoch liegt in der *Kehle* – flehend, souverän, ungezähmt – Panther und Taube!

Je so unschuldig!

Ich hoffe, die Berge waren freundlich – folgte Ihrer Begegnung mit den Seen voll gerührter Teilnahme.

Unwandelbar ist der Natur Wandel.

Die Pflanzen zogen gestern abend ins Hauptquartier; ihre zarte Rüstung ist der List der Nächte nicht gewachsen.

Es ist einer der Schlußakte des Jahres und von grünem Pathos – Austin hängt Maiskolben unters Verandadach, auch ein Omen, denn Austin glaubt.

Die »goldene Schale« bricht lautlos, wird aber nicht vor nächstem Jahr heil werden.

Haben Sie Emily Brontës wunderbare Verse gelesen?

»Und wenn auch Mensch und Erde
Und Sonnen, Welten selbst zu nichts vergehn,
Wenn außer Dir nichts währte,
Bliebe in Dir allein doch jedes Sein bestehn.«

Wir lechzen danach, von Ihnen zu hören, und Vinnie meint, ein Wiedersehen wäre wie reife Kastanien.

Austin hatte *Leaves from the Autobiography of Tommaso Salvini* (1883) mitgebracht, die Autobiographie des gefeierten italienischen Schauspielers (1829–1915), der auf europäischen und amerikanischen Bühnen einen unvergessenen Othello gab. — Maria Whitney kehrte aus der Sommerfrische in den Adirondacks zurück. — Die Verse stammen aus Emily Brontës Gedicht »Kein Feiglings-Herz ist mein« (dt. Manfred Pfister); dieses Gedicht erwähnt oder zitiert Emily Dickinson insgesamt dreimal.

Nr. 246

An Mrs. J. G. Holland *im Spätsommer 1884*

Meine Einzige.

In der Annahme, daß die »Schwalben heimwärts« gezogen sind, schreibe ich wie zuvor ans Nest – Möge die Luft am Tage des Rückflugs »zärtlich« gewesen sein und Sie unverändert des Lebens gewichtige Musik singen – Ich fürchtete bereits, Sie könnten in der Eltern Abwesenheit das Enkelkind entwenden, wenn das gleich ein so glücklicher Diebstahl wäre, der Geraubten so willkommen und auch dem federführenden Dieb. Müßte die Jurisprudenz nicht seufzen? Ich hoffe, das Mädchen ist wohlauf, liebevoll und vielgeliebt – daß sie der Großmama ein Tonikum ist, das weiß ich – doch was ist größer, Patient oder Arznei? Sie waren doch immer ein Zaunkönig, Zimmerbewohner des Zweigs –

Die Blätter fliegen himmelhoch, und mit ihnen fliegt das Herz; nur wo das sagenhafte Unternehmen landen wird, ist kein »offenes Geheimnis« – Was für eine wunderliche Lüge die Wendung enthält! Ich sehe es bei Politikern – Bis ich wieder schreibe, haben wir einen neuen Zar – Ist die Schwester Patriotin?

»George Washington war der Vater der Nation« – »Bitte wer?«

So läßt sich für mich alle Politik zusammenfassen – aber die Trommeln schätze ich, – und jetzt sind sie sehr emsig –

Das Jubiläum, das Sie so zartfühlend nannten, habe ich nicht vergessen, nur bedecke ich mit Laub, was längst schon mit Ehre bedeckt – was besser ist als Laub – Hand auf die heiligen Gestalten zu legen, ist, als berührte man die »Bundeslade« –

Alles wird seltsam emphatisch, und ich glaube, wenn ich Sie wiedersehen sollte, müßte ich jeden Satz mit »Ich sage euch« beginnen – die Bibel behandelte das Zentrum, nicht Umfassenheit –

Emily,
In Liebe

Im ersten Satz klingt das weithin bekannte Lied »Wenn die Schwalben heimwärts ziehen« des deutschen Komponisten und Kapellmeisters Franz Abt (1819–1885) an, der auch bei seinem Besuch in Amerika 1872 überall gefeiert wurde. Die Schwalben-Metapher wird im zweiten Satz mit dem Verweis auf Banquos Beschreibung des Schlosses im *Macbeth* (I/6 Z. 9–10) fortgesponnen: »Wo er am liebsten heckt und wohnt, da fand ich / Am reinsten stets die Luft.« — Der 12. Oktober war Dr. Hollands Todestag. Der mit Laub bedeckte Gedenktag erinnert an Elizabeth Barrett Brownings *Aurora Leigh* (Vers 738): »Eilt zu hüllen in Laub was vergangen.« — Der Tag der Präsidentschaftswahl stand kurz bevor.

Nr. 247

An Louise und Frances Norcross *am 14. Januar 1885*

Hätten wir denen, die wir lieben, weniger zu sagen, sagten wir es womöglich öfter, doch es kommt der Versuch, dann die Flut, dann ist alles vorbei, wie man es von den Toten sagt.

Vinnie träumte heute nacht von Fanny, und ich habe seit Tagen vor, der lieben Loo – Euch beiden Lieben – zu schreiben, da muß ich angesichts der erstaunlichen Nähe, die ein Traum bewirkt, heute morgen endlich sprechen. Ich hoffe, ihr seid wohlauf und daß die letzten zaubrischen Tage Euren Geist erfrischt haben, und hoffentlich geht es der armen Kleinen besser und ist der Kummer wenigstens vertagt.

Loo fragte, »welche Bücher« wir derzeit umwerben – halten mit Habichtsaugen Ausschau nach Walter Cross' Biographie seiner Frau. Eine Freundin sandte mir *Erinnern (Called Back)*. Eine gespenstische Geschichte und mir, wie der vielgeliebte Mr. Bowles gern sagte, »sehr eindrücklich«. Erinnert Ihr Euch an das kleine Bild mit seinem Antlitz in der Mitte, Gouverneur Bross auf der einen und Colfax auf der anderen Seite? Gestern ist der Dritte dieser Riege gestorben, also sind sie andernwärts wieder vereint.

Nach Cambridge zu ziehen scheint mir wie der Wechsel nach Westminster Abbey, ebenso feierlich und unglaublich wie eine Umsiedlung nach Ephesus, und Paulus Tür an Tür.

Holmes' Biographie von Emerson sei warm empfohlen, aber davon, nehme ich an, habt Ihr bereits gekostet [...] Da ruft mich der Pfiff – ich habe kaum begonnen –, und so muß ich mit einem Seufzen, einem Kuß, ohne Versprechen einer baldigen Fortsetzung, lieben Grüßen von Vinnie und Maggie, der halb verblühten Nelke und dem westlichen Himmel, enden.

Daß wir vorübergehend bleibend sind, ist gut zu wissen; mehr wissen wir nicht.

Emily.

Das Datum dieses Briefs läßt sich am Tod des amerikanischen Vizepräsidenten Schuyler Colfax (1823–1885) am 13. Januar festmachen. — William Bross war Lieutenant Govenor von Illinois. — Die Kusinen Norcross waren 1884 nach Cambridge, Mass., umgezogen, damit Fanny einen weniger weiten Weg zur Biobliothek der Harvard Divinity School hätte. — Der Roman *Erinnern (Called Back)* des englischen Autors Frederick John Fargus (Hugh Conway, 1847–1885) aus dem Jahr 1884 wurde viel gelesen (und 1891 von David Haek ins Deutsche übersetzt); Emily Dickinson hatte das Büchlein wahrscheinlich von Mabel Loomis Todd bekommen. Die in der Manier viktorianischer Schauerromane erzählte Geschichte berichtet von der »übernatürlichen« Heilung der Amnesie einer traumatisierten Mordzeugin (siehe auch Brief Nr. 270). — Oliver Wendell Holmes' Biographie *Ralph Waldo Emerson* erschien 1885.

Nr. 248

An Benjamin Kimball *im Februar 1885*

Lieber Freund –

Die Hand des Freundes meines Freunds, selbst als Phantom, nehmen zu dürfen, ist eine heilige Freude.

Ich glaube, Sie nannten sich seinen Landsmann.

Ich war nur eine Freundin – und doch kann ich immer noch nicht glauben, daß

»Des Theils an all der süßen Pracht,
Die von den Sommerhügeln lacht,
Ein grünend Grab allein« hat.

Die letzten Worte seiner letzten Botschaft lauteten: »Es kommt Besuch.« Ich muß wohl annehmen, daß es die Ewigkeit war, da er nicht wiederkehrte.

Ihre Pflicht muß voll Hingabe sein – oft wohl auch Schmerz.

Den Willen eines machtlosen Freundes zu erfüllen überwindet das Grab.

Tod, wo ist dein Kanzler? Auf dem Weg ins Bett blieb ich gestern abend vor dem Portrait stehen. Hätte ich es nicht geliebt, hätte ich es gefürchtet, soviel Aszendiertes besaß das Antlitz.

Geh groß Deinen Weg!
Gleich welcher Stern
Ihn kreuzt, er ist wie Du –
Denn ordnet nicht ein Asterisk
Sich jedem Leben zu?

Ich danke Ihnen für den Feinsinn und die ernsten Zeilen – doch sind wir *alle* Freunde, ausgesetzt auf hoher See.

In Dankbarkeit,
E. Dickinson

Benjamin Franklin Kimball war Otis P. Lords Testamentsvollstrecker. Möglicherweise hatte Lord der Dichterin etwas hinterlassen. (Die von ihr erhaltenen Briefe waren es allerdings nicht.) — Die eingangs zitierten Verse stammen aus dem Gedicht »Juni« (dt. Alexander Neidhardt) des amerikanischen Dichters und Journalisten William Cullen Bryant (1794–1878). — Im vorletzten Absatz schwingen mit: das Gedicht »The Dying Christian to His Soul« von Alexander Pope (1688–1744) bzw. die Bibelverse aus 1. Kor. 15, 55–57: »Der Tod ist verschlungen in den Sieg. Tod, wo ist dein Stachel? Hölle, wo ist dein Sieg?« — Emily Dickinsons eigene Verse am Ende des

Briefs führt Franklin als Gedicht Nr. 1673A; sie wurden in diesem Jahr ein zweites Mal in einen Brief inkorporiert. — Die letzten Worte erinnern an das Gedicht Nr. 227 (»Two swimmers wrestled on the spar«).

Nr. 249

An Maria Whitney *im Frühjahr 1885*

Liebe Freundin

lebhaft empfand ich für Sie und alles Himmlische, als ich las (sah), daß Das Leben unseres geliebten Mr Bowles im Herbst unter uns sein werde, wie passend (schön) auch, daß seines und das George Eliots uns so dicht beieinander erwarten (so dicht beieinander vorgesehen sind Und wie bedeutsam, daß seines und George Eliots ins selbe Jahr fallen)

Bei seiner letzten Rückkehr aus Kalifornien berichtete er uns, die Wegelagerer verlangten dort nicht Geld oder Leben, sondern zu wissen, ob man *Daniel Deronda* schon gelesen – Dieses weise und zärtliche Buch kennen Sie doch hoffentlich – Es ist reich an trauriger (erhabener) Nahrung –

Dem Text liegt ein auf ein altes Konzertprogramm vom 23. März 1885 gekritzelter Entwurf zugrunde; die Reinschrift ging an Maria Whitney. — Der erste Band der Eliot-Biographie von John Walter Cross erschien im Februar 1885, George S. Merriams Portrait von Samuel Bowles kam Ende desselben Jahres heraus. — Mit Begeisterung hatte Emily Dickinson 1876 den Vorabdruck von George Eliots *Daniel Deronda* in *Sribner's Monthly* verfolgt; seine letzte Reise nach Kalifornien unternahm Bowles allerdings 1873, also lange vor Veröffentlichung des Romans.

Nr. 250

Helen Hunt Jackson an Emily Dickinson *am 3. Februar 1885*

Meine liebe Miss Dickinson,

herzlichen Dank für den Fächer. Er ist so rührend putzig – wie kommen die armen Leute dazu, sie derart klein zu machen. – Ich werde ihn gelegentlich wie ein Blatt am Busen tragen. –

Ihr Brief war mir nach Los Angeles gefolgt, wo ich seit etwas mehr als zwei Monaten bin. – Genieße die Sonne und gebe mir Mühe, aufzukommen. – Ich hatte gehofft, längst ohne Krücken gehen zu können und den Winter in New York zu verabschieden – doch sah ich mich enttäuscht. Wäre es nur das gebrochene Bein, könnte ich wohl am Stock gehen: allein, das andere ist von der doppelten Last, die es so lange zu tragen hatte, in einem Maße beansprucht, daß es den Dienst verweigert, sehr lahm ist und schmerzhaft & ich fürchte, bös ausgeleiert – so daß es Monate dauern kann, ehe es sich erholt. – Das mißfällt mir außerordentlich; – aber murren will ich nicht, damit es nicht noch schlimmer kommt, und wenn ich murrte, verdiente ich es nicht besser, – schließlich bin ich gesund – fahre den lieben langen Nachmittag im Wagen über Wege, an denen Lerchen singen & Blumen aufblühen: ich kann alles, was ich immer konnte – außer gehen! –, und selbst wenn ich nie mehr gehen sollte, bleibt unbestreitbar, daß ich über ein halbes Jahrhundert besten Nutzen aus meinen Beinen geschlagen habe – also darf ich mich nicht beklagen. – Es holen wenige soviel aus einem Paar Beine heraus, als es mir vergönnt war! –

Dieses Fleckchen Santa Monica ist ein hübscher kleiner Seeort – nur achtzehn Meilen von Los Angeles, – einer der schönsten Küstenorte, die ich je gesehen habe: grün bis an den äußersten *Rand* der Felsklippen heran, voller Blumen und Vogelsang den ganzen Winter. – Es gibt auf der ganzen weiten Welt im Winter kein Klima, das der Vollkommenheit näher kommt als dasjenige Südkaliforniens. – Frisch genug, um abends & morgens Feuer im Kamin machen zu müssen, und doch so mild, daß die Blumen das ganze Jahr hindurch im Freien gedeihen, die Weiden & Gerstenfelder werden hüfthoch – wildwachsende Feldfrüchte schießen jetzt schon. – Beim Schreiben (im Bett vorm Frühstück) blicke ich stracks Richtung Japan – über ein silberblitzendes Meer – davor sehe ich hohes Gras und Stockrosen, dazu eine Reihe gut dreißig Meter aufragender Eukalyptusbäume: – und die Finken veranstalten ein Riesenspektakel.

Bei der Suche nach indianischen Fundstücken, besonders Mörsern, den ausgehöhlten Steinschalen mit den schweren Stößeln, in denen früher Eicheln zerrieben wurden, bin ich auf zwei mexikanische Frauen mit dem Namen Ramona gestoßen, und ich habe ihnen gleich solche indianischen Mörser abgekauft. –

Ich hoffe, Sie sind wohl – und beschäftigt – ich wünschte, ich wüßte, was Ihre Konvolute inzwischen enthalten.

Stets die Ihre
Helen Jackson

Nr. 251

An Helen Hunt Jackson *im März 1885*

[Erster Entwurf]

Liebe Freundin –

dem eigenen Fuß um des Ihren willen Vorhaltungen zu machen, ist unwillkürlich, und da ich schmalen Trost finde im »welchen der Herr liebhat, den zichtigt er«, erstaunt mich Ihre Tüchtigkeit. Die Wespe war klein nur, sagte der französische Arzt, der den Stich revidierte, doch wird die Kraft zum Ende gelegentlich vorenthalten; wer außer Ihnen könnte das einem Fuße vermitteln.

Nehmt alles ruhig fort, nur laßt mir Seligkeit,
Und reicher wäre ich als alle sonst.
Steht sie mir aber an, die eigne Schwelgerei
Da anderen gleich vor der Tür ungezählte Armseligkeit eignet?

Daß Sie »Japan« einnehmen, noch ehe Sie frühstücken, überrascht mich keineswegs, umschwirrt nur von Musik wie Vogelmühlen.

Danke, daß Sie hoffen, ich sei wohlauf. Wer könnte im März schon unwohl sein, dem Monat der Proklamation? Schlittenglocken und Häher wetteifern um meine Matinées, und der Norden kapituliert, statt des Südens, Umkehr der Fanfaren.

Aber bedauern Sie mich, ich habe Ramona zu Ende gelesen.

Wäre es doch nur wie Shakespeare gerade erst erschienen! Wüßte ich, wie man betet, Fürsprache für Ihren Fuß wäre selbstverständlich – doch ich bin Heide nur.

Von Gott erbeten wir nur eins,
Dereinstige Vergebung –
Wofür, es heißt, er weiß es –
Uns bleibt die Tat verborgen –
Ein Leben lang begraben
Im Zauberbann gefangen
Wir schelten die Verzückung
Wenn sie und Eden ringen –

Dürfte ich noch einmal wissen, und Sie gerettet sein?

Ihre Dickinson

Franklin führt das erste Gedicht als Nr. 1671C, das zweite als Nr. 1675 (A und B). — Die endgültige Fassung des Briefs fehlt, doch erschließt sich der Inhalt aus diesem ersten von zwei nahezu gleichlautenden Entwürfen.

Nr. 252

An Mabel Loomis Todd *im März 1885*

Liebe Freundin –

Die Natur vergaß – Der Zirkus ermahnte sie –

Vielen Dank für das Äthiopische Antlitz.

Der Orient liegt im Westen.

»Wußt'st du nicht Ägypten«, sagte Antonius der Verstrickte –

Mabel Loomis Todd datierte die Zeilen, die sie als Dank für das Geschenk eines gelben Krugs, verziert mit den roten Blüten der Klettertrompete, erhielt, auf den 21. März 1885. — Das Zitat am Schluß stammt aus Shakespeares *Antonius und Cleopatra* (1607/1623; III/9 Z. 59–61): »Wußt'st du nicht Ägypten, / Mein Herz sei an dein Steuer fest gebunden, / Und daß du nach mich rissest?« Denselben Vers hatte Emily Dickinson 1874 bereits der Schwägerin Susan zugeeignet. Insgesamt zitiert sie in den Briefen siebenmal aus der Tragödie.

Nr. 253

Mrs. J. G. Holland *im Frühjahr 1885*

Liebe Schwester,

mit der Abendpost die »ganze Welt zu gewinnen«, und zwar keineswegs um den grimmen Preis, welchen die Heilige Schrift androht, das war in der Tat eine Errungenschaft – und ich ließ mich nur widerstrebend ins Bett bringen, doch Vinnie blieb fest wie der Sudan –

Ich danke Ihnen aufs zärtlichste – ich war atemlos gebannt.

Es liebt der Streit »ein glänzend Ziel«. Kämpft ihr um mich, sprach der sterbende König, so droht der Krone keine Gefahr –

Nur das Moos auf meinem Thron hindert das Sterben.

Es kennt sie niemand von uns gut genug, um zu urteilen; so muß ihr Schöpfer »Totenbeschauerrecht« sprechen – Saulus ging mit dem Erlöser solange ins Gericht, bis er ihm erlag – da war er weniger redselig –

Es war herrlich, Ihre Handschrift wieder in der alten Manier zu lesen – der literarischen, die Zeit taumelte wie der Schmetterling und die Vergangenheit *war*, doch bei ihr wollen wir nicht verweilen – es verweilen zu viele bei uns –

Alles Liebe der »heiligen Familie«, und sagen Sie dem Sohn, daß der Kleine Junge der Dreifaltigkeit keine Großmama hatte, nur einen Heiligen Geist –

Aber Sie sollen schlafen, ich, die immer schläft, brauche kein Bett.

Füchse leben im Bau, und Sie wissen ja, der es sagte, war Zimmermann –

Emily –

Das Eingangszitat stammt aus der Bibel (Mark. 8,36). — Die Rede ist von George Eliot; Cross' Biographie war bereits rezensiert worden, und Mrs. Holland hatte der Dichterin offenbar Zeitungsausschnitte geschickt. Die Reaktionen waren überwiegend positiv; vereinzelt kreidete man George Eliot ihren »unmoralischen Lebenswandel« an. — »Es liebt der Tod ein glänzend' Ziel« heißt es in Edward Youngs *Nachtgedanken* (*Fünfte Nacht*). — »Die Füchse haben Gruben« steht bei Matthäus (8,20). — Das »Totenbeschauerrecht« führt in *Hamlet* der Erste Totengräber bei der Erörterung der Frage an, ob Ophelia eine christliche Beerdigung zustehe.

Nr. 254

An Mabel Loomis Todd *im März 1885*

Der Fanfare ist alle Farbe Rot –

In ihrem Tagebuch notierte Mabel Loomis Todd am 6. Mai 1885, sie habe eine feuerrote Lilie gemalt, die Lavinia ihr gezeigt habe. Diese Zeile Emily Dickinsons mag Mrs. Todd erhalten haben, nachdem die Dichterin das Bild gesehen hatte.

Nr. 255

Adressat unbekannt *etwa 1885*

Rechtschaffenheit sei angetraut
Eine geheime Lust
Doch der Natur schmeckt das Rosé
Das sie stets essen mußt –

Franklin führt die Verse als Gedicht Nr. 1657. — Datiert sind die Zeilen nach der Handschrift. Dieses Briefgedicht, gefaltet, als habe es in einem Kuvert gelegen, fand sich auf einem separaten Briefbogen.

Nr. 256

An Austin Dickinson und Familie *etwa 1885*

Bruder, Schwester, Ned
Anbei die Vögel, die nicht nach Süden ziehen.

Emily –

Angeblich begleiteten die Worte Backhähnchen ins Nachbarhaus.

Nr. 257

An Mabel Loomis Todd *im Sommer 1885*

Der Freundin von Bruder und Schwester –

»Sweet Land of Liberty« ist eine müßige Hymne, bis sie uns selbst betrifft – dann reicht sie weiter als Vögel.

Gestern abend sah ich im zufallenden Westen die amerikanische Fahne und bedauerte alle Exilierten.

Ich hoffe, Sie haben Heimweh. Einen schöneren Dienst können wir fernen Freunden nicht erweisen. Und mögen Sie den Nektar finden, den Sie zu suchen so weit reisen.

Doch gab es da nicht eine »bescheidenere« Biene?

»Jenem Kurs nur will ich folgen, sonnig wilden Summgefilden«.

Ihre Malven adeln das Haus, und der Kunst innerster Sommer wird nie Verrat an dem der Natur. Die Natur wird, wenn Sie nach Amerika wiederkehren, gerade ihr Pickenick einpacken, doch reisen Sie mit der Sonne heim, das ist noch besser.

Es freut mich, daß Sie das Meer lieben. Wir korrespondieren, obwohl ich ihm nie begegnet bin.

Ich schreibe inmitten der Wicken bei den Pirolen und könnte die Hand auf einen Schmetterling legen, zöge er sich nicht zurück.

Berühren Sie Shakespeare für mich.

Des Erlösers einzige Unterschrift unter dem Brief, den er der Menschheit schrieb, lautete: Ein Gast und ihr habt mich beherbergt.

Amerika

Eingangs zitiert Emily Dickinson die Hymne »America« (1832) von Samuel F. Smith, die so beginnt: »My Country 'tis of Thee / Sweet land of liberty / Of Thee I sing.« — Die Dichterin beantwortet mit diesem Brief einen, den sie von Mrs. Todd aus Europa erhielt. — Im fünften Absatz wandelt Emily Dickinson zwei Zeilen der ersten Strophe von Ralph Waldo Emersons Gedicht »Humble-Bee« ab.

Nr. 258

An T. W. Higginson *am 6. August 1885*

Lieber Freund.

Ich war unsagbar erschüttert über das, was ich in der Morgenausgabe las –

Im Frühjahr schrieb sie mir, sie könne noch nicht gehen, nicht aber, daß sie sterben müsse – Sie wissen es doch sicher. Bitte sagen Sie mir, daß es nicht wahr ist.

Was für ein Hasardspiel ist ein Brief!

Wenn ich an die Herzen denke, die er versenkt hat, wage ich die Hand kaum auch nur zu einer Anschrift zu heben.

In der Hoffnung, daß in Ihrem geliebten Heim alles Friede ist, bin ich

Ihr erschrockener
Schüler –

Dem Brief legte Emily Dickinson einen Ausschnitt aus dem *Springfield Republican* vom 6. August bei, der meldete, in San Francisco rechne man täglich mit dem Ableben der seit Monaten schwerkranken Schriftstellerin Helen Hunt Jackson. Sie starb am 12. August. — Die Bemerkungen zum »Hasardspiel«, das ein Brief darstelle, finden sich etwas später noch mal in einem Brief.

Nr. 259

An William S. Jackson *Mitte August 1885*

Ich lasse mich von Mr Bowles an die Hand nehmen und komme, um dem Freund mein herzliches Beileid auszusprechen, und bitte ihn, wenn es der Schmerz zuläßt, um einige wenige Worte zu ihrem Lebensende. In einem Brieflein vor wenigen Monaten schrieb sie: »Ich bin gesund.«

Als nächstes höre ich von ihrem Tod. Verzeihen Sie, daß ich Sie in dieser schweren Stunde störe.

Schmerz ist meine einzige Entschuldigung.

In großer Trauer
E. Dickinson.

Unmittelbar nach Helen Hunt Jacksons Tod schrieb Emily Dickinson auch H. H.s Verleger Thomas Niles. Der Brief ist verlorengegangen, doch gibt die folgende Antwort Thomas Niles' aus Boston eine Vorstellung von seinem Inhalt.

Nr. 260

Thomas Niles an Emily Dickinson *Boston, 19. August 1885*

Liebe Miss Dickinson

ich habe den Ihrigen mit den Fragen zu Mrs Jackson erhalten. Vor etwa einem Jahr brach sie sich ein Bein, im Herbst bewältigte sie die Reise nach Los Angeles, wo sie überwinterte, um sich dann im darauffolgenden März auf die Heimreise zu begeben, die allerdings in San Francisco unterbrochen werden mußte, da sie, wie sie meinte, die Malaria hinwarf. Den Briefen, die folgten, war zu entnehmen, daß die Ärzte nicht wüßten, was ihr wirklich fehle. Ich vermute hingegen, daß man es sehr wohl wußte, ihr aber verschwieg. Wir selbst erfuhren nur, was man uns telegraphisch mitteilte, nämlich daß sie an Magenkrebs starb.

In ihrem letzten Brief an mich, den ich erst nach der Todesnachricht erhielt, schreibt sie, sie habe »nur noch wenige Tage zu leben« und werde »um die Erlösung froh sein«. Sie schließt mit den Worten:

»Ich werde Ihnen eines Tages in Ihren neuen Geschäftsräumen meine Aufwartung machen, seien Sie versichert – aber Sie werden mich nicht sehen – Leben Sie wohl – Auf ewig, Ihre H.J.«

Sie sehen also, *sie* betrachtete es als »Anfang«.

Ich werde Ihnen in den nächsten Tagen eine Photographie zuschikken.

Ihr
T. Niles

Nr. 261

An William S. Jackon (?) *im Spätsommer 1885*

Trojas Helena mag sterben, Helen aus Colorado niemals. Liebe Freundin, können Sie gehen, waren die letzten Worte, die ich ihr schrieb. Liebe Freundin, ich kann fliegen – die unsterbliche (schwebende) Antwort. Ich habe Mrs Jackson persönlich nur zweimal gesehen, doch beide Male bleiben unauslöschlich, und »so bin ich heute noch benedeit« war der Eindruck, den sie auf jedes Herz (Heim) machte, das sie aufnahm –

Es ist anzunehmen, daß Mr. Jackson auf Emily Dickinsons Schreiben vom August (Nr. 259) antwortete und die Dichterin diese Zeilen als Erwiderung entwarf. — Die Zeile »so bin ich heute noch benedeit« stammt aus Robert Brownings Gedicht »Unser letzter Ritt« (dt. Edmund Ruete), das als eine der Keimzellen von »Because I could not stop for Death« (Nr. 479) gilt.

Nr. 262

An Mabel Loomis Todd *Ende 1885*

Wie sollten wir Othello verurteilen, da schon der Vorbildliche Liebhaber sagte: »Du sollst keine anderen Götter neben mir haben.«

Nr. 263

An Forrest F. Emerson *Ende September 1885*

Lieber Pastor

Der Brief, den Sie meinem Bruder nach dem Sterben des Jungen schrieben, enthielt eine Passage, damals unser einziger Halm und feierlich dem Gedächtnis anbefohlen.

Wir hätten die Worte gern genauer, wenn Sie so gut sein wollen. »Und ich muß doch glauben, daß hinter einer solch mysteriösen Vorsehung wie der des Heimgangs des kleinen Gilbert die Absicht einer Güte steht, die unser gegenwärtiges Glück nicht einschließt.« Vinnie hofft zudem, mit Ihnen über Helen von Colorado sprechen zu dürfen, der Sie, meint sie, über eine gemeinsame Bekannte verbunden waren.

Sollte diese Näheres über die Umstände der letzten Stunden wissen, würde sie es vielleicht Ihnen leihen, damit Sie es Uns borgen können? Möge dieser Keats doch auch einen Severn gehabt haben!

Doch ich entwende Ihnen umkämpfte Zeit.

Empfehlen Sie mich Mrs Emerson, und Grüße von meiner Schwester.

Aufrichtig,
E. Dickinson.

Forrest F. Emerson, 1879–1883 Pastor der First Church in Amherst, mittlerweile in Newport, Rhode Island, ansässig, war in der Woche des 20. September 1885 mit seiner Frau im Hause des Amherster Collegepräsidenten Steeyle zu Gast. Mr. Emerson hielt am Sonntag, dem 21. September, in der First Church die Predigt. — Am Ende des Briefs spielt die Dichterin auf Keats' letzte Lebensmomente an und seine überlieferten Worte an den Freund: »Severn, stütze mich; ich sterbe. Ich sterbe ganz ruhig. Fürchte dich nicht.«

Nr. 264

An Susan Gilbert Dickinson *Ende 1885*

Und kennet sie nicht, ich aber kenne sie, brüstete sich Jesus –

Das Kleine Herz kann nicht brechen – Das Glück seiner Strafe tröstet das Große –

Aus dem Abgrund kommen und wieder in ihn eingehen – das ist das Leben, oder nicht, meine Liebe?

Das Band zwischen uns ist sehr fein, doch ein Haar löst sich nicht auf.

In Liebe –
Emily –

Ab Mitte November war Emily Dickinson so ernstlich krank, daß ihr Bruder Austin Amherst vorerst nicht mehr zu verlassen wagte. — Das Eingangszitat stammt aus der Bibel (Joh. 8,55).

Nr. 265

An Mabel Loomis Todd *am 28. Februar 1886*

»Oder Feigen von den Disteln?«

Ihrem Tagebuch zufolge hatte Mabel Loomis Todd für Emily Dickinson eine Bronzetafel mit Disteln bemalt. — Das Zitat stammt aus der Bibel (Matth. 7,16).

Nr. 266

An Louise und Frances Norcross *etwa März 1886*

Ich weiß kaum, wo beginnen, doch ist die Liebe stets ein guter Ort. Ich war zweimal sehr krank, meine Lieben, erlebte unterdessen eine kurze Atempause der Genesung, nur um abermals sehr elend zu sein, und seit November hüte ich das Bett, für mich viele Jahre, nur leise knospt wie bei der Sandbeerblüte eine rostrosige Hoffnung; sie werden Wir mit dem Kissen hinter Uns lassen. Wenn Eure teuren Herzen mögen, sollt Ihr Uns sagen, was sie enthalten, der Stoff ist Uns der kostbarste, und fehlt keine Neigung.

Habt Ihr noch Moschusblumen wie ehedem, wie Mrs. Morene aus Mexiko? Oder Nelken so groß, daß sie vor Büscheln platzen? War Euch der Winter ein guter Schutzherr – etwa wie Keats' Vogel »und hüpft und hüpft und hüpft und hüpft in kleinen Reisen«?

Lest Ihr auch, seid Ihr wohlauf und die W[hitneys] nahebei und gut? Solltet Ihr Mrs. French und Dan begegnen, überbringt ihnen von Uns eine Träne.

Vinnie wollte schreiben, mochte mir jedoch nicht von der Seite weichen. Alles Liebe von Maggie. Und mir um so mehr.

Emily.

Mrs. Morene aus Mexiko bleibt unidentifiziert. — Das Keats-Zitat aus der Verserzählung *Endymion*, hier leicht abgewandelt, hatte Higginson in seinem Essay »The Life of Birds« verwandt. — Der Bildhauer Daniel Chester French (1850–1931) stammte aus Amherst; Emily Dickinson hatte ihn als Jungen gekannt.

Nr. 267

An Mrs. J. G. Holland *Vorfrühling 1886*

Der kleinen Schwester waren wir, nicht, um zu belästigen, nicht, um zu beschwören, nach St. Augustine gefolgt, wo sich die Spur verlor, oder wie George Stearns von seinem Alligator sagt: »Es fehlten die Aspekten.«

Die herrlichen Blüten vergingen schließlich, Schwarm aller, die sie kannten, sie widerstanden dem Zureden von Erde wie Äther, Wurzeln zu schlagen, »die Blume« des großen Floristen, »die sie nirgend sonst gedeiht«.

Ihnen für den Duft zu danken, scheint aussichtslos, die anderen beglückenden Züge lassen sich kaum zählen. Und dann das liebe Weihnachtsfest, für das ich Ihnen noch gar nicht danken konnte. Ich hoffe, das kleine Herz ist guter Dinge – *groß* wäre die Weite – und die Gesundheit tröstlich; jede Nachricht von ihr süß wie die ersten Sandbeerblüten.

Emily und Vinnie senden ihre stündlich wachsende Liebe.

Mrs. Holland war im Winter 1885/1886 erstmals vor dem Rheumatismus nach Florida geflohen. Sie dürfte über Emily Dickinsons Zustand besser informiert gewesen sein, als dieser Dankesbrief vermuten läßt. Es ist der letzte Brief der Dichterin an die geliebte Freundin. — George M. Stearns (1838–1927), Anwalt und Humorist, schrieb für den *Springfield Republican*. — Das Zitat des vorletzten Absatzes stammt aus John Miltons *Verlorenem Paradies* (Elftes Buch, Z. 274).

Nr. 268

An T. W. Higginson *im Frühjahr 1886*

»Und stört die heil'ge Einsamkeit«! Was für eine Eloge! »Vom Fuße des Berges Zion bis hinan an den Gipfel!«, sagte Präsident Humphrey von ihrem Vater – Gabriels Reden wäre der Tochter Zierde –

Als sie zuletzt zu mir kam, hielt sie »Choir invisible« in der Hand.

»Unübertrefflich«, sagte sie, klappte den Band zu und beugte sich zu mir herab, doch Inbrunst benimmt mir den Atem. Ich danke Ihnen für das »Sonett« – ich lege es zu ihren geliebten Füßen.

Unsicher, wann sie selbst wohl kommt
Öffne ich jede Tür,
Rührt sie Federn wohl wie Vögel,
Wogt sie wie das Meer –

Ich denke, sie wäre lieber bei uns geblieben, doch wird sie wohl die Gebräuche des Himmels erlernen wie der Gefangene von Chillon die Haft.

Sie fragen, ob ich die »Nachrufe« gelesen habe.

Ich war, lieber Freund, seit November sehr krank, aller Bücher und Gedanken beraubt, auf Einwand des Arztes, doch allmählich nehme ich meine Wanderungen durchs Zimmer wieder auf –

Ich denke voll abwesender Zuneigung an Sie, an Weib und Kind, die ich nie gesehen, Legende und Liebe in einem –

Unerschrockenheit des Glücks: Sprach Jakob zum Engel: »Ich lasse dich nicht, ich segne dich denn.« – Pugilist und Poet, tat Jakob recht –

Ihr Schüler –

Franklin führt die Verse als Variante C des Gedichts Nr. 1647, in dem es eigentlich um den Morgen geht. — Higginson hatte sich irgendwann in den Wintermonaten erkundigt, ob die Dichterin die Nachrufe auf Helen Hunt Jackson gelesen habe. Sie antwortete ihm, sobald es ihr möglich war. — Eingangs zitiert Emily Dickinson aus Higginsons Gedicht »Decoration« aus dem Jahr 1874: »Kein Gedenkstein heuchelt Leid / Und stört die heil'ge

Einsamkeit.« — Helen Hunt Jacksons Vater, Professor Nathan Welby Fiske, war 1847 auf einer Pilgerreise ins Heilige Land gestorben. In einem Nachruf Reverend Heman Humphreys hieß es: »In Jerusalem beendete er sein Leben; auf dem Berge Zion, unweit des Grabes König Davids, wurde er beigesetzt ... wer wollte im Tode nicht gern vom Jerusalem hienieden ins Jerusalem im Himmel wechseln.« — Der letzte Satz des ersten Absatzes spielt auf Luk. 1,28 an. — »Choir Invisible« ist eines der Gedichte in George Eliots *The Legend of Jubal and Other Poems* aus dem Jahr 1874. — Higginsons Sonett »To the Memory of H. H.« erschien in der Mai-Nummer des *Century Magazine*; offenbar hatte er Emily Dickinson im voraus eine Abschrift zukommen lassen. — Das Bibelzitat am Schluß ist ihre Version der Worte Jakobs in 1. Mose 32,27: »Und er sprach: Laß mich gehen, denn die Morgenröte bricht an. Aber er antwortete: Ich lasse dich nicht, du segnest mich denn.« Nach Cynthia Griffin Wolff ist das Ringen Jakobs mit dem Engel für Emily Dickinson Inbild ihres eigenen Bemühens, einem chaotischen, nicht faßbaren Universum Sinn und Kunst abzutrotzen; 1859 schon entstand hierzu das Gedicht »A little East of Jordan« (Nr. 145).

Nr. 269

An T. W. Higginson *Anfang Mai 1886*

Gott – lebt er nun?
Mein Freund – atmet er?

Am 30. April hatte der *Springfield Republican* gemeldet, daß Higginson aus gesundheitlichen Gründen eine Lesung hatte absagen müssen. Vermutlich war dies der Anlaß zu Emily Dickinsons Zeilen. Sie erinnern an den allerersten Brief, den die Dichterin ihm 1865 schrieb (Nr. 83): »Sind Sie zu sehr beschäftigt zu sagen, ob meine Verse leben? [...]. Fänden Sie darin den Atem – ...« Dies sollte ihre letzte Botschaft an den Freund sein.

Nr. 270

An Louise und Frances Norcross *im Mai 1886*

Little Cousins,

Called Back.

Emily.

In der zweiten Woche des Mai wird die Dichterin gewußt haben, daß sie nicht mehr lange zu leben hatte. Diese unvergleichliche Gnome bleibt unübersetzt: mit dem Zitat – Emily Dickinson nennt hier schlicht den Titel des Romans *Erinnern (Called Back)* von Frederick John Fargus (siehe Brief Nr. 247) – verabschiedet sich die Dichterin von ihren Kusinen Louise und Frances Norcross. Austin Dickinson wählte die Worte als Grabinschrift für die Schwester: »Born December 10, 1830. Called Back May 15, 1886«. — Die kurze hintersinnige Botschaft galt lange als Emily Dickinsons letzte; dem widersprach 1994 in einem persönlichen Brief an Robert Graham Lambert der Dickinson-Forscher David Porter (siehe Lambert 1996, xi). Und Joyce Carol Oates weist in ihrer Dickinson-Auswahl *The Essential Dickinson* (New York: Ecco, 1996) darauf hin, daß in dem Titel auch der verlegerische bzw. drucktechnische Terminus des »Rückrufs« steckt.

Am 13. Mai verlor Emily Dickinson das Bewußtsein, gegen sechs Uhr am Abend des 15. starb sie. Die Dichterin, die keinerlei Vorkehrungen für ihren literarischen Nachlaß traf, hatte genaue Anweisungen für ihre Beerdigung erteilt: Nach einer kurzen Trauerrede im Salon der »Homestead« trugen Dwight Hills, John Jameson, Edward Hitchcock Jr. und Julius Seelye den weißen Sarg zur hinteren Tür hinaus, dort wurden sie abgelöst von einigen von Emily Dickinson selbst als Sargträger bestimmten Männern, die als Stall- und Hausgehilfen lange Jahre für die Dickinsons gearbeitet hatten, nämlich Thomas Kelley, Dennis Cashman, Daniel Moynihan, Dennis Scannell, Patrick Ward, Stephen Sullivan und Owen Courtney. Sie übernahmen den Sarg und trugen ihn, immer in Sichtweite des Hauses, durch die Scheune über das Grundstück. Von Schmetterlingsschwärmen umtanzt, wand sich der Trauerzug durch Blumenwiesen zum Familiengrab auf dem West Cemetery. Am Grab sprachen die Geistlichen George S. Dickerman und Jonathan Leavitt Jenkins. Thomas Wentworth Higginson rezitierte Emily Brontës Gedicht »Kein Feiglings-Herz ist mein«.

Anhang

Zu dieser Ausgabe

Mit 270 Briefen Emily Dickinsons wird hier zum ersten Mal eine recht umfangreiche Auswahl ihrer Korrespondenz in deutscher Übersetzung vorgelegt. Der Band schließt insofern eine Lücke, als bisher nur Lola Gruenthals (leider vergriffener) Auswahlband *Guten Morgen, Mitternacht* (1987) und Maria Mathis schwer erhältliches und inzwischen eher historisch interessantes Werkportrait *Der Engel in Grau* (1956) einige Briefe Emily Dickinsons enthielten.

Grundlage der Übersetzung ist die einbändige Ausgabe (1998) der Gesamtedition *The Letters of Emily Dickinson*, die im Jahr 1958 von Thomas H. Johnson und Theodora Ward veröffentlicht wurde. Die Brieftexte sind ungekürzt wiedergegeben und chronologisch nach der Datierung Johnsons angeordnet – sofern nicht spätere Erkenntnisse etwa von Ralph W. Franklin (*The Poems of Emily Dickinson. Variorum Edition*, 1998) oder Alfred Habegger (*My Wars Are Laid Away in Books. The Life of Emily Dickinson*, 2002) Korrekturen erforderlich machten. Eigenheiten und Uneinheitlichkeit der Schreibweise Dickinsons wurden im Deutschen entsprechend berücksichtigt. Auslassungen sind stets solche der englischen Vorlagen.

Um der Lesbarkeit willen wurden die Briefe, dem Beispiel Johnsons folgend, in einzelne Lebensabschnitte unterteilt und mit kurzen Vorspann- und Zwischentexten versehen, in denen Namen, Begriffe und Begebenheiten erläutert werden. Ganz vereinzelt sind ihnen einige der wenigen erhaltenen Gegenbriefe – etwa von T. W. Higginson und Helen Hunt Jackson – beigegeben. Die Übersetzung der in den Briefen enthaltenen Gedichte fußt auf Franklins *Variorum Edition*. Einige der bisher in deutscher Übersetzung vorliegenden Gedichtauswahlen werden im Literaturverzeichnis genannt.

Eine Auswahl stellt immer schon einen Eingriff dar; hier ist er von dem Wunsch geleitet, zu zeigen, wie untrennbar die Briefe als Schau-Platz dichterischen Schaffens zum Werk gehören. Ein weiteres Anliegen war es, zur Revision des in manchen Köpfen noch spukenden Bildes einer wunderlichen, der Liebe und der Welt entsagenden Verfasserin kleiner erbaulicher Verse beizutragen, mit der rigoros denkenden Dichterin Emily Dickinson bekannt zu machen und der Rezeption ihres Werks dadurch neue Impulse zu geben. So wurden zwar Briefe aus allen Lebensabschnitten berücksichtigt, besonders aber solche, welche die dichterische Entwicklung nachzeichnen und die Korrespondenzen zwischen Brief und Gedicht mit ihren intertextuellen »Gravitationsbeziehungen« belegen – innerhalb des Briefkorpus, aber auch zwischen Briefen und Gedichten Emily Dickinsons und anderen Texten und Textvorlagen. Ihnen mußte schon aus Platzgründen der Vorzug gegeben werden vor den vielen sehr reizvollen kurzen Glückwünschen, Beileidsbekundungen und Grußbotschaften der Dichterin an Bekannte und Verwandte – eine Ausnahme bilden hier die poetischen »Kassiber« an die Schwägerin Susan Gilbert Dickinson.

»Es gibt Dichter«, schreibt Elias Canetti in seinem Versuch über die Briefe Franz Kafkas an Felice Bauer, »die so ganz sie selbst sind, daß einem jede Äußerung über sie, die man sich herausnimmt, als Barbarei vorkommen möchte.« Das gilt fraglos auch für Emily Dickinson, und doch kommt man um Erläuterungen zu den Briefen nicht herum; sie schließen sich direkt an und beschränken sich auf das Notwendige, das Naheliegende und den einen oder anderen weniger selbstverständlichen Nexus. Sie werden ergänzt und entlastet durch die Verzeichnisse im Anhang. Eine Zeittafel setzt Emily Dickinsons Lebensdaten zu wichtigen Momenten der Zeitgeschichte in Beziehung.

Mitteilung und Medium bilden bei handschriftlichen Korrespondenzen eine Einheit, die in jeder Druckausgabe verlorengeht. Die in die Zeittafel inkorporierten Faksimiles können nur einen ungefähren Eindruck vom tatsächlichen Erscheinungsbild der Briefe geben.

Die Übersetzung der Briefe Emily Dickinsons ist Annäherung und Angebot. Ich habe mich bemüht, den besonderen Ton Emily Dickinsons zu treffen, das unmittelbar Ansprechende ihrer wie »auf der Zunge geborenen Worte«, die fast synästhetische Verdichtung von Bild, Gedanke, Gefühl, die der englische Lyriker Ted Hughes als »naked voltage« empfand und hinter der sich ein komplexes Zusammenspiel verschiedener ineinandergreifender Ebenen – eigenwilliger Metaphorik, elliptischer Syntax und semantisierender Zeichensetzung – und unterschiedliche Haft-, Leit- und Entladungspotentiale verbergen. Diesem Ziel kam ich gelegentlich näher, wenn ich mich zunächst weiter entfernte; mein Verständnis von Treue war im Zweifelsfall eher klanglichen, rhythmischen und motivischen »Mitteln des Bedeutens« verpflichtet als isoliertem Wortsinn.

Die Verwirklichung eines solchen Projekts ist undenkbar ohne die Vorleistung vieler, die nicht immer im einzelnen genannt werden können. Seit dem Erscheinen der dreibändigen Briefedition Thomas H. Johnsons sind 50 Jahre vergangen, es ist eine Fülle bedeutender Studien, Biographien und

Monographien erschienen, von denen der vorliegende Band enorm profitiert hat. Wichtige Einsichten verdanke ich besonders den Arbeiten von Richard B. Sewall, Alfred Habegger, Cynthia Griffin Wolff, Robert Graham Lambert und Marietta Messmer. Diese und andere Titel sind in der Auswahlbibliographie angeführt.

Der S. Fischer Verlag hat durch sein Interesse die Veröffentlichung erst möglich gemacht, und in ganz entscheidendem Maß ist dies dem Engagement und langen Atem Hans Jürgen Balmes' zu verdanken, ohne dessen Unterstützung ich gescheitert wäre. Der Deutsche Literaturfonds hat die Arbeit freundlicherweise mit einem Stipendium gefördert. Bedanken möchte ich mich für hilfreiche Gespräche und Anregungen auch bei Matthias Göritz, Renate Bleibtreu und Irja Fresenius.

Uda Strätling im Juni 2006

Verzeichnis der Briefnummern: Fischer/Johnson; + = umdatiert

1.	1
2.	8
3.	13
4.	16
5.	23
6.	26
7.	29
8.	30
9.	34
10.	37
11.	38
12.	42
13.	43
14.	56
15.	65
16.	74
17.	91
18.	93
19.	97
20.	105
21.	110
22.	119
23.	120
24.	121
25.	126
26.	128
27.	133
28.	136
29.	144
30.	150
31.	153
32.	154
33.	162
34.	163
35.	171
36.	172
37.	173
38.	178
39.	179
40.	180
41.	182
42.	184
43.	185
44.	186
45.	187
46.	190
47.	195
48.	197
49.	198
50.	189 +
51.	193 +
52.	201
53.	202
54.	203
55.	204
56.	205
57.	207
58.	209
59.	214
60.	199 +
61.	217
62.	223
63.	225
64.	216 +
65.	248 +
66.	248a
67.	250 +
68.	251 +

69.	233
70.	252 +
71.	234
72.	238
73.	239
74.	241
75.	242
76.	243
77.	245
78.	246
79.	247
80.	249
81.	255
82.	256
83.	260
84.	261
85.	265
86.	266
87.	268
88.	269
89.	270
90.	271
91.	272
92.	274
93.	275
94.	276
95.	277
96.	278
97.	280
98.	281
99.	285
100.	282 +
101.	288 +
102.	289
103.	290
104.	293
105.	298
106.	301
107.	306
108.	312
109.	314
110.	315
111.	316
112.	318
113.	319
114.	320
115.	323
116.	330a
117.	330
118.	332
119.	342
120.	342a
121.	342b
122.	352
123.	353
124.	364
125.	368
126.	374
127.	378
128.	379
129.	380
130.	381
131.	389
132.	391
133.	400
134.	401
135.	402
136.	405a
137.	405
138.	413
139.	414
140.	415
141.	418
142.	432
143.	438
144.	440

145.	441
146.	443
147.	444
148.	444a
149.	450
150.	457
151.	459A
152.	475
153.	476a
154.	476
155.	476b
156.	476c
157.	489
158.	513
159.	515
160.	525
161.	532
162.	537
163.	538
164.	553
165.	559
166.	561
167.	562
168.	573
169.	573a
170.	573b
171.	573c
172.	573d
173.	574
174.	582
175.	586
176.	600
177.	601
178.	601a
179.	610
180.	621
181.	622
182.	650
183.	653
184.	656
185.	661
186.	662
187.	663
188.	667
189.	670
190.	674
191.	682
192.	685
193.	696
194.	710
195.	711
196.	721
197.	722
198.	724
199.	729
200.	733
201.	735
202.	736
203.	744
204.	748
205.	749b
206.	749
207.	750
208.	751
209.	752
210.	755
211.	757
212.	766
213.	768
214.	769
215.	770
216.	771
217.	776
218.	779
219.	780
220.	790

221.	813a	246.	950
222.	813	247.	962
223.	813b	248.	967
224.	814	249.	974
225.	814a	250.	976a
226.	816	251.	976
227.	826	252.	978
228.	830	253.	979
229.	868	254.	985
230.	871	255.	993
231.	873	256.	997
232.	880	257.	1004
233.	888	258.	1007
234.	891	259.	1009
235.	901	260.	1009a
236.	906	261.	1015
237.	907	262.	1016
238.	908	263.	1018
239.	914	264.	1024
240.	921	265.	1033
241.	937a	266.	1034
242.	937	267.	1038
243.	938	268.	1042
244.	946	269.	1045
245.	948	270.	1046

Gedichte nach Franklin/Johnson

III	Fr3	(J4)
	Fr4	(J5)
IV	Fr5	(J14)
	Fr35	(J13)
	FrApp13	(J16)
	Fr78	(J88)
	Fr194	(J1072)
	Fr187	(J792)
	Fr193	(J688)
	Fr124	(J216)
	Fr188	(J220)
	Fr197	(J225)
	Fr325	(J322)
	Fr275	(J226)
	Fr14	(J323)
	Fr380	(J334)
	Fr499	(J684)
	Fr243	(J286)
	Fr820	(J827)
	Fr898	(J825)
V	Fr606	(J1067)
	Fr1124	(J1074)
	Fr1177	(J1161)
	Fr1180	(J1222)
	Fr1181	(J1170)
	Fr1182	(J1774)
	Fr278	(J1212)
	Fr1096	(J986)
	Fr1268	(J1261)
	Fr1285	(J1265)
	Fr1216	(J1259)
	Fr1327	(J1294)
VI	Fr1388	(J1358)
	Fr1390	(J1365)
	Fr1432	(J1398)
	Fr1459	(J1433)
	Fr1485	(J1432)
	Fr1516	(J1464)
VII	Fr1525	(J1491)
	Fr1564	(J1515)
	Fr1548	(J1512)
	Fr1570	(J1510)
	Fr1489	(J1463)
	Fr1573	(J1543)
	Fr1602	(J1562)
	Fr1601	(J1560)
	Fr1624	(J1564)
	Fr1625	(J1584)
VIII	Fr1634	(J1605)
	Fr1661	(J1613)
	Fr1662	(J1603)
	Fr1641	(J1599)
	Fr1665	(J1581)
	Fr1666	(J1565)
	Fr1667	(J1614)
	Fr1673	(J1638)
	Fr1671	(J1640)
	Fr1675	(J1601)
	Fr1657	(J1641)
	Fr1647	(J1619)
	Fr861	(J686)
	Fr996	(J1039)
	Fr1183	(J1229)
	Fr1270	(J1206)
	Fr1242	(J1249)
	Fr1350	(J1298)
	Fr1368	(J1337)
	Fr1663	(J1600)

Verzeichnis der Briefempfänger

ANTHON, Catherine Scott Turner (1831–1917) aus New York, war eine Schulfreundin Susan Gilberts. 1855 hatte Catherine Scott ihren ersten Mann, Campbell Ladd Turner geheiratet, der bereits zwei Jahre darauf starb. 1859 besuchte sie → Susan Gilbert Dickinson zum ersten Mal in Amherst und lernte bei dieser Gelegenheit Emily Dickinson kennen (»Eine Katie hat mir nie gefehlt«, Brief Nr. 54). 1866 heiratete Catherine Scott Turner zum zweiten Mal, danach läßt sich keine Verbindung zu Emily Dickinson mehr nachweisen, die ihr zwischen 1859 und 1866 fünf Briefe schrieb und einige Gedichte schickte. Die Briefe erinnern im Ton an die früheren Korrespondenzen mit → Jane Humphrey und → Abiah Root und beschwören das Ideal poetisch inspirierter Frauenfreundschaft.

BIANCHI, Martha Gilbert Dickinson (1866–1943), »Mattie«, Tochter → Austin und → Susan Gilbert Dickinsons. Mit ihr erlosch, da sie selbst kinderlos blieb und beide Brüder früh starben, diese Linie der Dickinson-Familie. In den 30er Jahren des 20. Jahrhunderts gab Martha Dickinson Bianchi Bände mit solchen Gedichten und Briefen Emily Dickinsons heraus, die nach → Lavinia Dickinsons Tod an sie fielen, und läutete damit eine Dikkinson-Renaissance ein.

BOWDOIN, Elbridge Gridley (1820–1893), war nach seinem Abschluß am Amherst College 1840 und seiner Zulassung als Anwalt ab Juni 1847 acht Jahre Juniorpartner in der Kanzlei → Edward Dickinsons. Dort sorgten Bowdoins liberale Ansichten häufig für Differenzen, doch mit den Dickinson-Kindern verstand sich Bowdoin gut: er versorgte sie mit der vom Vater mißbilligten Lektüre; beispielsweise steckte er sie mit dem *Jane-Eyre*-Fieber an, das auch in den Vereinigten Staaten grassierte. Emily Dickinson schickte dem Freund zwischen 1849 und 1852 zwei kurze Botschaften und ein Valentinsgedicht. 1855 zog Bowdoin nach Rockford in Iowa. Er blieb Junggeselle.

BOWLES, Mary Schermerhorn (1827–1893), Frau des hochgeschätzten → Samuel Bowles und geradezu die Verkörperung des von Emily Dickinson mit großer Skepsis betrachteten Frauenideals des 19. Jahrhunderts. Dennoch schickte die Dichterin Mary Bowles 16 Briefe und 5 Gedichte.

BOWLES, Samuel (1826–1878), Sohn des Gründers des *Springfield Daily Republican*, trat 1851 in die Fußstapfen des Vaters und machte das Provinzblatt zum Sprachrohr liberaler republikanischer Positionen und zu einer der sechs einflußreichsten Tageszeitungen Amerikas. Der charismatische, vielseitig interessierte, rastlose Bowles engagierte sich gegen die Sklaverei, für soziale Reformen, bedingt auch für die Sache der Frauen. Von 1860 bis zu seinem Tod schickte Emily Dickinson ihm etliche Gedichte und 50 Briefe, oft von einer emotionalen Intensität und poetischen Dichte, die einige Dickinson-Forscher dazu verleitet haben, in ihm den »Master« zu sehen, an den drei leidenschaftliche Briefe gerichtet waren. Bowles druckte in seiner Zeitung sechs Gedichte Emily Dickinsons ab. Aus einem Brief, den Bowles aus der Sommerfrische in Maine an →Austin und →Susan Dickinson schrieb, stammt angeblich die von Emily Dickinson in ihrem Gedicht »Wild Nights« aufgegriffene Wendung »in Eden rudern«. Liest man die Erwähnung bestimmter Romane Charles Dickens' in Zusammenhang mit einigen ihrer Korrespondenzpartner als Code, wäre Samuel Bowles mit Dick Swiveller aus dem *Raritätenladen* zu identifizieren.

CLARK, James D. (1828–1883) und sein jüngerer Bruder Charles H. korrespondierten kurze Zeit mit Emily Dickinson. Die späte, 21 Briefe umfassende Korrespondenz mit den Clarks begann im August 1882 auf Initiative James Clarks und wurde nach dessen Tod mit dem jüngeren Bruder Charles bis knapp einen Monat vor Emily Dickinsons eigenem Tod fortgeführt. Das Interesse basierte auf der gemeinsamen Wertschätzung des verstorbenen →Charles Wadsworth, mit dem James Clark lange Jahre eng befreundet gewesen war. Die Briefe belegen eine innige Verbindung zwischen Dickinson und Wadsworth, dessen Melancholie, Eloquenz, Rätselhaftigkeit und »Größe« die Dichterin offenbar stark ansprachen. Die Korrespondenz fällt in die Zeit der letzten großen Verluste: Es starben in diesen Jahren die Mutter →Emily Dickinson Norcross, der Neffe Gilbert und Emily Dickinsons späte Liebe →Otis Phillips Lord.

COLEMAN, Lyman (1796–1882), Yale-Absolvent, zu Emily und Lavinia Dikkinsons Schulzeit, nämlich 1844–1846, Leiter der Amherst Academy. Er wurde später Lehrer in Philadelphia und lehrte dann bis zu seinem Tode am nahe gelegenen Lafayette College in Easton, Pennsylvania. Er hatte Maria Flynt aus Monson geheiratet, eine Kusine ersten Grades der Mutter von Emily Dickinson. Die Coleman-Töchter Olivia (1827–1847) und Eliza (1832–1871) waren gute Freundinnen der Dickinson-Mädchen.

COWAN, Perez Dickinson (1843–1923), Emily Dickinsons geschätzter »Vetter Peter«, war der Sohn einer Nichte ihres Großvaters Samuel Fowler Dikkinson. Nachdem seine Familie vor den Bürgerkriegswirren in Tennessee geflohen war, besuchte Perez Cowan bis 1866 das Amherst College, wurde

Geistlicher und wirkte dann in Tennessee, New York und schließlich New Jersey. Von einer wahrscheinlich umfangreichen Korrespondenz sind nur fünf Briefe Emily Dickinsons an den Vetter erhalten.

DICKINSON, Edward (1803–1874), Vater der Dichterin, selbst das älteste der neun Kinder von Samuel Fowler und Lucretia Gunn Dickinson. Besuchte Amherst Academy und – im Jahr seiner Gründung – das aus dieser hervorgegangene Amherst College, dann Yale College, wo er sein juristisches Studium 1823 als Jahrgangsbester abschloß. Nach der Lehrzeit in der Kanzlei des Vaters und weiteren Studien an der Northampton Law School erhielt er 1826 seine Zulassung als Anwalt für die Hampshire County. Edward Dickinson wohnte zeitlebens in Amherst, war dort 48 Jahre lang als Anwalt tätig und vertrat in vielfältiger Hinsicht die Interessen seiner Mitbürger und Stadt. Getrieben von dem Wunsch, das Scheitern des eigenen Vaters durch eine vorbildliche Karriere und die Rückeroberung der »Homestead« und des verspielten Vermögens wettzumachen, zeichneten vor allem Disziplin, stete Wachsamkeit und Rigorosität Edward Dickinson aus: 1835–1872 war er Finanzverwalter von Amherst College; 1838, 1839 und 1874 Abgeordneter im Landesparlament in Boston; 1842 und 1843 im Oberhaus, 1846 und 1847 Mitglied des bei der Besetzung von Posten in der Judikative beratenden Governor's Council; 1854/55 Kongreßabgeordneter. Am 16. Juni 1874 traf Edward Dickinson während der Legislaturperiode in Boston der Schlag; er starb auf seinem Hotelzimmer. Das Verhältnis Emily Dickinsons zu ihrem Vater, den sie anfangs fürchtete, dem sie sich bald durch Rückzug widersetzte, war später zunehmend von gegenseitiger Achtung geprägt und schließlich, nach seinem Tod, von Pathos und Ehrfurcht – »Sein Herz war rein und unerbittlich, ich denke ein zweites solches gibt es nicht« (Brief Nr. 141).

DICKINSON, Emily Norcross (1804–1882). In Monson, Mass., als zweitältestes von neun Kindern des gewitzten und bildungsbeflissenen Geschäftsmanns Hiram Norcross und seiner Frau Betsey Fay Norcross geboren, genoß Emily Norcross für die damalige Zeit eine sehr gute Ausbildung. Sie verließ ihre muntere, gastfreie Familie und ihren Heimatort 1828 nur sehr ungern, und sie tat sich in den Anfangsjahren in Amherst unter finanziell und räumlich bescheidenen Verhältnissen schwer. (Ihr erstes Kind, William Austin, kam zwei Monate nach dem Tod eines geliebten Bruders zur Welt; ein halbes Jahr später starb in Monson Mrs. Dickinsons Mutter.) Emily Norcross Dickinson war wiederholt längere Zeit leidend, einmal Mitte der fünfziger Jahre, dann nach dem unerwarteten Tod ihres Mannes

1874 und einem im darauffolgenden Jahr erlittenen Schlaganfall bis zu ihrem eigenen Tod sieben Jahre später.

DICKINSON, Lavinia Norcross (1833–1899) – »Schwestern sind zerbrechliches Gut«, heißt es bei Emily Dickinson (Brief Nr. 57). Zweieinhalb Jahre jünger als die Dichterin, war Lavinia (Vinnie) ein halbes Jahrhundert lang deren engste Vertraute. Klug, geistreich, kontakt- und reisefreudig, besuchte Lavinia Dickinson häufiger Freunde und Verwandte als Mutter oder Schwester, doch auch sie verbrachte ihr ganzes Leben in der elterlichen »Homestead« in Amherst und heiratete, trotz mehrerer Anträge, nicht. Familiensinn, Pflichtgefühl und bedingungslose Treue der schutzbedürftigen älteren Schwester gegenüber machten Lavinia – »Soldat und Engel« – unverzichtbar. Sie besorgte den Haushalt und vermittelte zwischen der Dichterin und der Welt, indem sie diese, je nachdem, fernhielt oder hereinholte. Lavinia schrieb selbst Gedichte, und ein Freund, Joseph Chickering, befand: »Lavinias Gabe hätte weit größere Anerkennung gefunden und auch ein breiteres Publikum, hätte die Ausnahmebegabung der berühmten Schwester diese nicht in den Schatten gestellt.« Zusammen mit der Schwester pflegte Lavinia die invalide Mutter bis zu deren Lebensende. Nach dem Tod Emily Dickinsons bewohnte sie die »Homestead« noch zwölf Jahre allein mit ihren zahllosen Katzen. Lavinia Dickinsons hartnäckigen Bemühungen war die Drucklegung eines ersten Bands mit Gedichten von Emily Dickinson im Jahre 1890 zu verdanken.

DICKINSON, Susan Huntington Gilbert (1830–1913). Nur neun Tage nach Emily Dickinson geboren und fast auf den Tag genau 27 Jahre später gestorben, verband die Schwägerinnen sehr viel – nicht zuletzt die Liebe zu Literatur, Musik und Natur. An Susan Gilbert Dickinson schickte Emily Dickinson mehr Gedichte als an alle sonstigen Korrespondenten (über 250). Als jüngstes von sechs Kindern in Old Deerfield, Mass., geboren, verlor Susan Gilbert beide Eltern sehr früh: die Mutter mit sieben, den Vater mit elf Jahren. Sie lebte zunächst bei einer Tante in Geneva, New York, und ab 1850 bei ihrer Schwester Harriet Cutler in Amherst. 1853 verlobte sie sich mit Emily Dickinsons Bruder →Austin, 1856 fand die Hochzeit statt. In der vom Schwiegervater eigens für das junge Paar errichteten Villa »Evergreens« neben der »Homestead« führte die gesellschaftlich ambitionierte Susan Dickinson ein »großes Haus« mit viel illustrem Besuch (Ralph Waldo Emerson, Harriet Beecher Stowe, Wendell Phillips, Frederick Olmsted). Emily Dickinson schätzte Susan Dickinsons Anregungen außerordentlich; sie verglich ihr Verhältnis zur Schwägerin mit Dantes Liebe zu Beatrice und Jonathan Swifts zu Stella, Susan Gilbert wiederum sah Parallelen zur Freundschaft zwischen Bettine von Arnim und der Günderode. Nach Emily Dickinsons Tod hatte sich ihre Schwester Lavinia zunächst mit ihrem Anliegen, das Werk veröffentlicht zu sehen, an Susan Gilbert Dickinson gewandt, doch als nichts geschah, sprach Lavinia die Geliebte ihres Bruders Austin an →Mabel Loomis Todd. Ihrer eigenen Darstellung nach hatte Susan Gilbert Dickinson stets ein Band vorgeschwebt, der nicht nur Gedichte, sondern Briefe, Fragmente und auch »Illustrationen« enthalten und somit eher Emily Dickinsons programmatischer »Umfassenheit« entsprechen sollte.

DICKINSON, William Austin (1829–1895), Bruder Emily Dickinsons und ihr in ihrer Jugend besonders nahe. Abschluß am Amherst College 1850, Studium an der Harvard Law School und Lehrzeit in der Kanzlei des Vaters, 1854 Zulassung als Anwalt. Am 1. Juli 1856 Eheschließung mit →Susan Huntington Gilbert, einer engen Vertrauten seiner Schwester Emily. Austin Dickinson blieb sein Leben lang als Anwalt in Amherst, übernahm 1853 vom Vater das Amt des Finanzverwalters von Amherst College und wurde ein angesehener und einflußreicher Bürger der Stadt, der sich besonders in kirchlichen Belangen und Fragen der Stadterneuerung und -verschönerung engagierte. Austin besaß einen großen Freundeskreis, darunter auch viele Frauen. 1882 ging er ein Verhältnis mit →Mabel Loomis Todd ein, das bis zu seinem Tod währte. Ein von Austin der Geliebten testamentarisch vermachtes Stück Land führte zu gerichtlichen Auseinandersetzungen und bitterem Zwist mit →Lavinia und →Susan Dickinson und beeinträchtigte die Edition des Werks Emily Dickinsons und die Darstellung der biographischen Fakten erheblich.

DWIGHT, Edward Strong (1820–1890), war 1854–1860 Pastor der First Congregational Church in Amherst und bei allen Dickinsons sehr beliebt. Emily Dickinson besuchte Dwight und seine Frau gern und häufig. Deren Krankheit zwang Dwight schließlich, seinen Posten aufzugeben; nach dem Tod seiner Frau in Maine kehrte er zurück und diente bis zu seinem Lebensende in Hadley.

EMERSON, Forrest F. war 1879–1883 Pastor der First Church in Amherst und übersiedelte dann nach Newport, Rhode Island. Emily Dickinson schickte ihm und seiner Frau einige kurze Botschaften, meist recht förmliche Dankesbriefe (siehe Nr. 263).

EMMONS, Henry Vaughan (1832–1912), Student am Amherst College, wurde von seinem Freund John Long Graves, einem Vetter der Dickinsons, 1852 in der »Homestead« eingeführt und freundete sich mit Emily Dickinson an. Die Verbindung verdankte sich der gemeinsamen Liebe zur Literatur; zusammen unternahmen er und Emily Dickinson Spaziergänge und Ausfahrten und schrieben sich Billetts. Emmons stieß die angehende Dichterin auf Elizabeth Barret Brownings poetologisches Gedicht »A Vision of Poets«, in dessen Verklärung von Leid als Voraussetzung von Genie und großer Kunst sie Bestätigung fand.

FLYNT, Eudocia Converse (bei Habegger: Carter Coleman) aus Monson, Mass., zweite Frau eines Vetters von Emily Norcross Dickinson. Sandte deren Tochter Emily Dickinson 1858 den Abdruck einer Predigt Charles Wadsworths, kam 1862 zur Collegefeier nach Amherst und erhielt daraufhin von der Dichterin das Briefgedicht Nr. 89.

GOULD, George Henry (1827–1899), war ein Kommilitone Austin Dickinsons am Amherst College. Nach Emily Dickinsons Tod behauptete ihre Schwester → Lavinia, in Gould sei die Dichterin verliebt gewesen und ihm hätten ihre Liebesgedichte gegolten. Von einer Korrespondenz zwischen Emily Dickinson und George Gould hat sich jedoch bis auf den Valentinsscherzbrief, den sie ihm 1850 schickte und der in der Collegezeitung *The Indicator* abgedruckt wurde, nichts aufspüren lassen.

GRAVES, John Long (1831–1915), ein Vetter Emily Dickinsons aus Sunderland, Mass., beendete sein Grundstudium am Amherst College 1855 und unterrichtete dann in Orford, New Hampshire. Während seiner Amherster Zeit war Graves ein häufiger und willkommener Gast im Dickinson-Haushalt. Im April 1854 befahlen die Eltern für die Zeit einer Reise nach Washington, D.C., auf der sie auch Lavinia begleitete, Emily und ihre Freundin → Susan Gilbert seinem Schutz an. Von John Graves ist der einzige Kommentar zu Emily Dickinsons damaligen nächtlichen Klavierimprovisationen überliefert, Schöpfungen, die der Dichtung vorausgingen.

HALE, Edward Everett (1822–1909), angesehener amerikanischer Geistlicher, Sozialreformer und Autor, bekannt als früher Fürsprecher der Social-Gospel-Bewegung, die bestrebt war, gesellschaftliche Veränderungen auf der Grundlage fortschrittlichen Christentums zu erreichen. In der Annahme, Hale sei Seelsorger ihres ersten »Meisters« → Benjamin Franklin Newtons gewesen, erkundigte sich Emily Dickinson 1853 bei ihm nach Newtons letzten Stunden. Sie schrieb ihm noch einmal 1856.

HIGGINSON, Thomas Wentworth (1823–1911), spielte eine zentrale Rolle im dichterischen Leben Emily Dickinsons. Bekannt als unitarischer Prediger, leidenschaftlicher Abolitionist, Anhänger des Spiritismus, Förderer von

Frauen und im Bürgerkrieg Befehlshaber der First South Carolina Volunteers, des ersten Regiments befreiter Sklaven. Higginson genoß auch als Dichter und Essayist einiges Ansehen, er schrieb regelmäßig für den *Atlantic Monthly*. Seine Naturbeschreibungen und ein entscheidender Beitrag mit dem Titel »Letter to a Young Contributor« bewegten Emily Dickinson zu einem ungewöhnlichen Schritt: Sie richtete an einen vollkommen Fremden die Bitte, sich zu ihren Gedichten zu äußern; vier legte sie ihrem Brief gleich bei. Die Korrespondenz hielten beide bis zu Emily Dickinsons Tod aufrecht; Higginson hob alle 71 Briefe (und 102 Gedichte), die er von der Dichterin erhielt, auf. Obwohl der Literat sich mit Emily Dickinsons ungewöhnlichem Werk lange nicht recht anfreunden konnte, beteiligte er sich an der Edition des ersten, posthum verlegten Gedichtbands und schrieb 20 Jahre später, indem er Emily Dickinson mit William Blake verglich: »Wenn uns ein Gedanke den Atem raubt, zählen wir da noch Silben?«

HITCHCOCK, Edward (1793–1864) aus Deerfield, Mass., arbeitete in seiner Jugend als Farmer, Zimmermann und Landvermesser, studierte dann in Yale Theologie und hörte Chemie. 1825 wurde er Professor für Naturgeschichte und Chemie (dann Natürliche Theologie und Geologie) am Amherst College, unternahm ausgedehnte Exkursionen, wurde nach seiner Rückkehr Collegepräsident und war maßgeblich verantwortlich für eine Neuorientierung und die entschiedene Ausrichtung auf die Naturwissenschaften. Hitchcocks Bücher gehörten zu den Lehrmaterialien an Schulen wie dem Mount Holyoke Female Seminary, das Emily Dickinson zuletzt besuchte. Sein Werk war für ihre Dichtkunst von großer Bedeutung: Sie verarbeitete viele seiner Beobachtungen und chemischen wie geologischen Befunde und griff weit häufiger als andere Dichter der Zeit auf wissenschaftliche und technische Terminologie zurück; »wissen« ist das Verb, das in Emily Dickinsons Gedichten am häufigsten vorkommt.

HOLLAND, Josiah Gilbert (1819–1881), bedeutender Autor und Zeitungsmann, der zunächst als Geistlicher, dann als Arzt tätig war, ehe er sich 1846 dem Journalismus zuwandte, Mitherausgeber des *Springfield Republican* wurde und schließlich *Scribner's Monthly* gründete. Emily Dickinson lernte Holland 1851 kennen und schätzte seine Essays und seine Bemühungen um die Förderung von Frauen, teilte jedoch seine konventionelle Beurteilung von Stoff und Stil keineswegs.

HOLLAND, Elizabeth Luna Chapin (1823–1896). Viel wichtiger als zu →Josiah Gilbert Holland war für Emily Dickinson die Beziehung zu seiner

Frau, die ihr als »Schwester« galt und der sie zwischen 1854 und 1886 mehr Briefe schrieb als allen anderen Korrespondenzpartnern außerhalb der Familie mit Ausnahme →Thomas Wentworth Higginsons. In diesen Briefen wagt sich Emily Dickinson ungewöhnlich weit vor, sie denkt laut, sie vertraut sich der »Schwester« freimütiger als anderswo an, teilt mit ihr Befürchtungen wie Hoffnungen. (Anderer Ansicht ist Marietta Messmer [2001], der zufolge Emily Dickinson in ihren Briefen an Mrs. Holland sehr bedächtig die Balance wahrt zwischen Selbstbehauptung und weiblicher Bescheidung mit der entsprechenden Beschränkung auf Heim, Herd und Garten.)

HUMPHREY, Jane T. (1829–1908) aus Southwick, Mass. Die Freundin der frühen Jahre besuchte zweitweilig mit Emily Dickinson die Amherst Academy und lebte in dieser Zeit mit ihr unter einem Dach. Nach ihrem Abschluß an Mary Lyons Mount Holyoke Female Seminary (1848) wurde sie Lehrerin an der Amherst Academy (1848–49), unterrichtete dann an verschiedenen Schulen zunächst im Westen und schließlich wieder an der Ostküste. 1858 heiratete Jane Humphrey, und damit riß der in den frühen 50ern noch sehr wichtige Kontakt (siehe Briefe Nrn. 8 und 40) zwischen ihr und Emily Dickinson ab. Dies gilt interessanterweise für alle Freundinnen der Kindheit und Jugend mit Ausnahme der späteren Schwägerin →Susan Gilbert Dickinson: die Ehe markiert stets das Ende des gemeinsamen beschrittenen oder besser beschworenen Weges.

JACKSON, Helen Maria Fiske Hunt (1830–1885). Helen Hunt Jackson stammte selbst aus Amherst, besuchte jedoch nach dem frühen Tod der Mutter Deborah Vinal Fiske 1844 auswärtige Schulen und verließ ihren Heimatort endgültig, als auch ihr Vater, Professor am College, 1847 starb. Nach dem frühen Verlust ihres ersten Mannes Edward B. Hunt 1852, eines ersten Sohnes 1863 und eines weiteren 1865 schlug Helen Hunt als Protegé Thomas Wentworth Higginsons eine schriftstellerische Laufbahn ein. Sie verfaßte erbauliche Verse und Erzählungen, die sie unter dem Kürzel »H. H.« herausgab. Zwei Streitschriften gegen die offizielle Politik gegenüber den Indiandern («A Century of Dishonor« von 1881 und der Roman *Ramona* von 1883) machten sie zu einer der bedeutendsten amerikanischen Autorinnen der Zeit. 1866 hatte →Higginson ihr Gedichte Emily Dickinsons gezeigt, 1868 scheint es zu einem ersten Briefwechsel gekommen zu sein, von dem nichts erhalten ist, so daß das erste Schreiben Emily Dickinsons an Helen Hunt Jackson ihr Glückwunsch zu H. H.s zweiter Ehe 1875 war, auf den Helen Hunt Jackson mit der Feststellung antwortete: »Sie sind eine große Dichterin – und Sie tun Ihrer Zeit damit ein großes Unrecht, daß Sie nicht laut singen wollen. Wenn Sie einst sind, was die Leute tot nennen, wird es Ihnen leid tun, daß Sie so geizig waren« (Brief Nr. 148). Fortan ließ Helen Hunt Jackson nicht von ihrem Bemühen ab, Emily Dickinson zur Publikation zu bewegen, und sie bat darum, als Dickinsons Nachlaßverwalterin eingesetzt zu werden, sollte sie diese überleben – was nicht der Fall war.

JACKSON, William Sharpless I (1836–1919), ab 1871 in Colorado Springs Manager und Finanzverwalter, dann Vizepräsident der Denver & Rio Grande Railway Co. und Gründer der El Paso Bank, war der zweite Ehemann der Erfolgsautorin →Helen Hunt Jackson, dem Emily Dickinson nach dem unerwarteten Tod der befreundeten Autorin 1885 zwei Briefe schrieb. 1888 heiratete Jackson die Nichte seiner verstorbenen Frau.

JENKINS, Jonathan Leavitt (1830–1913), war 1867–1877 Pastor der First Church in Amherst und ein guter Freund der ganzen Dickinson-Familie. Die Dichterin schrieb ihm und seiner Frau häufig, schickte Blumen, Zeichnungen und Gedichte. Als Geistlicher war Jenkins für die Beerdigungen →Edward Dickinsons 1874, Gilbert Dickinsons 1884 und – gemeinsam mit George S. Dickerman – 1886 auch Emily Dickinsons zuständig.

JENKINS, Sally (»Did«), Tochter Jonathan L. und Sarah Jenkins', war als Kind (1866–1877) Nachbarin der Dickinsons, in deren Garten sie mit anderen oft spielte und wo sie in den Genuß der Plätzchen kam, die Emily Dickinson gelegentlich in einem Korb aus dem Fenster herabließ.

KIMBALL, Benjamin (geb. 1850), Vetter von →Otis Phillips Lord, Anwalt in Boston und nach Lords Tod 1884 Testamentsvollstrecker. Emily Dickinson schrieb ihm zweimal und bat um Auskunft über seine Erinnerungen an den geliebten Freund (siehe Brief Nr. 248).

LORD, Otis Phillips (1812–1884), war lange Jahre der engste Freund →Edward Dickinsons, war wie dieser Anwalt, Whig und schließlich Richter am höchsten Gericht von Massachusetts. Wann Emily Dickinson und Otis Lord begannen, sich zu schreiben, ist nicht bekannt. Die ersten erhaltenen Briefe, vermutlich aus dem Jahr 1878, sind Liebesbriefe, die offenbar nur einige wenige Monate nach dem Tod von Lords Frau Elizabeth Farley verfaßt wurden; einzelne Dickinson-Forscher nehmen daher an, es müsse lange vorher schon starkes Interesse bestanden haben und Lord sei möglicherweise sogar der Adressat der »Master«-Briefe.

MAHER, Margaret, genannt »Maggie« (1841–1924), war von 1869 bis zu →Lavinia Dickinsons Tod im Jahr 1899 im Haushalt der Dickinsons beschäftigt. In Margaret Mahers Truhe fanden sich Emily Dickinsons Gedichtkonvolute; möglicherweise hatte die Dichterin sie gebeten, sie zu verbrennen. Auch das einzig erhaltene Bild Emily Dickinsons, die frühe Daguerreotypie, verdanken wir Margaret Maher, denn sie hob das Portrait auf, das der Familie mißfiel und daher aussortiert worden war.

NEWTON, Benjamin Franklin (1821–1853), gehörte zu den wichtigsten Jugendfreunden Emily Dickinsons. Von ihm schrieb sie: »Mr. Newton wurde mir ein gütiger und doch gestrenger Präzeptor, er lehrte mich, was lesenswert sei, welche Autoren bewunderungswürdig, was erhaben, was schön ist in der Natur [...] von alledem unterrichtete er mich ernsthaft und voller Sanftmut, und er verließ uns als ein vielgeliebter und entbehrter älterer Bruder« (Brief Nr. 31). Benjamin F. Newton, der frühe »Meister«, war der erste, der sein »Protegé« in ihren künstlerischen Bestrebungen unterstützte. Kurz vor seinem Tod muß ihm Emily Dickinson erste Proben ihrer Kunst geschickt haben; an Higginson schrieb sie: »Todkrank meinte mein Tutor, er möchte wohl noch leben, bis ich Dichter sei.« (Brief Nr. 85). Leider ist von der Korrespondenz mit diesem frühen literarischen Mentor und Seelenverwandten, die möglicherweise hochinteressante Einblicke in Emily Dickinsons frühes Schaffen erlaubt hätte, nichts erhalten.

NILES, Thomas (1825–1894) aus Boston wandte sich schon früh dem Verlagswesen zu: 1839 begann er im Old Corner Bookstore, wo er William D. Ticknor und James T. Fields kennenlernte, in deren 1854 gegründeten Verlag Ticknor & Fields er eintrat und den er wieder verließ, als ein neuer Partner ihm vorgezogen wurde. Nach einigen Jahren in einem Schreibwaren- und Buchladen stieß Niles zu dem Verlag Roberts Brothers, einem Unternehmen, das er zu großem Erfolg führte. Roberts Bros. kaufte die besten britischen Lizenzen, arbeitete mit herausragenden Druckereien zusammen, führte Serien ein und pflegte vorbildlich die Beziehungen zu seinen Autoren (etwa Louisa May Alcott). Mit Niles korrespondierte Emily Dickinson nach dem anonymen Abdruck ihres Gedichts »Success« in *A Masque of Poets*; er erbot sich, einen Band mit Gedichten von ihr herauszugeben. Als sich jedoch → Thomas Wentworth Higginson und → Mabel Loomis Todd nach dem Tod der Dichterin an ihn wandten, zögerte er zunächst, verunsichert durch ein zurückhaltendes Gutachten des Dichters Arlo Bates (1850–1918), und willigte schließlich nur unter der Voraussetzung ein, daß Lavinia Dickinson die Kosten für die Erstellung der Druckplatten übernehme.

NORCROSS, Joel Warren (1821–1900) war der jüngste Onkel Emily Dickinsons aus Monson, Mass. Als Schüler hatte er eine Zeitlang bei den Dickinsons gewohnt, ehe er nach Boston zog und ein bis zum Bürgerkrieg sehr erfolgreiches Importgeschäft betrieb, später waren Reisen und Genealogie seine großen Leidenschaften. Tatendurstig, ehrgeizig, selbstbewußt, waghalsig, galt Joel Norcross als Original. Emily Dickinson fand seine ausgeprägte Selbstherrlichkeit offenbar amüsant.

NORCROSS, Lavinia (1812–1860), wendige, temperamentvolle und eigenwillige Schwester von →Emily Norcross Dickinson und Mutter der »kleinen Kusinen« →Fanny und →Loo. Tante Lavinias Lebensfreude, Phantasie und Begabung gaben Emily Dickinson wichtige Impulse.

NORCROSS, Louise (1842–1919) und Frances Lavinia (1847–1896). Louise (auch Louisa, Loo) und ihre jüngere Schwester Frances (auch Fanny) verlebten ihre frühen Jahre in Boston bei den Eltern, dann, als beide in den 60er Jahren kurz hintereinander verstarben, bei Verwandten in Massachusetts, in Connecticut und in Wisconsin. Das symbiotische Verhältnis der Schwestern war dem zwischen Emily und Lavinia Dickinson nicht unähnlich. Sie besuchten die Dickinsons regelmäßig in Amherst und wechselten mit Emily Dickinson 27 Jahre lang Briefe, die sich durch ungewohnte Offenheit und ein Minimum an Verstellung und der sonst für Emily Dickinson so charakteristischen »Kunstgriffe« von anderen Korrespondenzen unterscheiden. Als Erwachsene kehrten Loo und Fanny nach Massachusetts zurück und widmeten sich vor allem intellektuellen und politischen Anliegen. Im *Woman's Journal* bezeichnete sich Louise als »leidenschaftliche Kämpferin für die Sache der Frau, Suffragette durch und durch, mit einer Schwäche für jeden fortschrittlichen Ismus.« Zu den »Institutionen« der Schwestern gehörte der Concord Saturday Club, ein Literaturzirkel, an dem auch Louisa May Alcott, William Ellery Channing, Ralph Waldo Emerson und Robertson James teilnahmen und wo neue Texte vorgetragen wurden. Es ist nicht ausgeschlossen, daß die Norcross-Kusinen dort Gedichte von Emily Dickinson lasen. Der Kontakt der Kusinen mit der literarischen Elite Concords macht deutlich, daß Emily Dickinson durchaus Publikationswege offenstanden. Das Band zwischen der Dichterin und ihren Kusinen wurzelte in der Überzeugung Emily Dikkinsons, daß ihre Berufung und ihr eingezogenes Leben bei den Norcross-Schwestern auf Verständnis stoße. Die Briefe, die sie ihnen schrieb, sind sehr aufschlußreich, und deshalb ist es besonders schade, daß die Kusinen der ersten Herausgeberin der Briefe →Mabel Loomis Todd nur zensierte Abschriften überließen.

ROOT, Abiah Palmer (geb. 1830), Tochter des Händlers und Dekans Harvey Root aus West Springfield (Feeding Hills), besuchte 1844/44 gemeinsam mit Emily Dickinson die Amherst Academy und gehörte dem Kreis »der Fünf« an, zu denen außerdem Abby Wood, Harriet Merrill und Sarah S. Tracy zählten. Die 27 Briefe, die Emily Dickinson zwischen Februar 1845 und Sommer 1854 an Abiah Root richtete, gehören vor allem wegen der im Zuge der Erweckungsbewegungen der Zeit ausführlich erörterten Gewissensnöte zu den wichtigsten ihrer Jugendjahre. Als Abiah Root 1854 Reverend Samuel W. Strong aus Westfield heiratete, brach der Kontakt zwischen ihr und Emily Dickinson ebenso ab wie der zu →Jane Humphrey.

SMITH, Martha Gilbert (1829–1895), ältere Schwester Susan Gilbert Dickinsons und ihr so ähnlich, daß die beiden häufig als »Zwillinge« bezeichnet wurden. Austin Dickinsons Interesse galt zunächst beiden Schwestern gleichermaßen; als er sich für Susan entschied, stellte Martha die Korrespondenz mit ihm ein. Sie verließ 1853 Amherst und heiratete John W. Smith, mit dem sie sich in Geneva, New York, dem Ort ihrer Kindheit, niederließ.

SWEETSER, Catherine Dickinson (1814–1895) und Joseph A. (1808–1874?). Catherine war das sechste Kind Samuel Fowlers und Lucretia Gunn Dikkinsons; sie wuchs in Amherst auf und besuchte die Amherst Academy. 1833 zog sie mit ihren Eltern nach Ohio, 1835 kehrte sie an die Ostküste zurück und heiratete Joseph Sweetser, der mit seinem Bruder →Luke zunächst in Amherst ein Geschäft betrieb und sich später mit großem Erfolg in New York etablierte. Der literarisch interessierte Joseph Sweetser stiftete diverse Rhetorik- und Literaturpreise für Studenten des Amherst College. 1874 verschwand dieser Onkel Emily Dickinsons unter ungeklärten Umständen spurlos in New York.

SWEETSER, Luke (1800–1882) übernahm mit seinem Bruder Joseph 1824 in Amherst das Geschäft »Sweetser, Cutler and Co.«, diente als Stadtrat, Friedensrichter und 1847–1849 Abgeordneter im »General Court«, dem Landesparlament von Massachusetts, unterstützte den Bau der Eisenbahnstrecke nach Amherst, förderte Bildungsinitiativen, agrarwirtschaftliche Studien und die Bankwirtschaft.

TODD, Mabel Loomis (1856–1932) war 25, als sie mit ihrem Mann, dem Astronomieprofessor David Peck Todd, nach Amherst kam. Hübsch, charmant, lebhaft, besaß die egozentrische junge Frau in einem Maß musisches Talent und künstlerisches Flair, wie sie der stille, fromme Provinzort Amherst zuvor nicht gekannt hatte. Mrs. Todd wurde bald schon den Dickinsons vorgestellt, denn →Susan Gilbert Dickinson hofierte die überaus präsentable junge Frau, doch wurde der gesellschaftliche Umgang ausgesprochen heikel und kompliziert, als Mrs. Todd mit Austin Dickinson ein von ihrem Mann geduldetes, von Austins Schwestern hingenommenes, von seiner Frau jedoch mit Empörung verfolgtes Verhältnis einging. Nach Emily Dickinsons Tod wandte sich →Lavinia Dickinson mit ihrem Wunsch, die Gedichte der Schwester veröffentlicht zu sehen, da die Schwägerin Susan Dickinson für ihr Gefühl zu wenig unternahm, schließlich an die Geliebte des Bruders. Als Austin Dickinson seiner Mätresse zum Dank für ihre editorischen Bemühungen ein Stück Land vermachte, wechselte Lavinia Dickinson die Fronten und strengte mit →Susan Dickinson einen Prozeß an, den sie gewann. Gedemütigt, schloß Mabel Loomis Todd die in ihrem Besitz verbliebenen Manuskripte weg und widmete sich anderen Projekten: Vorträgen und Veröffentlichungen zu den Exkursionen ihres Mannes, der Gründung der Amherst Historical Society, diverser Ortsvereine der »Daughters of the American Revolution« und des Woman's Club. Vor ihrem Tod nahm Mabel Loomis Todd ihrer Tochter Millicent Todd Bingham das Versprechen ab, alle verbliebenen Dickinson-Materialien zu publizieren. 23 Jahre brauchte die Tochter, um den Wunsch der Mutter zu erfüllen.

TUCKERMAN, Sarah Eliza Sigourney Cushing (1832–1915), Ehefrau des Historikers und Botanisten am Amherst College, lag Emily Dickinson besonders am Herzen; sie erhielt von der Dichterin immerhin 28 Briefe und 16 Gedichte.

WADSWORTH, Charles (1814–1882). Emily Dickinson bezeichnete den Geistlichen als »guten Hirten seit der Mädchenzeit« (Brief Nr. 212). Vermutlich hatte die Dichterin 1855 bei einem Besuch der befreundeten Familie →Coleman in Philadelphia die Bekanntschaft des damaligen Pastors der Arch Street Church gemacht. Wadsworth selbst besuchte Emily Dickinson 1860 und ein zweites Mal im August 1880 in Amherst. Frühjahr und Sommer des Jahres 1861 brachten für den Geistlichen wie für die Dichterin eine Krise: Wadsworth, der auf der Seite der Union stand, hielt die Sklaverei für weniger verwerflich als die Politik gegenüber den christlichen Brüdern des Südens – eine zunehmend unhaltbare Position, die ihn bewog, sein Amt in Philadelphia zugunsten eines Rufs aus San Francisco niederzulegen. Wadsworths Predigten erregten allgemein Bewunderung; ihm wurden ein besonderer Humor nachgesagt und die Fähigkeit, komplexe theologische Argumente in wenige pointierte Worte zu packen. Stilistisch scheint es eine Verwandtschaft mit Emily Dickinson gegeben zu haben, und die Dichterin hegte zeitlebens große Achtung vor Wadsworths Mischung aus Tief- und Leichtsinn. Während von der vermutlich umfänglichen Korrespondenz zwischen der Dichterin und ihrem »engsten irdischen Freund« bis auf eine kurze förmliche Nachricht Wadsworths an Emily Dickinson nichts erhalten ist, stiftete sein Tod einen Briefwechsel zwischen ihr und langjährigen Freunden Wadsworths, den Brüdern →Clark, der Rückschlüsse auch auf die Beziehung erlaubt, die zu ihm Anlaß gab.

WHITNEY, Maria (1830–1910) war eine entfernte Verwandte von →Mary Bowles und eine besondere Freundin →Samuel Bowles'. Mary Whitney half während der Schwangerschaften und Depressionen Mary Bowles' in den 60er und 70er Jahren im Haushalt der Bowles und lernte Emily Dikkinson über →Austin und →Susan Dickinson kennen. Die Dichterin suchte nach Bowles' Tod brieflich bei Mary Whitney Trost in gemeinsamen Erinnerungen an den Freund. Mary Whitney kannte auch die →Norcross-Schwestern, die sie gelegentlich besuchte.

Literaturverzeichnis

Originalausgaben

Die frühesten – posthum – publizierten Gedicht- und Briefausgaben sind in der Zeittafel angeführt. Heute sind die maßgeblichen Standardwerke:

für die Briefe
- die dreibändige Ausgabe von Johnson, Thomas H. und Ward, Theodora (Hg.): *The Letters of Emily Dickinson.* Cambridge & London: The Belknap Press of Harvard University Press, 1958; handlicher in der einbändigen Ausgabe von 1997; ergänzend: Sewall, Richard B.: *The Lyman Letters. New Light on Emily Dickinson and Her Family.* Amherst: The University of Massachusetts Press, 1965

für die Gedichte
- die dreibändige Variorumsedition von Franklin, Ralph W. (Hg.): *The Poems of Emily Dickinson: Variorum Edition.* Cambridge & London: The Belknap Press of Harvard University Press, 1998; handlicher in der einbändigen Ausgabe: Franklin, Ralph W.(Hg.): *The Poems of Emily Dickinson. Reading Edition.* Cambridge & London: The Belknap Press of Harvard University Press, 1999

Interessant sind auch die Faksimileausgaben:
- Franklin, Ralph W. (Hg.): *The Master Letters of Emily Dickison.* Amherst: The University of Massachusetts Press, 1986
- Franklin, Ralph W. (Hg.): *The Manuscript Books of Emily Dickinson.* Cambridge & London: The Belknap Press of Harvard University Press, 1981

und einige Auswahlbände wie
- Hughes, Ted (Hg.): *A Choice of Emily Dickinson's Verse.* London: Faber & Faber, 1968
- Johnson, Thomas H. (Hg.): *Final Harvest. Emily Dickinson's Poems.* Boston & Toronto: Little, Brown & Co., 1961
- Johnson, Thomas H. (Hg.): *Emily Dickinson. Selected Letters.* Cambridge & London: The Belknap Press of Harvard University Press, 8th printing, 1996

- Oates, Joyce Carol (Hg.): *The Essential Dickinson.* Hopewell, N.J.: Ecco Press, 1996.

Wichtige Biographien – englisch:
- Habegger, Alfred: *My Wars Are Laid Away in Books. The Life of Emily Dickinson.* New York: The Modern Library Paperback Edition, 2002
- Sewall, Richard B.: *The Life of Emily Dickinson.* Cambridge & London: Harvard University Press, 6th printing, 2003
- Whicher, George Frisbie: *This Was a Poet. A Critical Biography of Emily Dickinson.* New York: Charles Scribner's Sons, 1938
- Wolff, Cynthia Griffin: *Emily Dickinson.* Cambridge: Radcliffe Biography Series, 1988

Wichtige Nachschlagewerke – englisch:
- Capps, Jack L.: *Emily Dickinson's Reading (1836–1886).* Cambridge & London: Harvard University Press, 1966
- Eberwein, Jane (Hg.): *An Emily Dickinson Encyclopedia.* Westport: Greenwood Press, 1998
- Ferlazzo, Paul J. (Hg.): *Critical Essays on Emily Dickinson.* Boston: G.K. Hall, 1984
- Grabher, Gudrun, Hagenbüchle, Roland, Miller, Cristanne (Eds.): *The Emily Dickinson Handbook.* Amherst: The University of Massachusetts Press, 1998
- Leyda, Jay: *The Years and Hours of Emily Dickinson*, New Haven: Yale University Press, 1960 [Reprint Archon Books 1970], 2 Bde.
- MacKenzie, Cynthia and Penny Gilbert: *A Concordance to the Letters of Emily Dickinson.* Boulder: University Press of Colorado, 2000
- Rosenbaum, Stanford P.: *Concordance to the Poems of Emily Dickinson.* Ithaca: Cornell University Press, 1964

Weitere Titel – englisch:
- Anderson, Charles: *Emily Dickinson's Poetry. Stairway of Surprise.* New York: Holt, Rinehart & Winston, 1960
- Bingham, Millicent Todd: *Ancestors' Brocades: The Literary Debut of Emily Dickinson.* New York: Harper & Bros., 1945 3rd edition
- Crumbley, Paul: *Inflections of the Pen: Dash and Voice in Emily Dickinson.* Lexington: University Press of Kentucky, 1997

- Danly, Susan (Hg.): *Language as Object. Emily Dickinson and Contemporary Art.* Amherst: University of Massachusetts Press, 1997
- Farr, Judith: *The Passion of Emily Dickinson.* Cambridge: Harvard University Press, 1992
- Gelpi, Albert J.: *Emily Dickinson. The Mind of a Poet.* Cambridge: Harvard University Press, 1965
- Juhasz, Suzanne, Cristanne Miller, and Martha Nell Smith (Hg.): *Comic Power in Emily Dickinson.* Austin: University of Texas Press, 1993
- Lambert, Robert Graham: *A Critical Study of Emily Dickinson's Letters. The Prose of a Poet.* Lampeter/Wales: The Edwin Mellen Press, 1996
- Langton, Jane: *Emily Dickinson is Dead.* New York: St. Martin's Press, 1984
- Lease, Benjamin: *Emily Dickinson's Readings of Men and Books: Sacred Sounding.* New York: St. Martin's Press, 1990
- Longsworth, Polly: *The World of Emily Dickinson.* New York: W.W. Norton, 1990
- Martin, Wendy (Hg.): *The Cambridge Companion to Emily Dickinson.* Cambridge: Cambridge University Press, 2002
- Messmer, Marietta: *A Vice for Voices. Reading Emily Dickinson's Correspondance.* Amherst: University of Massachusetts Press, 2001
- Miller, Cristanne: *Emily Dickinson. A Poet's Grammar.* Cambridge & London: Harvard University Press, 1987
- Miller, Ruth: *The Poetry of Emily Dickinson.* Middletown: Wesleyan University Press, 1968
- Pollak, Vivian R. (Hg.): *A Historical Guide to Emily Dickinson.* Oxford: Oxford University Press, 2004
- Porter, David T.: *The Art of Emily Dickinson's Early Poetry.* Cambridge: Harvard University Press, 1966
- Shurr, William H.: *New Poems by Emily Dickinson.* Chapel Hill: University of North Carolina, 1993

Übertragungen und Auswahlbände in deutscher Sprache:

- Celan, Paul: *Emily Dickinson, Acht Gedichte.* Die Neue Rundschau, Jg. 72, 1961, Heft 1, S. 36–39 (siehe auch Löhr, Andreas: *»Engel in Grau«: Emily Dickinson.* In: *Fremde Nähe. Celan als Übersetzer.* Eine Ausstellung des Deutschen Literaturarchivs. Marbacher Kataloge 50, hrsg. von Ulrich Ott und Friedrich Pfäfflin. Marbach, 1997, S. 460–474; und mit Übertragungen von insgesamt 10 Gedichten Emily Dickinsons: *Gesammelte Werke. Fünfter*

Band Übertragungen II. Frankfurt/Main: Suhrkamp, 1983, S. 382–400
- Gruenthal, Lola: *Guten Morgen, Mitternacht. Gedichte und Briefe.* Ausgewählt und übertragen von der Herausgeberin. Zürich: Diogenes, 1997 (derzeit leider nicht lieferbar)
- Koppenfels, Werner von: *Emily Dickinson. Dichtungen.* Mainz: Dieterich'sche Verlagsbuchhandlung, 1995
- Kübler, Gunhild: *Emily Dickinson. Gedichte.* München: Hanser, 2006
- Liepe, Gertrud: *Emily Dickinson. Gedichte.* Engl./deutsch. Ausgewählt und übertragen von der Herausgeberin. Mit einem Nachwort von Klaus Lubbers. Stuttgart: Reclam, 1970
- Mathi, Maria: *Der Engel in Grau. Aus dem Leben und Werk der amerikanischen Dichterin Emily Dickinson.* Eingeleitet, ausgewählt und übertragen von der Herausgeberin. Mannheim: Kessler, 1956
- Schlenker, Wolfgang: *Emily Dickinson. Biene und Klee.* 51 Shorter Poems. Basel, Weil am Rhein, Wien: Urs Engeler Editor, 2001

Weitere Titel – deutsch
- Galinsky, Hans: *Wegbereiter moderner amerikanischer Lyrik. Interpretationsstudien zu Emily Dickinson und William Carlos Williams.* Heidelberg: Winter, 1968
- Grabher, Gudrun: *Emily Dickinson. Das transzendentale Ich.* Heidelberg: Winter, 1981
- Hagenbüchle, Roland: *Emily Dickinson. Wagnis der Selbstbegegnung*. Tübingen: Stauffenberg, 1988
- Hesse, Eva: *Lyrik Importe. Ein Lesebuch.* Aachen: Rimbaud, 2004. Darin: Emily Dickinson, S. 93–98
- Hesse, Eva und Ickstadt, Heinz (Hg.) *Englische und amerikanische Dichtung. Bd. 4: Amerikanische Dichtung. Von den Anfängen bis zur Gegenwart.* München: C.H. Beck, 2000, S. 84–104
- Ledebur, Benedikt: *Über / Trans Late / Spät.* Paris: Onestarpress, 2001
- May, Markus: *Ein Klaffen, das mich sichtbar macht. Untersuchungen zu Paul Celans Übersetzungen amerikanischer Lyrik.* Heidelberg: Winter, 2004
- Thümler, Walter: *Emily Dickinson. Gedichte. Mit einem Essay von Archibald MacLeish.* Zwischen den Zeilen, März 1998 (Nummer 11), S. 2–57

Zeittafel

1755
Geburtsjahr Samuel F. Dickinsons, Großvater EDs, in Amherst, Mass.

1776
Unabhängigkeitserklärung

1803
Geburt des Vaters Edward Dickinson in Amherst, Mass.; Louisiana Purchase; beginnende territoriale Expansion

1804
Geburt der Mutter Emily Norcross in Monson, Mass.

1813
Samuel F. Dickinson läßt die »Homestead« an der Main St. in Amherst errichten

1821
Gründung des strenggläubig trinitarischen Amherst College als Bollwerk gegen liberale Tendenzen an der Universität Harvard

1828
Edward Dickinson und Emily Norcross heiraten

1829
Geburt des Bruders William Austin Dickinson (16. April)

Edward Dickinson
um 1840

Emily Norcross Dickinson
um 1840

1830
Bevölkerung der Vereinigten Staaten: 13 Millionen; Geburt Helen Fiske Hunt Jacksons (H.H.) am 15. Oktober; Emily Elizabeth Dickinsons (10. Dezember) und Susan Huntington Gilberts, späterer Freundin und schließlich Schwägerin EDs (19. Dezember) in Amerst, Mass.; Edward Dickinson kauft Samuel F. Dickinson eine Hälfte der »Homestead« ab und lebt mit Frau und Sohn beim Vater

1831
Slavenaufstand in Virginia unter der Führung Nat Turners

1833
Geburt Lavinia Norcross Dickinsons, Schwester EDs (28. Februar); der bankrotte Samuel F. Dickinson verkauft seine Hälfte der »Homestead« an General David Mack und zieht nach Cincinnati, Ohio

1834
Abraham Lincoln zieht ins Landesparlament von Illinois ein

1835
Veröffentlichung von de Tocquevilles *Über die Demokratie in Amerika;* Geburt Mark Twains (30. November); Edward Dickinson wird Finanzverwalter von Amherst College (und bleibt es 37 Jahre lang); ED kommt auf die Grundschule (4 Jahre)

Emily, Austin und Lavinia um 1840

1836
Siedler verteidigen die »Republik Texas«; Schlacht um Fort Alamo, San Antonio; Ralph Waldo Emerson veröffentlicht seinen Essay *Natur*

1837
Victoria besteigt den englischen Thron; durch Spekulation ausgelöste Finanzkrise und nachfolgende Massenarbeitslosigkeit in den Vereinigten Staaten; Mary Lyon gründet das Mount Holyoke Female Seminary

1838
»Trail of Tears«: die Cherokee werden hinter den Mississippi zurückgedrängt; Edgar Allan Poe veröffentlicht in diesem Jahr seinen einzigen Roman *Die denkwürdigen Erlebnisse des Arthur Gordon Pym*; Edward Dickinson zieht ins Landesparlament von Massachusetts ein; Samuel F. Dickinson stirbt arm und vergessen in Hudson, Ohio

1839
erste Daguerreotypien in den Vereinigten Staaten

1840
Edward Dickinson verkauft seine Hälfte der »Homestead« ebenfalls an David Mack und zieht mit seiner Familie in die North Pleasant Street; Emily und Lavinia Dickinson besuchen die Amherst Academy

Amherst Academy, gegründet 1814

1841
in West Roxbury, Mass. entsteht die sozial-utopische Lebensgemeinschaft Brook Farm: Hawthorne verarbeitet seine kommunalen Erfahrungen in *Die Blithdale-Maskerade* (1852)

1842
in New York eröffnet P.T. Barnum's American Museum; Edward Dickinson erringt abermals einen Sitz im Landesparlament; Austin Dickinson wird auswärts auf die Schule geschickt; erster (erhaltener) Brief EDs; Walt Whitmans Temperenzlerroman *Franklin Evans or The Inebriate: A Tale of the Times* wird gedruckt

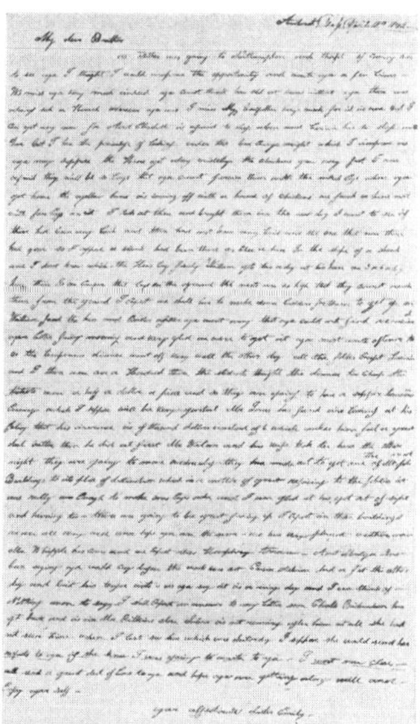

Der erste Brief vom 18. April 1842

1843
Geburt Henry James' in New York (15. April)

1844
Ralph Waldo Emerson veröffentlicht *Essays: Second Series;* Tod der 14jährigen Freundin EDs Sophia Holland; ED wird zu Verwandten nach Boston und Worcester geschickt; bei ihrer Rückkehr schließt sie Freundschaft mit Abiah Root; Erweckung in Amherst

1845
Kartoffelfäule in Irland mit Massenauswanderung in die Vereinigten Staaten; Margaret Fuller veröffentlicht *Woman in the Nineteenth Century*; Frederick Douglass seine *Narrative of the Life of Frederick Douglass, an American Slave, Written by Himself* (*Sclaverey und Freiheit* [1860]); Edward Hitchcock wird Präsident von Amherst College

1846
Beginn des mexikanischen Kriegs, in dessen Folge die Vereinigten Staaten sich New Mexico und Kalifornien aneignen; Henry David Thoreau zieht an den Walden Pond; Erwekkung in Amherst: ED reist nach Boston

1847
Es erscheinen Charlotte Brontës *Jane Eyre* und Emily Brontës *Sturmhöhe*;

Geburt der Kusine Frances Lavinia (Fanny) Norcross; ED geht nach 7 Jahren von der Amherst Academy ab; Tod der 19jährigen Olivia M. Coleman; ED wechselt auf das Mount Holyoke Female Seminary in South Hadley; ED wird photographiert

Emily Dickinson um 1847

1848
Women's Rights Convention in Seneca Falls, N.Y.; in Kalifornien wird Gold entdeckt; revolutionäre Bewegungen in Europa beeinflußen amerikanische Demokratievorstellungen; Herman Melvilles *Taipi. Ein Abenteuer in der Südsee* erscheint; letztes Quartal in South Hadley und Ende der Schulzeit EDs; Tod des 26jährigen Jacob Holt; ED stellt Abiah Root ein »Freundschaftsultimatum«; Tod Emily Brontës in Yorkshire (19. Dezember)

1849
Edgar Allan Poe stirbt in Baltimore; Tod Mary Lyons, Gründerin des Mount Holyoke Female Seminary; Henry Wadsworth Longfellows *Kavanagh (Ein Kirchspiel wie Fairmeadow)* erscheint; Benjamin Franklin Newton verläßt Amherst und schenkt ED zum Abschied *Poems* (1847) von Ralph Waldo Emerson; Lavinia (Vinnie) Dickinson besucht das Ipswich Female Seminary bei Boston

1850
Fugitive Slave Law verabschiedet; Elizabeth Barrett Browning veröffentlicht ihr Gedicht »The Runaway Slave at Pilgrim's Point«; Erscheinungsjahr von Ik Marvels (Donald Grant Mitchells) *Träumereien eines Junggesellen oder ein Buch des Herzens* und Nathaniel Hawthornes *Der scharlachrote Buchstabe*; Amherster College-Blatt *The Indicator* druckt EDs Scherzbrief »Magnum bonum«; erste Erwähnung des Hunds Carlo; Valentinsverse EDs an Elbridge Bowdoin gelten als ihr erstes Gedicht; Erweckung in Amherst (»Great Revival«); Beginn der Werbung Austin Dickinsons um Susan Huntington Gilbert; Austin Dickinson schließt sein Collegestudium ab; Bekehrung Edward Dickinsons und Susan Huntington Gilberts; Bekehrung Lavinia (Vinnie) Dickinsons, Tod des 27jährigen Leonard Humphrey (EDs erstem »Meister«)

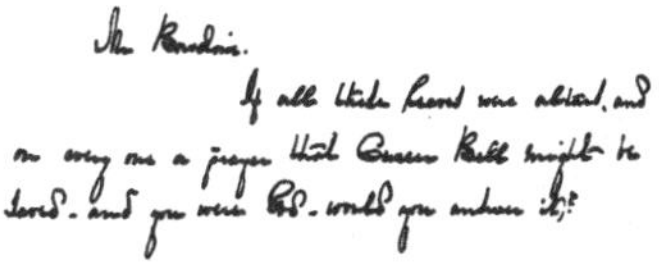

Billett vom Dezember 1849

1851
Es erscheinen Herman Melvilles *Moby Dick* und Nathaniel Hawthornes *Haus der sieben Giebel*; Lavinia (Vinnie) Dickinson beginnt ein Tagebuch; Austin Dickinson unterrichtet in Boston; die Dickinsons hören Jenny Lind in Northampton, Mass.; Brand in Amherst

1852
Harriet Beecher Stowe veröffentlicht *Onkel Toms Hütte*; 5000 Stück gehen innerhalb von 48 Stunden weg; der *Springfield Daily Republican* druckt EDs Valentinsverse; Edward Dickinson reist zum Parteikonvent der Whigs nach Baltimore und besucht Susan Huntington Gilbert

1853
Austin nimmt sein Studium an der Harvard Law School auf; Austin Dickinsons Verlobung mit Susan Huntington Gilbert; Tod Benjamin Franklin Newtons mit 32 Jahren; Aufnahme des Eisenbahnbetriebs zwischen Amherst und Belchertown; Emily und Lavinia Dickinson besuchen die Hollands in Springfield; Edward Dickinson zieht als Abgeordneter in den 33. Kongreß ein; Otis P. Lord wird Speaker im Landesparlament Massachusetts

Austin Dickinson 1850

Susan Gilbert um 1851

1854
Edward Dickinson nimmt am Gründungstreffen der abolitionistischen Republican Party in Washington teil, bleibt jedoch Whig und unterstützt die Kansas-Nebraska-Bill (die die Lösung der Sklavenfrage den Einzelstaaten überläßt); Thomas Wentworth Higginson als Berichterstatter in Kansas; Gründung der nativistischen »Know-Nothing« Party; Henry David Thoreau veröffentlicht *Walden*; Tod Charlotte Brontës (31. März); Edward Dickinson mit Frau und Tochter Lavinia in Washington; ED mit Susan Gilbert und John L. Graves in der North Pleasant Street in Amherst; Austin Dickinson beendet sein Studium in Harvard; Edward Strong Dwight wird Pastor der First Church in Amherst; zweiter Besuch Emily und Lavinia Dickinsons bei den Hollands; Streit zwischen ED

und Susan Gilbert; Austin Dickinson erwägt die Übersiedlung nach Chicago

Lavinia Norcross Dickinson 1852

1855
erscheinen Fanny Ferns (Sara Payson Willis') autobiographischer Roman *Ruth Hall: A Domestic Tale of the Present Time*; Walt Whitmans *Grashalme* und Henry Wadsworth Longfellows »Lied von Hiawatha«; Emily und Lavinia Dickinson in Washington (Mount Vernon) und Philadelphia, wo sie evtl. Rev. Charles Wadsworth predigen hören; Edward Dickinson kauft die »Homestead« zurück; Ralph Waldo Emerson spricht in Amherst vor Studenten (»A Plea for the Scholar«); Edward Dickinson reist als Delegierter zum Parteikonvent der Whigs; Rede Otis P. Lords auf dem Konvent; Edward Dickinson kandidiert für das Parlament, verfehlt jedoch die nötige Stimmzahl; Edward Dickinson nimmt seinen Sohn Austin als Partner in seine Kanzlei auf; Umzug der Dickinsons von der North Pleasant Street in die »Homestead«; Mrs. Dickinson leidend

Die »Homestead«

1856
erscheint Elizabeth Barrett Brownings Versroman »Aurora Leigh«; Bekehrung Austin Dickinsons; Austin Dickinson und Susan Gilbert heiraten in Geneva, New York; sie beziehen die »Evergreens« neben der »Homestead«

Die benachbarte Villa »Evergreens«

1857
Ralph W. Emerson spricht in Amherst (»The Beautiful in Rural Life«)

1858
ED beginnt, ihre Gedichte zu »Faszikeln« zu ordnen; erster Brief an »Master«

1859
Erscheinen von Charles Robert Darwins *Über die Entstehung der Arten durch natürliche Zuchtwahl* (»wir meinten, Darwin habe ›den Erlöser‹ ausgemustert«); John Browns Aufstand bei Harper's Ferry in Virginia schlägt fehlt, Brown (zu dessen Unterstützern u.a. Thomas Wentworth Higginson gehört) wird verhaftet und hingerichtet; Lavinia Dickinson pflegt in Boston die Tante Lavinia Norcross; Edward Dickinson als künftiger Gouverneur von Mass. im Gespräch; ED lernt J.D. Clark, Freund Charles Wadsworths, kennen

1860
Abraham Lincoln wird Präsidentschaftskandidat der Republicans; Walt Whitmans *Grashalme* erleben ihre dritte Auflage; in England erscheint George Eliots *Mühle am Floss*; Charles Wadsworth sucht ED in Amherst auf; Tod der Tante Lavinia Norcross; Otis P. Lord und seine Frau zu Besuch in Amherst; ED erhält Besuch von Helen Fiske Hunt und ihrem Mann; Edward Dickinson lehnt eine Nominierung als Vizegouverneur ab

Reverend Charles Wadsworth

1861
Den Wahlsieg des Republikaners Abraham Lincoln nehmen die 11 Südstaaten zum Anlaß, aus der Union auszutreten und die Konföderierten Staaten von Amerika (Präs. Jefferson Davies) zu gründen; im April führt ein Übergriff der Konföderierten bei Fort Sumter zum Ausbruch des Bürgerkriegs (Mark Twain meldet sich bei den Konföderierten in Missouri, nimmt jedoch schon nach zwei Wochen seinen Abschied); Schlacht von Bull Run; zweiter Brief EDs an den »Master«; im *Springfield Republican* erscheint EDs Gedicht »I taste a liqor never brewed«, dritter Brief EDs an den »Master«; Geburt Edward (Ned) Dickinsons am 19. Juni, erstem Kind von Austin und Susan Dickinson; Tod Elizabeth Barrett Brownings (29. Juni); Briefwechsel EDs und Susan Gilbert Dickinsons über das Gedicht »Safe in their Alabaster Chambers«

1862
Wichtige Bürgerkriegsschlachten: Second Bull Run, Antietam, Fredericksburg; »Homestead Act« gewährt Siedlern Besitzrechte an öffentlichem Grund; *Springfield Republican* druckt »Safe in their Alabaster Chambers«; Frazar Stearns aus Amherst fällt in der Schlacht von Newburn; im *Atlantic Monthy* erscheint Thomas Wentworth Higginsons »Letter to a Young Contributor«; ED schreibt an Higginson und schickt ihm vier Gedichte; ED schickt Higginson einen zweiten Brief mit drei Gedichten; Charles Wadsworth übersiedelt mit Familie nach San Francisco; Tod David Henry Thoreaus (6. Mai); ED schickt Higginson ihren dritten

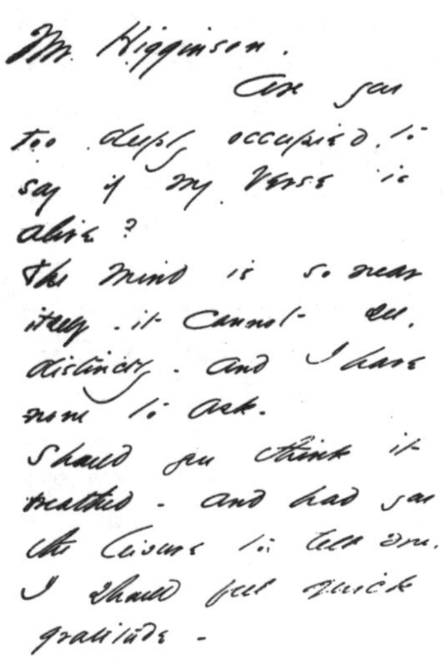
Mr Higginson.
Are you
too deeply occupied to
say if my Verse is
alive?
The Mind is so near
itself - it cannot see,
distinctly - and I have
none to ask -
Should you think it
breathed - and had you
the leisure to tell me,
I should feel quick
gratitude -

Der erste Brief an Thomas W. Higginson

Brief; Otis P. Lord als Redner bei der Collegefeier in Amherst; ED schickt Higginson ihren vierten Brief (mit vier Gedichten); ED schickt Higginson ihren fünften Brief (mit zwei Gedichten); Samuel Bowles kehrt aus Europa wieder; Thomas Wentworth Higginson als Befehlshaber des ersten schwarzen Unionsregiments in South Carolina

1863
ist das produktivste Jahr EDs: sie verfaßt 295 Gedichte; Lincoln verkündet die »Emancipation Proclamation«; entscheidende Treffen: Chancellorville und Gettysburg (über 7000 Tote und 44000 Verwundete bzw. Vermißte); Einberufungsproteste in New York; der Held der Abolitionisten Robert Gould Shaw fällt als Kommandant eines schwarzen Regiments bei Fort Wagner in South Carolina; Tod des Onkels Loring Norcross; die Kusinen Frances (Fanny) und Louise (Loo) Norcross werden Vollwaisen

Die Kusine »Fanny« Norcross

1864
Austin Dickinson zahlt, um der Einberufung zu entgehen; Tod Professer Edward Hitchcocks; in *Drum Beat*, einer als Aufruf zu Spenden für die Bürgerkriegsorganisation U.S. Sanitory Commission in Brooklyn verteilten Zeitung, erscheinen drei Gedichte EDs; EDs Gedicht »Some keep the Sabbath going to church« wird im *Round Table* in New York abgedruckt; im *Springfield Republican* erscheint EDs Gedicht »Blazing in gold, and quenching in purple«; ED unterzieht sich in Boston einer langwierigen Augenbehandlung, sieben Monate wohnt sie bei Frances und Louise Norcross in Cambridgeport; Tod Nathaniel Hawthornes (19. Mai); ED trifft wieder in Amherst ein

Samuel Bowles

1865
Ermordung Präsident Abraham Lincolns; ED hält sich abermals mehrere Monate in Boston zur Behandlung auf; mit der Kapitulation der Konföderiertenarmee bei Appomatox endet der amerikanische Bürgerkrieg (600 000 Gefallene); Ralph Waldo Emerson spricht in Amherst über »Social Aims«

1866
EDs Hund »Carlo« stirbt; H.H. und Higginson lernen sich in Newport, R.I. kennen; im *Springfield Republican* erscheint EDs Gedicht »A narrow fellow in the grass«; Geburt der Nichte Martha (Mattie) Dickinson

1867
Zukauf von Alaska

1868
ED lehnt Higginsons Einladung zum Treffen des »Radical Club« in Boston ab; Hollands treten ihre zweijährige Europareise an

Mary Luna Chapin Holland

1869
Der Kriegsheld Ulysses S. Grant wird 18. Präsident der Vereinigten Staaten; in Promontory Point in Utah treffen sich die Streckenführungen der Central Pacific R. R. und der Union Pacific Railway

1870
Higginson veröffentlicht seinen Bericht *Army Life in a Black Regiment*; er besucht ED in Amherst; J.G. Holland gibt die erste Ausgabe von *Scribner's Monthly* heraus; H.H. veröffentlicht in Boston ihren Gedichtband *Verses*

Thomas Wentworth Higginson um 1874

1872
Victoria Woodhull kandidiert als Präsidentin, sie befürwortet die freie Liebe und schockiert die Amerikaner durch die Enthüllung des Verhältnisses Rev. Henry Ward Beechers zur Ehefrau eines Gemeindemitglieds; Edward Dickinson gibt das Amt des College-Finanzverwalters ab

1873
Wirtschaftskrise; auf Bitten Edward Dickinsons prüft Rev. Jenkins EDs Glaubensfestigkeit; Edward Dickinson zieht erneut ins Landesparlament von Mass. ein; Austin Dickinson wird Finanzverwalter von Amherst College; Higginson spricht in Amherst und besucht ED

1874
Geburt Getrude Steins (3. Februar); Tod Edward Dickinsons im Hotel in Boston

Edward Dickinson um 1874

1875
In Northampton, Mass. wird das Frauencollege Smith eröffnet; Higginson hält vor dem New England Woman's Club einen Vortrag über »Two Unknown Poetesses«, eine: ED; Emily Norcross Dickinson erleidet einen Schlaganfall und wird bettlägerig; ED setzt ihr Testament auf, ohne Anordnungen zu einem dichterischen Nachlaß zu treffen; Geburt des Neffen Gilbert (Gib) Dickinsons am 1. August, Austin und Susan Dickinsons drittem Kind; H.H. heiratet W.S. Jackson in Wolfeboro, New Hampshire; Otis P. Lord wird Richter am Supreme Court von Massachusetts

Der Neffe Gilbert Dickinson

1876
Schlacht am Little Bighorn, Sieg der Indianer unter Sitting Bull und Crazy Horse gegen General G. A. Custer; George Eliot beginnt mit der Publikation von *Daniel Deronda*; H.H. schreibt an ED: »Sie sind eine große Dichterin«; H.H. fordert ED auf, zu einer anonym zu publizierenden Anthologie beizutragen; Otis P. Lord und seine Frau einige Tage in Amherst; Austin Dickinson malariakrank

1877
Samuel Bowles besucht ED

1878
Schon bald nach dem Tod Mrs. Lords kommt es zur Annäherung zwischen ED und Otis P. Lord; Tod Samuel Bowles' (16. Januar); H.H. bittet ED um die Erlaubnis, Gedichte zu veröffentlichen; Emily Norcross Dickinson bricht sich die Hüfte; H.H. und ihr zweiter Mann besuchen ED in Amherst; die von H.H. herausgegebene Anthologie *A Masque of Poets* erscheint mit EDs Gedicht »Success is counted sweetest«

Otis Phillips Lord

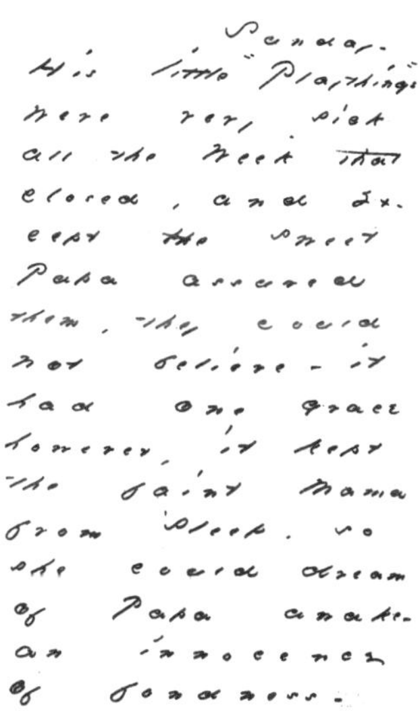

Sunday.
His little "Playthings"
were very sweet
all the week that
closed, and ex-
cept the sweet
Papa around
them, she could
not believe - it
had one grace
however, it kept
the saint Mama
from sleep, so
she could dream
of Papa awake-
an innocence
of fondness.

Brief an Otis P. Lord 1882

1879
Henry James veröffentlicht *Daisy Miller*; ED erhält von Thomas Niles (Roberts Bros.) ein Exemplar von *A Masque of Poets*; Ralph Waldo

Emerson spricht in Amherst über »Superlative or Mental Temperance«; schlimmster Brand in der Geschichte Amhersts

1880
Austin Dickinson malariakrank; Charles Wadsworth besucht ED überraschend in Amherst; Tod George Eliots (24. Dezember); Otis P. Lord schenkt ED *The Complete Concordance to Shakspere*

1881
Ermordung Präsident James Abram Garfields; H. H. läßt auf eigene Kosten »A Century of Dishonor« zur Lage der Indianer drucken und an alle Kongreßabgeordneten verteilen; Henry James veröffentlicht *Bildnis einer Dame*; Otis P. Lord krank; Feuersbrunst in Amherst; Otis Lord genest und ist im Nachbarhaus »Evergreens« zu Gast; Professor David Peck Todd und seine Frau Mabel Loomis Todd (spätere Herausgeberin von Gedichten und Briefen EDs) treffen in Amherst ein; Mabel Loomis Todd hält in ihren Tagebüchern Eindrükke zur Dickinson-Familie fest; Tod Dr. J.G. Hollands

Austin Dickinson um 1890

Mabel Loomis Todd um 1882

1882
Tod Charles Wadsworths (1. April); Otis P. Lord zu Besuch bei ED; Thomas Niles (Roberts Bros.) äußert den Wunsch, ED möge veröffentlichen; Tod Ralph Waldo Emersons (27. April); Otis P. Lord im Mai sterbenskrank; Mabel Loomis Todd und Austin Dickinson werden ein Liebespaar; Tod Emily Norcross Dickinsons (14. November)

1883
Familientreffen der Dickinsons (mit über 1000 Teilnehmern); Tod des 8jährigen Gilbert Dickinson (Typhus); Austin Dickinson malariakrank; Lavinia (Vinnie) Dickinson krank; Matthew Arnold spricht in Amherst

1884
H. H. veröffentlicht ihren Roman *Ramona* (in dem es nicht zuletzt um Gerechtigkeit für die Indianer geht); Mark Twain veröffentlicht *Die Abenteuer des Huckleberry Finn*; Tod Otis P. Lords (13. März); ED schwer krank;

H. H. bietet sich ED als Nachlaß-verwalterin an

1885
Tod H. H.s (12. August)

1886
Henry James veröffentlicht *Damen in Boston*, eine »Untersuchung spezifischer Freundschaften zwischen Frauen«, wie sie »in New England so sehr verbreitet sind«; Gründung der Gewerkschaft American Federation of Labor; ED schwer krank; EDs vermutlich letzter Brief an Mrs. Holland; ED schreibt Higginson; letzte Botschaft (»Called back«) an Fanny und Loo Norcross; am 13. Mai ist ED ohne Bewußtsein; Tod Emily Elizabeth Dickinsons (15. Mai); 19 Mai Beerdigung EDs; Higginson rezitiert Emily Brontës »Kein Feiglings-Herz ist mein«.

Die letzten Zeilen an T. W. Higginson

1890
Erscheinen *Poems by Emily Dickinson*, hrsg. von Mabel L. Todd und Thomas W. Higginson (Roberts Bros. Boston); bis Ende 1892 erlebt der Band mit 115 Gedichten elf Auflagen

1891
Erscheinen *Poems, Second Series*, hrsg. von Thomas W. Higginson und Mabel L. Todd (Roberts Bros., Boston); bis 1895 fünf Auflagen

1894
Erscheinen *Letters of Emily Dickinson*, hrsg. von Mabel L. Todd

1895
Tod Austin Dickinson (16. August)

1896
Erscheinen *Poems by Emily Dickinson, Third Series*, hrsg. von Mabel L. Todd (Roberts Bros. Boston); zweite Auflage 1896; Lavinia (Vinnie) Dickinson prozessiert gegen die Todds

1898
Annektierung Hawaiis; Tod Edward (Ned) Dickinsons (3. Mai)

1899
Tod Lavinia (Vinnie) Dickinsons (31. August)

1911
Tod Thomas Wentworth Higginsons (9. Mai)

1913
Tod Susan Gilbert Dickinsons (12. Mai)

1914
Erscheint *The Single Hound*, hrsg. von Martha Dickinson Bianchi

1924
Erscheinen *The Life and Letters of Emily Dickinson*, hrsg. von Martha Dickinson Bianchi und *The Complete Poems of Emily Dickinson*, hrsg. von Martha Dickinson Bianchi und Alfred Leete Hampton

1929
Erscheinen *Further Poems of Emily Dickinson*, hrsg. von Martha Dickinson Bianchi

1931
Erscheinen *Letters of Emily Dickinson*, hrsg. von Mabel L. Todd

1932
Erscheint *Emily Dickinson Face to Face: Unpublished Letters with Notes and Reminiscences*, hrsg. von Martha Dickinson Bianchi; Tod Mabel Loomis Todds (14. Oktober)

1935
Erscheinen *Unpublished Poems of Emily Dickinson*, hrsg. von Martha Dickinson Bianchi und Alfred Leete Hampson

1937
Erscheinen *Poems by Emily Dickinson*, hrsg. von. Martha Dickinson Bianchi und Alfred Leete Hampson

1945
Erscheint *Bolts of Melody: New Poems by Emily Dickinson*, hrsg. von Mabel L. Todd und Millicent Todd Bingham

1951
Erscheinen *Emily Dickinson's Letters to Dr. and Mrs. Josiah Gilbert Holland*, hrsg. von Theodora Van Wagenem Ward

1955
Erscheinen *The Poems of Emily Dickinson*, 3 Bde. (»Including variant readings critically compared with all known manuscripts«), hrsg. von Thomas H. Johnson

1958
Erscheinen *The Letters of Emily Dickinson*, 3 Bde., hrsg. von Thomas H. Johnson and Theodora Ward

Personen- und Stichwortverzeichnis

Abbildungsverzeichnis und -nachweis

S. 416 Emily Dickinsons erster Brief an Thomas W. Higginson vom 15. April 1862, Nr. 83 (Boston Public Library – Higg 50)

S. 416 »Fanny« Norcross (1847–1896), eine der für die Dichterin so wichtigen »kleinen Kusinen« (Alice V. Yarrick)

S. 417 Der Herausgeber des *Springfield Republican* Samuel Bowles (Houghton Library, Harvard University)

S. 417 Die wichtige Freundin und »Schwester« Mary Luna Chapin Holland (Houghton Library, Harvard University)

S. 418 Emily Dickinsons »Präzeptor« Thomas Wentworth Higginson (Tutt Library, Special Collections, Helen Hunt Jackson Papers, Colorado College)

S. 418 Edward Dickinson um 1874 (Boston Public Library, Rare Books Department)

S. 419 Der vielgeliebte Neffe Gilbert Dickinson starb mit acht Jahren an Typhus (Manuscripts and Archives, Yale University Library, Todd-Bingham Picture Collection)

S. 419 Otis Philipps Lord, Freund der Familie und Verehrer Emily Dickinsons (Manuscripts and Archives, Yale University Library, Todd-Bingham Picture Collection)

S. 419 Brief an Otis P. Lord vom 30. April 1882, Nr. 207 (Amherst College Library)

S. 420 Austin Dickinson um 1890 (Brown University Library, Martha Dickinson Bianchi Collection)

S. 420 Mabel Loomis Todd, Geliebte Austin Dickinsons und zusammen mit Thomas W. Higginson 1890 Herausgeberin des ersten Gedichtsbands (Manuscripts and Archives, Yale University Library, Todd-Bingham Picture Collection)

S. 421 Die letzten Zeilen der Dichterin an Thomas W. Higginson wenige Tage vor ihrem Tod, Nr. 269 (Boston Public Library – Higg 48)